MOEWIG
SCIENCE FICTION

Marion Zimmer Bradley

DIE BLUTIGE SONNE

Herausgegeben und mit einem Nachwort
von Hans Joachim Alpers

MOEWIG

Titel der Originalausgabe: THE BLOODY SUN
Aus dem Amerikanischen von Rosemarie Hundertmarck

Originaltitel der Kurzgeschichte: TO KEEP THE OATH

Umschlagillustration: Higgins/Utoprop
Umschlagentwurf und -gestaltung: Franz Wöllzenmüller, München
Redaktion: Hans Joachim Alpers
Verkaufspreis inkl. gesetzl. Mehrwertsteuer
Auslieferung in Österreich:
Pressegroßvertrieb Salzburg, Niederalm 300, A-5081 Anif
Printed in Germany 1982
Druck und Bindung: Mohndruck Graphische Betriebe GmbH, Gütersloh
ISBN 3-8118-3572-6

Für Henry Kuttner,
der mir Universen ohne Zahl zeigte,
in liebevoller Erinnerung

Der Fremde, der nach Hause zurückkehrt,
schafft sich kein Zuhause,
sondern macht das Zuhause fremd.

Inhalt

Die blutige Sonne

(THE BLOODY SUN)

Prolog: Darkover

Die Leronis

Leonie Hastur war tot.

Die alte *Leronis,* Zauberin der Comyn, Bewahrerin von Arilinn, Telepathin, im Besitz aller Macht, die die Matrix-Wissenschaften auf Darkover verleihen konnten, starb, wie sie gelebt hatte – allein, abgesondert hoch oben im Turm von Arilinn.

Nicht einmal Janine Leynier, ihre Priesterin-Novizin-Schülerin, kannte die Stunde, als der Tod leise in den Turm kam und sie in eine der anderen Welten entführte, in denen sie so frei umherzustreifen gelernt hatte wie in ihrem eigenen umschlossenen Garten.

Sie starb allein, und sie starb unbetrauert. Denn obwohl Leonie in allen Domänen Darkovers gefürchtet, verehrt und fast wie eine Göttin angebetet worden war, hatte man sie nicht geliebt.

Einmal war sie sehr geliebt worden. Es hatte eine Zeit gegeben, als Leonie Hastur eine junge Frau war, schön und keusch wie ein ferner Mond, und Dichter hatten zu ihrem Ruhm geschrieben und sie mit dem süßen Gesicht Liriels, dem großen violetten Mond, verglichen, oder mit einer Göttin, die herabgestiegen war, unter den Menschen zu leben. Sie war von denen, die unter ihrer Herrschaft im Arilinn-Turm lebten, hoch verehrt worden. Die ihr Leben bestimmenden Gelübde hätten es zu einer unvorstellbaren Blasphemie gemacht, daß ein Mann auch nur ihre Fingerspitzen berührte. Und trotzdem war Leonie einmal geliebt worden. Aber das war lange her.

Während die Jahre dahinzogen und sie immer einsamer machten, sie immer mehr von der Menschheit abschnitten, war sie weniger geliebt und mehr gefürchtet und gehaßt worden. Der alte Regent Lorill Hastur, ihr Zwillingsbruder (denn Leonie war in das königliche Haus der Hasturs von Hastur hineingeboren worden, und hätte sie nicht den Turm gewählt, wäre ihre Stellung höher als die jeder Königin im Lande gewesen), war lange tot. Ein Neffe, den sie nur einige wenige Male gesehen hatte, stand hinter dem Thron Stefan Hastur-Elhalyns und war die wirkliche Macht in den Domänen. Aber für ihn war Leonie ein Geflüster, eine alte Sage und ein Schatten.

Und jetzt war sie tot und lag, wie es der Brauch war, in einem nicht gekennzeichneten Grab innerhalb der Mauern von Arilinn, wohin kein menschliches Wesen, das nicht aus Comyn-Blut war, zu gelangen vermochte. Und es waren wenige am Leben, sie zu beweinen.

Einer der wenigen, die weinten, war Damon Ridenow. Er hatte vor Jahren in die Domäne von Alton eingeheiratet und war kurze Zeit Vormund Valdirs von Armida, des jungen Erben von Alton, gewesen.*

Als Valdir zum Mann herangewachsen war und eine Frau nahm, war Damon mit seinem ganzen Haushalt – und der war groß – nach dem Gut Mariposa-See, reizvoll im Vorland der Kilghardberge gelegen, übergesiedelt. Leonie war jung und Damon war ebenfalls jung und Mechaniker im Turm von Arilinn gewesen, da hatte er Leonie geliebt – keusch geliebt, ohne eine Berührung oder einen Kuß oder einen Gedanken daran, die Eide, die sie banden, zu brechen. Trotzdem hatte er sie mit einer Leidenschaft geliebt, die seinem ganzen späteren Leben Form und Farbe geben sollte. Als er von ihrem Tod hörte, ging er allein in sein Arbeitszimmer, und dort vergoß er die Tränen, die er nicht vor seiner Frau und deren Schwester – diese war einmal Leonies Stellvertreterin in Arilinn gewesen – oder sonst jemandem aus seinem Haushalt vergießen wollte. Sie mochten von seinem Leid wissen, denn unter Comyn-Telepathen konnten solche Dinge nicht gut verborgen werden, aber keiner sprach davon. Nicht einmal seine erwachsenen Söhne und Töchter fragten, warum ihr Vater sich absonderte und trauerte. Natürlich war Leonie für sie nur eine Legende mit einem Namen.

Während die Nachricht sich durch die Domänen verbreitete, wurden selbst in den entlegensten Ecken des Landes aufgeregt Spekulationen über die Frage angestellt, die von den Hellers bis zu den Ebenen von Arilinn brennendes Interesse erregte: *Wer wird jetzt Bewahrerin von Arilinn werden?*

Und bald darauf kam eines Tages Damons jüngste Tochter Cleindori zu ihm in die Abgeschiedenheit seines Arbeitszimmers.

* Diese Geschichte wird in *Der verbotene Turm* (Moewig – SF 3553) erzählt.

Man hatte ihr den von Legende und Tradition überlieferten altmodischen Namen Dorilys gegeben. Aber die Haare des Kindes waren von einem so hellen Sonnengold und ihre großen Augen so blau gewesen, daß ihre Kinderfrauen sie immer in blaue Röckchen und blaue Bänder kleideten. Damons Frau Ellemir, ihre Pflegemutter, sagte, sie sehe aus wie eine blaue Glocke der *Kireseth*-Blumen, die sich mit ihren goldenen Pollen bedecken. Deshalb rief man sie, schon als sie zu laufen begann, mit dem Kosenamen *Goldene Glocke,* der volkstümlichen Bezeichnung für die *Kireseth*-Blume. Und als die Jahre vergingen, geriet es bei den meisten Leuten in Vergessenheit, daß Dorilys Aillard (denn ihre Mutter war eine *Nedestro*-Tochter jener mächtigen Domäne gewesen) jemals einen anderen Namen als Cleindori getragen hatte.

Sie war zu einem scheuen, ernsthaften jungen Mädchen herangewachsen, jetzt dreizehn Jahre alt, das Haar von einem sonnigen Kupfergold. Es war Trockenstädter-Blut im Ridenow-Clan, und zudem sei ihrer Mutter Vater, so wurde geflüstert, ein Trockenstadt-Räuber aus Shainsa gewesen; aber dieser alte Skandal war lange vergessen. Angesichts des fraulichen Körpers und ernsten Blicks seiner letztgeborenen Tochter kam Damon zum ersten Mal in seinem Leben der Gedanke, daß er alt wurde.

„Bist du heute den ganzen Weg von Armida hergeritten, mein Kind? Was hatte dein Pflegevater dazu zu sagen?"

Cleindori lächelte und küßte ihren Vater auf die Wange. „Er hat nichts gesagt, weil ich es ihm nicht erzählt habe", gestand sie fröhlich. „Aber ich war nicht allein, denn mein Pflegebruder Kennard ist mit mir gekommen."

Cleindori war mit neun Jahren, wie es der Brauch in den Domänen war, in Pflege gegeben worden, damit sie unter einer weniger zärtlichen Hand als der einer Mutter zur Frau heranwachse. Sie kam zu Valdir, Lord Alton, dessen Frau Lori nur Söhne hatte und sich nach einer Tochter sehnte. Man hatte darüber gesprochen, daß Cleindori, wenn sie alt genug dazu war, mit Lord Altons älterem Sohn Lewis-Arnard verheiratet werden könne. Doch Damon vermutete, daß Cleindori noch keinen Gedanken an eine Ehe verschwendete. Sie und Lewis und Valdirs jüngerer Sohn Kennard waren Schwester und Brüder. Damon begrüßte Kennard, einen stämmigen, breitschultrigen, grauäugigen Jungen, ein Jahr jünger als Cleindori, mit der unter

Verwandten üblichen Umarmung und sagte: „Dann hat meine Tochter auf dem Weg also guten Schutz gehabt. Was führt euch her, Kinder? Wart ihr auf der Falkenjagd und habt euch verspätet? Und dann habt ihr euch wohl entschlossen, diesen Weg zu nehmen, weil ihr meint, für Ausreißer werde es hier Kuchen und Süßigkeiten, zu Hause aber zur Strafe nur Wasser und Brot geben?" Aber er lachte dabei.

„Nein", antwortete Kennard ernsthaft, „Cleindori sagte, sie müsse dich sprechen, und meine Mutter hat uns erlaubt zu reiten. Nur glaube ich nicht, daß ihr ganz klar war, wonach wir fragten und was sie antwortete, denn es ist immerzu Aufregung in Armida gewesen, seit die Nachricht eintraf."

„Welche Nachricht?" Damon beugte sich vor. Doch er wußte es bereits, und das Herz wurde ihm schwer. Cleindori rollte sich auf einem Kissen zu seinen Füßen zusammen und blickte zu ihm auf. „Lieber Vater, vor drei Tagen kam die Lady Janine von Arilinn nach Armida geritten. Sie war auf der Suche nach einer, die Amt und Würde der Lady von Arilinn, die tot ist, übernehmen könne, der *Leronis* Leonie."

„Sie hat lange genug gebraucht, um nach Armida zu kommen." Damon verzog einen Mundwinkel. „Zweifellos hat sie ihre Tests vorher in allen anderen Domänen durchgeführt."

Cleindori nickte. „Das glaube ich auch. Denn als sie erfuhr, wer ich sei, sah sie mich an, als rieche sie etwas Unangenehmes, und sie sagte: ‚Du bist also von dem Verbotenen Turm. Bist du in irgendeiner ihrer Häresien unterrichtet worden?' Als Lady Lori ihr meinen Namen nannte, wurde sie nämlich zornig, und ich mußte ihr berichten, daß meine Mutter mir den Namen Dorilys gegeben habe. Dann sagte Janine: ‚Nun, das Gesetz verpflichtet mich, dich auf *Laran* zu testen. Das kann ich dir nicht verweigern.'"

Sie machte dabei Mimik und Stimme der *Leronis* nach. Damon bedeckte die untere Hälfte seines Gesichts mit der Hand, als denke er nach, doch in Wirklichkeit wollte er sein Grinsen verbergen. Cleindori hatte eine Begabung für Imitationen, und sie hatte den sauren Ton und mißbilligenden Blick der *Leronis* Janine genau wiedergegeben. Damon erklärte: „Ja, Janine war unter denen, die mich hätten blenden oder bei lebendigem Leibe verbrennen lassen, als ich mit Leonie um das Recht kämpfte, das *Laran,* das die Götter mir schenkten, nach eigener Wahl und nicht nach den Vorschriften Arilinns zu benutzen.

Es wird nicht gerade ihre Liebe erwecken, Kind, daß du meine Tochter bist."

Wieder lächelte Cleindori fröhlich. „Ich kann sehr gut ohne ihre Liebe leben. Ich kann mir auch sehr gut vorstellen, daß sie nie auch nur ein Kätzchen geliebt hat! Aber ich wollte dir erzählen, Vater, was sie zu mir sagte und was ich zu ihr sagte ... Es schien sie zu freuen, als ich berichtete, du habest mich bisher noch gar nichts gelehrt und daß ich schon mit neun nach Armida in Pflege gegeben worden sei. Dann gab sie mir eine Matrix und testete mich auf *Laran.* Und als sie das getan hatte, sagte sie, sie brauche mich für Arilinn, und gleich darauf runzelte sie die Stirn und meinte, von sich aus ausgewählt hätte sie mich nie. Aber es gebe nur wenige andere, die die Ausbildung durchstehen würden, und ihr Wunsch sei es, mich zur Bewahrerin heranzubilden."

Der Schrei des Protests, der sich in Damons Kehle bildete, erstarb ungehört, denn Cleindori blickte mit leuchtenden Augen zu ihm auf. „Vater, ich antwortete ihr, wie es ja meine Pflicht war, ohne Einwilligung meines Vaters könne ich nicht in einen Turm eintreten. Und dann ritt ich hierher, um dich um diese Einwilligung zu bitten."

„Und du wirst sie nicht bekommen", erklärte Damon barsch, „solange ich noch nicht unter der Erde bin. Und danach auch nicht, wenn ich es verhindern kann."

„Aber Vater – Bewahrerin von Arilinn zu sein! Nicht einmal die Königin ..."

Damon wurde die Kehle eng. Nun streckte Arilinn nach all diesen Jahren wieder die Hand nach einem Menschen aus, den er liebte! „Cleindori, nein." Er streichelte ihre hellen Locken. „Du siehst nur die Macht. Du weißt nicht, wie grausam die Ausbildung ist. Um Bewahrerin zu werden ..."

„Janine erzählte es mir. Die Ausbildung ist sehr lang und sehr hart und sehr schwer zu ertragen. Sie sagte auch etwas davon, was ich geloben und was ich aufgeben müsse. Aber dann sagte sie, sie glaube, ich sei dazu fähig."

„Kind ..." Damon schluckte schwer. „Menschliches Fleisch und Blut können das nicht aushalten!"

„Also, das ist Unsinn", behauptete Cleindori, „denn du hast es ausgehalten, Vater. Und Callista auch, die früher einmal Leonies Stellvertreterin in Arilinn war."

„Hast du eine Ahnung davon, was es Callista gekostet hat, Kind?“

„Du hast es mir selbst erklärt, noch bevor meine Kinderzeit zu Ende war“, antwortete Cleindori. „Und Callista hat mir ebenfalls erzählt, ehe ich zur Frau wurde, welch ein grausames und unnatürliches Leben es war. Ich war immer ganz aufgeregt über diese alte Geschichte, wie du und Callista gegen Leonie und ganz Arilinn in einem Duell gekämpft habt, das nächtelang dauerte ...“

„Ist die Geschichte so angewachsen?“ unterbrach Damon sie lachend. „Es war weniger als eine Viertelstunde, obwohl der Sturm in der Tat viele Tage lang zu wüten schien. Doch wir besiegten Arilinn und gewannen das Recht, *Laran* zu benutzen, wie wir wollten, und nicht, wie Arilinn es uns vorschrieb.“

„Aber ich habe längst gemerkt“, argumentierte Cleindori, „du, der in Arilinn geschult worden ist, und ebenso Callista mit ihrer Arilinn-Ausbildung, ihr seid erstklassig. Dagegen sind die anderen, die hier in der Anwendung von *Laran* ausgebildet wurden, recht unbeholfen. Und ich weiß auch, daß sich alle anderen Türme im Land nach den Regeln von Arilinn richten.“

„Diese Kräfte und Fähigkeiten ...“ Damon hielt inne. Er wude sich bewußt, daß er brüllte, nahm sich zusammen und sprach ruhiger weiter. „Cleindori, seit meiner Jugend vertrete ich die Meinung, daß die Regeln von Arilinn – und die aller anderen Türme, denen die Arilinn-Leute ihren Willen aufzwingen – grausam und unmenschlich sind. Das ist meine Überzeugung, und ich habe unter Einsatz meines Lebens dafür gekämpft, daß die Männer und Frauen in den Türmen nicht hinter Mauern eingekerkert einem lebenden Tod überantwortet werden. Fähigkeiten, wie wir sie haben, kann sich jeder Mann und jede Frau erwerben, ob Comyn oder aus dem Volk, wenn er oder sie das angeborene Talent besitzt. Es ist wie beim Lautenspiel. Man wird mit einem Ohr für Musik geboren und kann lernen, wie die Saiten zu zupfen sind. Aber selbst in diesem schwierigen Beruf wird von niemandem verlangt, Heimat und Familie, Leben und Liebe aufzugeben. Wir haben andere vieles gelehrt, und wir haben uns das Recht erkämpft, zu lehren, ohne dafür bestraft zu werden. Es wird ein Tag kommen, Cleindori, an dem jeder, der die alten Matrix-Wissenschaften unserer Welt benutzen kann, freien Zugang zu ihnen hat und die Türme nicht mehr benötigt werden.“

„Aber wir sind immer noch Ausgestoßene“, wandte Cleindori ein.

„Vater, wenn du Janines Gesicht gesehen hättest, als sie von dir sprach und von dem Verbotenen Turm …"

Damons Gesicht spannte sich. „Ich liebe Janine nicht so sehr, daß mir ihre schlechte Meinung über mich auch nur eine schlaflose Nacht bereitet."

„Aber Cleindori hat recht", fiel Kennard ein. „Wir sind Renegaten. Hier auf dem Land richten sich die Leute nach deinen Ansichten, aber überall sonst in den Domänen sind sie der Meinung, daß nur die Türme *Laran*-Unterricht erteilen sollten. Auch ich werde in einen Turm gehen, vielleicht nach Neskaya oder nach Arilinn selbst, wenn ich meine drei Jahre Dienst bei der Garde hinter mir habe. Lady Janine sagt, wenn Cleindori nach Arilinn geht, muß ich warten, bis sie die Jahre der Absonderung hinter sich hat. Denn eine Bewahrerin darf während ihrer Ausbildung keinen Pflegebruder oder sonst jemanden, mit dem sie durch Zuneingung verbunden ist, in ihrer Nähe haben."

„Cleindori geht nicht nach Arilinn", erklärte Damon, „und damit Schluß!" Er wiederholte, diesmal noch heftiger: „Menschliches Fleisch und Blut können die Regeln von Arilinn nicht aushalten!"

„Und ich sage noch einmal, daß das Unsinn ist", widersprach Cleindori, „denn Callista hat es ausgehalten und die Lady Hilary von Syrtis und Margwenn von Thendara und Leominda von Neskaya und Janine von Arilinn und Leonie selbst und mehr als neunhundertundzwanzig Bewahrerinnen vor ihr, wie es heißt. Und was sie ausgehalten haben, kann ich auch aushalten, wenn ich muß."

Sie stützte das Kinn auf die gefalteten Hände und sah ernsthaft zu ihrem Vater auf. „Du hast mir oft genug gesagt, schon als ich noch ein kleines Kind war, daß eine Bewahrerin nur ihrem eigenen Gewissen verantwortlich ist. Und daß überall unter den besten Frauen und Männern das Gewissen die einzige Richtschnur für ihr Tun ist. Vater, ich habe das Gefühl, daß ich zur Bewahrerin berufen bin."

„Du kannst bei uns Bewahrerin werden, wenn du erwachsen bist", brummte Damon, „und das ohne die Quälerei, die du dir in Arilinn gefallen lassen mußt."

„Oh!" Zornig sprang sie auf und lief im Zimmer auf und ab. „Du bist mein Vater, du willst in mir immer nur das kleine Mädchen sehen! Vater, meinst du, ich weiß nicht, daß unsere Welt ohne die Türme dunkel vor Barbarei wäre? Ich bin noch nicht weit herumgekommen, aber ich bin in Thendara gewesen, und ich habe dort die Raumschiffe der Terraner gesehen, und ich weiß, wir sind nur deshalb ihrem Imperium nicht einverleibt worden, weil die Türme unserer Welt geben, was wir brauchen, mit Hilfe unserer alten Matrix-Wissenschaften. Wenn in den Türmen das Licht ausgeht, fällt Darkover wie eine reife Pflaume den Terranern in die Hände, denn das Volk wird nach der Technik und dem Handel des Imperiums schreien!"

Damon erwiderte ruhig: „Das halte ich nicht für unvermeidlich. Ich hasse die Terraner nicht; mein engster Freund, dein Onkel Ann'dra wurde als Terraner geboren. Aber das ist das Ziel meiner Arbeit: Wenn das Licht im letzten Turm ausgeht, soll unter der Bevölkerung der Domänen genug *Laran* vorhanden sein, daß Darkover unabhängig ist und nicht bei den Terranern betteln gehen muß. Der Tag wird kommen, Cleindori. Ich sage dir, der Tag wird kommen, an dem jeder Turm in den Domänen leersteht und nur noch Raubvögel darin nisten..."

„Verwandter!" protestierte Kennard und machte schnell ein unheilverhütendes Zeichen. „Sag so etwas nicht!"

„Es ist nicht angenehm zu hören", entgegnete Damon, „aber es ist wahr. Jedes Jahr sind es weniger von unsern Söhnen und Töchtern, die die Begabung und den Willen haben, die Schulung alter Art auf sich zu nehmen und sich den Türmen zu weihen. Leonie klagte mir einmal, sie habe mit sechs jungen Mädchen angefangen, und davon habe nur eine die Ausbildung beenden können; es war die *Leronis* Hilary, und sie wurde krank und wäre gestorben, wenn man sie nicht aus Arilinn fortgeschickt hätte. Drei der Türme – Janine würde dir das nie erzählen, Cleindori, aber ich, der ich in Arilinn war, weiß es genau – drei der Türme arbeiten mit einem Mechanikerkreis, weil sie keine Bewahrerin haben und eine Frau nach ihren törichten Gesetzen nur dann Bewahrerin werden kann, wenn sie bereit ist, aus sich ein abgesondertes Symbol der Jungfräulichkeit zu machen. Sie behaupten, ihre Kraft und ihr *Laran* seien nicht so wichtig, wenn sie nur eine jungfräuliche Göttin darstelle, isoliert und mit abergläubischer Ehrfurcht betrachtet. Ich schätze, daß es in den Domänen hundert oder mehr Frauen gibt, die die Arbeit einer Bewahrerin leisten könnten, aber sie sehen nicht ein, warum sie sich einer Ausbildung unterziehen sollen, die aus ihnen Maschinen zur Umwandlung von Energie macht. Ich kann es ihnen nicht verübeln. Die Türme werden untergehen. Sie müssen untergehen. Und wenn sie verschwunden sind und nur noch ihre Ruinen vom Stolz und Wahnsinn der Comyn künden, dann können *Laran* und die es verstärkenden Matrix-Steine so eingesetzt werden, wie es ihr ursprünglicher Sinn ist: Für die Wissenschaft, nicht für Zauberei! Für die geistige Gesundheit, nicht für den Wahnsinn! Dafür habe ich mein ganzes Leben gearbeitet, Cleindori."

„Nicht, um die Türme zu stürzen, Onkel!" Kennards Stimme klang entsetzt.

„Nein. Dafür nicht. Aber um da zu sein, wenn sie aufgegeben und verlassen sind, damit unsere *Laran*-Wissenschaften nicht mit den Türmen in Vergessenheit sinken."

Cleindori stand neben ihm, die Hand leicht auf seine Schulter gelegt. Sie sagte: „Vater, dafür ehre ich dich. Aber deine Arbeit ist zu langsam, denn man nennt dich immer noch einen Gesetzlosen und Renegaten und Schlimmeres. Umso wichtiger ist es, daß junge Leute wie ich und meine Halbschwester Cassilde und Kennard..."

Erschüttert fragte Damon: „Will Cassilde auch nach Arilinn gehen? Das wird Callista umbringen!" Denn Cassilde war Callistas eigene Tochter, vier oder fünf Jahre älter als Cleindori.

„Sie ist alt genug, daß sie keine Erlaubnis braucht", antwortete Cleindori. „Vater, auch wenn einmal der Tag kommt, an dem die Türme nicht mehr benötigt werden, dürfen sie doch in der Zwischenzeit nicht sterben. Und mein Gewissen sagt mir, daß ich Bewahrerin von Arilinn werden muß." Sie hob abwehrend die Hand. „Nein, Vater, hör mir zu. Ich weiß, *du* bist nicht ehrgeizig; du hast die Chance weggeworfen, Kommandant der Garde zu werden. Du hättest der mächtigste Mann in Thendara sein können, aber du verschmähtest es. So bin ich nicht. Wenn mein *Laran* so stark ist, wie mir die Lady von Arilinn versicherte, möchte ich es zu etwas Nützlichem einsetzen, zu mehr, als den Bauern zu helfen und die Dorfkinder zu unterrichten! Vater, ich möchte Bewahrerin von Arilinn werden!"

„Du möchtest dich selbst in das Gefängnis stecken, aus dem wir Callista um einen so hohen Preis befreit haben." Damons Stimme war voller Bitterkeit.

„Das war *ihr* Leben", flammte Cleindori auf, „dies ist *meins!* Aber hör mich an, Vater." Wieder kniete sie neben ihm nieder. Der Zorn war aus ihrer Stimme verschwunden, und an seine Stelle war ein tiefer Ernst getreten. „Du hast mir gesagt, und ich habe es selbst gesehen, daß Arilinn die Gesetze macht, nach denen *Laran* in diesem Land benutzt werden darf. Ausgenommen seid nur ihr wenigen hier, die ihr euch Arilinn widersetzt."

„In den Hellers oder in Aldaran mag es auch Leute geben, die es anders halten", bemerkte Damon. „Ich weiß wenig davon."

„Dann..." Cleindori sah zu ihm auf. Ihr rundes Gesicht war sehr ernst. „Stell dir vor, ich gehe nach Arilinn und werde dort nach Arilinns eigenen Gesetzen auf die orthodoxeste Art zur Bewahrerin ausgebildet. Aber wenn ich dann einmal Bewahrerin bin, kann ich diese Gesetze ändern, nicht wahr? Wenn die Bewahrerin von Arilinn die Vorschriften für alle Türme aufstellt, dann, Vater, kann ich sie ändern. Ich kann die Wahrheit verkünden, daß die Regeln von Arilinn grausam und unmenschlich sind – und weil ich Erfolg gehabt habe, kann man mir nicht entgegenhalten, hier spreche nur eine Versagerin oder eine Ausgestoßene gegen das, was sie selbst nicht haben erreichen können. Ich kann diese schrecklichen Gesetze ändern und mit den Regeln von Arilinn Schluß machen. Und wenn die Türme aufhören, Männer und Frauen einem lebenden Tod zu überantworten, dann werden ihnen die jungen Leute unserer Welt zuströmen, und die alten Matrix-Wissenschaften von Darkover werden wiedergeboren werden. Aber wenn es nicht eine Bewahrerin tut – dann werden diese Gesetze niemals geändert werden!"

Damon sah seine Tochter erschüttert an. Es war tatsächlich die einzige Möglichkeit, die grausamen Gesetze Arilinns zu ändern. Eine Bewahrerin von Arilinn mußte selbst ein Dekret erlassen, das für alle Türme bindend war. Er hatte sein Bestes getan, aber er war ein Renegat, ein Ausgestoßener. Von außerhalb der Mauern Arilinns konnte er nicht viel erreichen. Einiges war ihm gelungen – doch niemand wußte besser als er, wie geringfügig es war.

„Vater, es ist mein Schicksal." Cleindoris junge Stimme zitterte. „Alles, was Callista gelitten hat, alles, was du gelitten hast, hat vielleicht dem Zweck gedient, daß ich zurückkehre und jene anderen befreie. Jetzt, wo du bewiesen hast, daß sie befreit werden können."

„Du hast recht", gab Damon zu. Langsam sagte er: „Die Regeln von Arilinn werden nie umgestürzt werden, solange es nicht die Bewahrerin von Arilinn selbst tut. Aber – oh, Cleindori, nicht du!" Voller Qual und Verzweiflung riß er seine Tochter an sich. „Nicht du, Liebling!"

Sanft befreite sie sich aus seiner Umarmung, und Damon hatte einen Augenblick lang den Eindruck, sie sei bereits groß, eindrucksvoll, hochmütig, von der fremdartigen Majestät einer Bewahrerin erfüllt, in die karminrote Robe von Arilinn gekleidet. Sie bat: „Vater, lieber Vater, du kannst mir das nicht verbieten; ich bin nur meinem eigenen Gewissen verantwortlich. Wie oft hast du zu uns allen gesagt – schon zu meinem Pflegevater Valdir, der nie müde wird, es mir zu wiederholen –, daß nur das Gewissen die Entscheidung treffen darf? Laß mich dies tun. Laß mich die Arbeit beenden, die du im Verbotenen Turm begonnen hast. Andernfalls wird alles, wenn du stirbst, mit dir sterben. Eine kleine Schar von Renegaten wird mit ihren Häresien unbeachtet verschwinden, und niemand wird ihnen nachweinen. Aber ich kann dein Werk nach Arilinn tragen und über alle Domänen verbreiten. Denn die Bewahrerin von Arilinn macht die Gesetze für alle Türme und alle Domänen. Vater, ich sage dir, es ist mein Schicksal. Ich *muß* nach Arilinn gehen.“

Damon senkte den Kopf. Er war immer noch nicht einverstanden, aber er war nicht fähig, gegen ihre junge und unschuldige Sicherheit anzukämpfen. Ihm war, als schlössen sich die Mauern von Arilinn bereits um sie. Und so schieden sie, um sich bis zur Stunde ihres Todes nicht wiederzusehen.

Kapitel 1: Der Terraner

Vierzig Jahre später

Es war so.

Du warst eine Raumwaise. Soviel du wußtest, mochtest du auf einem der großen Schiffe geboren worden sein, den Schiffen von Terra, den Sternenschiffen, die in Geschäften des Imperiums die weiten Flüge zwischen den Sternen machten. Du erfuhrst nie, wo du geboren wurdest oder wer deine Eltern gewesen waren. Das erste Heim, das du kanntest, war das Raumfahrer-Waisenhaus, beinahe in Sichtweite des Hafens von Thendara gelegen. Dort lerntest du die Einsamkeit kennen. Davor hatte es irgendwo seltsame Farben und Lichter und verschwommene Bilder von Leuten und Orten gegeben, die im Dunkel verschwanden, wenn du versuchtest, die Erinnerung an sie heraufzubeschwören. Manchmal ließ dich ein Alptraum im Bett hochfahren und vor Entsetzen schreien, bis du ganz wach wurdest und den sauberen, ruhigen Schlafsaal um dich erkanntest.

Die anderen Kinder waren das Treibgut der arroganten, ständig umherreisenden Rasse der Erde, und du warst eins von ihnen und trugst einen ihrer Namen. Aber draußen lag die dunkel-schöne Welt, die du in deinen Träumen gesehen hattest und manchmal noch sahst. Du wußtest irgendwie, daß du anders warst. Du gehörtest zu jener Welt draußen, zu jenem Himmel, jener Sonne, nicht zu der sauberen, weißen, sterilen Welt der Terranischen Handelsstadt.

Du hättest es gewußt, auch wenn sie es dir nicht gesagt hätten, aber sie sagten es dir oft genug. Oh, nicht in Worten, sondern auf hundert kleine, versteckte Arten. Und auf jeden Fall warst du anders als sie, und den Unterschied konntest du bis in die Knochen hinein spüren. Und dann waren da die Träume.

Aber die Träume verblaßten, erst zu Erinnerungen an Träume und dann zu Erinnerungen an die Erinnerungen. Du wußtest nur noch, daß du dich einmal an etwas anderes als das hier erinnert hattest.

Du lerntest, keine Fragen nach deinen Eltern zu stellen, aber du hattest deine Vermutungen. Und sobald du alt genug warst, um den Andruck in einem Raumschiff zu ertragen, das mit Interstellar-Antrieb von einem Planeten abhob, stach man deinen Arm voller Nadeln und trug dich wie ein Gepäckstück an Bord eines der großen Schiffe.

Er kommt nach Hause, hatten die anderen Jungen halb neidisch, halb ängstlich gesagt. Nur du hattest es besser gewußt; man schickte dich ins Exil. Und als du mit Übelkeit und Kopfschmerzen und dem Gefühl, jemand habe ein großes Stück aus deinem Leben herausgeschnitten, aufwachtest, setzte das Schiff zur Landung auf einer Welt namens Terra an, und ein ältliches Paar wartete auf den Enkel, den es nie gesehen hatte.

Sie sagten, du seist zwölf oder so. Sie nannten dich Jefferson Andrew Kerwin junior. So hatte man dich auch im Raumfahrer-Waisenhaus genannt, und du erhobst keinen Einspruch. Ihre Haut war brauner als deine, und ihre Augen – „Tieraugen" hätten deine darkovanischen Kinderfrauen sie genannt – waren dunkel. Aber sie waren unter einer anderen Sonne aufgewachsen, und du wußtest bereits über die Eigenschaften des Lichts Bescheid. Hattest du doch die hellen Lichter innerhalb der Terranischen Zone gesehen und erinnertest dich daran, wie sie deinen Augen wehtaten. So warst du zu glauben bereit, diese seltsamen, dunklen alten Leute seien die Eltern deines Vaters. Sie zeigten dir das Bild eines Jefferson Andrew Kerwin, als er ungefähr in deinem Alter – dreizehn – gewesen war, ein paar Jahre, bevor er davonlief und Stauer auf einem der großen Schiffe wurde. Das war lange her. Sie gaben dir sein Zimmer zum Schlafen und schickten dich auf seine Schule. Sie waren freundlich zu dir, und nicht öfter als zweimal die Woche erinnerten sie dich mit einem Wort oder einem Blick daran, daß du nicht der Sohn warst, den sie verloren hatten, der Sohn, der sie um der Sterne willen im Stich ließ.

Und sie stellten auch nie Fragen über deine Mutter. Sie konnten es nicht. Sie wußten nichts und wollten nichts wissen und, was mehr war, es war ihnen gleichgültig. Du warst Jefferson Andrew Kerwin von der Erde, und mehr verlangten sie nicht.

Wenn es geschehen wäre, als du noch jünger warst, hätte es genug sein mögen. Du hungertest danach, irgendwohin zu gehören, und die sehnsüchtige Liebe dieser alten Leute, die dich brauchten, damit du ihr verlorener Sohn seist, hätte dich vielleicht für die Erde erobert.

Aber der Himmel der Erde war ein kaltes, brennendes Blau, und die Berge zeigten ein kaltes, unfreundliches Grün. Die hellflammende Sonne tat deinen Augen weh, sogar hinter dunklen Gläsern, und die Gläser ließen die Leute denken, du versuchtest, dich vor ihnen zu verstecken. Du beherrschtest die Sprache perfekt – *dafür* hatten sie natürlich im Waisenhaus gesorgt. Du konntest als Terraner durchgehen. Du vermißtest die Kälte und die Winde, die aus dem Paß hinter der Stadt herabfegten, und die fernen Umrisse der hohen, gesplitterten Bergzähne. Du vermißtest die staubige Vergangenheit des Himmels und das niedrige, tiefrote, glühende Auge der Sonne. Deine Großeltern mochten es nicht, daß du an Darkover dachtest oder über Darkover sprachst, und einmal, als du dein Taschengeld gespart und eine Bilderserie gekauft hattest – sie war auf den Randplaneten aufgenommen worden, und einer davon hatte eine Sonne wie die daheim auf Darkover – nahmen sie dir die Bilder weg. Du gehörtest hierher, auf die Erde. Jedenfalls sagten sie dir das.

Aber du wußtest es besser. Und sobald du alt genug warst, gingst du fort. Du wußtest, daß du ihnen von neuem das Herz brachst, und in einer Beziehung war es nicht recht, weil sie freundlich zu dir gewesen waren , so freundlich, wie sie es verstanden. Aber du gingst davon; du mußtest. Denn auch wenn sie es nicht wußten, du wußtest es, daß Jeff Kerwin junior nicht der Junge war, den sie liebten. Wahrscheinlich war auch der *erste* Jeff Kerwin, dein Vater, nicht dieser Junge gewesen, und das war der Grund, warum *er* davongegangen war. Sie liebten etwas, das sie sich selbst ausgedacht hatten und ihren Sohn nannten, und vielleicht, dachtest du, würden sie mit Erinnerungen und ohne einen wirklichen Jungen, der das Bild des vollkommenen Sohns störte, sogar glücklicher sein.

Für den Anfang war es ein Job im Raumdienst auf der Erde. Du arbeitetest schwer und hieltest den Mund, wenn der arrogante *Terranan* zu deiner Höhe emporstarrte oder versteckte Anspielungen auf den Akzent machte, den du nie ganz verloren hattest. Und dann kam der Tag, an dem du an Bord eins der großen Schiffe gingst, diesmal wach und freiwillig. Du hattest untergeordnete Posten im Zivildienst des Imperiums inne und reistest zu Sternen, die Namen auf der Appell-Liste deiner Träume waren. Und du sahst die verhaßte Sonne der Erde zu einem trüben Stern zusammenschrumpfen und in der Weite des großen Dunkels verlorengehen, und du warst unterwegs, um den ersten Schritt zur Verwirklichung deines Traums zu tun.

Es war nicht Darkover. Noch nicht. Aber eine Welt mit einer roten Sonne, die deinen Augen nicht wehtat. Du kamst deinen untergeordneten Pflichten auf einer Welt voll übler Gerüche und elektrischer Stürme nach, wo Albino-Frauen hinter hohen Mauern eingeschlossen waren und du nie ein Kind sahst. Und nach einem Jahr auf dieser Welt gab es eine gute Stellung auf einer Welt, wo die Männer Messer trugen und die Frauen Glöckchen in ihren Ohren hatten, die beim Gehen verlockend klingelten. Dort hatte es dir gefallen. Du hattest viele Schlägereien und viele Frauen. Hinter dem ruhigen Zivildienstangestellten verbarg sich ein Raufbold, und auf jener Welt brach er hin und wieder aus. Du hattest viel Spaß. Es war auf jener Welt, daß du anfingst, ein Messer zu tragen. Irgendwie schien dir das richtig zu sein; du kamst dir vollständiger vor, als du es anschnalltest, als seist du bis jetzt halb angezogen herumgelaufen. Du sprachst darüber mit dem Psychologen deiner Dienststelle und hörtest dir seinen Vortrag über versteckte Furcht vor sexueller Unzulänglichkeit, Kompensation mit Phallus-Symbolen und dem Zwang, Stärke zu demonstrieren, an. Du hörtest ihm ruhig und ohne Kommentar zu und ließt alles an dir abgleiten, weil du es besser wußtest. Er stellte eine bezeichnende Frage.

„Sie sind auf Cottman Vier aufgewachsen, nicht wahr, Kerwin?“

„In dem dortigen Raumfahrer-Waisenhaus.“

„Ist das nicht eine der Welten, wo erwachsene Männer ständig ein Schwert tragen? Zugegeben, ich bin kein vergleichender Anthropologe, aber wenn Sie Männer gesehen haben, die zu jeder Zeit ein Schwert trugen ...“

Du stimmtest zu, das sei es wahrscheinlich, und sagtest nichts mehr. Aber das Messer trugst du weiter, zumindest wenn du dienstfrei warst, und ein- oder zweimal hattest du Gelegenheit, es zu benutzen, und du bewiesest in aller Stille und zu deiner eigenen Befriedigung, daß du in einem Kampf deinen Mann stehen konntest, wenn es sein mußte.

Es war eine schöne Zeit dort. Du hättest bleiben und glücklich sein können. Aber ein Zwang, eine Unruhe trieb dich weiter, und als der Legat strab und der neue seine eigenen Leute mitbringen wollte, warst du bereit zu gehen.

Inzwischen waren die Lehrjahre vorbei. Bisher warst du dahin gegangen, wohin man dich schickte. Jetzt konntest du innerhalb bestimmter Grenzen sagen, wohin du gehen wolltest. Und du zögertest keinen Augenblick.

„Darkover." Und korrigiertest dich: „Cottman Vier."

Der Mann im Personalbüro starrte dich lange an. „Gott im Himmel, warum kann sich irgendwer wünschen, *dorthin* zu gehen?"

„Ist nichts frei?" Jetzt hattest du dich schon halb und halb damit abgefunden, daß du den Traum sterben lassen mußtest.

„Oh, Teufel, doch! Wir bekommen nie Freiwillige für dort. Wissen Sie, wie es da ist? Kalt wie die Sünde, unter anderem, und barbarisch – große Teile der Welt sind für Erdenmenschen gesperrt, und außerhalb der Handelsstadt können Sie keinen Schritt ohne Gefahr tun. Ich bin selbst nie dort gewesen, aber wie ich höre, herrscht da immer Aufruhr. Davon abgesehen gibt es so gut wie keinen Verkehr mit den Darkovanern."

„Nicht? Der Raumhafen von Thendara ist einer der größten des Raumdienstes, habe ich gehört."

„Das stimmt." Der Mann erklärte düster: „Cottmann Vier liegt zwischen dem oberen und dem unteren Spiralarm der Galaxis. Deshalb müssen wir soviel Leute dort stationieren, daß ein größerer Transithafen bemannt werden kann. Thendara ist einer der wichtigsten Knotenpunkte für den Passagier- und Frachtverkehr. Aber es ist die Hölle; Sie bleiben vielleicht, wenn Sie die Welt längst satt haben, noch jahrelang dort kleben, bis man einen Ersatzmann für Sie gefunden hat. Sehen Sie mal", setzte er überredend hinzu, „Sie sind ein viel zu tüchtiger Mann, als daß Sie sich da draußen wegwerfen dürften. Rigel 9 schreit nach guten Leuten, und dort könnten Sie wirklich vorankommen – sich vielleicht zum Konsul oder sogar zum Legaten hocharbeiten, wenn Sie gern in den diplomatischen Dienst überwechseln möchten. Warum wollen Sie sich auf einem halb gefrorenen Felsklumpen am Rand des Nirgendwo verschwenden?"

Du hättest dich auf deine Erfahrungen verlassen sollen, aber in diesem Augenblick glaubtest du, er wolle es wirklich wissen; deshalb sagtest du es ihm.

„Ich bin auf Darkover geboren."

„Oh. Einer von *denen*. Ich verstehe." Du sahst, wie sich sein Gesicht veränderte, und du hättest das Grinsen von diesem rosa Gesicht gern weggefegt. Aber du tatest es nicht. Du standest nur da und sahst, wie er deinen Versetzungsantrag stempelte, und du sagtest dir, wenn du jemals die Absicht gehabt hättest, in die Diplomatie überzuwechseln, oder die Hoffnung, dich zum Legaten hochzuarbeiten, dann hätte das, was er auf deine Karte stempelte, gerade Absicht und Hoffnung getötet. Aber das interessierte dich nicht. Und dann war da wieder ein großes Schiff, und wachsende Aufregung ergriff dich, so daß du ständig in der Beobachtungskuppel herumspuktest und nach einer roten Kohle im Himmel Ausschau hieltest, die endlich zu der Glut in deinen Träumen anwuchs. Und dann, nach einer endlos scheinenden Zeit, fiel das Schiff träge auf einen großen roten Planeten zu, der ein Halsband aus vier winzigen Monden trug, Edelsteine im Gehänge eines karmesinroten Himmels.

Und du warst wieder zu Hause.

Kapitel 2: Die Matrix

Die *Southern Crown* landete genau mittags auf der Tagseite. Jeff Kerwin schwang sich geschickt von den engen Stahlsprossen der Luftschleusenleiter auf den Boden und holte tief Atem. Er hatte gemeint, schon die Luft müsse etwas enthalten, das schön und anders und vertraut und seltsam war.

Doch es war bloß Luft. Sie roch gut, aber nach Wochen in der Konservenluft eines Raumschiffes würde jede Luft gut riechen. Er sog sie noch einmal ein und suchte in den ihm entschlüpfenden Erinnerungen nach einem Hinweis auf die Zusammensetzung. Sie war kalt und schneidend und enthielt Spuren von Pollen und Staub und vor allem den unpersönlichen Chemikaliengestank jedes Raumhafens. Heißer Teer. Zementstaub. Der stechende Ozon flüssigen Sauerstoffs, der aus undichten Ventilen dampfte.

Ich könnte ebensogut wieder auf der Erde sein! Ein Raumhafen wie jeder andere!

Na und? Er befahl sich barsch, zurück auf den Boden der Wirklichkeit zu kommen. *Du hast in deinen Gedanken aus deiner Rückkehr nach Darkover eine so große Sache gemacht, daß du immer noch enttäuscht wärst, käme die ganze Stadt mit Paraden und Fanfaren zu deinem Empfang!*

Er trat zurück und wich einer Gruppe von Raumpolizisten aus, alle groß, in schwarzes Leder und Stiefel gekleidet, mit Blastern, die ihre Gefährlichkeit hinter eleganten Holstern verbargen. Sterne flammten auf den Ärmeln. Die Sonne war erst ein kleines Stück von ihrem höchsten Stand herabgesunken. Riesig, rot-orange leuchtete sie durch zerfetzte, feurige Wölkchen, die hoch am dünnen Himmel hingen. Die sägezahnförmigen Berge hinter dem Raumhafen warfen ihren Schatten über die Handelsstadt, aber die Gipfel badeten sich in dem gedämpften Licht. Die Erinnerung suchte nach Landmarken entlang der Bergkette. Die Augen auf den Horizont gerichtet, stolperte Kerwin über einen Frachtballen, und eine Stimme fragte gutmütig: „Suchst du die Sterne, Rotkopf?"

Mit einem beinahe körperlichen Ruck brachte sich Kerwin zurück auf den Raumhafen. „Ich habe für eine Weile genug Sterne gesehen", antwortete er. „Ich dachte gerade, daß die Luft gut riecht."

Der Mann neben ihm grinste. „Das ist wenigstens ein Trost. Ich war einmal auf eine Welt abkommandiert, wo die Luft mit Schwefel gesättigt war. Großartig für die Gesundheit, behaupteten die Mediziner, aber ich hatte immer das Gefühl, es hätte mich jemand mit einer ganzen Kiste fauler Eier beworfen."

Er trat zu Kerwin auf den betonierten Streifen. „Wie ist das – wieder zu Hause zu sein?"

„Das weiß ich noch nicht." Kerwin sah den anderen mit so etwas wie Zuneigung an. Johnny Ellers war klein und untersetzt und wurde oben kahl, ein zäher kleiner Mann im schwarzen Leder des professionellen Raumfahrers. Zwei Dutzend Sterne flammten farbenprächtig auf seinem Ärmel – ein Stern für jede Welt, wo er Dienst getan hatte. Kerwin, erst ein Zwei-Sterne-Mann, hatte Ellers als eine Quelle der Information über beinahe jeden Planeten und jedes Thema unter der Sonne – unter jeder Sonne – kennengelernt.

„Wir sollten uns besser auf den Weg machen", meinte Ellers. Die Wartungsmannschaft schwärmte bereits über das Schiff und bereitete es für den in wenigen Stunden vorgesehenen neuen Start vor. Günstige Umlaufbahnen warteten nicht auf den Menschen. Der Raumhafen war vollgestopft mit Lastern, Arbeitern, brummenden Maschinen, Treibstoff-Tankwagen, und in fünfzig Sprachen und Dialekten wurden Anweisungen gebrüllt. Kerwin hielt Umschau und fand sich allmählich wieder zurecht. Jenseits der Raumhafentore lagen die

Handelsstadt, die Gebäude des terranischen Hauptquartiers – und Darkover. Am liebsten wäre er gerannt, aber er nahm sich zusammen und stellte sich mit Ellers in der sich bildenden Schlange an, um Identität und Zweck des Besuchs feststellen zu lassen. Er gab seine Fingerabdrücke ab, unterschrieb eine Karte, die bestätigte, er sei der, der zu sein er angebe, erhielt einen Personalausweis und ging weiter.

„Wohin?" fragte Ellers, der sich ihm wieder angeschlossen hatte.

„Ich weiß es nicht", antwortete Kerwin langsam. „Ich sollte mich wohl beim HQ zum Dienst melden." Über diesen Augenblick hinaus hatte er keine festen Pläne, und er war sich nicht sicher, ob es ihm recht war, daß Ellers bei ihm blieb und die Führung übernahm. So gern er Ellers mochte, er hätte es vorgezogen, seine Bekanntschaft mit Darkover allein zu erneuern.

Ellers lachte. „Teufel, du wirst dich doch nicht auf der Stelle zum Dienst melden wollen! Du bist doch kein Greenhorn mehr, das mit großen Augen seinen ersten fremden Planeten betrachtet! Morgen ist es noch früh genug für den Amtsschimmel. Heute abend ..." Mit einer schwungvollen Geste wies er auf die Raumhafentore. „Wein, Weib und Gesang – nicht notwendigerweise in dieser Reihenfolge."

Kerwin zögerte, und Ellers drängte: „Komm schon! Ich kenne die Handelsstadt wie meinen Handrücken. Du mußt dich ausstatten – und ich kenne alle Läden. Wenn du in den Touristenfallen einkaufst, hast du im Nu sechs Monatsgehälter ausgegeben!"

Das stimmte. Die großen Schiffe mußten immer noch zu sehr auf das Gewicht achten, als daß sie die Mitnahme von Kleidung und persönlichem Besitz hätten gestatten können. Es kam billiger, bei einer Versetzung alles loszuschlagen und sich nach der Landung neu einzudecken, als die Frachtgebühren zu bezahlen. Jeder Raumhafen im Terranischen Imperium war von einem Ring aus Läden umgeben, guten, schlechten und mittelmäßigen, von Luxus-Modezentren bis hinunter zu Altkleiderhändlern.

„Und außerdem weiß ich, wo etwas los ist. Du hast nicht gelebt, bis du den darkovanischen *Firi* probiert hast. Weißt du, hinten in den Bergen erzählen sie ein paar komische Geschichten über den Stoff, besonders über seine Wirkung auf Frauen. Ich erinnere mich, daß ich einmal ..."

Kerwin ließ Ellers vorangehen und hörte mit halbem Ohr auf die Geschichte des kleinen Mannes, die bereits eine ihm wohlbekannte

„Was ist denn das, Kerwin? Ich habe noch nie jemanden auf Darkover gesehen, der so etwas anhatte. Ist es ein darkovanisches Eingeborenen-Kostüm?“

Kerwin zuckte zusammen. *Darkovanisches Eingeborenen-Kostüm* war ebenso wie *die darkovanische Sprache* ein Konzept, das es nur in den Vereinfachungen der Außenseiter aus dem Imperium gab. Er selbst wußte von neun darkovanischen Sprachen – allerdings konnte er nur eine gut sprechen und kannte ein paar Ausdrücke aus zwei anderen –, und in der Kleidung gab es auf Darkover gewaltige Unterschiede, von den Seiden und feingesponnenen Tuchen der Tieflande bis zu dem groben Leder und den ungefärbten Fellen der fernen Berge. Er trat zu seinem Freund an den Tisch, auf dem ein Durcheinander von Kleidungsstücken lag, alle mehr oder weniger abgetragen, hauptsächlich die üblichen einfachen Hosen und Hemden der Stadt. Doch Kerwin sah sofort, was Ellers Augen auf sich gelenkt hatte. Es war ein sehr schönes Stück, grüne und dunkelgelbe Töne gingen ineinander über, und es war in Mustern, die ihm bekannt vorkamen, reich bestickt. Er hielt das Kleidungsstück hoch und sah, daß es ein langer Kapuzenmantel war.

„Das ist ein Reitmantel“, erklärte er. „Man trägt sie in den Kilghardbergen, und der Stickerei nach hat er wahrscheinlich einem Edelmann gehört. Das könnten seine Hausfarben sein, obwohl ich nicht weiß, was sie bedeuten oder wie das Ding hierhergekommen ist. Die Mäntel halten warm und sind besonders beim Reiten bequem. Aber schon, als ich noch ein Kind war, kamen Mäntel dieser Art hier unten in der Stadt aus der Mode; solches Zeug...“ – er wies auf den importierten Synthetik-Parka, den Ellers trug – „... war billiger und ebenso warm. Diese Mäntel sind handgefertigt, handgefärbt, handbestickt.“ Er nahm Ellers den Mantel ab. Es war kein gewebtes Tuch, sondern weiches, geschmeidiges Leder, fein wie Wolle, dehnbar wie Seide und mit metallischen Fäden reich bestickt. Eine ganze Farbenpracht quoll ihm über den Arm.

„Sieht aus, als wäre er für einen Fürsten gemacht worden“, bemerkte Ellers leise. „Sieh dir diesen Pelz an! Von welchem Tier stammt denn der?“

Der Ladenbesitzer roch Kunden und stürzte sich in eine wortreiche Anpreisung der Kostbarkeit des Pelzes, aber Kerwin lachte und schnitt ihm mit einer Geste das Wort ab.

„Rabbithorn“, sagte er. „Das sind Tiere, die wie Schafe gehalten werden. Wenn es Pelz von einem wilden *Marl* wäre, dann wäre das bestimmt ein Mantel für einen Fürsten. Doch ich vermute, er war Eigentum irgendeines armen Kavaliers, der zum Haushalt eines Adligen gehört – und er muß eine begabte und fleißige Frau oder Tochter haben, die ein Jahr daran gesessen hat, den Mantel für ihn zu besticken.“

„Aber die Stickereien, edle Herren, die Muster, geeignet für *Comyn,* die Schönheit des gefärbten Leders ...“

„Eins ist er, nämlich *warm*“, stellte Kerwin fest und legte sich den Mantel über die Schultern. Er fühlte sich sehr weich und angenehm an. Ellers trat zurück und betrachtete ihn verblüfft.

„Guter Gott, bist du bereits zum Eingeborenen geworden? Du wirst in dem Ding doch nicht in der Terranischen Zone herumlaufen, wie?“

Kerwin lachte herzlich. „Ich glaube nicht. Aber ich könnte es abends in meinem Zimmer tragen. Wenn die Junggesellenquartiere im HQ denen auf meinem letzten Planeten gleichen, wird dort mit der Heizung verdammt geknausert, falls man nicht die doppelte Gebühr für Energieverbrauch zahlt. Und es wird hier im Winter auch ziemlich kalt. Natürlich ist es jetzt noch schön warm ...“

Ellers erschauerte und stellte düster fest: „Wenn das *warm* ist, hoffe ich, am anderen Ende der Galaxis zu sein, sobald es *kalt* wird! Mann, deine Knochen müssen aus einem mir unbekannten Stoff gemacht sein. Es *friert!* Na ja, des einen Planet ist des anderen Hölle“, zitierte er ein Sprichwort des Raumdienstes. „Aber, Mann, du wirst doch nicht ein Monatsgehalt für das verdammte Ding ausgeben wollen?“

„Nicht, wenn es sich vermeiden läßt“, antwortete Kerwin aus einem Mundwinkel. „Doch wenn du deinen Mund nicht hältst und mich mit ihm handeln läßt, muß ich es vielleicht!“

Am Ende bezahlte er mehr, als er erwartet hatte, und als er nachrechnete, nannte er sich einen Trottel. Aber er wollte das Ding haben, aus keinem Grund, den er hätte erklären können. Es war das erste, was ihm seit seiner Rückkehr nach Darkover gefallen hatte. Er wollte es, und schließlich bekam er es zu einem Preis, den er sich gerade noch leisten konnte. Gegen Ende des Handels hatte er den Eindruck, aus irgendeinem Grund bereite es dem Ladenbesitzer Unbehagen, mit ihm zu feilschen, und so trennte er sich eher von dem Stück, als Kerwin erwartet hatte. Er wußte, wenn auch Ellers es nicht tat, daß er den Mantel für etwas weniger als seinen tatsächlichen Wert erhalten hatte. Für beträchtlich weniger, um die Wahrheit zu sagen.

„Mit dem Geld hättest du dich ein halbes Jahr nach Herzenslust betrinken können", stellte Ellers traurig fest, als sie wieder auf die Straße hinaustraten.

Kerwin lachte vor sich hin. „Nicht weinen! Pelz ist auf einem Planeten wie diesem kein Luxus, sondern eine gute Kapitalanlage. Und für die erste Runde habe ich noch genug Geld in der Tasche. Wo können wir sie bekommen?"

Sie bekamen sie in einem Weinlokal am äußeren Rand des Sektors. Es war frei von Touristen, obwohl sich ein paar Arbeiter vom Raumhafen unter die Darkovaner gemischt hatten, die sich an der Bar drängten oder es sich auf langen Sofas entlang den Wänden bequem gemacht hatten. Alle konzentrierten sich völlig auf die ernsthaften Geschäfte des Trinkens, Unterhaltens und Spielens mit Gegenständen, die wie Dominosteine oder kleine Kristallprismen aussahen.

Ein paar Darkovaner blickten flüchtig auf, als die beiden Erdenmänner sich einen Weg durch die Menge bahnten und an einem Tisch niederließen. Bis ein molliges, dunkelhaariges Mädchen ihre Bestellung entgegennahm, hatte Ellers seine gute Laune wiedergefunden. Er kniff das Mädchen in ihren runden Schenkel und verlangte im Raumhafen-Jargon Wein. Nun legte er den darkovanischen Mantel über den Tisch, befühlte den Pelz und stürzte sich in eine lange Geschichte, wie ihm einmal eine bestimmte Pelzdecke auf einem kalten Planeten von Lyra ganz bestimmte gute Dienste geleistet habe.

„Die Nächte dort sind ungefähr sieben Tage lang, und die Leute legen einfach die Arbeit nieder, bis die Sonne wieder aufgeht und das Eis schmilzt. Ich kann dir sagen, dies Baby und ich krochen unter die Pelzdecke und steckten die ganze Zeit nicht einmal unsere Nasen hervor..."

Kerwin widmete sich seinem Glas. Er verlor den Faden der Erzählung – nicht, daß es darauf ankam, denn Ellers Geschichten waren sich alle ähnlich. Ein Mann, der mit einem halb geleerten Glas allein an einem Tisch saß, sah hoch, begegnete Kerwins Blick und stand plötzlich auf – so hastig, daß er seinen Stuhl umwarf. Er wollte an den Tisch kommen, wo die beiden saßen. Dann sah er Ellers, dessen Rücken ihm zugekehrt gewesen war, blieb stehen und machte einen Schritt rückwärts. Er schien sowohl verwirrt als auch überrascht zu sein. Aber in diesem Augenblick sah Ellers, der in seinem Bericht an einen toten Punkt gelangt war, sich um und grinste.

„Ragan, altes Haus! Das hätte ich mir denken können, daß ich dich hier finde! Wie lange ist es her? Komm und trink ein Glas mit uns!"

Ragan zögerte, und Kerwin bemerkte, daß er ihn mit einem verlegenen Blick streifte.

„Nun komm schon", drängte Ellers. „Das ist Jeff Kerwin, ein Kumpel von mir."

Ragan kam und setzte sich. Kerwin wurde aus ihm nicht klug. Er war klein und mager und sah aus wie ein Mann, der im Freien arbeitet: geschmeidig, sonnenverbrannt und mit Schwielen an den Händen. Er konnte ein zu klein geratener Darkovaner oder ein Erdenmensch in darkovanischer Kleidung sein, obwohl er die allgemein übliche Kletterweste und wadenhohe Stiefel trug. Aber er sprach Terra-Standard ebenso gut wie die beiden Erdenmenschen, fragte Ellers nach der Reise und als die zweite Runde kam, bestand er darauf, sie zu bezahlen. Aber er fuhr fort, Kerwin Seitenblicke zuzuwerfen, wenn er dachte, unbeobachtet zu sein.

Kerwin fragte: „Also, was ist los? Sie haben sich benommen, als hätten Sie mich erkannt, bevor Ellers Sie an unsern Tisch rief..."

„Richtig. Ich hatte Ellers noch gar nicht bemerkt", antwortete Ragan, „aber dann sah ich ihn bei Ihnen, und Sie tragen..." Er deutete auf Kerwins terranische Kleidung. „Deshalb konnten Sie nicht der sein, für den ich Sie gehalten hatte. Ich kenne Sie doch nicht, oder?" setzte er mit verwirrtem Stirnrunzeln hinzu.

„Ich glaube nicht." Kerwin betrachtete den Mann und fragte sich, ob er eins der Kinder im Raumfahrer-Waisenhaus gewesen sein konnte. Es war unmöglich zu sagen. Wie lange war es her? Zehn oder zwölf Jahre nach terranischer Rechnung; Kerwin hatte den Umrechnungsfaktor für das darkovanische Jahr vergessen. Selbst wenn sie damals Freunde gewesen sein sollten, hätte eine so lange Zeitspanne die Erinnerung ausgelöscht. Und er erinnerte sich auch an niemanden namens Ragan, obwohl das gar nichts zu bedeuten hatte.

„Aber Sie sind kein Terraner?" forschte Ragan.

Kerwin fiel das Hohnlächeln des Angestellten ein – *einer von denen* –, aber er verscheuchte das Bild. „Mein Vater war Terraner. Ich wurde hier geboren und im Raumfahrer-Waisenhaus großgezogen. Ich bin jedoch sehr jung von hier weggekommen."

„Das muß es sein", sagte Ragan. „Ich war auch ein paar Jahre in dem Waisenhaus. Ich arbeite als Verbindungsmann für die Handelsstadt, wenn man dort darkovanische Führer, Bergsteiger und so weiter braucht. Außerdem organisiere ich Karawanen in die Berge, in die anderen Handelsstädte oder wohin auch immer."

Kerwin versuchte immer noch, sich schlüssig zu werden, ob der Mann einen erkennbaren darkovanischen Akzent hatte. Schließlich fragte er ihn: „Sind Sie Darkovaner?"

Ragan zuckte die Schultern. Die Bitterkeit in seiner Stimme war richtig erschreckend. „Wer weiß? Und – wen interessiert es schon?"

Er hob sein Glas und trank. Kerwin tat es ihm nach. Er merkte, daß er in Kürze betrunken sein werde; er war nie ein Trinker gewesen, und die darkovanischen Alkoholika, die er als Kind natürlich nicht probiert hatte, waren starker Stoff. Doch was kam es darauf an? Ragan musterte ihn von neuem, und auch darauf schien es nicht anzukommen.

Kerwin dachte: *Vielleicht haben wir vieles gemeinsam. Meine Mutter war wahrscheinlich Darkovanerin; wenn sie Terranerin gewesen wäre, hätte es Unterlagen gegeben. Sie kann alles mögliche gewesen sein. Mein Vater war im Raumdienst, das ist das einzige, was ich sicher weiß. Aber abgesehen davon, wer und was bin ich? Und wie ist er zu seinem Halbblut-Sohn gekommen?*

„Wenigstens sind Sie es ihm wert gewesen, daß er Ihnen die Staatsangehörigkeit des Imperiums verschafft hat", sagte Ragan bitter, und Jeff sah ihn verblüfft an. Er konnte sich nicht erinnern, daß er seine Gedanken laut ausgesprochen hatte. „Meinem war sogar das gleichgültig!"

„Aber Sie haben einen Rotschimmer im Haar", stellte Jeff fest und wunderte sich, warum er das gesagt hatte. Ragan schien ihn gar nicht gehört zu haben. Ellers unterbrach mit gekränktem Gesicht:

„Hört mal, ihr beiden, das hier soll eine Feier sein! Trinkt aus!"

Ragan stützte das Kinn in die Hände und sah Kerwin über den Tisch hinweg an. „Dann sind Sie zumindest teilweise aus dem Grund hergekommen, um nach Ihren Eltern – Ihren Verwandten zu suchen?"

„Um etwas über sie herauszufinden", berichtigte Kerwin.

„Sind Sie schon einmal auf den Gedanken gekommen, es könnte besser für Sie sein, nichts zu wissen?"

Er war auf den Gedanken gekommen. Er hatte sich hindurchgekämpft und war auf der anderen Seite wieder aufgetaucht. „Es kümmert mich nicht, ob meine Mutter eins von diesen Mädchen war." Er wies mit dem Kinn auf die Frauen, die kamen und gingen, Getränke holten, stehenblieben, um sich mit den Männern zu necken, Witze und Anzüglichkeiten auszutauschen. „Ich will es *wissen.*"

Ich will sicher sein, welche Welt Anspruch auf mich hat, Darkover oder Terra. Ich will sicher sein ...

„Gibt es denn keine Unterlagen im Waisenhaus?"

„Ich hatte noch keine Gelegenheit nachzusehen", antwortete Kerwin. „Jedenfalls ist das die erste Stelle, an die ich mich wenden werde. Ich weiß nicht, wieviel man mir dort erzählen kann. Aber es ist ein guter Anfang."

„Haben Sie sonst keinen Anhaltspunkt?"

Kerwin tastete mit Fingern, die die zunehmende Betrunkenheit ungeschickt machte, nach seiner Kupferkette. Sie gehörte ihm, solange er sich erinnern konnte. „Nur das hier. Im Waisenhaus sagte man mir, es habe um meinen Hals gehangen, als ich dort eintraf."

Es gefiel ihnen nicht. Die Hausmutter sagte, ich sei schon zu groß, um ein Glücksamulett zu tragen, und versuchte, es mir wegzunehmen. Ich schrie... warum hatte ich das vergessen?... und wehrte mich so heftig, daß man es mir schließlich ließ. Zum Teufel, warum habe ich das getan? Meinen Großeltern gefiel es auch nicht, und ich lernte, es vor ihnen zu verstecken.

„So ein Blödsinn", mischte sich Ellers grob ein. „Der lange verloren geglaubte Talisman! Du willst ihn ihnen also zeigen, und sie werden erkennen, daß du der lange verloren geglaubte Sohn und Erbe des hohen Lord Rotz von der Müllabfuhr auf seinem Schloß bist, und dann wirst du glücklich und in Freuden leben!" Er gab einen unartikulierten höhnischen Laut von sich. Kerwin fühlte, daß sein Gesicht sich vor Zorn rötete. Wenn Ellers das wirklich für Quatsch hielt...

„Darf ich es mir einmal ansehen?" Ragan streckte die Hand aus.

Kerwin zog die Kette über den Kopf. Aber als Ragan danach greifen wollte, barg er sie in seiner Hand. Es hatte ihn immer nervös gemacht, wenn ein anderer den Stein berührte. Er hatte nie Lust gehabt, mit einem der psychologischen Betreuer darüber zu sprechen. Wahrscheinlich hätten sie ein Schulterklopfen und eine Antwort bereit gehabt, irgend etwas Schlüpfriges über sein Unterbewußtsein.

Die Kette bestand aus Kupfer, einem auf Darkover wertvollen Metall. Aber der blaue Stein selbst war ihm immer wenig bemerkenswert vorgekommen, als ein billiges Schmuckstück, etwas, das ein armes Mädchen in Ehren halten mochte. Er war nicht einmal geschliffen, nur ein hübscher blauer Kristall, ein Stückchen Glas.

Aber Ragans Augen verengten sich, als er ihn betrachtete, und er stieß einen leisen Pfiff aus. „Bei Alars Wolf! Wissen Sie, was das ist, Kerwin?“

Kerwin zuckte die Schultern. „Irgendein Halbedelstein aus den Hellers, nehme ich an. Ich bin kein Geologe.“

„Es ist ein Matrix-Stein“, erklärte Ragan, und als Kerwin ihn verständnislos ansah, setzte er hinzu: „Ein psychokinetischer Kristall.“

„Mir zu hoch“, sagte Ellers und streckte die Hand nach dem kleinen Schmuckstück aus. Schnell schloß Kerwin schützend die Hand darüber, und Ragan hob die Augenbrauen.

„Eingestimmt?“

„Ich weiß nicht, wovon Sie reden“, sagte Kerwin, „nur mag ich es einfach nicht, daß Leute es berühren. Sicher ist das dumm.“

„Ganz und gar nicht“, erwiderte Ragan, und plötzlich schien er zu einem Entschluß zu kommen.

„Ich habe auch einen Stein. Er ist nicht annähernd so groß, nur ein kleiner von der Art, wie sie auf den Märkten für Kofferschlösser und Kinderspielzeuge verkauft werden. Einer wie Ihrer – nun, die liegen nicht gerade auf der Straße herum, wissen Sie, und wahrscheinlich ist er ein kleines Vermögen wert. Sollte er jemals von dem Hauptschirme überwacht worden sein, dürfte es nicht schwer sein, festzustellen, wem er gehörte. Aber selbst die kleinen wie meiner...“ Er holte eine Lederrolle aus einer Innentasche und wickelte sie behutsam auf. Ein winziger blauer Kristall rollte hinaus.

„Es verhält sich so mit ihnen: Vielleicht stellen sie eine Lebensform auf niedriger Stufe dar, das hat noch niemand herausgefunden. Jedenfalls gehören sie nur einem einzigen Menschen. Wenn Sie ein Schloß mit einem Matrix-Stein verschließen, kann nichts es jemals wieder öffnen außer Ihrer eigenen *Absicht,* es zu tun.“

„Willst du sagen, das sind magische Steine?“ fuhr Ellers wütend dazwischen.

„Teufel, nein. Sie nehmen deine Gehirnwellen und das ihnen

eigentümliche Enzephalogramm auf oder etwas in der Art; das ist wie ein Fingerabdruck. Deshalb ist die Person, die das Schloß versiegelt hat, die einzige Person, die es wieder öffnen kann, was sehr praktisch ist, wenn man persönliche Papiere schützen will. Dafür benutze ich den hier auch. Oh, ich bringe außerdem ein paar Tricks damit fertig."

Kerwin blickte auf den blauen Stein in Ragans Hand. Er war kleiner als sein eigener, hatte aber die gleiche ungewöhnliche Farbe. Er widerholte langsam: „Matrix-Stein."

Ellers, vorübergehend wieder nüchtern werdend, starrte Kerwin an. „Ja-a. Das große Geheimnis von Darkover. Seit Generationen versuchen die Terraner, etwas von der geheimen Matrix-Technologie zu erbetteln, zu borgen oder zu stehlen. Es wurde hier ein großer Krieg deswegen geführt – vor zwölf, zwanzig Jahren – ich erinnere mich nicht mehr, es war lange vor meiner Zeit. Oh, die Darkovaner bringen kleine Steine wie Ragans in die Handelsstadt und verkaufen sie, tauschen sie ein gegen Drogen oder Metalle, meistens Dolche, Werkzeuge oder Kameralinsen. Irgendwie wandeln sie Energie um, ohne daß ein Verlust durch Nebenprodukte entsteht. Aber sie sind so klein. Immerfort hören wir Gerüchte von großen. Noch größeren als deiner, Jeff. Aber kein Darkovaner wird über sie sprechen. He!" Er grinste. „Vielleicht bist du dann doch der verlorengegangene Erbe des hohen Lords Rotz von der Müllabfuhr in seinem Schloß! Ganz bestimmt wird kein Barmädchen ein solches Ding tragen!"

Kerwin hielt den Stein in seiner Hand, sah ihn aber nicht an. Wenn er es tat, schwamm es ihm vor den Augen, und ihn überfielen Schwindel und Übelkeit. Er steckte ihn wieder unter sein Hemd. Die Art, wie Ragen ihn anstarrte, paßte ihm nicht. Irgendwie erinnerte ihn das an etwas.

Ragan schob Kerwin seinen eigenen kleinen Kristall zu. Er war nicht größer als eine Perle, wie ihn eine Frau ans Ende eines langen Zopfes einflechten mag. Er fragte: „Können Sie hineinsehen?"

Das hatte schon einmal jemand zu ihm gesagt. Irgendwann hatte irgendwer zu ihm gesagt: Sieh in die Matrix. *Die Stimme einer Frau, leise. Oder hatte sie gesagt:* Sieh nicht in die Matrix . . . Der Kopf tat ihm weh. Zimperlich schob er den Stein zurück. Wieder wanderten Ragans Augenbrauen in die Höhe. „So schlimm ist es? Können Sie Ihren Stein benutzen?"

„Benutzen? Wie denn? Ich weiß, verdammt noch mal, gar nichts über das Ding", antwortete er unhöflich. Ragan zuckte die Schultern. „Ich bringe mit meinem nur ein paar Tricks fertig. Sehen Sie her."

Er kippte aus dem dicken grünen Glaskelch die letzten paar Tropfen hinunter, stellte ihn verkehrt herum auf den Tisch und legte den winzigen blauen Kristall auf den Fuß des Glases. Sein Gesicht nahm einen starren, konzentrierten Ausdruck an. Plötzlich gab es einen Blitz, der dem Auge wehtat, ein Zischen, und der Stiel des Glases schmolz und tropfte auf den Tisch, wo er eine grüne Pfütze bildete. Ellers japste und fluchte. Kerwin legte die Hand über die Augen. Das Glas blieb, wo es war, und sein geschmolzener Stiel krümmte sich. Er erinnerte sich, daß er in einem Kurs über Kunstgeschichte von einem terranischen Maler gehört hatte, der solche Dinge für Teetassen und Uhrendeckel malte. Die Geschichte hatte ihn eher als Wahnsinnigen denn als Genie eingestuft. Der Kelch mit dem zur Seite sackenden Stiel sah genauso surrealistisch aus wie die Bilder dieses Malers.

„Könnte ich das auch? Könnte es jeder?"

„Mit einem Stein von der Größe des Ihren könnten Sie eine Menge mehr tun", antwortete Ragan, „wenn Sie wüßten, wie Sie ihn zu benutzen haben. Ich verstehe nicht, wie sie funktionieren. Aber wenn Sie sich darauf konzentrieren, können sie kleine Gegenstände bewegen, intensive Hitze erzeugen und – nun, noch anderes. Man braucht nicht viel Übung, um mit so kleinen Steinen herumzuspielen."

Kerwin berührte den Stein auf seiner Brust. Er sagte: „Dann ist er nicht nur ein Schmuckstück?"

„Teufel, nein. Er ist ein kleines Vermögen wert – vielleicht auch ein großes; ich bin kein Fachmann. Es überrascht mich, daß man ihn Ihnen nicht weggenommen hat, bevor Sie Darkover verließen. Schließlich haben die Terraner sich viel Mühe gegeben, einen der größeren Steine in die Finger zu bekommen, um damit zu experimentieren und die Grenzen ihrer Möglichkeiten festzustellen."

Wieder kam eine dieser dunklen Erinnerungen an die Oberfläche. Auf dem großen Schiff, das ihn nach Terra brachte, hatte sich eine Stewardess mit dem Stein zu schaffen gemacht. Er war aus seinem Betäubungsschlaf aufgewacht, hatte geschrien und Alpträume bekommen. Kerwin hatte es für eine Nebenwirkung der Medikamente gehalten. Düster stellte er fest: „Versucht haben sie es vielleicht."

„Ich bin überzeugt, die Leiter des HQ würden eine Menge darum geben, wenn sie Versuche mit einem Stein von dieser Größe anstellen könnten", meinte Ragan. „Überlegen Sie es sich, ob Sie ihn ihnen überlassen wollen. Innerhalb bestimmter Grenzen wird man Ihnen dafür wahrscheinlich alles geben, was Sie wollen. Sie könnten zum Beispiel auf einen wirklich guten Posten befördert werden."

Kerwin grinste. „Da es mir immer, wenn ich ihn abnehme, lausig geht, dürfte das – einige Schwierigkeiten bereiten."

„Heißt das, du nimmst ihn nie ab?" fragte Ellers in seiner Betrunkenheit. „Du läßt ihn sogar im Bad an?"

Kerwin antwortete auflachend: „Oh, ich kann ihn abnehmen. Es ist mir nur irgendwie – ach, ich weiß nicht – *unheimlich*, wenn ich ihn eine Weile von mir lasse." Er hatte sich selbst immer abergläubisch, unvernünftig und unter einem Zwang stehend geschimpft, weil er das Ding als Fetisch behandelte.

Ragan schüttelte den Kopf. „Wie ich sagte, es sind merkwürdige Steine. Sie – verdammt, das hört sich wie Unsinn an, aber es *geschieht;* ich weiß nicht wie, ich weiß nur, daß es geschieht, vielleicht stellen sie wirklich eine niedrige Stufe des Lebens dar. Sehen Sie, sie *binden* sich an einen. Man kann nicht einfach davongehen und sie zurücklassen, und noch nie hat jemand davon gehört, es hätte einer seinen Stein verloren. Ich kenne einen Mann, der ständig seine Schlüssel verlor, bis er einen dieser kleinen Steine erwischte und an seinem Schlüsselring befestigte. Und immer, wenn er das Schlüsselbund irgendwo liegenließ, dann – glauben Sie mir! – *wußte* er, wo es war."

Das, dachte Kerwin, erklärte eine Menge. Auch daß ein Kind schrie, als sei es halb so alt, wie es wirklich war, als eine keinen Unsinn duldende terranische Hausmutter ihm seinen „Glückszauber" wegnahm. Am Ende mußten sie ihn ihm zurückgeben. Erschauernd fragte er sich, was geschehen wäre, hätten sie es *nicht* getan. Doch das wollte er gar nicht wissen. Wieder berührte er den verborgenen Stein und erinnerte sich kopfschüttelnd an die Überzeugung des Kindes, daß er den Schlüssel zu seiner unbekannten Vergangenheit, zu seiner und seiner Mutter Identität, zu seinen verschwommenen Erinnerungen und halb vergessenen Träumen darstellte.

„Natürlich hoffte ich", sagte er mit dick aufgetragener Ironie, „das Amulett werde tatsächlich beweisen, ich sei der lange verloren geglaubte Sohn und Erbe deines hohen Lords Sowieso. Jetzt sind alle meine Illusionen zerstört." Er hob das Glas an die Lippen und rief dem darkovanischen Mädchen zu, nochmal das Gleiche zu bringen.

Und dabei fiel sein Blick auf das Glas, dessen Stiel Ragan geschmolzen hatte. Verdammt, war er betrunkener, als er geglaubt hatte?

Der Kelch stand aufrecht auf seinem grünen Stiel, gerade und ungebrochen. Er war vollkommen in Ordnung.

Kapitel 3: Die Fremden

Drei Runden später entschuldigte Ragan sich. Er sagte, er habe einen Auftrag für das HQ erledigt und müsse darüber Bericht erstatten, bevor er sein Geld bekomme. Als er fort war, blickte Kerwin ungeduldig zu Ellers hinüber, der beim Trinken mit Ragan Schritt gehalten hatte. Auf diese Art hatte er den ersten Abend auf der Welt, deren Bild er seit seiner Kindheit im Herzen trug, nicht verbringen wollen. Er wußte nicht recht, *was* er wollte – aber bestimmt hatte er sich nicht vorgestellt, daß er die ganze Nacht in einer Raumhafenbar sitzen und sich betrinken würde!

„Hör mal, Ellers ..."

Nur ein leises Schnarchen antwortete ihm. Ellers war an seinem Platz zusammengesunken und völlig hinüber.

Das mollige darkovanische Barmädchen kam mit neuem Wein – Kerwin hatte nicht verfolgt, wie oft sie schon nachgeschenkt hatte – und betrachtete Ellers mit einer professionellen Mischung aus Enttäuschung und Resignation. Nachdem sie Kerwin mit einem schnellen Blick gestreift hatte, übertrug sie ihre Aufmerksamkeit auf ihn. Als sie sich vorbeugte, um einzugießen, streifte sie ihn kunstvoll. Ihr loses Gewand war an der Kehle nicht zusammengesteckt, so daß er das Tal zwischen ihren Brüsten sehen konnte, und der vertraute süße Geruch nach Weihrauch hing an ihrem Kleid und ihrem Haar. Tief in Kerwins Innerem begann eine Saite zu schwingen, als er den Duft nach Darkover, nach Frau einsog. Aber er sah nochmals hin und erkannte, daß ihre Augen hart und seicht waren und ihre liebliche Stimme einen scharfen Unterton hatte, als sie säuselte: „Dir gefallen, was du sehen, großer Mann?"

Sie sprach gebrochenes Terra-Standard, nicht den wohlklingenden Stadt-Dialekt. Hinterher wurde sich Kerwin bewußt, daß ihn das am meisten gestört hatte. „Du mögen Lomie, großer Mann? Du kommen mit mir, ich hübsch und warm, du werden sehen…“

Kerwin hatte einen schalen Geschmack im Mund, und das war nicht der Nachgeschmack des Weins. Welcher Himmel und welche Sonne es auch sein mochten, wie man die Welt auch nannte, die Mädchen in den Bars der terranischen Handelsstädte waren überall die gleichen.

„Du kommen? Du kommen…?“

Ohne recht zu wissen, was er vorhatte, faßte Kerwin den Rand der Tischplatte und wuchtete sich hoch. Hinter ihm fiel krachend die Bank um. Er ragte über das Mädchen empor, musterte sie finster durch das trübe, rauchgeschwängerte Licht, und von seinen Lippen stürzten Worte in einer lange vergessenen Sprache:

„Hebe dich hinweg, du Tochter einer Bergziege, und verberge deine Schande anderswo, nicht indem du bei Männern von Welten liegst, die deine eigene verachten! Wo ist der Stolz der Cahuenga geblieben, Schändliche?“

Das Mädchen keuchte und wich zurück. Krampfhaft raffte sie das Kleid über ihren bloßen Brüsten zusammen. Sie verbeugte sich beinahe bis zum Boden. Sie schluckte, aber eine Zeitlang bewegten sich ihre Lippen nur tonlos. Dann flüsterte sie:

„S'dia shaya… d'sperdo, vai dom alzuo…“ Weinend entfloh sie. Ihr Schluchzen und der Duft ihres Haars blieben hinter ihr zurück.

Kerwin hielt sich schwankend an der Tischkante fest. *Gott, wie man sich doch betrinken kann! Was habe ich da eben für einen Unsinn von mir gegeben?*

Er war bestürzt über sein eigenes Verhalten. Was sollte denn das? Das arme Mädchen hatte vor Angst beinahe den Verstand verloren! Er war nicht tugendhafter als der nächstbeste Mann. Welcher puritanische Überrest hatte ihn veranlaßt, in heiligen Zorn zu geraten und sie derartig niederzuschmettern? Er hatte seinen Anteil an den Raumhafenmädchen auf mehr als einer Welt gehabt.

Und welche Sprache hatte er überhaupt gesprochen? Er wußte, es war nicht der Stadtdialekt gewesen, aber was dann? Er konnte sich nicht erinnern, so sehr er sich auch bemühte. Nicht eine Silbe war noch von den Wörtern vorhanden, die plötzlich in seinem Geist aufgetaucht waren, nur die sie begleitende Empfindung war geblieben.

Ellers hatte glücklicherweise während der ganzen Szene geschnarcht. Kerwin konnte sich vorstellen, wie ihn der andere aufgezogen hätte, wäre er wach gewesen. Er dachte: *Wir sollten hier lieber verschwinden, solange ich den Weg noch finde – und bevor ich noch etwas Verrücktes anstelle!*

Er bückte sich und schüttelte Ellers, aber Ellers brummte nicht einmal. Kerwin erinnerte sich, daß Ellers ebensoviel getrunken hatte wie er und Ragan zusammen. Das tat er in jedem Raumhafen. Kerwin zuckte die Schultern, stellte die Bank wieder auf, die er umgeworfen hatte, hob Ellers Füße hinauf und ging unsicher auf die Tür zu.

Luft. Frische Luft. Das war alles, was er brauchte. Dann sollte er besser in die Terranische Zone zurückgehen. Innerhalb der Raumhafentore wußte er wenigstens, wie er sich zu benehmen hatte. Aber, dachte er verwirrt, ich hatte mir eingebildet, ich wisse mich hier auf Darkover zu benehmen. Was ist in mich gefahren?

Das triefäugige, zornige Auge der Sonne stand niedrig über der Straße. Schatten in tiefem Violett und Indigo hüllten die zusammengedrängten Häuser in eine freundliche Dunkelheit. Jetzt waren Leute auf der Straße, Darkovaner in farbenfreudigen Hemden und Breeches mit schweren gewebten Umhängen oder den allgegenwärtigen importierten Kletterwesten, Frauen, bis zu den Augenbrauen in Pelz eingehüllt, und einmal glitt eine hohe Gestalt vorbei, die unter einer Kapuze und einem seltsam geschnittenen und gefärbten Mantel unsichtbar blieb. Aber es war keine menschliche Gestalt.

In dem Augenblick, als Kerwin stehenblieb und zu dem flammenden Himmel hochblickte, versank die Sonne, und sofort fegte Dunkelheit über den Himmel wie mit großen, weichen Schwingen, die sich falteten und alles Leuchten auslöschten. Das war die plötzlich einbrechende Nacht, die dieser Welt den Namen gegeben hatte. Am Firmament sprang die funkelnde Krone aus großen weißen Sternen hervor, und drei der kleinen, juwelengleichen Monde standen am Himmel, jadegrün, pfauenblau, perlenrosa.

Kerwin starrte mit feuchten Augen nach oben und schämte sich seiner Tränen nicht. Es war also doch keine Illusion, trotz der üblichen Raumhafenbars und der enttäuschenden Straßen. Er war tatsächlich nach Hause zurückgekehrt. Er hatte das plötzliche Verdunkeln des Himmels gesehen, den Glanz der Sternenkrone, die man nach der Legende Hasturs Krone nannte ... Er blieb stehen, bis sich der nächtliche Nebel mit der plötzlichen Abkühlung der Luft sammelte und die Sterne erst ihren Glanz verloren und dann verschwanden.

Langsam ging er weiter. Die ersten dünnen, nebligen Niederschläge fielen. Der hoch in den Himmel ragende Lichtstrahl des Hauptquartiers wies ihm die Richtung, und er bewegte sich widerstrebend darauf zu.

Er dachte an das darkovanische Mädchen in der Bar, das er auf so unerwartete und befremdende Weise zurückgewiesen hatte. Sie war warm und schmiegsam gewesen, und sie war sauber, und was konnte sich ein Mann als Willkommen in der Heimat mehr wünschen? Warum hatte er sie weggeschickt – und noch dazu in dieser Art?

Er fühlte sich merkwürdig unruhig und ziellos. Heimat? Eine Heimat bedeutete mehr als Himmel und Sterne über sich, die einem bekannt waren. Eine Heimat bedeutete Menschen. Er hatte eine Heimat auf der Erde gehabt, wenn es das war, was er sich wünschte. Nein, dachte er nüchtern. Seine Großeltern hatten ihn nie gewollt. Er war nur der zweite Versuch gewesen, einen Jungen nach dem Bild zu gestalten, daß sie sich von einem Sohn machten. Und im Raum? Ellers war vielleicht der engste Freund, den er je gehabt hatte, und was war Johnny Ellers? Ein Raumhafenstreicher, ein Planetenhüpfer. Plötzlich überfiel Kerwin die Sehnsucht nach Wurzeln, nach einem Heim, nach Menschen und einer Welt, die er nie kennengelernt hatte. Die man ihm nie kennenzulernen erlaubt hatte. Ihm kamen die Worte wieder in den Sinn, die er, sich selbst verspottend, zu Ellers gesagt hatte: *Ich hatte gehofft, das Amulett werde beweisen, ich sei der lange verloren geglaubte Sohn und Erbe . . .*

Ja, jetzt erkannte er, daß ihn dieser Traum zurück nach Darkover gelockt hatte, die Phantasterei, er werde einen Ort finden, wohin er gehörte. Warum hätte er sonst die letzte Welt verlassen sollen? Es hatte ihm dort gefallen; er hatte eine Menge Schlägereien, eine Menge Frauen, eine Menge unverbindlicher Kameradschaft, eine Menge lustiger Abenteuer gehabt. Aber die ganze Zeit hatte er den unaufhörlichen Drang verspürt, nach Darkover zurückzukehren. Das hatte ihn veranlaßt, sich, wie er jetzt einsah, die Chance auf eine sichere Laufbahn zu verderben und außerdem jede Hoffnung auf eine Beförderung den Garaus zu machen.

Und würde nun, wo er hier war, wo er die vier Monde und die schnell hereinbrechende Nacht seiner Träume gesehen hatte, alles übrige Enttäuschung sein? Würde er herausfinden, daß seine Mutter auch nur so ein Raumhafenmädchen war wie die eine, die sich ihm heute abend genähert hatte, weil sie zu gern etwas von der reichlichen Heuer eingesackt hätte? Wenn dem so war, bewunderte er den Geschmack seines Vaters nicht. Sein Vater? Er hatte viel über seinen Vater gehört in den sieben Jahren, die er bei seinen Großeltern festgesessen hatte, und danach hatte er sich ein Bild von ihm gemacht, das sich mit dieser Vorstellung nicht ganz vereinbaren ließ. Er nahm an, sein Vater sei ein wählerischer Mensch gewesen. Aber vielleicht war er seiner Großmutter nur so vorgekommen ... Nun, zumindest hatte er für seinen Sohn genug Interesse gehabt, um ihm die Staatsangehörigkeit des Imperiums zu verschaffen.

Wie dem auch sein mochte, er wollte ausführen, wozu er hergekommen war. Er wollte versuchen, seine Mutter aufzuspüren, und aufklären, warum sein Vater ihn im Raumfahrer-Waisenhaus abgesetzt hatte und wie und wo er gestorben war. Und dann? *Was dann?* Die Frage quälte ihn: Was würde er dann tun?

Den Falken werde ich fliegen lassen, wenn seine Schwingen gewachsen sind, sagte Kerwin zu sich selbst, und fann fiel ihm auf, daß er das darkovanische Sprichwort ausgesprochen hatte, ohne darüber nachzudenken.

Der nächtliche Nebel hatte sich jetzt kondensiert, und dünner, kalter Regen begann zu fallen. Es war tagsüber so warm gewesen, daß Kerwin beinahe vergessen hatte, wie schnell die Tageswärme zu dieser Jahreszeit von Regen, Schneeklatsch und Schnee ausgelöscht wurde. Schon mischten sich kleine Eisnadeln zwischen die Tropfen. Er erschauerte und legte einen Schritt zu.

Irgendwo war er falsch abgebogen. Er hatte erwartet, auf den Platz vor dem Raumhafen hinauszukommen. Nun stand er auf einem offenen Platz, aber es war nicht der richtige. An einer Seite zog sich eine Reihe von kleinen Cafés und Garküchen, Kneipen und Restaurants entlang. Es waren Terraner da, so daß das Gebiet dem Raumhafenpersonal bestimmt nicht verboten war. Kerwin wußte, daß es derartige Orte gab, denn er war sorgfältig darüber instruiert worden. Aber draußen waren Pferde angebunden, so daß die Lokale auch von darkovanischen Gästen besucht wurden. Er spazierte am Rand des Platzes entlang, fand ein Lokal, das angenehm nach darkovanischem Essen roch, und trat auf gut Glück ein. Die Düfte ließen ihm das Wasser im Mund zusammenlaufen. Essen – das war es, was er brauchte, gutes, solides Essen, nicht die fade synthetische

Nahrung des Sternenschiffs. In dem dämmrigen Licht verschwammen alle Gesichter, und er hielt nach keinem der Männer von der *Southern Crown* Ausschau.

Kerwin setzte sich an den Ecktisch und bestellte, und als das Essen kam, ließ er es sich schmecken. Nicht weit von ihm entfernt ließen sich zwei Darkovaner, besser gekleidet als die meisten, bei ihrem Essen Zeit. Sie trugen bunte Mäntel, hohe Stiefel und juwelenbesetzte Gürtel, in denen Messer steckten. Einer hatte flammend rotes Haar, und bei diesem Anblick hob Kerwin die Augenbrauen. Die Stadt-Darkovaner waren alle dunkel, und er war als Kind seines eigenen roten Haars wegen neugierig angestarrt worden, wenn er in die Stadt kam. Sein Vater und auch seine Großeltern hatten dunkle Haare und Augen, und er war unter ihnen wie ein Leuchtfeuer aufgefallen. Im Waisenhaus hatten sie ihn *Tallo* (Kupfer) gerufen, halb im Spott und halb, wie ihm jetzt klar wurde, in einer Art abergläubischer Scheu. Und die darkovanischen Pflegerinnen und Hausmütter hatten soviel Mühe gehabt, den Spitznamen zu unterdrücken, daß es ihn sogar damals schon erstaunt hatte. Irgendwie hatte er den Eindruck gewonnen – obwohl es den darkovanischen Pflegerinnen verboten war, mit den Kindern über den hiesigen Aberglauben zu sprechen –, daß rotes Haar Unglück bedeutete, beziehungsweise tabu war.

Wenn es Unglück bedeutete, wußte der Rotkopf am anderen Tisch das entweder nicht, oder es war ihm gleichgültig.

Auf der Erde war die Erinnerung an diesen Aberglauben allmählich verblaßt, vielleicht, weil rotes Haar dort gar nicht so selten war. Aber es mochte Ragans musternde Blicke erklären. Wenn rotes Haar dermaßen ungewöhnlich war, würde jemand, der in einiger Entfernung einen rothaarigen Mann erblickte, annehmen, er sei ein Bekannter, und überrascht sein, wenn er sich als Fremder herausstellte.

Doch dabei fiel ihm ein, daß Ragans eigenes Haar einen rostroten Schimmer hatte. Vielleicht war er als Kind auch rothaarig gewesen. Wieder dachte Kerwin, der kleine Mann sei ihm irgendwie bekannt vorgekommen. Er versuchte, sich zu erinnern, ob es im Waisenhaus außer ihm noch andere Rotköpfe gegeben habe. Ganz bestimmt hatte er zwei gekannt, als er sehr klein gewesen war ...

Vielleicht bevor ich in das Waisenhaus kam. Vielleicht war meine Mutter rothaarig oder irgendwelche Verwandten von ihr ...

So sehr er sich bemühte, er konnte die Leere jener frühen Jahre nicht füllen. Da war nur eine Erinnerung an böse Träume...

Ein Lautsprecher an der Wand rülpste unverschämt, und eine blecherne Stimme forderte: „Achtung, bitte. Das gesamte Raumhafen-Personal: Achtung bitte."

Kerwin hob die Augenbrauen und sah den Lautsprecher beleidigt an. Er war hier eingetreten, um von derartigen Dingen loszukommen. Offenbar empfanden einige andere Gäste des Restaurants ebenso, denn es wurden ein paar höhnische Geräusche laut.

Die blecherne Stimme fuhr in Terra-Standard fort: „Achtung, bitte. Wer vom HQ-Personal ein Flugzeug auf dem Feld stehen hat, melde sich sofort bei Abteilung B. Jede Genehmigung für den Oberflächenverkehr ist widerrufen, wiederhole: widerrufen. Die *Southern Crown* wird planmäßig, wiederhole: planmäßig starten. Alle Atmosphären-Flugzeuge auf dem Feld müssen unverzüglich entfernt werden. Ich wiederhole: Wer vom HQ-Personal ein privates Atmosphären-Flugzeug auf dem Feld..."

Der rothaarige Darkovaner, der Kerwin aufgefallen war, erklärte hörbar und boshaft – und in dem Stadt-Dialekt, den jeder verstand –: „Wie arm diese Terraner sein müssen, daß sie uns alle mit dem quakenden Kasten da oben stören, statt einem Lakaien ein paar Pennies zu bezahlen, damit er ihre Botschaft überbringt." Das Wort, das er für „Lakai" benutzte, war ein besonders beleidigendes.

Ein Raumhafen-Beamter in Uniform, der vorn im Restaurant saß, maß den Sprecher mit einem wütenden Blick. Dann überlegte er es sich anders, rückte seine mit goldenen Litzen geschmückte Mütze auf dem Kopf zurecht und marschierte hinaus in den Regen. Ein Schwall bitterkalter Luft fegte in den Raum – denn er war der erste eines kleinen Exodus gewesen –, und der Darkovaner in Kerwins Nachbarschaft sagte zu seinem Gefährten: *„Esa so vhalle Terranan acqualle..."* und lachte.

Der andere erwiderte etwas noch Verächtlicheres, wobei sein Blick auf Kerwin ruhte, und Kerwin ging auf, daß er der einzige im Raum verbliebene Terraner war. Er merkte, daß er zitterte. Er war immer kindisch empfindlich gegen Beleidigungen gewesen. Auf der Erde war er ein Fremder, ein Schaustück, ein Darkovaner gewesen. Hier auf Darkover fühlte er sich plötzlich als Terraner, und die Geschehnisse des Tages waren nicht geeignet gewesen, seine Reizbarkeit zu dämpfen. Aber er schoß nur einen finsteren Blick hinüber und bemerkte zu dem leeren Tisch zu seiner Linken: „Der Regen kann das Schlammkaninchen nur ertränken, wenn es nicht Verstand genug hat, den Mund geschlossen zu halten."

Ein anderer Darkovaner schob seine Bank zurück und sprang auf, und dabei warf er seinen Becher um. Das dünne Klappern des metallenen Gefäßes und das Aufheulen des Kellners zogen alle Blicke auf sie, und Kerwin zwängte sich hinter seinem Tisch hervor. Innerlich beobachtete er sich selbst mit Bestürzung. Hatte er vor, *zwei* Szenen in *zwei* Bars zu machen, und würde seine wenig feierliche Heimkehr nach Darkover damit enden, daß man ihn wegen Trunkenheit und ungebührlichen Benehmens ins hiesige Gefängnis steckte?

Dann faßte der zweite Mann am Tisch seinen Gefährten beim Ellenbogen und sprach drängend auf ihn ein. Kerwin konnte ihn nicht verstehen. Der Blick des ersten Mannes wanderte langsam aufwärts und blieb an Kerwins Kopf hängen, der jetzt von einer Lampe über ihm deutlich beleuchtet war. Mit einem kleinen Schlucker sagte der Darkovaner: „Ich will keinen Ärger mit Comyn..."

Zum Teufel, wovon redet er? dachte Kerwin. Der Möchtegern-Raufbold sah seinen Gefährten an, fand bei ihm keine Ermutigung, warf seinen Arm vors Gesicht und murmelte etwas, das sich wie *„Su serva, vai dom...",* anhörte. Er segelte durch das Lokal, umging die Tische wie ein Schlafwandler und stürzte sich hinaus in den Regen.

Sämtliche Gäste, die noch in dem kleinen Restaurant anwesend waren, starrten Kerwin an. Aber ihm gelang es, den Kellner lange genug zu mustern, um ihn zu vertreiben. Er setzte sich und hob seine Tasse – sie enthielt das darkovanische Äquivalent von Kaffee, ein koffeinreiches Getränk, das in etwa wie bittere Schokolade schmeckte – und trank. Es war kalt.

Der gutgekleidete rothaarige Darkovaner stand auf, kam herbei und glitt in den leeren Platz Kerwin gegenüber.

„Zum Teufel, wer sind Sie?"

Zu Jeffs Überraschung sprach er Terra-Standard. Aber er sprach es schlecht und bildete jedes Wort mit Sorgfalt.

Kerwin stellte müde seine Tasse hin.

„Niemand, den Sie kennen, Freund. Wollen Sie nicht gehen?"

„Nein, ich spreche im Ernst", versicherte der rothaarige Mann. „Wie ist Ihr Name?"

Und nun verlor Kerwin die Geduld. Welches Recht hatte dieser Kerl, sich zu ihm zu setzen und zu verlangen, daß er über sich Rechenschaft ablegte?

„Evil-Eye Fleegle, und ich bin ein sehr alter Gott", antwortete er. „Und ich spüre jedes Jahrtausend, das auf mir lastet. Verschwinden Sie, oder ich schlage Sie mit dem bösen Blick, wie ich es mit Ihrem Freund gemacht habe."

Der rothaarige Mann grinste. Es war ein spöttisches, unfreundliches Grinsen. „Er war kein Freund von mir", erklärte er, „und offensichtlich sind Sie nicht, was Sie scheinen. Sie waren überraschter als alle anderen, als er hinausrannte. Natürlich dachte er, Sie seien einer von uns." Er verbesserte sich: „Einer meiner Verwandten."

Kerwin fragte ironisch: „Was ist das hier, der Tag der alten Heimat? Nein, danke. Ich stamme von einer langen Reihe arkturianischer Eidechsenmenschen ab." Er griff nach dem kaffeeähnlichen Getränk und vergrub sein Gesicht in der Tasse. Dabei spürte er den verwirrten Blick des Rothaarigen auf seinem Scheitel. Dann wandte der Mann sich ab und murmelte *„Terranan"* in einem Ton, der das einzige Wort zu einer tödlichen Beleidigung machte.

Jetzt, wo es zu spät war, wünschte Kerwin, er habe höflicher geantwortet. Es war heute abend das zweite Mal gewesen, daß jemand ihn für einen seiner Bekannten hielt. Wenn er irgendwem in Thendara sehr ähnlich sah, war das dann nicht das, was er hier hatte herausfinden wollen?

Es drängte ihn, dem Mann nachzugehen und eine Erklärung zu verlangen. Aber er hatte die Chance verpaßt; er würde nur zurückgewiesen werden. Mit einem Gefühl der Frustration warf Kerwin ein paar Münzen auf die Bartheke, griff nach seinem Bündel aus dem Raumhafenladen und trat wieder auf die Straße.

Inzwischen war aus dem Regen ein eisiger Graupelschauer geworden; die Sterne waren nicht mehr zu sehen. Es war dunkel und kalt, und der Wind heulte. Kerwin kämpfte sich voran. Er erschauerte in seiner dünnen Uniformjacke. Warum hatte er nichts Wärmeres mitgenommen, um es nach dem Dunkelwerden anzuziehen? Er wußte doch, wie das Wetter hier des Nachts war! Verdammt – er *hatte* ein warmes Kleidungsstück. Es mochte ein bißchen merkwürdig aussehen, aber er konnte es überwerfen, bis er aus diesem Wind heraus war. Mit steifen Fingern öffnete er das Bündel und holte den pelzgefütterten, bestickten Mantel heraus. Warum auch nicht? Er legte ihn sich um die Schultern, und das geschmeidige Leder umhüllte ihn mit Wärme wie mit einer Liebkosung.

Kerwin bog in eine Seitenstraße ein. Und da war der offene Platz vor dem Raumhafen! Die Neonlichter des Sky-Harbor-Hotels leuchteten auf der den Toren entgegengesetzten Seite. Er sollte ins HQ gehen und sich ein Quartier anweisen lassen. Er hatte sich nicht gemeldet, er wußte nicht einmal, wo er schlafen sollte. Kerwin schritt auf die Tore zu. Dann ließ ihn ein spontaner Einfall kehrtmachen und zu dem Hotel zurückgehen. Er brauchte einen letzten Schluck und etwas Zeit zum Nachdenken, bevor er sich wieder in die Welt der weißen Wände und gelben Lichter begab. Vielleicht nahm er sich auch für diese Nacht ein Zimmer im Hotel.

Der Portier, der eifrig Eintragungen durchsah, blickte kaum auf.

„Gehen Sie da durch", sagte er kurz und widmete sich wieder seinem Buch.

Hatte der Zivildienst hier Räume reservieren lassen? Kerwin wollte schon protestieren, doch dann zuckte er die Schultern und trat durch die ihm bezeichnete Tür.

Und blieb stehen, denn er war in einen Saal geraten, der für eine geschlossene Gesellschaft vorbereitet war. Auf einem langen Tisch in der Mitte war eine Art Buffet aufgebaut, und in hohen Kristallvasen standen Blumen. Am hinteren Ende des Raums stand ein großer, rothaariger Mann und sah ihn unschlüssig an – dann merkte Kerwin, daß die schwarze Wand eine Glasscheibe vor der Dunkelheit der Nacht war, die sie zum Spiegel machte. Der Darkovaner mit dem Mantel war er selbst. Er betrachtete sich, als habe er sich nie zuvor gesehen: Ein großer Mann mit vom Regen glatten Haar und einem einsamen und grüblerischen Gesicht. Es war das Gesicht eines Abenteurers, der aus irgendeinem Grund um sein Abenteuer betrogen worden ist. Der Anblick seines eigenen Gesichts über dem darkovanischen Mantel weckte in ihm einen Schwall von – Erinnerungen? Wann hatte er sich selbst schon einmal so gekleidet gesehen? Oder – oder *jemand anders?*

Ungeduldig runzelte Kerwin die Stirn. Natürlich kam er sich selbst bekannt vor. Was war denn nur los mit ihm? Und das war auch die Lösung; der Portier hatte ihn einfach für einen Darkovaner gehalten, vielleicht für jemanden, den er vom Sehen kannte, und ihn in den reservierten Saal gewiesen. Ebenso war es eine Erklärung für das Verhalten Ragans und des Rothaarigen im Restaurant. Es gab auf Darkover einen Doppelgänger von ihm oder zumindest jemanden, der ihm sehr ähnlich sah, irgendeinen großen Rothaarigen von ungefähr seiner Größe und Farbe, und davon wurden die Leute bei flüchtigem Hinsehen getäuscht.

„Ihr seid früh hier, *Com'ii*", sagte eine Stimme hinter ihm, und Kerwin drehte sich um und sah sie.

Im ersten Augenblick hielt er sie für ein terranisches Mädchen, und das wegen der rotgoldenen Locken, die auf ihrem Köpfchen aufgetürmt waren. Sie war schlank und zart, und ihr einfaches Gewand schmiegte sich an zierliche Kurven. Schnell wandte Kerwin seine Augen ab. In aller Öffentlichkeit eine darkovanische Frau anzustarren, war eine Unverschämtheit, für die ein Mann zusammengeschlagen werden konnte, wenn Verwandte der Frau in der Nähe und gewillt waren, Anstoß zu nehmen. Aber sie gab seinen Blick offen zurück und hieß ihn durch ihr Lächeln willkommen. Einen Augenblick lang glaubte er, sein erster Eindruck, sie sei Terranerin, sei trotz ihrer darkovanischen Anrede doch richtig.

„Wie seid Ihr hergekommen? Ich dachte, wir hätten ausgemacht, daß die Turmkreise zusammenbleiben", sagte sie, und Kerwin starrte sie an. Sein Gesicht wurde heiß, und das nicht vom Feuer. „Ich bitte um Entschuldigung, *Domna*", erklärte er in der Sprache seiner Kinderzeit. „Ich wußte nicht, daß dies ein Privatzimmer ist; man hat mich irrtümlich hierher verwiesen. Verzeiht mein Eindringen, ich werde sofort gehen."

Sie sah ihn an, und ihr Lächeln verblaßte. „Was denkt Ihr Euch eigentlich?" verlangte sie zu wissen. „Wir haben über vieles zu diskutieren..." Sie hielt inne. Dann fragte sie unsicher: „Habe ich einen Fehler gemacht?"

Kerwin erwiderte: „Irgendwer hat einen gemacht, das ist sicher." Seine Stimme erstarb bei den letzten Wörtern, weil ihm klar wurde, daß sie sich *nicht* der Sprache von Thendara bediente, sondern einer anderen, die er nie zuvor gehört hatte. Und trotzdem hatte er sie so gut verstanden, daß es ihm erst jetzt auffiel!

Dem Mädchen blieb der Mund offenstehen. Schließlich fragte sie: „Im Namen des Sohnes von Aldones und seiner göttlichen Mutter, wer seid Ihr?"

Kerwin wollte ihr schon seinen Namen nennen, als ihm der Gedanke kam, daß er ihr unmöglich etwas bedeuten konnte, und der Zornteufel, der sich kurze Zeit ruhig verhalten hatte, weil er mit einer schönen Frau sprach, bemächtigte sich seiner von neuem. Das war heute abend schon das zweite – nein, das dritte Mal. Verdammt noch mal, sein Doppelgänger mußte viel herumkommen, wenn er sowohl in einer Raumhafenkneipe als auch in dem für eine Gesellschaft der darkovanischen Aristokratie reservierten Raum erkannt wurde – denn das Mädchen konnte keiner anderen Klasse angehören.

So ironisch, wie er es nur fertigbrachte, antwortete er: „Erkennt Ihr mich nicht, Lady? Ich bin Euer großer Bruder Bill, das schwarze Schaf der Familie, der mit sechs Jahren davonlief und in den Raum ging, und seitdem bin ich von Raumpiraten auf den Randwelten gefangengehalten worden. Ihr könnt Euch bei der nächsten Amtseinsetzung vergewissern."

Sie schüttelte verständnislos den Kopf, und er wurde sich bewußt, daß die Sprache und die Ironie wie auch die Anspielungen, die er gemacht hatte, ihr überhaupt nichts sagten. Dann meinte sie in dieser Sprache, die er verstand, wenn er nicht zu gründlich darüber nachdachte: „Aber sicher seid Ihr doch einer von uns, vielleicht aus der Verborgenen Stadt? Wer seid Ihr?"

Kerwin war zu verärgert, um das Spiel weiter fortzusetzen. Beinahe wünschte er, der Mann, für den sie ihn hielt, werde in diesem Augenblick hereinkommen, damit er ihm die Nase einschlagen könne.

„Passen Sie auf, Mädchen, Sie verwechseln mich mit einem anderen. Ich weiß gar nichts über Ihre Verborgene Stadt – sie ist wohl zu gut verborgen. Auf welchem Planeten liegt sie? Sie sind doch keine Darkovanerin?" Denn ihr Benehmen war ganz bestimmt nicht das einer darkovanischen Frau.

Wenn sie bisher verwirrt gewesen war, so schien sie jetzt vom Donner gerührt zu sein. „Und trotzdem habt Ihr die Sprache von Valeron verstanden? Hört mir zu", setzte sie von neuem an, und diesmal benutzte sie den Stadt-Dialekt von Thendara. „Ich finde, das müssen wir aufklären. Hier ist etwas sehr merkwürdig. Wo können wir miteinander sprechen?"

„Der beste Ort dafür ist hier", antwortete Kerwin. „Ich mag eben erst auf Darkover gelandet sein, aber so fremd bin ich hier nicht. Ich bin gar nicht verrückt darauf, daß Eure Verwandten mir einen

Mordversuch anhängen, noch bevor ich vierundzwanzig Stunden hier bin, falls Ihr emfpindliche männliche Verwandte habt. Falls *Ihr* Darkovanerin seid."

Das elfenhafte Gesichtchen verzog sich zu einem verwirrten kleinen Lächeln. „Das kann ich nicht glauben", sagte sie. „Ihr wißt nicht, wer ich bin, und was schlimmer ist, Ihr wißt nicht, *was* ich bin. Ich war überzeugt, Ihr kämt von einem der entfernter liegenden Türme, Ihr wäret jemand, den ich noch nie von Angesicht zu Angesicht, sondern nur in den Relais gesehen hatte. Vielleicht jemand von Hali oder Neskaya oder Dalereuth ..."

Kerwin schüttelte den Kopf.

„Ich bin niemand, den ihr kennt, glaubt mir. Ich wünschte, Ihr würdet mir erzählen, für wen Ihr mich haltet. Wer er auch sein mag, ich möchte meinen Doppelgänger in dieser Stadt gern kennenlernen. Das könnte mir einige Fragen beantworten."

„Das kann ich nicht tun", sagte sie zögernd, und Kerwin spürte, daß sie jetzt unter dem geöffneten darkovanischen Mantel die terranische Uniform erkannt hatte. „Nein, bitte, geht nicht. Wenn Kennard hier wäre ..."

„Tani, was soll das?" fiel eine helle, harte Stimme ein, und in der spiegelnden Glasscheibe erblickte Kerwin einen Mann, der auf sie zukam. Er wandte sich dem Neuankömmling zu und fragte sich – so wahnsinnig war die Welt geworden – ob er ein Spiegelbild seiner selbst finden werde. Aber dem war nicht so.

Der Mann war groß und schlank mit heller Haut und dichtem, rotgoldenem Haar. Kerwin verabscheute ihn schon, bevor er in ihm den Rothaarigen erkannte, mit dem er jene kurze und unbefriedigende Begegnung in dem Restaurant gehabt hatte. Der Darkovaner erfaßte sofort, was vorging, und sein Gesicht nahm den Ausdruck entrüsteter Wohlanständigkeit an.

„Ein Fremder hier, und du allein mit ihm, Taniquel?"

„Auster, ich wollte doch nur ...", protestierte das Mädchen.

„Ein *Terranan!*"

„Zuerst hielt ich ihn für einen von uns, vielleicht von Dalereuth."

Der Darkovaner ließ Kerwin einen verächtlichen Blick zukommen. „Er ist ein arkturianischer Eidechsenmensch, jedenfalls hat er mir das gesagt", höhnte er. Dann sprach er schnell auf das Mädchen ein. Kerwin erkannte, daß es dieselbe Sprache war, die sie benutzt hatte, aber er konnte kein einziges Wort verstehen. Doch das war auch nicht notwendig; Ton und Gesten sagten ihm alles, was er zu wissen brauchte. Der Rothaarige war verdammt wütend.

Eine tiefere, angenehmere Stimme unterbrach ihn. „Komm, komm, Auster, so schlimm kann es doch gar nicht sein. – Taniquel, erzähl mir, um was es hier geht, und halte mich nicht zum besten, Kind." Die Stimme gehörte einem weiteren rothaarigen Mann, der eben eingetreten war. Woher kamen sie heute abend nur alle? Dieser hier war ein schwergebauter, stämmiger Mann, groß und stark. Sein rotes Haar hatte graue Streifen, und sein Gesicht war von einem kurzgeschnittenen, ergrauenden Bart umgeben. Seine Augen verschwanden beinahe hinter Brauenwülsten, die man fast schon als Deformierung bezeichnen konnte. Er ging steifbeinig und stützte sich auf einen dicken Spazierstock mit Kupferknauf. Jetzt sah er Kerwin gerade an und sagte: „*S'dia shaya;* ich bin Kennard, Dritter in Arilinn. Wo ist Eure Bewahrerin?"

Kerwin war sicher, daß er *Bewahrerin* sagte. Es war ein Wort, das auch mit Wärterin oder Hüterin übersetzt werden konnte.

„Für gewöhnlich läßt man mich ohne Hüterin hinaus", stellte er trocken fest. „Wenigstens bisher."

Schnell und spöttisch fiel Auster ein: „Auch du irrst dich, Kennard. Unser Freund ist ein – ein arkturianischer Krokodilmensch, das behauptet er wenigstens. Aber wie alle Terraner lügt er."

„Terraner!" rief Kennard aus. „Aber das ist unmöglich!"

Kerwin hatte genug. Er erklärte scharf: „Das ist nicht nur nicht unmöglich, es ist die reine Wahrheit. Ich bin ein Bürger von Terra. Aber ich habe meine ersten Kinderjahre auf Darkover verbracht, und ich habe gelernt, an diese Welt als an meine Heimat zu denken und die Sprache zu sprechen. Wenn ich hier eingedrungen bin oder jemanden beleidigt habe, nehmt meine Bitte um Entschuldigung entgegen. Ich wünsche Euch eine gute Nacht." Er machte auf dem Absatz kehrt und wollte den Raum verlassen.

Auster brummte etwas, das sich wie „Kriechendes Rabbithorn!" anhörte.

Kennard bat: „Wartet!" Kerwin, bereits halb aus der Tür, blieb bei dem höflichen, überredenden Ton des Mannes stehen. „Wenn Ihr ein paar Minuten Zeit habt, würde ich gern mit Euch sprechen, Sir. Es könnte wichtig sein."

Kerwin blickte zu dem Mädchen Taniquel hin und hätte beinahe nachgegeben. Aber das Gesicht Austers bestimmte seinen Entschluß. Er wollte keinen Ärger mit dem da. Nicht an seinem ersten Abend auf Darkover. „Ich danke Euch", antwortete er höflich. „Vielleicht ein anderes Mal. Bitte, verzeiht mein Eindringen in Eure Gesellschaft."

Auster spuckte einen Mundvoll Wörter aus, und Kennard nahm die Absage mit Würde hin. Er verbeugte sich und sprach eine konventionelle Abschiedsformel. Das Mädchen Taniquel sah ihm ernüchtert und erschrocken nach, und noch einmal zögerte Kerwin. Er sagte sich, er solle bleiben, seine Meinung ändern, um eine Erklärung bitten, die Kennard ihm sicher geben konnte. Aber er war zu weit gegangen, um jetzt noch zurückstecken zu können, ohne sich lächerlich zu machen. Er sagte: „Nochmals gute Nacht", und die Tür fiel zwischen ihm und den Rotköpfen zu. Mit einem merkwürdigen Gefühl der Niederlage und voll böser Vorahnungen durchquerte er das Foyer. Eine Gruppe von Darkovanern, die meisten in langen, feierlichen Umhängen wie sein eigener – hier kapitulierte man nicht vor billiger importierter Kleidung – kam ihm entgegen und verschwand in dem Raum, den er soeben verlassen hatte. Kerwin bemerkte, daß sich auch unter ihnen einige Rothaarige befanden, und von der Menge im Foyer stieg Gemurmel auf. Wieder schnappte er das Wort *Comyn* auf.

Ragan hatte das Wort in Zusammenhang mit Kerwins Stein erwähnt: *Gut genug für Comyn.* Kerwin forschte in seinem Gedächtnis. Das Wort bedeutete nichts weiter als *Gleiche* – Leute, die im gleichen Rang miteinander standen. Aber in diesem Sinn war das Wort nicht benutzt worden.

Draußen hatte sich der Regen in stechenden Nebel aufgelöst. Ein großer Mann in einem grünen und schwarzen Umhang ging mit hocherhobenem Rotkopf an Kerwin vorbei und sagte: „Schnell hinein, Ihr werdet zu spät kommen", und betrat das Sky-Harbor-Hotel. Es war schon ein merkwürdiger Ort für ein Familientreffen darkovanischer Aristokraten, aber was wußte er davon? Ein toller Einfall schoß im durch den Kopf. Sollte er in die Gesellschaft hineinplatzen und zu wissen verlangen, ob irgendwer vor etwa dreißig Jahren einen jungen Verwandten verloren habe? Aber er verwarf den Gedanken im gleichen Augenblick mit seinem Auftauchen.

Auf der dunklen Straße war das Pflaster jetzt mit Eis bedeckt, denn der kalte Regen gefror im Fallen. Monde und Sterne waren ausgelöscht. Die Lichter der HQ-Tore brannten gelb. Kerwin wußte, dort würde er Wärme und vertraute Dinge finden, ein Dach über dem Kopf, einen Platz zum Schlafen und sogar Freunde. Ellers war wahrscheinlich aufgewacht, hatte festgestellt, daß Kerwin fort war, und war zum HQ zurückgekehrt.

Aber was würde Kerwin dort finden? Ein ihm zugewiesenes Quartier genau wie das auf seinem letzten Planeten, kalt und unpersönlich und mit dem unvermeidlichen Geruch nach Desinfektionsmitteln; eine Film-Bibliothek, die sorgfältig zensiert war, damit sie nicht zu viele ununterdrückbare Emotionen wachrief; genau die gleichen Mahlzeiten, wie er sie auf jedem anderen Planeten des Terranischen Imperiums bekommen würde, denn die Angestellten, die jeden Augenblick versetzt werden konnten, sollten nicht unter Verdauungsbeschwerden oder Anpassungsproblemen zu leiden haben. Und die Gesellschaft anderer Männer wie er selbst, die auf phantastischen fremden Welten lebten, indem sie ihnen den Rücken kehrten und sich der eintönigen, langweiligen, immer gleichen Welt der Terraner zuwandten.

Sie lebten auf fremden Welten unter fremden Sonnen genauso wie auf Terra – ausgenommen dann, wenn sie hinausgingen und dreinschlugen, und dann suchten sie das, was schlecht an dem fremden Planeten war, nicht das, was schön war. Alkohol, Frauen, die willig, wenn auch nicht allzu anziehend waren, und ein Ort, wo sie ihr überflüssiges Geld ausgeben konnten. Die wirklichen Welten lagen eine Million Meilen außerhalb ihrer Reichweite, und da würden sie immer bleiben. Sie waren ebenso außer Reichweite wie das rothaarige, lächelnde Mädchen, das ihn als *Com'ii,* als Freund begrüßt hatte.

Noch einmal wandte Kerwin sich von den Toren des HQ ab. Jenseits des Rings aus Raumhafenbars, Touristenfallen, Hurenhäusern und Auslagen mußte irgendwo ein echtes Darkover sein, die Welt, die er als Junge gekannt, die Welt, die ihn in seinen Träumen verfolgt und ihn von seinen neuen Wurzeln auf Terra weggerissen hatte. Aber warum hatte er jene Träume überhaupt gehabt? Woher waren sie gekommen? Bestimmt nicht aus der sauberen, sterilen Welt des Raumfahrer-Waisenhauses!

Langsam, als wate er durch Schlamm, ging er auf die Altstadt zu. Seine Finger zogen die Verschlüsse des darkovanischen Mantels am Hals zusammen. Die auf Terra hergestellten Stiefel hallten laut auf dem Steinpflaster. Für was die Leute ihn auch halten mochten, es konnte nicht schaden, wenn er sich noch ein bißchen umsah. Dies war seine eigene Welt. Hier war er geboren worden. Er war kein naiver terranischer Raumfahrer, der sich außerhalb der Raumhafenquartiere unsicher fühlte. Er kannte die Stadt, das heißt, er hatte sie einmal gekannt, und er beherrschte die Sprache. Natürlich, Terraner sah man in der Altstadt nicht besonders gern. Dann ging er eben nicht als Terraner! War es nicht ein Terraner gewesen, der einmal gesagt hatte: *Gebt mir ein Kind, bevor es sieben Jahre alt ist, und jeder, der es danach will, kann es haben.* Dieser schroffe alte Heilige hatte die richtige Idee gehabt, und danach war Kerwin Darkovaner und würde immer einer sein, und jetzt war er wieder zu Hause und würde sich nicht weggraulen lassen!

Es waren nicht mehr viele Leute auf der Straße. Ein paar mühten sich in Mänteln und Pelzen mit gesenkten Köpfen gegen den beißenden Wind voran. Ein bibberndes Mädchen, ein unzulängliches Pelzmäntelchen um sich raffend, sandte Kerwin einen hoffnungsvollen Blick zu und murmelte etwas in der alten Sprache der Stadt, die Kerwin gesprochen hatte, bevor er drei Wörter der terranischen Babysprache lallen konnte. (Woher wußte er das?) Und er zögerte, denn sie war schüchtern und hatte eine weiche Stimme und war ganz anders als das Mädchen mit den harten Augen in der Raumhafenbar. Aber dann hob sich ihr Blick zu seinem roten Haar, und sie flüsterte etwas Unverständliches und entfloh.

Eine zwergenhafte Kreatur trippelte vorbei. Die grünen Augen glühten katzenhaft im Dunkeln, aber dahinter stand unzweifelhaft menschliche Intelligenz. Das Wesen schoß Kerwin einen schnellen Blick zu. Kerwin trat schnell beiseite, denn die *Kyrri* waren merkwürdige Geschöpfe, die sich von elektrischer Energie ernährten und an unvorsichtige Fremde schmerzhafte, wenn auch nicht tödliche, Schocks austeilen konnten, wenn man sie anrempelte.

Kerwin ging bis zum Markt der Altstadt und genoß die unbekannten Geräusche und Düfte. Eine alte Frau verkaufte gebratenen Fisch an einem kleinen Stand. Sie tauchte die Fische in dicken Eierteig ein und dann in eine Schüssel mit klarem grünen Öl. Sie sah hoch, und mit einem Wortschwall in einem zu breiten Dialekt, als daß Kerwin ihn verstanden hätte, reichte sie ihm den frischen Fisch. Kerwin wollte schon den Kopf schütteln, aber der Fisch roch gut, und so suchte er in seiner Börse nach Münzen. Sie sah ihn an, zuckte zusammen und trat zurück, und die Münzen fielen zu Boden. In ihrem Gebabbel tauchte wieder das Wort *Comyn* auf. Kerwin runzelte die Stirn. Hölle und Teufel! Er schien ein besonderes Talent dafür zu besitzen, heute abend unschuldige Leute halb zu Tode zu ängstigen. Nun, die Stadt war voll von rothaarigen Männern und Frauen, die zu einer Art Familientreffen gekommen waren. Kerwin sagte sich, rotes Haar müsse noch unheilverkündender sein, als er im Waisenhaus gemeint hatte.

Vielleicht lag es an diesem phantastischen Edelmannsmantel, den er trug. Er hätte ihn ja ausgezogen, aber es war zu kalt für seine dünne terranische Uniform. Außerdem nahm er an, daß er in terranischer Kleidung in diesem Teil der Stadt tatsächlich gefährdet war.

Jetzt gestand er es sich ein: Genau diese Art von Betrug hatte er im Sinn gehabt, als er den Mantel kaufte. Aber zu viele Leute gafften ihn an. Kerwin machte kehrt. Am besten ging er auf schnellstem Weg zum HQ zurück.

Rasch schritt er durch die dunklen, verlassenen Straßen. Er hörte Schritte hinter sich – langsame, zielbewußte Schritte. Aber er befahl sich, nicht so argwöhnisch zu sein. Schließlich war er nicht der einzige Mann, der einen triftigen Grund hatte, heute nacht im Regen umherzulaufen! Erst hielten die Schritte gleichen Abstand zu ihm, dann wurden sie schneller, und Kerwin trat beiseite, damit sein Verfolger ihn in der engen Straße überholen konnte.

Das war ein Fehler. Kerwin spürte einen sengenden Schmerz, dann explodierte sein Kopf, und von irgendwoher hörte er eine Stimme seltsame Worte rufen:

Sag dem Sohn des Barbaren, er soll nie mehr auf die Ebenen von Arilinn kommen! Der Verbotene Turm ist zerbrochen, und die Goldene Glocke ist gerächt!

Das ergab keinen Sinn, dachte Kerwin in dem Sekundenbruchteil, bevor sein Kopf auf das Straßenpflaster aufschlug und er nichts mehr wußte.

Kapitel 4: Die Suche

Es war früher Morgen, und es regnete stark, und irgendwer sprach ihm direkt ins Ohr.

„Lieg still, *Vai Dom,* niemand wird Euch etwas antun. Vandalen! Was ist aus der Stadt geworden, wenn Comyn angegriffen werden können ..."

Und eine andere, rauhere Stimme: „Sei kein Esel! Siehst du die Uniform nicht? Der Mann ist ein *Terranan*, und für das hier wird jemandes Kopf rollen. Geh und hol die Wache, schnell!"

Irgendwer versuchte, seinen Kopf anzuheben, und Kerwin kam zu dem Schluß, der Kopf, der rollen werde, sei sein eigener, denn er explodierte, und Kerwin versank wieder in Bewußtlosigkeit.

Dann, nach verworrenen Geräuschen und Schmerzen, schien ein weißes Licht sich bis in den innersten Kern seines Gehirns zu bohren. Jemand mißhandelte seinen Kopf, der höllisch wehtat. Kerwin grunzte vor Schmerz, und jemand nahm das Licht aus seinen Augen.

Er lag in einem antiseptischen weißen Bett in einem antiseptischen weißen Zimmer, und ein Mann in einem weißen Kittel mit dem Schlangenstab-Abzeichen der Abteilung für Medizin und Psychologie beugte sich über ihn.

„Ist jetzt alles wieder in Ordnung?"

Kerwin setzte zu einem Nicken an, aber sein Kopf explodierte von neuem, und da ließ er es. Der Arzt reichte ihm einen kleinen Papierbecher mit einer roten Flüssigkeit. Sie verbrannte seinen Mund und stach auf dem ganzen Weg hinunter, aber sein Kopf hörte auf zu schmerzen.

„Was ist passiert?" fragte Kerwin.

Johnny Ellers steckte den Kopf durch die Tür. Seine Augen waren blutdurchschossen. „Das fragst du? *Ich* flippe aus – aber du wirst zusammengeschlagen!

Der grünste Junge auf seinem ersten fremden Planeten hätte es besser wissen sollen! Und warum, zum Teufel, bist du im Eingeborenenviertel umherspaziert? Hast du dir die Sperrzonenkarte nicht angesehen?"

Es schwang eine Warnung in seinen Worten mit, und Kerwin erklärte langsam: „Ich muß mich verlaufen haben."

Wieviel von dem, an das er sich erinnerte, war wirklich? Hatte er alles übrige geträumt – seine bizarren Wanderungen in dem darkovanischen Mantel, all die Leute, die ihn für *jemand anders* gehalten hatten... War es nichts als Wunschdenken gewesen, hervorgerufen von seiner Sehnsucht, zu Darkover zu gehören?

„Welchen Tag haben wir?"

„Den Morgen nach dem Abend vorher", antwortete Ellers.

„Wo ist es geschehen? Wo wurde ich niedergeschlagen?"

„Das weiß Gott", sagte der Arzt. „Offensichtlich hat Sie irgendwer gefunden und es mit der Angst bekommen, Sie bis an den Rand des Raumhafenplatzes gezerrt und im Morgengrauen dort liegengelassen." Der Arzt verschwand aus Kerwins Sichtbereich, und Kerwin machte die Feststellung, daß es seinem Kopf wehtat, wenn er ihm mit den Augen zu folgen versuchte. Deshalb schlief er wieder ein. Ragan, das Mädchen in dem Weinlokal, die rothaarigen Aristokraten und die merkwürdige Begegnung im Sky-Harbor-Hotel zogen durch seine Gedanken. Wenn er anfangs gemeint hatte, seine Rückkehr nach Darkover sei gegenüber seinen Träumen enttäuschend, so hatte er doch wenigstens genug Abenteuer erlebt, um für fünfzig Jahre versorgt zu sein.

Kein ironischer Dämon flüsterte ihm ins Ohr, daß er noch nicht einmal angefangen hatte.

Sein Kopf war immer noch verbunden, als er sich am nächsten Morgen beim Legaten zum Dienst meldete.

„Ich brauche Mediziner und Techniker, Kartographen und Linguisten, und was schickt man mir? Kommunikationsleute! Verdammt, ich weiß, es ist nicht Ihr Fehler, sie schicken mir eben, was sie bekommen können. Wie ich hörte, haben Sie selbst um Versetzung nach hier gebeten, deshalb behalte ich Sie vielleicht eine Weile. Üblicherweise bekomme ich Anfänger, die sich wieder wegversetzen lassen, sobald sie genug Punkte gesammelt haben. Und Sie hatten also einen kleinen Zusammenstoß, als Sie allein im Eingeborenenviertel umherwanderten? Hat man Ihnen nicht gesagt, daß das hier nicht klug ist?"

Kerwin antwortete nur: „Ich hatte mich verlaufen, Sir."

„Aber warum, zum Teufel, sind Sie überhaupt außerhalb des Raumhafengebiets spazierengegangen? Es gibt nichts Interessantes da hinten." Er blickte finster drein. „Warum wollten Sie auf eigene Faust auf Entdeckungsreise gehen?"

Kerwin erklärte stur: „Ich bin hier geboren, Sir." Wenn man deswegen auf ihn herabsah, wollte er es sofort wissen. Aber der Legat wirkte nur nachdenklich.

„Das mag vorteilhaft für Sie sein", meinte er. „Der Dienst auf Darkover ist nicht beliebt. Aber wenn der Planet für Sie die Heimat darstellt, werden Sie ihn nicht ganz so hassen. Vielleicht. Ich habe mich nicht freiwillig gemeldet, wissen Sie. Ich hatte mich der falschen politischen Partei angeschlossen, und nun könnte man sagen, daß ich hier eine Strafe abbüße. Doch wenn Ihnen der Planet tatsächlich gefällt, könnten Sie hier Karriere machen. Denn, wie gesagt, unter normalen Umständen bleibt niemand länger, als er muß. Glauben Sie also, es wird Ihnen hier gefallen?"

„Ich weiß es nicht. Aber ich wollte zurückkommen." Kerwin hatte das Gefühl, diesem Mann könne er vertrauen, und so setzte er hinzu: „Es war fast wie ein Zwang. Meine Kindheitserinnerungen."

Der Legat nickte. Er war kein junger Mann mehr, und seine Augen waren traurig. „Gott, das kenne ich! Die Sehnsucht nach dem Geruch der eigenen Luft, nach der Farbe der eigenen Sonne. Das kenne ich, Junge. Ich bin seit vierzig Jahren draußen, ich habe Alpha zweimal in dieser Zeit gesehen, und ich hoffe, einmal dort zu sterben. Wie das alte Sprichwort sagt ... *Der Raum ist wohl an Sternen reich, doch keiner kommt dem eignen gleich* ..." Er unterbrach sich. „Hier geboren, wie? Wer war Ihre Mutter?"

Kerwin dachte an die Frauen in der Raumhafenbar, und dann versuchte er, nicht an sie zu denken. Wenigstens hatte sein Vater genug für seinen Sohn übrig gehabt, um die Staatsbürgerschaft für ihn zu erlangen und ihn im Raumfahrer-Waisenhaus zurückzulassen.

„Das weiß ich nicht, Sir. Es ist eins der Dinge, über die ich hier Aufzeichnungen zu finden hoffte."

„Kerwin ..." überlegte der Legat. „Ich muß den Namen schon einmal gehört haben. Ich bin erst seit vier oder fünf Jahren lokaler Zeit hier. Aber wenn Ihr Vater hier geheiratet hat, muß das unten im Archiv festgehalten sein. Auch das Waisenhaus muß Unterlagen haben. Man ist dort sehr vorsichtig damit, welches Kind aufgenommen wird; gewöhnliche Findlinge werden den Hierarchen der Stadt übergeben. Und Sie wurden ja auch zur Erde zurückgeschickt, das kommt *sehr* selten vor. Normalerweise hätte man Sie hierbehalten, und die Abteilung hätte Ihnen Arbeit beziehungsweise eine Ausbildung als Kartenzeichner oder Dolmetscher verschafft, irgend etwas, wobei es von Vorteil ist, daß Sie die Sprache wie ein Eingeborener beherrschen."

„Ich habe schon gedacht, ich sei vielleicht Darkovaner..."

„Das bezweifele ich, Ihres Haars wegen. Wir Terraner haben eine Menge Rotköpfe – hyperadrenaline Typen, die ein abenteuerliches Leben suchen. Abgesehen von bestimmten Ausnahmen gibt es nicht viele rothaarige Darkovaner..."

Kerwin wollte schon erwähnen, er sei gestern abend mindestens vieren begegnet, und dann konnte er die Worte nicht aussprechen. Er *konnte* es buchstäblich nicht. Es war, als sei ihm eine Faust in die Kehle gerammt worden. Statt dessen hörte er dem Legaten zu, der über Darkover erzählte.

„Es ist ein komischer Planet", sagte er. „Wir haben Bruchteile davon in Besitz, Handelsstädte hier und in Caer Donn oben in den Hellers, den Raumhafen und den großen Flugplatz draußen bei Port Chicago, genau wie wir es anderswo halten. Sie kennen das übliche Vorgehen. Für gewöhnlich lassen wir Regierungen in Ruhe. Wenn die Bewohner der verschiedenen Planeten sehen, was wir zu bieten haben – eine fortgeschrittene Technik, den Handel, die Mitgliedschaft in einer galaktischen Zivilisation – bekommen sie es langsam satt, unter primitiven oder barbarischen Bedingungen und Hierarchien und Monarchien und Autarkien zu leben, und dann stellen sie einen Antrag auf Aufnahme ins Imperium. Und wir sind hier, um Volksentscheide zu erzwingen und sie gegen eingefahrene Tyrannei zu schützen. Es ist fast eine mathematische Formel; man kann den Ablauf vorhersagen. Eine Klasse-D-Welt wie diese wird vielleicht hundert, hundertzehn Jahre aushalten. Aber Darkover folgt dem Schema nicht, und wir wissen nicht recht, warum."

Er schlug mit der Faust auf seinen mehrere Morgen großen Schreibtisch. „Sie behaupten, wir hätten nichts, was sie haben möchten. O ja, sie treiben ein wenig Handel mit uns, geben uns Silber oder Platin oder Edelsteine oder kleine Matrix-Kristalle – wissen Sie, was das ist? – für Waren wie Kameras und Medikamente und billige synthetische Bergsteigerausrüstungen, Eispickel und so etwas. Besonders metallene Werkzeuge sind gefragt, sie sind ausgehungert nach Metallen. Aber sie haben nicht das leiseste Interesse daran, in einen industriellen oder technologischen Austausch mit uns einzutreten, sie haben nicht um technische Experten oder Berater gebeten, sie haben nichts, was einem Wirtschaftssystem auch nur ähnlich sieht..."

Einiges davon wußte Kerwin schon aus den Instruktionen, die er im Schiff erhalten hatte. „Sprechen Sie von der Regierung oder von dem gewöhnlichen Volk?"

„Von beiden!" schnaubte der Legat. „Die Regierung ist ein bißchen schwierig zu lokalisieren. Anfangs dachten wir, es gebe gar keine."

Dem Legaten zufolge wurden die Darkovaner von einer Kaste regiert, die in völliger Abgeschlossenheit lebte. Man konnte diese Leute nicht korrumpieren und sich ihnen vor allem nicht nähern. Ein Geheimnis, ein Rätsel.

„Zu den wenigen Dingen, die sie von uns kaufen, zählen *Pferde!*" berichtete der Legat. „Pferde. Können Sie sich das vorstellen? Wir bieten ihnen Flugzeuge, Transportwege, Straßenbaumaschinen an – und was kaufen sie? Pferde. Es muß draußen auf den äußeren Steppen, auf den Ebenen von Valeron und Arilinn und im Hochland der Kilghardberge große Herden geben. Sie sagen, sie wollen keine Straßen bauen, und nach allem, was ich von dem Terrain weiß, wäre es auch nicht leicht. Aber wir haben ihnen alle Arten von technischer Hilfe angeboten, und sie wollen sie nicht. Hin und wieder kaufen sie ein paar Flugzeuge. Gott weiß, was sie mit ihnen anfangen. Sie haben keine Landeplätze, und sie kaufen nicht genug Treibstoff, aber sie kaufen Flugzeuge." Er stützte das Kinn in die Hände.

„Es ist ein verrückter Planet. Ich verstehe ihn immer noch nicht. Um die Wahrheit zu sagen, es interessiert mich auch verdammt wenig. Wer weiß? Vielleicht finden Sie eines Tages die Lösungen."

Als Kerwin das nächste Mal dienstfrei hatte – es war spät am nächsten Tag –, ging er durch die respektableren Viertel der Handelsstadt zum Raumfahrer-Waisenhaus. Er erinnerte sich an jeden Schritt des Weges. Dann erhob es sich vor ihm, ein weißes kühles Gebäude, seltsam und fremd, wie es sich immer zwischen den Bäumen ausgenommen hatte, von der Straße zurückgesetzt und am Ende eines langen Fußpfades. Das terranische Emblem mit Sternen und Rakete glänzte über der Tür. Der Vorraum war leer, aber durch eine offene Tür sah er eine kleine Gruppe von Jungen, die fleißig rund um einen Globus arbeiteten. Hinter dem Gebäude war das hohe, fröhliche Geschrei spielender Kinder zu hören.

In dem großen Büro, das der Schrecken seiner Kindheit gewesen war, wartete Kerwin, bis eine Dame erschien. Sie trug unauffällige darkovanische Kleidung – einen weiten Rock und eine alles bedekkende Pelzjacke – und sah sehr ehrbar aus. In freundlicher Art fragte sie, was sie für ihn tun könne.

Als er ihr sein Anliegen vorgetragen hatte, reichte sie ihm herzlich die Hand. „Sie sind also einer unserer Jungen? Ihr Name ist ...?"

„Jefferson Andrew Kerwin junior."

Ihre Stirn kräuselte sich in einem höflichen Bemühen um Konzentration. „Es mag sein, daß ich den Namen in den Aufzeichnungen gesehen habe. Im Augenblick erinnere ich mich nicht. Ich glaube, Sie müssen vor meiner Zeit hier gewesen sein. Wann haben Sie uns verlassen? Mit dreizehn? Oh, das ist ungewöhnlich. Meistens bleiben unsere Jungen, bis sie neunzehn oder zwanzig sind. Nach bestimmten Tests finden wir dann Arbeit für sie hier."

„Ich wurde zu der Familie meines Vaters auf der Erde geschickt."

„Dann haben wir bestimmt Unterlagen über Sie, Jeff. Wenn Ihre Eltern bekannt sind ..." Sie zögerte. „Natürlich versuchen wir, vollständige Aufzeichnungen zu bekommen, aber es ist möglich, daß wir nur den Namen eines Elternteils haben. Es hat ..." – sie suchte nach einer schicklichen Umschreibung – „... unglückliche Liaisons gegeben ..."

„Sie meinen, wenn meine Mutter eine der Frauen aus den Raumhafenbars war, hätte mein Vater sich nicht die Mühe gemacht, Ihnen ihren Namen zu nennen?"

Sie nickte; seine offene Sprache schockierte sie. „So etwas kommt vor. Oder eine unserer jungen Frauen mag sich entschieden haben, ein Kind zu bekommen, ohne uns über den Vater zu informieren, obwohl das auf Ihren Fall nicht zutreffen kann. Warten Sie bitte eine Minute." Sie trat in einen kleinen Nebenraum. Durch die offene Tür erhaschte Kerwin einen Blick auf Büromaschinen und ein adrettes darkovanisches Mädchen in terranischer Uniform. Nach ein paar Minuten kam die Dame zurück. Sie sah verwirrt und ein bißchen verärgert aus, und sie faßte sich kurz.

„Also, Mr. Kerwin, anscheinend gibt es keine Unterlagen über Sie in unserm Waisenhaus. Es muß irgendein anderer Planet gewesen sein."

Kerwin starrte sie verblüfft an. „Aber das ist unmöglich! Ich habe hier gelebt, bis ich dreizehn Jahre alt wurde. Ich habe in Saal 4 geschlafen, und der Name der Hausmutter war Rosaura. Ich habe auf dem Rasen da hinten Ball gespielt." Er wies mit der Hand.

Sie schüttelte den Kopf. „Ganz bestimmt haben wir keine Unterlagen über Sie, Mr. Kerwin. Ist es möglich, daß Sie hier unter einem anderen Namen geführt wurden?"

Er schüttelte den Kopf. „Nein, ich bin immer Jeff Kerwin genannt worden."

„Außerdem haben wir auch keine Aufzeichnungen, daß einer der Jungen mit dreizehn Jahren nach Terra geschickt worden sei. Das wäre sehr ungewöhnlich und entspräche überhaupt nicht unserm regulären Vorgehen, und ganz gewiß wäre es genau registriert worden. Jeder hier würde sich daran erinnern."

Kerwin trat einen Schritt vor. Er ragte über der Frau auf, ein großer Mann, drohend, wütend. „Was versuchen Sie, mir weiszumachen? Was meinen Sie damit, Sie hätten keine Unterlagen über mich? In Gottes Namen, welchen Grund könnte ich denn haben, in dieser Sache zu lügen? Ich sage Ihnen, ich habe dreizehn Jahre lang hier gelebt, glauben Sie, das *wüßte* ich nicht? Verdammt noch mal, ich kann es beweisen!"

Sie wich vor ihm zurück. „Bitte ..."

„Sehen Sie mal." Kerwin gab sich Mühe, vernünftig zu sein. „Es muß irgendein Fehler vorliegen. Kann der Name nicht falsch eingeordnet sein, kann Ihr Computer keine Störung haben? Ich muß wissen, welche Unterlagen es über mich gibt. Wollen Sie noch einmal überprüfen, wie mein Name geschrieben wird?" Er buchstabierte ihr seinen Namen, und sie erklärte kalt: „Ich habe diesen Namen und zwei oder drei Variationen der Schreibweise eingegeben. Natürlich, wenn Sie hier unter einem anderen Namen geführt wurden ..."

„Nein, verdammt noch mal!" brüllte Kerwin. „Ich heiße *Kerwin!* Ich habe hier gelernt, meinen Namen zu schreiben – in dem Klassenzimmer rechts am Ende jenes Korridors, und an der nördlichen Wand hing ein großes Bild von John Reade!"

„Es tut mir leid", sagte sie. „Wir haben keinerlei Unterlagen über jemanden namens Kerwin."

„Welcher schwachsinnige Tatterich bedient dann Ihren Computer? Sind die Eintragungen nach Namen, Fingerabdrücken, Retina-Mustern geordnet?" Das hatte er vergessen. Namen konnten verändert oder falsch abgelegt werden, aber Fingerabdrücke änderten sich nicht.

Sie sagte kalt: „Wenn es Sie überzeugen wird und wenn Sie etwas von Computern verstehen ..."

„Ich habe bei CommTerra sieben Jahre lang mit einem Barry-Read KS04 gearbeitet."

Ihre Stimme war eisig. „Dann, Sir, schlage ich vor, daß Sie hier eintreten und die Speicher selbst überprüfen. Falls Sie glauben, Ihr Name sei falsch eingetragen, geschrieben oder abgelegt worden – von jedem Kind, das einmal im Waisenhaus gewesen ist, sind die kodierten Fingerabdrücke festgehalten." Sie bückte sich und nahm eine Karte auf, drückte seine Finger einen nach dem anderen gegen das molekular-sensitive Papier, das unsichtbar die Linien und Wirbel, die Porenmuster und die Hautbeschaffenheit aufzeichnete. Sie steckte die Karte in einen Schlitz. Kerwin betrachtete das große, stumme Gesicht der Maschine, die Sichtfenster, die wie blinde Augen starrten.

Mit unheimlicher Geschwindigkeit wurde eine Karte ausgeworfen und fiel in einen Korb. Kerwin riß sie an sich, bevor die Frau sie ihm geben konnte, und ignorierte die kalte Wut auf ihrem Gesicht. Aber als er die Karte umdrehte, verschwanden sein Triumphgefühl und die Überzeugung, sie habe ihn aus irgendeinem Grund angelogen. Kaltes Entsetzen krampfte seinen Magen zusammen. In den charakterlosen Großbuchstaben des mechanischen Druckers stand da zu lesen

KEINE EINTRAGUNG ÜBER DIESE PERSON

Sie nahm die Karte aus Kerwins plötzlich schlaffen Fingerspitzen.

„Sie können eine Maschine nicht der Lüge bezichtigen", erklärte sie. „Und jetzt muß ich Sie bitten zu gehen." Ihr Ton sagte deutlicher als die Worte, daß sie, sollte er es nicht tun, jemanden rufen würde, der ihn hinauswarf.

Kerwin klammerte sich verzweifelt an die Tischkante. Ihm war, als sei er in ein kaltes, wirbelndes Nichts geschleudert worden. Er fragte: „Wie kann ich mich denn irren? Gibt es noch ein Raumfahrer-Waisenhaus auf Darkover? Ich habe hier gelebt, sage ich Ihnen ..."

Sie sah ihn lange an, und endlich verdrängte eine Art von Mitleid ihren Zorn. „Nein, Mr. Kerwin", antwortete sie sanft. „Warum gehen Sie nicht zurück ins Hauptquartier und melden sich bei Sektion Acht?

Wenn ein – ein Fehler vorliegt, kann man Ihnen dort helfen.“

Sektion Acht, Abteilung für Medizin und Psychologie. Kerwin schluckte schwer und ging, ohne weiter zu protestieren. Das bedeutete, sie hielt ihn für geistesgestört, sie glaubte, er brauche psychiatrische Behandlung. Er machte ihr keinen Vorwurf daraus. Nach dem, was er eben gehört hatte, war er geneigt, ihr beizupflichten. Er stolperte in die kalte Luft hinaus, seine Füße waren wie betäubt, sein Kopf schwamm.

Sie lügen, lügen. Irgendwer lügt. Die Frau hatte gelogen, und er wußte es; er spürte, daß sie gelogen hatte...

Nein, so dachte jeder Paranoiker: Irgendwer lügt, *sie alle lügen, es besteht ein Komplott gegen mich...* Irgendwelche geheimnisvollen und nicht zu packenden *Sie* hatten sich gegen ihn verschworen.

Aber wie konnte er sich geirrt haben? Verdammt noch mal, dachte er, als er die Stufen hinunterstieg, ich habe da drüben Ball gespielt, Tretball und „Äffchen“, als ich klein war, richtige Spiele, als ich größer wurde. Er sah zu den Fenstern seines alten Schlafsaals hoch. Er war oft genug nach irgendeiner Eskapade hineingeklettert, und die günstigerweise niedrigen Äste jenes Baums waren ihm dabei behilflich gewesen. Am liebsten wäre er jetzt wieder in den Schlafsaal geklettert, um nachzusehen, ob seine Anfangsbuchstaben noch da waren, die er in den Fensterrahmen eingeschnitten hatte. Aber er verwarf den Einfall. Bei dem Pech, das er hatte, würde man ihn schnappen und für einen Kinderbelästiger halten. Er drehte sich um und starrte wieder auf die weißen Mauern des Gebäudes, in dem er seine Kindheit verbracht hatte... *Hatte er das?*

Kerwin preßte die Hände an die Schläfen und zwang versunkene Erinnerungen an die Oberfläche. Er wußte noch so vieles. Alle seine bewußten Erinnerungen drehten sich um das Waisenhaus, um das Grundstück, auf dem er gerade stand, auf das Herumtollen auf diesem Grundstück. Als er noch sehr klein war, hatte er sich auf diesen Stufen einmal das Knie aufgeschlagen... wie alt war er gewesen? Sieben, vielleicht acht. Man hatte ihn auf die Krankenstation gebracht und ihm gesagt, sein Knie müsse genäht werden, und er hatte sich gefragt, wie in aller Welt sie sein Knie in eine Nähmaschine hineinbekommen wollten. Und als man ihm dann die Nadel zeigte, war er so gespannt darauf gewesen, wie das gemacht wurde, daß er vergessen hatte zu weinen. Das war seine erste wirkliche klare Erinnerung.

Hatte er Erinnerungen an die Zeit *vor* dem Waisenhaus? So sehr er sich bemühte, in ihm stieg nur das Bild eines violetten Himmels auf, an dem vier Monde wie Edelsteine hingen, und eine weiche Frauenstimme sagte: „Sieh es dir an, kleiner Sohn, du wirst es jahrelang nicht wiedersehen ..." Aus seinen Geographiestunden wußte er, daß es nicht oft eine Konjunktion der vier Monde gab, aber er hatte keine Ahnung, wo er gewesen war, als er die Monde sah, oder wann er sie wiedergesehen hatte. Ein Mann in einem grünen und goldenen Mantel schritt einen langen Korridor aus Stein entlang, der wie Marmor schimmerte, eine Kapuze war lose über flammendrotes Haar geworfen, und irgendwo hatte es einen Raum mit blauem Licht gegeben ... Und dann war er im Raumfahrer-Waisenhaus, lernte, schlief, spielte Ball mit einem Dutzend anderer Jungen seines Alters, einem Haufen Kinder in blauen Hosen und weißen Hemden. Mit zehn war er in eine darkovanische Pflegerin verliebt gewesen – wie hatte sie geheißen? Maruca. Sie bewegte sich lautlos in absatzlosen Slippern, ihre weißen Gewänder umflossen sie anmutig, und ihre Stimme war sehr leise und sanft. *Sie zauste mir das Haar und nannte mich Tallo, obwohl das gegen die Vorschrift war, und einmal, als ich irgendein Fieber hatte, saß sie die ganze Nacht bei mir in der Krankenstation und legte mir kalte Tücher auf die Stirn und sang mir vor. Ihre Stimme war ein tiefer Kontraalt, sehr süß.* Und als er elf war, hatte er einem Jungen namens Hjalmar die Nase blutig geschlagen, weil der ihn *Bastard* genannt hatte. Kerwin hatte gebrüllt, wenigstens *wisse* er den Namen seines Vaters, sie hatten sich getreten und mit Gossenausdrücken beschimpft, und der grauhaarige Mathematiklehrer hatte sie auseinandergerissen. Und nur ein paar Wochen, bevor man den verängstigten, halb bewußtlosen Jungen an Bord des Sternenschiffs trug, das ihn nach Terra bringen sollte, hatte es ein Mädchen namens Ivy gegeben, eine Klasse höher als er. Er hatte seine Zuteilung an Süßigkeiten für sie gehortet, und sie hatten sich schüchtern bei den Händen gehalten und waren unter den Bäumen dort am äußeren Rand des Spielplatzes entlanggewandert. Und einmal hatte er sie unbeholfen geküßt, aber sie hatte den Kopf weggedreht, so daß er nur einen Mundvoll feinen, hellbraunen, süß duftenden Haars geküßt hatte.

Nein, sie konnten ihm nicht einreden, er sei verrückt. Er erinnerte sich an zu vieles. Er würde zum HQ gehen, wie die Frau ihm geraten hatte, nur nicht in die Abteilung für Medizin und Psychologie, sondern ins Archiv. Dort waren Unterlagen über jeden, der jemals im Dienst des Imperiums gearbeitet hatte. Dort würde er es erfahren.

Der Mann im Archiv reagierte richtig verschreckt, als Kerwin einen Ausdruck verlangte, und Kerwin konnte ihm das eigentlich nicht übelnehmen. Schließlich kam man für gewöhnlich nicht gelaufen und wollte die eigene Akte einsehen, außer man bewarb sich um eine Versetzung. Kerwin suchte nach einer Entschuldigung.

„Ich bin hier geboren. Ich habe nie erfahren, wer meine Mutter war, und es könnten Eintragungen über meine Geburt und meine Abstammung gemacht worden sein ..."

Der Mann nahm Kerwins Fingerabdrücke und drückte uninteressiert Knöpfe. Nach einer Weile glitt ein Papierstreifen in den Korb. Kerwin nahm ihn auf und las ihn. Anfangs befriedigte es ihn, daß das offensichtlich eine vollständige Akte war, aber je mehr er las, desto größer wurde sein Unglauben.

KERWIN, JEFFERSON ANDREW, WEISS, MÄNNLICH, STAATSANGEHÖRIGKEIT TERRA. HEIMATANSCHRIFT MOUNT DENVER. SEKTOR Zwei. FAMILIENSTAND ledig. HAARE rot. AUGEN grau. TEINT hell. BISHERIGE POSTEN Alter zwanzig Lehrling CommTerra. LEISTUNG zufriedenstellend. PERSÖNLICHKEIT zurückhaltend. POTENTIAL hoch.

VERSETZUNG Alter 22. Nach bestandener CommTerra-Prüfung Assistent Konsulat Megaera. LEISTUNG ausgezeichnet. PERSÖNLICHKEIT akzeptabel, introvertiert. POTENTIAL sehr hoch. VERGEHEN keine. Nichts über unerwünschte Verbindungen bekannt. PRIVATLEBEN normal, so weit bekannt. BEFÖRDERUNGEN regelmäßig und schnell.

VERSETZUNG Alter 26. Phi Coronis IV. CommTerra-Kommunikationsfachmann. Gesandtschaft. LEISTUNG ausgezeichnet; Lob für ungewöhnlich gute Arbeit. PERSÖNLICHKEIT introvertiert, aber zweimal verwarnt wegen Schlägereien im Eingeborenenviertel. POTENTIAL sehr hoch, aber angesichts wiederholter Anträge auf Versetzung möglicherweise unstabil. Keine Heiraten. Keine eingetragenen Verbindungen. Keine ansteckenden Krankheiten.

VERSETZUNG Alter 29, Cottman IV, Darkover (aus persönlichen Gründen beantragt, unbestätigt.) Antrag genehmigt, schlage vor, Kerwin nicht wieder zu versetzen, es sei denn, eine Beförderung ist nicht zu umgehen. LEISTUNG noch keine Eintragungen, eine Verwarnung wegen Eindringens in Sperrgebiet. BEURTEILUNG DER PERSÖNLICHKEIT ausgezeichneter und wertvoller Angestellter, aber schwerwiegende Mängel an Persönlichkeit und Stabilität. POTENTIAL ausgezeichnet.

Mehr war nicht da. Kerwin runzelte die Stirn. „Hören Sie, das ist die Akte über meine Dienstjahre. Ich brauche aber Informationen über meine Geburt und dergleichen. Ich bin hier auf Cottman IV geboren."

„Das ist Ihre ganze Akte, Kerwin. Mehr hat der Computer nicht über Sie."

„Überhaupt keine Eintragung über meine Geburt?"

Der Mann schüttelte den Kopf. „Wenn Sie außerhalb der Terranischen Zone geboren sind – und Ihre Mutter eine Eingeborene war – nun, dann ist das nicht festgehalten. Ich weiß nicht, was für Geburtenregister die da draußen führen..." – seine Handbewegung deutete auf die fernen Berge – „... aber ganz sicher ist das nicht in *unserm* Computer. Ich werde es mit dem Geburtenregister versuchen, und ich kann unter Paßanträgen für Waisen nachsehen. Wenn Sie mit dreizehn nach Terra zurückgeschickt wurden, müßten wir es unter Sektion 18, Repatriierung von Raumfahrer-Witwen und -Waisen finden." Mehrere Minuten lang drückte er Knöpfe, dann schüttelte er den Kopf.

„Sehen Sie selbst", sagte er. Jedes Mal meldete der Computer: KEINE EINTRAGUNG ÜBER DIESE PERSON.

„Hier sind alle Geburten, die unter dem Namen Kerwin registriert sind. Wir haben eine Evelina Kerwin, Tochter einer unserer Krankenschwestern hier, mit sechs Monaten gestorben. Und da ist eine Akte über Henderson Kerwin, schwarz, männlich, Alter 45, der Ingenieur im Raumhafen von Thendara war und nach einem Reaktor-Unfall an Strahlenverbrennungen starb. Und unter Paßanträgen für Waisen fand ich einen Teddy Kerlayne, der vor vier Jahren nach Delta Ophiuchi geschickt wurde. Hat alles nichts mit Ihnen zu tun."

Geistesabwesend riß Kerwin den Ausdruck in Stückchen. Seine Finger verknoteten sich unter der Frustration, die er empfand.

„Versuchen Sie noch eins“, bat er. „Versuchen Sie es mit meinem Vater Jefferson Andrew Kerwin senior.“ Er knüllte seinen eigenen Ausdruck in den Händen zusammen und dachte daran, daß es darin hieß: Keine Heiraten, keine eingetragenen Verbindungen. Seines Vaters Heirat oder Verbindung mit seiner unbekannten Mutter *mußte* registriert sein, weil der ältere Jeff Kerwin sonst die Staatsbürgerschaft für seinen Sohn nicht bekommen hätte. Auf wenigen Planeten des Imperiums war die Trennung zwischen Terranern und Eingeborenen so streng wie auf Darkover, und so war ihm bei seinem Eintritt in den Zivildienst genau erklärt worden, was er zu unternehmen hatte, um ein Kind zu legitimieren, ob mit oder ohne terranische Heirat. Er kannte sich genau aus. „Sehen Sie nach, wann und wo mein Vater einen Antrag 784-D gestellt hat, ja?“

Der Mann zuckte die Schultern. „Sportsfreund, Sie sind wirklich schwer zu überzeugen. Wenn Sie je auf einem 784er gestanden hätten, dann wäre es in Ihrer Personalakte erwähnt.“

Aber er begann von neuem, Knöpfe zu drücken, und betrachtete den Schirm, auf dem die Information erschien, bevor der Ausdruck erfolgte. Plötzlich fuhr er zusammen. Er schürzte die Lippen. Dann drehte er sich um und erklärte höflich: „Tut mir leid, Kerwin, keine Eintragung. Wir haben keine weiteren Unterlagen über einen Jeff Kerwin im Zivildienst als die über Sie selbst.“

Kerwin fuhr ihn an: „Sie müssen lügen! Weshalb haben Sie so auf den Schirm geglotzt? Verdammt noch mal, nehmen Sie die Hand weg und lassen Sie es mich selbst sehen!“

„Bitte sehr“, sagte der Mann. Aber er hatte inzwischen noch einen Knopf gedrückt, und der Schirm war leer.

Wie eine Flutwelle brandeten Wut und Frustration in Kerwin auf. „Verdammt noch mal, wollen Sie mir erzählen, daß ich gar nicht existiere?“

„Nun hören Sie mal“, erklärte der Angestellte müde, „Sie können eine Eintragung in einem Buch ausradieren. Aber zeigen Sie mir jemanden, der an den Computer-Speichern des CommTerra-Archivs herumpfuschen kann, und ich zeige Ihnen eine Kreuzung zwischen einem Menschen und einem Crystoped. Nach den amtlichen Unterlagen sind Sie vor zwei Tagen zum ersten Mal nach Darkover gekommen. Jetzt gehen Sie hinunter zur Abteilung für Medizin und Psychologie und hören auf, mich zu belästigen!“

Für wie naiv halten die mich? Natürlich kann man die Datenspeicher manipulieren, wenn man den richtigen Zulassungskode besitzt, und dann kann kein Außenseiter mehr an die Unterlagen heran. Irgendwer hatte es aus irgendeinem dunklen Grund so eingerichtet, daß er keinen Zugang zu den Daten hatte.

Aber warum machten sie sich die Mühe?

Die Alternative war das, was die Frau gesagt hatte. Sie hielt ihn für einen phantasierenden Irren, sie glaubte, er sei nie zuvor auf Darkover gewesen, und aus irgendeinem Grund habe er eine detaillierte darkovanische Vergangenheit für sich selbst erfunden...

Kerwin faßte in die Tasche und zog eine zusammengefaltete Geldnote heraus.

„Versuchen Sie es noch einmal mit meinem Vater. Okay?"

Der Angestellte blickte hoch, und jetzt wußte Kerwin, daß er richtig geraten hatte. Es war das Geld wert zu wisssen, daß er nicht verrückt war, auch wenn er sich die Ausgabe nicht erlauben konnte. Habgier und Furcht kämpften im Gesicht des Mannes miteinander, und schließlich ließ er den Schein schnell in seiner Tasche verschwinden. „Okay. Aber wenn die Speicher überwacht werden, kann es mich meinen Job kosten. Und was wir auch bekommen, damit hat es sich. Sie stellen keine weiteren Fragen mehr, ist das klar?"

Dieses Mal sah Kerwin beim Programmieren zu. Die Maschine rülpste leise vor sich hin. Dann flackerte ein rotes Licht auf dem Schirm, Blink-blink-blink, ein dringendes Paniksignal. Der Angestellte sagte leise: „Eine Ausweichschaltung."

Rote Buchstaben flammten auf dem Schirm auf.

ERBETENE INFORMATION NUR MIT PRIORITÄTSKODE ERHÄLTLICH. ZUGANG GESPERRT. GEBEN SIE GÜLTIGEN KODE UND ART DER VOLLMACHT AN.

Das flackernde Aufblitzen der Buchstaben hatte hypnotische Wirkung. Schließlich schüttelte Kerwin den Kopf und winkte, und der Angestellte schaltete ab. Leer und rätselhaft starrte der Schirm sie an.

„Nun?" fragte der Angestellte. Kerwin wußte, er wollte für das Knacken des Zugangskodes eine weitere Bestechung haben, aber Kerwin selbst hatte eine ebenso gute Chance auf Erfolg wie dieser Mann. Jedenfalls war nun bewiesen, daß *irgend etwas* da war.

Er wußte nicht, was. Aber es erklärte auch das Verhalten der Frau im Waisenhaus.

Er drehte sich um und ging hinaus, und langsam reifte in ihm ein Entschluß. Er war nach Darkover zurückgezogen worden – nur um dort größere Geheimnisse auf ihn wartend zu finden. Irgendwo, irgendwie würde er sie aufklären.

Nur wußte er nicht, wo er anfangen sollte.

Kapitel 5: Die Technikerin

In den nächsten paar Tagen rührte er nicht mehr daran. Es ging auch nicht anders; die Einarbeitung in die neuen Aufgaben, ganz gleich, wie einfach sie waren und wie sehr sie denen auf seinem letzten Planeten ähnelten, erforderte seine ganze Aufmerksamkeit. Es war ein hochspezialisierter Zweig der Kommunikation, das Testen, Kalibrieren und gelegentliche Reparieren der Interkom-Ausrüstung sowohl im HQ-Gebäude selbst als auch von Punkt zu Punkt in der Terranischen Zone. Es war eher eine zeitraubende und mühselige als schwierige Arbeit, und Kerwin fragte sich oft, warum man es auf sich nahm, terranisches Personal heranzuschaffen, statt hiesige Techniker auszubilden. Aber als er die Frage einem seiner Kollegen vorlegte, zuckte der nur die Schultern.

„Man kann keine Darkovaner ausbilden. Sie haben in ihrem Verstand kein technisches Gewinde – in diesen Dingen taugen sie nichts.“ Er wies auf die ungeheure Anlage, die sie inspizierten. „Ich nehme an, sie sind von Natur aus so.“

Kerwin schnaubte kurz. „Du meinst, das ist etwas Angeborenes – ein Unterschied in der Art der Gehirne?“

Der andere Mann streifte ihn mit einem vorsichtigen Blick. Er merkte, daß er einen wunden Punkt berührt hatte. „Bist du Darkovaner? Aber du bist von Terranern erzogen worden – du nimmst Maschinen und Technik als gegeben hin. Soweit ich weiß, haben sie nichts, was dem ähnlich ist – und haben es nie gehabt.“ Seine Miene verfinsterte sich. „Und sie wollen es auch nicht haben.“

Kerwin dachte zuweilen darüber nach, wenn er in der Koje seines Junggesellenquartiers lag oder in einer der Raumhafenbars vor einem

Glas saß. Der Legat hatte das auch erwähnt – die Darkovaner seien immun gegen die Verlockung terranischer Technologie und hätten sich aus dem Hauptstrom von Kultur und Handel des Imperiums herausgehalten. Waren sie unter der Tünche der Zivilisation Barbaren? Oder – etwas weniger Offensichtliches, etwas Geheimnisvolleres?

In seinen Freistunden spazierte er manchmal in die Altstadt hinunter, aber den darkovanischen Mantel trug er nicht wieder, und er sorgte dafür, daß seine Kopfbedeckung das rote Haar verbarg. Er gewährte sich Zeit, es durchzuarbeiten, sich zu vergewissern, wie der nächste Schritt aussehen sollte. Wenn es einen nächsten Schritt geben würde.

Erstens: Das Waisenhaus besaß keine Unterlagen über einen Jungen namens Jefferson Andrew Kerwin junior, der im Alter von dreizehn zu seinen terranischen Großeltern geschickt worden war.

Zweitens: Der Hauptcomputer im HQ weigerte sich, auch nur eine der in seinen Speichern enthaltenen Informationen über Jefferson Andrew Kerwin senior herauszugeben.

Kerwin überlegte hin und her, was diese beiden Fakten gemeinsam haben mochten – zusätzlich zu dem Faktum, daß der Computer des HQ offensichtlich programmiert war, einem zufälligen Anfrager überhaupt keine Information zu geben – nicht einmal die, daß eine Person wie sein Vater jemals existiert habe.

Wenn er jemanden finden könnte, den er im Waisenhaus gekannt hatte, wäre das wahrscheinlich eine Art Beweis. Zumindest ein Beweis dafür, daß seine Erinnerungen an ein Leben in diesem Waisenhaus der Wirklichkeit entsprachen...

Sie entsprachen der Wirklichkeit. Er *mußte* davon ausgehen, weil ihm sonst kein Ansatzpunkt blieb. Wenn er begann, an seinen eigenen Erinnerungen zu zweifeln, konnte er ebenso gut gleich die Tür zum Chaos öffnen. Deshalb wollte er von der Annahme ausgehen, daß seine Erinnerungen der Wirklichkeit entsprachen und daß die Aufzeichnungen aus dem einen oder anderen Grund geändert worden waren.

Im Lauf der dritten Woche wurde ihm bewußt, daß er den Mann Ragan ein bißchen zu häufig gesehen hatte, als daß das noch Zufall sein konnte. Anfangs hatte er sich nichts dabei gedacht. Wenn er das Raumhafen-Café betrat und Ragan jedes Mal an einem Tisch ganz hinten entdeckte, nickte er ihm flüchtig zu, und damit hatte es sich. Schließlich war es ein öffentliches Lokal, und zweifellos verkehrten dort viele Stammkunden. Inzwischen war er selbst schon auf dem Weg, einer zu werden.

Aber als er eines Abends wegen einer dringenden Reparatur im Abfertigungsbüro des Raumhafens Überstunden machen mußte und Ragan lange nach der üblichen Zeit an seinem üblichen Platz sah, fiel es ihm auf. Bis jetzt war es nichts als eine Ahnung. Aber er begann, zu ganz unregelmäßigen und wechselnden Zeiten zu essen – und viermal unter fünf Fällen entdeckte er den dunklen Darkovaner. Dann trank er sein Glas einen oder zwei Tage lang in einer anderen Bar, und nun war er sicher, daß der Mann ihn beschattete. Nein, „Beschatten" war das falsche Wort, dafür machte er es zu offen. Ragan gab sich gar keine Mühe, aus Kerwins Sichtbereich zu bleiben. Er war zu klug, sich Kerwin als Bekannter aufzudrängen – aber er stellte sich in Kerwins Weg, und Kerwin hatte das seltsame Gefühl, Ragan wolle von ihm daraufhin angesprochen, wolle darüber befragt werden.

Aber warum? Er dachte es durch, lange und langsam. Wenn Ragan ein Wartespiel trieb, hing es vielleicht mit den anderen Merkwürdigkeiten zusammen. Und wenn nur er, Kerwin, sich zurückhielt und tat, als merke er nichts, mochten sie – wer immer „sie" waren – gezwungen sein, etwas mehr von dem Blatt zu zeigen, das sie in der Hand hielten.

Doch es geschah nichts, außer daß er sich in seine neuen Pflichten und sein neues Leben eingewöhnte.

In der Terranischen Zone glich das Leben dem in jeder anderen Terranischen Zone auf jedem beliebigen Planeten des Imperiums. Aber Kerwin war sich der Welt jenseits dieser Welt sehr bewußt. Sie rief ihn mit einem seltsamen Hunger. Er ertappte sich dabei, daß er innerhalb der gemischten Gesellschaft einer Raumhafenbar die Ohren spitzte, um Bruchstücke eines darkovanischen Gesprächs aufzufangen, daß er immer wieder geistesabwesend eine beiläufige Frage auf Darkovanisch beantwortete. Und manchmal nahm er des Nachts den rätselhaften blauen Kristall von seinem Hals und starrte in seine fremden kalten Tiefen, als könne er durch schiere Willenskraft die verworrenen Erinnerungen zurückholen, zu denen der Stein jetzt der Schlüssel zu sein schien. Aber er lag kalt und leblos auf seiner Handfläche und gab keine Antwort auf Kerwins drängende Fragen. Und dann schob Kerwin den Kristall zurück in seine Tasche und lief ruhelos in eine der Raumhafenbars, und wenn er dort war, strengte er wieder Ohren und Nase an, um einen Hauch von draußen wahrzunehmen . . .

Es dauerte drei volle Wochen, bis er das Warten plötzlich nicht mehr ertragen konnte. Auf einen Impuls hin kehrte er der Bartheke den Rücken, und ohne sich Zeit zu der Überlegung zu lassen, was er tun oder sagen wollte, ging er auf den Ecktisch zu, wo Ragan, der kleine Darkovaner, vor einer Tasse mit einer dunklen Flüssigkeit saß. Kerwin angelte sich mit dem Fuß einen Stuhl heran, ließ sich darauf nieder und funkelte Ragan über den schlecht beleuchteten Tisch hinweg an.

„Tun Sie nicht so überrascht“, erklärte er grob. „Sie haben sich mir lange genug an die Fersen geheftet.“ Er tastete in seiner Tasche nach dem Kristall, zog ihn heraus und warf ihn auf den Tisch zwischen sie. „Sie haben mir neulich etwas darüber erzählt – oder war ich betrunkener, als ich glaube? Ich habe so eine Ahnung, Sie haben mehr darüber zu sagen. Sagen Sie es.“

Der Ausdruck in Ragans magerem Frettchengesicht zeigte, daß er auf der Hut war. „Ich habe Ihnen nichts gesagt, was Ihnen nicht jeder andere Darkovaner auch hätte sagen können. So gut wie jeder hätte erkannt, was das ist.“

„Trotzdem, ich möchte mehr darüber wissen.“

Ragan berührte den Kristall mit einer Fingerspitze. „Was möchten Sie wissen? Wie Sie ihn benutzen können?“

Kerwin dachte kurz darüber nach. Nein. Zumindest im Augenblick hatte er keine Verwendung für Tricks, wie Ragan sie mit dem Kristall vollführen konnte, das Schmelzen von Gläsern oder ähnliche Dinge. „Vor allem bin ich neugierig, woher er stammt – und warum gerade ich einen habe.“

„Eine schöne Aufgabe“, stellte Ragan trocken fest. „Es gibt schließlich nur ein paar tausend davon, schätze ich.“ Aber obwohl er große Sorgfalt darauf verwendete, seine Stimme gleichgültig klingen zu lassen, hatten sich seine Augen alles andere als gleichgültig verengt. „Ein paar Leute im Terranischen HQ haben mit den kleinen experimentiert. Sie würden wahrscheinlich einen beträchtlichen Bonus oder so etwas bekommen, wenn Sie ihnen Ihren Stein zu Versuchszwecken überließen.“

„Nein!“ hörte Kerwin sich rufen, noch bevor er sich bewußt wurde, daß er den Vorschlag ablehnte.

„Aber warum kommen Sie zu mir?“ fragte Ragan.

„Weil ich in letzter Zeit jedes Mal, wenn ich mich umdrehe, über Sie stolpere, und ich kann mir einfach nicht denken, daß Sie dermaßen nach meiner Gesellschaft lechzen. Sie wissen etwas über diese Angelegenheit, oder Sie wollen, daß ich das denke. Zuerst einmal könnten Sie mir verraten, für wen Sie mich an jenem ersten Abend gehalten haben. Und Sie waren es nicht allein. Jeder, der mich sah, meinte, ich sei jemand anders. In dieser selben Nacht wurde ich in einer Nebenstraße niedergeschlagen ...“

Ragans Unterkiefer sackte herab. Kerwin konnte nicht daran zweifeln, daß sein Entsetzen echt war.

„... und ganz offensichtlich geschah das, weil ich diesem *Jemand* ähnlich bin ...“

„Nein, Kerwin“, fiel Ragan ein. „Da irren Sie sich. Im Gegenteil, das hätte Sie vor einem Angriff geschützt. Es ist ein schreckliches Durcheinander. Sehen Sie, ich habe nichts gegen *Sie.* Ich will Ihnen soviel sagen: Es ist wegen Ihres roten Haars ...“

„Zum Henker, es gibt rothaarige Darkovaner. Ich bin ihnen begegnet ...“

„Tatsächlich?“ Ragans Augenbrauen hoben sich. *„Sie?“* Er lachte freudlos auf. „Wenn Sie Glück gehabt haben, stammt Ihr rotes Haar von der terranischen Hälfte Ihrer Vorfahren. Aber das kann ich Ihnen versichern, wenn ich Sie wäre, würde ich diesen Planeten mit dem ersten Schiff verlassen und keine Ruhe geben, bis ich nicht auf halbem Weg zur anderen Seite des Imperiums wäre. Den Rat gebe ich Ihnen ganz nüchtern.“

Kerwin erwiderte mit bleichem Lächeln: „Mir gefällt es besser, wenn Sie betrunken sind“, und er winkte dem Kellner, eine neue Runde zu bringen. Als der Kellner gegangen war, erklärte er: „Hören Sie zu, Ragan. Wenn mir nichts anderes übrigbleibt, ziehe ich darkovanische Kleidung an und gehe in die Altstadt hinunter ...“

„Und lassen sich die Kehle durchschneiden?“

„Sie haben gesagt, mein rotes Haar werde mich schützen. Nein. Ich werde in die Altstadt hinuntergehen und jeden, dem ich begegne, anhalten und fragen, für wen er mich hält oder wem ich ähnlich sehe. Und ich werde irgend jemanden finden, der es mir mitteilt.“

„Sie haben keine Ahnung, auf was Sie sich einlassen."

„Ich werde es nicht tun, wenn Sie es mir sagen."

„Verdammter Dickkopf", kommentierte Ragan. „Nun, es ist Ihr Hals. Was verlangen Sie von mir? Und was ist für mich drin?"

Jetzt fühlte sich Kerwin auf sichererem Boden. Es hätte sein Mißtrauen erweckt, wenn der schlaue Darkovaner ihm seine Hilfe gratis angeboten hätte.

„Verdammt, ich weiß es nicht. Aber da muß etwas sein, das Sie von mir wollen, oder Sie hätten nicht soviel Zeit darauf verwendet, sich in meiner Nähe aufzuhalten und zu warten, daß ich Ihnen Fragen stelle. Geld? Sie wissen, was ein Kommunikationsfachmann verdient. Genug, um davon zu leben, aber ein Vermögen macht er nicht. Ich nehme an ..." – sein Mund verzog sich – „... daß Sie es mitbekommen wollen, wenn irgend etwas geschieht. Und daß Sie mit gutem Grund erwarten, es werde etwas geschehen. Fangen Sie damit an." Kerwin hob den Matrix-Kristall an seiner Kette hoch. „Wie finde ich darüber etwas heraus?"

Ragan schüttelte den Kopf. „Ich habe Ihnen den besten Rat gegeben, den ich Ihnen geben konnte; in diesen Teil der Angelegenheit will ich nicht hineingezogen werden. Wenn Sie unbedingt mehr wissen wollen, so gibt es lizensierte Matrix-Mechaniker sogar in der Terranischen Zone. Sie können nicht viel. Aber sie werden fähig sein, Ihnen ein paar Antworten zu geben. Ich sage immer noch: Halten Sie sich heraus. Laufen Sie weg, so weit Sie können. Sie haben nicht die leiseste Ahnung, in was Sie Ihre Nase stecken wollen."

Von all dem nahm Kerwin nur zur Kenntnis, daß es lizensierte Matrix-Mechaniker gab. „Ich dachte, das sei das große Geheimnis, das die Terraner nicht aufklären können!"

„Ich habe Ihnen doch erzählt, daß kleine Steine im Handel sind. Wie meiner. Und mit den kleinen kann so gut wie jeder umzugehen lernen. So wie ich. Ein paar Tricks."

„Was tut ein Matrix-Mechaniker?"

Ragan zuckte die Schultern. „Sagen Sie, Sie hätten Dokumente, die Sie verschließen wollen, und daß Sie sie nicht einmal einer Bank anvertrauen möchten. Sie kaufen sich einen der kleineren Matrix-Steine – wenn Sie sich das leisten können, sie sind nicht billig, nicht einmal die ganz winzigen – und bringen den Mechaniker dazu, ihn auf Ihr persönliches Muster abzustimmen – ihre Gehirnwellen, die einzigartig wie ein Fingerabdruck sind. Wenn Sie den Behälter mit den Dokumenten verschließen wollen, versiegelt die Matrix die Kanten, so daß nichts in der Welt, kein Vorschlaghammer und keine Atomexplosion, ihn jemals wieder öffnen kann, sondern nur ihre eigene Entscheidung, ihr eigenes mentales ‚Sesam öffne dich'. Sie denken: *Auf,* und der Behälter geht auf. Sie brauchen sich keine Kombination und keine geheime Kontonummer zu merken, nichts."

Kerwin pfiff. „Tolle Sache! Doch wenn ich darüber nachdenke, kann ich mir ein paar ziemlich gefährliche Anwendungsmöglichkeiten für so etwas vorstellen."

„Richtig", bestätigte Ragan trocken. „Ich weiß nicht viel über darkovanische Geschichte, aber die Darkovaner lassen keine der größeren Matrizes aus ihren Händen. Schon mit den kleinen können Sie ein paar eklige Tricks ausführen, auch wenn sie nur mit ganz geringen Energiemengen arbeiten. Nehmen Sie zum Beispiel an, Sie hätten einen Konkurrenten, dem empfindliche Maschinen gehören. Sie konzentrieren sich auf Ihren Kristall – dazu genügt ein kleiner wie meiner – und lassen die Einstellung eines Thermostaten um, sagen wir, drei Grad steigen. Dabei schmelzen die wichtigsten Schaltkreise. Wollen Sie Ihren Rivalen aus dem Geschäft drängen? Dann heuern Sie einen skrupellosen Matrix-Mechaniker an, der die Anlagen sabotiert, die elektrischen Schaltungen durcheinanderbringt, Kurzschlüsse hervorruft, und Sie können jederzeit beweisen, daß Sie nie in die Nähe des Ortes gekommen sind. Ich glaube, im HQ sind sie grün vor Angst, daß die Darkovaner ihnen mit ihren Matrizes ein paar Streiche spielen werden – die Speicher der Computer löschen, das Navigationskontrollzentrum der Sternenschiffe verwirren. Die Darkovaner haben keinen Grund, so etwas zu tun. Aber allein die Tatsache, daß diese Art von Technologie existiert, stellt für die Terraner eine Verpflichtung dar, herauszufinden, wie das funktioniert und wie sie sich dagegen schützen können." Ragan grinste. „Deshalb sagte ich, man würde Ihnen wahrscheinlich ein kleines Vermögen geben. Sie könnten Ihren Scheck selbst ausstellen, wenn Sie ihnen Ihren Stein überließen. Er ist der größte, den ich je gesehen habe."

Bruchstückhafte Erinnerungen stiegen in Kerwin auf: Die Stewardeß eines terranischen Sternenschiffs, die das Hemd eines betäubten, schreienden Kindes öffnete. „Dann verraten Sir mir doch, wie, zum Teufel, *ich* einen von dieser Größe bekommen habe!"

Ragan zuckte die Schultern. „Kerwin, mein Freund, wenn ich die Antwort darauf wüßte, würde ich in die Terranische Zone gehen und mich anflehen lassen, *meinen* Scheck selbst auszustellen. Ich bin kein Wahrsager."

Kerwin dachte eine Minute darüber nach. Dann sagte er: „Vielleicht ist ein Wahrsager oder etwas Ähnliches das, was ich brauche. Nun, ich habe gehört, auf Darkover wimmele es von Telepathen und übersinnlich begabten Personen."

„Sie wissen nicht, mit was Sie herumspielen", warnte Ragan noch einmal. „Aber wenn Sie unwiderruflich entschlossen sind, es zu riskieren, dann weiß ich eine Frau unten in der Altstadt. Früher einmal war sie – nun, das ist unwichtig. Wenn irgendwer Ihnen helfen kann, dann sie. Geben Sie ihr das." Er suchte in seiner Tasche nach einem Stück Papier und kritzelte eine kurze Nachricht. „Ich habe Kontakte in der darkovanischen Zone; so bestreite ich meinen Lebensunterhalt. Doch ich warne Sie: Es wird Sie eine Menge kosten. Sie muß eine Gefahr auf sich nehmen, und sie wird Sie dafür bezahlen lassen."

„Und Sie?"

Ragans kurzes, trockenes Auflachen klang laut. „Für einen Namen und eine Adresse? Verdammt, Sie haben mir ein Glas spendiert, und vielleicht habe ich mit einem anderen Rothaarigen oder auch zweien eine Rechnung zu begleichen. Viel Glück, *Tallo*." Er hob die Hand und ging, und Jeff sah ihm gedankenverloren nach. In was wurde er hineingelotst? Er studierte die Adresse und stellte fest, daß das eins der verkommensten Viertel von Thendara war, in der Altstadt, im Schlupfwinkel von Dieben und Kupplern und Schlimmerem. Er brannte nicht darauf, in terranischer Uniform hinzugehen. Er brannte überhaupt nicht darauf hinzugehen. Schon als Kind hatte er gewußt, wie gefährlich das war.

Am Ende stellte er vorsichtige Nachforschungen über Matrix-Mechaniker in den besseren Vierteln der Stadt an und fand heraus, daß sie ihr Geschäft ganz offen betrieben. Er erhielt die Namen von drei lizensierten Leuten im respektabelsten Teil der Stadt und suchte sich aufs Geratewohl einen davon aus.

Die Adresse führte ihn in einen Stadtteil mit großen, hohen Häusern, deren Mauern aus durchscheinenden Bausteinen bestanden. Hier und da sah Kerwin einen Park, ein öffentliches Gebäude irgendeiner Art, eine ummauerte Anlage, die ein kleines Schild als

Gildenhaus des Ordens der Entsagenden auswies. Ob das etwas wie ein Konvent oder ein Kloster war? Die Straßen waren breit und in gutem Zustand gehalten, doch nicht gepflastert. Auf einem Grundstück wurde ein Neubau errichtet. Männer vermörtelten Steine, sägten, hämmerten. In der nächsten Straße war ein Markt, auf dem mit Tüchern verhüllte Frauen Lebensmittel einkauften. Kleine Kinder hingen an ihren Röcken oder drängten sich an einem Stand, wo es gebratenen Fisch, süße Kuchen und Pilze gab. Diese Szenen aus dem normalen Alltag waren ermutigend. Frauen schwatzten miteinander, Kinder spielten um die Stände herum Fangen und quälten ihre Mütter nach Süßigkeiten oder gebratenen Pilzen. Man nannte diese Kultur *barbarisch,* dachte Jeff empört, weil die Leute keine komplizierten Transportmittel und keine Technik hatten und auch nicht haben wollten. Sie besaßen keine Raketenwagen, keine breiten Straßen und Wolkenkratzer, keine Raumhäfen. Aber sie hatten auch keine Stahlgießereien, keine stinkenden Chemiewerke, nichts von dem, was ein terranischer Autor „dunkle Satansfabriken" genannt hatte, keine mit Sklaven oder Robotern gefüllten Bergwerke. Kerwin lachte trocken auf; er hatte nur die romantische Seite sehen wollen. Angesichts eines Leihstalls, wo Pferde bepackt und gesattelt wurden, kam ihm der Gedanke, daß das Ausmisten eines Pferdestalls an einem Morgen, wo der Schnee drei Fuß tief lag, auch nicht viel besser war als die Schufterei in einer Fabrik oder einem Bergwerk.

Er fand die Adresse, die er suchte, und wurde von einer unauffällig gekleideten Frau eingelassen. Sie führte ihn in eine Art Arbeitszimmer, dessen Wände mit hellen Draperien bedeckt waren. Der Ausdruck *isolierende Draperien* tauchte in Jeffs Gedanken auf, und im Geist hob er, erstaunt über sich selbst, eine Augenbraue. Was sollte das! Eine Frau und ein Mann traten ein. Sie waren groß und stattlich, mit heller Haut, grauen Augen und einer Haltung ruhiger Autorität und Würde. Aber beide schienen beunruhigt, irgendwie tief beeindruckt zu sein.

„Vai Dom", sagte der Mann, „Ihr erweist uns Gnade. Wie können wir Euch dienen?"

Noch bevor Kerwin antworten konnte, verzog die Frau geringschätzig einen Mundwinkel. *„Terranan"*, sagte sie feindselig. „Was wollt Ihr?"

Das Gesicht des Mannes spiegelte den Wechsel in ihrem Ausdruck wieder. Sie waren sich ähnlich genug, um Bruder und Schwester zu sein, und Kerwin bemerkte in dem fließenden Licht, daß das Haar von beiden, obwohl es dunkel war, einen schwachen rötlichen Schimmer zeigte. Aber es war mit dem roten Haar und der aristokratischen Haltung der drei Rotköpfe im Sky-Harbor-Hotel überhaupt nicht zu vergleichen.

Kerwin sagte: „Ich möchte Informationen über das hier." Er hielt ihnen die Matrix hin. Die Frau runzelte die Stirn, winkte ab, trat an eine Bank und nahm ein Stück Stoff auf. Es sah aus wie Seide mit einem metallischen oder kristallinen Glitzereffekt. Sie bedeckte ihre Hand sorgfältig mit dem Zeug, kam zurück und nahm Kerwin den Stein aus der Hand, daß er ihre bloße Hand nicht berührte. Kerwin überkam kurz und schmerzlich ein Gefühl des *déjà vu.*

Etwas wie das habe ich schon einmal gesehen, diese Geste... aber wo? Wann?

Die Frau sah sich die Matrix kurz an, und der Mann blickte ihr dabei über die Schulter. Dann fragte der Mann mit scharfer Feindseligkeit: „Woher haben Sie das? Haben Sie es gestohlen?"

Kerwin wußte ganz genau, daß die Anschuldigung nicht ganz das Gewicht hatte, das man ihr in der Terranischen Zone hätte beilegen müssen. Trotzdem machte sie ihn wütend. Er antwortete: „Nein, verdammt noch mal! Ich habe das Ding, seit ich mich erinnern kann. Können Sie mir sagen, was es ist und woher es stammt?"

Sie tauschten Blicke. Dann zuckte die Frau die Schultern und setzte sich an ein kleines Pult, die Matrix in der Hand. Sie untersuchte sie sorgfältig mit einem Vergrößerungsglas. Ihr Gesicht war nachdenklich und verschlossen. Vor dem Pult war eine schwere Glasplatte, dunkel, undurchsichtig, und kleine Lichter glitzerten tief im Inneren des Glases. Die Frau machte wieder eine dieser bekannt-unbekannten Gesten, und die Lichter begannen mit hypnotischer Wirkung zu flackern. Kerwin sah zu, immer noch im Bann des *déjà vu.* Er dachte: *Das habe ich schon einmal gesehen.*

Nein. Es ist eine Illusion, es hat was damit zu tun, daß die eine Seite des menschlichen Gehirns eine Sache um einen Sekundenbruchteil früher aufnimmt als die andere Seite, und dann hat man den Eindruck, man erinnere sich, das gesehen zu haben...

Die Frau sagte mit dem Rücken zu Kerwin: „Sie ist nicht auf dem Hauptüberwachungsschirm."

Der Mann beugte sich über sie, wickelte seine Hand in ein Stück des isolierenden Stoffs und berührte den Kristall. Dann sah er die Frau überrascht an. „Glaubst du, er weiß, was er da hat?“

„Ausgeschlossen“, erwiderte die Frau. „Er ist ein Außenweltler; wie sollte er es wissen?“

„Ist er ein Spion, der uns aushorchen soll?“

„Nein, er ist unwissend, das spüre ich. Aber wir können uns das Risiko nicht leisten. Zu viele sind gestorben, die nur von dem Schatten des Verbotenen Turms berührt wurden. Sieh zu, daß du ihn los wirst.“

Ein bißchen verärgert fragte Kerwin sich, ob sie weiterhin in seiner Gegenwart über ihn sprechen würden. Dann wurde ihm mit einem Schock klar, daß sie nicht den Dialekt von Thendara sprechen und nicht einmal die reine *Casta* der Berge. Sie bedienten sich jener Sprache, die er irgendwie erfaßte, ohne eine einzige Silbe bewußt zu verstehen.

Die Frau hob den Kopf und sagte zu dem Mann: „Gib ihm eine Chance. Vielleicht ist er tatsächlich ganz und gar unwissend, und er könnte in Gefahr sein.“ Dann richtete sie sich in der Sprache des Raumhafens an Kerwin: „Können Sie mir irgend etwas darüber erzählen, wie Sie an diesen Kristall gekommen sind?“

Kerwin antwortete langsam: „Ich glaube, daß er meiner Mutter gehört hat. Ich weiß nicht, wer sie war.“ Dann, zögernd, sich bewußt, daß es ein wesentlicher Hinweis war, wiederholte er die Worte, die er in der Nacht, als er in der Altstadt niedergeschlagen wurde, gehört hatte.

„Sag dem Sohn des Barbaren, er soll nie mehr auf die Ebenen von Arilinn kommen. Die Goldene Glocke ist gerächt ...“

Die Frau erschauerte plötzlich. Ihre tadellose Haltung splitterte und riß. Hastig stand sie auf, und der Mann reichte Kerwin den Kristall zurück, als seien ihre Bewegungen irgendwie synchronisiert.

„Es steht uns nicht zu, uns in die Angelegenheiten der *Vai Leroni* einzumischen“, sagte die Frau mit ausdrucksloser Stimme. „Wir können Ihnen nichts sagen.“

Kerwin drängte: „Aber ... aber Sie wissen etwas ... Sie können mich doch nicht ...“

Der Mann schüttelte den Kopf. Sein Gesicht war leer, es ließ sich nichts daraus ablesen. *Warum habe ich das Gefühl, ich müßte erkennen, was er denkt?* fragte sich Kerwin.

„Gehen Sie, *Terranan.* Wir wissen nichts."

„Was sind die *Vai Leroni?* Was…"

Aber die beiden Gesichter, sich in ihrer Zurückhaltung und Arroganz so ähnlich, waren verschlossen und unbewegt – und hinter der Unbewegtheit verängstigt, das sah Kerwin.

„Das geht uns nichts an."

Kerwin meinte, vor Enttäuschung explodieren zu müssen. Er streckte die Hand in einer vergeblich flehenden Geste aus. Der Mann trat zurück, um eine Berührung zu vermeiden, und die Frau wich ihm zimperlich aus.

„Aber, mein Gott, dabei können Sie es nicht belassen. Wenn Sie etwas wissen – dann müssen Sie es mir sagen –"

Das Gesicht der Frau wurde ein bißchen weicher. „Soviel will ich Ihnen sagen. Ich glaubte, *das*…" – sie wies auf den Kristall – „… sei zerstört worden, als … als die Goldene Glocke zerbrochen wurde. Da man es richtig fand, es Ihnen zu lassen, mag man es eines Tages richtig finden, Ihnen eine Erklärung zu geben. Aber wenn ich Sie wäre, würde ich nicht darauf warten. Sie sollten…"

„Latti!" Der Mann berührte ihren Arm. „Genug! – Gehen Sie", setzte er, an Kerwin gewandt, hinzu. „Sie sind hier nicht willkommen. Nicht in unserm Haus, nicht in unserer Stadt, nicht auf unserer Welt. Wir haben keinen Streit mit Ihnen, aber Sie bringen schon mit Ihrem Schatten Gefahr über uns. Gehen Sie." Dagegen gab es keinen Einspruch mehr. Kerwin ging.

Halb und halb hatte er mit so etwas gerechnet. Wieder war ihm eine Tür vor seinem Gesicht zugeknallt worden, ebenso wie der Computer so kodiert war, daß er die Daten seiner eigenen Geburt nicht abrufen konnte. Aber er konnte die Sache nicht mehr fallenlassen, obwohl er es sich wünschte und obwohl er langsam Angst bekam.

Er vergaß die Vorsichtsmaßnahme nicht, sein Haar zu bedecken, und wenn er auch den darkovanischen Mantel nicht trug, so nahm er doch sorgfältig alle Abzeichen des Raumdienstes ab, damit nichts ihn mit den Leuten vom Raumhafen in Verbindung bringen konnte.

Die Adresse war in einem zerfallenen Slum-Gebiet. Es gab keine Glocke, und nachdem er geklopft hatte, mußte er lange warten. Fast war er schon entschlossen, wieder zu gehen, als sich die Tür öffnete und eine Frau auf der Schwelle stand, die sich mit unsicherer Hand am Türrahmen festhielt.

Sie war klein und mittleren Alters, gekleidet in formlose Tücher und Röcke, nicht gerade Lumpen und nicht eigentlich schmutzig, aber im allgemeinen machte sie den Eindruck der Verwahrlosung und Liederlichkeit. Sie sah Kerwin mit müder Gleichgültigkeit an. Es kam ihm vor, als könne sie ihre Augen nur unter Schwierigkeiten auf ihn fokussieren.

„Wollt Ihr etwas?" fragte sie interesselos.

„Ein Mann namens Ragan schickt mich." Kerwin reichte ihr das bekritzelte Papier. „Er sagte, Ihr wäret eine Matrix-Technikerin."

„Früher einmal", antwortete sie, als sei jede Gemütsregung in ihr abgestorben. „Man hat mich vor Jahren von den Hauptrelais abgeschnitten. Oh, ich kann immer noch arbeiten, aber es wird Euch etwas kosten. Wenn es legal wäre, wäret Ihr nicht hier."

„Was ich möchte, ist nicht illegal, soweit mir bekannt ist. Aber vielleicht ist es unmöglich."

Ein schwacher Funke des Interesses glomm in den trüben Augen auf. „Kommt herein." Sie winkte ihn ins Innere. Ihr Zimmer war recht sauber und hatte einen stechend-vertrauten Geruch; Kräuter brannten in einer Kohlenpfanne. Die Frau schürte das Feuer, so daß neue Wolken des beißendes Rauchs emporstiegen, und als sie sich umdrehte, waren ihre Augen wacher.

Trotzdem dachte Kerwin, er habe noch nie eine so farblose Person gesehen. Ihr Haar, lose im Nacken verschlungen, zeigte dasselbe verblaßte Grau wie ihr Umschlagtuch. Sie ging müde und beugte sich ein wenig vor, als leide sie chronische Schmerzen. Vorsichtig ließ sie sich in einem Sessel nieder und bedeutete Kerwin mit einer müden, ruckartigen Bewegung ihrer Hand, sich ebenfalls zu setzen.

„Was wollt Ihr, *Terranan?*" Auf seinen überraschten Blick hin verzogen sich ihre Lippen – es war nicht ganz ein Lächeln. „Ihr beherrscht die Sprache perfekt", sagte sie, „aber denkt daran, was ich bin. Es liegt eine andere Welt in Eurem Gang und Eurer Kopfhaltung und in der Bewegung Eurer Hände. Verschwendet Eure und meine Zeit nicht mit Lügen."

Wenigstens hielt sie ihn nicht für seinen mysteriösen Doppelgänger! Dafür dankbar schob Kerwin seine Kopfbedeckung zurück. Er dachte: *Wenn ich aufrichtig gegen sie bin, wird sie vielleicht aufrichtig gegen mich sein.* Er faßte an seinen Hals und legte den Kristall vor sie hin.

„Ich bin auf Darkover geboren", erklärte er, „aber man hat mich weggeschickt. Mein Vater war Terraner. Ich hatte es für sehr einfach gehalten, mehr über mich herauszufinden."

„Damit sollte es auch einfach sein", meinte die Frau. „Geeignet für eine Bewahrerin." Sie beugte sich vor. Im Unterschied zu den beiden anderen Mechanikern bedeckte sie ihre Hand nicht, als sie die Matrix berührte. Kerwin zuckte zusammen. Aus irgendeinem Grund mochte er es nicht, wenn man sie berührte. Die Frau sah es und fragte: „Soviel wißt Ihr also schon. Ist sie eingestimmt?"

„Ich weiß nicht, was Ihr meint."

Sie hob die Augenbrauen. „Macht Euch keine Sorgen, ich kann mich dagegen schützen, selbst wenn sie es ist. Ich bin nicht abergläubisch, und ich habe vor langer Zeit von dem alten Mann selbst gelernt, daß jeder halbwegs fähige Techniker die Arbeit einer Bewahrerin tun kann. Ich habe sie oft genug getan. Gebt sie mir." Sie nahm die Matrix auf, und Kerwin empfand nur einen leichten Schock. Die Hände der Frau waren schön, jünger als alles übrige an ihr, glatt und weich und mit gepflegten Nägeln. Kerwin hatte sie sich irgendwie knorrig und schmutzig vorgestellt. Wieder kam ihm die Geste bekannt vor.

„Erzähl mir davon", forderte sie ihn auf, und Kerwin berichtete ihr mit einem plötzlichen Gefühl der Sicherheit alles: daß er für einen geheimnisvollen anderen gehalten und später auf der Straße überfallen worden war, daß im Waisenhaus keine Unterlagen über ihn existierten und daß die beiden Matrix-Mechaniker sich geweigert hatten, ihm etwas zu sagen. Letzteres rief bei der Frau ein verächtliches Stirnrunzeln hervor.

„Und die behaupten, sie seien frei von Aberglauben! Diese Narren!" rief sie aus.

„Was könnt Ihr mir sagen?"

Sie berührte den Kristall mit einer wunderschön manikürten Fingerspitze. „Soviel: Die Matrix ist nicht auf den Hauptschirmen. Sie mag von einem der Leute aus dem Verbotenen Turm stammen. Ich kann sie nicht ohne weiteres identifizieren. Aber man kann kaum glauben, daß Ihr einen Tropfen terranisches Blut habt. Obwohl es ein paar gegeben hat, und einmal habe ich den alten *Dom Ann'dra* gesehen... Doch das bringt uns nicht weiter." Sie ging zu einem Schrank und stöberte darin herum, dann nahm sie einen in Isolierseide gewickelten Gegenstand heraus. Vor sich auf den Tisch stellte sie einen kleinen Rahmen aus Weidenholz, dann entfernte sie die Seide vorsichtig und legte etwas in den Rahmen. Es war eine kleine Matrix, kleiner als seine eigene, aber beträchtlich größer als die, die Ragan ihm gezeigt hatte. Lichter spielten darin. Als Kerwin sie betrachtete, wurde ihm übel. Die Frau blickte in ihre eigene Matrix, dann in die Kerwins, erhob sich und schürte von neuem das Feuer in der Kohlenpfanne, so daß Wolken erstickenden Qualms aufstiegen. Kerwins Kopf begann zu schwimmen. Der Rauch mußte eine sehr wirksame Droge enthalten, denn nachdem die Frau ihn tief eingesogen hatte, trat plötzlich ein lebendiges Funkeln in ihre Augen.

„Ihr", sagte sie, „Ihr seid nicht, was Ihr seid." Sie sprach seltsam undeutlich. „Ihr werdet finden, was Ihr sucht, aber Ihr werdet es auch zerstören. Ihr wart eine Falle, die nicht zugeschnappt ist. Man hat Euch in Sicherheit gebracht, weg aus dem Schneesturm, wo Ihr von den Banshees gefressen werden solltet... Ihr werdet finden, was Ihr wünscht, Ihr werdet es zerstören, aber es gleichzeitig retten ..."

Kerwin erklärte grob: „Ich bin nicht hergekommen, um mir wahrsagen zu lassen."

Sie schien ihn nicht zu hören und murmelte beinahe unzusammenhängend vor sich hin. Es war dunkel in dem Zimmer bis auf das schwache Glühen der Kohlepfanne und sehr kalt. Ungeduldig bewegte sich Kerwin. Sie machte eine befehlende Geste, und er sank zurück. überrascht von der Autorität dieser Bewegung. *Diese unter Drogeneinfluß babbelnde alte Hexe! Zum Teufel, was macht sie jetzt?*

Der Kristall auf dem Tisch, sein eigener Kristall, glühte und schimmerte; der Kristall in dem Weidenrahmen zwischen den schlanken Händen der Frau begann langsam in blauem Feuer aufzuleuchten.

„Die Goldene Glocke", murmelte die Frau mit dicker Zunge, die Wörter zu einem einzigen zusammenziehend: *Cleindori.* „O ja, Cleindori war schön, lange, lange suchte man sie in den Bergen jenseits des Flusses, aber sie war dahin gegangen, wo sie sie nicht verfolgen konnten, die stolzen, abergläubischen Narren, die das Gesetz von Arilinn predigten..."

Alles Licht im Raum hatte sich jetzt auf dem Gesicht der Frau gesammelt, das Licht, das von dem blauen Mittelpunkt des Kristalls ausging. Kerwin saß lange still, während die Frau in den Kristall starrte und murmelte. Schließlich fragte er sich, ob sie in Trance gefallen, ob sie eine Hellseherin sei, die seine Fragen beantworten konnte.

„Wer bin ich?“

„Du bist der eine, den wegzuschicken ihnen gelang, der aus dem Feuer gerissene Brand“, antwortete sie mühsam. „Da waren andere, aber du warst der wahrscheinlichste. Sie wußten es nicht, die stolzen Comyn, daß du ihnen entrissen worden warst. Daß man die Beute hinter des Jägers Tür versteckt hatte, das Blatt mitten im Wald. Sie alle, Cleindori, Cassilde, der *Terranan,* der Ridenow-Junge . . .“

Die Lichter in dem Kristall gerannen zu einer auflodernden Flamme. Kerwin zuckte zusammen, als sie seine Augen blendete, aber er konnte sich nicht bewegen.

Und dann stieg eine Szene vor seinen Augen auf, klar und deutlich, als sei sie auf die Innsenseite seiner Augenlider gemalt.

Zwei Männer und zwei Frauen, alle in darkovanischer Kleidung, saßen um einen runden Tisch, auf dem ein Matrix-Kristall in einem geflochtenen Rahmen lag. Eine der Frauen, sehr zart, sehr schön, beugte sich darüber und umklammerte den Rahmen so fest, daß er erkennen konnte, wie die Knöchel ihrer Hände weiß hervortraten. Ihr Gesicht, von blaßrotem Haar umrahmt, kam ihm unheimlich vertraut vor . . . Die Männer saßen bewegungslos und beobachteten sie konzentriert. Einer von ihnen hatte dunkles Haar und dunkle Augen, Tieraugen, und Kerwin hörte sich selbst denken: Der Terraner, *und etwas sagte ihm, daß er das Gesicht des Mannes sah, dessen Namen er tragen würde. Wie gebannt sahen sie alle zu, und das kalte Licht spielte auf dem Gesicht der Frau wie ein seltsames Nordlicht. Dann zog der große rothaarige Mann plötzlich die Hände der Frau von dem Rahmen weg. Das blaue Feuer erstarb, und die Frau sank bewußtlos in die Arme des dunklen Mannes . . .*

Die Szene wechselte. Kerwin sah ziehende Wolken; kalter Regen strömte auf einen Hof nieder. Ein Mann schritt durch einen Gang mit hohen Säulen, ein Mann in einem hoch am Hals geschlossenen, juwelenbesetzten Mantel, ein großer, stolzer Mann, und Kerwin keuchte auf, als er das Traumgesicht seiner frühesten Erinnerungen erkannte. Das Bild verengte sich zu einer Kammer mit hoher Decke. Die Frauen und der andere Mann waren da. Kerwin sah die Szene aus einer merkwürdigen Perspektive, als sei er entweder sehr hoch oben oder sehr tief unten, und er wurde sich bewußt, daß er *dort* war.

Entsetzen und plötzliche Angst ließen ihn zittern. Er blickte von den vier um eine Matrix versammelten Menschen weg auf eine geschlossene Tür, einen Drehknopf, der sich langsam, sehr langsam bewegte. Dann flog die Tür plötzlich auf und dunkle Gestalten füllten den Eingang. Sie verdeckten das Licht, sie stürzten vorwärts...

Kerwin schrie. Es war nicht seine eigene Stimme, sondern die eines Kindes, dünn und schrecklich und schreckenerregend, ein Laut äußerster Verzweiflung und Panik. Er fiel nach vorn auf den Tisch, vor seinen Augen verdunkelte sich die Szene, erinnerte Schreie gellten in seinen Ohren weiter und weiter, lange nachdem sein eigener Schrei ihn ins Bewußtsein zurückgerufen hatte.

Benommen setzte er sich auf und fuhr sich langsam mit der Hand über die Augen. Seine Hand wurde naß von kaltem Schweiß – oder von Tränen? Verwirrt schüttelte er den Kopf. Er war *nicht* in dem mit vagen Schreckensgestalten gefüllten hohen Raum. Er war in der Steinhütte der alten Matrix-Technikerin. Das Feuer in der Kohlepfanne war heruntergebrannt, und das Zimmer war dunkel und kalt. Er konnte die Frau gerade eben sehen. Sie war zusammengebrochen. Ihr Körper lag über dem Tisch und dem Weidenrahmen. Er war gekippt, und der Kristall war auf die Tischplatte gefallen. Aber jetzt war kein blaues Licht mehr darin. Dort lag nur noch ein graues, lebloses Stück Glas.

Verärgert und verwirrt blickte Kerwin auf die Frau nieder. Sie hatte ihm *etwas* gezeigt – aber was hatte es zu bedeuten? Warum hatte er geschrien? Vorsichtig fühlte er nach seiner Kehle. Er mußte sich heiser geschrien haben.

„Zum Teufel, um was ging das alles? Ich nehme an, der dunkle Mann war mein Vater. Aber wer waren die anderen?“

Die Frau bewegte sich nicht und antwortete nicht. Kerwins Gesicht verfinsterte sich. Betrunken? Betäubt? Nicht gerade sanft schüttelte er sie an der Schulter. „Was war das? Was hatte es zu bedeuten? Wer waren die Leute?“

Mit alptraumhafter Grazie glitt die Frau langsam aus ihrem Sessel und fiel seitwärts auf den Fußboden. Kerwin fluchte. Er flankte über den Tisch und kniete neben ihr nieder. Aber er wußte bereits, was er entdecken würde.

Die Frau war tot.

Kapitel 6: Wieder ins Exil

Kerwins Kehle tat ihm immer noch weh, und ihm war nach einem hysterischen Anfall zumute.

Alle Türen werden mir vor der Nase zugemacht!

Dann sah er voll Mitleid und mit schmerzlichem Schuldbewußtsein auf die Frau nieder. Er hatte sie in diese Sache hineingezogen, und jetzt war sie tot. Diese unbekannte, unschöne Frau, deren Namen er nicht einmal kannte, und er hatte sie in das geheimnisvolle Schicksal verwickelt, das ihm auf den Fersen war.

Er blickte auf ihre Matrix, die grau und leblos auf dem Tisch lag. War sie gestorben, als die Frau starb? Vorsichtig nahm er seine eigene auf und steckte sie in die Tasche. Von neuem betrachtete er mit Bedauern und nutzloser Reue die tote Frau. Und dann wandte er sich ab und rief die Polizei.

Sie kamen, Darkovaner der Garde in ihren grünen Uniformen mit Kreuzgürteln, hier auf Darkover etwa das, was anderswo die Stadtpolizei gewesen wäre. Sie waren gar nicht glücklich darüber, einen Terraner vorzufinden, und sie ließen es merken. Widerstrebend, mit steifer Höflichkeit erlaubten sie ihm, einen terranischen Konsul holen zu lassen, bevor sie mit der Vernehmung begannen – ein Privileg, auf das Kerwin lieber verzichtet hätte. Es war ihm gar nicht angenehm, daß das HQ erfuhr, er habe hier unten Nachforschungen betrieben.

Sie stellten ihm Fragen, und dann gefielen ihnen die Antworten nicht. Kerwin hielt nichts zurück, ausgenommen die Tatsache, daß er eine eigene Matrix besaß, und den Grund, warum er bei der Frau Rat gesucht hatte. Aber an der Leiche der Frau waren keine Male zu sehen, sie war offenbar nicht sexuell belästigt worden, und ein terranischer und ein darkovanischer Mediziner gaben unabhängig voneinander das Urteil ab, sie sei an einem Herzanfall gestorben. So ließen sie Kerwin am Ende gehen, doch sie eskortierten ihn bis zum Rand des Raumhafens. Dort verabschiedeten sie sich auf eine bestimmte grimmig-offizielle Art, die eine deutliche Warnung enthielt: Sollte er noch einmal in jenem Teil der Stadt auftauchen, würden sie für nichts, was geschehen mochte, verantwortlich sein.

Das war der Gipfel aller Enttäuschungen gewesen, dachte Kerwin. Am Ende einer Sackgasse hatte er nichts gefunden als eine tote Frau.

Allein in seinem Zimmer lief er wie ein wildes Tier im Käfig auf und ab, durchlebte die Szene immer wieder und wieder und versuchte, einen Sinn darin zu erkennen.

Verdammt noch mal, es steckte *Absicht* dahinter! Irgend jemand oder irgend etwas war *entschlossen,* ihn an der Erforschung seiner eigenen Vergangenheit zu hindern. Der Mann und die Frau, die sich geweigert hatten, ihm zu helfen, hatten gesagt: „Es steht uns nicht zu, uns in die Angelegenheiten der *vai leronis* einzumischen.“

Das Wort war ihm nicht bekannt. Er versuchte, es sich aus seinen Bestandteilen zusammenzusetzen. *Vai* war natürlich der ehrerbietige Zusatz, der etwa *würdig* oder *ausgezeichnet* bedeutete. Zum Beispiel ließ sich *vai dom* ungefähr mit *würdiger Lord, ehrenwerter Herr, Euer Exzellenz* übersetzen, je nach dem Kontext. *Leroni* fand er unter *Leronis* (Singular; Bergdialekt). Das Wort war definiert als „wahrscheinlich von *Laran* abgeleitet, was Macht oder ererbtes Recht bedeutet, insbesondere ererbte psychische Kraft; *Leronis* kann für gewöhnlich mit *Zauberin* übersetzt werden.“

Aber, so überlegte Kerwin stirnrunzelnd; wer waren dann die *vai leroni,* die würdigen Zauberinnen, und warum, um alles in der Welt – in *jeder* Welt! – nahm irgendwer an, er könne in ihre Angelegenheiten verwickelt sein?

Das Summen des Interkoms schreckte ihn aus seinen Gedanken auf. Kerwin meldete sich verdrießlich und riß sich auf der Stelle zusammen, denn das Gesicht des Legaten auf dem Schirm sah wirklich sehr grimmig aus.

„Kerwin? Kommen sie sofort nach oben in die Verwaltung – auf der Stelle!“

Kerwin tat, wie ihm befohlen war. Ein Aufzug brachte ihn über viele Stockwerke bis zu dem Penthouse mit seinen Glaswänden, das das Stabsquartier des Legaten war. Während er draußen wartete, erspähte er zu seinem Schrecken durch die offene Tür zwei Männer der Stadt-Garde in ihren grünen Uniformen und Kreuzgürteln. Sie kamen heraus und marschierten steif links und rechts von einem hochgewachsenen, sich aufrecht haltenden, silberhaarigen Mann dahin, dessen reiche Kleidung und kurzer, juwelenbesetzter, blau und silberner Mantel das Mitglied der darkovanischen Hocharistokratie verriet. Alle drei blickten durch Kerwin hindurch, und Kerwin hatte das unbehagliche Gefühl, daß das Schlimmste erst noch kam.

Der Wachmann winkte ihn herein. Der Legat betrachtete ihn mit finsterer Miene, und diesmal forderte er ihn nicht auf, sich zu setzen.

„Er ist also der Darkovaner", sagte er – gar nicht freundlich. „Ich hätte es mir denken können. Zum Teufel, in welche Situation haben Sie sich jetzt schon wieder gebracht?"

Er wartete nicht auf Kerwins Antwort.

„Sie sind gewarnt worden", fuhr er fort. „Sie waren in Schwierigkeiten geraten, noch bevor Sie ganze achtundzwanzig Stunden hier waren. Das reichte Ihnen nicht; Sie mußten dem Ärger noch hinterherlaufen."

Kerwin öffnete den Mund, aber der Legat ließ ihm keine Zeit zu einer Erklärung. „Ich habe Sie darauf aufmerksam gemacht, wie die Lage auf Darkover ist. Bestenfalls leben wir hier unter einem unsicheren Waffenstillstand, und wie die Dinge liegen, haben wir Abmachungen mit den Darkovanern. Zu ihnen gehört, daß wir neugierige Touristen von der Altstadt fernhalten."

Diese Ungerechtigkeit brachte Kerwins Blut zum Kochen.

„Hören Sie, Sir, ich bin kein Tourist! Ich bin hier geboren und aufgewachsen..."

„Sparen Sie sich das", unterbrach ihn der Legat. „Sie haben mich gerade neugierig genug gemacht, daß ich die phantastische Geschichte, die Sie mir erzählten, nachgeprüft habe. Offensichtlich war sie reine Erfindung von Ihnen. Es gibt keine Unterlagen, daß jemals ein Jeff Kerwin Angehöriger des Raumdienstes auf irgendeinem Planeten war. Ausgenommen", endete er finster, „den verdammten Störenfried, den ich im Augenblick vor mir sehe."

„Das ist eine Lüge!" platzte Kerwin wütend heraus. Dann hielt er inne. Er hatte die Forderung des Computers nach dem Prioritätskode selbst gesehen. Aber er hatte den Mann im Archiv bestochen, und der Mann hatte gesagt: *Ich setze meine Stellung aufs Spiel.*

„Dies ist keine Welt für Schnüffler und Störenfriede", stellte der Legat fest. „Ich habe Sie einmal gewarnt. Aber wie ich höre, haben Sie sehr ausgiebig herumgeschnüffelt..."

Kerwin holte Atem. Er versuchte, seinen Fall ruhig und vernünftig darzulegen. „Sir, wenn ich mir meine Vorgeschichte aus den Fingern gesogen habe, könnte doch das, was Sie mein ‚Herumschnüffeln' nennen, niemanden stören! Erkennen Sie nicht, daß gerade das ein Beweis für meine Geschichte ist – daß etwas Komisches vorgeht?"

„Mir beweist es nur", antwortete der Legat, „daß Sie ein Verrückter mit Verfolgungswahn sind. Sie bilden sich ein, wir alle hätten uns verschworen, Sie daran zu hindern, dies oder jenes herauszufinden."

„Es hört sich verdammt logisch an, wenn Sie es so ausdrücken, nicht wahr?" Kerwins Stimme klang bitter.

„Na schön", sagte der Legat, „nennen Sie mir nur einen guten Grund, warum irgendwer sich die Mühe machen sollte, eine Verschwörung gegen einen kleinen Raumdienstangestellten anzuzetteln, den Sohn – wie Sie behaupten – eines terranischen Raumfahrers, von dem nie jemand gehört hat. Warum sollten Sie derartig wichtig sein?"

Kerwin machte eine hilflose Geste. Was konnte er darauf antworten? Er wußte, seine Großeltern hatten existiert, und er war zu ihnen geschickt worden. Aber wenn es auf Darkover keine Unterlagen über irgendeinen Jeff Kerwin als ihn selbst gab, was konnte er sagen? Warum sollte die Frau im Waisenhaus lügen? Sie hatte selbst gesagt, sie legten Wert darauf, Kontakt mit ihren Jungen zu halten. Welchen Beweis hatte er? Hatte ihn sein Wunschdenken dazu verführt, die ganze Geschichte aufzubauen? Seine geistige Gesundheit geriet ins Schwanken.

Mit einem langen Seufzer entließ er die Erinnerungen und den Traum.

„Ich sehe es ein, Sir, und bitte um Entschuldigung. Ich werde keine Versuche mehr unternehmen, irgend etwas herauszufinden..."

„Dazu werden Sie auch keine Gelegenheit mehr haben", erklärte der Legat kalt. „Sie werden nicht mehr hier sein."

„Ich werde..." Wie ein Messerstich durchfuhr es Kerwins Herz. Der Legat nickte mit unbewegtem Gesicht.

„Die Stadtältesten haben Ihren Namen auf die Liste der *persona non grata* gesetzt. Und selbst, wenn sie das nicht getan hätten, entspricht es doch unserer Politik, Leute abzuschieben, die sich zu stark in die Angelegenheiten der Eingeborenen einmischen."

Kerwin stand bewegungslos, das Blut wich ihm aus dem Gesicht und ließ ihn kalt und leblos zurück. „Was meinen Sie?"

„Ich meine, daß ich Sie zur Versetzung vorgesehen habe", sagte der Legat. „So können Sie es nennen, wenn Sie wollen. Mit einfachen Worten: Sie haben ihre große Nase in zu viele Ecken gesteckt, und wir wollen ganz sichergehen, daß Sie es nicht noch einmal tun. Sie verlassen Darkover mit dem nächsten Schiff."

Kerwin öffnete den Mund, und dann schloß er ihn wieder. Er lehnte sich an den Schreibtisch des Legaten, denn er fürchtete umzusinken. „Sie meinen, ich werde deportiert?"

„Darauf läuft es hinaus", bestätigte der Legat. „In der Praxis ist es natürlich nicht so schlimm. Ich habe einen normalen Versetzungsantrag unterschrieben; Gott weiß, daß wir hier draußen genug davon bekommen. Sie haben eine saubere Akte, und ich werde Ihnen ein gutes Zeugnis geben. Innerhalb gewisser Grenzen können Sie jeden Posten haben, der Ihnen dienstgradmäßig zusteht. Informieren Sie sich am Anschlagbrett über freie Stellen."

Der Klumpen, der Kerwin in der Kehle saß, wurde immer dicker. Er würgte hervor: „Aber, Sir, Darkover ..." und brach ab. Darkover war seine Heimat. Es war die einzige Welt, auf der er leben wollte.

Der Legat schüttelte den Kopf, als könne er Kerwins Gedanken lesen. Er sah müde und erschöpft aus, ein alter Mann, ein abgearbeiteter Mann, der mit einer Welt kämpfte, die zu kompliziert für ihn war. „Es tut mir leid, mein Sohn", sagte er freundlich. „Ich kann mir vorstellen, was Sie empfinden. Aber ich habe meine Pflicht zu tun, und es bleibt mir dabei nicht viel Spielraum. Es läßt sich nichts daran ändern; Sie werden an Bord des nächsten Schiffes sein, das Darkover verläßt. Und stellen Sie keinen Antrag, von neuem nach hier versetzt zu werden, denn er wird nicht genehmigt." Er stand auf. „Es tut mir leid, Junge." Er streckte Kerwin die Hand hin.

Kerwin nahm sie nicht. Das Gesicht des Legaten verhärtete sich.

„Sie sind ab sofort vom Dienst entbunden. Innerhalb von achtundzwanzig Stunden reichen Sie mir einen offiziellen Antrag auf Versetzung ein, in dem Sie die von Ihnen bevorzugten Planeten nennen. Wenn ich es für Sie tun muß, schicke ich Sie in die Strafkolonie auf Luzifer Delta. Bis zu Ihrer Abreise haben Sie Hausarrest." Er beugte sich über seinen Schreibtisch und kramte unter den dort liegenden Papieren. Ohne aufzublicken, sagte er: „Sie können gehen."

Kerwin ging. Also hatte er verloren – auf der ganzen Linie. Das Geheimnis, dem er gegenüberstand, war für ihn zu groß gewesen. Er war gegen etwas angerannt, das weit jenseits seiner Möglichkeiten lag.

Der Legat hatte gelogen. Das hatte er erkannt, als er ihm zum Schluß die Hand bot. Der Legat war gezwungen worden, ihn ins Exil zu schicken, und das war ihm unangenehm ...

Kerwin kehrte in sein trostloses Quartier zurück und befahl sich, kein Idiot zu sein. Warum sollte der Legat lügen? War er ein Träumer, ein Verrückter mit Verfolgungswahn, kompensierte er seine Kindheit als Waise mit Größenwahn?

Er lief hin und her, trat ans Fenster und starrte auf die rote Sonne, die sich auf die Berge herabsenkte. *Die blutige Sonne.* Irgendein romantischer Dichter hatte Cottmans Stern vor langer Zeit diesen Namen gegeben. Als die plötzliche Dunkelheit hereinbrach, ballte Kerwin die Fäuste und blickte zum Himmel auf.

Darkover. Für mich ist jetzt Schluß mit Darkover. Um diese Welt habe ich gekämpft, und sie wirft mich hinaus. Ich habe gearbeitet und Pläne geschmiedet, um hier nach Darkover zurückzukehren, und es war alles umsonst. Ich finde nichts als Enttäuschungen, geschlossene Türen, Tod...

Die Matrix ist wirklich. Ich habe sie nicht geträumt oder erfunden. Und die Matrix gehört zu Darkover...

Er steckte die Hand in die Tasche und zog den blauen Stein heraus. Irgendwie war er der Schlüssel zum Geheimnis, der Schlüssel, der alle ihm vor dem Gesicht zugeworfenen Türen öffnen konnte. Vielleicht hätte er ihn dem Legaten zeigen sollen ... Nein. Der Legat wußte ganz genau, daß Kerwin die Wahrheit sprach. Nur hatte er sich aus irgendeinem Grund entschlossen, das nicht zuzugeben. Angesichts der Matrix hätte er einfach eine neue Lüge erfunden.

Kerwin überlegte, woher er wußte, daß der Mann gelogen hatte. Ohne einen Zweifel, ohne ein Zögern wußte er, daß der Mann aus irgendeinem ihm allein bekannten Grund gelogen hatte. *Warum?*

Er zog die Vorhänge zu und schloß die Schwärze draußen, die Lichter des Raumhafens unten aus. Er legte den Kristall auf den Tisch. Dann blieb er unschlüssig stehen. Vor seinem geistigen Auge sah er das Bild einer Frau, die einen häßlichen Tod gefunden hatte, und er erinnerte sich an das Entsetzen, das in ihm aufgestiegen war...

Ich habe etwas gesehen, als sie in die Matrix blickte, aber ich kann mich nicht erinnern, was es war. Ich weiß nur noch, daß es mich zu Tode ängstigte... Das Gesicht einer Frau flackerte vor ihm, dunkle Gestalten stürzten aus einer sich öffnenden Tür... Er biß die Zähne zusammen, bezwang die Panik, die gegen die geschlossene Tür seiner Erinnerung hämmerte. Aber er konnte sich gar nicht erinnern. Da waren nur die Furcht, der Schrei einer Kinderstimme und Dunkelheit.

Streng befahl er sich, kein Narr zu sein. Ragan hatte diesen Kristall benutzt, und er hatte ihn nicht verletzt. Unsicher ließ sich Kerwin vor dem auf dem Tisch liegenden Kristall nieder, beschattete seine Augen, wie die Frau es getan hatte, und blickte hinein. Nichts geschah.

Verdammt, vielleicht war ein besonderer Trick dabei, vielleicht hätte er Ragan auftreiben und ihn überreden oder bestechen sollen, damit er ihn lehrte, wie der Stein zu benutzen war. Nun, dafür war es jetzt zu spät. Kerwin starrte grimmig entschlossen in den Kristall, und einen Augenblick lang war ihm, als schimmere ein blasses Licht darin auf, das in ihm eine leichte Übelkeit erzeugte. Aber es verschwand wieder. Kerwin schüttelte den Kopf. Sein Hals war steif geworden, und seine Augen spielten ihm Streiche, das war alles. Der Blick in die altbekannte Kristallkugel war nichts als eine Art Selbsthypnose, und davor mußte er sich hüten.

Das Licht blieb. Als schwacher, nadelspitzengroßer Farbfleck bewegte es sich innerhalb des Steins. Es *flammte auf,* und Kerwin fuhr zusammen. Es war, als habe ein rotglühender Draht sein Gehirn berührt. Und dann hörte er eine weit entfernte Stimme, die seinen Namen rief ... Nein. Es waren keine Wörter. Aber sie sprach zu *ihm,* zu niemandem sonst, der je existiert hatte, es war eine ganz und gar persönliche Botschaft. Es war etwas Ähnliches wie *Du, ja du. Ich sehe dich.*

Oder sogar: *Ich erkenne dich.*

Benommen schüttelte er den Kopf. Er umklammerte die Tischkante. Sein Kopf schmerzte, aber jetzt konnte er nicht mehr aufhören. Ihm war, als höre er sprechen, nur zufällige Silben ... eine leise murmelnde Stimme oder mehrere Stimmen, die gerade unter der Grenze der Verständlichkeit lagen. Wie ein plätschernder, wispernder Bach, der über scharfe Steine rieselt, ging es dahin.

Ja, er ist der eine.

Jetzt kannst du nicht mehr widersprechen.

Cleindori hat zu schwer dafür gekämpft, als daß wir es vergeuden dürften.

Weiß er, was er hat, und was geschieht?

Sei vorsichtig! Verletze ihn nicht! Er ist es nicht gewöhnt.

Ein Barbar, ein Terranan ...

Wenn er uns überhaupt nützen soll, muß er seinen Weg allein und ungeleitet finden, auf der Probe bestehe ich.

Dazu brauchen wir ihn zu sehr. Laß mich helfen...

Ihn brauchen? Einen Terranan...

Diese Stimme hörte sich nach dem Rothaarigen im Sky-Harbor-Hotel an, aber als Kerwin herumfuhr – er rechnete halb und halb damit, der Mann habe irgendwie den Weg in sein Zimmer gefunden – war niemand da, und die körperlosen Stimmen waren verschwunden.

Er beugte sich vor, er starrte in den Kristall. Und dann schien sich der Stein auszudehnen, und Kerwin sah das Gesicht einer Frau.

Einen Augenblick lang dachte er wegen des Aufleuchtens ihres roten Haars, es sei das kleine, elfenhafte Mädchen, das Taniquel genannt worden war. Dann wurde ihm klar, daß er sie nie zuvor gesehen hatte.

Ihr Haar war rot, aber von einem hellen Rot, eher golden als rot. Sie war klein und schlank, und ihr Gesicht war rund und von kindlicher Glätte. Sie konnte noch nicht viel über Zwanzig sein, dachte Kerwin. Sie sah ihn gerade an, mit großen, verträumten grauen Augen, deren Blick durch ihn hindurchzugehen schien.

Ich habe Vertrauen zu dir, sagte sie irgendwie, wortlos, zumindest klangen die Worte in seinem Kopf wider, *und wir brauchen dich so sehr, daß ich die anderen überzeugt habe. Komm.*

Kerwins Hände verkrampften sich um die Tischkante.

„Wohin? *Wohin?*" rief er laut.

Aber der Kristall war wieder leer und blau, und das fremde Mädchen war verschwunden. Kerwin hörte seinen eigenen Aufschrei dumm von leeren Wänden widerhallen.

War sie jemals da gewesen? Kerwin wischte sich die Stirn ab, die feucht war von kaltem Schweiß. Hatte sein eigenes Wunschdenken versucht, ihm eine Antwort zu geben? Schnell steckte er den Kristall in die Tasche. Damit durfte er keine Zeit verlieren. Er mußte sich auf den Sternenflug vorbereiten, seine Besitztümer verkaufen und Darkover auf Nimmerwiedersehen verlassen. Seine Träume und der letzte Rest seiner Jugend blieben zurück. Zurück blieben all diese vagen Erinnerungen und quälenden Träume, diese Irrlichter, die ihn halbwegs zur Vernichtung geführt hatten. Irgendwo mußte er sich ein neues Leben aufbauen. Es würde ein kleineres Leben sein, markiert durch die ZUTRITT-VERBOTEN-Schilder vor seinen toten Hoffnungen und Sehnsüchten. Voll Bitterkeit und Resignation mußte er sich aus den Träumen seines alten ein neues Leben aufbauen...

Und dann erhob sich etwas in Jeff Kerwin, und das war nicht der gehorsame CommTerra-Angestellte, sondern etwas, das sich auf die Hinterbeine stellte und den Boden stampfte und kalt und entschieden sagte: *Nein.*

So würde es sich auf keinen Fall abspielen. Der *Terranan* konnte ihn nicht zwingen zu gehen.

Zum Teufel, was glauben sie, wer sie sind, diese verdammten Eindringlinge auf unserer Welt?

Die Stimme aus dem Kristall? Nein, sagte sich Kerwin, das war eine Stimme aus seinem eigenen Inneren, die sich den Befehlen des Legaten einfach widersetzte. Dies war *seine* Welt, und er wollte verdammt sein, wenn er sich zwingen ließ, sie zu verlassen.

Er stellte fest, daß er sich automatisch bewegte, ohne nachzudenken, wie ein lange verschüttetes anderes Selbst. Kerwin sah sich im Zimmer umhergehen und das meiste seines Besitztums zurücklegen. Ein halbes Dutzend kleiner Andenken warf er in eine Tasche, den Rest ließ er, wo er war. Er hängte sich die Matrix an ihrer Kette um den Hals und verbarg sie sorgsam. Schon wollte er die Uniformjacke aufknöpfen. Dann zuckte er die Schultern und behielt sie an. Doch er trat vor den Schrank und nahm den bestickten darkovanischen Mantel heraus, den er an seinem ersten Abend in Thendara gekauft hatte. Er legte ihn sich um die Schultern und machte die Verschlüsse zu. Einen kurzen Blick warf er in den Spiegel. Dann schritt er, ohne noch einmal zurückzusehen, aus seinem Quartier. Flüchtig dachte er daran, daß er es niemals wiedersehen werde.

Er ging durch die zentral gelegenen Aufenthaltsräume der Junggesellenquartiere und nahm die Abkürzung durch die verlassenen Speisesäle. An der Außentür des Abschnitts blieb er stehen. Eine klare und unmißverständliche innere Stimme sagte: *Nein, nicht jetzt, warte.*

Ohne zu verstehen, folgte er dem Wink – was hätte er sonst tun können? Er setzte sich nieder und wartete. Seltsamerweise war er überhaupt nicht ungeduldig. Das Warten hatte die gleiche ruhige Wachsamkeit wie das einer Katze vor einem Mauseloch. Es war die Überzeugung, daß es – ja, *richtig* war. Er saß still, die Hände verschlungen, und pfiff eine tonlose kleine Melodie vor sich hin. Er verspürte nicht die geringste Nervosität. Eine halbe Stunde, eine Stunde, eineinhalb Stunden verstrichen. Seine Muskeln wurden steif, und er verlagerte sein Gewicht, aber er wartete weiter, ohne zu wissen, auf was.

Jetzt.

Er stand auf und trat hinaus in den leeren Korridor. Während er den Gang schnell hinunterging, fragte er sich, ob ein Haftbefehl auf ihn ausgestellt werden würde, wenn man ihn in seinem Quartier vermißte. Wahrscheinlich ja. Er hatte keine Pläne außer dem einen grundlegenden, sich der Deportation zu widersetzen. Das bedeutete, er mußte irgendwie unbeobachtet nicht nur aus dem Hauptquartier, sondern auch aus dem Raumhafen und der ganzen Terranischen Zone hinausgelangen. Was danach kam, wußte er nicht, und merkwürdigerweise kümmerte es ihn auch nicht.

Weiter, den seltsamen Winken gehorchend, bog er aus dem Hauptkorridor ab. Dort konnte er Bekannten begegnen, die sich nach Dienstschluß in ihre Quartiere begaben. Er wandte sich einem wenig benutzten Frachtaufzug zu. Wenigstens sollte er, so sagte er sich, den darkovanischen Mantel ausziehen. Wenn ihn jemand damit innerhalb des HQ sah, würde das zu Fragen und zur Entdeckung führen. Schon hob er die Hand, um die Verschlüsse zu lösen und den Mantel über den Arm zu hängen. In Uniform würde er nur ein weiterer unsichtbarer Angestellter sein, der die Gänge durchquerte.

Nein.

Klar, unmißverständlich erklang die Warnung in seinem Kopf. Verwirrt ließ er die Hand sinken und behielt den Mantel an. Aus dem Aufzug trat er in einen engen Flur und blieb stehen, um sich zu orientieren. Mit diesem Teil des Gebäudes war er nicht vertraut. Am Ende des Flurs war eine Tür. Er schob sie auf und geriet in einen überfüllten Vorraum. Was nach einer ganzen Schicht von Wartungsleuten in Uniform aussah, quirlte durcheinander und machte sich für den Heimweg bereit. Und eine große Gruppe von Darkovanern in ihren farbenfrohen Anzügen und langen Mänteln bahnte sich einen Weg durch die Arbeiter in Richtung auf die Außentür und die Raumhafentore. Kerwin, der beim Anblick der vielen Menschen zuerst erschrocken war, erkannte schnell, daß niemand ihm die geringste Aufmerksamkeit zollte. Langsam und unauffällig schlängelte er sich durch die Menge und brachte es fertig, sich der Gruppe von Darkovanern anzuschließen. Niemand beachtete ihn. Kerwin nahm an, daß sie eine offizielle Delegation aus der Stadt waren, eins der Komitees, das bei der Verwaltung der Handelsstadt mithalf. Die Darkovaner bildeten eine zufällige Strömung in der Masse. Sie verfolgten ihre eigene Richtung, und Kerwin, am Rand der Gruppe, ließ sich von der Strömung mittragen, auf die Straße, aus dem Hauptquartier, durch die Tore, die aus der Einzäunung hinausführten. Die Raumpolizisten, die dort Wache standen, streiften die Darkovaner – und Kerwin – nur mit ganz flüchtigen Blicken.

Vor den Toren bildeten sich kleine Gruppen von zweien und dreien, die stehenblieben und sich unterhielten. Einer der Männer merkte, daß ihm Kerwin fremd war, und sah ihn höflich fragend an. Kerwin murmelte eine übliche Phrase, wandte sich schnell ab und schritt aufs Geratewohl in eine Nebenstraße.

Die Altstadt lag bereits in Dunkelheit. Der Wind blies frostig, und Kerwin erschauerte ein bißchen trotz des warmen Mantels. Wohin ging er überhaupt?

Er zögerte an der Straßenecke, wo er einmal in dem Restaurant dort Ragan zu einer Erklärung hatte zwingen wollen. Sollte er das Lokal betreten und nachsehen, ob der kleine Mann anwesend war und ihm nützlich sein konnte?

Wieder kam das klare, unmißverständliche *Nein* von seinem inneren Führer. Ob er sich das alles nur einbildete? Nun, im Grunde kam es nicht darauf an, ob es so oder anders war, und jedenfalls hatten die wortlosen Winke ihn aus dem HQ hinausgeführt. Deshalb wollte er sich weiter danach richten. Er sah zum HQ-Gebäude hin, das von dem sich verdichtenden Nebel bereits halb ausgewischt war. Dann wandte er ihm den Rücken, und es war, als werfe er im Geist eine Tür hinter sich zu. Das war das Ende dieses Lebensabschnitts. Er hatte sich losgerissen, und er wollte nicht wieder zurückblicken.

Mit dieser Entscheidung senkte sich ein seltsamer Friede auf ihn herab. Er verließ die ihm bekannten Straßen und entfernte sich schnell aus dem Gebiet der Handelsstadt.

Noch nie war er so weit in die Altstadt eingedrungen, nicht einmal an dem Tag, als er die alte Matrix-Mechanikerin aufgesucht hatte, an dem Tag, der mit ihrem Tod endete. Hier unten waren die Häuser alt, aus diesem schweren, durchscheinenden Stein erbaut, der im Wind eiskalt wurde. Zu dieser Stunde waren nur wenige Leute auf den Straßen, hin und wieder ein einsamer Wanderer, ein Arbeiter in einer der billigen importierten Kletterwesten, der sich mit gesenktem Kopf gegen den Wind vorankämpfte, einmal eine Frau in einer verhängten Sänfte, von vier Männern auf den Schultern getragen, einmal, geräuschlos im Lee eines Gebäudes dahingleitend, ein Nichtmensch, der ihn mit unbeabsichtigter Bosheit musterte.

Eine Schar von Straßenjungen in zerlumpten Kitteln und barfuß näherte sich ihm, als wollten sie ihn um ein Almosen anbetteln. Plötzlich zogen sie sich zurück, tuschelten miteinander und rannten davon. Lag das an dem zeremoniellen Mantel oder an dem roten Haar, das sie unter der Kapuze erkennen konnten?

Der wogende Nebel verdichtete sich. Nun begann Schnee zu fallen, in weichen, dichten, schweren Flocken. Kerwin merkte schnell, daß er sich in den unbekannten Straßen hoffnungslos verlaufen hatte. Er war aufs Geratewohl dahinmarschiert, war mit diesem seltsamen, beinahe traumgleichen Gefühl, daß es nicht darauf ankam, welchen Weg er nahm, impulsiv um Ecken gebogen. Jetzt blieb er auf einem großen, offenen Platz stehen. Er hatte nicht die leiseste Ahnung, wohin er geraten war, schüttelte den Kopf und kam wieder zu Bewußtsein.

Guter Gott, wo bin ich? Und wohin gehe ich? Ich kann nicht die ganze Nacht in einem Schneesturm umherlaufen, selbst wenn ich über meiner Uniform einen darkovanischen Mantel trage! Ich hätte damit beginnen sollen, mir einen Platz zu suchen, wo ich mich eine Weile verstecken kann, oder die Stadt ganz zu verlassen, bevor ich vermißt werde!

Benommen hielt er Umschau. Vielleicht sollte er versuchen, zum HQ zurückzufinden, und die Strafe, die man ihm zudiktierte, auf sich nehmen. Nein. Am Ende dieses Weges lag das Exil, und diese Frage hatte er bereits entschieden. Aber die merkwürdige Stimme, die ihn auf dem ganzen Weg geführt hatte, war leiser geworden, und jetzt verließ sie ihn völlig. Er stand da, blickte hierhin und dahin, rieb sich Schneeflocken aus den Augen und versuchte, sich für eine Richtung zu entscheiden. An einer Seite des Platzes war eine Reihe von kleinen Läden, alle für die Nacht fest verschlossen. Kerwin wischte sich mit einem feuchten Ärmel das feuchte Gesicht ab. Durch den dichten Schnee blickte er auf ein freistehendes Haus. Es war tatsächlich ein Herrenhaus, das Stadthaus irgendeines Edelmanns. Drinnen war Licht, und er konnte hinter den durchscheinenden Mauern dunkle, undeutliche Gestalten erkennen. Von den Lichtern beinahe magnetisch angezogen, überquerte Kerwin den Platz und stand nun vor dem halb offenen Tor. Dahinter führten ein paar flache Stufen zu einer großen, geschnitzten Tür. Zu dieser Tür zog es ihn hin, und er kämpfte dagegen an.

Was tue ich denn? Ich kann nicht einfach in ein fremdes Haus hineinspazieren! Bin ich vollkommen verrückt geworden? Nein. Dies ist der Ort. Sie warten auf mich.

Er sagte sich, das sei Wahnsinn, aber seine Füße schritten automatisch auf das Tor zu. Er legte die Hand darauf, und als nichts geschah, öffnete er es und schritt hindurch und stand vor der untersten Stufe. Dort verweilte er wieder. Geistige Gesundheit und Wahnsinn kämpften in ihm, und das Schlimmste daran war, daß Kerwin sich nicht ganz sicher war, welcher Impuls von geistiger Gesundheit und welcher von Wahnsinn sprach.

Du bist so weit gekommen. Du kannst jetzt nicht mehr anhalten. Du bist ein schrecklicher, gottverdammter Idiot, Jefferson Andrew Kerwin. Geh – dreh dich auf der Stelle um und mach, daß du hier wegkommst, bevor du dich in eine Situation bringst, mit der du wirklich nicht mehr fertig werden kannst. Dir kann hier mehr passieren, als in einer Nebenstraße zusammengeschlagen zu werden.

Einen langsamen Schritt nach dem anderen stieg er die von Schneematsch glatten Stufen zu dem erleuchteten Eingang hinauf. *Jetzt ist es zu spät zum Umkehren.* Er faßte nach dem Türgriff, drehte ihn langsam, und die Tür öffnete sich, und Kerwin trat ein.

Meilenweit weg in der Terranischen Zone saß ein Mann vor einem Kommunikator und verlangte eine besonders kodierte Prioritätsschaltung, um mit dem Legaten zu sprechen.

„Ihr Vogel ist ausgeflogen", sagte er.

Das Gesicht des Legaten auf dem Schirm war voller Gemütsruhe.

„Das dachte ich mir. Sobald der Druck stark genug wurde, mußten sie einen Zug machen. Ich wußte, sie würden nicht zulassen, daß wir ihn deportieren."

„Sie sind sich Ihrer Sache sehr sicher, Sir. Mir kommt es vor, als habe er seinen eigenen Kopf. Vielleicht ist er aus eigenem Antrieb davonspaziert, einfach desertiert. Er wäre nicht der erste. Nicht einmal der erste mit dem Namen Kerwin."

Der Legat zuckte die Schultern. „Das werden wir bald herausfinden."

„Dann möchten Sie, daß er weiter beschattet wird?“

Die Antwort kam sofort. „Nein! Bloß nicht! Diese Leute lassen sich von niemandem zum Narren halten! Er in seinem Zustand würde einen Beschatter vielleicht nicht bemerken, aber *sie* würden es ganz bestimmt. Lassen Sie ihn ungehindert laufen. Das ist ihr Zug. Wir ... warten jetzt.“

„Das tun wir bereits seit mehr als zwanzig Jahren“, murrte der Mann.

„Wir werden noch weitere zwanzig Jahre warten, wenn wir müssen. Aber der Katalysator ist jetzt am Werk. Ich kann mir einfach nicht vorstellen, daß es solange dauern wird. Wir werden sehen.“

Der Schirm wurde leer. Nach einer Weile drückte der Legat einen anderen Knopf und gab damit den Zugangskode zu der Akte KERWIN ein.

Er sah zufrieden aus.

Kapitel 7: Heimkommen

Kerwin stand blinzelnd in der Wärme und dem Licht der geräumigen Eingangshalle. Wieder wischte er sich Schnee aus dem Gesicht, und einen Augenblick lang konnte er nichts anderes hören als den Wind und den Schnee draußen, der gegen die geschlossene Tür klatschte. Dann brach ein helles Lachen die Stille.

„Elorie hat gewonnen“, stellte eine mädchenhafte Stimme fest, die ihm irgendwie bekannt vorkam. „Das habe ich euch gleich gesagt.“

Ein dicker Samtvorhang direkt vor ihm teilte sich, und da stand ein Mädchen – eine schlanke junge Frau mit rotem Haar in einem grünen Kleid mit hohem Kragen und einem elfenhaft hübschen Gesicht. Sie lachte ihn an. Hinter ihr kamen zwei Männer durch den Vorhang, und Kerwin fragte sich, ob er irgendwie in einen Tagtraum – oder einen Alptraum – hineingestolpert sei. Denn das waren die drei Rotköpfe aus dem Sky-Harbor-Hotel. Die hübsche Frau war Taniquel, und hinter ihr standen der katzenhafte, arrogante Auster und der stämmige, freundliche Mann, der sich ihm als Kennard vorgestellt hatte. Kennard ergriff das Wort.

„Hast du daran gezweifelt, Tani?“

„Der *Terranan!*“ rief Auster finster aus. Kennard schob Taniquel sacht aus dem Weg und schritt auf Kerwin zu, der entgeistert dastand und sich fragte, ob er sich für sein Eindringen entschuldigen solle. Kennard hielt einen oder zwei Schritte vor Kerwin an und sagte: „Willkommen zu Hause, mein Junge.“

Auster verzog die Lippen zu einem ironischen Lächeln und ließ etwas Sarkastisches verlauten.

Kerwin schüttelte den Kopf. „Ich verstehe gar nichts mehr.“

„Sag mir doch“, erwiderte Kennard, „wie hast du dies Haus gefunden?“

Zu verwirrt, um etwas anderes als die Wahrheit zu antworten, gestand Kerwin: „Ich weiß es nicht. Ich bin einfach gekommen. Vermutlich war es eine Ahnung.“

„Nein“, erklärte Kennard ernst, „es war ein Test, und du hast ihn bestanden.“

„Ein *Test?*“ Plötzlich war Kerwin sowohl zornig als auch auf der Hut. Seit seiner Landung auf Darkover hatte ihn irgendwer ständig herumgestoßen, und jetzt, als er sich eingebildet hatte, aus eigenem Willen einen Schritt zu tun, um sich loszureißen, mußte er erfahren, daß man ihn hergeführt hatte.

„Ich vermute, ich sollte dankbar sein. Im Augenblick will ich nichts anderes als eine Erklärung! Ein Test? Für was? Wer seid ihr? Was wollt ihr von mir? Haltet ihr mich immer noch für einen anderen? Was glaubt ihr, wer ich bin?“

„Es geht nicht darum, wer du bist.“ Und gleichzeitig sagte Kennard: „*Wer* du bist, wußten wir die ganze Zeit. Was wir herausfinden mußten, war ...“ Und die beiden hielten inne, sahen sich an und lachten. Dann meinte das Mädchen: „Erzähl du es ihm, Ken. Er ist *dein* Verwandter.“

Kerwins Kopf flog mit einem Ruck in den Nacken. Er starrte sie an, und Kennard ergriff das Wort. „Im Grunde sind wir alle deine Verwandten, aber ich wußte – oder erriet zumindest – von Anfang an, wer du warst. Und andernfalls hätte es mir deine Matrix verraten, weil ich sie schon früher gesehen und mit ihr gearbeitet habe. Wir mußten dich testen, um festzustellen, ob du *Laran* geerbt hast, ob du wirklich einer von uns bist.“

Kerwin runzelte die Stirn. „Was meinst du? Ich bin Terraner.“

Kennard schüttelte den Kopf. „Das mag sein wie es will. Unter uns bekommt ein Kind den Rang und die Privilegien des Elternteils aus der höheren Kaste. Und deine Mutter war eine Comyn-Frau, meine Pflegeschwester Cleindori Aillard."

Plötzlich herrschte Schweigen, und Kerwin hörte das Wort *Comyn* im Raum von allen Seiten widerhallen.

„Du weißt doch", sprach Kennard schließlich weiter, „daß wir dich in jener Nacht im Sky-Harbor-Hotel für einen von uns hielten. Wir hatten nicht so unrecht, wie wir glaubten – und nicht so unrecht, wie du uns versichertest."

Auster unterbrach wieder mit einem unverständlichen Satz. Es war seltsam, wie gut Kerwin verstehen konnte, was Kennard und Taniquel sagten, doch bei Auster erfaßte er höchstens einmal ein Wort.

„Deine Pflegeschwester?" fragte Kerwin. „Wer bist du?"

„Kennard-Gwynn Lanart-Alton, Erbe von Armida", antwortete der ältere Mann. „Deine Mutter und ich wurden zusammen aufgezogen. Außerdem waren wir Blutsverwandte, obwohl die Beziehung – kompliziert ist. Als Cleindori ... starb, wurdest du heimlich bei Nacht fortgebracht. Wir versuchten, ihr Kind aufzuspüren, aber zu jener Zeit bestand ..." Von neuem zögerte er. „Ich will nicht geheimnisvoll tun, darauf gebe ich dir mein Wort. Ich weiß nur nicht, wie ich es dir klarmachen soll, ohne lang und breit auf die politischen Komplikationen einzugehen, mit denen wir es vor mehr als vierzig Jahren in den Domänen zu tun hatten. Es gab ... Probleme, und als wir erfuhren, wo du warst, entschieden wir uns, dich für einige Zeit dort zu lassen. Wenigstens warst du dort sicher. Als es soweit war, daß wir versuchen konnten, unsern Anspruch auf dich geltend zu machen, warst du bereits nach Terra geschickt worden, und uns blieb nichts übrig, als zu warten. An jenem Abend im Hotel war ich so gut wie sicher, wer du warst. Und dann tauchte deine Matrix auf einem der Überwachungsschirme auf ..."

„Was?"

„Das kann ich dir im Augenblick nicht erklären. Ebenso wenig, wie ich Austers Dummheit erklären kann, als er dich in der Bar traf, außer daß ich mir sage, er hatte getrunken. Natürlich warst du auch nicht gerade kooperativ."

Wieder brach Auster in einen unverständlichen Wortschwall aus, und Kennard winkte ihm zu schweigen. „Spar deinen Atem, Auster, er versteht kein Wort davon. – Jedenfalls hast du den ersten Test bestanden, du besitzt rudimentäres *Laran.* Und weil wir wissen, wer du bist, und – und bestimmter anderer Dinge wegen – werden wir herausfinden, ob du genug davon hast, um uns nützlich zu sein. Wie ich es sehe, hast du den Wunsch, auf Darkover zu bleiben. Wir bieten dir die Möglichkeit."

In seiner Benommenheit hatte Kerwin den Eindruck, daß Kennards Erklärungen alles nur noch verworrener machten. Er konnte nichts anderes tun, als ihn anstarren.

Er war seiner Eingebung gefolgt, und wenn die ihn aus der Falle in den Kochtopf geführt hatte, brauchte er sich bei niemandem als sich selbst dafür zu bedanken.

Nun, da bin ich, dachte er. *Das einzige Problem ist, daß ich nicht die nebelhafteste Idee habe, wo „da" ist!*

„Was ist das für ein Haus?" fragte er. „Ist das . . .", er wiederholte das Wort, das er von Kennard gehört hatte, „Armida?"

Kennard schüttelte lachend den Kopf. „Armida ist das Große Haus der Alton-Domäne. Es liegt in den Kilghardbergen, weiter als einen Tagesritt von hier entfernt. Dies ist das Stadthaus meiner Familie. Am vernünftigsten wäre es gewesen, dich in die Comyn-Burg zu bringen. Aber einige der Comyn wollten mit diesem..." – er zögerte – „... diesem Experiment nichts zu tun haben, bevor feststand, was so oder so geschehen werde. Und es war besser, daß nicht zu viele Leute erfuhren, was geschah."

Kerwin blickte auf die kostbaren Draperien, die mit Gobelins behängten Wände. Der Raum kam ihm irgendwie vertraut vor, vertraut und fremd, einem jener alten, halb vergessenen Träume entstiegen. Kennard beantwortete seine unausgesprochene Frage.

„Vielleicht bist du als sehr kleines Kind ein- oder zweimal hier gewesen. Aber ich bezweifele, daß du dich daran erinnern kannst. Jedenfalls..." Er sah zu Taniquel und Auster hinüber. „Wir sollten aufbrechen, sobald wir können. Ich möchte die Stadt möglichst bald verlassen. Und Elorie wartet auf uns." Sein Gesicht wurde plötzlich ernst. „Ich brauche dir nicht erst zu sagen, daß es – Leute – gibt, die hiermit gar nicht einverstanden sind, und wir möchten sie mit vollendeten Tatsachen konfrontieren." Seine Augen schienen durch Kerwin hindurchzublicken. „Du bist bereits einmal angegriffen worden, nicht wahr?"

Kerwin verschwendete keine Zeit auf Überlegungen, wieso Kennard das wußte. Er antwortete: „Ja", und Kennard blickte finster drein. Er sagte: „Zuerst dachte ich, Auster stecke dahinter. Aber er schwor mir, das sei nicht der Fall. Ich hatte gehofft – dieser alte Haß, der Aberglauben, die Furcht – ich hatte gehofft, innerhalb einer Generation würden sie sich legen." Er seufzte und wandte sich Taniquel zu.

„Laß mich nur noch den Kindern gute Nacht sagen. Dann bin ich bereit, mit euch zu gehen."

Ein kleines Luftschiff flog, umhergestoßen von den heimtückischen Winden und Strömungen der veränderlichen Atmosphäre über den Klippen und Graten der Berge, durch die aufdämmernde Morgenröte. Sie hatten einen Sturm hinter sich gelassen, aber das rauhe Terrain, das unter ihnen verschwommen zu sehen war, wurde von Nebelschichten geglättet.

Kerwin saß mit untergeschlagenen Beinen unbequem neben Auster und sah ihm bei der Manipulierung unsichtbarer Kontrollen zu. Er hätte sich den Platz in der engen vorderen Pilotenkabine neben Auster nicht ausgesucht, aber in der kleinen rückwärtigen Kabine war kaum Platz für Kennard und Taniquel, und man hatte ihn gar nicht erst nach seinen Wünschen gefragt. Immer noch war er sprachlos über die Geschwindigkeit, mit der sich alles ereignet hatte. Beinahe auf der Stelle hatte man ihn in aller Eile zu einem kleinen privaten Landeplatz am anderen Ende der Stadt und an Bord dieses Flugzeugs gebracht. Wenigstens, dachte er mit trockenem Humor, wußte er jetzt mehr als der terranische Legat, der sich den Kopf zerbrach, welche Verwendung die Darkovaner für Flugzeuge hatten.

Kerwin wußte immer noch nicht, was sie mit ihm vorhatten, aber er hatte keine Angst vor ihnen. Sie waren nicht eigentlich freundlich, sondern mehr – nun, sie *akzeptierten* ihn, ungefähr so, wie es seine Großeltern getan hatten. Das hatte nichts mit seinem Charakter und seiner Persönlichkeit zu tun oder der Frage, ob sie ihn mochten – was Auster entschieden nicht tat –, aber sie akzeptierten ihn wie einen Familienangehörigen. Ja, das war es: wie einen Familienangehörigen. Selbst als Kennard die Flut seiner Fragen kurz mit einem „Später, später!" abgewiesen hatte, war das in keiner Weise kränkend gewesen.

Das Schiff hatte außer einigen kleinen Einstellungsskalen keine sichtbaren Instrumente. Eine der Skalen hatte Auster justiert, als sie an Bord gingen. Er entschuldigte sich kurz, daß daraufhin ein unangenehmes Vibrieren entstand, das Kerwins Ohren und Zähne schmerzen ließ. Es war notwendig, teilte Auster ihm in wenigen knurrigen Worten mit, um die Anwesenheit eines unentwickelten Telepathen im Flugzeug zu kompensieren.

Danach hatte sich Auster aus seiner knieenden Haltung nur ab und zu vorgebeugt und lässig eine Hand bewegt, als winke er einem unsichtbaren Beobachter. Oder, dachte Kerwin, als verscheuche er Fliegen. Einmal hatte er gefragt, welche Energie das Schiff antreibe.

„Matrix-Kristalle", antwortete Auster knapp.

Kerwin schürzte die Lippen zu einem tonlosen Pfiff. Nicht von fern war ihm eine Ahnung gekommen, daß diese auf Gedanken reagierenden Kristalle eine so ungeheure Kraft entwickeln könnten. Es war nicht nur Psi-Kraft, davon war er überzeugt. Kerwin hatte sich nach dem, was er von Ragan wußte, und dem bißchen, was er gesehen hatte, zusammengereimt, daß die Matrix-Technologie eine jener Wissenschaften war, die Terraner unter dem Überbegriff *nichtfaktitive Wissenschaften* zusammenfaßten: Kyrillik, Elektromentrie, Psychokinese. Davon verstand Kerwin sehr wenig. Man fand sie für gewöhnlich auf nichtmenschlichen Welten.

Ungeachtet seiner Faszination hatte er ganz einfach Angst. Und doch – er hatte an sich nie als einen Terraner gedacht, abgesehen von dem Zufall seiner Geburt. Darkover war die einzige Heimat, die er je gekannt hatte, und jetzt wußte er, daß er wirklich hierhergehörte, daß er irgendwie mit dem Hochadel, den Comyn, verwandt war.

Die Comyn. Über sie wußte er nicht mehr als jeder Terraner, der nach Cottman IV abkommandiert wurde, und das war nicht viel. Sie waren eine erbliche Kaste, die mit den Terranern so wenig wie möglich zu tun haben wollte, obwohl sie den Bau des Raumhafens und der Handelsstädte erlaubt hatte. Sie waren keine Könige oder Autokraten, sie stellten keine Priesterschaft oder Regierung dar. Kerwin wußte mehr darüber, was sie *nicht* waren, als darüber, was sie waren. Aber er hatte eine Andeutung der fanatischen Verehrung erhalten, die diesen rothaarigen Edelleuten entgegengebracht wurde.

Vorsichtig versuchte er, seine Beine zu entwirren, ohne gegen ein Schott zu stoßen. „Wie weit entfernt ist eure Stadt noch?" erkundigte er sich bei Auster.

Auster würdigte ihn keines Blickes. Er war sehr dünn, und in der Haltung seiner Schultern und dem Verziehen seines arroganten Mundes lag etwas Katzenhaftes. Aber er kam Kerwin auch auf eine Art, deren er nicht habhaft werden konnte, bekannt vor. Nun ja, sie waren miteinander verwandt. Kennard hatte gesagt, sie seien alle seine Verwandten. Vielleicht hatte Auster Ähnlichkeit mit Kennard.

„Wir sprechen hier kein Cahuenga", erklärte Auster gereizt, „und bei eingeschaltetem telepathischem Dämpfer kann ich dich ebensowenig verstehen wie du mich." Er machte eine kurze Handbewegung zur Skalenscheibe hin.

„Was ist denn gegen Cahuenga einzuwenden? Du beherrschst die Sprache gut – ich habe dich gehört."

„Wir sind fähig, jede bekannte menschliche Sprache zu lernen", erwiderte Auster mit dieser unbewußten Arroganz, die Kerwin so auf die Nerven ging, „aber die Begriffe unserer Welt lassen sich nur mit unserer eigenen semantischen Symbologie ausdrücken. Und ich habe keine Lust, mich mit einem Halbblut in der Krokodilsprache über Trivialitäten zu unterhalten."

Kerwin bezwang einen Impuls, ihn zu schlagen. Er bereute seine unüberlegte Bemerkung über die Eidechsenmenschen, und er hatte es satt, daß Auster sie ihm jedes Mal, wenn er den Mund öffnete, vorwarf. Nie hatte er einen Mann gekannt, der ihm so unsympathisch war wie Auster, und wenn er sein Verwandter war, konnte Blutsverwandtschaft nicht die Bedeutung haben, die ihr immer zugeschrieben wurde. Kerwin ertappte sich dabei, daß er überlegte, wie nahe sie verwandt sein mochten. Nicht zu nahe, hoffte er.

Die Sonne stieg gerade über den Rand der Berge, als Auster sich leicht bewegte. Sein ironisches Gesicht entspannte sich ein wenig. Er wies zwischen Zwillingsgipfeln hindurch.

„Dort liegen sie", sagte er, „die Ebenen von Arilinn und die Stadt und der Arilinn-Turm."

Kerwin hob ein paarmal seine verkrampften Schultern und blickte nach unten auf die Stadt seiner Vorväter. Aus dieser Höhe sah sie wie jede andere Stadt aus, ein Muster aus Lichtern, Gebäuden und offenen Plätzen. Das kleine Flugzeug gehorchte einer dieser scheuchenden Handbewegungen Austers und schoß hinunter. Kerwin verlor das Gleichgewicht, gab sich einen heftigen Ruck, um es wiederzugewinnen, und fiel dabei ohne jede Absicht gegen Auster.

Auf Austers Reaktion war er völlig unvorbereitet. Der Mann vergaß, das Schiff zu steuern. Sein Arm schlug in weitem Schwung zurück. Mit dem Ellenbogen stieß er Kerwin hart von sich weg, und sein Unterarm traf ihn heftig auf den Mund. Die Maschine bockte und taumelte, und in der Kabine hinter ihnen schrie Taniquel auf. Auster riß sich zusammen und machte schnell kontrollierende Bewegungen.

Kerwin setzte seinen ersten Impuls – Auster die Zähne einzuschlagen und die Folgen auf sich zu nehmen – nicht in die Tat um. Mit aller Willenskraft und mit geballten Fäusten blieb er ruhig auf seinem Platz. Er sagte auf Cahuenga: „Flieg das verdammte Schiff, du. Wenn du auf eine Schlägerei aus bist, warte, bis wir gelandet sind, und dann werde ich dir mit Vergnügen zur Verfügung stehen."

Kennards Kopf erschien in dem engen Durchgang zwischen vorderer und hinterer Kabine. In einer Sprache, die Kerwin nicht kannte, stellte er eine besorgte Frage, und Auster fauchte: „Dann sorg dafür, daß er seine Krokodilpfoten von mir läßt, verdammt soll er sein!"

Kerwin öffnete den Mund – es war Austers scharfe Bewegung gewesen, die ihn gegen ihn geschleudert hatte – und schloß ihn wieder. Er hatte nichts getan, wofür er sich entschuldigen mußte! Kennard meinte in versöhnlichem Ton: „Kerwin, vielleicht wußtest du nicht, daß jede zufällige Bewegung das Flugzeug vom Kurs abbringen kann, wenn es durch Matrix-Kontrolle gesteuert wird." Nachdenklich betrachtete er Kerwin, dann zuckte er die Schultern. „Nun, wir landen in einer Minute."

Das kleine Schiff senkte sich weich auf ein kleines Landefeld nieder, wo ein paar Lichter blinkten. Auster öffnete eine Tür, und ein dunkler Darkovaner in einer Lederweste und Breeches reichte eine kurze Leiter hinauf.

„Willkommen, *vai dom'yn.*" Er hob eine Hand in einer kurzen Geste, die an einen Salut erinnerte. Auster stieg die Leiter hinab und winkte Kerwin, ihm zu folgen, und Kerwin wurde mit dem gleichen Salut begrüßt. Kennard tastete mühsam mit den Füßen nach den Sprossen. Kerwin hatte bisher nicht bemerkt, wie stark behindert der ältere Mann war. Einer der unten wartenden Männer eilte ehrerbietig zu Kennards Hilfe herbei, und dieser nahm seinen Arm ohne Verlegenheit an. Nur ein kleines Anspannen des Unterkiefers zeigte Jeff Kerwin, was Kennard wirklich dabei empfand. Taniquel kletterte die Leiter hinab. Sie sah verschlafen und schlechtgelaunt aus und sagte mit finsterem Blick etwas zu Auster. Sie standen beieinander, und was sie redeten, hatte irgendeinen Unterton. Kerwin fragte sich, ob sie verheiratet oder verliebt ineinander seien. Zwischen ihnen bestand eine Art von altgewohnter Intimität, die er nur an lange verbundenen Paaren beobachtet hatte. Dann blickte sie zu Kerwin auf und schüttelte den Kopf.

„Du hast Blut am Mund. Habt ihr beide euch bereits geschlagen?" fragte sie neckend. Sie legte den Kopf auf die Seite und sah erst Kerwin, dann Auster an. Auster machte ein böses Gesicht.

„Ein Unfall und ein Mißverständnis", sagte Kennard ruhig.

„Terranan", knurrte Auster.

„Wie kannst du von ihm erwarten, etwas anderes zu sein? Und wessen Fehler ist es, daß er nichts über unsere Gesetze weiß?" fragte Kennard. Dann lenkte er Kerwins Blick mit einer Handbewegung in die Ferne.

„Dort liegt er, der Turm von Arilinn."

Er erhob sich mächtig und gedrungen, und doch war er bei näherem Hinsehen unglaublich hoch. Erbaut war er aus einem braunen, glanzlosen Stein. Der Anblick erweckte in Kerwin wieder das Gefühl des *déjà vue,* und mit bebender Stimme fragte er: „Bin ich ... bin ich schon einmal hiergewesen?"

Kennard schüttelte den Kopf. „Nein, das glaube ich nicht. Vielleicht die Matrix – doch das weiß ich nicht. Kommt dir der Turm bekannt vor?" Er legte seine Hand kurz auf Kerwins Schulter. Die Geste überraschte den jüngeren Mann, denn er hatte den Eindruck gewonnen, daß unter diesen Leuten schon eine zufällige Berührung von einem Tabu umgeben war. Kennard zog seine Hand rasch zurück und sagte: „Er ist nicht der älteste und nicht einmal der mächtigste der Comyn-Türme. Aber seit hundert Generationen haben unsere Hüterinnen den Arilinn-Turm in einer ungebrochenen Folge reinen Comyn-Blutes geleitet."

„Und", ließ sich Auster hinter ihnen hören, „in der hundertundersten Generation bringen wir den Sohn eines Terraners und einer abtrünnigen *Leronis* her!"

Taniquel drehte sich heftig zu ihm um. „Willst du das Wort Elories von Arilinn in Frage stellen?"

Kerwin trat zornig auf Auster zu. Er hatte sich von ihm bereits genug gefallen lassen, und jetzt hatte der Mann seine Eltern geschmäht! *Der Sohn eines Terraners und einer Abtrünnigen* Leronis ...

Kennards tiefe Stimme klang streng.

„Auster, das reicht; ich habe es dir gesagt, bevor wir hierherkamen, und ich sagte es jetzt zum letzten Mal. Der Mann ist für seine Eltern und ihre angeblichen Sünden nicht verantwortlich. Und Cleindori, vergiß das nicht, war *meine* Pflegeschwester und *meine* Bewahrerin, und wenn du noch einmal in diesem Ton von ihr sprichst, wirst du dich nicht ihrem Sohn, sondern mir gegenüber zu verantworten haben!"

Auster ließ den Kopf hängen und murmelte etwas, das sich wie eine Entschuldigung anhörte. Taniquel kam an Kerwins Seite und schlug vor: „Laß uns hineingehen. Wir wollen doch nicht den ganzen Tag auf dem Landefeld herumstehen!"

Kerwin spürte neugierige Blicke, als er das Feld überquerte. Die Luft war klamm und feucht, und es schoß ihm durch den Kopf, wie angenehm es sein würde, unter ein Dach zu kommen, warm zu werden und sich zu entspannen, und daß er sehr gern ein Bad und etwas zu trinken und ein Abendessen – nein, ein Frühstück! – hätte. Schließlich war er die ganze Nacht auf gewesen.

„Alles zu seiner Zeit", sagte Kennard, und Kerwin zuckte zusammen. An Kennards Trick, seine Gedanken zu lesen, mußte er sich erst noch gewöhnen. „Ich fürchte, zuerst mußt du die anderen hier kennenlernen. Natürlich brennen wir darauf, alles über dich zu erfahren, besonders die unter uns, die noch keine Gelegenheit hatten, dich von Angesicht zu Angesicht zu sehen."

Kerwin wischte das Blut ab, das immer noch von seiner Lippe tröpfelte. Wenn sie ihm doch Gelegenheit gäben, sich zu säubern, bevor sie ihn Fremden vorführten! Er wußte noch nicht, daß Telepathen selten auf das Äußere eines Menschen achten. Er ging über einen Hof, der von kasernenartigen Gebäuden umgeben war, und einen langen Durchgang entlang, den ein hölzernes Tor abschloß. Am Geruch erkannte Kerwin, daß in der Nähe ein Pferdestall sein mußte. Erst als sie sich dem Turm näherten, fiel ihm auf, wie die klare Linie der Architektur von den niedrigen Gebäuden an seinem Fuß verunstaltet wurde. Sie durchquerten zwei weitere Außenhöfe, und endlich erreichten sie einen Bogengang, über dem ein dünner, regenbogenfarbener Nebel schimmerte.

Hier blieb Kennard stehen und sagte zu Kerwin: „Kein lebender Mensch außer jenen aus reinem und unverfälschtem Comyn-Blut hat je diesen Schleier durchschritten."

Kerwin zuckte die Schultern. Er merkte, man erwartete von ihm, daß er sich beeindruckt zeige oder etwas dergleichen, aber allmählich wirkten Überraschungen nicht mehr auf ihn. Er war müde und hungrig, er hatte achtundvierzig Stunden lang nicht mehr geschlafen, und es machte ihn nervös, daß alle, sogar Auster, gespannt waren, was er jetzt sagen oder tun werde. Gereizt fragte er: „Was ist das, ein Test? Geht es hier entlang?"

Sie blieben stehen, deshalb entschloß er sich und ging durch den zitternden Regenbogen.

Er fühlte sich schwach elektrisch an, wie tausend Nadelspitzen, als sei sein ganzer Körper ein eingeschlafener Fuß. Als Kerwin zurückblickte, konnte er die anderen nur noch als ganz undeutliche Schatten erkennen. Plötzlich begann er zu zittern. War das alles nur ein kunstvoll angelegter Plan, ihn in eine Falle zu locken? Er stand allein in einer winzigen fensterlosen Kammer, einer Sackgasse, und nur der Regenbogen hinter ihm spendete schwaches Licht.

Dann kam Taniquel durch den Schleier, und Auster und Kennard folgten ihr. Kerwin stieß einen Seufzer törichter Erleichterung aus... Wenn sie Böses im Schilde führten, hätten sie es nicht nötig gehabt, ihn so weit fort zu bringen!

Taniquel machte Zeichen mit ihren Fingern, nicht unähnlich denen, die Auster zur Steuerung des Flugzeugs benutzt hatte. Das Kämmerchen schoß so plötzlich nach oben, daß Kerwin schwankte und beinahe wieder gefallen wäre. Der Aufzug erbebte und hielt, und sie gelangten durch einen weiteren offenen Bogengang in einen erleuchteten Raum, der auf eine breite Terrasse hinausging.

Der Raum war von ungeheurer, widerhallender Größe und Höhe, und trotzdem vermittelte er paradoxerweise gleichzeitig den Eindruck von Wärme und Intimität. Die Fliesen des Fußbodens waren uneben, als seien schon sehr viele Füße darüber geschritten. Am hinteren Ende des Raums brannte ein Feuer, das nach Weihrauch duftete. Dort hockte ein pelziges, dunkles, nicht menschliches Wesen und fachte die Flammen mit einem langen Blasebalg von seltsamer Form an. Als Kerwin eintrat, wandte ihm das Geschöpf große, pupillenlose grüne Augen zu und musterte ihn mit einem intelligent fragenden Blick.

Zur Rechten des Feuers standen ein schwerer, geschnitzter Tisch aus einem glänzenden Holz, ein paar verstreute Armsessel und ein großer Diwan in der Art einer Plattform, die mit Haufen von Kissen bedeckt war. Gobelins schmückten die Wände. Eine Frau mittleren Alters erhob sich aus einem der Sessel und kam ihnen entgegen. Sie blieb einen Schritt vor Kerwin stehen und betrachtete ihn mit kühlen, klugen grauen Augen.

„Der Barbar“, stellte sie fest. „Nun, er sieht ganz so aus mit dem Blut auf seinem Gesicht. Noch eine Schlägerei, Auster, und du kannst für eine Jahreszeit zurück nach Nevarsin ins Haus der Pönitenz gehen.“ Nach kurzem Überlegen setzte sie hinzu: „Im Winter.“

Ihre Stimme war tief und barsch. Das Haar, das einmal ingwerfarben gewesen sein mußte, war reichlich mit Grau durchsetzt. Ihr Körper unter den schweren Schichten aus Röcken und Umschlagtüchern, die sie trug, war dick und kompakt, aber sie war zu muskulös, um fett zu wirken. Aus ihrem Gesicht mit den von Fältchen umgebenen Augen sprach Humor.

„Und welchen Namen haben die Terraner dir gegeben?“

Kerwin nannte der Frau seinen Namen, und sie wiederholte ihn, indem sie die Lippen leicht verzog.

„Jeff Kerwin. Ja, das war zu erwarten. Mein Name ist Mesyr Aillard, und ich bin eine sehr entfernte Cousine von dir. Wenn du aber glaubst, ich sei stolz auf die Verwandtschaft – ich bin es nicht.“

Unter Telepathen sind höfliche gesellschaftliche Lügen bedeutungslos. Beurteile ihr Benehmen nicht nach terranischen Begriffen. Kerwin fand, trotz ihrer Grobheit hatte diese herzhafte alte Dame etwas an sich, das ihm gefiel. Er antwortete liebenswürdig: „Vielleicht kann ich eines Tages Eure Meinung ändern, Mutter.“ Er benutzte das darkovanische Wort, das nicht eigentlich *Mutter* und auch nicht *Pflegemutter* bedeutete, sondern als Anrede für jede weibliche Verwandte aus der Generation der eigenen Mutter verwendet werden konnte.

„Du kannst mich Mesyr nennen!“ fuhr sie ihn an. „So alt bin ich noch nicht! Und mach den Mund zu, Auster, er steht offen, als wolltest du ein Banshee verschlucken! Er hat ja nicht die leiseste Ahnung, daß er beleidigend ist. Er kennt unsere Sitten nicht. Wie sollte er auch?“

„Wenn ich Anstoß erregt habe, als ich beabsichtigte, höflich zu sein...“ begann Kerwin.

„Dafür darfst du mich *Mutter* nennen, wenn du möchtest", unterbrach Mesyr ihn. „Ich gehe nicht einmal mehr in die Nähe der Schirme, seit mein Junge Corus alt genug ist, in ihnen zu arbeiten. *Das* Tabu halte ich immerhin ein. – Mein Sohn Corus. Und wie nennen wir dich? *Jefferson*..." Der Name wollte ihr schwer über die Zunge. „Jeff?"

Ein langgliedriger Teenager war eingetreten und gab Kerwin die Hand, als sei das ein Akt offizieller Herausforderung. Er grinste auf eine Art, die Kerwin an Taniquel erinnerte, und sagte: „Corus Ridenow. Bist du wirklich auf anderen Planeten, im Raum gewesen?"

„Viermal. Auf drei anderen Planeten, Terra selbst mitgerechnet."

„Hört sich interessant an", meinte Corus beinahe sehnsüchtig. „Ich bin noch nie weiter als Nevarsin gekommen."

Mesyr warf Corus einen verweisenden Blick zu und fuhr mit ihrer Vorstellung fort: „Das ist Rannirl, unser Techniker."

Rannirl war etwa in Kerwins Alter, ein dünner, großer, tüchtig aussehender Bursche mit rotem Bartschatten und schwieligen, muskulösen Händen. Er reichte Jeff nicht die Hand, sondern verbeugte sich förmlich und sagte: „Sie haben dich also gefunden. Ich hatte es nicht geglaubt, und ich glaubte auch nicht, daß du durch den Schleier gelangen würdest. Kennard, ich schulde dir vier Flaschen Ravnet-Wein."

Kennard antwortete mit freundlichem Grinsen: „Wir werden ihn am nächsten Festtag zusammen trinken – wir alle. Hast du nicht auch mit Elorie gewettet? Deine Wettleidenschaft wird dich eines Tages ruinieren, mein Freund. Und wo bleibt Elorie? Wenn schon aus keinem anderen Grund, müßte sie doch kommen und Anspruch auf den Falken erheben, um den sie gewettet hat."

„Sie wird in ein paar Minuten herunterkommen", fiel eine hochgewachsene Frau ein, die Kerwin für etwa gleichaltrig mit Mesyr hielt. „Ich bin Neyrissa." Auch sie war rothaarig – auf rostbraunem Haar spielten rote Lichter. Dazu war sie groß und eckig und nicht sehr attraktiv, aber sie erwiderte Jeffs Blick offen und ehrlich. Sie sah ihn nicht freundlich an, doch sie war auch nicht feindselig. „Wirst du hier als Überwacher arbeiten? Mir gefällt die Arbeit außerhalb des Kreises nicht, damit verschwende ich nur meine Zeit."

„Wir haben ihn noch nicht getestet, Rissa", fiel Kennard ein. Die Frau zuckte nur die Schultern.

„Er hat rotes Haar, und er ist durch den Schleier gegangen, ohne verletzt zu werden, und das beweist für mich deutlich, daß er Comyn ist. Aber ich vermute, ihr müßt erst herausfinden, welche *donas* er hat. Cassilda gebe, daß er Alton oder Ardais ist, wir brauchen diese Gaben. Von den Ridenow-Talenten haben wir schon zuviel…"

„Das nehme ich übel", fiel Taniquel fröhlich ein. „Corus, willst du dastehen und dir das sagen lassen?"

Der Junge lachte. „Heutzutage können wir es uns nicht leisten, wählerisch zu sein. Darum dreht sich das doch alles, nicht wahr, daß wir für die Arbeit in Arilinn nicht genug Leute finden können? Wenn er Cleindoris Talente hat, wäre das großartig, aber vergeßt nicht, daß auch er Ridenow-Blut hat."

„Es wird eine ganze Zeit dauern, bis feststeht, ob aus ihm ein Überwacher oder Mechaniker oder sogar ein Techniker werden kann", meinte Kennard. „Darüber muß Elorie ihr Urteil abgeben. Und da kommt sie."

Alle wandten sich der Tür zu. Kerwin wurde sich bewußt, daß die Stille im Raum auf seiner Einbildung beruhte, denn Mesyr, Rannirl und Neyrissa sprachen weiter, und nur in seinen eigenen Gedanken breitete sich Schweigen um das Mädchen aus, das im Türrahmen stand. In dem Augenblick, als sie ihre grauen Augen zu ihm aufhob, erkannte er das Gesicht, das er in dem Matrix-Kristall gesehen hatte.

Sie war klein und zart gebaut, und Kerwin stellte fest, daß sie sehr jung war, vielleicht noch jünger als Taniquel. Kupfernes Haar, das Gold des Sonnenaufgangs flutete glatt um ihre sonnenbraunen Wangen. Ihr Kleid war eine Amtsrobe aus schwerem Karminrot, an den Schultern mit Spangen aus schwerem Metall festgehalten. Gewand und Spangen schienen zu gewichtig für ihre leichte Gestalt, als ob die schmalen Schultern sich unter der Last beugten. Sie war wie ein Kind, belastet mit dem Ornat einer Prinzessin oder Priesterin. Sie hatte auch den langbeinigen Gang eines Kindes und eine kindlich schmollende, volle Unterlippe. Ihre Augen waren grau und verträumt.

Sie fragte: „Ist das mein Barbar?"

„Deiner?" Taniquel hob die Augenbrauen und kicherte, und das grauäugige Mädchen bestätigte mit ihrer weichen, hellen Stimme: „Ja, meiner."

„Haut euch nicht um mich", sagte Kerwin. Er konnte nicht umhin, das ein bißchen komisch zu finden.

„Bilde dir bloß nichts ein", fauchte Auster. Elorie hob den Kopf und maß Auster mit einem scharfen, direkten Blick, und zu Kerwins Erstaunen senkte Auster den Kopf wie ein geprügelter Hund.

Taniquel sah Kerwin mit diesem besonderen Lächeln an, und Kerwin dachte, das sei, als teilten sie ein Geheimnis. „Und das ist unsere Bewahrerin Elorie von Arilinn. Und das sind wir jetzt wirklich alle, so daß du dich setzen und etwas zu essen und zu trinken bekommen und dich ein bißchen erholen kannst. Ich weiß, es war eine lange Nacht, und anstrengend für dich."

Kerwin nahm das Glas an, das sie ihm in die Hand drückte. Kennard hob Kerwin das seine entgegen und erklärte mit einem Lächeln: „Willkommen zu Hause, mein Junge." Die anderen stimmten ein, versammelten sich um ihn: Taniquel mit ihrem kätzchenhaften Grinsen, Corus mit dieser seltsamen Mischung aus Neugier und Schüchternheit, Rannirl mit einem reservierten, doch freundlichen Lächeln. Neyrissa musterte ihn unverhohlen und billigte, was sie sah. Nur Elorie sprach und lächelte nicht. Sie sah Kerwin über den Rand ihres Kelchs ernst an, und dann senkte sie die Augen. Aber er hatte das Gefühl, als ob auch sie gesagt habe: „Willkommen zu Hause."

Mesyr stellte ihr Glas entschlossen hin.

„Genug für heute. Wir sind die ganze Nacht aufgeblieben, um zu sehen, ob es ihnen gelingt, dich sicher herzubringen. Und deshalb schlage ich vor, daß wir alle jetzt zu Bett gehen und den Schlaf nachholen."

Elorie rieb sich kindlich die Augen mit den Fäusten und gähnte. Auster begab sich an Elories Seite und erklärte zornig: „Du hast dich wieder völlig verausgabt. Für *ihn!*" setzte er mit wütendem Blick auf Kerwin hinzu. Er sprach weiter, aber er wechselte zu einer Sprache über, die Kerwin nicht verstehen konnte.

„Komm mit mir." Mesyr nickte Kerwin zu. „Ich bringe dich nach oben und zeige dir ein Zimmer. Erklärungen haben Zeit, bis wir alle geschlafen haben."

Mesyr führte Kerwin einen breiten, widerhallenden Gang entlang und eine lange Treppe mit Mosaikstufen hinauf. Einer der Nichtmenschen trug ein Licht vor ihnen her.

„Etwas, an das es uns nicht mangelt, ist Platz", erläuterte Mesyr. „Wenn dir also dein Zimmer nicht gefällt, suche dir ein anderes aus, das leer ist, und ziehe um. Die Räume sind für zwanzig oder dreißig

Personen gedacht. Früher hatte man hier drei vollständige Kreise, jeder mit seiner eigenen Bewahrerin, und wir sind nur noch acht – mit dir neun. Das ist natürlich der Grund, warum du hier bist. Einer der *Kyrri* wird dir alles zu essen bringen, was du möchtest, und wenn du Hilfe beim Ankleiden oder dergleichen brauchst, sage es ihm. Es tut mir leid, daß wir keine menschlichen Dienstboten haben, aber sie können nicht durch den Schleier kommen."

Bevor Kerwin weitere Fragen stellen konnte, sagte Mesyr: „Wir sehen uns bei Sonnenuntergang. Ich schicke dir jemanden, der dir den Weg zeigt." Damit ging sie. Kerwin stand da und sah sich in seinem Zimmer um.

Es war groß und luxuriös, kein einzelnes Zimmer, sondern eine Suite. Die Möbel waren alt und die Tapeten verblaßt. In einem Innenraum stand ein großes Bett auf einer Plattform. Generationen von Füßen hatten die Fliesen des Fußbodens abgetreten, aber die Bettwäsche war frisch und weiß und duftete schwach nach Weihrauch. Ein paar alte Bücher und Schriftrollen standen und lagen auf Brettern, dazu zwei Musikinstrumente. Kerwin hätte gern gewußt, wer in diesem Raum gelebt hatte, und vor wie langer Zeit. Der kleine pelzige Nichtmensch öffnete Vorhänge, um Licht in den Außenraum zu lassen, zog sie im Innenraum zu und schlug das Bett auf. Bei seiner Erkundung der Suite entdeckte Kerwin ein Bad mit beinahe sybaritischem Luxus. Die versenkte Wanne war groß genug, um darin zu schwimmen. Die dazu passende Einrichtung sah fremdartig aus, doch er entdeckte, daß es alles gab, was ein Mensch sich wünschen konnte, und noch ein paar Dinge, die er sich selbst nie hätte einfallen lassen. Auf einem Brett standen ein paar kleine Krüge aus Silber und geschnitztem Elfenbein. Neugierig öffnete er einen. Er war leer bis auf einen eingetrockneten Bodensatz. Ein kosmetisches Mittel oder Parfum, ein geisterhaftes Überbleibsel einer lange toten Comyn-*Leronis,* die einst in diesen Räumen gelebt hatte. War das Zimmer mit Geistern gefüllt? Das Parfum weckte eine neue halb vergrabene Erinnerung in ihm. Er glaubte, es gerochen zu haben, als er sehr klein war, und er blieb ganz still stehen und suchte in seinem Gedächtnis. Aber die Erinnerung entschlüpfte ihm ... Kerwin schüttelte entschlossen den Kopf und schloß den Krug. Die Erinnerung wich zurück, ein Traum innerhalb eines Traums.

Er ging wieder in das Wohnzimmer der Suite. Dort hing ein

Gemälde: Eine schlanke, kupferhaarige Frau wehrte sich gegen einen sie packenden Dämon. Nach den darkovanischen Legenden, die Kerwin in seiner Kindheit gehört hatte, identifizierte er die mythischen Figuren. Das war die Vergewaltigung Camillas durch den Dämon Zandru. Es gab noch andere Bilder von darkovanischen Legenden. Er erkannte Darstellungen der *Ballade von Hastur und Cassilda,* die legendäre Cassilda an ihrem goldenen Webstuhl oder am Ufer des Sees von Hali, wo sie sich über den bewußtlosen Sohn des Lichts beugte, Camilla, die ihm Kirschen und andere Früche brachte, Cassilda mit einer Sternenblume in der Hand. Alar in seiner Schmiede, Alar, in der Hölle angekettet, wo die Wölfin an seinem Herzen fraß, Sharra, sich aus den Flammen erhebend ... Camilla von dem Schattenschwert durchbohrt. Undeutlich erinnerte Kerwin sich daran, daß die Comyn den Anspruch erhoben, von dem mythischen Hastur, dem Sohn des Lichts, abzustammen. Er fragte sich, was der Gott der Legenden mit den heutigen Hasturs der Comyn zu tun haben mochte. Aber er war zu müde, um lange nachzudenken oder weitere Fragen zu stellen. Er warf seine Kleider ab und kroch in das große Bett, und nach einer Weile schlief er ein.

Als er erwachte, ging die Sonne unter, und einer der leichtfüßigen Nichtmenschen ging im Badezimmer umher und ließ Wasser einlaufen, aus dem ein schwacher Parfumduft aufstieg. Kerwin fiel ein, daß Mesyr gesagt hatte, bei Sonnenuntergang wollten sie zusammenkommen. Er badete, rasierte sich und aß etwas von den Speisen, die der Nichtmensch ihm brachte. Aber als das Pelzwesen zum Bett hinwies, wo es darkovanische Kleidung ausgebreitet hatte, schüttelte Kerwin den Kopf. Er zog die dunkle Uniform des Terranischen Zivildienstes an. Dabei machte er sich über sich selbst lustig. Unter Terranern fühlte er den Zwang, auf sein darkovanisches Blut hinzuweisen, und hier empfand er es plötzlich als Pflicht, sein terranisches Erbe nicht zu verleugnen. Er schämte sich nicht, der Sohn eines Terraners zu sein, was Auster auch sagen mochte, und wenn es ihnen Spaß machte, ihn Barbar zu nennen, so sollten sie es ruhig tun!

Ohne anzuklopfen oder sich mit einem einzigen Wort anzukündigen, kam das Mädchen Elorie in sein Zimmer. Kerwin erschrak über ihr Eindringen. Zwei Minuten früher hätte sie ihn splitternackt angetroffen! Und wenn er jetzt auch bis auf die Stiefel angezogen war, störte es ihn doch.

„Du Barbar“, sagte sie mit leisem Lachen. „Natürlich wußte ich es. Ich bin Telepathin, hast du das vergessen?“

Bis an die Haarwurzeln errötend, steckte Kerwin den zweiten Fuß in den Schuh. Offenbar spielte sich das Leben in einer Gruppe von Telepathen nicht nach den Regeln ab, an die er gewöhnt war.

„Kennard fürchtete, du könntest dich verlaufen, wenn du dich allein auf den Weg hinunter in die große Halle machst, und da sagte ich ihm, ich würde dich abholen.“

Elorie trug nicht mehr die schwere, offizielle Robe, sondern ein leichtes Gewand, bestickt mit Büscheln von Kirschen und vielen Sternenblumen. Sie stand direkt unter einem der Gemälde legendärer Gestalten, und die Ähnlichkeit sprang sofort ins Auge. Kerwin blickte von dem Bild zu dem Mädchen und fragte: „Hast du für das Porträt gesessen?“

Sie sah gleichgültig hoch. „Nein, das war meine Ururgroßmutter. Vor ein paar Generationen hatten die Frauen der Comyn eine Leidenschaft dafür, sich als mythologische Gestalten malen zu lassen. Aber ich habe das Kleid nach dem Bild kopiert. Nun komm.“

Sie war nicht sehr freundlich, nicht einmal sehr höflich, aber offenbar akzeptierte sie ihn, wie sie es alle getan hatten.

Am Ende des Flurs, wo es eine lange Treppe hinunterging, unterbrach Elorie ihren Weg und trat an eine Fenstervertiefung, die einen Ausblick auf die abendliche Landschaft erlaubte.

„Sieh mal“, sagte sie und zeigte. „Von hier aus kannst du gerade noch die oberste Spitze des Bergs bei Thendara erkennen – wenn deine Augen sich darin geübt haben. Dort steht ein weiterer Comyn-Turm. Doch heute sind die meisten leer.“

Kerwin strengte seine Augen an, sah aber nichts als die Ebene und die weit entfernten Vorberge, die in bläulichem Dunst verschwammen. Er gestand: „Ich bin immer noch ganz verwirrt. Ich weiß nicht recht, was die Comyn sind oder die Türme oder was eine Bewahrerin ist. Abgesehen davon“, setzte er lächelnd hinzu, „daß sie eine sehr schöne Frau ist.“

Elorie sah ihn nur an, und vor diesem direkten Blick senkte Kerwin die Augen. Sie ließ ihn empfinden, daß das Kompliment sowohl grobschlächtig als auch aufdringlich gewesen war.

Schließlich sagte sie: „Es wäre wohl einfacher, dir zu erklären, was wir tun, als was wir *sind.* Was wir *sind*... Da gibt es so viele Legenden, soviel alten Aberglauben, und irgendwie müssen wir uns nach dem allen richten..." Einen Augenblick lang sah sie in die Ferne, dann fuhr sie fort: „Eine Bewahrerin arbeitet vor allem in der zentralen Position, zentralpolar, wenn du willst – innerhalb eines Kreises von Matrix-Technikern. Die Bewahrerin..." Eine leichte Falte erschien zwischen Elories hellen Augenbrauen. Offenbar überlegte sie, wie sie es in Worte fassen konnte, die er verstand. „Eine Bewahrerin ist, technisch gesehen, nichts anderes als eine besonders ausgebildete Matrix-Arbeiterin, die alle Mitglieder ihres Telepathenkreises zu einer einzigen Einheit zusammenfassen und die mentalen Verbindungen koordinieren kann. Das Amt versieht immer eine Frau. Wir verbringen unsere gesamte Kindheit mit der Ausbildung dafür, und manchmal..." – sie wandte sich dem Fenster zu und blickte über die Berge hinweg – „... manchmal verlieren wir unsere Kräfte schon nach wenigen Jahren. Oder wir geben sie aus eigenem Entschluß auf."

„Ihr verliert sie? Gebt sie auf? Das verstehe ich nicht", sagte Kerwin. Elorie zuckte nur leicht die Schultern und antwortete nicht. Erst lange Zeit später sollte Kerwin erkennen, wie sehr Elorie seine telepathischen Fähigkeiten überschätzt hatte. Nie in ihrem Leben hatte sie einen Mann – und auch keine Frau – kennengelernt, der auf so kurze Entfernung nicht jeden Gedanken lesen konnte, den sie formulierte. Im Augenblick wußte Kerwin noch gar nichts über die unglaubliche Ausgeschlossenheit, in der die jungen Bewahrerinnen lebten.

Endlich sprach sie weiter. „Das Amt versieht immer eine Frau. Seit dem Zeitalter des Chaos hat niemals mehr ein Mann legitim als Bewahrer gearbeitet. Die anderen – Überwacher, Mechaniker, Techniker – können Männer oder Frauen sein. Allerdings findet man heutzutage eher Männer für die Arbeit. Aber auch das ist nicht leicht. Ich hoffe, du wirst mich als Bewahrerin anerkennen und imstande sein, sehr eng mit mir zusammenzuarbeiten."

„Das hört sich nach einer angenehmen Arbeit an." Wohlgefällig betrachtete Kerwin das schöne Mädchen vor ihm. Elorie fuhr herum und starrte ihn an. Ihr Mund stand vor Unglauben offen. Dann rief sie mit flammenden Augen und glühenden Wangen: „Hör auf! *Hör auf damit!* Es hat eine Zeit auf Darkover gegeben, du Barbar, als ich dich hätte töten lassen können dafür, daß du mich so ansiehst!"

Bestürzt und verblüfft trat Kerwin einen Schritt zurück. Er fühlte sich wie betäubt. „Immer mit der Ruhe, Miss... Miss Elorie!“ sagte er. „Es war nicht meine Absicht, Sie zu beleidigen. Es tut mir leid...“ Verständnislos schüttelte er den Kopf. „Aber denken Sie daran, wenn ich Sie beleidigt habe, dann habe ich nicht die leiseste Ahnung, wie oder warum!“

Ihre Hände klammerten sich so fest um das Geländer, daß er die Knöchel weiß hervortreten sah. Nach einem Augenblick des Schweigens, der Kerwin sehr lang vorkam, ließ sie das Geländer los und warf den Kopf ungeduldig zurück.

„Ich hatte es vergessen“, erklärte sie. „Wie ich hörte, hast du auch Mesyr beleidigt, ohne eine Ahnung davon zu haben. Wenn Kennard hier die Rolle deines Pflegevaters übernehmen will, sollte er dich schleunigst die Grundregeln der Höflichkeit lehren! Doch genug davon. Du sagtest, du weißt nicht einmal, was die Comyn sind...“

„Ich hatte mir eine regierende Körperschaft darunter vorgestellt...“

Elorie schüttelte den Kopf. „Das sind sie nur in ganz geringem Ausmaß und auch das erst seit kurzem. Ursprünglich waren die Comyn die sieben Telepathen-Familien von Darkover, die Sieben Domänen, von denen jede eine der wichtigsten Gaben des *Laran* besaß.“

Kerwin stieß hervor: „Und ich dachte, auf dem ganzen Planeten wimmele es von Telepathen!“

Das tat sie mit einem Schulterzucken ab. „Jeder Mensch hat ein wenig *Laran.* Ich spreche von den besonderen psychokinetischen und Psi-Talenten, den Comyn-Talenten, die in den vergangenen Jahrhunderten in unsere Familien hineingezüchtet wurden. In den alten Zeiten glaubte man, daß sie ererbt worden seien, daß die Comyn von den sieben Kindern – manche Leute sagen, von den sieben Söhnen, aber ich persönlich finde das schwer zu glauben – Hasturs und Cassildas abstammten. Vielleicht liegt es daran, daß die Comyn damals als die Hastur-Leute oder die Kinder Hasturs bekannt waren. Im besonderen beruhen die *Laran*-Gaben auf der Fähigkeit, eine Matrix zu benutzen. Ich nehme an, du weißt, was eine Matrix ist.“

„Ich habe nur vage Vorstellungen.“

Wieder hoben sich ihre hellen Augenbrauen. „Wie man mir sagte, besitzt du die Matrix, die einmal Cleindori gehörte, deren Name hier als Dorilys von Arilinn geschrieben steht.“

„Das stimmt“, antwortete Jeff, „aber ich habe nicht die leiseste Ahnung, was sie bedeutet, und noch weniger weiß ich darüber, wozu sie gut ist.“ Schon vor langer Zeit war er zu dem Schluß gekommen, daß das, was Ragan mit seiner kleinen Matrix anstellte, unwesentlich sei, und diese Leute hier sprachen über Matrizes mit großem Ernst.

Höchst erstaunt schüttelte Elorie den Kopf. „Und doch haben wir dich durch deine Matrix gefunden und geleitet! Das bewies uns, du habest etwas von dem geerbt, das...“ Sie unterbrach sich und stellte ärgerlich fest: „Ich weiche dir nicht aus! Ich versuche, es in Worte zu fassen, die du verstehen kannst, das ist alles! Wir spürten Cleindoris Matrix durch die Überwachungsschirme und Relais auf, und das bewies uns, daß du das Abzeichen unserer Kaste geerbt hattest. Eine Matrix ist im wesentlichen ein Kristall, der Gedanken empfängt, verstärkt und sendet. Ich könnte über Raumgitter und neuroelektronische Gewebe und Nervenkanäle und kinetische Energonen sprechen, aber das soll dir Rannirl alles erklären; er ist unser Techniker. Matrizes können so einfach sein wie die hier...“ – sie berührte einen winzigen Kristall, der in völliger Mißachtung der Schwerkraft ihr leichtes Gewand unter ihrer Kehle festhielt – „... oder ungeheuer große, synthetisch hergestellte Schirme – der Fachausdruck lautet *Gitter* – mit äußerst komplizierten, von Menschenhand hergestellten inneren kristallinen Strukturen, wobei jeder Kristall auf die Verstärkung von einer Bewahrerin reagiert. Eine Matrix – oder vielmehr die Kraft der Gedanken, des *Laran,* kontrolliert von einem guten Matrix-Techniker oder dem Kreis einer Bewahrerin – kann reine Energie aus dem Magnetfeld eines Planeten abzapfen und entweder als Energie oder als Materie kanalisieren. Die Erzeugung von Wärme, Licht, kinetische oder potentieller Energie, die Synthese von Rohmaterialien in verwendbare Form – all das wurde früher mit Matrizes gemacht. Du weißt doch, daß Gedankenrhythmen, Gehirnwellen elektrischer Natur sind?“

Kerwin nickte. „Ich habe gesehen, wie man sie mißt. Wir nennen das Instrument einen Elektroenzephalographen...“ Er wechselte zu Terra-Standard über, da er nicht wußte, ob die Darkovaner einen Ausdruck dafür besaßen, und begann zu erklären, wie das Gerät die elektrischen Energien des Gehirns maß und sichtbar machte. Aber sie zuckte ungeduldig die Schultern.

„Ein primitives und klobiges Instrument. Also, im allgemeinen haben Gedankenwellen, auch die eines Telepathen, nicht viel Wirkung auf das materielle Universum. Aber es gibt Ausnahmen, besondere Kräfte – nun, das wirst du alles noch lernen. Die Gehirnwellen selbst können kein einziges Haar bewegen. Erst müssen die Matrix-Kristalle die Energie umwandeln. Das ist alles."

„Und die Bewahrerinnen..."

„Einige Matrizes sind so kompliziert, daß eine Person allein nicht mit ihnen umgehen kann. Sie nehmen die Energie aus mehreren Gehirnen, die sich zusammenschließen. Die Hüterin lenkt und koordiniert die Kräfte. Das ist alles, was ich dir sagen kann." Sie wandte sich ab und schritt davon, und Kerwin sah ihr verblüfft nach. Hatte er schon wieder etwas getan, das sie beleidigte? Oder war das irgendeine kindische Laune? Sie sah ja tatsächlich noch wie ein Kind aus!

Er stieg die Treppe hinab und fand sich in der großen Halle wieder, wo sie ihn heute morgen bei Sonnenaufgang willkommen geheißen hatten – *zu Hause* willkommen geheißen hatten? War das sein Zuhause? Der Raum war vollständig leer. Kerwin ließ sich in einen der kissenbelegten Sessel fallen und stützte den Kopf in die Hände. Wenn ihm nicht bald jemand vernünftige Erklärungen gab, wurde er noch verrückt!

So fand ihn Kennard vor. Kerwin blickte zu dem älteren Mann auf und sagte hilflos: „Es ist zuviel. Ich kann es nicht verarbeiten. Es ist zuviel, und es kommt alles auf einmal. Ich verstehe nichts, ich verstehe gar nichts von all dem!"

Kennard sah mit einer seltsamen Mischung aus Mitleid und Belustigung auf ihn herab. „Ich kann mir gut vorstellen, wie du dich fühlst. Ich habe ein paar Jahre auf Terra gelebt, und ich weiß genau, was ein Kulturschock ist. Doch erst muß ich meine Füße entlasten." Vorsichtig ließ er sich auf einen Kissenhaufen nieder. Er lehnte sich zurück und verschränkte die Hände hinter dem Kopf. „Vielleicht kann ich die Sache für dich aufklären. Soviel schulde ich dir."

Kerwin hatte gehört, daß die Darkovaner, jedenfalls die Adligen, mit dem Imperium wenig zu tun hatten. Die Neuigkeit, daß Kennard tatsächlich auf Terra gelebt hatte, erstaunte ihn, aber auch nicht mehr als alles andere, was gestern geschehen war, nicht mehr als seine eigene Anwesenheit hier. Ihn konnte jetzt nichts mehr überraschen. „Fang damit an: Wer bin ich? Warum, zum Teufel, bin ich hier?" fragte er.

Kennard ignorierte die Frage. Er sah über Kerwins Kopf hinweg ins Leere. Nach einer Weile meinte er: „An jenem Abend im Sky-Harbor-Hotel – weißt du, was ich da sah?“

„Tut mir leid, ich bin nicht in der Stimmung für Ratespiele.“ Kerwin wollte klare Fragen stellen und klare Antworten erhalten. Ganz bestimmt hatte er keine Lust, selbst noch weitere Fragen zu beantworten.

„Denke daran, ich hatte nicht die geringste Ahnung, wer du warst. Du sahst wie einer von uns aus, und ich wußte, das warst du nicht. Ich sah einen Terraner, aber ich bin ein Alton, ich habe diese verrückten Wahrnehmungen, die außer Phase mit dem Zeitstrom sind. Folglich blickte ich auf einen Terraner und erkannte ein Kind, ein verwirrtes Kind, das niemals gewußt hatte, wer oder was es war. Ich wünschte, du wärst damals geblieben und hättest mit uns gesprochen.“

„Das wünschte ich auch“, gestand Kerwin. *Ein Kind, das nie gewußt hatte, wer oder was es war.* Kennard hatte es sehr genau erfaßt. „Jetzt bin ich erwachsen. Aber irgendwo habe ich mich verloren.“

„Vielleicht wirst du dich wiederfinden.“ Langsam stellte sich Kennard auf die Füße, und auch Kerwin erhob sich. Er streckte eine Hand aus, um dem älteren Mann zu helfen, doch Kennard verschmähte sie. Nach einem Augenblick lächelte Kennard verlegen. „Du fragst dich sicher, warum...“

„Nein.“ Plötzlich wurde sich Kerwin bewußt, daß alle es geschickt vermieden hatten, ihn zu berühren. „Ich hasse es, wenn Leute mich anrempeln. Das Zusammenleben mit anderen auf engem Raum hat mich schon immer abgestoßen. Und in einer Menschenmenge wird mir übel. Schon immer.“

Kennard nickte. *„Laran“,* stellte er fest. „Du hast gerade genug davon, daß du körperlichen Kontakt widerwärtig findest...“

Kerwin lachte. „So weit würde ich nicht gehen!“

Kennard erwiderte mit belustigtem Schulterzucken: „Widerwärtig außer in Fällen erwünschter Intimität. Richtig?“

Kerwin nickte. Er dachte an die seltenen persönlichen Begegnungen seines Lebens. Seine terranische Großmutter hatte er sehr betrübt durch seinen heftigen Abscheu vor Zärtlichkeitsbezeugungen. Und doch hatte er die alte Dame immer gern gemocht, hatte sie auf seine eigene Art geliebt. Seine Kollegen – jetzt wurde ihm klar, daß er sie behandelt hatte wie Auster ihn im Flugzeug. Er hatte den losesten persönlichen Kontakt energisch von sich gewiesen und war bei einer zufälligen Berührung zurückgezuckt. Besonders beliebt hatte ihn das nicht gemacht.

„Du bist – wie alt? Sechsundzwanzig, siebenundzwanzig? Natürlich weiß ich, wie alt du nach darkovanischer Rechnung bist, denn ich war einer der ersten, denen es Cleindori erzählte, aber mir gelingt es nie, einen Zeitabschnitt in terranische Begriffe zu übertragen. Es ist zu lange her, daß ich auf Terra war. Und es war scheußlich, außerhalb des angestammten Elements zu leben!"

„Für mich ist das angestammte Element scheußlich", erklärte Kerwin. „Willst du mir zeigen, wo mein Platz darin ist?"

„Ich werde es versuchen." Kennard trat an einen Tisch in der Ecke und goß sich aus einer der verschiedenen dort stehenden Flaschen ein. Mit fragend erhobenen Augenbrauen sah er Kerwin an.

„Wir werden etwas trinken, wenn die anderen herunterkommen, aber ich habe Durst. Und du?"

„Ich werde warten", antwortete Kerwin. Er war nie ein starker Trinker gewesen. *Kennards schlimmes Bein muß ihm ziemliche Schmerzen bereiten, wenn er den Brauch auf diese Weise bricht.* Der Gedanke schoß ihm durch den Kopf, und er fragte sich ungeduldig, woher er aufgetaucht sein mochte. Vorsichtig kehrte der ältere Mann zu seinem Platz zurück.

Kennard trank, stellte das Glas ab und verflocht nachdenklich die Finger. „Elorie hat dir erzählt, daß es sieben Telepathen-Familien auf Darkover gibt, eine herrschende Familie für jede der Sieben Domänen. Hastur, Ridenow, Ardais, Elhalyn, Alton – meine Familie – und Aillard. Das ist deine."

Kerwin hatte mitgezählt. „Das sind sechs."

„Wir sprechen nicht über die Aldarans. Obwohl natürlich einige von uns Aldaran-Blut und Aldaran-Gaben haben. Und es hat Heiraten mit ihnen gegeben – nun, jedenfalls sprechen wir nicht darüber, es ist eine lange und beschämende Geschichte. Die Aldarans wurden vor langer Zeit aus den Domänen ausgestoßen. Selbst wenn ich alles wüßte und wir die Zeit dazu hätten, könnte ich es dir jetzt nicht erzählen. Aber kannst du dir vorstellen, wieviel Inzucht hier bei nur sechs Telepathen-Familien herrscht?"

„Du meinst, daß ihr normalerweise nur innerhalb eurer Kaste heiratet? Nur unter Telepathen?"

„Nicht immer. Nicht ... aus Prinzip“, antwortete Kennard. „Doch wenn man Telepath ist und in den Türmen isoliert lebt, nur mit Menschen der eigenen Art zusammen – das ist wie eine Droge.“ Seine Stimme war nicht ganz fest. „Es macht einen völlig ungeeignet für ... für den Kontakt mit Außenseitern. Du versinkst völlig im eigenen Element, und wenn du nach oben kommst, um Luft zu schöpfen, stellst du fest, daß du normale Luft gar nicht mehr atmen kannst. Du erträgst die Gegenwart von Außenseitern nicht mehr, von Leuten, die nicht auf deine Gedanken eingestimmt sind, die ... die deine Gedanken anrempeln. Du kannst ihnen nicht nahekommen, sie kommen dir nicht ganz wirklich vor. Oh, nach einer Weile schleift sich das ab, sonst könntest du überhaupt nicht außerhalb eines Turms leben, aber ... aber es ist eine Versuchung. Nichttelepathen kommen dir wie Barbaren oder wie seltsame Tiere vor, fremd, verkehrt ...“ Sein Blick verlor sich in der Ferne. „Es verdirbt dich für jede Art von Kontakt mir normalen Menschen. Mit Frauen. Ich könnte mir vorstellen, daß selbst du Schwierigkeiten mit Frauen gehabt hast, die ... die deine Gefühle und Gedanken nicht teilen können. Nach zehn Jahren in Arilinn kommt es einem vor, als ... als solle man mit einem wilden Tier ins Bett gehen ...“

Das Schweigen zog sich in die Länge, während Kerwin darüber nachdachte, über dies merkwürdige Gefühl, sich fremd, *anders* vorzukommen, das zwischen ihm und jeder Frau, die er je kennenlernte, gestanden hatte. Als müsse es mehr geben, etwas Tieferes als auch das intimste Beisammensein ...

Kennard rief sich in die Wirklichkeit zurück. Er erschauerte leicht, und seine Stimme klang rauh.

„Jedenfalls macht sich die Inzucht bei uns seelisch noch stärker bemerkbar als körperlich, und das kommt von dieser Unfähigkeit, Außenseiter zu tolerieren. Und körperlich ist die Sache schon schlimm genug; es sind da ein paar sehr seltsame rezessive Eigenschaften zum Vorschein gekommen. Einige der alten Gaben sind aus unserer Rasse schon so gut wie hinausgezüchtet; ich habe in meinem ganzen Leben noch nicht mehr als einen oder zwei Katalysator-Telepathen gesehen. Das ist die alte Ardais-Gabe, aber Dom Kyril hatte sie nicht, oder wenn doch, lernte er nie, sie anzuwenden, und er ist so verrückt wie ein Banshee beim Geisterwind. Bei den Aillards hat sich die Gabe an das Geschlecht gebunden. Sie zeigt sich nur bei Frauen; die Männer haben sie nicht. Und so weiter und so fort... Wenn du etwas über Genetik lernst, wirst du verstehen, was ich meine. Ein rigoroses Kreuzungsprogramm könnte uns noch retten, aber die meisten von uns wären dazu nicht fähig. Deshalb..." Er zuckte die Schultern. „In jeder Generation werden weniger Kinder mit den alten *Laran*-Gaben geboren. Mesyr erzählte es dir: Es hat hier in Arilinn einmal drei Kreise gegeben, jeder mit seiner eigenen Bewahrerin. Wir hatten einmal mehr als ein Dutzend Türme, und Arilinn war nicht der größte. Heute – na ja, drei andere Türme arbeiten mit einem Mechaniker-Kreis. Wir sind der einzige Turm, der eine voll qualifizierte Bewahrerin hat. Und das bedeutet, daß Elorie buchstäblich die einzige Bewahrerin auf Darkover ist. Unter den Comyn und den mit uns blutsverwandten geringeren Adligen findet man in jeder Generation kaum genügend Menschen, um die Türme am Leben zu erhalten. So gibt es unter den Comyn zwei verschiedene Einstellungen." Er sprach jetzt heftiger, ohne die frühere Distanziertheit. „Die eine Partei ist überzeugt, wir sollten unsere alten Sitten aufrechterhalten, solange wir es noch können, uns jeder Änderung widersetzen, bis wir aussterben, was in einer oder zwei Generationen unvermeidlich der Fall sein wird. Dann käme es sowieso nicht mehr darauf an, aber wenigstens würden wir bleiben, was wir waren. Andere treten dafür ein, da Veränderungen unabwendbar oder zumindest die einzige Alternative zum Tod sind, sollten wir uns mit erträglichen Veränderungen abfinden, bevor uns die unerträglichen aufgezwungen werden. Diese Leute behaupten, jeder mit einer Spur von *Laran* könne in der Matrix-Wissenschaft unterrichtet werden, ebenso wie ein Comyn-Telepath. Ein paar Vertreter dieser Partei hatten vor einer Generation Macht in Händen, und in diesen wenigen Jahren entstand der Beruf des Matrix-Mechanikers. Während dieser Zeit entdeckten wir, daß die meisten Menschen etwas Psi-Begabung haben – jedenfalls genug, um mit einer Matrix umzugehen – und in den Matrix-Wissenschaften unterrichtet werden könnten."

„Ich habe ein paar kennengelernt", sagte Kerwin.

„Du mußt dir vor Augen halten", erläuterte Kennard, „daß dies durch die leidenschaftliche, sehr emotionale Einstellung vieler Comyn kompliziert wurde. Im Grunde war die Matrix-Wissenschaft eine Religion, und es gab eine Zeit, als die Comyn so etwas wie ihre Priester darstellten. Besonders die Bewahrerinnen waren Gegenstand einer fanatischen Verehrung, die bis zur Anbetung ging. Und jetzt kommen wir an den Punkt, wo du in die Geschichte hineinpaßt."

Er verlagerte voll Unbehagen sein Gewicht, seufzte und betrachtete Jeff Kerwin. Schließlich fuhr er fort: „Cleindori Aillard war meine Pflegeschwester. Sie war eine *Nedestro* ihres Clans. Das bedeutet, sie wurde nicht in einer legitimen Ehe geboren. Sie war die Tochter einer Aillard-Frau und eines Ridenow, eines jüngeren Sohns dieses Clans. Sie trug den Namen Aillard, weil bei uns ein Kind den Namen des Elternteils von höherem Rang bekommt, nicht wie bei euch auf Terra den Namen des Vaters. Sie und ich wuchsen seit der Zeit, als sie ein kleines Mädchen war, zusammen auf. In einer Art Heiratsversprechen, das mehr zwischen den Familien als den betroffenen Personen abgelegt wird, wurde sie meinem älteren Bruder Lewis verlobt. Dann wurde sie auserwählt, zur Bewahrerin von Arilinn ausgebildet zu werden."

Kennard verstummte. Sein Gesicht war bitter und gedankenverloren. Dann sagte er: „Ich kenne die ganze Geschichte nicht, und ich habe einen Eid abgelegt – man zwang mich zu schwören, als ich nach Arilinn zurückkehrte. Es gibt also Dinge, die ich dir nicht sagen kann. Wie dem auch sei, ich lebte währenddessen einige Zeit auf Terra, und auch das ist eine lange Geschichte. Mein Vater nahm einen terranischen Pflegesohn ins Haus, und ich ging als Austauschstudent, wie ihr es wohl nennen würdet, nach Terra, während Lerrys hier aufgezogen wurde. Und so sah ich Cleindori sechs oder sieben Jahre lang nicht, und als ich zurückkam, war sie Dorilys von Arilinn geworden. Bewahrerin. Cleindori war – in gewisser Weise – die mächtigste Person unter den Comyn, die mächtigste Frau auf Darkover. Lady von Arilinn. Sie war eine *Leronis* von überragenden Fähigkeiten, und wie alle Bewahrerinnen hatte sie Jungfräulichkeit gelobt und lebte in Abgeschlossenheit und strenger Isolation... Sie war die letzte. Nicht einmal Elorie ist so konditioniert worden wie Cleindori, auf die alte Art; wenigstens das hat Cleindori erreicht." Einen Augenblick lang versank er wieder in bittere Resignation. Dann richtete er sich auf seinen Kissen hoch und erklärte mit trockener, leidenschaftsloser Stimme:

„Cleindori war eine Kämpferin, eine Rebellin. Im Herzen war sie eine Reformatorin, und als Lady von Arilinn und eine der letzten überlebenden Aillard-Frauen der direkten Linie hatte sie beträchtliche Macht und gehörte kraft eigenen Rechts dem Rat an. Sie kämpfte erbittert gegen die Einstellung des neuen Rates, die Comyn-Türme sollten bei ihrem alten, geschützten, halbreligiösen Status bleiben und die Matrix-Wissenschaften weiter geheimhalten. Sie versuchte, Außenseiter in die Türme zu bringen – und darin hatte sie ein wenig Erfolg. Zum Beispiel nimmt der Neskaya-Turm jeden mit telepathischer Begabung auf, sei er Comyn, ein gewöhnlicher Bürger oder ein im Straßengraben geborener Bettler. Aber andererseits hat man dort seit einem halben Jahrhundert auch keine richtige Bewahrerin mehr gehabt. Doch dann griff Cleindori die Tabus an, die sich um ihr eigenes Amt rankten. Und das war zuviel, diese Art von Häresie traf auf Widerstand... Cleindori brach die Tabus wieder und wieder. Sie bestand darauf, das könne sie straflos tun, weil sie als Bewahrerin nur ihrem eigenen Gewissen verantwortlich sei. Und zum Schluß lief sie von Arilinn fort."

Kerwin hatte den Verdacht, das sei das Ende der Geschichte, und auch so war es schon ein Schock für ihn. Sehr leise sagte er: „Mit einem Mann von der Erde. Mit meinem Vater."

„Ich bin mir nicht sicher, ob sie den Turm mit ihm verließ oder ob er später kam", wich Kennard aus. „Aber ja, das ist der Grund, warum Auster dich haßt, warum es viele, viele Menschen gibt, die schon deine Existenz für ein Sakrileg halten. Es ist auch früher vorgekommen, daß eine Bewahrerin ihr Amt niederlegte und heiratete. Viele haben es getan. Aber daß eine Bewahrerin den Turm verließ und ihre rituelle Jungfräulichkeit aufgab und trotzdem Bewahrerin blieb... nein, das konnte man nicht hinnehmen." Die Bitterkeit in seiner Stimme verstärkte sich. „Im Grunde ist eine Bewahrerin nichts so Außergewöhnliches. Zu meines Vaters Zeit wurde entdeckt – oder wiederentdeckt –, daß jede halbwegs fähige Technikerin die Arbeit einer Bewahrerin tun kann, und einige Männer können es auch. Ich selbst könnte es tun, wenn ich müßte, obwohl ich darin nicht besonders gut bin. Aber die Bewahrerin von Arilinn – nun, sie ist ein Symbol. Cleindori sagte einmal zu mir, was die Comyn wirklich brauchten, sei eine Wachspuppe auf einem Stock, die die karmesinrote Robe trage und zur richtigen Zeit die richtigen Worte spreche. Dann wäre in Arilinn eine Bewahrerin überflüssig, und da die Puppe ohne Schwierigkeiten oder Schmerz oder Opfer für immer jungfräulich bleiben könne, wären alle Probleme Arilinns mit einem Schlag gelöst. Ich glaube nicht, daß du dir vorstellen kannst, wie schockierend das für die konservativeren Männer und Frauen des Rates war. Sie waren sehr erzürnt über Cleindoris ... Sakrileg."

Finster blickte er zu Boden. „Auster hat dazu einen persönlichen Grund, dich zu hassen. Er wurde ebenfalls unter den *Terranan* geboren, obwohl er sich nicht daran erinnert. Einige Zeit war er im Raumfahrer-Waisenhaus. Allerdings holten wir ihn zurück, bevor er noch ihre Sprache gelernt hatte. Ich habe ihn kein Wort Terranisch oder *Cahuenga* mehr sprechen gehört, seit er dreizehn Jahre alt war; doch das hat hiermit nichts zu tun. Es ist eine merkwürdige Geschichte." Kennard hob den Kopf und sah Kerwin an. „Du hast Glück gehabt, daß die Terraner dich zu den Kerwins nach Terra schickten. Es gab viele Fanatiker, die es für eine rühmenswerte Tat gehalten hätten, die Schande einer *Vai Leronis* zu rächen, in dem sie das Kind töteten, das sie ihrem Liebhaber geboren hatte."

Kerwin erschauerte, obwohl es in der Halle warm war. „Wenn das so ist", sagte er, „was, zum Teufel, mache ich hier in Arilinn?"

„Die Zeiten haben sich geändert", antwortete Kennard. „Wie ich dir sagte, sterben wir aus. Es gibt einfach nicht mehr genug von uns. Hier in Arilinn haben wir eine Bewahrerin, aber in allen Domänen gibt es nicht mehr als noch zwei oder drei andere und zwei kleine Mädchen, die vielleicht einmal Bewahrerinnen werden. Die Fanatiker sind tot oder mit dem Alter milder geworden, und selbst wenn noch ein paar herumlaufen, haben diese gelernt, auf die Stimme der Vernunft zu hören. Besser sollte ich sagen, auf die Stimme der nackten Notwendigkeit. Wir können es uns nicht leisten, einen Menschen zu verschwenden, der die Aillard- oder Ardais-Gaben oder ... andere in sich trägt. Du hast Ridenow-Blut und aus nicht zu vielen zurückliegenden Generationen auch Hastur- und Alton-Blut. Aus einer Vielzahl von Gründen ..." Er besann sich. „Der Rat besteht aus unterschiedlichen Personen. Als du nach Thendara zurückkamst ... nun, ich brauchte nicht lange, um zu erraten, wer du warst. Elorie sah dich in den Überwachungsschirmen – vielmehr sah sie Cleindoris Matrix – und bestätigte es. An jenem Abend im Sky-Harbor-Hotel versammelte sich ein halbes Dutzend aus den wenigen übriggebliebenen Türmen – außerhalb der Comyn-Burg, damit wir offen sprechen konnten. Zweck der Zusammenkunft war, zu einer Übereinkunft wegen der Zulassungsbedingungen für die Türme zu kommen, damit wir mehr als einen oder zwei in Betrieb halten können. Als du hereinkamst – nun, du weißt, was geschah. Wir hielten dich für einen von uns, und es lag nicht einfach an deinem roten Haar. Wir *spürten,* wer du warst. Deshalb riefen wir dich. Und du kamst, und jetzt bist du hier."

„Jetzt bin ich hier. Ein Außenseiter."

„Das bist du nicht, denn sonst hättest du den Schleier nicht durchschreiten können. Du weißt bereits, daß wir es nicht lieben, Nichttelepathen um uns zu haben. Deshalb haben wir keine menschlichen Diener, und deshalb bleibt Mesyr hier und führt für uns das Haus, obwohl sie nicht mehr in den Schirmen arbeitet. Du hast den Schleier durchschritten, was bedeutet, daß du Comyn-Blut hast. Und ich fühle mich in deiner Gegenwart wohl. Das ist ein gutes Zeichen."

Kerwins Augenbrauen wanderten in die Höhe. Kennard mochte sich in seiner Gegenwart wohlfühlen, aber, verdammt noch mal, das war nicht gegenseitig – noch nicht. Er war bereit, den älteren Mann gern zu haben, aber von da bis zu dem Gefühl, sich bei ihm zu Hause zu fühlen, war ein weiter Weg.

„Er wünscht sich, er könne für dich ebenso empfinden", bemerkte Taniquel und steckte den Kopf durch die Tür. „Das kommt noch, Jeff. Du hast einfach zu lange unter Barbaren gelebt."

„Hör auf, ihn zu necken, *Chiya*", sagte Kennard mit nachsichtigem Vorwurf. „Er ist auch an dich nicht gewöhnt, was nicht notwendigerweise bedeutet, daß er ein Barbar ist. Bring uns etwas zu trinken und sei lieb, ja? Es stehen uns noch genug Probleme bevor."

„Es gibt noch nichts zu trinken." Das war Rannirl, der unter der Bogenwölbung des Eingangs stand. „Elorie wird in einer Minute unten sein. Wir warten auf sie."

„Das heißt, sie will ihn testen", verkündete Taniquel. Sie kam zu dem Diwan hinüber und ließ sich anmutig wie ein Kätzchen niedersinken. Den Kopf lehnte sie gegen Kennards Knie. Sie reckte die Arme, wobei sie Kerwin mit dem einen streifte, gähnte, hakte ihren Arm harmlos um seinen Fuß und klopfte ihn geistesabwesend. Sie ließ die Hand auf Kerwins Knöchel ruhen und blickte mit schelmischem Lächeln zu ihm auf. Er war sich der Berührung auf beunruhigende Weise bewußt. Es war ihm immer unangenehm gewesen, berührt zu werden, und er hatte das Gefühl, Taniquel wußte es.

Neyrissa und Corus kamen herein und setzten sich zu ihnen. Sie rückten zur Seite, um Platz für Kennards lahmes Bein zu machen, und Taniquel bewegte sich unruhig, bis sie sich zwischen Kerwin und Kennard befand, in die Kissen geschmiegt wie ein Kätzchen, je einen Arm den beiden Männern über die Knie gelegt. Kennard streichelte liebevoll ihren Lockenkopf, aber Kerwin zog sich verlegen zurück. Verdammt, legte das Mädchen es darauf an, ihn aus der Fassung zu bringen? Oder war sie nur naiv und machte es sich wie ein Kind zwischen Männern bequem, die für sie so neutral waren wie Brüder oder nahe Verwandte? Offensichtlich behandelte sie Kennard – und er sie –, als sei er ihr Lieblingsonkel, und es war nichts Herausforderndes in der Art, wie sie ihn berührte. Aber bei Kerwin tat sie es auf ein wenig andere Art, und er war sich des Unterschiedes bewußt und fragte sich, ob *sie* sich dessen bewußt war. Bildete er sich das alles nur ein? Wieder wurde Kerwin nervös wie in dem Augenblick, als Elorie ohne Ankündigung in sein Zimmer gekommen war, während er sich anzog. Verdammt, die Etikette einer telepathischen Gruppe war ihm immer noch ein Mysterium.

Elorie, Mesyr und Auster traten zusammen ein. Austers düsterer Blick forschte sofort nach Kerwin, und Taniquel richtete sich auf und zog sich ein bißchen von Kerwin zurück. Corus trat mit der Selbstverständlichkeit alter Gewohnheit an ein Schränkchen. „Was wollt ihr trinken? Das Übliche, Kennard, Mesyr? Neyrissa, was möchtest du haben? Elorie, ich weiß, du trinkst nie etwas Stärkeres als *Shallan*...“

„Heute abend doch“, fiel Kennard ein. „Wir werden *Kirian* trinken.“

Corus drehte sich überrascht um. Elorie nickte ihm bestätigend zu. Taniquel erhob sich und half Corus dabei, flache Kelche aus einer merkwürdig geformten Flasche zu füllen. Sie brachte Kerwin ein Glas, und sie fragte ihn nicht, ob er es haben wolle.

Die Flüssigkeit in dem Glas war hell und aromatisch. Kerwin sah, daß aller Augen auf ihm ruhten. Verdammt, langsam bekam er es satt! Er stellte den unberührten Kelch auf den Fußboden.

Kennard lachte. Auster sagte etwas, das Kerwin nicht verstand, und Rannirl murmelte stirnrunzelnd eine vorwurfsvolle Antwort. Elorie beobachtete sie mit schwachem Lächeln. Sie hob ihr eigenes Glas an die Lippen und nippte so eben an der Flüssigkeit. Taniquel kicherte, und Kennard explodierte:

„Zandrus Höllen! Das hier ist zu ernst für einen Scherz! Ich weiß, du machst gern Spaß, Tani, aber trotzdem..." Er nahm das Glas entgegen, das Corus ihm brachte, und starrte finster hinein. „Mir wird doch immerzu die Rolle des Schulmeisters aufgedrängt!" Er seufzte, hob den Kelch und sagte zu Kerwin: „Dies Zeug – es ist kein reiner *Kirian,* falls du weißt, was das ist, sondern ein *Kirian*-Likör – ist nicht im eigentlichen Sinn eine Droge oder eine Stimulanz. Aber es senkt die Widerstandsschwelle gegen telepathischen Empfang. Du brauchst es nicht zu trinken, wenn du nicht willst, aber es hilft. Das ist der Grund, warum wir es alle nehmen." Er nahm einen kleinen Schluck aus seinem Glas und fuhr fort: „Jetzt, wo du hier bist und Gelegenheit gehabt hast, dich ein bißchen auszuruhen, ist es sehr wichtig, daß wir dich auf *Laran* testen – daß wir herausfinden, wieviel von einem Telepathen du an dir hast, welche *donas* in dir liegen, welche Ausbildung du brauchen wirst, bevor du mit uns allen zusammenarbeiten kannst – beziehungsweise umgekehrt. Wir werden dich auf ein halbes Dutzend Arten testen. In einer Gruppe geht es besser. Daher..." – er nahm einen weiteren Schluck – „... *Kirian.*"

Kerwin zuckte die Schultern und hob sein Glas auf. Der Likör hatte einen stechenden Geschmack und einen merkwürdig flüchtigen Geruch. Er schien auf seiner Zunge zu verdunsten, bevor er ihn richtig schmecken konnte. Nach seinen Vorstellungen war das keine angenehme Art, sich zu betrinken. Es war mehr wie das Inhalieren eines Parfums als das Trinken irgendeiner Flüssigkeit. Ein vages Limonen-Aroma war dabei. Vier oder fünf Schlucke leerten das Glas, aber man mußte sie langsam nehmen, weil die Dämpfe einfach zu stark waren, um das Zeug wie einen gewöhnlichen Drink hinunterzukippen. Kerwin stellte fest, daß Corus das Gesicht verzog, als sei ihm der Geschmack sehr zuwider. Die anderen waren offensichtlich daran gewöhnt; Neyrissa ließ den Likör in ihrem Glas kreisen und atmete die Dämpfe ein, als handele es sich um einen köstlichen Brandy. Kerwin kam zu dem Schluß, daß der Geschmack daran mit der Gewöhnung kommen mußte.

Er leerte den Kelch und setzte ihn ab.

„Und was geschieht jetzt?" Zu seiner Überraschung rollten ihm die Wörter mühsam über die Zunge. Er hatte einige Schwierigkeiten, sie zu bilden, und als er zu Ende gesprochen hatte, war er sich nicht sicher, welche Sprache er benutzt hatte. Rannirl wandte sich ihm zu und sagte mit einem Grinsen, das Kerwin, wie dieser erkannte, ermutigen sollte: „Nichts, worüber du dir Sorgen zu machen brauchst."

„Ich verstehe nicht, warum das notwendig ist", meinte Taniquel. „Er ist doch bereits auf *Laran* getestet worden! Die Mühe haben sie uns mit den Überwachungsschirmen abgenommen." Während sie sprach, flackerte ein ungerufenes Bild in Kerwins Gedanken auf, der Bruder und die Schwester, die seine Matrix studiert und ihm dann arrogant mitgeteilt hatten, er sei weder in ihrem Haus noch auf ihrer Welt willkommen.

„Verdammte Unverschämtheit!" rief Corus zornig aus. „Das habe ich nicht gewußt."

Taniquel sagte: „Und was das Übrige betrifft..."

Kerwin sah auf das Mädchen hinab, das sich an sein Knie schmiegte. Ihr Gesicht war ihm zugewandt, ihre Augen, leuchtend vor Mitgefühl, suchten seinen Blick. Sie war ihm sehr nahe. Kerwin hätte sich niederbeugen und sie küssen können.

Er tat es.

Taniquel lehnte sich an ihn, lächelnd, ihre Wange an seiner. Sie verkündete: „Kennard, Empathie positiv."

Kerwin erschrak, als ihm bewußt wurde, daß er seine Arme um Taniquel gelegt hatte. Dann lachte er, entspannte sich und machte sich plötzlich keine Gedanken mehr darüber. Wenn es dem Mädchen nicht recht gewesen wäre, hätte sie das bereits zu erkennen gegeben. Er spürte jedoch, daß sie zufrieden war, in seinen Armen zu liegen. Auster gab einen Schwall unverständlicher Silben von sich, und Neyrissa sah Taniquel vorwurfsvoll an und schüttelte den Kopf.

„*Chiya,* das ist eine ernste Sache!"

„Und es war mir völlig ernst", lächelte Taniquel, „auch wenn euch meine Methoden unorthodox erscheinen." Sie legte ihre Wange gegen Kerwins. Zu seiner Überraschung fühlte Kerwin einen Klumpen in seiner Kehle, und zum ersten Mal seit Jahren sammelten sich Tränen in seinen Augen und verschleierten ihm die Sicht. Jetzt lächelte Taniquel nicht mehr. Sie rückte ein bißchen von ihm ab, ließ aber ihre Hand wie ein Versprechen an seiner Wange liegen.

Sie sagte leise: „Kannst du dir einen besseren Test für einen Empathen vorstellen? Ich sagte mir: Wenn er keiner ist, dann schadet es nichts, weil er nichts von mir empfängt, aber wenn er einer ist – dann verdient er es." Ihre weichen Lippen berührten Kerwins Hand, und seine Gefühle überwältigten ihn beinahe. Die Zartheit und Intimität dieser kleinen Geste bedeutete ihm mehr als alles, was jede Frau in seinem ganzen Leben je getan hatte. Damit hatte sie ihn voll akzeptiert, als Mann und als menschliches Wesen, und irgendwie waren er und Taniquel hier vor allen anderen plötzlich zu einer engeren Verbindung gelangt als Liebende.

Die anderen hatten aufgehört zu existieren. Sein Arm lag um sie, er zog ihren Kopf an seine Schulter, und sie schmiegte sich an ihn, zärtlich, tröstend. Es vermittelte ihm ein Gefühl der Wärme und Geborgenheit, wie er es noch nie erfahren hatte. Er hob seine tränenerfüllten Augen, blinzelte und geriet in Verlegenheit, weil er seine Gefühle zur Schau stellte. Aber er sah nichts als Verständnis und Freundlichkeit.

Kennards ernstes Gesicht wirkte ein bißchen weniger kantig als gewöhnlich. „Taniquel ist die Expertin für Empathie. Wir hätten es uns denken können – er hat Ridenow-Blut. Trotzdem ist es verdammt selten, daß ein Mann die Gabe in diesem Ausmaß hat."

Taniquel flüsterte, immer noch nahe bei Kerwin: „Wie einsam du gewesen sein mußt." Die Worte waren kaum hörbar.

Mein ganzes Leben lang. Niemals habe ich irgendwo hingehört.

Aber jetzt gehörst du hierher.

Nicht alle Blicke waren wohlwollend. Kerwin begegnete Austers Blick und hatte den Eindruck, er würde, wenn Blicke brennen könnten, schon als rauchendes Häufchen auf dem Fußboden liegen. Auster sagte: „So sehr es mir widerstrebt, dieses rührende Schauspiel zu unterbrechen..."

Mit resigniertem Schulterzucken ließ Taniquel Kerwins Hand los. Auster sprach weiter, aber er war zu jener Sprache übergegangen, die Kerwin nicht verstand. Kerwin sagte: „Es tut mir leid, ich verstehe dich nicht", und Auster wiederholte es in der gleichen Sprache. Dann sagte Auster etwas zu Kennard und hob dabei mit hämischem Grinsen die Augenbrauen.

Kennard fragte: „Verstehst du gar nichts davon, Jeff?"

„Nein, und das ist verflucht komisch, weil ich dich und Taniquel sehr gut verstehe."

Rannirl erkundigte sich: „Jeff, du hast doch von dem, was ich sagte, das meiste verstanden, nicht wahr?"

Kerwin nickte. „Alles bis auf hin und wieder ein paar Wörter."

„Und verstehst du Mesyr?"

„Vollkommen."

„Dann *müßtest* du Auster verstehen", fuhr Rannirl fort. „Er hat Ridenow-Blut und ist der nächste Verwandte, den du hier hast, ausgenommen vielleicht . . ." Er runzelte die Stirn. „Jeff, antworte mir schnell. Welche Sprache spreche ich?"

Kerwin wollte antworten, es sei die Sprache, die er als Kind gelernt hatte, der Dialekt von Thendara. Dann hielt er verwirrt inne. Er wußte es nicht. Kennard nickte bedächtig. „So ist es. Das ist mir als erstes an dir aufgefallen. Ich habe heute abend in drei verschiedenen Sprachen mit dir geredet, und du hast mir ohne Zögern in jeder von ihnen geantwortet. Taniquel benutzte eine vierte. Doch Auster versuchte es mit dir in zwei Sprachen, die du verstehst, wenn Rannirl oder ich uns ihrer bedienen, und du verstandest kein Wort. Aber selbst wenn Auster Cahuenga spricht, kannst du ihm nur teilweise folgen. Du bist Telepath, das steht fest. Bist du immer besonders gut in Sprachen gewesen?" Er nickte, ohne auf Kerwins Antwort zu warten. „Das dachte ich mir. Du nimmst den Gedanken auf, bevor du die Worte hörst. Deine und Austers Schwingungen sind einfach zu unterschiedlich, als daß du erfassen kannst, was er sagt."

„Es mag mit der Zeit kommen", warf Elorie in ihrer distanzierten Art ein, „wenn sie sich erst besser kennen. Zieh keine übereilten Schlüsse, Onkel." Sie benutzte den Ausdruck, der ein bißchen intimer als das einfache *Verwandter* war; er konnte sich auf jeden engen Verwandten aus der Generation des Vaters beziehen. „Wir haben also festgestellt, daß er *Laran* besitzt, daß er Telepath und in hohem Ausmaß Empath ist – die Ridenow-Gabe besitzt er in vollem Umfang. Wahrscheinlich schlummert noch eine Vielzahl geringerer Talente in ihm. Wir werden sie eins nach dem anderen aussortieren müssen, vielleicht im Rapport. Jeff . . ." Sie schien sich ihm zuzuwenden, obwohl sie in die Ferne blickte und ihn gar nicht ansah. „Du hast eine Matrix. Weißt du, wie du sie benutzen mußt?"

„Ich habe nicht die geringste Vorstellung."

Elorie sagte: „Rannirl, du bist der Techniker."

Rannirl fragte: „Jeff, willst du mir deine Matrix zeigen?"

„Natürlich", antwortete Kerwin und zog sie hervor, ließ die Kette über seinen Kopf gleiten und reichte sie Rannirl. Der hochgewachsene Mann nahm sie entgegen, indem er seine Hand mit einem seidenen

Taschentuch schützte. Aber als sich seine Finger darum schlossen, empfand Kerwin ein vages, kribbelndes Unbehagen. Instinktiv, ohne einen bewußten Gedanken, riß er die Matrix wieder an sich. Das Unbehagen verschwand. Verblüfft blickte er auf seine eigenen Hände.

„Das dachte ich mir", nickte Rannirl. „Es ist ihm gelungen, sich in etwa darauf einzustimmen."

Kerwin stieß hervor: „Das ist mir noch nie passiert!" Er sah immer noch auf die Matrix in seinen Händen und war erschrocken über die Art, wie er sie, ohne nachzudenken, gegen eine Berührung geschützt hatte.

„Wahrscheinlich ist es geschehen, während wir dich zu uns führten", meinte Elorie. „Du standest lange Zeit mit dem Kristall in Rapport, deshalb konnten wir dich erreichen." Sie streckte ihre schmale Hand aus. „Gib sie mir, wenn du kannst."

Kerwin wappnete sich und reichte Elorie den Kristall. Ihm war, als berührten ihre zarten Hände seine bloßliegenden Nerven. Es war kein starker Schmerz, aber das Schlimme daran war das Bewußtsein, daß die leichte Berührung in jedem Augenblick zu Todespein werden konnte ... oder zu unvorstellbarer Lust.

„Ich bin Bewahrerin", sagte sie. „Eine der Fähigkeiten, die ich besitzen muß, ist der Umgang mit Matrizes, die nicht auf mich eingestimmt sind. Taniquel?"

Kerwin fühlte die unerträgliche Spannung schwinden, als Taniquel die Matrix von Elorie in Empfang nahm. Taniquel lächelte. „Das ist kein richtiger Test. Jeff und ich stehen gerade eben in engem Rapport. Es ist ein Gefühl, als faßtest du sie selbst an, nicht wahr?"

Er nickte.

„Corus?" Taniquel reichte den Kristall weiter.

Kerwin konnte das Zusammenzucken nicht beherrschen, als ein schreckliches Prickeln über seinen ganzen Körper lief. Corus erschauerte, als täte es ihm selbst weh, und gab den Kristall schnell an Kennard weiter.

Kennards Berührung war nicht sehr schmerzhaft, wenn Kerwin sie auch überaus deutlich und als unangenehm empfand. Während Kennard die Matrix in der Hand hielt, schwächte sich das Unbehagen zu einem Gefühl der Wärme ab. Doch es war eine ihm aufgedrängte, eine unwillkommene Intimität, und Kerwin war erleichtert, als Kennard die Matrix an Neyrissa weitergab.

Wieder ließ das anfangs scheußliche Gefühl etwas nach, während Neyrissa die Matrix in der Hand hielt. Kerwin konnte ihren warmen Atem auf dem Kristall spüren, was er nicht begriff, weil der halbe Raum zwischen ihnen lag. Sie stellte ruhig fest: „Ich bin an die Arbeit einer Überwacherin gewöhnt und kann tun, was Tani tut, nämlich mich auf das Magnetfeld deines Körpers einstimmen. Allerdings nicht vollkommen, weil wir nicht in Rapport stehen. So weit, so gut. Nun bleibt nur noch Auster übrig."

Auster keuchte und ließ die Matrix fallen, als sei sie eine glühende Kohle. Der Schmerz raste durch Kerwins ganzen Körper, und unter seiner Hand erzitterte Taniquel, als erleide sie ihn ebenfalls. Neyrissa warf einen Blick auf den am Boden liegenden Kristall. Sie wagte nicht, ihn zu berühren. Statt dessen bat sie: „Tani? Willst du ..."

Der Schmerz hörte auf, als Taniquel die Matrix in ihrer Hand barg. Kerwin holte tief und zitternd Atem. Auch Auster war bleich und bebte.

„Zandrus Höllen!" Aus dem Blick, den er Kerwin jetzt zuwarf, sprach weniger Bosheit als Furcht. Er sagte auf Cahuenga – Kerwin hatte den Eindruck, diesmal wollte er genau verstanden werden –: „Tut mir leid, Kerwin. Ich schwöre, das habe ich nicht absichtlich getan."

„Das weiß er, das weiß er", begütigte Taniquel. Sie ließ Jeffs Hand los und ging zu Auster, legte ihren Arm um seine Mitte und streichelte sanft seine Hand. Überrascht und von plötzlicher Eifersucht erfüllt, sah Kerwin dem zu. Wie konnte sie sich aus einem so engen, emotionalen Kontakt mit ihm losreißen und geradewegs zu diesem ... diesem ... na ja, Auster gehen und ihre Zärtlichkeit ihm zuwenden? Angespannt beobachtete er, wie Taniquel Auster an sich zog und die Linien in Austers magerem Gesicht sich glätteten.

Elorie fing Kerwins Blick auf, als er die Matrix wegsteckte. Sie sagte: „Offensichtlich ist sie auf dich eingestimmt. Erste Lektion in der richtigen Behandlung einer Matrix: Laß sie niemals mehr, auch nicht wie jetzt unter *Kirian,* von irgendwem außerhalb deines eigenen Kreises anfassen, und nur dann, wenn der Betreffende in Rapport mit dir steht. Wir haben uns alle um höchstmögliche Einstimmung bemüht, sogar Auster, und es scheint außer bei ihm auch recht gut geklappt zu haben. Aber bei einem Außenseiter hättest du einen wirklich schmerzhaften Schock erlitten."

Kerwin fragte sich, was ein wirklich schmerzhafter Schock sein mochte, wenn Elorie den, der ihm von Auster versetzt worden war, nicht dafür hielt. Finster sah er zu Taniquel und Auster hinüber. Er war wütend und fühlte sich im Stich gelassen.

Rannirl grinste in seiner trockenen Art. „Und das alles nur, um etwas festzustellen, das wir uns schon heute morgen hätten denken können, als wir Kerwin mit Blut auf dem Gesicht erblickten. Sie sind sich nicht sympathisch, und sie können sich nicht aufeinander einstimmen."

„Sie werden es müssen", erklärte Elorie fest. „Wir brauchen sie beide, und diese Art von Reibung können wir hier nicht dulden!"

Auster sprach mit geschlossenen Augen. „Ich hatte gesagt, ich wolle mich der Entscheidung der Mehrheit beugen. Ihr kennt meine Einstellung in dieser Sache, aber ich habe euch mein Versprechen gegeben, und ich sagte, ich würde mein Bestes tun. Das war mein Ernst."

„Mehr kann niemand von dir erwarten", tröstete ihn Taniquel, und Kennard meinte: „In Ordnung, Auster. Was kommt als nächstes?"

Rannirl machte einen Vorschlag. „Er kann sich in den Kreis einstimmen, wenn wir ihm helfen, aber kann er seine Matrix *benutzen?* Versucht es mit einem Muster-Test."

Plötzlich war Kerwin wieder auf der Hut, denn Kennard blickte besorgt drein, und Taniquel kam zu ihm zurück und ergriff seine Hand. Sie sagte: „Wenn er es fertiggebracht hat, seine eigene Matrix einzustimmen, erfaßt er das Muster vielleicht spontan."

„Vielleicht können Schweine fliegen", bemerkte Kennard kurz. „Der bloßen Möglichkeit wegen werden wir den Test durchführen, aber wir dürfen auf keinen Fall mit einem Erfolg rechnen. Gib mir dein Glas, Taniquel." Er stellte das Glas umgekehrt auf einen niedrigen Tisch. „Jeff, nimm deine Matrix – nein, du sollst sie nicht mir geben", denn Kerwin wollte sie ihm reichen. „Nur ein Test." Er wies auf das Glas. „Kristallisiere es."

Verständnislos sah Kerwin ihn an.

„Bilde in deinem Geist ein deutliches Bild, wie das Glas in Stücke zerfällt. Sei vorsichtig, laß es nicht zerspringen oder explodieren, niemand möchte von einer fliegenden Scherbe getroffen werden. Benutze die Matrix, um in die kristalline Struktur hineinzusehen."

Kerwin erinnerte sich daran, wie Ragan so etwas in dem Raumhafencafé getan hatte. Es konnte nicht so schwierig sein, wenn Ragan es schaffte. Er starrte konzentriert auf das Glas, dann in seine Matrix, als könne er den Prozeß in seinen Geist *zwingen,* und er spürte ein merkwürdiges Tasten ...

„Nein", unterbrach Kennard barsch, „hilf ihm nicht, Tani. Ich weiß, was du empfindest, aber wir müssen sicher sein."

Kerwin starrte in den Kristall. Seine Augen begannen zu schmerzen, sein Blick trübte sich. „Tut mir leid", murmelte er. „Ich bringe nicht heraus, wie es geht."

„Versuch es", drängte Tani. „Jeff, es ist so einfach. Terraner, Kinder, jeder kann es lernen, es ist nur ein Trick!"

„Wir verschwenden Zeit", stellte Neyrissa fest. „Du wirst ihm das Muster geben müssen, Ken. Spontan schafft er es nicht."

Kerwin sah sie beide mißtrauisch an, denn Kennards Gesicht war finster. „Was nun?"

„Ich muß dir zeigen, wie man es macht, und die Technik ist nonverbal; ich muß es dir direkt übermitteln. Ich bin ein Alton; das ist unsere spezielle Fähigkeit, der erzwungene Rapport." Er zögerte, und Kerwin kam es vor, als ob sie ihn alle gespannt beobachteten. Er fragte sich, was jetzt geschehen werde.

Kennard befahl: „Sieh auf meinen Finger." Er hielt ihn dicht vor Kerwins Nase. Kerwin sah auf den Finger und überlegte, ob er verschwinden werde oder so etwas und welche Demonstration von Psi-Kräften das wohl sein mochte. Ganz langsam zog Kennard den Finger zurück. Dann legte ihm der ältere Mann die Hände an die Schläfen, dann ...

An mehr erinnerte er sich nicht.

Benommen bewegte er den Kopf. Er lag auf dem Rücken mit dem Kopf in Taniquels Schoß. Kennard sah freundlich und besorgt auf ihn nieder. Elories Gesicht, das über Kennards Schulter blickte, zeigte eine seltsame Entrücktheit. Kerwins Kopf fühlte sich an, als habe er einen Kater.

„Zum Teufel, was habt ihr mit mir gemacht?" fragte er.

Kennard zuckte die Schultern. „Eigentlich nichts. Das nächste Mal wirst du dich nicht bewußt daran erinnern, aber es wird leichter gehen." Er reichte Kerwin das Glas. „Hier. Kristallisiere es."

„Ich habe es eben erst versucht ..."

Unter Kennards Augen blickte er in rebellischer Stimmung in die

Matrix. Plötzlich verschwamm der Kelch und nahm eine merkwürdige Gestalt an. Er bestand nicht mehr aus einem glatten Stück Glas. Kerwin sah ihn jetzt völlig anders. Das war überhaupt kein Glas, Glas war amorph. Der Kelch aber war ein Kristall, und in ihm erkannte er Spannungen und Bewegungen. Kerwin spürte das Pulsieren der Matrix in seiner Hand, einen emotionalen Druck, ein Gleichgewicht ... *Die Kristalle liegen in einer Ebene,* dachte er, die Ebene plötzlich erkennend, und indem dieser Gedanke auftauchte, hörte er ein schwaches Knacken. Die neue Art des Sehens verschwand. Ungläubig blickte er auf den Kelch nieder, der in zwei Hälften, wie mit einem scharfen Messer gespalten, auf den Kissen vor ihm lag. *Surrealistisch,* dachte er. Ein paar Tropfen hellen *Kirians* versickerten in den Kissen. Er schloß die Augen. Als er sie wieder öffnete, waren die Scherben immer noch da.

Kennard nickte befriedigt. „Nicht schlecht für einen ersten Versuch. Nicht ganz gleichmäßig, aber recht gut. Dein Wahrnehmungsvermögen auf molekularer Ebene wird sich mit der Praxis schärfen. Zandrus Höllen – hast du aber starke Barrieren! Kopfschmerzen?"

Kerwin wollte schon verneinend den Kopf schütteln, als er merkte, daß er die Frage mit ja beantworten mußte. Vorsichtig berührte er seine Schläfen. Elorie sah ihn mit ihren grauen Augen kurz an, kühl und distanziert.

„Mentale Verteidigung", bemerkte sie, „gegen unerträglichen Druck. Typische psychosomatische Reaktion. Du sagst zu dir selbst: *Wenn ich Schmerzen habe, werden sie aufhören, mir weh zu tun und mich in Frieden lassen.* Und Kennard hat Skrupel, anderen Menschen weh zu tun. Er hörte auf, um dich nicht noch mehr zu verletzen. Schmerz ist die beste Verteidigung gegen das Eindringen in deine Gedanken. Wenn zum Beispiel jemand versucht, deine Gedanken zu lesen, und du hast keinen Dämpfer, ist die beste Verteidigung, dir einfach auf die Lippe zu beißen, bis sie blutet. Nur ganz wenige Telepathen dringen dann trotzdem noch durch. Ich könnte dir eine technische Erklärung über sympathetische Schwingungen und Nervenzellen geben, aber warum soll ich mir die Mühe machen? Das überlasse ich den Technikern." Sie trat an das Schränkchen, wo die Getränke aufbewahrt wurden, schüttelte drei flache grüne Tabletten aus einer Phiole und ließ sie ihm geschickt, ohne ihn zu berühren, in die Hand fallen.

„Nimm sie. In einer oder zwei Stunden wird es besser sein. Wenn du erst mehr Übung hast, wirst du sie nicht mehr brauchen, weil du dann die Kanäle direkt kontrollieren kannst, aber in der Zwischenzeit..."

Gehorsam schluckte Kerwin die Tabletten, und dann sah er wieder ungläubig auf den Kelch, der in zwei sauberen Hälften dalag. „Habe ich das wirklich gemacht?"

„Nun, es war keiner von uns", stellte Rannirl trocken fest. „Und du wirst dir vorstellen können, wie unwahrscheinlich es ist, daß alle Moleküle entlang einer bestimmten Linie ihre Spannung durch Zufall verlieren. Eine Wahrscheinlichkeit von eins zu hundert Trillionen wäre noch zu hoch gegriffen."

Kerwin nahm die beiden Hälften auf und fuhr mit der Fingerspitze an der scharfen Kante entlang. Er suchte nach einer Erklärung, die die terranische Hälfte seines Verstandes befriedigen würde, und spielte mit Ausdrücken wie *unterbewußte Wahrnehmung der Atomstruktur* herum. Verdammt, vor einer Minute hatte er *gesehen,* wie die Kristalle durch ein Muster lebendiger Spannungen und Kräfte zusammengehalten wurden! Während seiner Ausbildung hatte er gelernt, daß Atome Gebilde aus wirbelnden Teilchen sind, daß jedes feste Objekt aus leerem Raum besteht, den infinitesimale Kräfte in Stasis besetzen. Ihm schwirrte der Kopf.

„Du wirst es lernen", redete Rannirl ihm zu. „Falls nicht, kannst du es immer noch so machen wie Tani, die es sich als Magie vorstellt. Konzentriere dich, winke mit der Hand, und – *Simsalabim!* – hat du es geschafft. Alles durch Magie!"

„Auf die Art ist es leichter", protestierte Taniquel. „Es *funktioniert,* auch wenn ich die Kräfte der molekularen Vorgänge nicht genau berechnet habe..."

„Das heißt, den Leuten in die Hände spielen, denen abergläubische Vorstellungen über uns Vergnügen machen!" fiel Elorie ärgerlich ein. „Ich glaube, dir gefällt es, wenn sie dich *Zauberin* und *Hexe* nennen..."

„Das tun sie sowieso, ganz gleich, wie ich mich selbst nenne", erklärte Taniquel seelenruhig. „Sie haben es von Mesyr gesagt, und sie gehörte zu ihrer Zeit zu den Spitzentechnikerinnen. Kommt es denn darauf an, was sie denken, Lori? Wir wissen, was wir sind. Wie heißt doch gleich das Sprichwort, das Kennard so gern benutzt, daß man Logik aus dem Bellen seines Hundes lernen kann?"

Elorie antwortete nicht. Kerwin hielt die beiden Hälften des zerbrochenen Glases aneinander und sah sie konzentriert an. Wieder überkam ihn diese neue Art der Wahrnehmung, als sehe er unter der Oberfläche alle Kräfte und Spannungen in der *Struktur* des Kristalls ...

Das Glas lag heil in seiner Hand, die beiden Hälften ordentlich zusammengefügt, aber es war nicht ganz rund. Eine Delle im Rand zeigte, wo der Riß verlaufen war.

Kennard lächelte, als fühle er sich erleichtert. „Dann bleibt nur noch ein Test übrig."

Kerwin betrachtete immer noch den leicht schiefen Kelch. Er fragte: „Kann ich ihn behalten?"

Kennard nickte. „Nimm ihn mit."

Taniquels Finger verflochten sich mit Kerwins, und er spürte, daß sie Angst hatte. Ihre Angst war wie ein Schmerz irgendwo in seinem Inneren. „Ist das wirklich notwendig, Kennard?" flehte sie. „Kannst du ihn nicht in den äußeren Kreis stecken und abwarten, ob er nicht auf diese Weise geöffnet werden kann?"

Elorie sah sie mitleidig an. „Das funktioniert so gut wie nie, Tani. Nicht einmal in einem Mechanikerkreis."

Von neuem bekam es Kerwin mit der Angst zu tun. Er war so gut durch die anderen Tests gekommen, er hatte schon angefangen, stolz darauf zu sein, was er fertigbrachte. „Was ist es? Was kommt jetzt, Taniquel?"

Doch Elorie antwortete ihm. Freundlich sagte sie: „Was Kennard meint ist, daß wir ausprobieren müssen, wie du dich innerhalb eines Kreises in die Relais einfügen kannst – in die Verbindung der Kräfte. Wir wissen, daß du ein hochgradiger Empath bist, und du hast die grundlegenden Tests bestanden. Du hast genug Begabung, um nach entsprechender Ausbildung ein guter Mechaniker zu werden. Aber dies ist der eigentliche Test. Wir müssen sehen, wie du dich mit uns anderen verbinden kannst." Sie wandte sich an Kennard. „Du hast ihn im Rapport getestet, du weißt, wie er ein Muster aufnimmt. Wie sind seine Barrieren?"

„Höllisch", antwortete Kennard. „Kann man etwas anderes von jemandem erwarten, der unter den Kopfblinden aufgewachsen ist?" Kerwin erklärte er: „Sie meint, daß ich dir den Rapport aufgezwungen habe, um dir das Muster dort ..." – er wies auf den gespaltenen und wieder zusammengesetzten Kelch – „... zu geben. Dabei hatte ich die Möglichkeit festzustellen, wie stark deine Verteidigung ist. Jeder hat eine gewisse natürliche Verteidigung gegen ein telepathisches Eindringen. Der Fachausdruck, den wir benutzen, ist *Barriere.* Damit schirmen sich Telepathen ab, damit sie ihre privaten Gedanken nicht nach allen Richtungen senden und nicht eine Menge zufälliger telepathischer Statik auffangen. Schließlich brauchst du nicht zu hören, wie der Stallknecht mit sich darüber zu Rate geht, welches Pferd er als erstes striegeln soll, oder was der Koch bei der Vorbereitung des Dinners überlegt. Jeder hat das, es ist ein konditionierter Reflex, und im allgemeinen ist die Barriere um so stärker, je stärker der Telepath ist. Wenn wir nun in einem Kreis arbeiten, müssen wir lernen, diese Barriere abzubauen, also ohne den Schutzreflex zu arbeiten. Die meisten von uns haben als ganz junge Leute damit angefangen, und wir lernen, wie man die Barrieren bewußt errichten oder senken kann. Du, der du in einer Welt von Nichttelepathen aufgewachsen bist, hast wahrscheinlich gelernt, sie jederzeit fest geschlossen zu halten. Manchmal will eine Barriere überhaupt nicht fallen und muß gewaltsam niedergerissen werden. Wir müssen in Erfahrung bringen, wie schwer es sein wird, mit dir zusammenzuarbeiten, und wieviel Widerstand du leistest."

„Aber warum heute abend?" fragte Mesyr. Sie sprach zum ersten Mal, und Kerwin hatte den Eindruck, daß sie sich als abseits stehend betrachtete, nicht mehr als Teil des inneren Kreises. „Es geht alles so gut mit ihm; warum diese Hast? Könnt ihr ihm nicht Zeit lassen?"

„Das ist das einzige, was wir ihm nicht lassen können", entgegnete Rannirl. „Denke daran, wir arbeiten gegen die Zeit."

„Rannirl hat recht." Kennard sah Kerwin beinahe entschuldigend an. „Wir haben Kerwin hergeholt, weil wir hier in Arilinn verzweifelt unterbesetzt sind, und wenn wir ihm keine Aufgabe zuteilen können, wißt ihr ebenso gut wie ich, was aus uns allen werden wird." Sein Gesicht war ernst. „Wir müssen ihn verdammt schnell soweit bringen, daß er mit uns arbeiten kann, oder es hat keinen Zweck mehr."

„Wir verschwenden Zeit." Elorie erhob sich, und die Falten ihres hellen Gewandes umflossen sie, als umgebe sie eine sonst nicht wahrnehmbare Luftbewegung. „Aber wir sollten es lieber oben in der Matrix-Kammer tun."

Einer nach dem anderen erhob sich, und auch Kerwin stand auf, als

Taniquel ihn an der Hand zog. Kennard sah Taniquel mitfühlend an und sagte: „Es tut mir leid, Tani. Du weißt selbst, warum du nicht daran teilnehmen darfst. Die Verbindung ist bereits zu stark. Neyrissa wird die Überwachung übernehmen.“ Für Kerwin erläuterte er: „Taniquel ist unsere Empathin und steht in Rapport mit dir. Sie könnte gar nicht anders als dir helfen. Später wird der Rapport zwischen euch die Verbindung stärken und dem Kreis von Nutzen sein, aber wenn wir dich testen, geht es nicht. Tani, du wirst hierbleiben.“

Widerstrebend ließ sie seine Hand los. Kerwin fühlte sich kalt und allein. Offenbar waren die Wärme und Zuversichtlichkeit, die er empfunden hatte, ein Teil dessen gewesen, was Taniquel auf ihn abstrahlte. Angst überfiel ihn.

Rannirl sagte: „Nur Mut!“ und hakte sich leicht bei Jeff ein. Die Geste war ermutigend, aber sein Ton war es nicht. Das klang zu sehr nach einer Entschuldigung.

Kennard winkte ihnen, und es ging in geschlossener Gruppe einen langen Gang entlang, eine Treppe hinauf und noch einmal durch einen Gang. Schließlich führte sie eine weitere Treppe in einen abgesonderten Raum, den Kerwin noch nicht gesehen hatte. Er war klein und achteckig. Die spiegelnde Oberfläche der Wände warf ihre Gestalten bis zur Unkenntlichkeit verzerrt zurück. Kerwin sah sich selbst als einen schmalen Streifen schwarzer Uniform, gekrönt von flammend rotem Haar. In der Mitte des Raums befand sich ein vertiefter Kreis, umgeben von gepolsterten Sitzen, und jeder begab sich zu einem Platz, der offensichtlich angestammt war. Im Kreis stand ein kleiner, niedriger Tisch mit einem geflochtenen Rahmen wie dem im Haus der *Leronis,* und das vermittelte Kerwin wieder ein kurzes, schmerzhaftes Aufblitzen des *déjà vue.* In dem Rahmen lag ein Kristall, größer als alle, die er bereits gesehen hatte. Rannirl flüsterte ihm ins Ohr: „Das ist das Relais-Gitter“, was Kerwin überhaupt nichts sagte. Als Erklärung setzte Rannirl hinzu: „Es ist ein synthetisches Gitter, keine natürliche Matrix“, doch danach war Kerwin so klug wie zuvor.

„Nimm uns aus den Relais, Neyrissa, nur für heute abend“, sagte Elorie leise. „Die Leute in Neskaya brauchen nicht zu wissen, was wir hier tun, und die in Hali werden es gar nicht wissen wollen.“

Neyrissa trat in die Mitte des Kreises und isolierte ihre Hände mit einem Stück Seide, wie die *Leronis* in Thendara es getan hatte. Sie beugte sich über den Kristall. Kerwin bedeckte die Augen mit den Händen, weil ihre anmutigen Bewegungen das *déjà vue* zu stark werden ließen. Was war denn nur los mit ihm? Er war noch nie in einer Matrix-Kammer gewesen, hatte noch nie gesehen, wie sich ein Kreis bildete ... eine Illusion, hervorgerufen durch die unterschiedliche Wahrnehmung der beiden Gehirnhälften, sagte er sich entschlossen, sonst nichts ...

Er hörte die Gedankenströme, das zufällige Flackern rings um ihn und dann deutlich Neyrissas Stimme, obwohl sie nicht sprach: *Wir führen in Arilinn einen Test durch, wir werden für achtundzwanzig Stunden aus den Relais sein ...*

Vorsichtig, mit abgeschirmter Hand entfernte Neyrissa den ungeheuren Kristall aus dem Rahmen. „Jetzt sind wir ausgeschaltet", sagte sie. Sie wickelte den Kristall sorgfältig in schwere Seide ein und legte ihn in ein Schränkchen, aber sie kehrte nicht auf den zentralen Platz zurück. Auf merkwürdig förmliche Art sagte sie zu Elorie: „Der Kreis ist in Euren Händen, *Teneresteis.*" Kerwin erkannte die archaische Form für Bewahrerin, doch war er sich nicht sicher, woher er das wußte.

Elorie nahm ihren eigenen Kristall vom Hals und legte ihn in den Rahmen. Sie sah die anderen im Kreis fragend an. Kennard nickte, Neyrissa und Rannirl ebenfalls. Auster wirkte für einen Moment zweifelnd, doch dann erklärte er: „Ich beuge mich deinem Urteil, Elorie. Ich habe ja gesagt, ich würde mich der Mehrheit anschließen."

Der junge Corus schürzte die Lippen und sah Kerwin skeptisch an. „Ich glaube, Mesyr hatte recht, wir sollten lieber warten. Aber wenn ihr glaubt, daß *er* es fertigbringt, schaffe ich es auch."

Elories Blick ruhte auf Auster. Er sagte etwas Unverständliches zu Kerwin, und Elorie nickte zustimmend. Kennard beugte sich vor und erklärte Kerwin: „Solange du und Auster eure Schwingungen nicht aufeinander abstimmen könnt, müssen wir euch auf getrennten Ebenen halten."

Elorie entschied: „Ich nehme Auster als ersten und Kerwin als letzten herein." Sie sah von Rannirl zu Kennard, und endlich sagte sie: „Kennard, du bringst ihn." Schnell ließ sie ihren Blick um die Runde wandern und rückte sich auf ihrem Platz zurecht. Kerwin beobachtete, daß sich die anderen beinahe unmerklich verständigten, durch Nicken, Blicke, eine Art gegenseitiger Versicherung, Selbstverständlichkeiten, die keiner Worte bedurften. Elorie senkte den Kopf, konzentrierte sich einen Augenblick auf ihre Matrix und wies dann mit einem schlanken Finger auf Auster.

Kerwin, der genau aufpaßte und für diese Strömungen empfänglich geworden war, spürte etwas wie eine deutliche Kraftlinie, die das zarte Mädchen mit Auster verband, und als sie in Rapport fielen, gab es in der Luft eine kleine elektrische Entladung.

Ein emotionaler Unterton im Raum wie eine dunkle Flamme, eine bedeckte Flamme, die gegen das Eis brannte ...

Rannirl ...

Kräfte, die sich unter Druck ausrichteten, eine starke Brücke über einen leeren Abgrund ...

„Corus", flüsterte Elorie, und Kerwin war klar – er wußte nicht, wieso, er nahm es auf wie einen Gedankenfetzen –, daß Corus noch zu jung und zu unerfahren war, um ohne ein gesprochenes Wort in den Kreis hereingeholt werden zu können. Der Junge lächelte nervös, bedeckte sein Gesicht mit den Händen und zog die Stirn vor Konzentration kraus. Er sah sehr jung aus. Kerwin, der immer noch versuchte, die Atmosphäre in der Kammer zu erspüren, sah vor sich ein merkwürdiges Bild von sich verschränkenden Händen und Armen wie bei Trapezkünstlern in der Luft, ein festes Zupacken ...

Neyrissa, kam der stumme Befehl, und plötzlich war der Raum mit kleinen elektrischen Funken gefüllt, die sich verwoben. Kerwin spürte einen Augenblick lang, wie sie alle miteinander verschmolzen, ein Überblenden der Augen, ein Kreisen der Gesichter. Als Kennard in den Rapport und von ihm weg glitt, flogen viele Vögel wie einer, tauchten nieder ... Gesichter, wartende Augen ...

„Ganz ruhig", flüsterte Kennard ihm zu. „Ich bringe dich herein." Dann wurde Kennards Stimme dünner und leiser, summte in Kerwins Ohren wie aus ungeheurer Entfernung. Er konnte sie jetzt alle sehen, nicht mit seinen Augen, sondern wie einen Kreis aus Gesichtern, wartenden Augen ... Er wußte, er bewegte sich am Rand eines telepathischen Rapports dahin. Für ihn sah das aus wie ein zartes Geflecht mit schwingenden Fäden ...

Elorie flüsterte: „Jeff", und das leise Wort war wie ein Schrei.

Laß dich einfach treiben und in den Kontakt gleiten, es ist leicht. Es war wie bei den Anweisungen, die er erhalten hatte, als er seinen Weg zu ihnen fand, indem er aufs Geratewohl durch die Straßen Thendaras lief. Er wußte, wo sie waren, er *fühlte,* daß der Kreis auf ihn wartete, er visualisierte ihn als einen Ring sich fassender Hände, in dem ein Platz für ihn leer war... aber wie begab er sich hinein? In seiner Hilflosigkeit war ihm, als könne er ihre ausgestreckten Hände nicht fassen und schwinge durch die Luft über einen gewaltigen Abgrund, im Sprung auf ein bewegliches Ziel... Warum nahm er jetzt ein geistiges Bild von Corus auf? Es vermittelte die gleiche nervenzerreißende Furcht vor der großen Höhe, das lähmende Entsetzen vor der Kluft, dem Fall, hinunter und hinunter... Was sollte er ihrer Meinung nach tun? Anscheinend dachten sie, er wisse es.

Du kannst es, Jeff. Du hast die Gabe. Das war Kennards zuredende Stimme.

Es ist sinnlos, Ken. Er schafft es nicht ganz.

Die Barriere ist ein konditionierter Reflex. Ohne sie wäre er in zwanzig Jahren unter Terranern wahnsinnig geworden.

Kennards Gesicht tauchte auf, flackernd beleuchtet von dem seltsamen Licht, das von Elories Kristall ausging, umgeben von aufblitzenden prismatischen Farben. Kerwin sah, daß Kennards Lippen sich bewegten, aber er hörte ihn nicht sprechen. *Es wird schwer sein. Zwanzig Jahre. Für Auster war es schlimm genug nach fünf Jahren, und er ist rein Comyn.*

Kerwin taumelte durch das Licht; ihm war, als schwimme er unter Wasser.

Versuche nicht dagegen anzukämpfen, Jeff.

Plötzlich fühlte er die Berührung wie einen Messerstich – unbeschreiblich, unglaublich, nicht zu interpretieren und so fremdartig, daß er sie nur als Schmerz empfinden konnte... In einem Sekundenbruchteil erkannte er, daß es das war, was Kennard schon einmal gemacht hatte, diese nicht zu ertragende, nicht zu erinnernde Berührung, dies Eindringen, diese Gewaltsamkeit... Ihm war, als werde sein Schädel mit dem Bohrer eines Zahnarztes geöffnet. Ungefähr fünf Sekunden lang hielt er es aus, dann begann sein ganzer Körper krampfhaft zu zucken. Aus einer Entfernung von einer Million Meilen hörte er jemanden schreien, und dann versank er in Dunkelheit.

Als er diesmal wieder zu sich kam, lag er auf dem Boden der achteckigen Matrix-Kammer, und Kennard und Neyrissa und Auster standen da und blickten auf ihn herab. Von irgendwoher kam ein ersticktes Schluchzen, und am Rand seines Bewußtseins nahm Kerwin den jungen Corus wahr, der vornübergebeugt das Gesicht in den Händen vergrub. Rannirl hatte einen Arm um Corus gelegt und drückte ihn an sich. Kerwins Kopf war ein riesiger Ballon, gefüllt mit rotglühendem Schmerz. Es war so furchtbar, daß er eine Sekunde lang nicht atmen konnte. Dann dehnten sich seine Lungen, und ohne seinen Willen entrang sich ihm ein heiserer Laut.

Kennard kniete neben ihm nieder. „Kannst du dich aufsetzen?"

Irgendwie brachte er es fertig. Auster, der elend aussah, reichte ihm seine Hand, um ihm zu helfen. Mit ungewöhnlicher Freundlichkeit sagte er: „Jeff, das haben wir auf die eine oder andere Art alle durchgemacht. Hier, stütze dich auf mich." Zu seiner eigenen Überraschung ergriff Kerwin selbstvergessen die Hand des anderen Mannes. Kennard fragte: „Corus, fühlst du dich in Ordnung?"

Corus hob ein verschwollenes, tränenfleckiges Gesicht. Er sah krank aus, aber er sagte: „Ich werde am Leben bleiben."

Neyrissa meinte sanft: „Weißt du, das tust du dir selbst an. Es geht auch anders."

Elories Stimme klang angespannt. „Wir wollen schnell damit zu Ende kommen. Keiner von uns kann noch viel mehr ertragen." Sie zitterte, aber sie streckte Corus die Hand entgegen, und Kerwin spürte als leises Schnappen und einen Stromstoß in seinem eigenen Gehirn, wie das Netz sich von neuem aufbaute. Auster, dann Rannirl, Neyrissa glitten in den Kontakt. Kennard, der Kerwin immer noch hielt, verschwand. Elorie sprach nicht, aber plötzlich füllten ihre grauen Augen den ganzen Raum in der Kammer, und Jeff hörte ihr befehlendes Flüstern:

„Komm!"

Der Aufprall auf die vereinigten Gedanken der anderen hatte eine Wucht, daß es ihm den Atem verschlug. Es war, als sei er in eine Facette des geschliffenen Kristalls gefallen. In seinem Kopf flammte ein Muster wie ein gigantischer Feuerstern, und er wurde um den ganzen Kreis herumgeschleudert, wirbelte in den Kontakt mit einem jeden hinein und wieder hinaus: Elorie, kühl, distanziert, *ihn am Ende einer Rettungsleine haltend*... Kennards freundliche Sicherheit. Eine federleichte Berührung, zitterig, ängstlich, von Corus. Ein trübes Aufflammen von Auster, Funken, die sich begegneten und abstießen... Neyrissa, sanft und suchend...

„Genug!" befahl Kennard scharf, und plötzlich war Kerwin wieder er selbst, und die anderen waren keine unstofflichen Energiewirbel im Raum rings um ihn mehr, sondern jeder ein Mensch für sich, und sie standen in einer Gruppe bei ihm.

Rannirl pfiff. „Zandrus Höllen, welch eine Barriere! Wenn wir sie jemals ganz wegbekommen, Jeff, wirst du ein Spitzentechniker, aber das wird noch eine schwere Arbeit sein!"

Corus sagte: „Das zweite Mal war es nicht ganz so schlimm. Teilweise hat er es getan."

Kerwins Kopf war immer noch eine einzige brodelnde Feuermasse. „Ich dachte, was du auch mit mir gemacht hast . . ."

„Wir sind einen Tcil davon losgeworden", bestätigte Kennard, und er fuhr fort zu sprechen, aber plötzlich hatten seine Worte keinen Sinn mehr. Elorie sah Kerwin scharf an. Sie sagte etwas, aber es war nur Geräusch, Statik in Kerwins Gehirn. Nicht verstehend schüttelte er den Kopf.

Kennard fragte auf Cahuenga: „Kopfschmerzen besser?"

„Ja, sicher", murmelte Kerwin. Wenn die Kopfschmerzen überhaupt etwas waren, dann schlimmer, aber er hatte nicht die Energie, das zu sagen. Kennard widersprach nicht. Er faßte Kerwin fest bei den Schultern, führte ihn in den Nebenraum und drückte ihn in einen weichen Sessel. Neyrissa meldete sich: „Das ist meine Aufgabe", kam und legte ihre leichten Hände auf Kerwins Kopf.

Kerwin sprach kein Wort. Der Schmerz machte ihm schwindelig, schwang ihn wie an einem langen Pendel hin und her, schneller und schneller. Elorie sagte etwas. Neyrissa stellte ihm in drängendem Ton eine Frage, aber nichts davon erreichte ihn. Selbst Kennards Stimme war nur ein Durcheinander von bedeutungslosen Silben, ein Wortsalat. Dann hörte er Neyrissa sagen: „Ich dringe nicht zu ihm durch. Holt Taniquel nach oben, schnell. Vielleicht kann sie . . ."

Rings um ihn stiegen Wörter auf und fielen nieder wie ein Gesang in einer fremden Sprache. Die Welt verschwamm zu einem grauen Nebel, und das Pendel schwang ihn weiter und weiter hinaus in Dunkelheit und blasse Lichter, ins Nichts . . .

Dann war Taniquel da, eine verwischte Gestalt vor seinen Augen, und sie fiel mit einem bestürzten Aufschrei neben ihm auf die Knie.

„Jeff! Oh, Jeff, kannst du mich hören?"

Was konnte er anderes tun, dachte Kerwin mit der Unlogik des Schmerzes, wenn sie ihm direkt ins Ohr schrie?

„Jeff, bitte, sieh mich an, laß mich dir helfen ...“

„Nichts mehr“, murmelte er. „Nichts mehr davon. Ich habe für einen Abend genug gehabt!“

„Bitte, Jeff, ich kann dir nicht helfen, wenn du mich nicht läßt ...“ flehte Taniquel, und er spürte ihre Hand heiß und schmerzend auf seinem pochenden Kopf. Er zuckte unruhig, versuchte, sie wegzustoßen. Sie fühlte sich wie heißes Eisen an. Er wünschte, sie würden alle fortgehen und ihn allein lassen.

Dann verließ ihn der Schmerz langsam, langsam, als sei eine zu volle Ader angezapft worden. Jeden Augenblick wich er ein Stückchen weiter zurück, bis Jeff das Mädchen klar sehen konnte. Er setzte sich auf. Der Schmerz war nur noch ein dumpfes Hämmern unten in seinem Gehirn.

„Gut genug“, stellte Kennard kurz fest. „Ich glaube, du wirst es schaffen.“

Auster knurrte: „Es ist nicht der Mühe wert!“

„Das habe ich verstanden“, flüsterte Kerwin, und Kennard nickte langsam und in grimmigem Triumph.

„Siehst du wohl“, sagte er. „Ich habe es dir gesagt. Ich habe gesagt, es sei das Risiko wert.“ Er stieß einen langen, müden Seufzer aus.

Kerwin stellte sich taumelnd auf die Füße und hielt sich an der Sessellehne fest. Er kam sich wie durch eine Wringmaschine gezogen vor, aber trotzdem erfüllte ihn Friede. Taniquel war neben dem Sessel niedergesunken, grau und erschöpft. Neyrissa kniete neben ihr und hielt ihren Kopf. „Mach dir keine Sorgen, Jeff“, sagte Taniquel schwach und sah zu ihm auf. „Ich bin so froh ... so froh, daß ich etwas für dich tun konnte.“

Auch Kennard sah müde aus, aber triumphierend. Corus blickte auf und lächelte Kerwin zitterig an, und es traf Kerwin, daß der Junge über *seinen* Schmerz geweint hatte. Sogar Auster biß sich auf die Lippe und erklärte: „Das muß ich dir zugestehen, du bist einer von uns. Du kannst es mir nicht übelnehmen, daß ich meine Zweifel hatte, aber ... nun, trage es mir nicht nach.“

Elorie kam und stellte sich auf die Zehenspitzen. Sie war ihm nahe genug, um ihn zu umarmen, aber sie tat es nicht. Sie hob eine Hand und berührte federleicht mit ihren Fingerspitzen seine Wange. „Willkommen, Jeff, der Barbar“, sagte sie und lächelte ihn an.

Rannirl hängte sich bei ihm ein, als sie die Treppen zu der Halle hinunterstiegen, wo sie sich früher am Abend versammelt hatten. „Wenigstens dürfen wir diesmal selbst wählen, was wir trinken möchten“, lachte er, und Kerwin erkannte, daß die letzte Prüfung hinter ihm lag. Taniquel hatte ihn von Anfang an akzeptiert, aber jetzt akzeptierten sie ihn alle ebenso vorbehaltlos. Er, der niemals irgendwo hingehört hatte, wurde überwältigt von der Erkenntnis, wie sehr er hierhin gehörte. Taniquel setzte sich auf die Armlehne seines Sessels. Mesyr kam und fragte, ob er etwas zu essen oder zu trinken haben wolle. Rannirl goß ihm ein Glas kühlen, duftenden Wein ein, der schwach nach Äpfeln schmeckte, und sagte: „Ich glaube, er wird dir zusagen, er kommt von unsern Gütern.“ Es war eine Stimmung wie bei einer Geburtstagsgesellschaft.

Einige Zeit später an diesem Abend fand Kerwin sich neben Kennard. Empfänglich für die Stimmung des Mannes, hörte er sich selbst sagen: „Du siehst glücklich darüber aus. Auster freut sich nicht, aber du. Warum?“

„Warum Auster sich nicht freut oder warum ich mich freue?“ fragte Kennard mit kurzem Auflachen.

„Beides.“

„Weil du zum Teil Terraner bist“, antwortete Kennard ernst. „Wenn *du* zu einem funktionierenden Teil eines Matrix-Kreises wirst – und das innerhalb eines Turms – und der Rat dich anerkennt, dann besteht eine Chance, daß der Rat *meine* Söhne anerkennt.“

Er runzelte die Stirn und blickte über Kerwins Kopf in eine traurige Ferne.

„Siehst du“, gestand er schließlich, „ich habe getan, was Cleindori tat. Ich heiratete außerhalb Comyn – heiratete eine Frau, die zum Teil Terranerin ist. Und ich habe zwei Söhne. Und es setzt einen Präzedenzfall. Ich möchte gern daran glauben, daß meine Söhne eines Tages herkommen...“ Er verstummte. Kerwin hätte noch ein Dutzend weitere Fragen stellen können, aber er hatte das Gefühl, daß es nicht die richtige Zeit dazu war. Es kam auch nicht darauf an. Er gehörte dazu.

Kapitel 8: Die Welt draußen

Die Tage vergingen in Arilinn, und Kerwin kam sich bald so vor, als sei er schon sein ganzes Leben hier gewesen. Und doch war er auf merkwürdige Weise wie ein Mann, der sich in einem verzauberten Traum verloren hatte, als seien alle seine alten Träume und Wünsche zum Leben erwacht und er sei in sie eingetreten und habe eine Tür hinter sich geschlossen. Es war, als hätten die Terranische Zone und die Handelsstadt niemals existiert. Nie, auf keiner Welt, hatte er sich so sehr zu Hause gefühlt. Nie hatte er irgendwo so hingehört wie hier. Es machte ihn beinahe nervös, so glücklich zu sein; er war nicht daran gewöhnt.

Unter Rannirls Anleitung studierte er Matrix-Mechanik. Er kam nicht allzu weit mit der Theorie; vielleicht machte Taniquel es ganz richtig, wenn sie es Magie nannte. Raumfahrer verstanden die mathematischen Grundlagen des interstellaren Antriebs auch nicht, aber er funktionierte. Schneller lernte er die einfacheren psychokinetischen Kunststücke mit den kleinen Matrix-Kristallen, und Neyrissa, die Überwacherin, lehrte ihn, sich in seinen eigenen Körper zu versenken, die Muster zu erforschen, nach denen das Blut in seinen Adern floß, den Herzschlag zu regulieren, zu beschleunigen oder zu verlangsamen, den Blutdruck zu erhöhen oder zu senken, über die Funktion der Kanäle zu wachen, die von terranischen Medizinern das autonome Nervensystem genannt wurden. Es war beträchtlich raffinierter als jede Biofeedback-Technik, die er in der Terranischen Zone kennengelernt hatte.

Geringere Fortschritte machte er im Rapportkreis. Er hatte gelernt, zusammen mit Corus oder Neyrissa eine Schicht in den Relais zu übernehmen, dem telepathischen Kommunikationsnetz zwischen den Türmen. Botschaften und Neuigkeiten, was zwischen Neskaya und Arilinn und Hali und dem weit entfernten Dalereuth geschah, gingen hin und her, und sie hatten für Jeff noch wenig Bedeutung. In den Kilghardbergen wütete ein Waldbrand, am Rand der Hellers hatte es Banditenüberfälle gegeben, in Dalereuth war ein ansteckendes Fieber ausgebrochen, in der Nähe des Lake Country waren Drillinge geboren worden. Bürger kamen in den Besuchsraum des Turms und baten, daß Botschaften durch die Relais geschickt würden, geschäftliche Angelegenheiten oder Geburts- und Todesfälle und Heiratsverhandlungen.

Aber bei der Arbeit im Kreis war Kerwin weniger erfolgreich. Er wußte, jetzt, da sie ihn alle akzeptiert hatten, warteten sie mit Spannung auf Fortschritte. Manchmal kam es ihm vor, als ob sie ihn wie Habichte beobachteten. Taniquel bestand darauf, man dränge ihn zu sehr, während Auster ein finsteres Gesicht zog und Kennard und Elorie beschuldigte, zu viel Nachsicht mit ihm zu haben. Kerwin hielt immer noch nicht mehr aus als ein paar Minuten im Matrix-Kreis. Offenbar war das kein Prozeß, der beschleunigt werden konnte, aber er gewann jeden Tag ein paar Sekunden, ertrug die Anstrengung jedes Mal länger, bevor er zusammenbrach.

Die Kopfschmerzen hielten an, sie wurden vielleicht sogar noch schlimmer, aber aus irgendeinem Grund entmutigte das keinen von ihnen. Neyrissa zeigte ihm, wie er sie ein bißchen kontrollieren konnte, indem er den inneren Druck der Blutgefäße um die Augenhöhlen und innerhalb des Schädels senkte. Aber es kam immer noch oft genug vor, daß sein Kopf platzen wollte und er nichts anderes ertrug als ein verdunkeltes Zimmer und Stille. Corus machte derbe Witze über ihn, und Rannirl prophezeite, es werde schlimmer mit ihm werden, bevor es besser werden könne. Aber alle waren geduldig mit ihm. Einmal, als er sich mit grauenhaften Kopfschmerzen zurückgezogen hatte, hörte er sogar, wie Mesyr – von der er angenommen hatte, sie möge ihn nicht – Elorie, die sie offensichtlich anbetete, Vorwürfe machte, weil sie im Flur vor seinem Zimmer Lärm verursacht hatte.

Einmal oder zweimal, als es gar zu schlimm wurde, kam Taniquel ohne Aufforderung in sein Zimmer und vollführte den gleichen Trick wie am ersten Abend. Sie berührte seine Schläfen mit leichten Fingern und zog den Schmerz weg, als habe sie ein Ventil geöffnet. Sie tat es nicht gern, das wußte Kerwin; es erschöpfte sie, und es ängstigte und beschämte Kerwin, sie danach so grau und ausgehöhlt zu sehen. Und Neyrissa wurde wütend darüber.

„Er muß lernen, es selbst zu tun, Tani. Und jetzt sieh dich an“, schalt sie, „du hast dich völlig verausgabt!“

Taniquel antwortete schwach: „Ich kann seinen Schmerz nicht ertragen. Und da ich ihn sowieso fühlen muß, kann ich ihm ebensogut helfen.“

„Dann lerne, dich abzuschirmen“, mahnte Neyrissa. „Eine Überwacherin darf sich nie so tief hineinziehen lassen. Wenn du so weitermachst, Tani, dann weißt du genau, was passieren wird!“

Taniquel sah sie mit schelmischem Lächeln an. „Bist du eifersüchtig, Neyrissa?“ Aber die ältere Frau warf nur einen ärgerlichen Blick auf Kerwin und verließ das Zimmer.

„Um was ging das alles, Tani?“ erkundigte sich Kerwin, aber Taniquel antwortete nicht. Kerwin fragte sich, ob er die Verständigung innerhalb einer telepathischen Gesellschaft, all die kleinen wortlosen Andeutungen und Höflichkeiten, je verstehen würde.

Und doch hatte seine Anspannung nachgelassen. So fremd ihm der Arilinn-Turm war, er war doch kein Zauberschloß aus dem Märchen, sondern nur ein großes Steingebäude, in dem Menschen lebten. Die gleitenden, schweigenden, nichtmenschlichen Diener bereiteten ihm immer noch ein wenig Unbehagen. Er brauchte sich jedoch nicht viel mit ihnen abzugeben, und er gewöhnte sich an ihre stumme Art und lernte, sie zu ignorieren, wie auch die anderen es taten, solange er nichts von ihnen wollte. Kerwin freute sich richtig über einen Beweis, daß der Turm kein Zauberschloß war: Er entdeckte direkt über seinem Zimmer ein Loch im Dach, und da kein Handwerker durch den Schleier kommen konnte, mußten er und Rannirl auf das beängstigend schräge Dach hinaufklettern und den Schaden selbst reparieren. Irgendwie machte dieser prosaische Vorfall den Turm für ihn wirklicher, weniger traumhaft.

Er begann, die Sprache zu lernen, die sie unter sich sprachen; *Casta* nannten sie sie. Zwar konnte er die anderen auf telepathischem Weg verstehen, aber er wußte, früher oder später würde er mit den hier ansässigen Nichttelepathen reden müssen. Er las Bücher über die Geschichte Darkovers, vom darkovanischen, nicht vom terranischen Gesichtspunkt aus geschrieben. Viel Material gab es nicht, aber Kennard war so etwas wie ein Gelehrter und besaß eine ausführliche Beschreibung der Zeit der Hundert Königreiche – eine Epoche, die Jeff noch etwas komplizierter als das Europa des Mittelalters vorkam – und eine andere der Hastur-Kriege. Sie hatten gegen Ende des Zeitalters des Chaos stattgefunden und den Großteil des Landes unter den Sieben Domänen und dem Comyn-Rat vereinigt. Kennard machte ihn darauf aufmerksam, daß korrekte Geschichtsschreibung ganz und gar unbekannt sei. In den Büchern waren altüberlieferte Legenden, Balladen und Geschichten zusammengetragen, denn beinahe tausend Jahre lang hatte man das Schreiben ausschließlich den Brüdern von Sankt Valentin im Kloster Nevarsin überlassen, und die Literatur war vollständig verlorengegangen. Doch konnte Jeff aus all dem entnehmen, daß Darkover eine hochentwickelte Matrix-Technologie besessen hatte. Deren Mißbrauch hatte die Sieben Domänen in chaotische Anarchie gestürzt, und dann hatten die Hasturs das System der von Bewahrerinnen geleiteten Türme begründet. Die Bewahrerinnen mußten in Keuschheit leben, um dynastische Streitigkeiten zu vermeiden, und waren durch Eide und strenge moralische Prinzipien gebunden.

Langsam verlor Jeff das Gefühl für die Zeit. Doch glaubte er, drei- oder viermal zehn Tage in Arilinn gewesen zu sein, als Neyrissa am Ende einer Übungsstunde zu seiner Überraschung sagte: „Ich glaube, du könntest jetzt ohne allzu große Schwierigkeiten als Überwacher in einem Kreis arbeiten. Ich werde dir das Zeugnis ausstellen und dir den Eid abnehmen, wenn du ihn mir ablegen willst."

Jeff sah sie erstaunt und bestürzt an. Sie mißverstand seinen Blick und sagte: „Wenn du den Eid lieber vor Elorie ablegen willst, steht dies Recht dir gesetzlich zu, aber ich versichere dir, in der Praxis nehmen wir den Hüterinnen diese Dinge ab. Ich bin voll qualifiziert, dich zu vereidigen."

Kerwin schüttelte den Kopf. „Ich weiß nicht recht, ob ich überhaupt irgendeinen Eid schwören will. Davon hat man mir nichts gesagt – und ich verstehe das Ganze nicht!"

„Aber du kannst ohne den Überwacher-Eid nicht in einem Kreis arbeiten", erwiderte Neyrissa mit leichtem Stirnrunzeln. „Niemand, der in Arilinn ausgebildet worden ist, würde auch nur daran denken. Auch wäre niemand aus einem anderen Turm bereit, mit dir, solange du unvereidigt bist, zusammenzuarbeiten. Warum willst du denn den Eid nicht ablegen?" In ihrem Gesicht keimte von neuem der Verdacht auf, der bei allen – außer Auster – verschwunden war. „Hast du vor, uns zu verraten?"

Es dauerte eine oder zwei Minuten, bis Kerwin klar wurde, daß sie den letzten Satz nicht laut ausgesprochen hatte.

Sie war, sagte er sich, alt genug, seine Mutter zu sein, und plötzlich hätte er gern gewußt, ob sie Cleindori gekannt habe, aber er traute sich nicht zu fragen. *Cleindori hatte Arilinn verraten.* Und Kerwin erkannte, ihr Sohn würde niemals frei von diesem Mal werden, wenn er sich das nicht verdiente.

Langsam erklärte er: „Man hat mir nichts davon gesagt, daß ich

Eide schwören müßte. Das ist kein allgemeiner terranischer Brauch. Ich weiß nicht, um was es sich dabei handelt." Impulsiv setzte er hinzu: „Würdest du einen Eid schwören, ohne zu wissen, zu was er dich verpflichtet?"

Verdacht und Zorn wichen aus ihrem Gesicht. „Das hatte ich nicht bedacht, Kerwin. Der Überwacher-Eid wird schon den Kindern abgenommen, die hier getestet werden. Später magst du andere Eide leisten müssen, aber dieser erste verpflichtet dich nur, die fundamentalen Grundsätze einzuhalten: Deinen Sternenstein niemals zu benutzen, um Einfluß auf den Willen oder das Bewußtsein irgendeines lebenden Wesens zu nehmen, deine Kräfte nur zum Helfen und Heilen einzusetzen und niemals Krieg zu führen. Der Eid ist sehr alt; er geht auf die Tage vor dem Zeitalter des Chaos zurück, und manche sagen, er sei von dem ersten Hastur festgelegt worden, als er seinem ersten Friedensmann eine Matrix gab. Das ist natürlich eine Legende. Wir wissen aber bestimmt, daß der Eid in dieser Form seit Varzil dem Guten und vielleicht noch früher in Arilinn gebräuchlich ist. Gewiß könnte nichts an dem Überwacher-Eid das Gewissen Hasturs selbst belasten, ganz zu schweigen von einem *Terranan!*"

Kerwin dachte darüber nach. Es war lange her, daß irgendwer ihn so genannt hatte, niemals mehr seit seinem ersten Abend hier. Schließlich zuckte er die Schultern. Was hatte er zu verlieren? Früher oder später mußte er sich doch von seinen terranischen Vorstellungen lösen und die darkovanischen Prinzipien und Moralbegriffe übernehmen. Also warum nicht gleich? Er sagte: „Ich werde den Eid leisten."

Als er die archaischen Worte wiederholte – *Ich werde niemals Einfluß auf den Willen und das Bewußtsein eines lebenden Wesens nehmen, ich werde mich ungefragt nie mit Geist und Körper eines lebenden Wesens befassen, es sei denn, um zu helfen und zu heilen, ich werde die Kräfte des Sternensteins niemals benutzen, um auf Geist oder Gewissen Zwang auszuüben* –, dachte er beinahe zum ersten Mal an die wahrlich furchterregenden Kräfte, die eine Matrix in den Händen einer fähigen Person besaß. Es war möglich, die Gedanken anderer Menschen in eine bestimmte Richtung zu lenken, ihren Herzschlag zu verlangsamen oder zu beschleunigen, den Blutkreislauf zu kontrollieren, dem Gehirn Sauerstoff zu entziehen . . . eine schreckliche Verantwortung. Kerwin sagte sich, daß der Überwacher-Eid mit dem Hippokratischen Eid der terranischen Mediziner zu vergleichen sei.

Neyrissa hatte darauf bestanden, daß der Eid im Rapport abgelegt werde. Das sei der Brauch, sagte sie, und Kerwin hatte den Verdacht, der Grund sei, in der Art eines Lügendetektors einen etwaigen geistigen Vorbehalt zu erkennen. Zwischen Telepathen war das so normal, daß er darin keinen Mangel an Vertrauen sehen wollte. Während er die Worte sprach – jetzt verstand er, warum sie von ihm verlangt wurden, und er meinte sie vollkommen aufrichtig –, war er sich Neyrissas Nähe bewußt. Es fühlte sich an, als seien sie körperlich sehr eng zusammen, obwohl die Frau tatsächlich am anderen Ende des Raums saß. Sie hielt den Kopf gesenkt und richtete die Augen auf ihre Matrix; sie sah ihn nicht einmal an. Sobald Kerwin zu Ende gekommen war, stand Neyrissa schnell auf. „Ich bin es leid, im Zimmer eingeschlossen zu sein. Laß uns an die Luft gehen. Würdest du gern ausreiten? Es ist noch früh, und heute ist nicht viel zu tun, und wir sind beide nicht zur Arbeit in den Relais eingeteilt. Was meinst du zu einer Falkenjagd? Ich hätte gern ein paar Vögel zum Abendessen, du nicht auch?“

Kerwin steckte seine Matrix weg und folgte ihr. Inzwischen hatte er Geschmack am Reiten gefunden. Auf Terra war es ein exotischer Luxus für reiche Exzentriker, aber hier auf den Ebenen von Arilinn war es die normale Art des Reisens. Mit Matrix-Energie angetriebene Luftwagen waren sehr selten und wurden nur von den Comyn benutzt, und auch von ihnen nur unter ganz besonderen Umständen.

Er folgte Neyrissa ohne Einwand zu den Ställen. Halbwegs die Treppe hinunter fragte sie: „Vielleicht sollten wir einen oder zwei der anderen fragen, ob sie mitkommen wollen?“

„Ganz wie du möchtest“, erwiderte er ein bißchen überrascht. Sie war bisher nicht besonders freundlich zu ihm gewesen, und er hatte nicht angenommen, daß sie viel Wert auf seine Gesellschaft legte. Doch Mesyr war irgendwo im Turm mit häuslichen Angelegenheiten beschäftigt, Rannirl hatte im Matrix-Laboratorium zu tun – er versuchte zu erklären, was, aber Kerwin verstand von fünf Wörtern höchstens eins, da ihm die technischen Kenntnisse fehlten –, Corus war in den Relais, Kennard machte sein schlimmes Bein zu schaffen und Taniquel ruhte sich aus, weil sie später an diesem Abend für die Relais eingeteilt war. Nachdem Auster das Angebot, sich ihnen anzuschließen, kurz angebunden abgelehnt hatte, gingen sie schließlich allein hinaus.

Kennard hatte Kerwin ein Pferd zur Verfügung gestellt, eine große, kräftige schwarze Stute von seinem eigenen Gut. Wie Kerwin wußte, waren die Armida-Pferde in allen Domänen berühmt. Neyrissa hatte ein silbergraues Pony, dessen Mähne und Schwanz goldfarben waren. Sie sagte, es stamme aus den Hellers. Ihren Falken setzte sie auf den Sattelknopf vor sich. Sie trug einen Umhang in Grau und Karminrot und einen langen, weiten Rock. Kerwin entdeckte schließlich, daß es ein wie eine sehr weite Hose geschnittener geteilter Rock war. Als sie ihren Vogel von dem Falkenmeister entgegennahm, streifte sie Kerwin mit einem Blick und sagte: „Es ist ein sehr guter Jagdfalke da, den du benutzen darfst. Ich habe gehört, wie Kennard es sagte."

„Ich habe keine Ahnung von der Falkenjagd." Kerwin schüttelte den Kopf. Er hatte annehmbar reiten gelernt, aber er wußte nicht, wie er mit einem Falken umzugehen hatte, und er hatte nicht die Absicht, Neyrissa etwas vorzumachen.

Es gab ein paar neugierige Blicke und einiges Gemurmel, das Neyrissa ignorierte, als sie zur Stadt hinausritten. Kerwin hatte noch so gut wie nichts von der Stadt Arilinn gesehen – wie er gehört hatte, war sie die dritt- oder viertgrößte in den Sieben Domänen –, und er entschloß sich, sie demnächst einmal zu erkunden. Neyrissas Umhang war zurückgeschlagen und enthüllte ihr ergrauendes kupferfarbenes Haar, das in Zöpfen um ihren Kopf geschlungen war. Der Kälte wegen hatte Kerwin seinen ledernen Zeremonienmantel über seine terranische Kleidung gezogen. Aus dem Geflüster der Leute und ihren ehrfurchtsvollen Mienen schloß er, daß sie ihn für ein Mitglied des Turmkreises hielten. War es das, was die Leute in Thendara an seinem ersten Abend auf Darkover gedacht hatten?

Vor den Toren von Arilinn erstreckten sich weite Ebenen, hier und da mit Buschwerk durchsetzt, mit einigen Fußpfaden und einer jetzt verlassenen alten Wagenspur. Sie ritten etwa eine Stunde lang unter dem niedrigen Himmel, im blaß-purpurnen Licht der hochstehenden Sonne dahin. Schließlich hielt Neyrissa ihr Pferd an. „Hier ist gute Jagd. Wir sollten ein paar Vögel oder ein Rabbithorn oder auch zwei erlegen... Elorie hat in letzter Zeit wenig gegessen. Ich möchte ihr gern mit etwas Gutem Appetit machen."

Kerwin hatte sich die Falkenjagd immer als einen exotischen Sport vorgestellt, der der Aufregung wegen betrieben wurde. Jetzt ging ihm auf, daß es in einer Kultur wie dieser eine praktische Art war, Fleisch auf den Tisch zu bekommen. Vielleicht sollte er das lernen. Es schien zu den nützlichen Fähigkeiten eines Gentlemans zu gehören – oder auch denen einer Lady, dachte er, als er zusah, wie Neyrissas kleine, kräftige Hände dem Falken die Kappe abnahmen. Bei einer Edelfrau stellte man sich nicht vor, daß sie für den Kochtopf jagte. Aber natürlich war so die Falkenjagd entstanden, als eine Versorgung der Küche! Und während eine Dame nicht fähig sein mochte, mit großen Fleischtieren umzugehen, gab es keinen Grund, warum eine Frau bei der Falkenjagd nicht ebenso gut oder besser als ein Mann sein sollte. Kerwin kam sich auf einmal sehr unnütz vor.

„Mach dir nichts daraus", meinte Neyrissa und sah zu ihm hoch, und er merkte, daß sie immer noch lose in Rapport standen. „Du wirst es lernen. Das nächste Mal suche ich einen *Verrin*-Falken für dich aus. Du bist groß und stark genug, ihn zu tragen."

Sie warf den Falken hoch in die Luft. Er hob ab, schwang sich höher und höher hinauf. Neyrissa beobachtete seinen Flug, die Augen mit den Händen beschattend. „Da", flüsterte sie, „er hat seine Beute gesichtet..."

Kerwin hielt Ausschau, konnte aber keine Spur des Vogels entdecken. „Du kannst doch bestimmt nicht so weit sehen, Neyrissa?"

Sie sandte ihm einen ungeduldigen Blick zu. *Natürlich nicht! Der Rapport mit Falken und Jagdvögeln ist eine unserer Familien-Gaben.* Der Gedanke schwamm an der Oberfläche ihres Geistes, und jetzt *fühlte* Kerwin im Rapport mit Neyrissa den Flug, das Schlagen der langen Schwingen, die alles verschlingende Aufregung der Jagd, den Blick auf die unten kreisende Welt, das Niederfahren... Ekstase durchflutete seinen ganzen Körper. Kerwin schüttelte den Kopf und holte sich auf die Erde zurück. Neyrissa ritt schnell auf die Stelle zu, wo der Falke seine Beute auf den Boden gebracht hatte, und er folgte ihr. Neyrissa winkte dem Falkner, der in einiger Entfernung hinter ihnen war, den kleinen toten Vogel mitzunehmen. Der Falke saß auf ihrem Handschuh, und Neyrissa fütterte ihn mit dem noch warmen Kopf der Beute. Ihre Augen waren geschlossen, ihr Gesicht gerötet. Kerwin fragte sich, ob auch sie an der Aufregung des Tötens teilgenommen habe. Den Anblick des Falken, der an den blutigen Sehnen zerrte, fand er ebenso erregend wie abstoßend.

Neyrissa sah ihn an und erklärte: „Er frißt nur, wenn er auf meinem Handschuh sitzt. Kein gut trainierter Falke nimmt von seiner Beute, bevor sie ihm gereicht wird. Genug…" Sie zog den blutigen Bissen von dem grausamen Schnabel weg. „Ich möchte, daß er noch mindestens einen weiteren Vogel schlägt." Wieder warf sie den Falke in die Luft, und wieder spürte Kerwin den Faden des Rapports zwischen Frau und Falken und folgte ihm mit seinen Gedanken. Das war kein Eindringen. Neyrissa hatte sich ihm geöffnet, damit er die Ekstase des Flugs, das lange Schweben auf kraftvollen Flügeln, das Zuschlagen, das hervorstürzende Blut teile…

Als der Falkner Neyrissa den Kopf des zweiten Vogels brachte, wurde Kerwin sich bewußt, daß er nicht nur Spannung und Abscheu empfand, sondern tief in seinem Körper auch eine beinahe sexuelle Erregung mit Neyrissa teilte. Ärgerlich verscheuchte er diesen Gedanken. Es wäre ihm sehr peinlich gewesen, wenn Neyrissa ihn aufgefangen hätte! Schließlich versuchte er nicht, sie zu verführen… sie gefiel ihm nicht einmal! Und das letzte, was er sich hier wünschte, war, sein Leben durch irgendeine Frau zu komplizieren!

Doch während die Sonne sich niedersenkte und der Falke wieder und wieder in den Himmel hinaufstieg, zuschlug und tötete, wurde Kerwin immer stärker in den ekstatischen Rapport zwischen Frau und Falke – Blut und Entsetzen und Erregung – hineingezogen. Endlich wandte Neyrissa sich dem Falkner zu. „Genug, bring die Vögel zurück." Sie hielt ihr Pferd an und atmete in langen, langsamen Zügen. Kerwin war überzeugt, sie habe ihn vergessen. Ohne ein Wort wandte sie ihr Pferd in die Richtung auf die fernen Tore von Arilinn.

Kerwin ritt hinter ihr her, irgendwie deprimiert. Wind erhob sich, und er zog seinen Umhang dicht über seinen Kopf. Wie er so Neyrissas verhüllter Gestalt folgte, die trübrote Sonne niedrig am Himmel und eine violette Mondsichel über einem fernen Berg, blaß und schattenhaft, hatte er das merkwürdige Gefühl, er sei auf dieser ganzen Welt allein mit der Frau und verfolge sie, wie der Falke den fliehenden Vogel verfolgt hatte… Er grub seinem Pferd die Fersen in die Weichen und raste dahin wie auf den Flügeln des Windes, hingegeben an die Erregung der Jagd… Der Instinkt ließ ihn die Knie andrücken und sich im Sattel halten, sein ganzes Bewußtsein ging unter in der Spannung der Verfolgung. Immer noch stand er in Rapport mit der Frau, er spürte die Erregung in ihrem Körper, ihr Wahrnehmen der hinter ihr donnernden Hufe, die lange Jagd, ein seltsames Sehnen, das nicht frei von Furcht war… Bilder überfluteten seinen Geist, er überholte sie, riß sie von ihrem Pferd, warf sie zu Boden... Die gemeinsame sexuelle Erregung stieg und stieg. Unbewußt trieb er sein Pferd an, bis er am Tor der Stadt dicht hinter ihr war...

Plötzlich kam die Ernüchterung. Was tat er da? Er war hier ein geladener Gast, ein Mitarbeiter, jetzt durch einen Eid mit den anderen verbunden, ein zivilisierter Mensch, kein Räuber oder Falke! Das Blut pochte in seinen Schläfen. Als Stallknechte herbeieilten, um ihnen die Pferde abzunehmen, vermied er Neyrissas Blick. Sie stiegen ab, und er spürte, daß auch sie schwach war vor Aufregung, daß sie kaum stehen konnte. Er schämte sich seiner sexuellen Phantasien, und der Gedanke, daß Neyrissa an ihnen teilgenommen hatte, entsetzte ihn. In dem engen Gang des Stalles ging sie an ihm vorbei. Ihre Körper berührten sich nicht, aber er war sich der Frau unter dem weitfaltigen Mantel sehr bewußt, und er senkte den Kopf, damit sie die Röte nicht sah, die ihm ins Gesicht schoß.

Gleich hinter dem Schleier, auf der Innentreppe, blieb sie plötzlich stehen und schlug die Augen zu ihm auf. Sie sagte ruhig: „Es tut mir leid. Ich hatte vergessen – bitte, glaub mir, ich habe das nicht absichtlich getan. Ich hatte vergessen, daß du... daß du noch nicht imstande sein würdest, dich abzuschirmen, wenn ich dir nicht willkommen war."

Er sah sie mit verlegenem Gesicht an und konnte es kaum fassen, daß sie diese merkwürdigen Phantasien geschaffen und auf ihn übertragen hatte. In dem Versuch, höflich zu sein, stammelte er: „Es macht nichts."

„Doch!" widersprach sie zornig. „Du verstehst nicht. Ich hatte vergessen, wie du es auffassen würdest, und das ist nicht das, was einer von uns darunter verstanden hätte." Wieder lagen ihre Gedanken offen vor ihm. Es war ein Schock für ihn, ihre unverhüllt sexuelle Begierde zu erkennen, jetzt nicht mehr maskiert durch den Symbolismus der Falkenjagd. Kerwin geriet in äußerste Verlegenheit. Mit leiser, harter Stimme erklärte sie: „Ich habe es dir gesagt, du verstehst es nicht. Ich hätte das erst tun dürfen, wenn du gelernt hattest, deine Barrieren entsprechend geschlossen zu halten, und das waren sie nicht. Für einen unserer Männer würde die Tatsache, daß du es akzeptiertest und – und teiltest – mehr bedeuten als für dich. Es ist meine Schuld, es geschieht manchmal nach einem Rapport. Du kannst nichts dafür, Kerwin; es verpflichtet dich zu gar nichts. Mach dir keine

Gedanken, ich weiß, du willst nicht..." Sie holte tief Atem und sah ihm gerade ins Gesicht, und er spürte ihren Zorn und ihre Frustration.

Kerwin, der immer noch erst halb verstanden hatte, sagte nervös: „Neyrissa, bitte, entschuldige, es war nicht meine Absicht, dich zu... beleidigen oder... zu verletzen..."

„Das weiß ich, verdammt sollst du sein!" stieß sie wütend hervor. „Ich sage dir doch: Es passiert manchmal. Ich bin seit so vielen Jahren Überwacherin, daß ich weiß, ich bin verantwortlich dafür. Ich habe die Stärke deiner Barrieren falsch eingeschätzt, das ist alles! Hör auf, eine große Sache daraus zu machen, und beherrsche dich, damit nicht ganz Arilinn das mitbekommt! Ich kann damit fertig werden, du kannst es nicht, und Elorie ist jung. Ich will nicht, daß *sie* durch diesen Unsinn gestört wird!"

Die Erkenntnis, daß die anderen Telepathen seine Phantasien, seine Begierden auffangen konnten, war wie ein plötzlicher Guß Eiswasser, der alles ertränkte... Kerwin fühlte sich nackt und zur Schau gestellt, und Neyrissas Zorn fuhr wie ein roter Blitz durch den anbrandenden Schock. Noch nie hatte sich Kerwin so geschämt. Er stotterte eine ungeschickte Entschuldigung, floh die Treppe hinauf und suchte Zuflucht in seinem eigenen Zimmer. Er war sich immer noch nicht ganz klar darüber, was geschehen war, aber es raubte ihm die Ruhe.

Langes Nachdenken brachte ihn zu dem Schluß, daß das Verbergen von Emotionen in einer Telepathen-Gruppe unmöglich war. Als er wieder mit den anderen zusammentraf, machte er sich große Sorgen, seine peinliche Unfähigkeit, die eigenen Gedanken abzublocken, könne den zwanglosen Umgangston stören. Aber keiner sprach davon oder schien auch nur daran zu denken. Kerwin begann, ein bißchen zu verstehen, was es hieß, selbst die geheimsten Gedanken vor einer Gruppe von Außenseitern offenzulegen. Ihm war, als habe man ihn in aller Öffentlichkeit nackt ausgezogen. Aber er sagte sich, daß wahrscheinlich noch keiner der anderen ohne einen Gedanken, dessen er sich schämte, durchs Leben gegangen war, und daß er sich einfach daran gewöhnen müsse.

Und wenigstens wußte er jetzt, daß es keinen Sinn hatte, Neyrissa etwas vorzumachen. Sie kannte ihn durch und durch. Sie war als Überwacherin tief in seinen Körper eingedrungen und nun auch in seinen Geist und hatte die Stellen gesehen, die er lieber vor ihr verborgen hätte. Und immer noch akzeptierte sie ihn. Es war ein gutes Gefühl. Paradoxerweise gefiel sie ihm nicht besser als vorher, aber jetzt wußte er, daß es darauf nicht ankam. Sie hatten etwas geteilt und es verarbeitet.

Kerwin war etwa vierzig Tage in Arilinn, als ihm wieder einfiel, daß er noch nichts von der Stadt gesehen hatte. So fragte er eines Morgens Kennard – er war sich nicht sicher, welchen Status er hier hatte – ob er einen Erkundungsgang machen dürfe. Kennard sah ihn kurz an. „Warum nicht?" Der ältere Mann riß sich aus seiner Versunkenheit. „Zandrus Höllen, Junge, du brauchst nicht um Erlaubnis zu fragen. Tu, was dir Spaß macht. Geh allein, oder laß dir die Stadt von einem von uns zeigen oder nimm einen der *Kyrri* mit, damit du dich nicht verläufst. Ganz wie du willst!"

Auster, der vor dem Feuer saß – sie waren alle in der großen Halle –, drehte sich um und stellte säuerlich fest: „Mach uns keine Schande, indem du in diesen Kleidern gehst, ja?"

Alles, was Auster sagte, spornte Kerwin an, das genaue Gegenteil zu tun. Doch Rannirl meinte: „Man wird dich in diesem Zeug anstarren, Jeff."

„Man wird ihn auf jeden Fall anstarren", bemerkte Mesyr.

„Trotzdem. Komm mit, ich gebe dir für den Augenblick etwas von meinen Sachen. Wir sind ungefähr gleich groß, glaube ich. Und dann sollten wir etwas unternehmen, um geeignete Kleidung für dich zu besorgen."

Kerwin kam sich lächerlich vor, als er die kurze, spitzenbesetzte Weste, die lange Bluse mit den weiten Ärmeln und die Breeches, die nur bis an den Rand seiner Stiefel reichten, anzog. Auch hatte er in der Farbzusammenstellung einen anderen Geschmack als Rannirl. Wenn er schon darkovanische Kleidung zu tragen hatte – und er mußte zugeben, daß er in seiner terranischen Uniform albern aussah –, brauchte er immer noch nicht in einem magentaroten Wams mit orangefarbenen Einsätzen herumzulaufen! Wenigstens hoffte er das.

Zu seiner Überraschung stellte er jedoch bei einem Blick in den Spiegel fest, daß diese farbenprächtige Ausstattung ihm sehr gut stand. Sie brachte seine ungewöhnliche Größe und sein rotes Haar vorteilhaft zur Geltung, während ihm beides in terranischer Kleidung zum Nachteil gereicht hatte. Mesyr warnte ihn davor, eine Kopfbedeckung aufzusetzen. Die Telepathen des Arilin-Turms zeigten ihr rotes Haar voll Stolz, und es schützte sie gegen zufällige Angriffe oder Beleidigungen. Auf einer Welt täglicher Gewalttaten wie Darkover, wo Straßenkämpfe ein beliebtes Mittel waren, überschäumendes Temperament abzureagieren, war das, wie Jeff Kerwin zugeben mußte, nur vernünftig.

Während er durch die Straßen der Stadt wanderte – er hatte sich entschieden, allein zu gehen –, war er sich der neugierigen Blicke und des Geflüsters bewußt. Niemand rempelte ihn an. Für ihn war Arilinn eine fremde Stadt. Er war in Thendara aufgewachsen, und der Dialekt hier war anders. Auch der Schnitt der Kleidung war anders. Die Frauen trugen längere Röcke, man sah weniger der importierten terranischen Kletterwesten und mehr der langen Kapuzenmäntel, bei Männern wie bei Frauen. Die Fußbekleidung eines Terraners paßte nicht zu dem darkovanischen Anzug, den Kerwin trug. Rannirl, größer als Kerwin, hatte für einen Mann erstaunlich kleine Füße, und seine Stiefel hatten ihm nicht gepaßt. Gerade kam Kerwin an einem Straßenladen vorbei, wo Stiefel und Sandalen ausgestellt waren. Auf einen Impuls hin ging er hinein und fragte nach einem Paar Stiefel.

Der Besitzer benahm sich so demütig und ehrfurchtsvoll, daß in Kerwin der Argwohn aufstieg, er habe irgendeinen gesellschaftlichen Fehler begangen – offensichtlich betraten die Comyn selten gewöhnliche Läden –, bis das Handeln begann. Dann gab sich der Mann so verzweifelte Mühe, Kerwin von den ziemlich billigen Stiefeln, die er sich ausgesucht hatte, abzubringen und ihm das teuerste und am besten gearbeitete Paar im Laden aufzudrängen, daß Kerwin ärgerlich wurde und entschlossen feilschte. Mit wundervoll echt wirkender Verzweiflung wies der Ladenbesitzer darauf hin, daß diese armseligen Dinger des *vai dom* nicht würdig seien. Schließlich entschied sich Kerwin für zwei Paar, davon ein Paar Reitstiefel und ein Paar der weichen, niedrigen Wildlederstiefel, die alle Männer in Arilinn ständig im Haus zu tragen schienen. Er zog seine Brieftasche und fragte: „Was bin ich Euch schuldig?"

Der Mann blickte schockiert und beleidigt drein. „Was habe ich getan, um diese Kränkung zu verdienen, *vai dom?* Ihr habt mir und meinem Geschäft Gnade erwiesen; ich kann keine Bezahlung annehmen!"

„Nun hört mal", widersprach Kerwin, „das dürft Ihr nicht tun..."

„Ich habe Euch gesagt, diese armseligen Dinger seien Eurer

Aufmerksamkeit nicht würdig, *vai dom,* aber wenn der Hohe Lord so gnädig sein will, von mir ein Paar anzunehmen, das tatsächlich geeignet ist..."

„Hölle und Teufel", brummte Kerwin. Er hatte keine Ahnung, um was es ging und welches darkovanische Tabu er diesmal unabsichtlich verletzt hatte.

Der Mann sah Kerwin scharf an, dann sagte er: „Verzeiht mir meine Aufdringlichkeit, *vai dom,* aber seid Ihr nicht der hohe Lord Comyn Kerwin-Aillard?"

Kerwin erinnerte sich, daß nach darkovanischem Brauch ein Kind Namen und Rang des höherstehenden Elternteils bekam und bejahte. Respektvoll, aber in einem festen Ton, als unterweise er ein zurückgebliebenes Kind in schicklichem Benehmen, erklärte der Mann: „Es ist nicht Sitte, Bezahlung für irgend etwas anzunehmen, das ein Comyn-Lord sich herabläßt auszuwählen, Sir."

Kerwin, der keine Szene wünschte, gab mit Würde nach, aber er fühlte sich in Verlegenheit gesetzt. Zum Teufel, wie konnte er die anderen Dinge, die er brauchte, einkaufen? Sollte er einfach hingehen und sie verlangen? Die Comyn schienen ein hübsches kleines Racket laufen zu haben, aber schließlich war er kein Gangster! Er war gewöhnt, für sein Geld zu arbeiten und zu bezahlen, was er haben wollte.

Er klemmte sich das Paket unter den Arm und ging die Straße entlang. Es war ein ganz anderes und sehr angenehmes Gefühl, als Bürger durch eine darkovanische Stadt zu wandern, nicht als ein Außenseiter oder Eindringling! Kerwin dachte kurz an Jonny Ellers, doch das war ein anderes Leben, und die Jahre, die er im Dienst des Terranischen Imperiums verbracht hatte, waren wie ein Traum.

„Kerwin?"

Er blickte auf und sah Auster, der in Grün und Scharlach gekleidet vor ihm stand. Für seine Verhältnisse freundlich sagte Auster: „Ich dachte, du könntest dich verlaufen. Ich hatte selbst in der Stadt zu tun, und da wollte ich nachsehen, ob ich dich auf dem Marktplatz finde."

„Danke", antwortete Kerwin. „Verlaufen habe ich mich bis jetzt noch nicht, aber die Straßen sind ein bißchen verwirrend. Nett von dir, daß du mir nachgekommen bist." Er wunderte sich über die freundliche Geste. Auster war als einziger des ganzen Kreises pausenlos unfreundlich zu ihm.

Auster zuckte die Schultern, und plötzlich – so deutlich, als wenn Auster gesprochen hätte – entstand in Kerwins Gedanken das Muster:

Er lügt. Er hat das nur gesagt, damit ich ihn nicht frage, was er in der Stadt zu erledigen hatte. Er hat mich nicht treffen wollen, es ist ihm sogar unangenehm, daß er mich getroffen hat. Aber er verscheuchte den Gedanken. Verdammt, er war nicht Austers Hüter. Vielleicht hatte der Mann ein Mädchen unten in der Stadt oder einen Freund oder sonst etwas. Seine Angelegenheiten gingen Kerwin nichts an.

Aber warum meinte er, er müsse mir eine Erklärung darüber geben, daß er sich in der Stadt aufhält?

Sie hatten sich in die Richtung des Turms gewandt, der wie ein langer Schattenarm über dem Marktplatz lag, und waren in Gleichschritt gefallen. Jetzt blieb Auster stehen.

„Hättest du Lust, irgendwo etwas zu trinken, bevor wir zurückgehen?"

Obwohl er das freundliche Angebot zu schätzen wußte, schüttelte Kerwin den Kopf. „Danke. Für einen Tag bin ich lange genug angestarrt worden. Am Trinken liegt mir sowieso nicht viel. Trotzdem vielen Dank. Vielleicht ein anderes Mal."

Auster sandte ihm einen schnellen Blick zu, nicht freundlich, aber verständnisvoll. „Du wirst dich daran gewöhnen, angestarrt zu werden – in einer Beziehung. In einer anderen wird es im Laufe der Zeit immer schlimmer. Je länger man mit ... mit der eigenen Art isoliert ist, desto weniger kann man Außenseiter ertragen."

Schulter an Schulter schritten sie eine Weile dahin. Dann hörte Kerwin hinter ihnen einen plötzlichen Aufschrei. Auster fuhr herum und gab Kerwin einen heftigen Stoß. Kerwin verlor das Gleichgewicht, stolperte und fiel der Länge nach hin, und gleichzeitig flog etwas über ihn weg und traf die Mauer hinter ihm. Ein Stück Stein wurde abgesplittert, streifte Kerwins Wange und riß sie bis auf den Knochen auf.

Auster hatte sich auf die Knie fallen lassen. Er stand wieder auf, blickte wachsam in alle Richtungen und nahm den schweren Pflasterstein hoch, den irgendwer mit einer Zielsicherheit geworfen hatte, die hätte tödlich sein können.

Kerwin knurrte: „Verflucht und zugenäht!" Er rappelte sich hoch und sah Auster an.

Auster sagte steif: „Ich entschuldige ..."

„Vergiß es", unterbrach Kerwin ihn. „Du hast mich vor einer bösen Verletzung gerettet. Hätte der Stein mich mittschiffs getroffen, könnte ich jetzt tot sein." Vorsichtig berührte er seine Wange mit den Fingern. „Wer hat das verdammte Ding geworfen?"

„Irgendein Unzufriedener." Unruhig sah Auster sich um.

„Seltsame Dinge gehen in letzter Zeit in Arilinn vor. Kerwin, willst du mir einen Gefallen tun?"

„Das bin ich dir wohl schuldig."

„Erwähne dies nicht vor den Frauen – und auch nicht vor Kennard. Wir haben uns im Augenblick über genug anderes Sorgen zu machen."

Kerwin runzelte die Stirn, doch schließlich nickte er. Schweigend, Seite an Seite gingen sie auf den Turm zu. Es war überraschend, wie ungezwungen er sich in Austers Gesellschaft fühlte, ungeachtet der Tatsache, daß Auster ihn nicht mochte. Es war, als hätten sie sich schon ihr ganzes Leben lang gekannt. *Mit der eigenen Art isoliert,* hatte Auster gesagt. War Auster von seiner eigenen Art?

Kerwin hatte an zwei Tatsachen zu kauen. Die eine war: Auster, der ihn nicht leiden konnte, hatte gehandelt, ohne nachzudenken, um ihn vor dem geschleuderten Stein zu retten; wäre er einfach stehengeblieben, hätte der Stein Kerwin verletzt, und Auster wäre einiger Ärger erspart worden. Aber noch überraschender als Austers Verhalten war, daß jemand den Stein geworfen hatte. Trotz all der Verehrung, die den Comyn durch die Einwohner von Arilinn erwiesen wurde, gab es *irgend jemand* in Arilinn, der einen von ihnen hatte töten wollen.

Oder hatte der halbterranische Eindringling getötet werden sollen? Plötzlich wünschte Kerwin, er hätte Auster sein Versprechen nicht gegeben. Er hätte gern mit Kennard darüber gesprochen.

Als sie an diesem Abend mit den anderen in der Halle zusammentrafen, warf Kennard einen merkwürdigen Blick auf Kerwins verbundene Wange, und wenn Kennard eine gezielte Frage gestellt hätte, dann hätte Kerwin vielleicht geantwortet. Denn er hatte Auster nicht versprochen zu lügen. Aber Kennard sagte nichts, und so erzählte Kerwin ihm nur von dem Ladenbesitzer und den Stiefeln und gestand ein, daß dieser Brauch ihm gar nicht gefalle. Der ältere Mann warf den Kopf zurück und lachte lauthals.

„Mein lieber Junge, du hast dem Mann ein Prestige verschafft – ein *Terranan* würde es, glaube ich, kostenlose Werbung nennen –, das jahrelang vorhalten wird! Die Tatsache, daß ein Comyn von Arilinn, auch wenn es kein sehr bedeutender ist, in seinen Laden kam und mit ihm handelte ..."

„Ein Racket", brummte Kerwin. Er fand das gar nicht lustig.

„Nein, Jeff, es ist nicht mehr als recht und billig. Wir geben diesen Leuten einen guten Teil unseres Lebens, wir tun Dinge, die sonst niemand tun kann. Sie würden uns unter keinem Vorwand gestatten, uns davor zu drücken. Ich war einige Zeit Offizier bei der Garde. Mein Vater ist der erbliche Kommandant, es ist ein Alton-Amt, und wenn er stirbt, werde ich die Garde kommandieren müssen. Ich sollte an seiner Seite sein und es lernen. Aber in Arilinn fehlten Leute, deshalb kam ich zurück. Wenn mein Bruder Lewis am Leben geblieben wäre – aber er starb, und dadurch wurde ich Erbe von Alton und gleichzeitig des Befehls über die Garde." Kennard seufzte. Seine Augen blickten in die Ferne. Dann erinnerte er sich daran, was er Kerwin hatte erläutern wollen.

„In gewissem Sinn ist es eine Methode, uns hier als Gefangene zu halten, eine Bestechung. Man gibt uns alles, was wir uns wünschen – was irgendeiner von uns sich wünscht –, so daß wir nicht den Schatten einer Entschuldigung haben, wenn wir den Turm mit der Begründung verlassen, anderswo könnten wir mehr bekommen." Er betrachtete die Stiefel und stellte mißbilligend fest: „Und was für billige Ware er dir gegeben hat! Der Mann sollte sich schämen; das spricht nicht für ihn und seinen Laden!"

Kerwin lachte. Kein Wunder, daß der Mann sich so bemüht hatte, ihm ein besseres Paar aufzudrängen! Er erzählte es Kennard, und dieser nickte.

„Im Ernst, es würde den Mann freuen, wenn du bei deinem nächsten Besuch in der Stadt zu ihm gingest und das beste Paar in seinem Laden annähmst. Oder noch besser: Erteile ihm den Auftrag, ein Paar Stiefel nach einem Muster, das dir gefällt, eigens für dich anzufertigen. Und wenn du schon einmal dabei bist, laß dich von einem Schneider mit den für dieses Klima geeigneten Kleidern ausstatten. Die Terraner sind dafür, ihre Häuser zu erwärmen, nicht ihre Körper. Ich bin beinahe erstickt, als ich auf Terra war ..."

Kerwin war froh über den Wechsel des Gesprächsthemas, aber er verstand immer noch nicht ganz, was die Türme denn so Wichtiges taten. Sie übermittelten Botschaften, ja. Er vermutete, die Relais waren weniger störungsanfällig als die Kommunikation per Telefon oder drahtlosen Funk. Aber wenn das alles war, was die Leute wollten, wäre ein Funksystem einfacher gewesen. Und was die anderen Dinge betraf, so war es ihm noch nicht gelungen, einen Zusammenhang zwischen den Tricks, die man mit Matrix-Kristallen vollführen konnte, und der überwältigenden Bedeutung herzustellen, die die Comyn-Telepathen auf Darkover zu haben schienen.

Und jetzt war da ein anderes Puzzle-Stück, das nirgendwo hineinpaßte. Bei hellem Tageslicht war ein Stein nach zwei hochverehrten Turmtelepathen geschleudert worden. Es war kein Zufall gewesen. Der Stein war nicht bei irgendeinem Aufstand irrtümlich in ihre Richtung geflogen. Es hatte die Absicht dahintergesteckt, zu verstümmeln oder zu töten – und beinahe wäre sie verwirklicht worden. Das stimmte mit allem anderen nicht zusammen, und Kerwin verfluchte sich, daß er Auster sein Versprechen gegeben hatte.

Zweimal zehn Tage später erhielt er die Antwort auf eine seiner Fragen. Kerwin lernte in einem der isolierten Zimmer bei Rannirl die Grundbegriffe der Mechanik. Er übte sich in einfachen Energie-Emissionstechniken, nicht unähnlich dem Glasschmelz-Trick, den Ragan ihm gezeigt hatte. Sie hatten länger als eine Stunde gearbeitet, und Jeffs Kopf begann zu pochen, als Rannirl plötzlich sagte: „Genug für jetzt; es geht etwas vor."

Sie traten auf den Treppenabsatz, gerade als Taniquel die Stufen emporstürzte. Sie rannte sie beinahe um, und Rannirl fing sie auf.

„Vorsichtig, *Chiya!* Was ist los?"

„Ich weiß es nicht genau", antwortete Taniquel. „Aber Neyrissa hat eine Botschaft aus Thendara erhalten; Lord Hastur kommt nach Arilinn."

„So bald schon", murmelte Rannirl. „Ich hatte gehofft, uns bliebe mehr Zeit!" Er sah Kerwin an und runzelte die Stirn. „Du bist noch nicht so weit."

Kennard hinkte die Treppe zu ihnen hoch, wobei er sich schwer auf das Geländer stützte. Kerwin fragte: „Hat das etwas mit mir zu tun?"

„Wir sind uns noch nicht sicher", sagte Kennard. „Es könnte sein. Du mußt wissen, es war Hastur, der seine Zustimmung gab, dich herzubringen – obwohl wir die Verantwortung dafür übernahmen."

Plötzliche Furcht schnürte Kerwin die Kehle zusammen. Hatte man ihn aufgespürt? Wollten die Terraner ihren Deportationsbefehl mit Gewalt durchsetzen? Er wollte Darkover nicht verlassen, er würde es jetzt nicht mehr ertragen, Arilinn zu verlassen. Er gehörte hierher, zu diesen Leuten...

Kennard folgte seinen Gedanken und lächelte ihn freundlich an.

„Sie haben keine gesetzliche Handhabe, dich zu deportieren, Jeff. Nach darkovanischem Recht erhält das Kind die Staatsangehörigkeit des Elternteils von höherem Rang. Das bedeutet, du bist nach dem Recht des Blutes Darkovaner und Comyn Aillard. Wenn die Ratssitzungen wieder beginnen, wird Lord Hastur dich zweifellos als Erben von Aillard bestätigen, da es keine weiblichen Erben in dieser Linie gibt. Cleindori hatte keine Töchter, und sie war selbst *Nedestro.*" Doch er wirkte immer noch besorgt, und als er zu seinem Zimmer hinaufstieg, blickte er über die Schulter zurück und sagte gereizt: „Aber, verdammt noch mal, trage darkovanische Kleidung."

Kerwin ließ sich in der Stadt ausstatten. Bei dem besten Schneider, den er finden konnte, bestellte er Kleider in gedecktem Blau und Grau, und als er sich selbst im Spiegel betrachtete, dachte er, daß er wenigstens wie ein Darkovaner *aussah.* Er fühlte sich auch wie einer – jedenfalls meistens. Aber er hatte immer noch das Gefühl, in einer Probezeit zu sein. Hatte Arilinn oder der Comyn-Rat wirklich die Macht, sich dem Terranischen Imperium zu widersetzen?

Das, entschied Jeff, war eine verdammt gute Frage. Das einzige Problem war, daß er die Antwort nicht kannte und nicht einmal erraten konnte.

Sie versammelten sich nicht in der großen Halle, die sie sonst des Abends benutzten, sondern hoch oben im Turm in einem kleineren, offizieller eingerichteten Raum, der, wie Kerwin gehört hatte, die Audienzkammer der Bewahrerin genannt wurde. Er war von Prismen, die an Silberketten hingen, hell erleuchtet. Die Sitze waren alt und mit Schnitzereien verziert und bestanden aus irgendeinem dunklen Holz, und in ihrer Mitte stand ein niedriger Tisch, mit Mustern aus Perlen und Perlmutter eingelegt, ein vielzackiger Stern in der Mitte. Weder Kennard noch Elorie waren anwesend. Kennard, das wußte Kerwin, war zum Landeplatz gegangen, um den hohen Gast willkommen zu heißen. Kerwin nahm auf einem der niedrigen Sitze um den Tisch Platz und stellte fest, daß ein Sessel höher und imposanter als die übrigen war. Er nahm an, dieser sei für Lord Hastur reserviert.

Ein Vorhang wurde von einem der Nichtmenschen zurückgezogen. Kennard hinkte herein und setzte sich. Hinter ihm kam ein hochgewachsener, dunkler, autoritätsgewohnter Mann, schmal gebaut, aber mit der Haltung des alten Soldaten. Er verkündete auf zeremonielle Art: „Danvan Hastur von Hastur, Gouverneur von Hastur, Regent der Sieben Domänen, Lord von Thendara und Carcosa ..."

„Und so weiter und so weiter", fiel eine sanfte, klingende Stimme ein. „Du erweist mir Gnade, Valdir, aber ich bitte dich, erspare mir alle diese Förmlichkeiten." Und Lord Hastur betrat den Raum.

Danvan Hastur von Hastur war kein großer Mann. Einfach in Grau gekleidet, einen blauen, mit silbrigem Pelz besetzten Mantel um die Schultern, machte er auf den ersten Blick den Eindruck eines gelehrten, stillen Mannes, der knapp über das mittlere Alter hinaus war. Sein Haar war hell und an den Schläfen silbrig, und sein Benehmen war höflich und bescheiden. Aber irgend etwas – die aufrechte Haltung seines schlanken Körpers, die feste Linie seines Mundes, der schnelle, scharfe Blick, mit dem er den Raum voller Menschen in sich aufnahm – machte Kerwin klar, daß dies kein ältlicher Niemand war. Dies war ein Mann von sehr starker Persönlichkeit, gewöhnt daran, Befehle zu erteilen und Gehorsam zu finden, ein Mann, der sich seiner Position und Macht absolut sicher war, so sicher, daß er Arroganz gar nicht nötig hatte.

Irgendwie schien er mehr Raum zu füllen als sein Körper einnahm. Seine Stimme drang bis in die entfernteste Ecke, ohne laut zu sein.

„Ihr erweist mir Gnade, Kinder. Ich bin froh, nach Arilinn zurückzukehren."

Die klaren blauen Augen hefteten sich auf Kerwin, und der Mann ging auf ihn zu. So zwingend war seine Persönlichkeit, daß Kerwin sich in automatischer Ehrerbietung erhob.

„Vai dom", sagte Kerwin. „Ich stehe Euch zu Diensten."

„Du bist also Cleindoris Kind, der Junge, den man nach Terra schickte", stellte Danvan Hastur fest. Er sprach den Thendara-Dialekt aus Kerwins eigener Kindheit. Kerwin erkannte, ohne sich sicher zu sein, wie, daß Hastur kein Telepath war. „Welchen Namen hat man dir gegeben, Sohn von Aillard?"

Kerwin nannte dem Mann seinen Namen. Hastur nickte nachdenklich.

„Recht gut, obwohl *Jeff* einen unnötig barbarischen Klang hat. Du solltest in Erwägung ziehen, einen der Namen deines Clans anzunehmen. Deine Mutter hätte dir bestimmt einen der Familiennamen gegeben, Arnard oder Damon oder Valentine. Hast du schon einmal darüber nachgedacht? Wenn du dem Rat vorgestellt wirst, solltest du einen Namen tragen, der sich für einen Edlen der Aillard schickt."

Kerwin verschloß sich vor dem Charme des Mannes und erklärte fest: „Ich schäme mich nicht, meines Vaters Namen zu tragen, Sir."

„Nun, wie du willst", sagte Hastur. „Ich versichere dir, ich wollte dich nicht verletzten, Verwandter, und es lag nicht in meiner Absicht, dir zu raten, daß du dein terranisches Erbe verleugnen sollst. Aber du siehst nach Comyn aus. Ich wollte dich mit eigenen Augen sehen und mich vergewissern."

Kennard stellte trocken fest: „Vertrautet Ihr meinem Wort nicht, Lord Danvan? Oder..." Er blickte zu dem dunklen Mann mit der gelblichen Hautfarbe hinüber, den der Lord „Valdir" genannt hatte. „Oder warst du es, der sich nicht auf mein Wort verlassen wollte, Vater?" Ein Blick, aus dem halb Feindseligkeit, halb Zuneigung sprach, wurde zwischen ihnen gewechselt. Dann stellte Kennard offiziell vor: „Mein Vater Valdir-Lewis Lanart von Alton, Lord von Armida."

Kerwin verbeugte sich überrascht. Kennards Vater?

Valdir sagte: „Wir haben nie daran gedacht, daß du uns täuschen würdest, Kennard, selbst wenn du es könntest. Aber Lord Hastur wollte sicher sein, daß es den Terranern nicht gelungen ist, euch alle zu täuschen und einen Betrüger zu unterschieben." Seine scharfen Augen musterten Kerwin kurz, dann seufzte er. „Aber ich sehe, daß es wahr ist." Direkt an Kerwin gewandt, setzte er hinzu: „Du hast deiner Mutter Augen, mein Junge; du siehst ihr sehr ähnlich. Ich war ihr Pflegevater. Willst du mich als Verwandter umarmen, Neffe?" Er trat vor, umarmte Jeff förmlich und drückte seine Wange an die Kerwins. Kerwin erkannte richtig, daß dies ein sehr bedeutungsvoller Akt persönlicher Anerkennung war, und beugte den Kopf.

Hasturs Stirn zeigte eine leichte Falte. „Dies sind seltsame Zeiten. Ich hätte nie geglaubt, daß ich einmal den Sohn eines Terraners im Rat willkommen heißen würde. Doch wenn wir müssen, dann müssen wir." Zu Kerwin sagte er: „Dann sei es; ich erkenne dich an." Sein Lächeln war düster. „Und da wir nun den Sohn eines terranischen Vaters akzeptiert haben, müssen wir wohl auch den Sohn einer terranischen Mutter akzeptieren. Bring also Lewis-Kennard vor den Rat, Kennard, wenn es nicht anders geht. Wie alt ist er jetzt – elf?"

„Zehn, Sir“, antwortete Kennard, und Hastur nickte. „Ich kann mich nicht darauf festlegen, was der Rat tun wird. Wenn der Junge *Laran* hat – aber er ist noch zu jung, um das festzustellen, und der Rat mag sich weigern, ihn anzuerkennen. Doch ich wenigstens werde nicht länger gegen dich sprechen, Ken.“

„*Vai dom,* Ihr seid zu gütig“, sagte Kennard in einer vor Sarkasmus triefenden Stimme. Valdir fiel scharf ein: „Genug! Den Falken werden wir fliegen lassen, wenn seine Schwingen gewachsen sind. Im Augenblick – nun, Hastur, der junge Kerwin hier wird nicht der erste aus terranischem Blut sein, der nach dem Recht der Heirat vor dem Comyn-Rat steht. Und er wird nicht einmal der erste sein, der eine Brücke zwischen unsern beiden Welten schlagen kann, zum Vorteil beider.“

Hastur seufzte. „Ich kenne deine Ansichten darüber, Valdir. Mein Vater teilte sie, und sein Wille war es, daß Kennard, als er noch ein Junge war, nach Terra geschickt wurde. Ich weiß nicht, ob er recht oder unrecht hatte; das kann nur die Zeit lehren. Im Augenblick müssen wir uns mit den Folgen dieser Entscheidung befassen, ob wir wollen oder nicht.“

„Seltsame Worte für den Regenten der Comyn“, ließ sich Auster von seinem Platz hören, und Hastur musterte ihn scharf mit seinen falkengleichen blauen Augen. „Ich habe mit der Realität zu schaffen, Auster. Du lebst hier isoliert mit deinen Brüdern und Schwestern aus Comyn-Blut – ich dicht an der Grenze der Terranischen Zone. Ich kann nicht so tun, als herrschten immer noch die alten Zeiten von Arilinn oder als habe der Verbotene Turm niemals einen Schatten über jeden Turm in den Domänen geworfen. Wenn König Stephen – aber er ist tot, ruhig möge er schlafen, und ich regiere als Regent für ein Kind von neun Jahren, und es ist weder ein sehr kluges noch gesundes Kind. Eines Tages, wenn wir alle Glück haben, wird Prinz Derek regieren, doch bis dieser Tag kommt, muß ich als sein Stellvertreter handeln.“ Mit einer abschließenden Geste, die Auster zum Schweigen brachte, nahm er Platz – aber nicht, wie Kerwin erstaunt feststellte, auf dem Hochsitz, sondern auf einem der gewöhnlichen Stühle um den Tisch. Valdir setzte sich überhaupt nicht, sondern blieb an der Tür stehen. Obwohl er keine Waffe trug, machte er auf Kerwin den Eindruck eines Mannes, dessen Hand auf dem Schwertknauf ruht.

„Jetzt erzählt mir, meine Kinder, wie geht es euch hier in Arilinn?“

Kerwin, der Lord Hastur beobachtete, dachte: *Ich wünschte, ich könnte dem alten Burschen von dem geschleuderten Stein erzählen! Dieser Lord Hastur ist Realist; er würde sofort wissen, was er davon zu halten hat!*

Die Vorhänge am Eingang bewegten sich. Valdir sagte förmlich: „Die Lady Elorie, Bewahrerin von Arilinn.“

Wieder schien die grausam schwere zeremonielle Robe für ihren schmalen Körper ein zu großes Gewicht zu sein. Die goldenen Ketten, die um ihre Taille lagen und ihren Mantel zusammenhielten, waren wie Fesseln, lagen als Last auf ihren Schultern. Schweigend, ohne einen von ihnen anzusehen, schritt sie zu dem thronähnlichen Sitz am Kopf des Tisches. Valdirs tiefe Verbeugung überraschte Kerwin nicht weniger als Lord Hasturs Benehmen: Er erhob sich und beugte das Knie vor Elorie.

Wie gelähmt sah Kerwin zu. Das war dasselbe Mädchen, das in der großen Halle mit ihren zahmen Vögelchen spielte, mit Taniquel stritt, törichte Wetten mit Rannirl abschloß und wie eine wilde Range auf die Falkenjagd ging. Er hatte sie bisher noch nie im vollen Ornat einer Bewahrerin gesehen, und es war für ihn ein Schock und eine Enthüllung. Ihm war, als müsse auch er sich verbeugen, aber Taniquel berührte sein Handgelenk, und er vernahm den unausgesprochenen Gedanken:

In den Domänen braucht sich nur der Turmkreis von Arilinn nicht für seine Bewahrerin zu erheben. Die Bewahrerin von Arilinn ist sakrosankt, aber wir sind ihr Eigentum, ihre Erwählten. Es lag Stolz in Taniquels Gedanken, und auch Kerwin empfand eine Spur davon. Nicht einmal Hastur konnte der Bewahrerin von Arilinn die Ehrenbezeugung vorenthalten. *Dann sind wir in gewissem Sinn mächtiger als der Regent der Sieben Domänen . . .*

„Willkommen im Namen Evandas und Avarras“, begrüßte Elorie den Lord mit ihrer weichen, kehligen Stimme. „Wie kann Arilinn dem Sohn der Hasturs dienen, *vai dom?*“

„Eure Worte erhellen den Himmel, *vai leronis*“, erwiderte Hastur, und Elorie winkte ihm, sich wieder zu setzen.

Kennard sagte: „Es ist lange her, daß Ihr uns mit einem Besuch in Arilinn ehrtet, Lord Hastur. Und wir fühlen uns in der Tat geehrt, aber – bitte verzeiht mir – wir wissen, daß Ihr nicht gekommen seid, um uns

Ehre zu erweisen oder einen Blick auf Jeff Kerwin zu werfen oder mir Nachrichten über den Rat zu bringen – ja, nicht einmal, um mich meinen Vater wiedersehen zu lassen oder mich nach der Gesundheit meiner Söhne zu fragen. Ich wage zu sagen, es ging Euch auch nicht um das Vergnügen unserer Gesellschaft. Welche Absicht verbindet Ihr mit Eurem Besuch, Lord Hastur?"

Das Gesicht des Regenten verzog sich zu einem sympathischen Lächeln.

„Ich hätte mir denken können, daß du mich gleich durchschaust, Ken. Wenn Arilinn dich entbehren kann, brauchen wir jemanden wie dich im Rat; Valdir ist zu diplomatisch. Natürlich hast du recht. Ich bin von Thendara gekommen, weil wir eine Delegation warten haben – mit der großen Frage."

Alle außer Kerwin schienen zu wissen, was er meinte. Rannirl murmelte: „So bald schon?"

„Ihr habt uns nicht viel Zeit gelassen, Lord Hastur", sagte Elorie. „Jeff macht gute Fortschritte, aber das geht langsam."

Kerwin beugte sich vor und umklammerte die Sessellehnen.

„Was hat das alles zu bedeuten? Warum seht ihr mich an?"

Hastur erklärte feierlich: „Weil mit dir, Jeff Kerwin-Aillard, zum ersten Mal seit vielen Jahren ein Turmkreis unter einer Bewahrerin vollständig ist und seine ganze Kraft hat. Wenn du uns nicht enttäuschst, mag es uns möglich sein, Macht und Ansehen der Comyn zu retten – wenn du uns nicht enttäuschst. Andernfalls ..." Er spreizte die Hände. „Die Terraner werden die Spitze des Keils in unsere Welt hineinstoßen. Der Rest wird folgen, und es wird keine Möglichkeit geben, das zu verhindern. Ich möchte, daß ihr – ihr alle – kommt und mit der Delegation sprecht. Wie ist es, Elorie? Traut Ihr Eurem terranischen Barbaren so viel zu?"

In dem nun eintretenden Schweigen fühlte Kerwin Elories Blick auf sich ruhen, gelassen, kindlich.

Der Barbar. Elories Barbar. Das bin ich immer noch, für sie alle.

Elorie wandte sich zu Kennard und fragte ruhig: „Was meinst du, Ken? Du kennst ihn am besten."

Mittlerweile hatte Kerwin sich daran gewöhnt, daß in seiner Anwesenheit über ihn diskutiert wurde. In einer telepathischen Gesellschaft gab es sowieso keine Möglichkeit, das zu vermeiden. Selbst wenn sie ihn taktvoll aus dem Zimmer geschickt hätten, wäre er sich dessen, was gesagt wurde, bewußt gewesen. Er gab sich Mühe, unbewegten Gesichts dazusitzen.

Kennard seufzte. „Wenn du vom Vertrauen sprichst, Elorie, dann können wir ihm vertrauen. Aber das Risiko ist deins, und deshalb mußt du die Entscheidung treffen. Was auch immer du beschließt, wir werden hinter dir stehen."

„Ich erhebe Einspruch", stellte Auster leidenschaftlich fest. „Ihr wißt, was ich empfinde – Ihr auch, Lord Hastur."

Hastur wandte sich dem jüngeren Mann zu. „Ist das ein blindes Vorurteil gegen Terraner, Auster?" Sein ruhiges Verhalten stand in auffälligem Gegensatz zu Austers angespanntem, verzerrtem Gesicht und seiner zornigen Stimme. „Oder hast du einen Grund?"

„Das ist nichts als ein Vorurteil", fuhr Taniquel dazwischen, „und Eifersucht!"

„Ich habe ein Vorurteil", räumte Auster ein, „aber ich halte es nicht für ein blindes. Es war viel zu leicht, ihn von den Terranern zu bekommen. Woher sollen wir wissen, ob die ganze Sache nicht ausgekocht worden ist, um uns zu täuschen?"

Valdir fragte mit seiner tiefen Stimme: „Obwohl wir Cleindoris Züge auf seinem Gesicht sehen? Er hat Comyn-Blut."

„Mit Eurer Erlaubnis", entgegnete Auster, „ich finde, daß auch Ihr ein Vorurteil habt, Lord Valdir. Ihr mit Eurem terranischen Pflegesohn und Eurem Halbblut-Enkel ..."

Kennard sprang auf die Füße. „Verdammt noch mal, Auster, das reicht ..."

„Und du sprichst von Cleindori!" Auster sprach den Namen wie ein Schimpfwort aus. „Sie, die Dorilys von Arilinn war – eine Renegatin, eine Häretikerin ..."

Elorie erhob sich, zornig und bleich. „Cleindori ist tot. Laß sie in Frieden ruhen! Und Zandru züchtige mit Skorpionpeitschen die, die sie ermordet haben!"

„Und ihren Verführer – *und alle seine Nachkommen!*" schleuderte Auster ihr entgegen. „Wir alle wissen, daß Cleindori nicht allein war, als sie aus Arilinn floh ..."

Neue, ungewohnte Empfindungen tobten in Jeff Kerwin. Es waren sein Vater und seine unbekannte Mutter, die sie verfluchten! Zum ersten Mal in seinem Leben quoll Sympathie für seine terranischen Großeltern in ihm auf. Kühl, wenig liebevoll waren sie ihm vorgekommen, und doch hatten sie ihn als Sohn aufgenommen und ihm seine unbekannte, einer fremden Rasse angehörige Mutter und sein gemischtes Blut nicht ein einziges Mal zum Vorwurf gemacht. Er wollte aufspringen, wollte Auster herausfordern, und halb hatte er sich schon erhoben. Aber Kennards zorniger Blick hielt ihn auf seinem Platz zurück, und Hastur befahl energisch: „Genug!"

„Lord Hastur ..."

„Kein Wort mehr!" Hasturs klingende, autoritätsgewohnte Stimme brachte sogar Auster zum Schweigen. „Wir sind nicht hier, um über die Taten oder Untaten von Männern und Frauen zu Gericht zu sitzen, die seit einer Generation tot sind!"

„Dann, bitte, Lord Hastur, sagt uns doch, warum wir hier sind?" fragte Neyrissa. „Ich habe Kerwin den Überwacher-Eid abgenommen; für einen Mechanikerkreis ist er jetzt qualifiziert."

„Aber auch für einen Bewahrerinnenkreis?" wollte Hastur wissen. „Seid ihr alle bereit, ihm das zuzutrauen? Meint ihr, das tun zu können, was Arilinn zu Leonies Zeit vollbracht hat und seitdem nie wieder? Wollt ihr das wagen?"

Schweigen entstand, tiefes Schweigen, und Kerwin spürte, daß Furcht darin lag. Selbst Kennard verhielt sich still. Schließlich drängte Hastur: „Nur die Bewahrerin kann diese Entscheidung fällen, Elorie. Und die Delegation wartet auf das Wort der Lady von Arilinn."

„Meiner Meinung nach sollten wir es nicht riskieren", sagte Auster. „Was bedeutet uns die Delegation? Die Bewahrerin sollte den Zeitpunkt selbst bestimmen können!"

„Meine Sache ist es, anzunehmen oder zu verweigern!" Zwei zornige rote Flecken brannten auf Elories Wangen. „Ich habe noch nie zuvor meine Autorität geltend gemacht. Ich bin keine Hexe, keine Zauberin, ich will nicht, daß die Menschen mir übernatürliche Kräfte zuschreiben ..." Sie spreizte die Hände in einer kleinen hilflosen Geste. „Aber wie dem auch sei, ich bin Arilinn; das Gesetz gibt mir, Elorie von Arilinn, die Autorität. Wir wollen die Delegation anhören. Mehr ist nicht zu sagen; Elorie hat gesprochen."

Köpfe neigten sich, Zustimmungen wurden gemurmelt. Für den beobachtenden Kerwin war es ein Schock. Unter sich stritten sie sich mit Elorie herum und diskutierten ohne Hemmungen. Diese öffentliche Zustimmung machte den Eindruck eines Rituals.

Hoch aufgerichtet schritt Elorie zur Tür. Kerwin sah ihr nach, und plötzlich fühlte er sich eins mit ihrer Unruhe. Ohne recht zu wissen, woher ihm die Erkenntnis kam, war ihm klar, wie sehr Elorie es haßte, auf ihre rituelle Unfehlbarkeit zu pochen, wie zuwider ihr die abergläubische Eifersucht war, die ihr hohes Amt umgab. Plötzlich kam ihm dies blasse, kindliche Mädchen *wirklich* vor. Ihre Ruhe war nur eine Maske für leidenschaftliche Überzeugungen, für so streng kontrollierte Emotionen, daß sie wie das Auge eines Sturms waren.

Und ich habe sie für gleichmütig und leidenschaftslos gehalten? Eine Maske trägt sie, das ist es, eine Maske, die niemand entfernen kann, nicht einmal sie selbst...

Er empfand Elories Gefühle, als seien sie seine eigenen.

Jetzt habe ich getan, was nie zu tun ich geschworen hatte. Ich habe ihre konditionierte Verehrung für eine Bewahrerin dazu benutzt, ihnen meinen Willen aufzuzwingen! Aber ich mußte es tun, oh, ich mußte es tun, sonst hätten wir noch einmal hundert Jahre von diesem abergläubischen Unsinn... Und dann stieg der Gedanke in ihr auf, der Kerwin ebenso schockierte wie Elorie selbst: *Hatte Cleindori recht?* Und er spürte ihr geistiges Verstummen und wußte, mit dieser letzten Frage hatte sie sich selbst in Angst versetzt.

Kapitel 9: Die Herausforderung Arilinns

Zwischen Taniquel und Elorie fuhr Kerwin im Aufzug nach unten. Innerlich bebte er immer noch unter den Nachwirkungen dieses Kontakts mit Elorie. Wie hatte Kennard seine Gabe genannt? Er war Empath – hatte das Talent, die Emotionen anderer zu erfassen. Verstandesmäßig hatte er das als richtig anerkannt; er hatte unter Laboratoriumsbedingungen und innerhalb des Kreises kleine Tests durchgeführt. Jetzt hatte es ihn zum ersten Mal tief in seinem Inneren getroffen. Er *fühlte* es und wußte es.

Kerwin war nicht bekannt, wohin es ging. Er folgte den anderen. Sie durchschritten den Schleier nach draußen und begaben sich in ein Gebäude nahe dem Turm, das Jeff noch nie gesehen hatte. Es war eine lange, schmale, mit Seidenstoffen behängte Halle, und während sie hintereinander eintraten, erklang irgendwo ein Zeremoniengong. Ein paar Zuschauer hatten auf Sitzen Platz genommen, und vor ihnen hatte sich an einem langen Tisch ein halbes Dutzend Männer versammelt.

Es waren wohlhabend aussehende Männer, die meisten mittleren Alters und darüber, und sie trugen darkovanische Kleidung. Sie warteten schweigend. Elorie wurde angekündigt und nahm den Mittelplatz ein. Der Turmkreis setzte sich um Elorie.

Danvan von Hastur war es, der schließlich sprach.

„Ihr seid die Männer, die sich selbst das Pan-Darkovanische Syndikat nennen?"

Einer von ihnen, ein schwergebauter, dunkler Mann mit entschlossenem Blick, verneigte sich.

„Valdrin von Carthon, *z'par servu,* meine Lords und Ladys", bestätigte er. „Mit Eurer Erlaubnis werde ich für alle sprechen."

„Laßt mich die Situation zusammenfassen", sagte Hastur. „Ihr habt einen Bund geschlossen mit dem Ziel..."

„... das Wachstum von Industrie und Handel auf Darkover zu fördern, in den Domänen und darüber hinaus", fiel Valdrin ein. „Ich brauche Euch die politische Situation wohl kaum zu erläutern – es geht um die Terraner und daß sie auf unserer Welt Fuß gefaßt haben. Die Comyn und der Rat – nichts für ungut, Lord Hastur – haben versucht, die Anwesenheit der Terraner und die daraus resultierenden Folgen für den Handel zu ignorieren..."

Hastur stellte ruhig fest: „Das ist nicht ganz richtig."

„Ich möchte nicht um Worte mit Euch streiten, *vai dom*", unterbrach ihn Valdrin ehrerbietig, aber auch ungeduldig. „Die Tatsachen sind: Durch unsere Abmachungen mit den Terranern haben wir eine Möglichkeit, wie sie uns noch nie geboten wurde, die Domänen aus unserm Dunklen Zeitalter hinauszubringen. Die Zeiten ändern sich. Ob es uns gefällt oder nicht, die Terraner werden hierbleiben. Darkover wird dem Imperium eingegliedert werden. Wir können so tun, als seien sie nicht hier. Wir können uns weigern, mit ihnen Handel zu treiben, ihre Angebote übersehen und sie innerhalb ihrer Handelsstädte eingeschlossen halten. Aber die Schranken, die wir aufrichten, werden in einer anderen Generation zusammenbrechen, spätestens in der übernächsten. Ich weiß, daß es auf anderen Welten geschehen ist."

Kerwin fiel ein, was der Legat gesagt hatte. Man ließ die Regierungen in Ruhe, aber die Bevölkerung sah, was das Terranische Imperium zu bieten hatte, und begann, die Aufnahme in das Imperium zu fordern. *Es ist beinahe eine mathematische Gleichung – man kann es vorhersagen.*

Valdrin von Carthon sagte das Gleiche, und zwar mit ziemlicher Leidenschaft.

„Kurz gesagt, Lord Hastur, wir erheben Einspruch gegen die Entscheidung des Comyn-Rates. Wir wollen nicht auf die Vorteile verzichten, die die Zugehörigkeit zum Imperium mit sich bringt!"

Gelassen fragte Hastur: „Versteht Ihr, um was es dem Rat bei seiner Entscheidung ging? Wir wollen die darkovanische Lebensart intakt halten, statt ein weiterer Satellitenstaat des Imperiums zu werden!"

„Mit allem Respekt, Lord Hastur, meint Ihr mit der darkovanischen Lebensart, daß wir für immer bei einer barbarischen Kultur beharren sollen? Einige von uns wünschen sich Zivilisation und Technik ..."

„Ich habe die terranische Zivilisation besser kennengelernt als Ihr", erwiderte Hastur. „Und ich sage Euch, Darkover will nichts davon."

„Sprecht für Euch selbst, *vai dom,* nicht für uns! Vielleicht hatte die Herrschaft der Sieben Domänen in den alten Zeiten eine gewisse Berechtigung. Damals gaben uns die Comyn etwas als Ausgleich für die Treue und Unterstützung, die sie von uns erhielten!"

Valdir Alton fragte: „Mann, höre ich da Verrat gegen den Rat und Hastur?"

Valdrin von Carthon antwortete mit schwerer Betonung: „Verrat? Das nicht, Sir, das verhüten die Götter! Und wir wollen ebensowenig wie Ihr Teil des Imperiums sein. Wir reden vom Handel, vom technischen Fortschritt. Es hat eine Zeit gegeben, als Darkover seine eigene Wissenschaft und Technologie hatte. Aber diese Tage sind vorbei, und wir brauchen etwas, das an ihre Stelle tritt, oder wir werden in ein zweites Zeitalter des Chaos versinken. Wir müssen zugeben, daß diese Tage vorbei sind, und die notwendigen Schritte unternehmen. Und die Terraner haben uns tatsächlich etwas anzubieten – Handelsgüter, Metalle, Werkzeuge, technische Berater. Denn eins steht fest: Die alten Wissenschaften der Türme sind für immer dahin."

Langsam gewann Kerwin ein klares Bild. Kraft ihrer angeborenen Psi-Talente waren die Comyn einmal die Herrscher – und in gewissem

Sinn die Sklaven – Darkovers und der Domänen gewesen. Die ungeheuerliche Energie der Matrizes – nicht der kleinen Steine von Einzelpersonen, sondern der großen, die den Zusammenschluß von ausgebildeten Telepathen unter der Leitung einer Bewahrerin verlangten – hatte Darkover eine eigene Wissenschaft und Technologie gegeben. Das erklärte die vielen Überbleibsel einer vergessenen Technik, die Traditionen einer alten Wissenschaft...

Aber welcher Preis war dafür bezahlt worden? Die Männer und Frauen, die diese Kräfte besaßen, mußten zwangsläufig ein enges, abgeschlossenes Leben führen und sorgsam acht auf ihre kostbaren Kräfte geben. Zu normalen menschlichen Kontakten waren sie dann nicht mehr fähig.

Kerwin überlegte, ob der natürliche Gang der Evolution, der in der Natur weg von den Extremen und hin zur Norm führt, für das Schwinden dieser Kräfte verantwortlich war. Denn sie waren geschwunden. In Arilinn, so hatte Mesyr ihm erzählt, hatte es einmal drei Kreise, jeder mit seiner eigenen Bewahrerin gegeben, und Arilinn war nur einer von vielen Türmen gewesen. Jetzt wurden immer weniger Menschen geboren, die das kostbare *Laran* in vollem Ausmaß besaßen. Die Wissenschaft Darkovers war zu einem vergessenen Mythos und ein paar Psi-Tricks geworden... Und das war nicht genug, um Darkover unabhängig von den Verlockungen terranischen Handels und terranischer Technik zu machen.

„Wir haben mit den Terranern verhandelt", erklärte Valdrin von Carthon, „und ich glaube, daß wir die meisten Leute für uns gewonnen haben."

Valdir erwiderte: „In Thendara stehen die Leute loyal zu dem Comyn-Rat!"

„Aber, mit Verlaub, *vai dom,* Thendara ist nur ein sehr kleiner Teil der Domänen", sagte Valdrin, „und die Domänen sind nicht ganz Darkover. Die Terraner haben versprochen, daß sie uns Techniker, Ingenieure, Industrieberater und Experten zur Verfügung stellen werden – alles, was notwendig ist, um hier in großem Maßstab mit Bergbau und Industrie zu beginnen. Metalle und Erze sind der Schlüssel, mein Lord. Vor dem technischen Fortschritt brauchen wir Maschinen, und vor den Maschinen brauchen wir..."

Hastur hob die Hand. „Ich kenne das alles wie ein altes Lied. Bevor ihr Bergwerke haben könnt, müßt ihr Maschinen haben, und irgendwer muß die Maschinen herstellen, und irgendwer muß die Erze abbauen, damit die Maschinen hergestellt werden können. Wir haben keine mechanisierte Zivilisation, Valdrin ..."

„Das stimmt, und es ist ein Jammer!"

„Wirklich? Die Bewohner Darkovers sind zufrieden auf ihren Farmen und ihrem Land und in den Städten. An Industrie haben wir, was wir brauchen. Es wird Milch verarbeitet und Käse hergestellt, Korn gemahlen und Tuch gewebt. Es gibt Papiermühlen und Filzhersteller, Nuß- und Getreide-Mehl werden erzeugt ..."

„... und auf Pferderücken transportiert!"

„Und", fuhr Hastur fort, „kein Mann braucht Sklavenarbeit zu leisten, um Straßen in dem Zustand zu halten, daß Robotfahrzeuge mit halsbrecherischer Geschwindigkeit dahinrasen und unsere saubere Luft mit ihrem chemischen Treibstoff verpesten können!"

„Wir haben ein Recht auf Industrie und Wohlstand –"

„Und auf Fabriken? Auf Wohlstand, der durch Arbeit unter unmenschlichen Bedingungen errungen wird, durch die Herstellung von Dingen, die niemand wirklich braucht oder wünscht? Auf Arbeit, die durch automatische Maschinen verrichtet wird und den Menschen nichts übrig läßt, als ihre Sinne mit billigen Vergnügungen zu betäuben und die Maschinen zu reparieren? Auf Bergwerke und in Städten zusammengepferchte Menschen, die diese Maschinen bauen und reparieren, so daß sie keine Zeit mehr haben, die Nahrung, die sie benötigen, anzubauen und zu ernten? Damit wird dann die Erzeugung von Lebensmitteln zu einem weiteren monströsen Fabrikunternehmen, und Kinder werden einem Mann eine Verpflichtung bedeuten, statt seinen Reichtum darzustellen!"

In Valdrins Stimme klang Verachtung mit. „Ihr seid ein Romantiker, mein Lord, aber Eure einseitige Darstellung wird die nicht überzeugen, die sich etwas Besseres wünschen, als Jahr für Jahr auf ihrem Land zu hungern und in einem schlechten Jahr zu sterben. Ihr könnt uns nicht für immer in einer primitiven Kultur festhalten, mein Lord."

„Dann wollt Ihr wirklich ein Abklatsch des Terranischen Imperiums werden?"

„Das nicht", widersprach Valdir. „Nicht, was Ihr denkt. Wir können das, was wir brauchen, dem terranischen System entnehmen, ohne uns davon korrumpieren zu lassen."

Hastur lächelte schwach. „Das ist eine Illusion, die schon viele Völker und Welten verführt hat, mein guter Mann. Glaubt Ihr, wir könnten gegen die Terraner auf ihrem eigenen Boden kämpfen? Nein, mein Freund. Nimmt eine Welt die guten Dinge an, die aus dem Terranischen Imperium kommen – und ich weiß sehr wohl, es sind viele –, muß sie sich auch mit den schlechten abfinden. Und doch habt Ihr vielleicht recht. Wir können den Weg nicht für immer sperren und unser Volk arm und einfach als Agrargesellschaft in einem interstellaren Zeitalter leben lassen. Es mag sein, daß Eure Anschuldigung begründet ist. Wir waren einst mächtiger als heute; es ist wahr, daß wir gerade erst aus einem Dunklen Zeitalter auftauchen. Aber es ist nicht wahr, daß wir den Weg Terras gehen müssen. Wenn nun die alten Kräfte zurückkehren? Wenn die Comyn wieder all die Dinge tun können, von denen die Legenden berichten? Wenn von neuem Energiequellen zur Verfügung stehen, aber ohne all das Böse, das unser Land in den Jahren vor dem Vertrag verheerte?"

„Und wenn Durramans Esel fliegen könnte?" fragte Valdrin zurück. „Es ist ein schöner Traum, aber seit Jahren gibt es keine fähige Bewahrerin mehr, ganz zu schweigen von einem voll qualifizierten Kreis."

„Jetzt gibt es ihn." Hastur machte eine Handbewegung. „Einen vollständigen Comyn-Kreis, der bereit ist, seine Fähigkeiten unter Beweis zu stellen. Ich verlange nur das: Hütet Euch vor den Terranern und ihren verderblichen, entmenschlichenden Methoden. Laßt ihre Techniker und Ingenieure nicht in unser Land, denn sie werden es zerstören! Und wenn ihr mit Terra Handel treiben wollt, tut es als Gleichgestellte, nicht als arme Schützlinge, denen man helfen muß, sich von ihrer barbarischen Kultur zu lösen! Unsere Welt ist alt, älter, als Terra sich träumen läßt, und stolzer. Entehrt uns nicht auf diese Weise!"

Er packte sie bei ihrem Stolz und ihrem Patriotismus, und Kerwin sah es in den Augen jedes Mitglieds der Delegation aufflammen, obwohl Valdrin immer noch skeptisch schien.

„Kann der Turmkreis das tun?"

„Das können wir", antwortete Rannirl. „Ich bin der Techniker; wir haben die Fähigkeiten, und wir wissen, wie wir sie einsetzen müssen. Was braucht ihr?"

„Wir haben mit einer Gruppe terranischer Ingenieure verhandelt.

Sie wollen für uns in den Domänen eine Untersuchung der natürlichen Rohstoffe durchführen", erklärte Valdrin. „Unser Hauptbedarf sind Metalle: Zinn, Kupfer, Silber, Eisen, Wolfram. Dann brauchen wir Brennstoffe, Schwefel, Kohlenwasserstoffe, Chemikalien. Sie haben uns eine vollständige Bestandsaufnahme versprochen. Mit ihren Spürgeräten wollen sie alle wesentlichen zugänglichen Lager von abbaubaren Rohstoffen feststellen ..."

Rannirl hob die Hand. „Und gleichzeitig herausfinden, wo sie liegen, und sich mit ihren infernalischen Maschinen über ganz Darkover ausbreiten, statt hübsch eingeschlossen in ihren Handelsstädten zu bleiben!"

Valdrin fuhr auf: „Das beklage ich ebenso wie Ihr! Ich liebe das Imperium nicht, aber wenn die Alternative ist, zurück in die Primitivität zu verfallen ..."

„Es gibt eine Alternative", sagte Rannirl. „Wir können die Untersuchung für euch durchführen – und wenn ihr wollt, auch den Abbau. Und wir können es schneller als die Terraner."

Kerwin holte tief Atem. Das hätte er erraten können! Wenn ein Matrix-Kristall ein Flugzeug mit Energie versorgen konnte, wo waren dann seine Grenzen?

Gott, welch eine Vorstellung! Und um die terranischen Ingenieure von den Domänen fernzuhalten ...

Bis zu diesem Augenblick war Kerwin nicht klar gewesen, wie leidenschaftlich seine eigene Einstellung zu diesem Thema war. Er dachte an seine Jahre auf Terra: schmutzige, industrialisierte Städte, Menschen, die für die Maschinen lebten, seine Enttäuschung, als er nach Thendara zurückkam und in der Handelsstadt nur eine kleine Ecke des Imperiums fand. Mit der tiefen Liebe eines Verbannten zu seiner Heimat verstand er Hasturs Traum. Darkover sollte bleiben, was es war, es sollte nicht von dem Imperium verschlungen werden.

Valdrin sagte: „Das hört sich gut an, meine Lords, aber seit Jahrhunderten sind die Comyn nicht so stark gewesen – und vielleicht waren sie es nie. Mein Urgroßvater pflegte Geschichten zu erzählen, wie mit Matrix-Energie Häuser errichtet und Straßen gebaut wurden und derlei Dinge mehr. Aber in meiner Lebenszeit kann ein Mann kaum genug Eisen bekommen, um seine Pferde beschlagen zu lassen!"

„Es hört sich gut an, ja", fiel ein anderer der Männer ein, „aber ich halte es für wahrscheinlicher, daß die Comyn uns nur hinhalten wollen, bis die Terraner das Interesse verlieren und an einen anderen Ort ziehen. Ich finde, wir sollten mit den Terranern verhandeln."

Valdrin erklärte: „Lord Hastur, wir brauchen mehr als ein vages Gerede über die alten Comyn-Fähigkeiten und die Turmkreise. Wie lange würde es dauern, bis diese Untersuchung für uns durchgeführt ist?"

Rannirl sah zu Hastur hin, als bitte er um Erlaubnis zu sprechen. Er fragte: „Wie lange würden die Terraner brauchen?"

„Sie haben uns versprochen, in einem halben Jahr fertig zu sein."

Rannirls Blick wanderte zu Elorie und zu Kennard, und Kerwin spürte, daß sie Gedanken austauschten, von denen er ausgeschlossen war. Dann fragte Rannirl: „So, ein halbes Jahr? Was würdet Ihr zu vierzig Tagen sagen?"

„Unter einer Bedingung", fiel Auster heftig ein. „Wenn wir das für euch tun, werdet ihr jeden Gedanken daran aufgeben, mit terranischen Ingenieuren zu verhandeln!"

„Das ist nur gerecht." Elorie sprach zum ersten Mal, und Kerwin stellte fest, daß sich Schweigen auf den Raum niedersenkte, als die Bewahrerin das Wort ergriff. „Wenn wir euch beweisen, daß wir mehr für euch tun können als eure terranischen Ingenieure, werdet ihr dann bereit sein, euch vom Rat leiten zu lassen? Unser einziger Wunsch ist, daß Darkover als Darkover bestehen bleibt und nicht zu einer Nachahmung Terras wird... zu einer drittklassigen Imitation! Wenn wir Erfolg haben, müßt ihr euch verpflichten, euch in allen Dingen nach dem Comyn-Rat und Arilinn zu richten."

„Das scheint nichts als recht und billig zu sein, meine Lady", sagte Valdrin. „Aber es muß auch im umgekehrten Fall gelten. Wenn ihr nicht ausführen könnt, was ihr behauptet, wird der Comyn-Rat sich dann verpflichten, alle Einwände zurückzuziehen und uns mit den Terranern verhandeln lassen, ohne sich einzumischen?"

Elorie antwortete: „Ich kann nur für Arilinn sprechen, nicht für den Comyn-Rat", aber Hastur erhob sich. Mit seiner klingenden Stimme, die den Raum füllte, ohne laut zu sein, erklärte er: „Auf das Wort eines Hastur, so soll es sein."

Kerwins Blick begegnete dem Taniquels, und er erkannte den Schrecken in ihren Augen. Das Wort eines Hastur war sprichwörtlich. Und nun lag es alles in ihren Händen. Konnten sie wirklich tun, was Rannirl behauptet, was Hastur gelobt hatte? Die ganze zukünftige

Richtung Darkovers hing von ihrem Erfolg oder Mißerfolg ab. Und der Erfolg oder Mißerfolg wiederum hing von ihm ab, von Jeff Kerwin, „Elories Barbar", dem neuesten Mitglied des Kreises, dem schwachen Glied in der Kette! Es war eine lähmende Verantwortung, und die Folgen ließen Kerwin erschauern.

Die Abschiedsformalitäten dauerten endlos, und mittendrin schlüpfte Kerwin ungesehen davon, zurück durch die Höfe und den schimmernden Nebel des Schleiers.

Es war eine zu schwere Bürde für ihn, daß ihr Erfolg oder Mißerfolg von ihm allein abhängen sollte ... und er hatte geglaubt, mehr Zeit zum Lernen zu haben! Er dachte an die Qualen der ersten Rapporte und hatte entsetzliche Angst. In seinem Zimmer angekommen, warf er sich in stummer Verzweiflung auf sein Bett. Es war ungerecht, so viel von ihm zu verlangen, und so bald! Es war zuviel, das Schicksal ganz Darkovers, des Darkovers, das er kannte und liebte, auf seine unerprobten Fähigkeiten zu setzen!

Der geisterhafte Duft im Raum machte sich besonders stark bemerkbar. Mit einem Mal brachte er ihm eine verlorene Erinnerung zurück.

Cleindori. Meine Mutter, die ihre den Comyn geschworenen Eide brach – für einen Erdenmann ... muß ich für ihren Verrat bezahlen?

Wie ein Hauch schwebte am Rand seines Bewußtseins eine Erinnerung, eine Stimme, die sagte: *Es war kein Verrat ...* Die Tür stand einen Spalt offen, aber er konnte sie nicht ganz aufstoßen ...

Blendender Schmerz durchfuhr seinen Kopf. Es war vorbei. Er stand in seinem Zimmer und schrie verzweifelt: „Es ist zuviel! Es ist ungerecht, daß alles von mir abhängen soll ..." Und er hörte die Worte in seinem Geist widerhallen, als würfen die Wände das Echo zurück, als stände dort jemand, der diese Worte in der gleichen Verzweiflung ausgerufen hatte.

Ein leichter Schritt in seinem Zimmer, eine Stimme, die seinen Namen flüsterte, und Taniquel war an seiner Seite. Das Netz des Rapports webte sich zwischen ihnen. Das Gesicht des Mädchens, jetzt ernst und ganz ohne die gewohnte Schelmerei, verzog sich unter seinem Schmerz.

„Aber so ist es doch nicht, Jeff", flüsterte sie endlich. „Wir vertrauen dir, wir alle vertrauen dir. Wenn wir versagen, liegt es nicht an dir allein. Weißt du das nicht?" Ihre Stimme brach. Sie schmiegte sich an ihn und umfaßte ihn mit ihren Armen. Kerwin, von einem neuen, heftigen Gefühl erschüttert, preßte das Mädchen an sich. Ihre Lippen trafen sich, und Kerwin erkannte, daß er sich das gewünscht hatte, seit er sie zum ersten Mal sah, durch den Regen und Schneeklatsch einer darkovanischen Nacht, durch den Rauch eines terranischen Zimmers. Die Frau seines eigenen Volkes, die erste, die ihn als einen der Ihren anerkannt hatte.

„Jeff, wir lieben dich. Wenn wir versagen, ist es nicht deine Schuld, es ist unsere. Nicht dich trifft dann der Vorwurf. Aber du wirst nicht versagen, Jeff. Ich weiß, du wirst nicht versagen ..."

Ihre Arme schützten ihn, ihre und seine Gedanken verschmolzen, und die aufsteigende Flut der Liebe und des Begehrens in ihm war etwas, das er nie erfahren, sich nie hatte träumen lassen.

Das war keine leichte Eroberung, kein billiges Mädchen aus den Raumfahrerbars, das seinen Körper für den Augenblick befriedigen, aber sein Herz nicht erreichen konnte. Er brauchte sich nicht vor dem Nachgeschmack der Wollust zu fürchten und der Übelkeit, die ihn so oft befallen hatte, wenn er spürte, daß die Leere der Frau ebenso tief war wie seine eigene Enttäuschung.

Taniquel. Taniquel, die ihm seit dem ersten Augenblick des Rapports zwischen ihnen, seit ihrem ersten Kuß näher gestanden hatte als jede frühere Geliebte. Warum hatte er das nie erkannt? Er schloß die Augen, um diese Nähe, die sie enger verband als die Berührung von Lippen und Armen, besser zu erfassen.

Taniquel hauchte: „Ich habe ... deine Einsamkeit und deine Not gespürt, Jeff. Aber bis jetzt fürchtete ich mich, sie zu teilen. Jeff, Jeff – ich habe deine Schmerzen auf mich genommen, laß mich dies auch mit dir teilen."

„Aber", stieß Kerwin heiser hervor, „jetzt fürchte ich mich nicht mehr. Ich hatte mich nur gefürchtet, weil ich mich allein fühlte."

„Und jetzt", sprach sie seine Gedanken aus und sank mit einer so vollständigen Hingabe, wie er sie nie zuvor bei einer Frau erlebt hatte, in seine Arme, „jetzt wirst du nie mehr allein sein."

Kapitel 10: Die Methode Arilinns

Wenn Kerwin sich die planetare Untersuchung als etwas vorgestellt hatte, das durch Magie, durch Konzentration auf die Matrizes erfolgte, als einen schnellen, geistigen Prozeß, dann wurde er bald eines Besseren belehrt. Die eigentliche Rapport-Arbeit, so sagte Kennard ihm, würde später kommen. Erst waren Vorbereitungen zu treffen, und nur die Turmtelepathen selbst konnten das tun.

Es war so gut wie unmöglich, so wurde ihm erläutert, telepathische Kräfte auf einen bestimmten Brennpunkt zu richten, falls das Objekt oder die Substanz nicht zuerst mit dem Telepathen in Rapport gebracht worden war, der sie zu benutzen gedachte. Kerwin hatte geglaubt, das Sammeln der Materialien würde von Außenseitern oder Dienern erledigt werden. Statt dessen wurde er selbst, als der am wenigsten Geschickte bei der eigentlichen telepathischen Matrix-Arbeit, mit verschiedenen kleinen technischen Vorbereitungsarbeiten beauftragt. Er hatte auf Terra ein wenig über Metallurgie gelernt. Nun trugen er und Corus Muster von verschiedenen Metallen zusammen. In einem Laboratorium, das Jeff wie eine Alchimistenküche aus der irdischen Geschichte vorkam, schmolzen sie sie mit primitiven, aber erstaunlich leistungsfähigen Geräten ein und gewannen die reine Form. Er fragte sich, was in aller Welt sie mit diesen winzigen Mustern von Eisen, Zinn, Kupfer, Blei, Zink und Silber anfangen sollten. Noch mehr verwirrte es ihn, als Corus begann, Molekül-Modelle dieser Metalle herzustellen, Kindergarten-Basteleien mit Tonkügelchen auf Stöckchen.

Zuweilen hielt er inne, um sich auf die Metalle zu konzentrieren und ihre Atomstruktur mit seiner Matrix „herauszuhören“. Den Trick lernte Kerwin schnell – er war seinen ersten Experimenten mit Glas- und Kristallstrukturen nicht unähnlich.

Währenddessen war Taniquel täglich mit Auster und Kennard im Flugzeug unterwegs. Sie verglichen große Landkarten sorgfältig mit Fotos (aufgenommen mit terranischen Kameras) des Terrains. Manchmal blieben sie zwei oder drei Tage hintereinander fort.

Taniquel hatte Kerwin erklärt, warum sie die Karten und Bilder der Landschaft brauchten. „Siehst du, das Bild und die Karte werden zum Symbol für dies Stück Boden, und wir können durch das Symbol einen Rapport herstellen. Es hat eine Zeit gegeben, als ein Mensch mit starken Psi-Kräften Wasser oder Erze im Boden finden konnte, aber er mußte dann über den Boden gehen.“

Kerwin nickte. Sogar auf der Erde, wo Psi-Kräfte nicht viel Beachtung fanden, gab es Wünschelrutengänger. Aber auf einer *Landkarte?*

„Wir finden die Erze nicht auf der Karte, Dummer“, sagte Taniquel. „Die Karte ist ein Mittel, den Kontakt mit diesem Stück Land herzustellen, mit dem Gebiet, das von der Karte *repräsentiert* wird. Wir könnten die Vorkommen auch durch reine Psi-Kraft finden, aber es geht leichter, wenn wir etwas wie ein Bild zwischenschalten. Wir benutzen die Kartc, um den Kontakt herzustellen und um einzuzeichnen, was wir dort finden.“

Kerwin vermutete, im Prinzip war das das Gleiche wie die Sage von dem Mann, der seinen Feind tötete, indem er Nadeln in dessen Abbild stach. Aber als ihm das in den Sinn kam, erbleichte Taniquel und rief aus: „Niemals, *niemals* würde jemand, der in Arilinn ausgebildet ist, etwas so Böses tun!“

„Aber das Prinzip ist das gleiche“, verteidigte sich Kerwin. „Man benutzt einen Gegenstand, um die Kräfte des Geistes zu fokussieren.“ Das wollte Taniquel nicht zugeben. „Es ist ganz und gar nicht das gleiche! Es wäre Eingreifen in ein Bewußtsein, und das ist ungesetzlich und ... *schmutzig*“, endete sie heftig. Dann sah sie ihn argwöhnisch an. „Du hast doch den Überwacher-Eid abgelegt?“ fragte sie, als fasse sie nicht, wie jemand, der diesen Schwur geleistet hatte, überhaupt solche Gedanken haben konnte.

Seufzend sagte sich Kerwin, daß er Taniquel nie verstehen werde. Sie teilten soviel, sie waren so oft in Rapport gewesen, er glaubte zuweilen, sie durch und durch zu kennen. Und trotzdem gab es Zeiten, wo sie für ihn zu einem fremden Wesen wurde.

Während sie die Landkarten herstellten und ihre Genauigkeit anhand terranischer Fotos überprüften (Kerwin, der aus seinen Jahren auf Terra etwas von Fotografie verstand, wurde dazu gepreßt, die Luftaufnahmen zu entwickeln und riesige Vergrößerungen herzustellen), beendete Corus die Arbeit an den Metallmustern. Dann rief Elorie sie zusammen, die Matrix-Gitter oder „Schirme“ herzustellen.

Das war harte, anstrengende Arbeit, sowohl geistig als auch körperlich. Sie benutzten geschmolzenes Glas, dessen amorphe Struktur immer noch fest genug war, um die Matrix-Kristalle in der gewünschten Position zu halten. So entstand ein solides, in Glas gefaßtes Netzwerk. Corus, dessen psychokinetisches Potential außerordentlich hoch war, hatte die Aufgabe, den glasigen Stoff im Zustand einer flüssigen Biegsamkeit ohne Hitze zu halten. Kerwin versuchte das mehrere Male, aber es ängstigte ihn, daß Elorie ihre zarten weißen Hände in die scheinbar kochende Masse tauchte. Rannirl meinte trocken, wenn Kerwin die Nerven und die Kontrolle verlöre, könnten sie alle schlimm verletzt werden. Deshalb verwehrte er ihm, das Glas zu kontrollieren, solange sie damit arbeiteten. Schicht auf Schicht wurde gegossen. Elorie aktivierte mit ihrer eigenen Matrix die in jede Schicht eingelagerten sensitivierten Kristalle. Rannirl hielt sich bereit, die Kontrolle zu übernehmen, wenn sie müde wurde, und verfolgte dabei den ganzen Prozeß auf einem Überwachungsschirm. Er war jenem nicht unähnlich, den Kerwin im Haus der beiden Matrix-Mechaniker in Thendara gesehen hatte. Rannirls Überwachung der komplizierten Struktur entsprach der, die Taniquel und Neyrissa am Körper eines jeden von ihnen durchführen konnten.

Einmal bemerkte Rannirl am Ende einer langen Schicht: „Ich sollte das nicht sagen, aber Elorie ist als Bewahrerin verschwendet. Sie hat das Talent für eine Technikerin, und das kann sie niemals werden, weil wir Bewahrerinnen zu nötig brauchen. Wären mehr Frauen bereit, als Bewahrerinnen zu arbeiten – eine Bewahrerin braucht diese Begabung nicht, sie braucht nicht einmal das Überwachen zu lernen, sie hat nur die Energonenströme zu halten. Zandrus Höllen, dafür könnten wir eine verdammte *Maschine* einsetzen. Ich könnte einen Verstärker bauen, der das leistet, und jeder gute Mechaniker wäre fähig, mit ihm umzugehen! Aber der Tradition entspricht es, die Polaritäten und Energieflüsse einer Bewahrerin zu benutzen. Und ich kann Elorie nicht einmal alles beibringen, was sie gern lernen möchte. Sie benötigt ihre ganze Energie für die Arbeit, die sie im Kreis tut! Verdammt noch mal...“ Er senkte die Stimme, als fürchte er, er könne gehört und bestraft werden. „Bewahrerinnen sind heutzutage ein Anachronismus. Cleindori hatte recht. Wenn sie das nur einsehen wollten!“ Aber als Kerwin ihn ansah und fragte, was er gemeint habe, schüttelte Rannirl den Kopf und sagte mit schmalen Lippen: „Vergiß, daß ich es gesagt habe. Es ist ein gefährlicher Standpunkt.“ Er wollte nicht weitersprechen, aber Kerwin fing ein Gedankenbruchstück über Fanatiker auf, die glaubten, die rituelle Jungfräulichkeit einer

Bewahrerin sei wichtiger als ihre Fähigkeiten bei der Matrix-Arbeit, und dieser Standpunkt werde die Türme früher oder später vernichten, wenn es nicht bereits geschehen sei.

In der Zusammenarbeit mit den anderen spürte Kerwin seine eigene Sensitivität Tag um Tag wachsen. Er hatte jetzt keine Schwierigkeiten mehr, beinahe jede Atomstruktur zu visualisieren. Bei Neyrissa hatte er gelernt, die eigenen inneren Organe und Prozesse zu überwachen, und das führte ihn weiter zu der Wahrnehmung von Kraftfeldern und atomaren Prozessen. Es bereitete ihm keine Mühe, die Stasis in jeder kristallinen Struktur aufrechtzuerhalten. Er begann, die innere Struktur anderer Substanzen zu spüren. Einmal wurde er sich plötzlich der Oxydation von Eisen in einer langsam rostenden Türangel bewußt. Es war seine erste selbständige Leistung, als er seine Matrix hervorzog und den Vorgang mit heftiger geistiger Konzentration umkehrte.

Immer noch bekam er schreckliche Kopfschmerzen, wenn er mit den Schirmen arbeitete – obwohl er jetzt ohne Hilfe eines anderen eine Schicht in den Relais übernehmen konnte. Jedes Mal, wenn er seine psychischen Kräfte verausgabt hatte, war er erschöpft und ausgeleert, und sein Körper verlangte enorme Essensmengen und viel Schlaf.

Nun verstand er, warum sie alle einen so gargantuanischen Appetit hatten. Zum Beispiel hatte er sich über Elories kindliche Gier nach Süßigkeiten amüsiert und sich gewundert, daß ein so zartes Mädchen Mengen verputzen konnte, die einen Pferdetreiber satt gemacht hätten. Aber jetzt merkte er, daß er selbst die ganze Zeit hungrig war. Sein Körper verlangte gebieterisch Ersatz für die ihm entzogene Energie. Und wenn die Arbeit des Tages getan war – oder abgebrochen wurde, weil Elorie es nicht mehr aushielt – und Kerwin sich ausruhen konnte und wenn dann Taniquel einen freien Augenblick für ihn fand, brachte er nichts anderes fertig, als sich neben ihr niederzuwerfen und zu schlafen.

„Ich fürchte, ich bin kein sehr feuriger Liebhaber“, entschuldigte er sich einmal, halb krank vor Kummer. Taniquel war bei ihm, voll liebevoller Hingabe, und sein Körper kannte kein anderes Verlangen als das nach Schlaf. Taniquel lachte leise, beugte sich über ihn und küßte ihn.

„Ich weiß; ich bin schon mein ganzes Leben lang mit Matrix-

Arbeitern zusammen. So ist es immer, wenn viel zu tun ist. Man hat nur eine bestimmte Menge von Energie, und die fließt gänzlich in die Arbeit, und nichts bleibt mehr übrig. Mach dir keine Gedanken darüber.“ Sie kicherte schelmisch. „Als ich in Neskaya ausgebildet wurde, haben einer der Männer und ich uns manchmal getestet. Wir legten uns zusammen ins Bett – und wenn einer von uns auch nur an etwas anderes als Schlaf *denken* konnte, war das ein Beweis, daß er gemogelt und nicht alle Kraft für die Matrix-Arbeit hergegeben hatte.“

Kerwin empfand wütende Eifersucht auf die Männer, die sie auf diese Weise gekannt hatte, aber er war wirklich zu müde, um dem nachzuhängen.

Sie streichelte sein Haar. „Schlaf, *Bredu*... wir werden Zeit füreinander haben, wenn dies vorbei ist – falls du mich dann noch willst.“

„*Falls* ich dich dann noch will?“ Kerwin fuhr in die Höhe und starrte das Mädchen an. Sie lag mit geschlossenen Augen auf dem Kissen, blasse Sommersprossen auf ihrem elfenhaften Gesicht. Das aufgelöste Haar flutete sonnenhell über das Bettzeug. „Was meinst du, Tani?“

„Ach, Menschen ändern sich“, antwortete sie vage. „Denk jetzt nicht darüber nach. Hier...“ Sie zog ihn sanft herab, ihre leichten Hände liebkosten seine Stirn. „Schlaf, Geliebter, du bist ganz erschöpft.“

So müde er war, ihre Worte hatten den Schlaf vertrieben. Wie konnte Taniquel zweifeln – oder hatte irgendeine Vorausschau von dem Mädchen Besitz ergriffen? Seit sie ein Paar geworden waren, war er glücklich gewesen. Jetzt erfaßte ihn zum ersten Mal Unruhe, und vor seinem geistigen Auge zuckte ein Bild von Taniquel auf, die Hand in Hand mit Auster über die Wehrgänge des Turms spazierte. Was war zwischen Taniquel und Auster gewesen?

Er *wußte,* daß Taniquel auf eine Weise Anteil an ihm nahm, die er bei keiner Frau für möglich gehalten hätte. Sie befanden sich in völliger Harmonie miteinander. Er verstand jetzt, warum seine beiläufigen Affären mit Frauen nie unter die Oberfläche gegangen waren. Mit seiner ihm selbst unbekannten telepathischen Begabung hatte er die Seichtheit jener Frauen wahrgenommen. Er hatte sich selbst einen Idealisten geschimpft, der mehr wollte, als irgendeine Frau geben konnte. Jetzt wußte er, daß es möglich war. Seine

Verbindung mit Taniquel hatte ihm eine ganz neue Dimension erschlossen, zum ersten Mal hatte er geteilte Leidenschaft, echte Intimität kennengelernt. Er *wußte,* Taniquel lag viel an ihm. War es denkbar, daß sie so tief für ihn empfand, wenn sie für einen anderen ebenso empfinden konnte?

Während er wach und – natürlich – mit hämmerndem Kopf dalag, fielen ihm allerhand Kleinigkeiten ein. Ihm wurde klar, daß jeder im Arilinn-Turm über sie beide Bescheid wußte. Er hatte bisher nicht darauf geachtet, auf ein Lächeln von Kennard, einen bedeutungsvollen Blick von Mesyr, und selbst der kleine Wortwechsel mit Neyrissa – *Bist du eifersüchtig?* – nahm jetzt Bedeutung an.

Und ich habe mir nicht klargemacht, daß das in einer telepathischen Kultur selbstverständlich ist. Eine Privatsphäre gibt es da nicht, und ich habe es nicht verstanden... Plötzlich überfiel ihn der Gedanke in seiner ganzen Peinlichkeit: Sie waren alle Telepathen. Lasen sie seine Gedanken, seine Gefühle, spionierten sie aus, was er mit Taniquel geteilt hatte? Es wurde ihm siedend heiß, als habe er geträumt, nackt über den Marktplatz zu spazieren und dann aufzuwachen und festzustellen, daß es wahr war...

Taniquel, halb im Schlaf, hielt seine Hand und kuschelte sich an ihn. Jetzt wurde sie mit einem Ruck wach, als habe ein glühender Draht sie berührt. Entrüstung flammte in ihrem Gesicht.

„Du... du bist wirklich ein Barbar!" tobte sie. „Du... du *Terranan!*" Sie kletterte aus dem Bett, riß ihren Morgenrock an sich und war auch schon verschwunden. Ihre leichten Schritte erstarben mit zornigem Klappern der Sohlen auf dem unebenen Fußboden. Diese plötzliche Wut verblüffte Kerwin. Seine Kopfschmerzen quälten ihn. Er sagte sich, er müsse vernünftig sein, morgen hatte er Arbeit zu tun. Deshalb legte er sich hin und gab sich große Mühe, die Techniken anzuwenden, die Neyrissa ihn gelehrt hatte, die Muskeln zu lockern, die Atmung auf den normalen Rhythmus zu verlangsamen, dadurch die Spannung in seinem Körper zu vertreiben, das Hämmern des Blutes in seinen Schläfen zu mildern. Aber er war zu verwirrt und bestürzt, um viel Erfolg zu haben.

Als sie sich wiedersahen, war Taniquel so lieb und zärtlich wie immer und begrüßte ihn mit einer spontanen Umarmung. „Verzeih mir, Jeff, ich hätte nicht wütend werden sollen. Das war unfair von mir. Wie komme ich auch dazu, dir zum Vorwurf zu machen, daß du unter den *Terranan* gelebt und einige ihrer ... ihrer seltsamen Anschauungen übernommen hast. Mit der Zeit wirst du uns besser verstehen lernen."

Ihre Umarmung und ihre Gefühle, die sich auf ihn übertrugen und mit den seinen verschmolzen, waren ihm ein Beweis für die Echtheit ihrer Liebe.

Dreizehn Tage nach Hasturs Besuch in Arilinn waren die Matrizes fertig. Später an diesem Tag kündigte Elorie in der großen Halle an: „Heute nacht können wir mit der ersten Bodenuntersuchung beginnen."

Kerwin geriet in die Panik der letzten Minute. Dies würde seine erste Erfahrung mit einem lange dauernden Rapport im Matrix-Kreis werden.

„Warum des Nachts?" erkundigte er sich.

Kennard gab ihm die Antwort. „Die meisten Leute schlafen in den dunklen Stunden, und dann erhalten wir weniger telepathische Störungen – beim Radio würde man sie Statik nennen. Es gibt auch eine telepathische Statik."

„Ich möchte, daß ihr alle im Laufe des Tages etwas Schlaf bekommt", sagte Neyrissa. „Heute abend sollt ihr frisch und ausgeruht sein."

Corus warf einen bezeichnenden Blick auf Kerwin. „Gib Jeff lieber ein Beruhigungsmittel, sonst wird er wachliegen und sich aufregen." Aber es lag keine Bosheit in seinen Worten. Mesyr sah ihn fragend an.

„Wenn du es möchtest ..."

Kerwin schüttelte den Kopf und kam sich albern vor. Sie sprachen noch ein paar Minuten. Dann gähnte Elorie, erklärte, sie wolle Neyrissas Rat folgen, und ging nach oben. Einer nach dem anderen verließ die Feuerstelle. Kerwin, der sich trotz seiner Müdigkeit nicht schläfrig fühlte, hoffte, Taniquel werde sich ihm anschließen. Vielleicht konnte er, wenn sie bei ihm war, die ihm bevorstehende Prüfung vergessen und sich entspannen.

„Neyrissa hat es ernst gemeint, junger Mann." Kennard blieb neben ihm stehen. „In Fällen wie diesem ist das Wort der Überwacherin Gesetz. Ruhe dich aus, sonst wird es dir heute nacht zuviel werden."

Einen Augenblick lang herrschte Schweigen. Dann wanderten Kennards schwere Brauen bis in den Haaransatz hoch. „Oh", sagte er, „so ist das also?"

Kerwin explodierte. „Verdammt noch mal, gibt es hier überhaupt kein Privatleben?"

Kennard sah ihn mit entschuldigendem Lächeln an. „Tut mir leid. Ich bin ein Alton; wir sind die stärksten Telepathen unter den Comyn. Und – nun, ich habe auf Terra gelebt, ich habe eine terranische Frau geheiratet. Deshalb verstehe ich dich vielleicht besser als die jüngeren Leute. Sei nicht beleidigt, aber ... darf ich dir etwas sagen, wie ich es bei ... bei einem jüngeren Bruder oder einem Neffen tun würde?"

Gegen seinen Willen gerührt, antwortete Kerwin: „Ja, natürlich."

Kennard dachte erst eine Minute nach. „Mache Taniquel keinen Vorwurf daraus, daß sie dich gerade jetzt, wo du meinst, sie am nötigsten zu brauchen, allein läßt. Ich weiß, was du empfindest – Zandrus Höllen, und ob ich es weiß!" Er lachte vor sich hin, als sei das ein Scherz, den nur er verstand. „Doch Tani weiß es auch. Und wenn eine Matrix-Operation bevorsteht, besonders eine so große wie diese, ist Enthaltsamkeit Vorschrift und Notwendigkeit. Tani kennt sich zu gut aus, um dagegen zu verstoßen. Allerdings hätte einer von uns schon eher mit dir darüber sprechen sollen."

„Das verstehe ich nicht ganz", sagte Kerwin langsam und rebellisch. „Warum sollte es einen Unterschied machen?"

Kennard antwortete mit einer anderen Frage. „Was meinst du, warum die Bewahrerinnen Jungfrauen sein müssen?"

Kerwin hatte nicht die leiseste Ahnung, aber plötzlich ging ihm auf, daß das Elorie erklärte. An der Oberfläche war sie eine reizende junge Frau, bestimmt ebenso schön wie Taniquel, dabei aber geschlechtslos wie ein Kind von sieben oder acht. Rannirl hatte etwas über rituelle Jungfräulichkeit gesagt – und Elorie war sich ebensowenig bewußt, schön und begehrenswert zu sein, wie das jüngste, unschuldigste Kind. Oder noch weniger. Die meisten kleinen Mädchen waren sich mit acht oder neun ihrer Weiblichkeit durchaus bewußt, und man konnte sich schon vorstellen, wie sie aufblühen würden. Elorie schien überhaupt keinen Gedanken an ihre eigene Weiblichkeit zu verschwenden.

„In den alten Zeiten wurde das als eine rituelle Angelegenheit betrachtet", erläuterte Kennard. „Das halte ich für Blödsinn. Tatsache bleibt, daß es für eine Frau schrecklich gefährlich ist, die zentralpolare Position in einem Matrix-Kreis einzunehmen und die Energonenströme zu halten, ohne Jungfrau zu sein. Das hat etwas mit den Nervenströmen zu tun. Selbst die Frauen an der Peripherie des

Kreises leben beträchtliche Zeit vorher in strenger Keuschheit. Was dich betrifft – nun, du wirst heute nacht jedes Fetzchen deiner Energie und Kraft brauchen, und das weiß Taniquel. Daher gehst du jetzt schlafen. Allein. Und ich kann dich auch gleich darauf aufmerksam machen, falls du es nicht schon selbst herausgefunden hast, daß du noch ein paar Tage hinterher nicht für eine Frau taugen wirst. Mach dir keine Sorgen darüber, das ist nur eine Nebenwirkung des Energieentzugs." Freundlich, beinahe väterlich legte er Kerwin die Hand auf den Arm. „Das Problem ist, Jeff, du bist ganz zu einem Teil von uns geworden, und deshalb vergessen wir ständig, daß du nicht immer hier gewesen bist. Wir setzen voraus, daß du all diese Dinge weißt, ohne daß sie dir einer gesagt hat."

Gerührt von Kennards Freundlichkeit, antwortete Jeff mit leiser Stimme: „Ich danke dir... Verwandter." Zum ersten Mal, ohne Absicht benutzte er dies Wort. Wenn Kennard der Pflegebruder Cleindoris, Jeffs Mutter gewesen war – Kerwin wußte bereits, daß die darkovanische Sitte, ein Kind in Pflege zu geben, Bande schuf, die in vielen Fällen stärker waren als die des Blutes.

Impulsiv fragte er: „Hast du meinen Vater gekannt, Kennard?"

Kennard zögerte. Dann erklärte er bedächtig: „Ja. Ich glaube, ich kann sagen, daß ich ihn recht gut gekannt habe. Nicht... nicht so gut, wie ich es mir gewünscht hätte, oder es wäre vielleicht alles anders gekommen. So konnte ich nichts daran ändern."

„Wie war mein Vater?" forschte Kerwin weiter.

Kennard seufzte. „Jeff Kerwin? Er sah nicht aus wie du; du bist meiner Schwester ähnlich. Kerwin war groß und dunkel, praktisch veranlagt und sachlich. Aber er hatte auch Phantasie. Lewis – mein Bruder – kannte ihn besser als ich. Er stellte ihn Cleindori vor." Plötzlich runzelte Kennard die Stirn. „Weißt du, jetzt ist nicht der richtige Zeitpunkt dafür. Geh und leg dich hin." Kerwin spürte, daß Kennard beunruhigt war. Ob es daran lag oder ob er aus Kennards Gedanken ein Bild auffing, jedenfalls fragte Kerwin:

„Kennard, wie ist meine Mutter gestorben?"

Kennards Unterkiefer verspannte sich. „Frag mich nicht, Jeff. Bevor sie zustimmten, daß wir dich hierherholten..." Er unterbrach sich. Offenbar überlegte er, was er sagen sollte, und Kerwin merkte, daß der ältere Mann sich fest abschirmte, damit Kerwin auch nicht das Bruchstück eines Gedankens wahrnahm. Er setzte von neuem an:

„Ich war damals nicht in Arilinn. Und sie forderten mich auf zurückzukommen, weil sie nach ... nach dem, was geschehen war, zu wenig Leute hatten. Aber bevor sie zustimmten, dich kommen zu lassen, mußte ich ... mußte ich schwören, bestimmte Fragen nicht zu beantworten, und dies ist eine von ihnen. Jeff, die Vergangenheit ist tot. Denk an heute. Jeder in Arilinn, jeder in den Domänen muß die Vergangenheit hinter sich lassen und daran denken, was wir für Darkover und unser Volk tun sollen." In seinem Gesicht war eine Andeutung von altem Schmerz zu lesen, er war jedoch immer noch völlig abgeschirmt.

„Jeff, als du herkamst, hatten wir alle starke Zweifel. Aber jetzt, ob wir siegen oder verlieren, bist du einer von uns. Ein echter Darkovaner – und ein echter Comyn. Der Gedanke mag nicht ebenso tröstlich für dich sein, wie es Tanis Anwesenheit wäre", setzte er mit einem Versuch zu scherzen hinzu, „aber ein wenig sollte er dir helfen. Jetzt geh und schlafe ... Verwandter."

Man holte ihn bei Mondaufgang. Der Arilinn-Turm wirkte in tiefer Nacht fremd und still, und die Matrix-Kammer war gefüllt von der eigentümlichen, schwingenden Stille. Sie versammelten sich, sprachen mit gedämpften Stimmen, spürten die Stille um sich wie etwas Lebendiges, wie eine sehr reale Präsenz, die zu stören sie fürchteten. Kerwin fühlte sich schlaff, leer, erschöpft. Er bemerkte, daß Kennard stärker hinkte als gewöhnlich. Elorie sah verschlafen und schlecht gelaunt aus, und Neyrissa fuhr Rannirl an, als dieser eine scherzhafte Bemerkung machte.

Taniquel berührte Kerwins Stirn, und er spürte den federleichten Kontakt ihrer Gedanken, den schnellen, sicheren Rapport. „Er ist in Ordnung, Elorie", sagte Taniquel.

Elorie blickte von Taniquel zu Neyrissa. „Du machst die Überwachung, Tani. Wir brauchen Neyrissa im Kreis", setzte sie hinzu, als Neyrissa sie verletzt ansah. „Sie ist stärker, und sie hat mehr Erfahrung." Kerwin erklärte sie: „Wenn wir in einem Kreis arbeiten, brauchen wir eine Überwacherin außerhalb des Kreises, und Taniquel ist die beste Empathin, die wir haben. Sie wird in Rapport mit uns allen bleiben. Wenn einer von uns vergißt zu atmen oder einen Muskelkrampf bekommt, merkt sie es eher als wir und bewahrt uns davor, uns zu sehr zu verausgaben oder gesundheitlichen Schaden zu nehmen. –

Auster, du hältst die Barriere", wies sie ihn an, und als Erläuterung für Kerwin setzte sie hinzu: „Wir alle senken unsere individuellen Barrieren, und Auster errichtet eine Gruppenbarriere, die telepathische Lauscher ausschließt. Auch wird er es spüren, wenn irgendwer versucht, bei uns einzudringen. In den alten Zeiten gab es fremde Mächte auf Darkover; sie mögen nach allem, was wir wissen, immer noch da sein. Die Barriere rings um die Einheit, die wir in unserer Verbindung darstellen, wird uns schützen."

Kennard hielt ein kleineres Matrix-Gitter – einen mit Glas überzogenen Schirm wie der, den sie konstruiert hatten. Er drehte ihn in diese und jene Richtung, visierte jeden einzelnen von ihnen an, runzelte die Stirn und justierte eine Skalenscheibe. Lichter glommen hier und da in den Tiefen des Gitters. Geistesabwesend murmelte Kennard: „Austers Barriere sollte halten, aber nur der Sicherheit wegen werde ich einen Dämpfer aufstellen und auf den Turm ausrichten. Zweite Ebene, Rannirl?"

„Dritte, denke ich", sagte Elorie.

Kennard hob die Augenbrauen. „Jedermann in den Domänen wird sich sagen, daß heute nacht etwas in Arilinn vorgeht!"

„Laß sie doch", sagte Elorie gleichgültig. „Ich habe sie bereits gebeten, Arilinn heute nacht aus den Relais zu nehmen. Es ist unsere Angelegenheit."

Kennard beendete seine Arbeit mit dem Dämpfer und begann, auf dem Tisch vor ihnen Landkarten auszulegen, dazu eine große Anzahl von Buntstiften. Er fragte: „Soll ich die Karten markieren? Oder sollen wir es Kerwin tun lassen?"

„Du markierst sie", bestimmte Elorie. „Ich möchte Corus und Jeff im äußeren Kreis haben. Corus hat genug psychokinetische Begabung, daß wir früher oder später imstande sein werden, mit ihm den Abbau durchzuführen, und Jeff hat eine fabelhafte Strukturwahrnehmung. Jeff ..." Sie wies ihm den Platz neben Rannirl an. „Und Corus hier."

Die große Matrix lag in ihrem Rahmen vor Elorie.

Auster sagte: „Fertig."

Kerwin hatte den Eindruck, daß sich die vom Mondlicht erfüllte Stille im Raum vertiefte. Sie schienen irgendwie von der ruhigen Luft isoliert zu sein, und schon ihr Atmen rief ringsum ein Echo hervor. Ein schwaches Bild erstand vor seinem geistigen Auge, und er erkannte, daß Corus ihn kurz im Rapport berührt hatte. *Eine starke Glaswand umgibt uns. Man kann deutlich hindurchsehen, aber sie ist undurchdringlich ...* Kerwin spürte die Mauern des Arilinn-Turms, nicht den wirklichen Turm, sondern ein mentales Abbild, das ihm ähnlich und doch anders war, ein archetypischer Turm, und er hörte irgendwen im Kreis denken: *So steht er hier seit Hunderten und Hunderten von Jahren ...*

Elorie hatte die Hände vor sich gefaltet. Kerwin war wieder und wieder gewarnt worden: *Berühre niemals eine Bewahrerin, auch nicht zufällig innerhalb des Kreises,* und tatsächlich wurde Elorie niemals von einem der anderen berührt. Nur Rannirl, der der Techniker war, legte ihr manchmal als Stütze leicht die Hand auf die Schulter. Und Elorie berührte keinen von ihnen. Das hatte Kerwin beobachtet. Sie konnte sehr nahe an ihn herantreten, konnte ihm Tabletten aushändigen, vor ihm stehen, aber *berühren* tat sie ihn nie. Das war ein Teil des Tabus, das eine Bewahrerin umgab und das auch den flüchtigsten körperlichen Kontakt verbot. Trotzdem spürte Kerwin jetzt, obwohl er ihre schmalen Hände gefaltet auf dem Tisch liegen sah, wie sie ihnen die Hände entgegenstreckte, und rings um den Kreis schien es, als verschränkten sie die Hände, faßten einander mit festem Griff. Andererseits wieder hatte Kerwin den Eindruck – und er wußte, daß alle anderen ihn teilten –, daß Elorie eine Hand hielt und Taniquel, die Überwacherin, die andere. Kerwins Mund wurde plötzlich trocken, und er schluckte, als Elories graue Augen auf seine trafen. Sie schimmerten wie das geschmolzene Glas der Matrix, und er spürte, wie sie sie alle heranzog. Es war wie ein Gewebe zwischen ihren kräftigen Händen, ein Netz aus glitzernden Fäden, in das sie eingebettet waren wie Edelsteine, jeder an seiner eigenen Farbe, dem warmen, rosigen Grau von Taniquels Wachsamkeit, dem diamantharten Strahlen Austers, Corus mit einem hellen, farblosen Glanz, jeder von ihnen mit seinem oder ihrem individuellen Klang und Bild in dem Mondscheinnetz, das Elorie war ...

Durch Kennards Augen sahen sie die auf dem Tisch ausgebreitete Karte. Kerwin trieb darauf zu, und nun schwebte er über einer weiten Landschaft. Sie war erfüllt von der Magnetkraft des reinen Metallmusters, das in dem Rahmen neben dem Matrix-Gitter lag. Die Schranken, die ihm sein Körper auferlegte, fielen, er weitete sich aus, und dann projizierte Rannirl ein schnell wirbelndes Muster. Es überraschte Kerwin nicht, als er sich dabei fand, mit allen seinen

Gedanken, mit seinem ganzen Bewußtsein ein Molekül-Modell abzutasten, wie es seine Finger früher mit den Kügelchen und Stöckchen des Kindergarten-Modells getan hatten. Durch Corus' empfindliche Fingerspitzen spürte er die wirbelnden Elektronen, das seltsame Amalgam von Nukleus und Protonen, die Atomstruktur des Metalls, das sie suchten.

Kupfer. Die Kupferstruktur schien glühend von der Landkarte hochzusteigen. Die Schwingungen des Metalls entsprachen dem Stück Boden, zu dem die Landkarte geworden war. Kerwin konnte *fühlen,* daß es da war. Es war nicht ganz so wie das Einsinken in die Kristallstruktur des Glases. Es war auf merkwürdige Weise anders, als taste er durch die Landkarte und die Fotos, die irgendwie die Beschaffenheit von Erdboden und Fels, von Gras und Bäumen angenommen hatten, die magnetischen Ströme ab und wische alle nicht wesentlichen Atommuster beiseite. Er nahm das Terrain unter seinen... Händen? Bestimmt nicht! ... unter seinen Gedanken mit hundertfacher Schärfe wahr. Doch wie mit Händen siebte er das Erdreich auf der Suche nach den glühenden, komplizierten Strukturen der Kupferatome, und da ballten sie sich zusammen... reiche Erzlager...

Dumpfer, hämmernder Schmerz durchbohrte ihn. Er wand sich *durch* die Kupferatome, er war Kupfer *geworden,* versteckt im Boden, vermischt mit anderen, unvertrauten Elektronen, anderen Strukturen, so eng umzingelt, daß es unmöglich war, zu atmen. Atome wirbelten durcheinander und stießen zusammen. Er war *in* den Energieströmen, er wanderte in ihnen und floß in ihnen. Einen Augenblick lang sah er als entkörperlichter Geist durch Rannirls Augen auf die komplexen Muster, sah hinunter auf eine merkwürdig plattgedrückte Landschaft, von der er verstandesmäßig wußte, daß es die Karte war, die ihm aber trotzdem einen weiten Blick aus der Luft über die unter ihm liegenden Kilghardberge gewährte, Raubvogelhorste und Klippen und Abgründe, Felsen und Bäume – und durch das alles verfolgte er die Sequenzen der Kupferatome... Er sah und fühlte durch Kennards Augen, die sich auf die Spitze eines orangefarbenen Stifts richteten. Der Stift machte eine Markierung auf der Karte, die Kerwin nichts bedeutete, denn er war aufgegangen in dem Wirbel der Strukturen und Muster, der reinen Kupferatome, die schmerzhaft eingezwängt waren in die komplizierten Moleküle reicher Erze... Kennard, das wußte er, folgte ihm, maß Entfernungen und übertrug sie in Zahlenangaben und Markierungen auf der Karte ... Er bewegte sich weiter, eingewoben in die verschlungenen, funkelnden Schichten des Matrix-Gitters, das sowohl zu der Landkarte als auch zur Oberfläche des Planeten selbst geworden war ...

Die Zeit verlor jede Bedeutung für Kerwin. Er wußte nicht, wie lange er kreiste und sondierte und durch Boden, Fels, Lava schoß und auf Magnetströmen ritt, wie oft Rannirls Wahrnehmung ihn nach oben riß und er auf der Spitze von Kennards Buntstift hinunterfuhr, während seine ganze Substanz in Markierungen auf der Karte umgewandelt wurde ... Aber endlich verlangsamte sich das Wirbeln und hörte auf. Er fühlte Corus (eine flüssige Masse, die sich beim Abkühlen kristallisierte) wie mit einem schmetternden Krach aus dem Netz fallen, hörte Rannirl aus einer unsichtbaren Lücke gleiten, sah Elorie sacht die Hand öffnen und Kennard (unsichtbare Hände setzten eine Puppe auf einen Tisch) aus dem Gewebe lösen. Dann schüttelte Kerwin ein Schmerz, der wie die Todespein war, Wasser zu atmen. Er raste im freien Fall ins Nichts. Auster (Glas zersprang und gab einen Gefangenen frei) stieß ein erschöpftes Krächzen aus und ließ den Kopf auf den Tisch sinken. Ein unsichtbares Seil riß, und Neyrissa schlug zu Boden, als falle sie aus großer Höhe. Das erste, was Kerwin sah, war Taniquel. Sie seufzte müde und streckte ihren verkrampften Körper. Kennards schmerzhaft angeschwollene Finger ließen einen Buntstiftstummel los. Er zog eine Grimasse und hielt die eine Hand mit der anderen fest. Kerwin konnte die Knoten in den Fingern sehen, die Spannung darin, und zum ersten Mal wurde er sich des Gelenkleidens bewußt, das Kennard verkrüppelt hatte und ihn eines Tages lähmen würde, wenn er solange lebte. Die Landkarte war mit kryptischen Symbolen bedeckt. Elorie schlug mit einem Laut, der sich wie ein Schluchzen der Erschöpfung anhörte, die Hände vor das Gesicht. Taniquel erhob sich und ging zu ihr. Mit erschrecktem und besorgtem Blick beugte sie sich über sie und bewegte ihre Hände in der Art der Überwacherin mit einem Zoll Abstand über Elories Stirn.

Taniquel befahl: „Schluß jetzt! Corus' Herz ist beinahe stehengeblieben, und Kennard hat Schmerzen."

Elorie stellte sich unsicher auf die Zehenspitzen und betrachtete über Rannirls und Kennards Schultern hinweg die Landkarte. Sie führte eine Fingerspitze an Kennards geschwollene Hand, mehr eine symbolische Geste als eine tatsächliche Berührung, und sagte mit einem schnellen Seitenblick zu Kerwin: „Jeff hat die ganze Strukturarbeit getan. Hast du das gemerkt?"

Kennard hob den Kopf und grinste Kerwin mit zuckenden Lippen an. Immer noch rieb er geistesabwesend die Hände, als schmerzten sie ihn. Taniquel kam und nahm sie sanft in ihre eigenen, barg sie schützend zwischen ihren weichen Fingern. Kerwin sah, daß die angespannten Schmerzenslinien aus dem Gesicht des älteren Mannes verschwanden. Kennard bestätigte: „Er war die ganze Zeit da und hielt die Strukturen; es ging leicht in Verbindung mit ihm. Er wird ein ebenso guter Techniker wie du werden, Rannirl."

„Dazu würde nicht viel gehören", meinte Rannirl. „Ich bin ein Mechaniker, kein Techniker. Ich kann die Arbeit eines Technikers tun, aber ich stehe ziemlich dumm da, wenn ein wirklicher Techniker anwesend ist. Kerwin kann meinen Platz jederzeit haben, wenn er will. *Du* könntest es, Ken, wenn du stark genug wärst."

„Danke. Ich überlasse es Jeff, *Bredu.*" Kennard lächelte Rannirl freundschaftlich an. Er beugte sich vor und stützte sich für eine Minute auf Taniquels Schulter. Kerwin fing ein Gedankenfragment von ihr auf: *Er ist zu alt für diese Arbeit,* und dann die zornige Klage: *Wir haben so verdammt wenig Leute*...

„Aber wir haben es geschafft", sagte Corus und betrachtete die Karte. Elorie tupfte mit dem Finger auf eine Stelle. „Seht her, Kennard hat jedes Kupferlager in den Kilghardbergen vermessen und eingetragen, wo die Erze am ergiebigsten sind und wo so mit anderen Erzen vermischt, daß ein Abbau sich kaum lohnt. Sogar die Tiefe ist angegeben und der Gehalt und die chemische Zusammensetzung der Erze, so daß wir sagen können, welche Ausrüstung für die Probenentnahme und das Reinigen benötigt werden." Plötzlich strahlten ihre Augen trotz all ihrer Müdigkeit. „Zeigt mir die Terraner, die das mit all ihrer Technik ebenso gut können!"

Sie streckte sich wie ein Kätzchen. „Ist euch klar, was wir geleistet haben? Wir haben einen vollständigen Kreis gebildet, wir alle! Seid ihr nicht froh, daß ihr auf mich gehört habt? Wer ist *jetzt* ein Barbar?" Sie trat zu Jeff und berührte mit ihren zarten Fingerspitzen ganz leicht die seinen. Jeff erfaßte, daß dies für Elorie hinter ihrer Abschirmung aus Tabus und Unberührbarkeit eine ebenso bedeutungsvolle Geste war wie die spontane Umarmung eines anderen Mädchens. „Oh, Jeff, ich wußte, wir würden es mit dir schaffen, du bist so stark, so kraftvoll, du hast uns so geholfen!"

Impulsiv faßte er ihre Hände fester, aber Elorie entzog sie ihm. Ihr Gesicht war plötzlich blaß, und ihr Blick begegnete dem seinen. Er erkannte die aufzüngelnde Panik darin. Sie verschlang die Hände in einer Geste, die Entsetzen ausdrückte, und dann stand ein Flehen in ihren Augen, aber nur eine Sekunde lang. Sie brach zusammen, und Neyrissa fing das Mädchen in ihren Armen auf.

„Stütze dich auf mich, Elorie", sagte sie sanft. „Du bist erschöpft, und das ist nach all dem kein Wunder."

Elorie schwankte und bedeckte die Augen wie ein Kind mit den geballten Fäusten. Neyrissa hob sie mit ihren Armen hoch und sagte: „Ich bringe sie in ihr Zimmer und sorge dafür, daß sie etwas ißt."

Von neuem wurde sich Kerwin seiner eigenen quälend verkrampften Muskeln bewußt. Er reckte sich und wandte sich dem Fenster zu, durch das Licht hereinströmte. Die Sonne stand bereits hoch am Himmel. Er hatte nicht gemerkt, daß sie aufgegangen war. Sie waren länger als eine Nacht in der Matrix und im Rapport gewesen!

Rannirl faltete die Landkarte sorgfältig zusammen. „Wir werden es in ein paar Tagen mit Eisenmustern versuchen. Dann mit Zinn, Blei, Bauxit – es wird das nächste Mal leichter sein, jetzt, wo wir wissen, was Jeff innerhalb des Netzwerks leisten kann." Er grinste Jeff an. „Weißt du überhaupt, daß dies seit zwölf oder mehr Jahren der erste vollständige Kreis in Arilinn ist?" Dann wanderte sein Blick zu Auster, und er runzelte die Stirn. „Auster, was ist los mit dir, Verwandter? Dies ist ein Augenblick, sich zu freuen!"

Austers Augen waren mit starrer Bosheit auf Kerwin gerichtet. Und Kerwin erkannte: *Er ist nicht glücklich darüber, daß ich es geschafft habe.*

Er wollte, daß ich ... daß wir versagen. Aber warum?

Kapitel 11: Schatten auf der Sonne

Die Niedergeschlagenheit blieb, auch als Kerwin sich gründlich ausgeschlafen hatte. Als er sich gegen Sonnenuntergang anzog, um sich zu den anderen zu begeben, redete er sich zu, er dürfe sich seinen

Erfolg nicht durch Austers Bosheit verderben lassen. Er hatte die Feuerprobe des vollen Rapports im Turmkreis bestanden, und das war sein Triumph. Auster hatte ihn nie gemocht; vielleicht war er sogar eifersüchtig, daß soviel Wesens um Kerwin gemacht wurde. Mehr brauchte gar nicht dahinterzustecken.

Und jetzt lagen ein paar freie Tage vor ihm, und er freute sich darauf, wieder mit Taniquel zusammen zu sein. Trotz Kennards Warnung fühlte er sich frisch und ausgeruht und sehnte sich nach ihr. Ob sie wohl zustimmen würde, die Nacht mit ihm zu verbringen, wie sie es schon oft getan hatte? Voll angenehmer Erwartungen stieg er die Treppe hinunter. Aber es eilte nicht, wenn nicht heute nacht, dann später.

Die anderen waren alle vor ihm wach geworden und hatten sich in der Halle versammelt. Die Beiläufigkeit ihrer Begrüßung machte ihm warm ums Herz. Er gehörte dazu, er war ein Familienmitglied. Er nahm ein Glas Wein entgegen und ließ sich auf seinem gewohnten Sessel niedersinken. Neyrissa kam zu ihm, einen Armvoll irgendeiner Handarbeit mit sich schleppend, und nahm in seiner Nähe Platz. Kerwin fühlte eine Spur von Ungeduld, aber es war ja Zeit. Er hielt nach Taniquel Ausschau. Sie saß am Feuer und unterhielt sich mit Auster. Ihr Rücken war ihm zugekehrt, und er konnte ihren Blick nicht auffangen.

„Was machst du da, Neyrissa?“

„Eine Decke für mein Bett“, antwortete sie. „Du weißt nicht, wie kalt es hier im Winter ist, und außerdem hält es meine Hände beschäftigt.“ Sie drehte sich ihm zu und zeigte sie ihm. Es war eine weiße Steppdecke mit aufgestickten Büscheln von Kirschen in drei Rotschattierungen mit grünen Blättern und Borten in den gleichen drei Rotschattierungen um die Kanten, und jetzt wurde das Ganze mit winzigen Stichen in einem Muster aus Schlingen und Spiralen abgesteppt. Kerwin staunte über die ungeheure Arbeit. Er hätte nie gedacht, daß Neyrissa, Überwacherin von Arilinn und eine Comyn-Lady, sich mit einer so mühseligen Stickerei beschäftigte.

Neyrissa zuckte die Schultern. „Wie gesagt, es hält meine Hände beschäftigt, wenn ich nichts anderes zu tun habe. Und ich bin stolz auf meine Handarbeit.“

„Sie ist bestimmt wunderschön“, sagte Kerwin. „Ein solches Stück Handarbeit würde auf den meisten Planeten, die ich besucht habe, unbezahlbar sein, weil die Leute ihr Bettzeug heutzutage leicht und schnell von Maschinen herstellen lassen."

Neyrissa lachte. „Ich glaube, ich würde gar nicht gern unter einer Decke schlafen, die von Maschinen hergestellt ist. Das wäre, als sollte ich mit einem mechanischen Mann ins Bett gehen. Ich weiß, daß es auf anderen Welten auch so etwas gibt, aber ich kann mir nicht vorstellen, daß es den Frauen viel Freude macht. Ich ziehe echte Handarbeit sowohl auf als auch in meinem Bett vor."

Es dauerte einen Augenblick, bis Jeff die Doppeldeutigkeit verstand – die auf *Casta* etwas mehr Inhalt hatte als in der Sprache, die er benutzte –, aber niemand mit einem Funken telepathischer Begabung konnte mißverstehen, was Neyrissa meinte. Er lachte ein bißchen verlegen. Aber sie sah ihn so frank und frei an, daß die Peinlichkeit verflog und er herzlich lachte. „Da hast du recht, manchmal ist das Werk der Natur besser", pflichtete er ihr bei.

„Erzähle mir von deiner Arbeit für das Imperium, Jeff. Wenn ich ein Mann wäre, hätte es mir vielleicht auch Spaß gemacht, in den Raum zu gehen. In den Kilghardbergen gibt es nicht viele Abenteuer zu erleben, und für eine Frau schon gar nicht. Hast du auf vielen Welten gelebt?"

„Auf zweien oder dreien", gestand er. „aber im Zivildienst sieht man nicht viel von ihnen. Ich hatte hauptsächlich an den Kommunikationsgeräten zu arbeiten."

„Und tut ihr das Gleiche mit euren Kommunikationsmaschinen wie wir mit unsern Relais-Netzen?" erkundigte sie sich neugierig. „Erzähl mir ein bißchen davon, wie sie funktionieren, wenn du kannst. Ich arbeite in den Relais, seit ich vierzehn Jahre alt bin. Es käme mir sehr merkwürdig vor, dafür Maschinen zu benutzen. Gibt es wirklich gar keine Telepathen im Terranischen Imperium?"

„Wenn es welche gibt", sagte Kerwin, „dann verraten sie es niemandem."

Er berichtete Neyrissa über das CommTerra-Kommunikationsnetz, das Planet mit Planet durch interstellare Relais-Systeme verband. Er erklärte den Unterschied zwischen Funk, Radio und interstellarer Hyperkommunikation. Wie er feststellte, begriff Neyrissa die Theorie sofort, obwohl sie den Gedanken, durch Maschinen eine Verbindung herzustellen, irgendwie widerwärtig fand.

„Ich würde gern einmal damit experimentieren", meinte sie. „Aber nur als Spielzeug. Ich glaube, die Turm-Relais sind zuverlässiger und schneller, und sie können auch nicht so leicht beschädigt werden."

„Und du hast das schon dein ganzes Leben lang getan?" Wieder einmal überlegte Kerwin, wie alt sie sein mochte. „Was hat in dir den Wunsch erweckt, in einen Turm zu gehen, Neyrissa? Warst du nie verheiratet?"

Sie schüttelte den Kopf. „Ich habe mir nie gewünscht zu heiraten, und in den Domänen hat eine Frau nur die Wahl zwischen der Ehe und dem Turm – es sei denn ..." – sie lachte – „... ich hätte mir das Haar scheren und Schwert und Eid einer Entsagenden auf mich nehmen wollen! Und ich hatte miterlebt, wie meine Schwestern heirateten und ihr Leben damit verbrachten, die Launen irgendeines Mannes zu ertragen und Kind auf Kind zu gebären, bis sie mit neunundzwanzig dick und häßlich waren, der Körper ausgelaugt von Schwangerschaften und der Geist ebenso ausgelaugt und in das enge Gleis von Kinderstube und Waschküche und Hühnerhof gezwängt! Ein solches Leben, dachte ich, würde mir nicht passen. Als ich nun auf *Laran* getestet wurde, kam ich als Überwacherin hierher, und die Arbeit und das Leben gefallen mir."

Kerwin dachte, daß sie als junge Frau eine Schönheit gewesen sein mußte. Das Material der Schönheit war immer noch vorhanden, der aristokratische Knochenbau des Gesichts, die satte Farbe ihres Haars, das nur ein wenig mit Grau gesprenkelt war, und ein ebenso schlanker und aufrechter Körper wie der Elories. Galant erklärte er: „Ich bin sicher, es haben viele gegen diese Entscheidung Einspruch erhoben."

Ganz kurz sah sie ihm in die Augen. „Du bist doch nicht so naiv zu glauben, daß auch ich das Gelübde einer Bewahrerin abgelegt habe? Ich habe Rannirl vor zehn Jahren eine Tochter geboren und hoffte, sie würde mein *Laran* erben; meine Schwester hat sie aufgezogen, denn ich hatte keine Lust, ständig ein Kind am Rock hängen zu haben. Ich hätte auch Kennard ein Kind geschenkt, denn er hatte keine Erben, und das mißfiel dem Rat. Doch statt dessen entschloß er sich zu heiraten. Seine Frau paßte dem Rat nicht, aber sie gebar ihm zwei Söhne, und der älteste wurde als sein Erbe anerkannt – obwohl es schwer genug war, das durchzusetzen. Und ich bin sehr zufrieden, denn hier werde ich sehr dringend gebraucht, obwohl nicht mehr ganz so dringend, seit Taniquel genug *Laran* für eine Überwacherin gezeigt hat. Trotzdem, Tani ist jung. Möglicherweise entscheidet sie sich, den

Turm zu verlassen und zu heiraten; das tun viele der jüngeren Frauen. Ich war überrascht, als Elorie herkam, aber sie ist die Tochter des alten Kyril Ardais, und man erzählt sich von Dalereuth bis zu den Hellers, was für ein alter Bock er ist. Ich bin überzeugt, Elorie hatte keine Lust zu heiraten, nachdem sie mitansehen mußte, was ihre Mutter zu leiden hatte, und da hat sie von Anfang an Furcht und Abscheu vor allen Männern empfunden. Sie ist meine Halbschwester, mußt du wissen, ich bin einer von Dom Kyrils Bastarden." Sie sprach mit leidenschaftsloser Ruhe. „Ich bin verantwortlich dafür, daß sie nach Arilinn kam. Der alte Mann ließ sie zur Unterhaltung seiner Trinkkumpane singen, und einmal – sie war noch sehr klein – legte einer Hand an sie. Unser Bruder Dyan hätte ihn beinahe getötet. Danach wurde Elorie nach Arilinn gebracht, und Dyan rief den Comyn-Rat an. Er erreichte es, daß Vater entmündigt und Dyan zum Regenten der Domäne ernannt wurde, damit sie nicht in Verruf gerate durch Vaters Verantwortungslosigkeit und liederliches Leben. Es hat Dyan einiges gekostet, das zu tun. Er ist ein begabter Musiker und ein Heiler. Sein ganzer Wunsch war, die Heilkünste in Nevarsin zu studieren, und jetzt liegt die Bürde der Regentschaft auf seinen Schultern. Aber ich gerate ins Schwatzen", setzte sie mit schwachem Lächeln hinzu. „In meinem Alter kann das, glaube ich, entschuldigt werden. Jedenfalls brachte ich Lori her, und ich hatte gehofft, sie könne Überwacherin oder vielleicht sogar Technikerin werden; sie hat einen scharfen Verstand. Statt dessen entschied man sich zu dem Versuch, sie als Bewahrerin auszubilden, und deshalb sind wir der einzige Turm auf Darkover, der eine auf die alte Weise qualifizierte Bewahrerin hat. Es ist ein schweres Leben, und da sie die einzige Bewahrerin ist, die wir haben – allerdings ist in Neskaya ein kleines Mädchen in der Ausbildung –, wird sie sich nie frei fühlen, den Turm zu verlassen. In vergangenen Zeiten hatten die Bewahrerinnen dies Recht, wenn ihnen die Bürde ihres Amtes zu schwer wurde. Und es ist eine schreckliche Bürde." Neyrissa sah ihn an. „Obwohl die Lady von Arilinn höher steht als die Königin, möchte ich dies Amt nicht für mich selbst und auch nicht für ein Kind von mir."

Ihr Glas war leer. Sie beugte sich vor und bat ihn, es wieder zu füllen. Kerwin stand auf und ging an den Tisch, wo die Getränke standen. Corus und Elorie saßen bei einer Art Spiel mit geschliffenen Kristallwürfeln. Rannirl hielt ein Stück Leder in den Händen und nähte daraus eine Falkenkappe.

Taniquel hatte sich vor dem Feuer in ein Gespräch mit Auster vertieft. Kerwin versuchte, ihren Blick aufzufangen, ihr ein unauffälliges Signal zu geben, sie sollte zu ihm kommen. Das Signal kannte sie gut. Er war fest überzeugt, sie werde sich leichten Herzens bei Auster entschuldigen und sich ihm anschließen.

Aber sie gönnte ihm nur ein augenblickskurzes Lächeln und schüttelte leicht den Kopf. Empört stellte Kerwin fest, daß ihre Hand in Austers Hand lag. Ihre Köpfe waren dicht beieinander. Sie waren ganz ineinander versunken. Kerwin füllte Neyrissas Glas und brachte es ihr. Seine Verwirrung wuchs. Das Mädchen war ihm nie so begehrenswert wie jetzt vorgekommen, da ihr Lachen, ihr koboldhaftes Lächeln Auster galten. Kerwin ging zurück, setzte sich neben Neyrissa und gab ihr ihr Glas. Aber aus seiner Gereiztheit wurde Bestürzung und dann Anklage. Wie konnte sie ihm das antun? War sie doch nichts anderes als eine herzlose Kokotte?

Im Laufe des Abends versank er tiefer und tiefer in Melancholie. Mit halbem Ohr hörte er auf Neyrissas Geplauder. Die Versuche Kennards und Rannirls, ihn in ein Gespräch zu ziehen, schlugen fehl. Nach einiger Zeit nahmen sie an, er sei noch zu müde, und überließen ihn sich selbst. Corus und Elorie beendeten ihr Spiel und fingen mit einem neuen an. Neyrissa ging zu Mesyr, um ihr ihre Handarbeit zu zeigen und sie um Rat zu fragen. Die beiden Frauen hatten den Schoß voller Stickgarn und verglichen die verschiedenen Farben. Es war eine häusliche Szene voller Gemütlichkeit und Behagen. Nur Kerwin empfand Schmerz wie von einem Messerstich darüber, daß Taniquels Kopf auf Austers Schulter ruhte. Ein Dutzend Mal sagte sich Kerwin, er sei ein Narr, daß er dasitze und zusehe, aber Bestürzung und Zorn auf das Mädchen stritten sich in ihm. Warum tat sie das, warum?

Später stand Auster auf, um ihre Gläser zu füllen, und Kerwin erhob sich abrupt. Kennard blickte besorgt hoch, als Kerwin die Halle durchquerte, sich zu Taniquel niederbeugte und die Hand auf ihren Arm legte.

„Komm mit mir“, sagte er. „Ich möchte mit dir reden.“

Sie sah ihn an, erstaunt und gar nicht erfreut. Dann schickte sie einen schnellen Blick in die Runde, und er spürte, daß sie einerseits erbittert war, andererseits keine Szene machen wollte. „Gehen wir auf die Terrasse“, schlug sie vor.

Das letzte Nachglühen des Sonnenuntergangs war längst verschwunden. Der Nebel verdichtete sich zu schweren Regentropfen, die bald zu einem Wolkenbruch werden würden. Taniquel erschauerte und zog ihren gelben Strickschal dichter um ihre Schultern. Sie sagte: „Es ist zu kalt, um sehr lange hier draußen zu stehen. Was ist los, Jeff? Warum hast du mich den ganzen Abend so angestarrt?"

„Das weißt du nicht?" schleuderte er ihr entgegen. „Hast du kein Herz? Wir mußten warten..."

„Bist du *eifersüchtig?*" fragte sie gutmütig. Jeff riß sie in seine Arme und küßte sie heftig. Sie seufzte, lächelte und erwiderte den Kuß, aber eher aus Nachgiebigkeit als aus Leidenschaft. Kerwin faßte sie bei den Ellenbogen und stieß heiser hervor: „Ich konnte es nicht ertragen – dich mit Auster zu sehen, vor meinen Augen..."

Sie zog sich von ihm zurück, verwirrt und, das spürte er, zornig.

„Jeff, sei nicht so schwer von Begriff! Siehst du denn nicht ein, daß Auster mich jetzt braucht? Kannst du das nicht verstehen? Besitzt du überhaupt keine Gefühle, keine Freundlichkeit? Dies ist dein Triumph – und seine Niederlage. Ist dir das nicht klar?"

„Versuchst du mir beizubringen daß du gegen mich Partei ergriffen hast?"

„Jeff, ich verstehe dich einfach nicht." Das schwache Licht, das aus dem Fenster hinter ihnen fiel, zeigte ihr Stirnrunzeln. „Warum sollte ich gegen dich Partei ergriffen haben? Ich sage doch nur, daß Auster mich braucht – jetzt, heute nacht –, mich mehr braucht als du." Sie hob sich auf die Zehenspitzen und küßte ihn schmeichelnd, aber er hielt sie grob auf Armeslänge von sich ab. Langsam ging ihm auf, was sie meinte.

„Ist es möglich, daß du sagen willst...?"

„Was ist denn nur los mit dir, Jeff? Heute abend komme ich überhaupt nicht zu dir durch."

Die Kehle wurde ihm eng. „Ich liebe dich. Ich... ich will dich. Ist das so schwer zu verstehen?"

„Ich liebe dich auch, Jeff." Ein wenig Ungeduld lag in ihren Worten. „Aber was hat das damit zu tun? Ich glaube, du bist übermüdet, sonst würdest du nicht so reden. Was hat es mit dir zu tun, wenn Auster mich in dieser einen Nacht mehr braucht als du und ich ihn auf die Art tröste, die für ihn am nötigsten ist?"

Mit tonloser Stimme fragte Kerwin: „Willst du mir beibringen, daß du heute nacht mit ihm schlafen willst?"

„Ja, natürlich!"

Sein Mund war trocken. „Du kleine Hure!"

Taniquel fuhr zurück, als habe er sie geschlagen. Ihr Gesicht war in dem schwachen Licht totenbleich. Die Sommersprossen hoben sich wie dunkle Flecken davon ab.

„Und du bist ein selbstsüchtiges Vieh", erwiderte sie. „Ein Barbar, wie Elorie dich genannt hat, und Schlimmeres! Ihr ... ihr Terraner glaubt, Frauen seien *Eigentum!* Ich liebe dich, ja, aber nicht, wenn du dich auf diese Weise benimmst!"

Kerwin fühlte seinen Mund schmerzhaft zucken. „Die Art von Liebe kann ich mir in den Raumhafenbars kaufen!"

Taniquels Hand zuckte hoch und traf ihn hart auf dem Wangenknochen. „Du ..." stammelte sie. „Ich gehöre mir selbst, verstehst du? Du nimmst, was ich dir gebe, und hältst es für richtig, aber wenn ich es einem anderen gebe, wagst du es, mich eine Hure zu schimpfen? Verdammt sollst du sein, du *Terranan* mit deinen schmutzigen Gedanken! Auster hatte recht mit seinem Urteil über dich!"

Sie ging schnell an ihm vorbei, und er hörte ihre Schritte verhallen, rasch und endgültig. Dann knallte irgendwo im Turm eine Tür zu.

Kerwins Gesicht brannte. Er folgte ihr nicht. Der Regen fiel jetzt schwer nieder. Der Wind blies ihn um das Gesims des Turms. Es waren Eisspuren in den dicken Tropfen; Kerwin wischte sie von seiner schmerzenden Wange. Was hatte er jetzt angerichtet? Vor Scham wie betäubt, folgte er einem Impuls, sich zu verstecken. Sie alle mußten gesehen haben, wie Taniquel ihn zurückwies, wie sie sich Auster zuwandte, sie mußten alle erkannt haben, was das bedeutete. Schnell ging Kerwin den Gang hinunter und stieg die Treppe zu seinem eigenen Zimmer hinauf. Doch bevor er es erreichte, hörte er ungleichmäßige Schritte, und Kennard stand hinter ihm im Eingang.

„Jeff, was ist los?"

Gerade jetzt wollte er sich diesem zerklüfteten, wissenden Gesicht nicht zuwenden. Er ging weiter in sein Zimmer hinein und murmelte: „Ich bin immer noch müde ... sollte lieber ins Bett gehen und schlafen."

Kennard kam ihm nach. Er legte die Hände auf die Schultern des jüngeren Mannes und drehte ihn mit überraschender Kraft zu sich um. „Sie mal, Jeff, du kannst es doch nicht vor uns verbergen. Wenn du darüber sprechen möchtest ..."

„Verdammt noch mal!“ Jeffs Stimme brach. „Gibt es an diesem Ort überhaupt kein Privatleben?“

Kennard ließ die Schultern hängen und seufzte. „Mein Bein tut höllisch weh. Darf ich mich hinsetzen?“

Das konnte Kerwin ihm nicht abschlagen. Kennard ließ sich in einen Sessel fallen. Er sagte: „Hör zu, mein Sohn. Bei uns ist es so, daß man den Dingen ins Angesicht sehen muß. Man kann sie nicht verstecken und schwären lassen. Im Guten und im Schlechten bist du Mitglied unseres Kreises ...“

Jeffs Lippen wurden schmal. „Halte dich da heraus. Das ist eine Sache zwischen Taniquel und mir, sonst geht es niemanden etwas an.“

„Das stimmt nicht“, widersprach Kennard. „Es ist eine Sache zwischen dir und Auster. Denke daran, alles, was in Arilinn geschieht, hat Wirkung auf jeden von uns. Tani ist Empathin. Kannst du nicht verstehen, was sie empfindet, wenn sie diese Art von Not, von Hunger und Einsamkeit spürt, wenn sie das *teilen* muß? Du hast es in sämtliche Richtungen gesendet; wir haben es alle empfangen. Aber Tani ist Empathin und verwundbar. Und sie reagierte auf diese Not, weil sie eine Frau und freundlich und Empathin ist, und sie konnte dein Unglücklichsein nicht ertragen. Sie schenkte dir, was du am meisten brauchtest, und was für sie die natürlichste Art zu geben war.“

Kerwin murmelte: „Sie hat gesagt, sie liebe mich. Und ich habe ihr geglaubt.“

Kennard streckte die Hand aus, und Kerwin spürte sein Mitgefühl. „Zandrus Hölle, Jeff – Worte, Worte, Worte! Und die Art, wie die Leute sie benutzen und was sie damit meinen!“ Es klang beinahe wie eine Verwünschung. Kennard berührte leicht Jeffs Handgelenk mit dieser Geste, die unter Telepathen mehr bedeutete als ein Händedruck oder eine Umarmung. Er sagte freundlich: „Sie liebt dich, Jeff. Wir alle lieben dich, jeder einzelne von uns. Du bist einer von uns. Aber Tani ... ist, was sie ist. Verstehst du nicht, was das bedeutet? Und Auster ... versuche dir vorzustellen, wie es ist, eine Frau und Empathin zu sein und die Verzweiflung und Not zu empfangen, die Auster heute abend ausstrahlte! Wie kann sie das wahrnehmen und ... und nicht darauf reagieren? Verdammt!“ stieß er in Verzweiflung hervor. „Wenn du und Auster euch verstündet, wenn du Empathie mit ihm hättest, würdest auch du seinen Schmerz fühlen und verstehen, welche Wirkung er auf Taniquel hatte!“

Gegen seinen Willen begann Jeff zu begreifen. In einem eng verbundenen Kreis von Telepathen quälten Emotionen, Wünsche, Sehnsüchte nicht nur den einen, in dem sie entstanden waren, sondern alle in seiner Umgebung. Er selbst hatte sie alle mit seiner Einsamkeit und seiner Sehnsucht akzeptiert zu werden, aus der Ruhe gebracht, und Taniquel hatte darauf ebenso natürlich reagiert wie eine Mutter, die ein schreiendes Kind tröstet. Jetzt aber, wo Jeff glücklich war und triumphierte, war es Austers Schmerz, den sie zu stillen wünschte ...

Menschliches Fleisch und Blut konnten das nicht ertragen, dachte er wild. Taniquel, die er liebte, Taniquel, die erste Frau, die ihm etwas bedeutet hatte, Taniquel in den Armen eines Mannes, den er haßte ... Er schloß die Augen und versuchte, den Gedanken und den damit verbundenen Schmerz zu verbannen.

Kennard sah ihn an, und zu seinem Mißbehagen erkannte Kerwin Mitleid in seinem Gesicht.

„Es muß sehr schwierig für dich sein. Du hast soviel Zeit unter den Terranern verbracht, du hast ihre neurotischen Moralbegriffe übernommen. Die Gesetze des Turms sind nicht die gleichen wie die Gesetze der Domänen; unter Telepathen kann es nicht anders sein. Die Ehe ist eine ziemlich junge Institution auf Darkover. Was du Monogamie nennst, ist noch jünger. Und es hat sich nie richtig durchgesetzt. Ich mache dir keinen Vorwurf, Jeff. Du bist, was du bist, ebenso wie Tani ist, was sie ist. Ich wünschte nur, du wärst nicht so unglücklich darüber.“ Müde arbeitete er sich aus seinem Sessel hoch und ging davon, und die Gedanken, die sich mit seiner eigenen Situation beschäftigten, fluteten zu Kerwin zurück. Kennard hatte eine Terranerin geheiratet. Auch er hatte die Qualen eines Mannes kennengelernt, der zwischen zwei Welten gefangen war und zu keiner gehörte. Seine beiden Söhne waren vom Rat zurückgewiesen worden, weil er kein Kind mit der passenden Frau zeugen konnte, die der Rat ihm gegeben hatte. Doch er, zu empfänglich für unausgesprochene Gefühle, konnte sie nicht lieben ...

Kochend vor Wut und Eifersucht lag Kerwin wach und kämpfte mit sich selbst, und gegen Morgen fand er voll Bitterkeit einen Ausweg. Die Frau war es nicht wert. Er würde es nicht zulassen, daß Auster ihm alles verdarb. Sie mußten irgendwie zusammen arbeiten. Es machte ihn toll, gegen Auster zu verlieren, aber schließlich war nur sein Stolz verletzt worden. Wenn Taniquel sich für Auster entschied, sollte er sie haben. Sie hatte ihre Wahl getroffen, und nun konnte sie dabei bleiben.

Es war keine ideale Lösung, aber auf gewisse Art funktionierte sie. Taniquel war höflich und eisig zurückhaltend, und er stand ihr darin nicht nach. Von neuem begannen sie mit der Arbeit, Matrix-Schirme zu bauen, sie auf Landkarten und Luftbilder einzustimmen, wieder fanden sie sich im Kreis zusammen, suchten nach Eisenerzlagern und ein paar Tage später nach Silber und Zink. An dem Tag, bevor sie die vierte Suche im Rapport durchführen wollten, kam Jeff von einem einsamen Ritt in die Vorberge zurück und fand Corus, blaß und aufgeregt, auf ihn wartend.

„Jeff! Elorie braucht uns alle in der Matrix-Kammer, komm schnell!"

Kerwin folgte dem Jungen und fragte sich, was geschehen sein mochte. Die anderen waren bereits versammelt. Rannirl hielt die Landkarten in der Hand.

„Wir haben Schwierigkeiten", sagte er. „Ich erhielt Nachricht von unsern Auftraggebern, gleich nachdem ich ihnen diese Karte zugesandt hatte. An drei verschiedenen Stellen, hier, hier und hier..." – er wies auf die gekennzeichnete Karte – „... haben sich die Leute von jenseits der Hellers, die verdammten Aldarans und ihre Männer, festgesetzt und Kaufantrag auf das Land gestellt, wo wir die reichsten Kupferlager markiert haben. Ihr wißt ebenso gut wie ich, daß die Aldarans mit ihrer Handelsstadt zu Caer Donn Schachfiguren der Terraner sind. Sie machen die Vorreiter für das Imperium und erwerben dies Land, um darauf eine terranische Industrie-Kolonie zu errichten. Es ist unfruchtbares Land in den Hellers, für den Ackerbau nicht geeignet, und meiner Meinung nach hat niemand eine Ahnung gehabt, daß man dort Kupfer abbauen kann; es ist zu schlecht zugänglich. Woher wußten sie das?"

„Zufälliges Zusammentreffen", meinte Neyrissa. „Du weißt, die Leute von Aldaran stehen dem Schmiedevolk nahe. Sie prospekten ständig nach Metallen, und in den Bergen benutzen sie Feuer-Talismane wie wir unsere Matrix-Kreise."

Auster rief zornig: „An einen Zufall kann ich nicht glauben! Warum passiert das beim ersten Mal, als Jeff Teil des Kreises war? Die Vorreiter für Terra besetzen die ergiebigsten Erzlager, und wir können unsern Auftraggebern nichts anderes mehr anbieten als arme

Erze, die beinahe unmöglich zu schmelzen sind! Nicht eins, nicht zwei, nein, *drei* Erzlager!“ Er drehte sich wütend zu Kerwin um. „Wieviel haben dir die Terraner für den Verrat an uns bezahlt?“

„Wenn du das glaubst, verdammt, dann bist du ein größerer Schwachkopf, als ich gedacht habe!“

Taniquel sagte ärgerlich: „Ich weiß, du magst Jeff nicht, Auster, aber das ist unerhört! Wenn du das glaubst, kannst du alles glauben.“

„Es war Pech“, sagte Kennard, „mehr steckt nicht dahinter. Reines Pech.“

Auster tobte los: „Wäre es einmal geschehen, würde ich an einen Zufall glauben, bei zweimal an einen Zufall und Pech. Aber *dreimal?* Wenn es einen Geisterwind und neun Monate später Arbeit für die Hebamme gibt, könnte man ebenso von einem zufälligen Zusammentreffen sprechen!“

Elorie runzelte die Stirn. „Sei still! Ich will so ein Herumschreien nicht haben! Es gibt nur einen Weg, die Angelegenheit aufzuklären. Kennard, du bist ein Alton. Er kann dich nicht anlügen, Onkel.“

Kerwin wußte sofort, was sie meinte, noch bevor sie sich mit der Frage an ihn wandte: „Wirst du einer telepathischen Prüfung zustimmen, Jeff?“

Der Zorn schüttelte ihn. „Ihr zustimmen? Ich *verlange* sie!“ erklärte er. „Und dann, verdammt noch mal, werde ich dich zur Rechenschaft ziehen, Auster, ich werde dir diese Worte mit meiner Faust die Kehle hinunterstopfen!“ Er sah Kennard an, und in seinem Zorn dachte er überhaupt nicht daran, sich vor diesem alptraumhaften Erlebnis zu fürchten. „Mach schon! Überzeuge dich selbst!“

Kennard zögerte. „Wenn ihr wirklich meint...“

„Es ist die einzige Möglichkeit“, stellte Neyrissa kurz fest. „Und Jeff ist bereit dazu.“

Kerwin schloß die Augen und wappnete sich gegen die schmerzhafte Erschütterung des erzwungenen Rapports. Ganz gleich, wie oft es geschah, es wurde niemals einfacher. Er ertrug es einen Augenblick lang, das Eindringen, die Vergewaltigung seines Geistes, und dann löschte ein gnädiger grauer Nebel die Qual aus. Als er wieder zu sich kam, stand er vor ihnen und umklammerte die Tischkante, um nicht vornüber zu fallen. In dem stillen Raum hörte er sein eigenes lautes Atmen.

Kennards Blick wanderte zwischen ihm und Auster hin und her.

„Nun?" fragte Jeff herausfordernd.

„Ich habe immer gesagt, wir könnten dir vertrauen, Jeff", sagte Kennard ruhig. „Aber irgend etwas ist da. Etwas, das ich nicht verstehe. Irgendwo ist dein Gedächtnis blockiert, Jeff."

Auster fiel ein: „Können die Terraner ihm nicht eine Art von posthypnotischer Konditionierung verpaßt haben? Haben sie ihn bei uns eingeschmuggelt wie ... wie eine Zeitbombe?"

„Ich versichere dir", antwortete Kennard, „du überschätzt ihre Kenntnisse des Gehirns. Und außerdem versichere ich dir, Auster, daß Jeff ihnen keine Informationen liefert. Es ist keine Schuld in ihm."

Aber jetzt hielt kaltes Entsetzen Jeff im Würgegriff.

Seit seiner Ankunft auf Darkover war er von einer geheimnisvollen Macht herumgestoßen worden. Ganz bestimmt waren es nicht die Comyn gewesen, die die Unterlagen über seine Geburt und die über Jeff Kerwin senior, der ihn als Sohn legitimiert und die Staatsangehörigkeit des Imperiums für ihn erworben hatte, in den terranischen Computern gelöscht hatten. Es waren nicht die Comyn gewesen, die ihn gejagt hatten, bis er keinen Ort mehr hatte, an den er gehen konnte, und dann war er geflohen – zu den Comyn geflohen.

War er zu ihnen geschickt worden, war er ein Spion innerhalb des Arilinn-Turms, ohne daß es ihm bewußt war?

„Ich habe noch nie etwas so Blödsinniges gehört!" rief Kennard ärgerlich aus. „Ebensogut könnte ich es von dir glauben, Auster, oder von Elorie selbst! Doch wenn sich dieses Mißtrauen unter uns breitmacht, wird keiner einen Vorteil davon haben als die Terraner!" Er nahm die Landkarte hoch. „Wahrscheinlicher ist es, daß es einer der Aldarans ist. Sie haben ein paar Telepathen, und sie arbeiten außerhalb der Turm-Relais mit Matrizes, die nicht überwacht werden können. Deine Barriere mag geschwankt haben, Auster, das ist alles. Nennen wir es Pech und versuchen wir es von vorn."

Kapitel 12: Die Falle

Kerwin versuchte, nicht mehr darüber nachzugrübeln. Schließlich hatte Kennard ihn nach der telepathischen Prüfung für schuldlos erklärt. Das galt, wie er wußte, als einwandfreier Beweis. Aber seit ihm der schreckliche Verdacht gekommen war, bohrte er in ihm weiter wie ein schmerzender Zahn.

Brauche ich es denn zu wissen, wenn die Terraner mich hergesandt haben?

Ich war so verdammt froh, die Terranische Zone hinter mir zu haben, daß ich nicht einmal Fragen stellte. Fragen wie zum Beispiel: Warum hatte der Computer im Raumfahrer-Waisenhaus keine Daten über mich? Sie sagen, auch Auster sei unter den Terranern geboren worden. Ob es dort Daten über ihn *gibt? Kann etwas einen Telepathen mit einer Matrix daran hindern, so, wie Ragan es erzählte, den Gedächtnisspeicher eines Computers zu löschen – eine bestimmte Angabe daraus zu entfernen?* Nach allem, was er über Computer und über Matrizes wußte, war das ganz und gar kein Kunststück.

Schweigend und mißgestimmt ging er in den nächsten Tagen umher. Stundenlang lag er auf seinem Bett und versuchte, an nichts zu denken, dann wieder ritt er allein in die Berge. Er war sich bewußt, daß Taniquel ihn ständig beobachtete, wenn er mit den anderen zusammen war. Er spürte ihr Mitgefühl (verdammte Hure, ich will ihr Mitleid nicht!), und es quälte ihn, daß sie Bescheid wußte. Er wich ihr aus, sooft es ihm möglich war, aber die Erinnerung an ihre kurze Zeit als Liebende stach wie ein Messer. Da es bei ihm soviel tiefer gegangen war als seine früheren flüchtigen Beziehungen, konnte er sich nicht damit abfinden. Die Erinnerung blieb und tat ihm weh.

Er merkte, daß Taniquel versuchte, eine Begegnung unter vier Augen herbeizuführen, und es machte ihm ein perverses Vergnügen, ihr aus dem Weg zu gehen. Eines Morgens jedoch standen sie sich von Angesicht zu Angesicht auf der Treppe gegenüber.

„Jeff ..." – sie streckte ihm die Hand entgegen – „... lauf nicht fort. Bitte, weich mir nicht immer aus. Ich möchte mit dir sprechen."

Er zuckte die Schultern und sah über ihren Kopf ins Leere. „Was gibt es noch zu sagen?"

Tränen traten in ihre Augen und liefen ihr über die Wangen. „Ich kann das nicht ertragen", stieß sie mit brechender Stimme hervor. „Wir beide sind wie Feinde, und der Turm ist voll von... von Speerspitzen des Hasses und Mißtrauens! Und der Eifersucht ..."

Ihr Leid war so echt, daß das Eis in Kerwin schmolz. „Mir gefällt das auch nicht, Tani. Aber du weißt, daß nicht ich diese Situation geschaffen habe."

„Warum mußt du..." Sie biß sich auf die Lippe und zügelte ihr Temperament. „Es tut mir leid, daß du so unglücklich bist, Jeff. Kennard hat es mir ein bißchen erklärt, was du dabei empfunden hast, und es tut mir leid, ich hatte es nicht verstanden..."

Kerwins Stimme troff vor Ironie. „Wenn ich unglücklich genug bin, würdest du dann zu mir zurückkommen?" Er faßte sie unsanft bei den Schultern. „Vermutlich hat Auster dich dazu gebracht, das Schlimmste von mir anzunehmen, daß ich den Spion für die Terraner mache oder etwas in dieser Art?"

Sie hielt still unter seinen Händen und machte keinen Versuch, sich loszureißen. Sie sagte: „Auster lügt nicht, Jeff. Er sagt nur, was er glaubt. Und wenn du denkst, daß er glücklich darüber ist, dann bist du sehr im Irrtum."

„Ich nehme an, das Herz würde ihm brechen, wenn es ihm gelänge, mich zu vertreiben?"

„Das weiß ich nicht, aber er haßt dich nicht auf die Weise, wie du es dir einbildest. Sieh mich an, Jeff. Erkennst du nicht, daß ich dir die Wahrheit sage?"

„Du mußt schließlich genau wissen, was Auster empfindet", erwiderte er, aber Taniquels Schultern bebten, und irgendwie tat ihm der Anblick Taniquels, der schalkhaften, sorglosen Taniquel in Tränen mehr weh als der Argwohn aller anderen. Das war ja das Schlimme daran, dachte er müde. Wenn Auster aus Bosheit gelogen hätte, wenn Taniquel ihn Austers wegen verlassen hätte, um ihn zu verletzen oder ihn eifersüchtig zu machen, hätte er die Motivationen wenigstens *verstehen* können. So, wie es war, stand er vor einem Rätsel. Taniquel griff ihn weder an noch verteidigte sie sich, nicht einmal in Gedanken. Sie teilte einfach seinen Schmerz. Schluchzend fiel sie gegen ihn und hielt sich hilflos an ihm fest.

„Oh, Jeff, wir waren so glücklich, als du kamst, und es bedeutete uns so viel, dich hier zu haben, und jetzt ist alles verdorben! Oh, wenn wir es nur wüßten, wenn wir nur sicher sein könnten!"

An diesem Abend stellte er die anderen zur Rede. Er wartete, bis sie sich alle für ihr abendliches Glas versammelt hatten, und dann erhob er sich aggressiv, die Hände hinter dem Rücken zu Fäusten geballt. Aus Trotz hatte er terranische Kleidung angezogen; aus Trotz sprach er Cahuenga.

„Auster, du hast eine Anschuldigung erhoben. Ich unterwarf mich einer telepathischen Prüfung, die die Sache hätte erledigen sollen, aber du hast weder mein noch Kennards Wort gelten lassen. Welchen Beweis verlangst du? Womit würdest du dich zufriedengeben?"

Auster stand auf, schlank, anmutig, katzengeschmeidig. „Was willst du von mir, Kerwin? Deiner Comyn-Immunität wegen kann ich dich nicht herausfordern ..."

„Die Comyn-Immunität soll ..." Kerwin benutzte ein Wort, das aus den Raumhafengossen stammte. „Ich habe zehn Jahre auf Terra gelebt, und dort hat man einen Ausdruck, der ungefähr mit ‚Halt die Schnauze!' übersetzt werden kann. Sag mir hier und jetzt, welchen Beweis du anerkennst, und gib mir hier und jetzt eine Gelegenheit, den Beweis zu erbringen. Oder schweige ein für allemal über das Thema. Glaube mir, Bruder, wenn ich noch eine verdammte Silbe höre oder eine einzige telepathische Anklage empfange, schlage ich dich zu Brei!" Er stand mit geballten Fäusten da, und als Auster einen Schritt zur Seite trat, bewegte auch Jeff sich und blieb ihm genau gegenüber. „Ich sage es noch einmal. Unterlasse dein verantwortungsloses Geschwätz ab sofort und für immer."

Erschrockenes Schweigen herrschte in der Halle, wie Jeff befriedigt konstatierte. Mesyr gab einen vorwurfsvollen Laut von sich, beinahe wie ein mahnendes Glucksen: *Aber, aber, Kinder ...*

„Jeff hat recht", entschied Rannirl. „Du kannst nicht so weitermachen, Auster. Beweise, was du ihm vorwirfst, oder entschuldige dich bei Jeff und halte danach den Mund. Es geht nicht nur um Jeff, du schuldest es uns allen. Wir können nicht auf diese Weise leben; wir sind ein Kreis. Ich bestehe nicht darauf, daß ihr den Eid der *Bredin* schwört, aber ihr müßt es irgendwie fertigbringen, in Harmonie miteinander zu leben. So geht es nicht weiter, daß wir in zwei Parteien gespalten sind, von denen jede die andere anknurrt. Elorie hat sowieso schon genug zu verkraften."

Auster sah Kerwin an. Wenn Blicke töten könnten, dachte Kerwin, hätte Auster keine Probleme mehr. Aber als Auster sprach, war seine Stimme ruhig und vernünftig. „Du hast recht. Wir schulden es euch allen, die Wahrheit ein für alle Mal festzustellen. Und Jeff hat selbst gelobt, das Ergebnis anzuerkennen. Elorie, kannst du eine Fallenmatrix bauen?"

„Ich kann es", flammte sie auf, „aber ich will nicht! Tut eure schmutzige Arbeit allein!"

„Kennard kann es“, sagte Neyrissa, und Auster runzelte die Stirn. „Ja. Aber er ist voreingenommen – zu Jeffs Gunsten. Er hat hier die Stellung seines Pflegevaters.“

Kennards Stimme war leise und gefährlich. „Wenn du anzudeuten wagst, daß ich, der ich schon vor dem Wechsel Mechaniker in Arilinn war, meinen Eid brechen könnte ...“

Rannirl hob die Hand und gebot ihnen beiden Einhalt. „Ich baue die Fallenmatrix“, erklärte er. „Nicht weil ich auf deiner Seite stehe, Auster, sondern weil wir die Angelegenheit auf diese oder eine andere Weise regeln müssen. Jeff ...“ Er wandte sich Kerwin zu. „Vertraust du mir?“

Kerwin nickte. Er war sich nicht sicher, was eine Fallenmatrix war, aber wenn Rannirl sie baute, war er sicher, daß die Falle nicht für *ihn* aufgestellt wurde.

„Also gut“, sagte Rannirl. „Das wäre erledigt. Könnt ihr beiden einen Waffenstillstand schließen, bis wir die Fallenmatrix bei der nächsten Arbeit im Kreis aufstellen?“

Jeff hätte sich am liebsten geweigert, und von Austers verdrossenem Gesicht war abzulesen, daß der andere Mann ebenso wenig dazu bereit war. Wie konnten Telepathen einander etwas vortäuschen? Aber Taniquel war kurz davor, in Tränen auszubrechen, und da zuckte Jeff die Schultern. Zum Teufel, es tat ihm nicht weh, höflich zu sein. Auster wollte nur die Wahrheit wissen, und in dieser einen Beziehung waren sie sich ja einig. Er sagte: „Ich lasse ihn in Frieden, wenn er mich in Frieden läßt. Einverstanden?“

Austers Gesicht entspannte sich. „Einverstanden.“

Nachdem die Entscheidung getroffen war, ließ die Spannung nach, und die nächste Phase der Arbeit wurde in einer Atmosphäre begonnen, die vergleichsweise beinahe freundschaftlich war. Diesmal mußten sie ein Matrix-Gitter für die Arbeit bauen, die als „Reinigen“ bekannt war. In diesem Umfang war sie seit den großen Zeiten der Comyn, als die Türme das ganze Land sprenkelten und alle Domänen mit Energie und Technik versorgten, nicht mehr durchgeführt worden.

Sie hatten Minerale und Erzlager lokalisiert und ihre Ergiebigkeit und Zugänglichkeit festgestellt. Der nächste Schritt war, die Lager von den anderen Mineralen zu trennen, die sie verunreinigten, damit das

Kupfer und die anderen Metalle in reiner Form abgebaut werden konnten und nicht raffiniert zu werden brauchten. Tropfen für Tropfen, Atom für Atom sollten die reinen Metalle tief innerhalb der Erde durch winzige Veränderungen der Kraftfelder vom Erz und Gestein gelöst werden. Corus verbrachte mehr Zeit denn je mit seinen Molekül-Modellen und zerbrach sich den Kopf über die genauen Gewichte und Proportionen. Und diesmal baten Elorie und Rannirl ausdrücklich um Kerwins Hilfe bei der Einlagerung der Kristalle im Gitter. Kerwin mußte komplizierte Molekülmuster auf einem Überwachungsschirm deutlich visualisieren, damit Elorie und Rannirl die leeren Kristalle präzise in die amorphen Glasschichten einbetten konnte. Er lernte Dinge über die Atomstruktur, die selbst terranische Wissenschaftler nicht wußten. Zum Beispiel hatte er im Physikunterricht nichts über die Natur der *Energonen* gehört. Es war eine ermüdende Arbeit, zwar nicht körperlich anstrengend, aber monoton und nervenzerreißend, und ständig war im Hintergrund seiner Gedanken das Wissen, daß demnächst das Experiment mit der Fallenmatrix – was das auch sein mochte – durchgeführt werden würde.

Ich will die Wahrheit wissen, wie sie auch aussehen mag.

Wie sie auch aussehen mag?

Ja, das will ich.

Eines Tages arbeiteten sie in einem der Matrix-Laboratorien, und Jeff visualisierte die komplizierte innere Kristallstruktur auf dem Überwachungsschirm, als er plötzlich die Gitterstruktur wanken sah. Sie schmolz mit blauer Flamme und löste sich auf. Schmerz durchzuckte ihn. Jeff wußte kaum, was er tat, er handelte aus reinem Instinkt. Schnell zerschnitt er den Rapport zwischen Rannirl und Elorie, löschte die Schirme und fing Elories bewußtlosen Körper auf. Einen entsetzlichen Augenblick lang dachte er, sie atme nicht mehr. Dann bewegten sich ihre Wimpern, und sie seufzte.

„Zu schwer gearbeitet, wie gewöhnlich." Rannirl blickte auf das Gitter nieder. „Sie *will* weitermachen, selbst wenn ich sie anflehe, sich auszuruhen. Gut gemacht, Jeff, daß du sie gerade im richtigen Moment aufgefangen hast. Andernfalls müßten wir das ganze Gitter neu bauen, und das würde uns zehn Tage kosten. Nun, Elorie?"

Elorie lag schlaff in Jeffs Armen und weinte vor Erschöpfung. Ihr Gesicht war totenblaß, und ihr Schluchzen klang so erstickt, als habe sie keine Kraft zum Atmen mehr. Rannirl nahm sie aus Jeffs Armen, hob sie hoch wie ein kleines Kind und trug sie aus dem Laboratorium. Über die Schulter rief er zurück: „Hole Tani nach oben, schnell!"

„Taniquel ist mit Kennard im Flugzeug unterwegs", antwortete Kerwin. „Und Neyrissa ist ausgeritten."

„Dann werde ich besser nach oben gehen und versuchen, Taniquel über die Relais zu erreichen." Rannirl trat die nächste Tür mit dem Fuß auf. Es war einer der unbenutzten Räume; er sah aus, als habe seit Jahrzehnten niemand mehr den Fuß hineingesetzt. Er legte das Mädchen auf eine Couch, die mit staubigen Wandbehängen belegt war. Kerwin stand hilflos unter der Tür. „Kann ich etwas tun?" fragte er.

„Du bist Empath", sagte Rannirl, „und als Überwacher qualifiziert. Ich habe das seit Jahren nicht mehr gemacht. Ich gehe nach oben und versuche, Taniquel zu erreichen, und du mußt Elorie überwachen und dich vergewissern, ob ihr Herz in Ordnung ist."

Plötzlich fiel Kerwin wieder ein, was Taniquel an dem ersten Abend nach den Tests für ihn getan hatte. Sie hatte seinen Schmerz auf sich genommen, als er beim Niederbrechen seiner Barrieren einen Kollaps erlitt.

„Ich werde tun, was ich kann." Kerwin trat an die Couch. Elorie bewegte den Kopf von einer Seite zur anderen wie ein widerspenstiges Kind. „Nein", stieß sie gereizt hervor, „nein, laßt mich in Ruhe, mir fehlt nichts." Aber sie mußte zweimal Luft holen, während sie das sagte, und ihr Gesicht sah wie ein Totenschädel aus.

„So ist sie immer", stellte Rannirl fest. „Tu, was du kannst, Jeff." Er eilte den Gang hinunter und die Treppe hinauf.

Jeff beugte sich über Elorie.

„Ich bin sicher nicht so gut wie Tani oder Neyrissa", sagte er, „aber ich will mein Bestes tun." Er konzentrierte sich und führte seine Fingerspitzen mit einem oder zwei Zoll Abstand über ihren Körper, wobei seine Wahrnehmung bis tief in die Zellen eindrang. Ihr Herz schlug dünn, unregelmäßig, der Puls war schwach, fast nicht mehr zu spüren. Sie atmete kaum noch. Vorsichtig stellte er den Rapport her, erforschte mit dieser erhöhten Empfindsamkeit den Umfang ihrer Schwächen, versuchte, ihre Erschöpfung auf sich zu nehmen, wie Taniquel seinen Schmerz auf sich genommen hatte. Elorie bewegte sich ein wenig und versuchte, nach seinen Händen zu greifen. Er erinnerte sich, daß Taniquel seine Hände gehalten hatte. Elories Hände fuhren fort umherzutasten, und dann legte Jeff seine eigenen zwischen sie und spürte, wie sie sich bemühte, ihre Hände darüber zu schließen. Sie war fast bewußtlos. Doch nach und nach, während er, ihre Hände haltend, vor ihr kniete, stabilisierte sich ihre Atmung, schlug das Herz regelmäßiger und wich die tödliche Blässe ihres Gesichts einer gesunden Farbe. Kerwin war nicht bewußt geworden, welche Angst er ausgestanden hatte, bis er sie wieder richtig atmen hörte. Sie öffnete die Augen und sah ihn an. Sie war immer noch ein bißchen blaß; ihre weichen Lippen waren farblos.

„Danke, Jeff", flüsterte sie schwach, und ihre Hände drückten seine. Dann streckte sie zu seinem Erstaunen bittend die Arme nach ihm aus. Schnell ging er darauf ein und zog sie dicht an sich. Er spürte, daß sie den Trost seiner Nähe brauchte, und so hielt er ihren weichen, immer noch schwachen Körper für einen Augenblick fest. Und dann verschmolzen sein und ihr Bewußtsein, als ihre Lippen sich trafen.

Er spürte es mit einer unendlich geschärften doppelten Wahrnehmung, Elories zarter, erschöpfter Körper in seinen Armen, die mit stählerner Kraft gemischte Zartheit, die Kindlichkeit und gleichzeitig die ruhige, alterslose Weisheit ihrer Kaste und ihres Amtes. *(Und undeutlich fühlte er durch all das, was Elorie fühlte, ihre Schwäche und Mattigkeit, das Entsetzen, das sie empfunden hatte, als ihr Herz versagte und sie sich dem Tode nahe wußte, das Verlangen nach körperlicher Nähe, die Kraft seiner eigenen Arme, die sie hielten. Er fühlte, wie sie seinen Kuß empfing, ein merkwürdiges und nur halb verstandenes Erwachen ihrer Sinne. Er teilte mit der Frau ihr Staunen über diese Berührung, die erste in ihrem Leben, die weder väterlich noch unpersönlich war, teilte ihre scheue und von Scham freie Überraschung über die Kraft seines männlichen Körpers, über die plötzlich in ihm aufsteigende Hitze, fühlte, wie sie unmißverständlich nach einem tieferen Kontakt suchte, und reagierte darauf...)*

„Elorie", flüsterte er, aber es war wie ein Triumphschrei. „Oh, Elorie..." Und nur für sich selbst fügte er hinzu: *Meine Geliebte,* und einen Augenblick lang fühlte er, wie sich alles in der Frau auf ihn zubewegte, fühlte ihre plötzliche Wärme und ihre Sehnsucht nach seinem Kuß...

Doch dann verkrampfte sich jeder Nerv in ihm vor Furcht. Der Rapport zwischen ihnen zerbrach wie splitterndes Glas, und Elorie, bleich und entsetzt, strebte weg von ihm und kämpfte wie eine Katze in seinen Armen.

„Nein, nein“, keuchte sie. „Jeff, laß mich los, laß mich los... nicht...“

Wie betäubt vor Schreck gab Kerwin sie frei. Sie richtete sich auf und rückte schnell von ihm weg, die Hände voller Grauen vor der Brust gekreuzt, die sich in lautlosem, qualvollem Schluchzen hob und senkte. Ihre Augen waren weit aufgerissen vor Panik, aber sie war wieder fest gegen ihn abgeschirmt. Ihr kindlicher Mund bewegte sich stumm, ihr Gesicht war verzerrt wie das eines kleinen Mädchens, das nicht weinen will.

Endlich flüsterte sie noch einmal: „Nein! Hast du vergessen... vergessen, was ich bin? Oh, Avarra, habe Mitleid mit mir“, stöhnte sie mit brechender Stimme. Sie bedeckte ihr Gesicht mit den Händen und floh blindlings aus dem Zimmer. Sie stolperte über einen Stuhl, und Jeff streckte automatisch die Hände nach ihr aus, aber sie entschlüpfte ihm, verschwand durch die Tür und lief den Gang hinunter. Weit weg, weit oben im Turm hörte er, daß eine Tür sich schloß.

Er sah Elorie drei Tage lang nicht wieder.

Zum ersten Mal kam sie an diesem Abend nicht zum Ritual der gemeinsamen Drinks in die große Halle. Seit dem Augenblick, als Elorie vor ihm geflohen war, fühlte Jeff sich abgeschnitten und allein, ein Fremder in einer plötzlich kalt und unverständlich gewordenen Welt.

Die anderen nahmen es als selbstverständlich hin, daß Elorie sich absonderte. Kennard meinte schulterzuckend, daß es alle Bewahrerinnen hin und wieder täten, es sei Teil ihrer besonderen Stellung. Jeff, der seine Barrieren gegen einen unfreiwilligen Verrat (seiner selbst? Elories?) stark machte, sagte nichts. Aber abends in der Dunkelheit, bevor er einschlief, tauchten Elories Augen vor ihm auf, erfüllt von Entsetzen und plötzlicher Furcht. Ebenso quälte ihn die Erinnerung an ihren warmen Körper in seinen Armen. Er konnte ihren Kuß auf seinem Mund beinahe physisch spüren, und von neuem schüttelte ihn der Schock, den er erlitten hatte, als sie sich von ihm losriß und davonlief. Zuerst war er beinahe zornig gewesen. *Sie* hatte den Anfang gemacht. Warum floh sie dann vor ihm, als habe er versucht, sie zu vergewaltigen?

Langsam und schmerzlich kam das Begreifen.

Er hatte das strengste Gesetz der Comyn gebrochen. Eine Bewahrerin hatte Jungfräulichkeit gelobt, war lange Jahre auf ihre Arbeit vorbereitet worden, Körper und Gehirn waren gründlich für die schwierigste Aufgabe auf Darkover konditioniert worden. Eine Bewahrerin, eine *Tenerésteis*, durfte nicht in Lust und nicht einmal in reinster Liebe berührt werden.

Er hatte gehört, was sie über Cleindori sagten, die diesen Eid gebrochen hatte, und noch schlimmer, er hatte gespürt, was sie darüber empfanden. (Und auch sie hatte sich mit einem der verachteten Terraner eingelassen!)

In seinem alten Leben hätte Kerwin sich vielleicht damit verteidigt, daß Elorie ihn deutlich aufgefordert habe. Sie hatte ihn zuerst berührt, sie hatte ihm die Lippen geboten. Aber nach dieser Zeit in Arilinn, wo schonungslose Ehrlichkeit sich selbst gegenüber gefordert wurde, gab es diesen einfachen Ausweg nicht mehr. Er war sich des Tabus und Elories Unwissenheit bewußt gewesen; er kannte ihre unbefangene Art, mit der sie den anderen ihres Kreises ihre Zuneigung zeigte, voller Vertrauen in das Tabu, das sie schützte. Für sie alle war Elorie geschlechtslos und sakrosankt. Sie hatte Jeff auf die gleiche Weise akzeptiert – und er hatte ihr Vertrauen mißbraucht!

Er liebte sie. Er wußte jetzt, daß er sie geliebt hatte, seit er sie zum ersten Mal sah, oder noch früher, als sich ihre Gedanken durch die Matrix berührten und er ihr leises *Ich erkenne dich* gehört hatte. Und jetzt sah er nichts mehr vor sich als Schmerz und Entsagung.

Taniquel – seine Beziehung zu Taniquel kam ihm nun wie ein Traum vor. Ihm wurde klar, daß es Dankbarkeit für ihre Freundlichkeit und Wärme gewesen war, für die Tatsache, daß sie ihn von Anfang an anerkannt hatte. Er mochte sie immer noch gern, aber was für einige Zeit zwischen ihnen gewesen war, konnte eine Unterbrechung der sexuellen Verbindung nicht überleben. Es war nie so wie diese Liebe gewesen, die sein ganzes Bewußtsein verschlang. Er wußte, er würde Elorie bis an sein Lebensende lieben, auch wenn er sie nie wieder berühren durfte und sie ihm nicht das geringste Zeichen gab, daß sie seine Liebe erwiderte.

(Aber das hatte sie bereits getan ...)

Schlimmer war seine schreckliche Angst. Kennard hatte ihn vor den Gefahren einer nervösen Erschöpfung gewarnt und ihm geraten, sich in den Tagen unmittelbar vor einer schweren Matrix-Arbeit von Taniquel fernzuhalten, um seine Energie nicht zu verausgaben. Die Bewahrerinnen stimmten sich selbst vollständig mit Körper und Geist auf die Matrizes ein, mit denen sie arbeiteten. Darum durften sie niemals von der Spur einer Emotion berührt werden und noch weniger von Sexualität. Kerwins Gedanken wanderten zurück zu seinem ersten Abend in Arilinn. Elorie war verstört über den harmlosesten Flirt, eine bloße galante Bemerkung gewesen. Sie hatte gesagt, Bewahrerinnen würden ihr Leben lang für ihre Arbeit ausgebildet, und manchmal verlören sie die Fähigkeit dazu schon nach sehr kurzer Zeit. Neyrissa hatte ihm dazu erzählt, es gebe keine anderen Bewahrerinnen. Deshalb war es Elorie unmöglich gemacht, wie die Bewahrerinnen der Vergangenheit ihr hohes Amt einer Heirat oder der Liebe wegen niederzulegen.

Und jetzt, wo vielleicht das Schicksal Darkovers von der Stärke des Arilinn-Turms abhing – und vielleicht von Elorie allein, denn die Stärke des Turms beruhte auf der Kraft seiner Bewahrerin –, jetzt hatte er, Jeff Kerwin, der Fremde in ihrer Mitte, der Außenseiter, den sie an ihr Herz gezogen hatten, sie verraten und den Schutzwall um ihre Bewahrerin durchbrochen.

An diesem Punkt angelangt, setzte Kerwin sich auf und barg das Gesicht in den Händen. Er versuchte, seine Gedanken ganz abzuschalten. Das war schlimmer als Austers Anschuldigung, er sei ein Spion, der dem Imperium Informationen liefere.

Allein in der Nacht kämpfte er mit sich, bis er sich nach schwerer Schlacht besiegt hatte. Er liebte Elorie, aber seine Liebe konnte sie als Bewahrerin vernichten. Und ohne Bewahrerin würden sie in der Arbeit, die sie für das Pan-Darkovanische Syndikat durchführten, versagen, und dann sah sich das Syndikat gerechtfertigt, die Terraner hereinzuholen, Experten in der Umwandlung Darkovers zu einem Abbild des Imperiums.

Ein verräterischer Teil seiner selbst fragte: *Wäre das so schlimm?* Früher oder später würde auch Darkover Bestandteil des Imperiums werden. Das wurde jeder Planet.

Und selbst für Elorie, sagte er sich, würde es besser sein. Keine junge Frau sollte so leben wie sie, isoliert, unter Verzicht auf alles, was das Leben lebenswert machte. Keine Frau sollte ihren Körper als Maschine betrachten, die nichts weiter zu tun hat, als die Energien der

Matrix-Arbeit umzuwandeln! Sogar Rannirl hatte rebelliert, und Rannirl war der Cheftechniker von Arilinn. Rannirl hatte gesagt, Bewahrerinnen wie Elorie seien heutzutage ein Anachronismus. Wenn der Arilinn-Turm nur überleben konnte, indem junge Frauen wie Elorie geopfert wurden, verdiente er es vielleicht gar nicht, zu überleben. Mißlang ihnen die Arbeit für das Pan-Darkovanische Syndikat, dann brauchte Elorie nicht länger Bewahrerin zu sein, dann war sie frei.

Verräter! klagte er sich selbst bitter an. Die Leute von Arilinn hatten ihn aufgenommen, ihn, einen Fremden, heimatlos, von zwei Welten verstoßen, und ihn als einen der Ihren akzeptiert. Sie hatten ihm Freundlichkeit und Liebe geschenkt. Und er war bereit, sie in ihrem schwächsten Punkt zu treffen, er war willens, sie zu vernichten!

Allein in der Nacht gelobte er sich, Elorie aufzugeben. Sie war es, auf die es ankam, und ihre Wahl war es, Bewahrerin zu sein und zu bleiben. Was ihn die Entsagung auch an Qualen kosten mochte, ihr seelischer Friede durfte nicht in Gefahr gebracht werden.

Am Morgen des vierten Tages hörte er sie auf der Treppe sprechen. Er hatte seine Entscheidung getroffen, aber beim Klang ihrer sanften Stimme quoll alles wieder in ihm auf. Er ging zurück und warf sich auf sein Bett, er kämpfte gegen den wütenden Schmerz und die Rebellion in sich an. *Oh, Elorie, Elorie*... Er konnte ihr jetzt nicht gegenübertreten.

Später hörte er Rannirls Stimme vor seiner Tür.

„Jeff? Kannst du hinunterkommen?“

„Nur eine Minute“, antwortete Jeff, und Rannirl ging. Kerwin wandte alle erlernten Techniken an, um die Kontrolle über sich zurückzugewinnen. Er beruhigte seine Atmung, zwang sich zur Entspannung. Als er sich sicher war, daß er die anderen ansehen konnte, ohne ihnen seinen Schmerz und seine Schuld zu enthüllen, ging er nach unten.

Der Kreis von Arilinn hatte sich vor dem Feuer versammelt, aber Kerwin hatte nur für Elorie Augen. Sie trug wieder das leichte, mit Kirschen bestickte Gewand, das mit einem einzigen Kristall an ihrer Kehle befestigt war. Ihr kupferfarbenes Haar war in einer kunstvollen Coiffure von verschlungenen Flechten aufgesteckt, festgehalten mit einer goldbestäubten blauen Blume, der *Kireseth*-Blume, im Volksmund die Goldene Glocke genannt – *Cleindori.* Wollte sie seine

Selbstbeherrschung auf die Probe stellen? Oder, fragte er sich plötzlich, ihre eigene?

Sie hob die Augen, und Kerwin fiel wieder ein, wie man atmete. Denn ihr Lächeln war freundlich, distanziert, gleichmütig.

Hatte sie nichts empfunden? Hatte er sich alles eingebildet? War ihre Reaktion nichts anderes als Furcht gewesen, hatte er ein traumatisches Erlebnis in ihr wachgerufen? Er erinnerte sich an Neyrissas Erzählung. Ein Trinkkumpan ihres verrückten Vaters hatte Hand an das kleine Mädchen gelegt, und ihr Bruder hatte sie an diesen Zufluchtsort in Sicherheit gebracht.

Kennard legte seine Hand sanft auf Jeffs Schulter, und mit der Berührung kam ein unausgesprochener Gedanke: *Bewahrerinnen sind auf eine Art, die du dir überhaupt nicht vorstellen kannst, darauf konditioniert, sich von allem Emotionen frei zu halten.* In diesen drei Tagen der Abgeschlossenheit hatte Elorie es irgendwie fertiggebracht, zu ihrer losgelösten Ruhe, zu ihrem inneren Frieden zurückzufinden. Ihr Lächeln war beinahe genauso, wie es immer gewesen war. *Beinahe.* Kerwin spürte, daß es spröde, brüchig war, eine dünne Haut der Kontrolle über der Panik. Voller Mitleid und Schmerz dachte er: *Ich darf nichts, gar nichts tun, was sie beunruhigen könnte. Sie will es so haben. Ich darf ihre Selbstbeherrschung nicht einmal mit einem Gedanken in Gefahr bringen.*

Elorie erklärte ruhig: „Wir haben über die Reinigungsoperation für heute nacht gesprochen, und Rannirl sagt mir, daß die Fallenmatrix für dich fertig ist, Auster."

„Ich bin bereit", antwortete Auster. „Wenn Jeff keinen Rückzieher machen will."

„Ich habe mich zu jedem Test bereiterklärt, der dich zufriedenstellt. Aber was, zum Teufel, ist eine Fallenmatrix?"

Elorie zog eine ihrer kindlichen Grimassen. „Es ist die schmutzige Perversion einer ehrlichen Wissenschaft."

„Nicht notwendigerweise", protestierte Kennard. „Es gibt gerechtfertigte Fallenmatrizes. Der Schleier vor Arilinn ist auch eine; er hält jeden draußen, der kein Comyn und Blutsverwandter ist. Und es gibt andere auf dem *Rhu fead,* dem heiligen Ort der Comyn. Von welcher Art ist deine, Auster?"

„Eine Falle in der Barriere", antwortete Auster. „Wenn wir die Gruppenbarriere um unsern Kreis errichten, synchronisiere ich die

Fallenmatrix damit. Zapft nun irgendwer die Gedanken eines Mitglieds im Kreis an, schnappt die Falle zu und hält ihn unbeweglich fest, und wir können ihn uns hinterher auf dem Überwachungsschirm ansehen."

„Glaub mir", sagte Kerwin, „wenn irgendwer *meine* Gedanken anzapft, brenne ich ebenso darauf wie du, ihn dingfest zu machen.

„Fangen wir an." Elorie zögerte, biß sich auf die Lippe und trat an den Schrank, wo die Getränke verwahrt wurden. „Ich möchte etwas *Kirian.*" Ohne Kennards mißbilligenden Blick zu beachten, goß sie sich ein. „Ist noch jemand da, der sich selbst heute nacht nicht traut? Auster? Jeff? Hör auf, mich so anzusehen, Neyrissa, ich weiß, was ich tue, und du bist nicht meine Mutter!"

Rannirl meinte unverblümt: „Lori, wenn du dich der Reinigungsoperation nicht gewachsen fühlst, können wir sie um ein paar Tage verschieben..."

„Wir haben sie bereits um drei Tage verschoben, und besser werde ich ihr niemals gewachsen sein", gab Elorie zurück und setzte das Glas mit *Kirian* an ihre Lippen. Aber sie streifte Jeff mit einem Blick, als sie glaubte, er sehe es nicht, und ihre Augen trafen Kerwin ins Herz.

Also ging es ihr ebenso wie ihm. Er hatte sich verletzt gefühlt, weil sie alles beiseiteschieben konnte, weil sie imstande war, zu vergessen oder zu ignorieren, was zwischen ihnen gewesen war. Als er jetzt die Qual in ihren Augen sah, wünschte Kerwin von ganzem Herzen, Elorie sei von dem, was geschehen war, tatsächlich unberührt geblieben. Er konnte es ertragen, wenn er mußte. Doch er wußte nicht, ob er ertragen konnte, was es Elorie angetan hatte.

Er konnte es, weil er mußte. Er sah ihr zu, wie sie den *Kirian*-Likör austrank, und ging mit den anderen nach oben in die Matrix-Kammer.

Sie nahmen die alten Plätze ein, Taniquel als Überwacherin, Neyrissa innerhalb des Kreises, Auster verantwortlich für die Gruppenbarriere, Elorie in der Mitte. In ihren schmalen Händen hielt sie die Kräfte, die das Magnetfeld des Planeten anzapfen konnten. Sie faßte alle ihre vereinigten Gedankenkräfte zusammen und richtete sie auf das Matrix-Gitter, das für diese Operation gebaut worden war.

Kerwin empfand das Warten als Schmerz. Er wappnete sich für den Augenblick, wenn Elories graue Augen sich auf ihn richten und ihn in den Rapport des Kreises ziehen würden. Schon nahm er rings um ihn Gestalt an. Auster, stark und schützend. Die unerschütterliche Kraft, die Kennard war, ganz im Gegensatz zu seinem verkrüppelten Körper. Neyrissa, freundlich und losgelöst. Corus, eine Flut sich überstürzender Bilder.

Elorie.

Mit fester Hand leitete sie ihn in die Schichten des Kristallgitters, das irgendwie auch die vor Kennard liegende Landkarte und das Land der Domänen war. Sie weitete sein Bewußtsein über Zeit und Raum aus, schickte ihn auf die Reise, tief hinein in den Kern des Planeten ...

Stunden später stieg er daraus hervor, kam langsam zum Bewußtsein und sah das Morgengrauen in der Kammer und die Gesichter des Turmkreises um ihn. Und Auster – angespannt, feindselig, triumphierend. Wortlos winkte er die anderen zu sich.

Kerwin hatte noch nie eine Fallenmatrix gesehen. Sie sah wie ein Stückchen seltsam schimmernden Metalls aus, in das hier und da Kristalle eingebettet waren. Tief im Inneren glimmende Lichter erschienen als schmale Streifen an der glasigen Oberfläche. Auster sagte: „Müde, Elorie? Corus, übernimm für eine Minute den Überwachungsschirm und laß uns nachsehen, was wir hier haben." Er zeigte mit dem Finger auf das schöne, tödliche Ding in seinem Schoß. „Ich habe die Falle für jeden aufgestellt, der durch die Gruppenbarriere zu dringen versuchte, und ich spürte, wie sie zuschnappte. Wer es auch war, er sitzt fest, und wir können ihn uns genau ansehen."

Vorsichtig, als müsse er etwas Schmutziges anfassen, ergriff Corus die Fallenmatrix. Er stellte eine Skalenscheibe auf dem großen Überwachungsschirm ein, und Lichter begannen darin zu blinken. Langsam formte sich auf der glasigen Oberfläche ein Bild. Es war ein Blick von oben auf die Stadt Arilinn. Dann veränderte sich der Gesichtspunkt von Landmarke zu Landmarke. Nach und nach rückte ein kleines, armseliges, fast kahles Zimmer in den Mittelpunkt und mit ihm die Gestalt eines Mannes, der sich konzentriert vornüberbeugte, bewegungslos wie ein Toter.

„Wer er auch ist, wir haben ihn in Stasis", stellte Auster fest. „Kannst du sein Gesicht bekommen, Corus?"

Der Brennpunkt verlagerte sich, und Jeff schrie auf, als er das Gesicht erkannte.

„Ragan!"

Natürlich. Das war der verbitterte kleine Mann aus den Raumhafengossen, der so gut wie zugegeben hatte, ein terranischer Spion zu sein, der sich an Jeffs Fersen geheftet, ihm den Gebrauch einer Matrix gezeigt und ihn Schritt für Schritt weitergeschoben hatte.

Wer sonst hätte es sein können?

Kerwin war plötzlich von einer gewaltigen, ruhigen, eisigen Wut erfüllt. Etwas Atavistisches in ihm, ganz und gar darkovanisch, löschte alles in ihm aus bis auf seinen Zorn und seinen verletzten Stolz, daß er auf diese Weise manipuliert worden war, daß man in seinem Geist geschnüffelt hatte. Ganz von selbst tauchten alte Worte in seinem Geist auf.

„Com'ii, *das Leben dieses Mannes gehört mir!* Wann und wie ich kann, fordere ich sein Leben, einer gegen einen, und wer es ihm vor mir nimmt, hat sich mir gegenüber zu verantworten!“

Auster war bereit gewesen, neue Anklagen und Beschuldigungen zu erheben. Doch er tat es nicht. Mit großen, entsetzten Augen sah er Kerwin an.

Kennards Blick begegnete dem Kerwins. Er sagte: „*Comyn* Kerwin-Aillard, als dein nächster Verwandter und dein Pflegevater höre ich deine Forderung und übergebe dir sein Leben, das du ihm nach deinem Willen nehmen oder lassen kannst. Suche ihn, töte ihn, oder gib dein eigenes Leben.“

Jeff vernahm die rituellen Worte, fast ohne sie zu verstehen. Seine Hände brannten buchstäblich in dem Verlangen, Ragan Glied für Glied auseinanderzureißen. Er wies auf den Schirm. „Kann die Falle ihn festhalten, bis ich ihn habe, Auster?“

Auster nickte. Mit schriller Stimme fiel Taniquel ein:

„Das könnt ihr nicht zulassen! Es ist Mord! Jeff hat keine Ahnung davon, wie er ein Schwert benutzen soll, und bildet ihr euch ein, daß dieser ... dieser *Sharug,* diese Katzenbrut, ehrlich kämpfen wird?“

„Ich mag nicht imstande sein, mit einem Schwert umzugehen erklärte Jeff bestimmt, „aber ich bin verdammt gut mit einem Messer. Verwandter, gib mir einen Dolch, und ich kann ihn besiegen“, wandte er sich an Kennard, der seine Forderung anerkannt hatte.

Doch es war Rannirl, der sein Messer vom Gürtel löste. Langsam sagte er: „Bruder, ich gehe mit dir. Deine Feinde sind meine Feinde; zwischen uns werde niemals ein Messer gezogen.“ Er hielt Kerwin das Messer mit dem Heft voraus hin. Kerwin ergriff es benommen. Von irgendwoher kam ihm die Erinnerung, daß dies auf Darkover eine sehr ernste Bedeutung hatte. Er kannte die rituellen Worte nicht, aber er wußte, daß dieser Austausch die Kraft eines Bruderschaftseids hatte, und das machte ihm selbst in seinem allumfassenden Zorn das Herz warm. Schnell umarmte er Rannirl. Alles, was ihm zu sagen einfiel, war: „Ich danke dir … Bruder. Gegen meine Feinde – und deine.“ Es mußte das Richtige gewesen oder ihm doch nahegekommen sein, denn Rannirl drehte den Kopf und küßte Jeff auf die Wange, was diesen ein wenig in Verlegenheit brachte.

„Komm“, sagte Rannirl. „Kennard, in deinem Namen werde ich für einen ehrlichen Kampf sorgen. Wenn du daran zweifelst, Auster, komm mit.“

Kerwin nahm das Messer und wog es in den Händen. Er hatte keinen Zweifel an seiner Fähigkeit, damit umzugehen. Es hatte ein paar Kämpfe auf anderen Welten gegeben. Er hatte herausgefunden, daß in ihm ein Raufbold versteckt war, und jetzt war er froh darüber. Das Gesetz seiner Kindheit, das Gesetz der Blutfehde, füllte ihn bis zu den Wurzeln seines Seins.

Ragan sollte eine verdammt große Überraschung erleben.

Und dann würde er sehr, sehr tot sein.

Kapitel 13: Exil

Sie schritten aus dem Turm, durch den Schleier, in trübes rotes Sonnenlicht. Die blutige Sonne erhob sich gerade über die Vorberge weit weg im Osten. Jeff ging mit der Hand auf seinem Messer, das sich fremd und kalt anfühlte. Zu dieser Stunde waren die Straßen von Arilinn verlassen. Nur wenige erschrockene Zuschauer sahen die drei Rotköpfe, Schulter an Schulter, bewaffnet und bereit zu einem Kampf, und dann fiel ihnen plötzlich ein, daß sie in verschiedenen anderen Richtungen etwas sehr Dringendes zu erledigen hatten.

Sie durchquerten den Stadtteil in der Nähe des Turms, den Marktplatz, wo Jeff sich an einem glücklicheren Tag ein Paar Stiefel ausgesucht hatte. Dann kamen sie in einen engen, schmutzigen Vorstadtbezirk. Auster, dessen Hände immer noch die Fallenmatrix hielten, sagte mit leiser Stimme: „Viel länger kann sie ihn nicht mehr festhalten.“

Kerwins Lippen verzogen sich zu einem grimmigen Grinsen. „Halte ihn lange genug fest, daß ich ihn *finde.* Dann kann er sich nach jedem verdammten Ort davonmachen."

Sie gingen durch eine enge Gasse, einen mit Abfall übersäten Hof, in einen Stall mit ein paar schlecht gehaltenen Tieren. Ein schwachsinniger, zerlumpter Stallknecht mit offenstehendem Mund warf ihnen einen kurzen Blick zu, drehte sich um und entfloh. Auster wies auf eine steile, baufällige Treppe. Sie führte zu einer Außengalerie, auf die sich zwei Zimmer öffneten. Als sie die Stufen erklommen, erschien ein Mädchen in zerrissenem Rock und Umschlagtuch auf der Galerie. Ihr Mund bildete ein O des Erstaunens. Rannirl machte eine schnelle, zornige Handbewegung, und sie schoß zurück in eins der Zimmer und knallte die Tür zu.

Auster blieb vor der anderen Tür stehen. Er sagte: „Jetzt", und seine mageren Hände machten etwas mit der Fallenmatrix, das Jeff nicht sehen konnte. Innerhalb des Zimmers erklang ein langer Schrei der Wut und Verzweiflung. Kerwin sprang vor, trat die Tür auf und drang ein.

Ragan, immer noch in der Haltung, in der ihn die Fallenmatrix gefangen hatte, befreite sich mit einem Ruck daraus und fuhr wie eine in die Ecke getriebene Katze auf sie los. Das Messer, das er aus seinem Stiefel riß, blitzte. Dicht vor ihnen blieb er stehen, nackter Stahl war zwischen ihnen. Höhnisch entblößte er die Zähne. „Drei gegen einen, *vai dom'yn?*"

„Nur einer!" schnaubte Kerwin, und mit seinem freien Arm winkte er Rannirl und Auster, zurückzutreten. Im nächsten Augenblick taumelte er unter der Wucht, mit der Ragans Körper gegen ihn aufprallte. Er fühlte eine Messerspitze über seinen Arm gleiten, aber sie hatte nur seinen Ärmel aufgeschlitzt. Er konterte mit einem schnellen Stoß, bei dem Ragan fast das Gleichgewicht verloren hätte. Dann hielten sie sich in tödlicher Umklammerung, und Jeff mühte sich, Ragans Messer von seinen Rippen fernzuhalten. Sein eigenes Messer riß Leder auf; es kam rot wieder zum Vorschein. Ragan grunzte, wehrte sich, fintierte plötzlich ...

Auster, der wie eine Katze vor dem Mauseloch beobachtete, warf sich mit einem Mal gegen die beiden Männer. Er riß Jeff von den Füßen, und Kerwin, der kaum zu glauben vermochte, daß dies wirklich geschah – *er hätte sich sagen sollen, daß er Auster nicht vertrauen konnte!* –, fühlte Ragans Messer über seinen Arm fahren und sich ein paar Zoll unterhalb der Achselhöhle einbohren. Gefühllosigkeit, dann brennender Schmerz durchfuhren ihn. Das Messer fiel ihm aus der linken Hand, und er fing es mit der anderen auf, kämpfte gegen Austers tödlichen Griff, zog seinen Arm nach unten. Mit einem gräßlichen Fluch trat Kerwin mit dem Stiefel zu.

„Weg mit dir, verdammt! Verstehst du das unter einem ehrlichen Kampf?“ Und Rannirl schlang von hinten die Arme um Auster, packte ihn und zerrte ihn weg. Dabei erwischte ihn Ragans Messer entlang dem Unterarm und über den Handrücken. Er fluchte.

„Mann, bist du wahnsinnig?“ keuchte er.

Ragan riß sich los. Die Tür knallte, Füße rannten die Treppe hinunter, Abfall polterte über die Stufen. Auster und Rannirl fielen, immer noch kämpfend, zu Boden. Irgendwie hatte Auster sich Ragans Messer angeeignet. Rannirl ächzte: „Jeff! Nimm ihm das Messer!“

Kerwin ließ sein eigenes Messer fallen, warf sich über die kämpfenden Körper und zwang Austers Hand nach hinten. Auster wehrte sich kurz, dann erschlaffte seine Hand und ließ das Messer los. Langsam kehrte die Vernunft in seine Augen zurück. Es war ein langer Riß auf seiner Wange – Kerwin wußte nicht, von welchem Messer –, und sein eines Auge verfärbte sich. Blut strömte aus seiner Nase, die Jeff mit dem Ellbogen getroffen hatte.

Rannirl rappelte sich hoch und wischte sich das Blut vom Unterarm. Der Schnitt hatte nur die Haut verletzt. Entsetzt und bestürzt starrte er auf Auster hinab. Auster wollte aufstehen, und Kerwin machte eine drohende Geste. Für zwei Cents hätte er Auster die Rippen eingetreten. „Bleib, wo du bist, verdammt sollst du sein!“

Auster wischte sich Blut von Nase und Mund und blieb liegen. Kerwin trat ans Fenster und sah in den schmutzigen Hof hinunter. Ragan war natürlich verschwunden. Sie hatten keine Chance, ihn wiederzufinden.

Er kehrte zu Auster zurück und sagte: „Nenne mir einen guten Grund, warum ich dir nicht das Gehirn aus dem Kopf treten soll!“

Auster setzte sich auf, blutend, aber nicht geschlagen. „Mach schon, *Terranan*“, höhnte er. „Tu so, als schuldeten wir dir den Schutz unserer Ehrbegriffe!“

Rannirl stand drohend über ihm. „Du wagst es, *mich* einen Verräter zu nennen? Kennard hat die Herausforderung anerkannt, du hast keinen Einspruch erhoben. Und ich habe diesem Mann mein Messer gegeben; er ist mein Bruder. Ich hätte das Recht, dich zu töten, Auster!“ Und er sah aus, als sei er bereit dazu. „Kennard hat ihm das Recht zugestanden...“

„Seinen Komplizen zu ermorden, damit wir niemals die Wahrheit erfahren! Begreifst du nicht, daß er entschlossen war, den Mann zu töten, bevor wir ihn befragen konnten? Hast du nicht gemerkt, daß er ihn erkannte? O ja, er hat eine gute Show für uns abgezogen“, tobte Auster. „Verdammt schlau, ihn zu töten, bevor einer von uns die Wahrheit herausbekommen konnte! Ich wollte ihn lebendig fangen, und wenn du soviel Verstand wie ein Rabbithorn gezeigt hättest, könnten wir ihn jetzt einem telepathischen Verhör unterziehen!“

Er lügt, lügt, dachte Kerwin hoffnungslos, aber schon bewölkte der Zweifel sogar Rannirls Gesicht. Wie immer war es Auster gelungen, alles umzudrehen und ihn in die Verteidigung zu drängen.

„Komm“, sagte er müde, „wir können ebensogut nach Hause gehen.“ Die Antiklimax erfüllte ihn mit Erschöpfung. Der Arm, den Ragans Messer getroffen hatte, begann zu schmerzen. „Hilf mir, das Hemd auszuziehen und die Blutung zu stillen, ja, Rannirl? Ich komme mir vor wie ein abgestochenes Schwein!“

Jetzt waren mehr Leute auf den Straßen, die die drei Comyn anstarren konnten, von denen einer eine blutende Nase und ein blutverschmiertes Gesicht hatte und ein zweiter den Arm in einer aus Rannirls Unterhemd hergestellten Schlinge trug. Kerwin war ebenso ausgehöhlt wie nach einer mit Matrix-Arbeit verbrachten Nacht; bei jedem Schritt glaubte er, nur noch für diesen einen Kraft zu haben. Auch Auster schwankte vor Müdigkeit. Sie kamen an einer Garküche vorbei, wo sich essende und trinkende Arbeiter drängten. Der Essensgeruch erinnerte Kerwin daran, daß sie nach einer Nacht in den Matrix-Schirmen nichts gegessen hatten und er am Verhungern war. Er warf Rannirl einen Blick zu, und in wortloser Übereinkunft betraten sie den Laden. Der Besitzer verging vor Ehrfurcht und bot geschwätzig an, ihnen das Beste vom Besten zu servieren. Doch Rannirl schüttelte den Kopf, nahm sich zwei lange Laibe frischen, heißen Brotes und einen Topf mit gekochten Würsten, warf dem Koch ein paar Münzen zu und winkte seine Gefährten mit einer Kopfbewegung nach draußen. Auf der Straße brach er das Brot, gab ein Stück Kerwin und ein anderes mit finsterem Blick Auster. Kauend schritten sie durch die Straßen von Arilinn, die groben Speisen mit Wolfshunger verschlingend. Brot und Würste kamen Jeff wie ein Imbiß vor, ein winziger Leckerbissen für ein kleines, mäklerisches Kind, aber immerhin gaben sie ihm etwas von seiner Kraft zurück. Doch als sie den Turm erreichten und den Schleier durchschritten, schien das schwache elektrische Prickeln Kerwin die letzte Energie zu rauben.

„Jeff", sagte Rannirl, „ich komme mit dir und verbinde dich."

Kerwin schüttelte den Kopf. Auch Rannirl wirkte erschöpft, und es war nicht einmal sein Kampf gewesen. „Geh und ruh dich aus . . ." – verlegen setzte er hinzu – „. . . Bruder. Ich komme schon zurecht."

Rannirl zögerte, doch dann ging er. Kerwin, erleichtert, daß er allein war, begab sich in sein eigenes Zimmer und warf die Tür hinter sich zu. In dem luxuriösen Bad riß er sich Schlinge und Hemd ab. Unbeholfen hob er den Arm, und sein Gesicht verzog sich vor Schmerz. Rannirl hatte die Blutung provisorisch mit einem dick zusammengelegten Stück Stoff seines zerrissenen Hemds gestillt. Kerwin nahm es ab und untersuchte die Wunde. Ein Stück Haut war abgefetzt worden, Haut und Fleisch hingen wie ein blutiger Lumpen herunter. Aber soviel er feststellen konnte, handelte es sich nur um eine einfache Fleischwunde. Er hielt seinen Kopf ins Wasser. Danach tropfte sein Haar, aber er konnte wieder klar denken.

Der pelzige Nichtmensch, der ihn bediente, glitt ins Zimmer und blieb bestürzt stehen, die grünen, pupillenlosen Augen weit aufgerissen. Er ging wieder und kam schnell mit Verbandszeug und einer dicken gelben Salbe, die er auf die Wunde strich, zurück. Mit seinen merkwürdigen daumenlosen Pfoten verband er Kerwin geschickt. Als er damit fertig war, sah er Kerwin fragend an.

„Besorge mir etwas zu essen", sagte Kerwin, „ich bin am Verhungern." Das Brot und die Würste, die sie unterwegs geteilt hatten, waren längst nicht genug gewesen.

Als er genug für drei hungrige Cowboys nach dem herbstlichen Zusammentreiben der Herde gegessen hatte, öffnete sich die Tür und Auster trat unaufgefordert ein. Er hatte gebadet und die Kleider gewechselt, aber, wie Kerwin zu seiner Freude feststellte, hatte er ein herrliches blaues Auge, das lange Zeit zum Heilen brauchen würde. Kerwin wischte sich den Mund, schob seinen Teller zurück und wies auf Rannirls Messer, das auf dem Tisch lag.

„Wenn du einen neuen Anfall hast, da liegt ein Messer", sagte er. „Wenn nicht, verschwinde aus meinem Zimmer."

Auster sah blaß aus. Er berührte sein Auge, als schmerze es ihn. Jeff hoffte, das tat es. „Ich mache dir nicht zum Vorwurf, daß du mich haßt, Jeff", sagte Auster. „Aber ich muß dir etwas sagen."

Kerwin wollte die Schultern zucken, stellte fest, daß das wehtat, und unterließ es. Auster beobachtete ihn und fuhr zusammen, als habe er den Schmerz empfunden. „Bist du schlimm verletzt? Hat der *Kyrri* sich überzeugt, daß kein Gift an dem Messer war?"

„Als ob dich das kümmert!" entgegnete Kerwin. „Das ist ein darkovanischer Trick; Terraner kämpfen nicht auf diese Art. Und warum, zum Teufel, machst du dir um mich Sorgen, wenn du erst dein Bestes getan hast, damit ich verletzt wurde?"

„Vielleicht verdiene ich das", sagte Auster. „Glaub von mir, was du willst. Mir liegt nur eines am Herzen. Nein, es sind zwei Dinge, und du zerstörst sie beide. Du magst es dir selbst nicht klarmachen – aber, verdammt noch mal, das ist schlimmer, als wenn du es absichtlich tätest!"

„Komm zur Sache, Auster, oder geh."

„Kennard sagt, dein Gedächtnis sei blockiert. Sieh mal, ich beschuldige dich ja nicht, daß du uns absichtlich verrätst..."

„Zu freundlich von dir", fiel Kerwin mit dick aufgetragener Ironie ein.

„Du willst uns nicht betrügen", fuhr Auster fort, und plötzlich verfiel sein Gesicht, als würde es in Stücke brechen. „Und du hast immer noch keine Ahnung, was das *bedeutet!* Es bedeutet, daß *die Terraner dich bei uns eingeschmuggelt haben!* Wahrscheinlich haben sie dein Gedächtnis schon blockiert, bevor du das Raumfahrer-Waisenhaus verlassen hast, bevor du nach Terra kamst. Und als du zurückkehrtest, trafen sie ihre Maßnahmen und hofften, daß geschehen würde, was nun tatsächlich geschehen ist.

Wir sollten dich bei uns aufnehmen, dich für einen von uns halten, uns auf dich verlassen, dich *brauchen!* Weil es so offensichtlich war, daß du zu uns gehörtest –" Seine Stimme brach.

Zu seinem Schrecken merkte Kerwin, daß Auster mit den Tränen kämpfte und am ganzen Körper zitterte. „Wir ließen uns von ihnen täuschen, Kerwin, und von dir – und wie können wir dich dafür hassen –, Bruder?"

Kerwin schloß die Augen. Genau das war der Gedanke, den er von sich geschoben hatte.

Er war jeden Schritt des Weges manövriert worden, vom ersten Augenblick an, als sie Ragan in der Kneipe getroffen hatten. Vielleicht war Johnny Ellers beauftragt gewesen, ihn Ragan vorzustellen; das würde er nie erfahren. Wer außer den Terranern hätte es tun können? Sie manövrierten ihn in seine Experimente mit der Matrix. Sie manövrierten ihn in die Konfrontation mit den Comyn. Und zum Schluß drohten sie mit der Deportation, um die Comyn zu zwingen, den nächsten Zug zu tun und ihn zu sich zu holen.

Er stellte eine getarnte Zeitbombe dar! Die Leute von Arilinn hatten ihn aufgenommen – und in jedem Augenblick konnte er ihnen ins Gesicht explodieren!

Auster nahm Jeff behutsam beim Arm. Er gab acht, ihm nicht weh zu tun. „Ich wünschte, wir könnten einander besser leiden. Jetzt mußt du denken, ich sage dies, weil wir keine Freunde gewesen sind.“

Kerwin schüttelte den Kopf. Austers Schmerz und Aufrichtigkeit mußten jedem mit einer Spur von *Laran* offensichtlich sein. „Das glaube ich nicht. Jetzt nicht mehr. Aber was haben sie sich davon versprochen?“

„Ich bin mir nicht sicher. Vielleicht dachten sie, der Turmkreis würde sich auflösen, wenn du daran teilnahmst. Vielleicht wollten sie Informationen durch eine Lücke in der Barriere erschleichen. Ich weiß, sie sind neugierig darauf, wie die Matrix-Wissenschaft funktioniert, und es ist ihnen bisher nicht gelungen, besonders viel herauszufinden. Nicht einmal von Cleindori, die mit deinem verdammten Vater davonlief. Ich weiß es nicht. Wie, zum Teufel, soll *ich* wissen, was die Terraner wollen? Du solltest es wissen, du bist einer von ihnen. Du hast bei ihnen gelebt. Erzähl du mir, was sie wollen!“

Kerwin schüttelte den Kopf. „Ich weiß es auch nicht. Habe ich sie nicht verlassen? Ich war nie einer von ihnen, außer an der Oberfläche. Aber jetzt, wo wir den Spion haben, wo wir wissen, was sie tun – können wir uns nicht dagegen schützen?“

„Wenn es nur das wäre, Jeff“, antwortete Auster ernst. „Aber da ist noch etwas, die Sache, die nicht zu sehen ich versucht habe.“ Sein Gesicht war angespannt und bleich. „Was hast du Elorie angetan, mein Bruder?“

Elorie. Was hast du Elorie angetan.

Und wenn Auster es wußte, wußten sie es alle.

Er konnte nicht sprechen. Seine Schuld, Austers Furcht standen wie ein Miasma im Raum. Auster ließ ihn los. „Geh weg, Jeff. Um der Liebe der Götter willen, die ihr auf Terra kennt, geh weg, bevor es zu spät ist. Ich weiß, es ist nicht dein Fehler. Du bist nicht mit dem Tabu aufgewachsen. Es sitzt dir nicht tief im Blut und in den Knochen. Aber wenn dir etwas an Elorie liegt, wenn dir an einem von uns liegt, geh weg, bevor du uns alle vernichtest."

Er drehte sich um und ging hinaus, und Kerwin warf sich mit dem Gesicht nach unten auf sein Bett. Zum ersten Mal sah er klar.

Auster hatte recht. Wie ein unheilverkündendes Echo hörte er die Worte der Matrix-Mechanikerin, die mit ihrem Leben dafür bezahlt hatte, daß sie ihm einen Fetzen seiner eigenen Vergangenheit zeigte. *Du bist der eine, der gesandt wurde, eine Falle, die nicht zuschnappte.* Aber sie hatte noch etwas anderes gesagt. *Du wirst finden, was du liebst, und du wirst es zerstören, aber du wirst es gleichzeitig retten.*

Die Prophezeiung dieser alten und unschönen und dem Tod geweihten Frau, deren Namen oder Geschichte er niemals erfahren würde, war Wirklichkeit geworden. Er hatte gefunden, was er liebte, und er war nahe daran gewesen, es zu zerstören. Konnte er es retten, wenn er jetzt wegging, oder war es bereits zu spät?

Oh, Elorie, Elorie! Doch er durfte ihren Namen nicht einmal flüstern. Schon ein Gedanke konnte ihren schwer errungenen Frieden stören. Mit entschlossenem Gesicht erhob sich Kerwin. Er wußte, was er zu tun hatte.

Langsam zog er die Wildleder-Breeches, die Schnürstiefel und die farbige Weste aus. Er kleidete sich wieder in die terranische Uniform, die er – wie er glaubte, für immer – beiseitegelegt hatte.

Wegen des Matrix-Steins zögerte er. Er fluchte, hin- und hergerissen. Er wollte ihn aus dem höchsten Fenster des Turms werfen und auf den Steinen zerschellen lassen. Aber schließlich steckte er ihn in die Tasche. Seine Nervenanspannung war groß genug, und er hatte sich immer schlecht gefühlt, wenn der Stein außerhalb seiner Reichweite gewesen war.

Er hat meiner Mutter gehört. Er ist mit ihr ins Exil gegangen. Er kann jetzt auch mit mir gehen.

Ebenso unschlüssig betrachtete er den gestickten, pelzbesetzten Zeremonienmantel, mit dem diese Kette von Ereignissen begonnen hatte. Schließlich legte er ihn sich um die Schultern. Es war seiner, ehrlich mit dem auf einer anderen Welt verdienten Geld gekauft, und abgesehen von allen Gefühlen war er ein Bollwerk gegen die bittere Kälte der darkovanischen Nacht. Mit der Messerwunde, die er von Ragan empfangen hatte, konnte er es sich nicht leisten, auszukühlen. (War das alles, was die Comyn ihm geben konnten, Messerwunden für seinen Körper und schlimmere für seine Seele?) Dazu kam eine weitere nichts als praktische Überlegung. Auf den Straßen Arilinns würde ein Mann in terranischer Uniform auffallen wie eine Sternenblume auf den nackten Gletschern der Hellers. Der Mantel würde ihm Anonymität verleihen, bis er ein gutes Stück von hier entfernt war.

Er ging zur Tür seines Zimmers. Irgendwo roch es gut nach warmem Essen. Messerkämpfc, Blutfehden, endlose telepathische Operationen in der Matrix-Kammer konnten kommen und gehen, aber die praktische Mesyr würde das Dinner planen, die *Kyrri* überreden, es so zu kochen, wie sie es wünschte, Rannirl schelten, weil er sich den Appetit vor dem Essen mit Wein verdarb, neue Bänder für Elories leichte Gewänder aussuchen, mit den Männern schimpfen, wenn sie nach einem Ritt oder einer Jagd ihre schlammigen Stiefel in die große Halle warfen. Es zerriß ihm das Herz, als er ihre fröhliche, ruhige Stimme hörte. Dies war das einzige Zuhause, das er je gekannt hatte.

Ich habe mir immer gewünscht, meine Großmutter Kerwin wäre von dieser Art gewesen.

Er kam an einer offenen Tür vorbei. Ein Hauch von Taniquels zartem Blumenparfum wehte heraus, und er hörte sie irgendwo in der Suite singen. Kurz tauchte ein Bild vor ihm auf, ihr hübscher, schlanker Körper halb untergetaucht in grünlichem Wasser, ihre Locken auf dem Kopf aufgetürmt. Sie wusch sich. Zärtlichkeit überwältigte ihn. Sie hatte sich nach der nächtlichen Arbeit ausgeschlafen und wußte noch nichts von den Folgen des Messerkampfs . . .

Der Gedanke ließ ihn erstarren. Schon bald würde der Rapport sich von einem zum anderen spinnen, wenn sie sich am Abend versammelten, und dann erfuhren sie alle, was er plante – wenn es nicht bereits geschehen war. Er mußte schnell gehen, oder er würde überhaupt nicht mehr gehen können.

Er warf sich die Kapuze über den Kopf, stieg ungesehen die Stufen hinunter und durchschritt den Schleier. Jetzt war er sicher, denn der Schleier isolierte Gedanken. Er bezwang seine Müdigkeit und schritt entschlossen aus, zwischen den Gebäuden hindurch, die sich um den Turm scharten, über das Landefeld und auf die Stadt Arilinn zu.

Er hatte nur vage Pläne. Wohin konnte er gehen? Die Terraner hatten ihn nicht gewollt. Jetzt gab es auch auf Darkover keinen Platz und keine Sicherheit mehr für ihn. Wo er sich auch versteckte, in jedem noch so weit entfernten Schlupfwinkel von Dalereuth bis Aldaran konnten die Comyn ihn finden, und ganz bestimmt würden sie ihn finden, solange er die Matrix der abtrünnigen Cleindori bei sich trug.

Also zurück zu den Terranern. Sollten sie ihn deportieren, er kämpfte nicht mehr gegen sein Schicksal an. Vielleicht deportierten sie ihn einfach. Aber wenn sie ihn tatsächlich als Zeitbombe bei den Comyn eingeschmuggelt hatten? Was würden sie tun, wenn sie entdeckten, daß er ihren Plan sabotiert hatte, einen sorgfältig angelegten Plan, der zwei Generationen gebraucht hatte, um Früchte zu tragen?

Kam es darauf an? Mochten sie mit ihm machen, was sie wollten.

Kam es jetzt noch auf irgend etwas an?

Er hob den Blick und sah direkt in das große, rote, blutdurchschossene Auge, das vor ein paar Generationen von einem romantischen Terraner die blutige Sonne genannt worden war. Sie sank hinter dem Arilinn-Turm. Kerwin beobachtete ihr Verschwinden, und mit ihm kamen die sich schnell niedersenkende Dunkelheit, die Kälte und Stille. Das letzte Nachglühen verlosch. Der Turm blieb noch eine Minute als blasses Nachbild auf Jeffs Augenlidern und löste sich dann in stechenden Regen auf. Ein einzelnes blaues Licht leuchtete ganz oben im Turm und versuchte tapfer, Nebel und Regen zu durchdringen. Dann verschwand es, als sei es nie gewesen. Kerwin wischte sich den Regen aus den Augen (war der Regen salzig und warm, brannte er auf seinem Gesicht?), wandte dem Turm entschlossen den Rücken und ging in die Stadt.

Er fand einen Ort, wo man ihn weder als Terraner noch als Comyn erkannte, sondern nur auf die Farbe seines Geldes sah. Er erhielt ein Bett und Ungestörtheit und genug – so hoffte er – zu trinken, um Gedanken und Erinnerungen auszulöschen, ihn an dem sinnlosen, unvermeidlichen Wiedererleben jener kurzen Wochen in Arilinn zu hindern.

Es wurde ein monumentales Besäufnis. Kerwin wußte nicht, wie viele Tage es dauerte oder wie oft er in die Straßen von Arilinn taumelte, um neuen Stoff zu holen, und sich wieder in sein Loch verkroch wie ein verwundetes Tier. Wenn er schlief, erschienen in der Dunkelheit verwischte Gesichter und Stimmen und Erinnerungen, die er nicht ertragen konnte. Endlich kam er nach langem Vergessen, das eher Schlaf als Betäubung gewesen war, wieder zum Bewußtsein und fand sie alle um sein Bett versammelt.

Einen Augenblick lang glaubte er, das sei die Nachwirkung von schlechtem Whisky oder sein überstrapazierter Verstand sei zusammengebrochen. Dann schluchzte Taniquel vor Bestürzung und Mitleid unkontrollierbar auf und warf sich neben dem schmutzigen Strohsack, auf dem er lag, auf die Knie. Und da erkannte er, daß sie wirklich da waren.

Er rieb sich das unrasierte Kinn, benetzte seine gesprungenen Lippen mit der Zunge. Seine Stimme wollte ihm nicht gehorchen.

Rannirl fragte: „Hast du wirklich geglaubt, wir würden dich auf diese Weise gehen lassen, *Bredu?*“ Er benutzte die Form des Wortes, die ihm die Bedeutung *geliebter Bruder* gab.

Kerwin würgte hervor. „Auster ...“

„Weiß auch nicht alles“, fiel Kennard ein. „Jeff, kannst du uns jetzt vernünftig zuhören, oder bist du noch zu betrunken?“

Kerwin setzte sich auf. Die Unreinlichkeit seines Verstecks, die leere Flasche am Fuß der zerknüllten Decke, der brennende Schmerz in der vernachlässigten Messerwunde – alles schien Teil der gleichen Sache, seines eigenen Elends, seiner Niederlage zu sein. Taniquel hielt seine Hand, doch sein Geist spürte Neyrissas Berührung, die ihn überwachte.

„Er ist nüchtern genug“, entschied sie.

Er sah von einem zum anderen. Taniquels feste kleine Hände drückten seine, Corus sah betrübt und den Tränen nahe aus, Rannirl war freundschaftlich besorgt, Kennard traurig und sorgenvoll, Auster grimmig distanziert.

Elories Gesicht war eine weiße Maske, die Augen rot und verschwollen. Elorie in Tränen!

Kerwin ließ Taniquels Hand sachte los. „O Gott, warum muß ich das alles noch einmal durchmachen? Hat Auster es euch nicht erzählt?“

„Er hat uns eine Menge erzählt“, antwortete Kennard, „und alles war in seinen eigenen Ängsten und Vorurteilen verwurzelt.“

„Das leugne ich ja gar nicht“, erklärte Auster. „Ich frage nur, ob die

Ängste und Vorurteile nicht gerechtfertigt waren. Dieser Spion – welchen Namen nannte Jeff uns? Ragan. Er ist noch einer von ihnen. Es ist ganz offensichtlich – verdammt, ich habe den Mann *erkannt!* Ich könnte schwören, er ist ein *Nedestro* der Comyn, vielleicht Ardais oder sogar Aldaran! Mit terranischem Blut. Gerade der richtige, bei uns den Spion zu machen. Und Jeff . . . er konnte sogar durch den Schleier kommen! Und Kennard bei der telepathischen Prüfung zum Narren halten!"

Rannirl sagte zornig: „Ich glaube, du siehst terranische Spione unter jedem Kissen, Auster!"

Von neuem faßte Taniquel nach Kerwins Hand. „Wir können dich nicht gehen lassen, Jeff. Du bist einer von uns, du bist Teil unseres Kreises. Wohin willst du gehen? Was willst du tun?"

Kennard fiel ein: „Warte, Tani. Jeff, es war ein kalkuliertes Risiko, dich nach Arilinn zu bringen. Das wußten wir, bevor wir dich durch die Matrix riefen, und wir alle stimmten dem Risiko zu. Und es war mehr als das. Wir wollten einen Schlag gegen dunkle Magie und Tabus führen, einen ersten Schritt zu dem Ziel unternehmen, aus der Matrix-Mechanik eine Wissenschaft statt Zauberei zu machen. Wir wollten beweisen, daß sie von jedem erlernt werden kann, nicht nur von einer sakrosankten Priesterschaft!"

„Ich weiß nicht, ob ich hierin ganz mit Kennard übereinstimme", erklärte Neyrissa. „Ich möchte nicht, daß auf Arilinn ein Schatten des Verbotenen Turms mit seinen schmutzigen Methoden und seinen meineidigen Bewahrerinnen fällt. Aber wir haben Arilinn wieder in die Höhe gebracht, und, Jeff, Tani hat recht, du bist einer von uns. Wir waren alle dafür, das Risiko einzugehen."

„Aber versteht ihr denn nicht?" Kerwins Stimme brach. „Ich bin nicht bereit, das Risiko einzugehen. Nicht, wenn ich nicht bestimmt weiß, daß ich – daß ich mein eigener Herr und kein eingeschmuggelter Spion bin. Ich weiß doch gar nicht, was sie mich tun lassen können! Sie könnten mich zum Werkzeug machen, euch zu vernichten."

„Vielleicht solltest du uns auf *diese* Art vernichten." Corus' Stimme klang bitter. „Wir sollten lernen, dir zu vertrauen – und dann, wenn wir nicht mehr ohne dich arbeiten konnten, solltest du uns verlassen."

„Das ist eine verdammt ungerechte Auslegung, Corus", stieß Jeff heiser hervor. „Ich versuche, euch zu retten. Ich will nicht derjenige sein, der euch vernichtet!"

Taniquel neigte den Kopf und legte ihre Wange auf seine Hand. Sie weinte lautlos. Austers Gesicht war hart. „Kerwin hat recht, Kennard, das weißt du selbst. Jedenfalls hat er Mut genug, das Richtige zu tun. Und du tust uns allen nur weh, wenn du das in die Länge ziehst."

Kennard stützte sich schwer auf seinen Stock und blickte verächtlich auf sie alle hinab. Er biß sich auf die Lippe, um seinen Zorn in Schach zu halten.

„Feiglinge seid ihr! Jetzt, wo wir eine Chance haben, gegen diesen verdammten Unsinn *anzukämpfen!* Rannirl, du weißt, was richtig ist! Du hast selbst gesagt..."

Rannirl biß die Zähne zusammen. „Meine private Überzeugung und der Wille des Rats sind zwei verschiedene Dinge. Ich weigere mich, eine politische Aussage über meine Laufbahn in Arilinn zu machen. Ich bin Techniker, kein Diplomat. Jeff ist mein Freund. Ich habe ihm mein Messer gegeben. Ich nenne ihn Bruder und werde ihn gegen seine Feinde verteidigen. Er braucht nicht zu den Terranern zurückzugehen. – Jeff –" wandte er sich an den Mann auf dem Bett. „Wenn du Arilinn verläßt, brauchst du nicht zu den Terranern zurückkehren. Geh zu meiner Familie in den Kilghardbergen. Frage irgendwen, wo du den Mirion-Seen findest. Erzähle irgendwem, daß du mein geschworener Bruder bist, zeig ihnen das Messer, das ich dir gegeben habe. Wenn diese Angelegenheit erledigt ist, kannst du vielleicht nach Arilinn zurückkommen."

„Ich hätte nicht gedacht, daß du so ein Feigling bist, Rannirl", sagte Kennard. „Warum verteidigst du ihn nicht hier? Wenn er ein Zuhause braucht, ist Armida für ihn da oder, als Cleindoris Sohn, das Gut Mariposa-See. Aber hat denn keiner genug Mumm in den Knochen, für ihn hier in Arilinn einzutreten? Er ist nicht der erste Terraner..."

„Du bist verdammt durchsichtig, Kennard", bemerkte Auster. „Alles, was dich interessiert, ist, daß du deinen halbblütigen Sohn eines Tages nach Arilinn bekommst, und um einen Präzedenzfall zu schaffen, willst du sogar einen terranischen Spion einlassen! Kann dein verdammter Sohn nicht durch eigene Verdienste – falls er welche hat – nach Arilinn gelangen? Ich wünsche Jeff nichts Böses mehr. Zandru nehme diese Hand..." – er legte sie kurz auf das Heft seines Dolches – „... wenn ich ihm Böses wünsche. Aber er darf nicht nach Arilinn zurückkehren; wir dürfen keinen terranischen Spion in einen Matrix-Kreis einlassen. Wenn er nach Arilinn zurückkehrt, werde ich gehen."

„Ich auch“, erklärte Neyrissa. Rannirl, dem anzusehen war, wie schrecklich er sich schämte, sagte: „Es tut mir leid. Ich auch.“

„Feiglinge!“ schleuderte Corus ihnen entgegen. „Die Terraner haben unsern Kreis ja schon durchbrochen, oder nicht? Sie brauchten Jeff gar nicht zu ihrem Spion zu machen. Sie brauchten nur dafür zu sorgen, daß wir ihn verdächtigen!“

Kennard schüttelte ungläubig und angewidert den Kopf. „Werdet ihr das wirklich tun, ihr alle?“

Kerwin hätte am liebsten hinausgeschrien: *Ich liebe euch alle, hört auf, mich auf diese Weise zu foltern!* Seine Zunge war schwer. „Jetzt, wo ihr wißt, daß es möglich ist, werdet ihr jemanden finden, der meine Stelle einnehmen kann.“

„Wen?“ fragte Elorie verzweifelt. „Kennards halbblütigen Sohn? Er ist noch keine zehn Jahre alt! Die alte Leominda aus Neskaya? Den Erben von Hastur, der erst vier Jahre alt, oder den Erben von Elhalyn, der neun Jahr alt und nicht viel mehr als ein Schwachsinniger ist? Vielleicht meinen verrückten Vater? Die kleine Callina Lindir von Neskaya?“

Kennard sagte: „Das sind wir alles durchgegangen, als wir den Entschluß faßten, Jeff herzubringen. In allen sieben Domänen konnten wir keine anderen Kandidaten finden. Und jetzt, wo wir einen voll qualifizierten und funktionierenden Bewahrerinnenkreis in Arilinn haben, wollt ihr das wegwerfen und Jeff gehen lassen? Nach allem, was wir durchgemacht haben, um ihn zu holen?“

„Nein!“ Elorie erschreckte sie alle mit ihrem Aufschrei. Sie warf sich nach vorn. Voll Angst, daß sie fallen würde, streckte Kerwin eine Hand aus, um sie aufzufangen. Er hätte sie sofort ehrerbietig losgelassen, aber sie umklammerte ihn mit ihren Armen. Ihr Gesicht war weißer als an dem Tag, als sie in der Matrix-Kammer zusammengebrochen war.

„Nein“, flüsterte sie. „Nein, Jeff, nein, geh nicht! Bleib bei uns, Jeff, was auch geschieht – ich kann es nicht ertragen, dich zu verlieren ...“

Einen Augenblick lang hielt Kerwin sie fest. Sein eigenes Gesicht war bleich wie der Tod. Fast unhörbar flüsterte er: „Oh, Elorie, Elorie ...“ Doch dann bezwang er sich und schob sie sanft von sich.

„Erkennst du jetzt, warum ich gehen muß?“ fragte er leise, nur für sie allein. „Ich *muß* gehen, Elorie, das weißt du ebenso gut wie ich. Mach es mir nicht noch schwerer.“

Er sah Schock, Zorn, Mitleid, Anklage in den Gesichtern um ihn aufdämmern. Neyrissa kam, um Elorie wegzuziehen. Sie redete ihr halblaut zu, aber Elorie stieß ihre Hand beiseite. Ihre Stimme war hoch und schrill.

„Nein. Wenn Jeff sich entschieden hat zu gehen oder wenn ihr ihn zwingt zu gehen, dann habe auch ich mich entschieden, und es ist vorbei. Ich – ich kann mein Leben nicht mehr dafür hingeben!" Sie sah sie alle an. Ihre Augen waren riesengroß und sahen wie Wunden in ihrem blassen Gesicht aus.

„Aber Elorie, Lori", flehte Neyrissa. „Du weißt, warum du nicht zurücktreten darfst, du weißt, wie sehr du gebraucht wirst ..."

„Und was bin ich dann? Eine Puppe, eine Maschine, die den Comyn und dem Turm dienen muß?" schrie sie hysterisch. „Nein. Nein. Es ist zuviel! Ich kann es nicht ertragen, ich werfe es von mir ..."

„Elorie ... *Breda*", flehte Taniquel. „Sag das nicht – nicht auf diese Weise, nicht jetzt, nicht hier! Ich weiß, was du empfindest, aber ..."

„Du weißt, was ich empfinde? Du wagst mir das zu sagen, du, die du in seinen Armen gelegen und seine Liebe kennengelernt hast? O nein, du hast dir nichts versagt, aber du bist schnell dabei, mir zu sagen, was ich tun muß ..."

„Lori", Kennards Stimme war liebevoll. „Du weißt nicht, was du sagst. Ich bitte dich, erinnere dich, wer du bist ..."

„Ich weiß, wer ich sein soll!" schrie sie außer sich. „Eine Bewahrerin, eine *Leronis,* eine sakrosankte Jungfrau ohne Geist oder Herz oder Seele oder eigenes Leben, eine Maschine für die Relais ..."

Kennard schloß vor Qual die Augen, und Kerwin, der des alten Mannes Gesicht sah, meinte Worte wie diese zu hören, die vor Jahren gesprochen worden waren. Widergespiegelt in Kennards Gedanken und Erinnerungen sah er das Gesicht seiner Mutter.

Cleindori. Oh, meine arme Schwester! Doch laut sagte Kennard nur sehr behutsam: „Lori, mein Liebling. Alles, was du erleidest, haben andere vor dir erlitten. Als du nach Arilinn kamst, wußtest du, es würde nicht leicht sein. Wir können dir nicht erlauben, uns zu verlassen, nicht jetzt. Eine neue Bewahrerin wird ausgebildet, und wenn sie dein Amt übernehmen kann, bist du frei. Aber nicht jetzt, *Chiya,* denn dann wirfst du alles weg, was wir errungen haben."

„Ich kann nicht! Ich kann nicht so leben!" rief Elorie. „Jetzt nicht mehr, wo ich endlich erfahren habe, was es ist, dem zu entsagen ich geschworen habe!“

„Lori, mein Kind ...“ begann Neyrissa weich, aber Elorie ging wie eine Furie auf sie los. „Du hast gelebt, wie es dir gefiel, du hast im Turm Freiheit statt Sklaverei gefunden! Für dich war der Turm ein Zufluchtsort, für mich ist er nie etwas anderes gewesen als ein Gefängnis! Du und Tani, ihr macht es euch leicht, von mir zu verlangen, das für immer aufzugeben, was euch selbstverständlich war, Liebe und geteilte Freude und Kinder ...“ Ihre Stimme brach. „Ich wußte es nicht, ich wußte es nicht, und jetzt ...“ Wieder warf sie sich in Jeffs Arme. Er konnte sie nicht von sich stoßen.

Auster starrte Elorie entsetzt an und sagte mit leiser Stimme: „Das ist schlimmerer Verrat, als die Terraner ihn je begehen könnten. Und wenn ich daran denke, Jeff, daß ich geglaubt habe, du hättest das unschuldig getan!“

Rannirl schüttelte den Kopf. Seine Stimme klirrte wie Eis. „Ich habe dir mein Messer gegeben. Ich habe dich Bruder genannt. Und du hast uns dies angetan, du hast es *ihr* angetan!“ Er spuckte aus. „Es gab eine Zeit, als ein Mann, der eine Bewahrerin verführte, mit Haken zerrissen wurde, und die Bewahrerin, die ihren Eid brach ...“ Er konnte nicht fortfahren. Er war zu zornig. „Und so wiederholt sich die Geschichte – Cleindori und dieser Dreck von einem Terraner!“

„Du hast es selbst gesagt!“ rief Elorie in ihrer Pein. „Du hast gesagt, jeder Mechaniker könne die Arbeit einer Bewahrerin tun, eine Bewahrerin sei ein Anachronismus, Cleindori habe recht gehabt!“

„Was ich glaube und was wir in Arilinn tun können, sind zwei verschiedene Dinge“, fuhr er sie verächtlich an. „Ich hätte dich nicht für eine solche Närrin gehalten! Auch hätte ich dich nicht für so schwach gehalten, daß du diesem hübschen Terraner, der uns alle mit seiner charmanten Art hereingelegt hat, wie eine Hure nachläufst! Ja, auch ich habe mich von ihm bezaubern lassen – und er hat das ausgenutzt, verdammt soll er sein, er hat es ausgenutzt, um den Turm zu zerbrechen!“ Rannirl fluchte und drehte ihnen den Rücken zu.

„Dreckige Hure“, sagte Neyrissa und hob die Hand, um Elorie zu schlagen. „Nicht besser als dieser dreckige alte Mann, unser Vater, dessen Schweinereien ...“

Kennard fing Neyrissas Hand mitten in der Luft ab. „Was? Du willst Hand an unsere Bewahrerin legen?“

„Das hat sie verwirkt!“ Neyrissa zog verächtlich die Oberlippe hoch.

Auster erklärte mit finsterem Blick: „In einer früheren Zeit hätte das den Tod für dich bedeutet, Elorie – und den Tod durch Folter für *ihn.*“

Voller Entsetzen wurde Kerwin klar, in welchem Irrtum sie alle befangen waren. Elorie klammerte sich an ihn und versteckte ihr Gesicht an seiner Brust. Er trat schnell vor, um die Verleumdung zurückzuweisen, um Elories Unschuld darzulegen. Die Worte waren bereits auf seinen Lippen: *Ich schwöre, daß sie mir heilig gewesen ist, daß ihre Keuschheit unberührt ist...*

Aber Elorie warf herausfordernd den Kopf zurück. „Nenn mich, was du willst, Neyrissa. Das gilt für euch alle. Es ist sinnlos. Ich habe mich von Arilinn losgesagt; ich erkläre mich selbst für ungeeignet, nach den Gesetzen Arilinns Bewahrerin zu sein...“

Sie drehte sich zu Kerwin um und warf sich ihm heftig schluchzend wieder an die Brust. Die noch ungesprochenen Worte – *Dies sind nur die Phantasien eines unschuldigen Mädchens. Ich habe weder sie noch euch betrogen* – erstarben für immer auf seinen Lippen. Er konnte Elorie nicht von sich weisen, jetzt nicht mehr, wo er sah, daß der erschrockene und ungläubige Ausdruck auf den Gesichtern der anderen zu Ekel und Abscheu wurde. Mit verzweifelter Kraft hielt sich Elorie an ihm fest. Ihr ganzer Körper bebte unter ihrem Schluchzen.

Bereit, sein Urteil aus ihrer Hand zu empfangen, stand er ihnen gegenüber. Er senkte den Kopf. Seine Arme lagen schützend um Elorie.

„Dafür sollten sie sterben!“ rief Auster.

Rannirl zuckte die Schultern. „Was hätte das für einen Sinn? Sie haben alles sabotiert, was wir versucht, alles, was wir vollbracht haben. Nichts, was wir jetzt tun, kann noch etwas daran ändern. Wünsche ihnen Glück zu ihrem Erfolg!“ Er drehte sich um und ging hinaus.

Auster und Corus folgten ihm. Kennard hielt sich noch einen Augenblick auf. Sein Gesicht war zerfurcht vor Elend und Verzweiflung. „Oh, Elorie, Elorie“, flüsterte er, „wenn du nur zu mir gekommen wärst, wenn du mich rechtzeitig gewarnt hättest...“ Kerwin spürte, daß er nicht zu Elorie sprach, sondern zu einer Erinnerung. Aber sie hob ihren Kopf nicht von Jeffs Brust, und da seufzte Kennard, schüttelte den Kopf und ging davon.

Sprachlos, immer noch erschüttert von der Gewalt ihrer Lügen, hörte Kerwin, wie sich die Tür hinter ihnen schloß. Elorie hatte sich ein bißchen beruhigt; jetzt begann sie von neuem zu weinen, schluchzend wie ein Kind. Kerwin hielt sie in seinen Armen. Er verstand das alles nicht.

„Elorie, Elorie", flehte er. „Warum hast du das getan? Warum hast du sie belogen?"

Hysterisch schluchzend und lachend lehnte sich Elorie zurück und sah ihn an. „Es war doch keine Lüge! Ich hätte sie nicht noch einmal belügen können! Mein Leben als Bewahrerin war zur Lüge geworden, seit ich dich berührte – oh, ich weiß, du hättest mich niemals berührt, wegen des Gesetzes, wegen des Tabus, und doch wußten sie, als ich zu ihnen sprach, daß ich die Wahrheit sagte!

Ich sehne mich so nach dir, ich liebe dich so sehr, daß ich es nicht ertragen kann, mich wieder in einen Roboter zu verwandeln, eine Maschine, einen lebendig-toten Automaten, wie ich es vorher war ..." Ihr Schluchzen erstickte die Worte beinahe. „Ich wußte, ich würde nie mehr Bewahrerin sein können – und als du weggingst, dachte ich zuerst, ohne dich könnte ich zu dem zurückkehren, was ich gewesen war, aber da war nichts, nichts mehr in meiner Welt, und ich wußte, wenn ich dich niemals wiedersehen sollte, würde ich mehr tot als lebendig sein ..."

„Oh, Elorie! O Gott, Elorie!" flüsterte er überwältigt.

„So hast du nun alles verloren – und du bist nicht einmal frei!" erklärte sie wild. „Aber ich habe nichts und niemanden, wenn du mich nicht willst, ich habe nichts, nichts ..."

Kerwin nahm sie in die Arme wie ein Kind und barg sie an seiner Brust. Die Größe ihres Vertrauens erschütterte ihn. Ihm schauderte bei dem Gedanken, was sie für ihn aufgegeben hatte. Er küßte ihr tränennasses Gesicht, legte sie auf das zerwühlte Bett nieder und kniete daneben nieder.

„Elorie ..." – und die Worte waren ein Gebet und ein Gelübde – „... jetzt, wo ich dich habe, ist es mir gleichgültig, ob ich alles andere verliere. Mein einziges Bedauern, als ich Arilinn verließ, war, daß ich dachte, ich verließe dich."

Das war nicht wahr, und während er es aussprach, wußte er, daß es nicht wahr war, und Elorie wußte es auch. Doch es kam jetzt nur darauf an, Elorie mit einer tieferen Wahrheit neuen Mut zu geben.

„Ich liebe dich, Elorie“, flüsterte er, und das wenigstens war wahr. „Ich werde dich niemals von mir gehen lassen.“ Er beugte sich vor, küßte sie auf die Lippen und zog ihren kindlichen Körper von neuem in seine Arme.

Kapitel 14: Tür in die Vergangenheit

Thendara war in dem ersterbenden Licht eine Masse aus schwarzen Türmen und Gebilden. Das terranische Hauptquartier leuchtete unter ihnen wie ein einziger heller Speer gegen den Himmel. Jeff zeigte es Elorie durch das Fenster des terrranischen Flugzeugs.

„Es mag dir nicht sehr schön vorkommen, mein Liebling. Aber irgendwo werde ich eine Welt finden, die ich dir geben kann.“

Sie lehnte sich an seine Schulter. „Ich habe die Welt, die ich mir wünsche.“

Das Zeichen zum Anlegen der Sicherheitsgurte leuchtete auf, und er half ihr, die Schnalle zu schließen. Sie preßte die Hände auf die Ohren, weil der Lärm sie ängstigte, und er legte den Arm um sie und hielt sie fest.

Die letzten drei Tage waren eine Zeit der Freude und der Entdeckungen für sie beide gewesen, obwohl ihnen das Gefühl gemeinsam war, Ausgestoßene zu sein, vertrieben aus dem einzigen Zuhause, das sie jemals gehabt oder gewünscht hatten. Sie sprachen nicht darüber; sie hatten zuviel anderes miteinander zu teilen.

Kerwin hatte nie eine Frau wie Elorie gekannt. Einmal hatte er sie für distanziert, für leidenschaftslos gehalten. Dann hatte er erkannt, daß ihre Ruhe eiserne Beherrschung, nicht Abwesenheit von Leidenschaft war.

Ängstlich, untröstlich, unschuldig bis beinahe zur Unwissenheit und verschreckt war sie zu ihm gekommen. Und sie hatte ihm ihre Furcht gegeben, wie sie ihm alles Übrige von sich gab, ohne Heuchelei und ohne Scham. Dies Ausmaß an Vertrauen ängstigte auch Kerwin – wie konnte er sich seiner je würdig erweisen? Aber es war typisch für Elorie, daß sie nichts halb oder unter Vorbehalt tun konnte. Als Bewahrerin hatte sie sich von jedem Gefühl weit entfernt gehalten, sogar in ihrer Phantasie, und an Liebe hatte sie nie gedacht. Und nachdem sie ihr Amt niedergelegt hatte, gab sie sich Jeff mit all ihrer so lange unter Kontrolle gehaltenen Leidenschaft hin.

Einmal sprach er mit ihr darüber. Er hatte gefürchtet, sie werde ängstlich oder frigide sein, und jetzt war er so überrascht wie entzückt, daß sie seine Leidenschaft erwiderte. Er hatte sich eingebildet, eine Frau, die das Leben einer Bewahrerin führen konnte, sei kalt bis ins Herz hinein, ohne Verlangen und Begehren.

Sie hatte laut herausgelacht und den Kopf geschüttelt. „Nein“, sagte sie. „Kennard hat es mir einmal erklärt. Außenseiter stellen sich vielleicht vor, daß eine leidenschaftslose Frau, die unter einem einsamen, liebeleeren Leben nicht leiden würde, am besten als Bewahrerin geeignet sei. Aber jeder, der eine Ahnung von *Laran* hat, weiß, daß das falsch ist. *Laran* und Sexualität entstehen an der gleichen Stelle im Körper und sind sich sehr ähnlich. Eine Frau, die Bewahrerin sein könnte, ohne zu leiden, hätte nicht genug *Laran,* um Bewahrerin zu sein oder überhaupt in einem Turm zu arbeiten.“

Das Flugzeug landete, und Elorie zog ihren Mantel über ihr leuchtendes Haar. Kerwin nahm ihren Arm, um sie über die harten und ungewohnten Metallstufen zu führen. Ihretwegen mußte er sicher auftreten, auch wenn er es nicht war. „Ich weiß, das ist dir alles fremd, Liebling. Aber es wird dir nicht lange fremd bleiben.“

„Kein Ort, wo du bist, wird mir fremd sein“, antwortete sie tapfer. „Aber... aber werden sie es uns erlauben? Sie werden uns doch nicht... trennen?“

Darüber konnte er sie beruhigen. „Ich mag nach euren Gesetzen Darkovaner sein, aber ich habe die terranische Staatsangehörigkeit, und die können sie mir nicht nehmen. Und jede Frau, die gesetzlich mit einem Bürger des Imperiums getraut wird, erhält die Staatsangehörigkeit automatisch.“ Er dachte an den gelangweilten, von keiner Neugierde geplagten Beamten in der Handelsstadt bei Port Chicago, der sie vor drei Tagen getraut hatte. Port Chicago lag außerhalb der Domänen. Der Mann hatte kurz auf Jeffs Identitätsscheibe geblickt und den Namen „Elorie Ardais“, den Elorie nannte, interesselos hingenommen. Wahrscheinlich hatte er nie von den Comyn oder vom Arilinn-Turm gehört. Er holte eine Frau als Trauzeugin in sein Büro. Sie zwitscherte freundlich und sagte zu Elorie, da sie beide rote Haare hätten, würden sie sicher eine Schar rothaariger Kinder bekommen. Elorie errötete, und Kerwin empfand tiefe, unerwartete Zärtlichkeit.

Der Gedanke an ein Kind Elories berührte ihn auf eine Weise, von der er sich nie hätte träumen lassen.

„Du bist, wohin wir auch gehen mögen, meine Ehefrau nach dem Gesetz des Imperiums“, wiederholte er jetzt. Sanft setzte er hinzu: „Aber vielleicht müssen wir Darkover verlassen.“

Elorie nickte und biß sich auf die Lippe. Die Comyn mochten neuerdings ebenso eifrig darauf bedacht sein, Jeff deportieren zu lassen, wie sie es zuvor hatten verhindern wollen.

Insgeheim meinte Kerwin, das wäre auch besser. Darkover konnte für ihn wie für sie nichts anderes mehr sein als eine Erinnerung an das, was sie verloren hatten. Und da draußen gab es Welten genug.

Nervös näherte er sich der Einzäunung. Es war möglich, daß man ihn als einen zur Deportation verurteilten Mann sofort festnahm. Es gab gewisse Rechtsmittel, die er in Anspruch nehmen konnte, um einen Aufschub zu erreichen. Für ihn selbst wäre es ihm nicht der Mühe wert gewesen. Für Elorie wollte er alles tun, um eine Aufhebung des Urteils zu erwirken.

Der große Raumpolizist in schwarzem Leder musterte Kerwins schäbige terranische Kleidung und das ängstliche verschleierte Mädchen an seinem Arm. Er warf einen Blick auf Jeffs Ausweis.

„Und die Frau?“

„Meine Ehefrau. Wir haben vor drei Tagen in Port Chicago geheiratet.“

„Ich verstehe“, meinte der Raumpolizist langsam. „In dem Fall sind bestimmte Formalitäten zu erfüllen.“

„Selbstverständlich.“

„Dann kommen Sie bitte mit ins HQ.“

Er führte sie hinein. Jeff drückte beruhigend Elories Arm. Er bemühte sich, seine bösen Ahnungen zu verbergen. Die Ehe mußte im Archiv eingetragen werden, und sobald Jeff seinen Ausweis vorlegte, würde der Computer die Information ausspucken, daß er zur Deportation verurteilt war und unter Hausarrest stand.

Er hatte sich überlegt, ob er anonym in die Terranische Zone zurückkehren sollte, wenigstens für einen oder zwei Tage. Aber die genauen Vorschriften des Imperiums, was eingeborene Frauen und Heiraten betraf, machten das undurchführbar. Als er es Elorie erklärte, hatte sie darauf bestanden, ihr liege nichts an einer Eintragung. Aber Jeff hatte sich zum ersten Mal über ihren Protest hinweggesetzt und festgestellt: „*Mir* liegt daran.“ Dann hatte er auf keinen Einwand mehr gehört.

Im Zivildienst des Imperiums sind zum größten Teil ledige Männer tätig. Nur wenige terranische Frauen können sich dazu entschließen, ihre Männer durch die halbe Galaxis zu begleiten. Die Folge ist, daß auf jedem Planeten sowohl offizielle als auch inoffizielle Verbindungen mit eingeborenen Frauen als selbstverständlich gelten. Um endlose Komplikationen mit den verschiedenen planetaren Regierungen zu vermeiden, zieht das Imperium einen sehr scharfen Trennungsstrich.

Ein Bürger des Imperiums darf auf jedem beliebigen Planeten jede beliebige Frau nach den Gesetzen ihrer eigenen Welt und den Bräuchen ihres Volkes heiraten. Das ist eine Angelegenheit zwischen dem einzelnen Terraner, der Frau, ihrer Familie und den Gesetzen, unter denen die Frau lebt. Das Imperium hat damit nichts zu schaffen. Ob die Heirat offiziell oder inoffiziell ist, auf Zeit oder für dauernd geschlossen wird oder überhaupt keine Ehe darstellt, ist Sache der privaten ethischen und moralischen Begriffe der betroffenen Parteien. Der Mann wird im Archiv des Imperiums weiter als ledig geführt, und Vorsorge für seine Frau kann er nach eigenem Ermessen treffen. Wenn er es wünscht, kann er jedoch für jedes aus seiner Ehe stammende Kind die Staatsbürgerschaft beantragen und ihm bestimmte Privilegien sichern. So wie der ältere Jeff Kerwin es für seinen Sohn getan hatte.

Aber wenn der Mann sich entscheidet, die Heirat bei den terranischen Behörden eintragen zu lassen oder irgendein amtliches Dokument unterschreibt, in dem eine eingeborene Frau irgendeiner Welt als seine gesetzliche Ehefrau bezeichnet wird, dann ist sie seine gesetzliche Ehefrau. Von dem Augenblick an, als ihre Heiratsurkunde unterzeichnet und in den Computer eingespeist wurde, hatte Elorie den gesetzlichen Anspruch auf alle Privilegien einer terranischen Bürgerin, und wenn Jeff beim nächsten Atemzug nach seiner Unterschrift gestorben wäre, hätte sie immer noch alle Privilegien der Witwe eines terranischen Bürgers gehabt. Kerwin war sich unsicher darüber, was die Zukunft für sie beide bereithielt, aber er wollte auf diese Weise für Elories Schutz und Sicherheit sorgen. Immer noch klangen im Zorn gesprochene Worte in seinen Ohren und quälten ihn in Alpträumen.

In den alten Zeiten hätte das den Tod für dich bedeutet, Elorie – und den Tod durch Folter für ihn! Und dann schüttelte ihn das Entsetzen. Es mochte Menschen geben, die sich verpflichtet fühlten, die Ehre einer Bewahrerin zu rächen.

Kennard hatte gesagt – Was hatte Kennard gesagt? Nichts. Und trotzdem hatte Jeff Angst, ohne zu wissen, warum. Deshalb sah er mit Erleichterung zu, als ein Archivangestellter ihm und Elorie die Daumenabdrücke nahm und den Kode eintippte. Jetzt gab es keine Möglichkeit mehr für den langen Arm der Comyn, Elorie von seiner Seite zu reißen.

Das hoffte er.

Während die Einzelheiten in den Computer eingespeist wurden, war Kerwin überzeugt, daß er Schwierigkeiten für sich selbst heraufbeschworen hatte. Innerhalb weniger Stunden würde er Fragen zu beantworten haben, sich dem Schicksal der Deportation gegenübersehen. Seine Akte trug einen Schmutzfleck, aber schließlich war er ein Zivilangestellter, und das Verlassen seines Postens ohne offizielle Erlaubnis war nur ein kleineres Vergehen an seinen Vorgesetzten, kein Verbrechen. Irgendwie mußte er dafür sorgen, daß er sich seinen Lebensunterhalt verdienen konnte. Er mußte sich entscheiden, ob er nach Terra zurückkehren oder es auf einer anderen Welt versuchen wollte. Er war sich ziemlich sicher, daß seine terranischen Großeltern Elorie nicht mit offenen Armen willkommen heißen würden. Aber alle diese Einzelheiten konnten warten.

In Thendara kannte er hauptsächlich Bars und ähnliche Lokale, wohin er Elorie nicht führen konnte. Er hätte um Unterbringung im HQ-Quartier für verheiratetes Personal ersuchen können, aber das wollte er nur tun, wenn es gar nicht anders ging. Ebenso unklug wäre es, in der Altstadt zu wohnen. In Arilinn hatte er einen Vorgeschmack davon bekommen, wie Leute behandelt wurden, die man als Comyn erkannte. Ein Hotel in der Handelsstadt war für den Augenblick die offensichtliche Lösung.

Er zeigte Elorie im Vorübergehen das Raumfahrer-Waisenhaus. „Dort habe ich gelebt, bis ich zwölf Jahre alt war", berichtete er, und wieder überkam ihn Verwirrung. *Wirklich? Warum hatte man dann dort keine Unterlagen über mich?*

„Elorie", fragte er, als sie allein in ihrem Hotel waren, „hatten die Comyn etwas damit zu tun, daß meine Unterlagen im Waisenhaus vernichtet wurden?" Kerwin nahm an, daß eine Matrix ohne Schwierigkeiten Daten in einem Computer löschen konnte. Er wenigstens hätte mit seinen Kenntnissen über Computer und Matrizes leicht eine Möglichkeit gefunden.

„Ich weiß es nicht", antwortete sie. „Ich weiß, daß wir Auster von ihnen zurückholten, als er ein kleines Kind war, und daß *seine* Unterlagen vernichtet wurden."

Kennard hatte das eine merkwürdige Geschichte genannt und angedeutet, er werde es Jeff irgendwann einmal erzählen. Aber er hatte es nicht getan.

Lange nachdem Elorie eingeschlafen war, lag Kerwin wach an ihrer Seite und dachte über die falschen Spuren und Sackgassen nach, die ihm seine Suche nach der eigenen Vergangenheit erschwert hatten. Als die Comyn ihn fanden, hatte er diese Suche aufgegeben – schließlich hatte er die Hauptsache von dem, was er zu wissen wünschte, festgestellt: Wohin er gehörte. Doch es gab immer noch Geheimnisse aufzuklären, und bevor er Darkover für immer verließ – und er nahm an, daß das nur eine Sache der Zeit war –, wollte er wenigstens einen letzten Versuch machen.

Am nächsten Tag erzählte er Elorie ein wenig darüber.

„Es waren keine Unterlagen über mich da. Ich habe gesehen, was die Maschine ausdruckte. Wenn ich nur unbeobachtet ins Waisenhaus gehen und nachprüfen könnte, ob noch jemand da ist, der sich an mich erinnert – eine der Hausmütter oder ein Lehrer."

„Wäre das nicht gefährlich, wenn du einfach hineingehst?"

„Nicht gefährlich für Leib und Leben. Allerdings könnte ich wegen Hausfriedensbruchs oder unerlaubten Eindringens festgenommen werden. Zum Teufel, ich wünschte, ich wüßte eine Möglichkeit, wie eine Matrix mich unsichtbar macht."

Elorie lächelte schwach. „Ich könnte dich abschirmen – etwas über dich werfen, das man einen *Glanz* nennt. Dann könntest du ungesehen unter den Leuten umhergehen." Sie seufzte. „Es ist ungesetzlich, daß eine Bewahrerin, die ihren Eid zurückgegeben hat, ihre Kräfte benutzt. Aber ich habe bereits so viele Gesetze gebrochen. Und bestimmte Kräfte ... habe ich verloren."

Sie sah blaß und elend aus, und Kerwin drehte sich das Herz um bei dem Gedanken, was sie für ihn aufgegeben hatte. Aber warum bedeutete das einen solchen Unterschied? Er wollte nicht fragen, doch

Elorie las die Frage in seinen Gedanken und sagte: „Ich weiß es nicht. Mir ist immer gesagt worden, eine Bewahrerin müsse ... müsse Jungfrau sein und verliere ihre Kräfte, wenn sie ihren Eid zurückgibt und einen Liebhaber oder Ehemann nimmt."

Es verblüffte Kerwin, daß sie das unbesehen hinnahm. Sie hatte sich von so manchem Aberglauben losgesagt, hatte sich geweigert, auf ihre rituelle Autorität zu pochen, hatte es verabscheut, wenn das Wort *Zauberin* auf sie angewendet wurde. Vielleicht war ihr diese eine Vorstellung so tief eingeprägt worden, daß sie sich nicht dagegen wehren konnte.

Kennard hatte es abergläubischen Unsinn genannt. Aber ob sie nun ihre Kräfte tatsächlich verloren hatte oder nur glaubte, sie habe sie verloren, die Wirkung war die gleiche. Und vielleicht lag doch ein Körnchen Wahrheit darin. Kerwin hatte sogar als Anfänger erfahren, welche furchtbare Erschöpfung und Nervenanspannung die Matrix-Arbeit mit sich brachte. Kennard hatte ihm geraten, einige Zeit vor Beginn einer ernsthaften Operation auf den Geschlechtsverkehr zu verzichten. Natürlich mußte eine Bewahrerin immer auf dem Höhepunkt ihrer Leistungsfähigkeit sein, ihre Kräfte an Abgeschlossenheit erhalten. Auf nichts anderes als ihre Aufgabe durfte sie Energie verschwenden.

Kerwin dachte an den Tag, als Elorie in den Matrix-Schirmen zusammengebrochen war. Er hatte geglaubt, ihr Herz sei stehengeblieben. Jetzt nahm er sie in die Arme, drückte sie an sich und dachte: *Wenigstens davor ist sie jetzt sicher!*

Aber er hatte sie an jenem Tag berührt, hatte ihr Kraft gegeben. Hatte dieser Kontakt sie als Bewahrerin zerstört?

„Nein", sagte sie ruhig, indem sie, wie so oft, auf seine Gedanken einging. „Vom ersten Augenblick an, als ich dich durch die Matrix berührte, wußte ich, du würdest – ein besonderer Mensch sein, ein Mensch, der meinen Frieden stören mußte. Aber ich war stolz. Ich dachte, ich könne mich beherrschen. Und dann war da Taniquel. Ich beneidete sie, aber ich wußte doch auch, daß du nicht gar zu einsam sein würdest." Plötzlich liefen ihr die Augen über.

„Tani wird mir fehlen", sagte sie mit weicher Stimme. „Ich wünschte, daß es anders gewesen wäre, daß wir hätten gehen können, ohne uns bei ihnen verhaßt zu machen. Ich habe Tani so lieb."

„Du bist nicht eifersüchtig? Weil sie und ich ..."

Sie lachte ein bißchen. „Oh, ihr Terraner! Nein, Liebling. Wenn die Dinge anders lägen, wenn wir unter unsern eigenen Leuten leben könnten, hätte ich sie gern *Bredhis* genannt, und Tani wäre es gewesen, die ich für dein Bett ausgesucht hätte, wenn ich krank oder schwanger wäre. Schockiert dich das so sehr?"

Er küßte sie wortlos. Die darkovanischen Sitten waren idealistisch, aber man mußte sich erst an sie gewöhnen. Und er war recht froh, Elorie für sich allein zu haben.

Doch dabei fiel ihm etwas anderes ein.

„Taniquel war ja gewiß keine Jungfrau. Und trotzdem hat sie im Matrix-Kreis gearbeitet..."

„Taniquel war keine Bewahrerin", stellte Elorie nüchtern fest, „und es wurde nie von ihr verlangt, die Arbeit einer Bewahrerin zu tun, die Energonen des Kreises zu sammeln und zu lenken. Dieses Gelübde und diese – diese Enthaltsamkeit – wurden von ihr und Neyrissa ebenso wenig verlangt wie von den Männern. Und vor ein paar Generationen – in der Zeit des Verbotenen Turms – gab es eine Bewahrerin, die Arilinn verließ, um zu heiraten, und dann fortfuhr, ihre Kräfte zu gebrauchen. Es war ein Riesenskandal; ich kenne nicht alle Einzelheiten, denn es war eine Geschichte, die man Kindern nicht erzählt. Und ich weiß nicht, wie sie es gemacht hat." Schnell, als fürchte sie, er werde weitere Fragen stellen, erklärte sie: „Ich bin sicher, daß ich immer noch einige Dinge mit meiner eigenen Matrix tun kann. Laß es mich versuchen."

Aber als sie den Stein aus dem kleinen Lederetui genommen hatte, in dem sie ihn, in sein isolierendes Seidentuch eingewickelt, verwahrte, zögerte sie.

„Ich komme mir so merkwürdig vor. Gar nicht wie ich selbst. Mir ist, als... als gehörte ich mir nicht mehr."

„Du gehörst mir", sagte Kerwin fest, und sie lächelte.

„Sind die terranischen Ehefrauen Eigentum? Nein, Liebster, ich gehöre nur mir selbst. Aber ich will gern jeden Augenblick meines Lebens mit dir teilen."

„Ist das ein Unterschied?" fragte Kerwin.

Ihr leises Lachen hatte ihn immer schon entzückt. „Für dich vielleicht nicht. Für mich ist der Unterschied sehr bedeutsam. Wenn ich gewünscht hätte, das Eigentum eines Mannes zu sein, hätte ich irgendeinen heiraten können, bevor ich den Kinderschuhen entwachsen war, und wäre niemals in den Turm gegangen.“ Sie nahm die Matrix in die Hand. Kerwin bemerkte, wie unsicher sie sie berührte, ganz im Gegensatz zu der selbstverständlichen Art, die sie in der Matrix-Kammer an sich gehabt hatte. Sie hatte Angst! Er hätte ihr gern gesagt, es sei ihm unwichtig, sie solle sie weglegen, sie solle das verfluchte Ding nicht anfassen, denn sie sei ihm zu kostbar, als daß sie ein Risiko eingehen dürfe. Doch er sah ihre Augen.

Elorie liebte ihn. Sie hatte ihre ganze Welt für ihn aufgegeben, alles, was sie war und was sie hätte sein können. Auch jetzt noch, das war Kerwin klar, hatte er nichts als einen flüchtigen Eindruck, nichts als die Kenntnisse eines Außenseiters darüber, was es bedeutete, Bewahrerin zu sein. Wenn sie dies Experiment nötig hatte, mußte er es sie durchführen lassen. Selbst wenn es sie umbrachte, durfte er sie nicht daran hindern.

„Aber versprich mir, Elorie ...“ – er legte ihr die Hände auf die Schultern – „... geh kein Risiko ein. Wenn es sich nicht richtig anfühlt, versuche es nicht.“

Er merkte, daß sie ihn kaum hörte. Ihre schlanken Finger fuhren die Umrisse der Matrix nach, ihr Gesicht war geistesabwesend. Sie sagte – nicht zu ihm –: „Die Form der Luft ist hier anders, wir sind zwischen den Bergen; ich muß vorsichtig sein, daß ich nicht in seine Atmung eingreife.“ Sie bewegte den Kopf, eine kleine, befehlsgewohnte Geste, und zart wie eine Liebkosung spürte er den Rapport mit ihr.

Ich weiß nicht, wie lange ich den Glanz halten kann, wenn Terraner in der Nähe sind, aber ich werde mein Bestes tun. Jetzt. Jeff, sieh in den Spiegel.

Er erhob sich und sah in den Spiegel. Er konnte Elorie in ihrem leichten grauen Kleid sehr gut sehen. Der Kopf mit dem leuchtenden Haar beugte sich über die Matrix in ihrer Hand. Aber er konnte sich selbst nicht sehen. Er blickte an sich hinunter. Er sah seinen Körper genau, aber der Spiegel warf sein Bild nicht zurück.

„Aber ... aber ich kann mich sehen ...“

„O ja, und wenn dich jemand anrennt, wird er genau wissen, daß du da bist“, antwortete sie mit leichtem Lächeln. „Du bist kein Geist geworden, mein geliebter Barbar, ich habe nur für eine kleine Weile das Aussehen der Luft um dich verändert. Ich glaube, es wird lange genug andauern, daß du ungesehen in das Waisenhaus gelangen kannst.“

Ihr Gesicht zeigte den Triumph eines vergnügten Kindes. Jeff beugte sich nieder, um sie zu küssen, und sah im Spiegel ein seltsames Bild. Scheinbar wurde Elorie von leerer Luft hochgehoben und getragen. Er lächelte. Es war keine schwierige Matrix-Operation; wahrscheinlich hätte er sie selbst durchführen können. Aber sie hatte ihr bewiesen …

„Daß ich nicht blind und taub dafür geworden bin", sagte sie, seine Gedanken aufnehmend, und ihre Stimme klang angespannt, obwohl sie immer noch das kindliche Lächeln zeigte. „Geh, Liebling, ich bin mir nicht sicher, wie lange ich durchhalte, und du solltest keine Zeit verschwenden."

Er ließ sie in dem terranischen Hotelzimmer zurück. Still und ungesehen durchschritt er die Gänge. In der Eingangshalle gingen Leute an ihm vorbei, ohne ihn zu bemerken. Er hatte ein seltsames, verrücktes Gefühl von Macht. Kein Wunder, daß die Comyn so gut wie unbesiegbar waren …

Aber um welchen Preis? Mädchen wie Elorie mußten ihr Leben opfern …

Das Raumfahrer-Waisenhaus sah genau so aus, wie es vor einigen wenigen Monaten auch ausgesehen hatte. Ein paar Jungen beschäftigten sich im Garten. Sie knieten um ein Blumenbeet, und ein größerer Junge mit einem Abzeichen auf dem Ärmel beaufsichtigte sie. Kerwin, stumm wie ein Geist, zögerte, bevor er die weißen Stufen hinaufstieg. Was sollte er als erstes tun? Unsichtbar ins Büro gehen, die Akten und Unterlagen überprüfen? Schnell verwarf er diese Idee. Er mochte unsichtbar sein, aber wenn er anfing, in Ordnern zu blättern oder Knöpfe zu drücken, würden die Leute im Büro *etwas* sehen, und wenn es nur Ordner und Knöpfe waren, die sich von selbst bewegten. Früher oder später würden sie der Sache auf den Grund gehen.

Und früher oder später würde ihn irgendwer anstoßen.

Er blieb stehen und dachte nach. Im Schlafsaal des dritten Stockwerks, wo er damals mit fünf anderen Jungen schlief, hatte er seine Anfangsbuchstaben in einen Fensterrahmen geschnitzt.Der Rahmen mochte repariert oder ersetzt worden sein. Aber wenn das nicht der Fall war und er die Buchstaben finden konnte, bewies das etwas zu seiner eigenen Befriedigung. Wenigstens konnte er dann den nagenden Verdacht abschütteln, daß er niemals dort gewesen war, daß er sich alles eingebildet hatte, daß alle seine Erinnerungen nur aus Halluzinationen bestanden.

Und schließlich war der Schlafsaal alt, und viele Jungen hatten das gleiche getan. Die darkovanischen Pflegerinnen und die Erzieher hatten ihnen auf manchen Gebieten eine Menge Freiheit gelassen. Zu seiner Zeit war der Schlafsaal wohl recht sauber und ordentlich gewesen, hatte aber die Spuren zahlreicher Kinderstreiche und Experimente mit Spielzeug getragen.

Er stieg nach oben. Er kam an einer offenen Klassenzimmertür vorbei und versuchte, leicht aufzutreten, aber zwei oder drei Köpfe drehten sich nach ihm. *Also hörten sie jemanden über den Flur gehen. Na und?* Trotzdem hob er sich auf die Zehenspitzen und gab sich Mühe, so wenig Geräusch wie möglich zu machen.

Eine darkovanische Frau kam den Gang entlang. Ihr Haar war tief im Nacken geknotet und mit einer ledernen Schmetterlingsspange befestigt. Ihr langer karierter Rock und ihr Umschlagtuch dufteten leicht nach Weihrauch. Sie sang leise vor sich hin. Sie betrat eins der Zimmer und kam mit einem schläfrigen Kleinkind in den Armen wieder heraus. Kerwin erstarrte, obwohl er wußte, daß er unsichtbar war. Die Frau schien ihn nicht wahrzunehmen. Sie summte immer noch ihr Berglied.

„Laszlo, Laszlo, dors di ma main …“

Kerwin hatte das Lied in seiner eigenen Kindheit gehört. Es waren törichte Reime über einen kleinen Jungen, dessen Pflegemutter ihn mit Kuchen und Süßigkeiten vollstopfte, bis er nach Brot und Milch schrie. Er erinnerte sich, daß man ihm einmal erzählt hatte, das Lied gehe auf die historische Periode zurück, die die Zeit der hundert Königreiche genannt wurde, und die Hastur-Kriege, die ihnen ein Ende machten, und die Verse seien eine politische Satire auf zu wohlwollende Regierungen.

Kerwin trat zur Seite, als die Frau an ihm vorüberging. Er spürte das Wehen ihrer Gewänder. Jetzt waren sie auf gleicher Höhe. Sie runzelte fragend die Stirn und hielt mit Singen inne. Hatte sie ihn atmen gehört, hatte sie an seiner Kleidung einen fremden Geruch wahrgenommen?

„Laszlo, Laszlo …“ begann sie von neuem mit ihrem Liedchen, aber das Kind in ihren Armen verrenkte sich, bis sein Gesichtchen über die Schulter der Frau und geradewegs auf Kerwin blickte. Der

Kleine sagte etwas in Babysprache und wies mit einem pummeligen Fäustchen auf Kerwin. Die Pflegerin drehte sich um.

„Was für ein Mann? Es ist niemand da, *Chiy'llu*", schalt sie sanft, und Kerwin machte kehrt und schlich auf Zehenspitzen den Flur hinunter. Sein Herz pochte plötzlich laut. Konnten die Augen eines Kindes Elories Illusion durchdringen?

Oben an der Treppe blieb er stehen und versuchte, sich zu orientieren. Schließlich meinte er, das richtige Zimmer gefunden zu haben, und ging darauf zu.

Es war ruhig und von Sonnenlicht durchflutet. Acht kleine, ordentlich gemachte Betten, jedes in seiner Zelle, standen an den Wänden, und in dem offenen Raum dazwischen war eine Gruppe von Spielzeugfiguren, Männer und Gebäude und Raumschiffe, auf einem kleinen Tisch aufgebaut. Kerwin ging vorsichtig um das Spielzeug herum. In den Mittelpunkt der Gruppe war ein hoher weißer Wolkenkratzer gestellt worden. Kerwin seufzte. Die Kinder hatten das terranische HQ gebaut, das in ihren Gedanken so hoch emporragte.

Er verschwendete Zeit. Er trat an die Fenster und fuhr mit den Fingern die Riefe in Augenhöhe entlang. Nein, da waren keine Buchstaben eingeschnitzt... Plötzlich wurde er sich bewußt, was er tat. Ja, er hatte seine Initialen in Augenhöhe angebracht, aber in der Augenhöhe eines Neunjährigen, nicht der eines Mannes von mehr als zwei Metern!

Er bückte sich und tastete noch einmal auf halber Höhe. Ja, da waren Schnitzereien in dem weichen Holz, grobe Kreuze, Herzen, Kästchen mit Ixen und Nullen. Und dann, ganz links, in den viereckigen Lettern des Terra-Standard-Alphabets, entdeckte er die kindliche Arbeit seines ersten Taschenmessers.

J. A. K. JR.

Erst als er die Buchstaben sah, merkte er, daß er zitterte. Seine Fäuste waren so fest geballt, daß seine Nägel die Handflächen verletzten. Bisher hatte er sich nicht eingestanden, daß er daran gezweifelt hatte, die Buchstaben zu finden. Aber jetzt, als er die ungeschickten Einschnitte im Holz berührte, wußte er, daß er an seiner eigenen geistigen Gesundheit gezweifelt hatte.

„Sie haben gelogen, gelogen!“ sagte er laut.
„Wer hat gelogen?“ fragte eine ruhige Stimme. „Und warum?“
Kerwin drehte sich schnell zur Tür um. Ein kleiner, stämmiger, grauhaariger Mann stand dort und sah ihn an. Also hatte sich Elories Illusion abgenutzt. Er war gesehen, gehört und – entdeckt worden.

Kapitel 15: Durch die Barriere

Die Augen des Mannes, intelligent und freundlich, ruhten auf Kerwin ohne Zorn. „Wir lassen niemals Besucher in den Schlafsälen zu“, sagte er. „Wenn Sie ein bestimmtes Kind sehen wollten, hätten Sie es im Spielzimmer begrüßen sollen.“ Plötzlich kniff er die Augen zusammen. „Aber ich kenne Ihr Gesicht. Ihr Name ist Jeff, nicht wahr? Kerradine, Kermit ...“
„Kerwin“, sagte er, und der Mann nickte.
„Ja, natürlich; wir nannten Sie *Tallo.* Was tun Sie hier, junger Kerwin?“
Kerwin faßte den schnellen Entschluß, die Wahrheit zu sagen. „Ich habe nach meinen hier eingeschnitzten Initialen gesucht.“
„Und warum? Aus Sentimentalität? Der alten Zeiten wegen?“
„Ganz und gar nicht. Vor ein paar Monaten kam ich hierher“, berichtete Kerwin, „und da sagte man mir im Büro, es gebe keinen Beweis, daß ich je hier gewesen sei, keine Unterlagen über meine Abstammung. Und wenn ich behauptete, ich erinnere mich, hier aufgewachsen zu sein, so lüge ich. Ich mache der Hausmutter keinen Vorwurf, denn offenbar war sie damals noch nicht da.
Doch als sich erwies, daß der Computer meine Fingerabdrücke nicht gespeichert hatte ... also, da begann ich an meinem Verstand zu zweifeln.“ Er wies auf die eingeschnitzten Buchstaben. „Aber ich bin bei Verstand. Ich habe diese Initialen hier eingeschnitzt, als ich ein Kind war.“
„Wie kann denn so etwas geschehen?“ fragte der Mann. „Oh, ich vergaß – wahrscheinlich erinnern Sie sich nicht mehr an meinen Namen. Ich bin Jon Harley. Ich habe bei den größeren Jungen Mathematik unterrichtet. Übrigens tue ich das auch heute noch.“
Jeff ergriff die Hand, die der Mann ihm entgegenstreckte. „Ich

erinnere mich an Sie, Sir. Sie beendeten einmal eine Schlägerei, in die ich geraten war, und verbanden danach mein Kinn, nicht wahr?“

Harley lachte vor sich hin. „Ja, das weiß ich noch. Sie waren ein richtiger junger Rowdy. Ich erinnere mich daran, wie Ihr Vater Sie zu uns brachte. Sie waren ungefähr fünf, glaube ich.“

Hatte sein Vater so lange gelebt? Dann sollte ich mich an ihn erinnern können, dachte Kerwin, aber so sehr er sich anstrengte, da waren nur diese leere Stelle in seinem Gehirn und bruchstückhafte Erinnerungen an Träume.

„Kannten Sie meinen Vater, Sir?“

Bedauernd meinte der Mann: „Ich habe ihn nur das eine Mal gesehen, müssen Sie wissen, als er Sie herbrachte. Aber um Gottes willen, junger Kerwin, kommen Sie doch nach unten und trinken Sie ein Glas oder so etwas. Computer haben manchmal Störungen, nehme ich an. Vielleicht sollten wir die Ordner mit den schriftlichen Unterlagen und die Klassenlisten überprüfen.“

Kerwin dachte, daß er damals hätte versuchen sollen, jemanden zu finden, der sich tatsächlich an ihn *erinnerte.* Wie Mr. Harley. „Ist noch jemand hier, der sich an mich erinnern könnte?“

Harley dachte darüber nach. „Ich glaube nicht. Es ist lange her, und es wird dauernd gewechselt. Vielleicht einige der Mädchen, aber ich glaube, ich bin der einzige Lehrer, der Sie noch gekannt hat. Die meisten Pflegerinnen und Lehrer sind jung. Wir achten darauf, daß sie jung sind. Kinder brauchen junge Leute um sich. Ich mache weiter und weiter, der alte Knabe, der ich bin, weil es schwer ist, gute Lehrer von Terra zu bekommen, und sie möchten jemanden, der die Sprache ohne Akzent spricht.“ Bedauernd zuckte er die Schultern. „Doch nun kommen Sie hinunter in mein Büro, junger Jeff. Erzählen Sie mir, was Sie jetzt tun. Ich erinnere mich, daß Sie nach Terra geschickt wurden. Wie kommt es, daß Sie nach Darkover zurückgekehrt sind?“

In dem strengen Büro des alten Mannes, durch dessen offenes Fenster der Lärm draußen spielender Kinder hereindrang, nahm Jeff einen Drink an, den er nicht wollte, und drängte die Fragen zurück, auf die der alte Harley die Antwort doch nicht wissen würde.

„Sie sagen, Sie erinnern sich, daß mein Vater mich herbrachte. Meine Mutter ... war sie bei ihm?“

Harley schüttelte den Kopf. „Er sagte nichts davon, daß er eine Frau habe“, antwortete er mit beinahe altjüngferlicher Verlegenheit.

Aber, dachte Kerwin, er hatte seinen Sohn anerkannt, und das war nach den Gesetzen des Terranischen Imperiums nicht leicht. „Wie sah mein Vater aus?“

„Wie gesagt, ich habe ihn nur das eine Mal gesehen, und man konnte schlecht sagen, wie er normalerweise aussah. Seine Nase war gebrochen, und er war in irgendeinen Kampf geraten. Zu der Zeit gab es eine Menge Aufruhr in Thendara, irgendwelche politischen Unruhen. Die Einzelheiten habe ich nie gewußt. Er trug darkovanische Kleidung, aber er hatte seine terranischen Papiere dabei. Wir stellten Ihnen Fragen nach Ihrer Mutter, aber Sie konnten nicht sprechen.“

„Mit *fünf Jahren?*“

„Sie haben noch etwa ein weiteres Jahr lang nicht gesprochen“, sagte Harley offen heraus. „Um Ihnen die Wahrheit zu gestehen, wir dachten, Sie seien schwachsinnig. Das ist einer der Gründe, warum ich mich so gut an Sie erinnere. Wir alle verbrachten nämlich viel Zeit mit Versuchen, Sie sprechen zu lehren. Wir ließen einen Sprachtherapeuten vom HQ in Thendara kommen, der mit Ihnen arbeitete. Sie sprachen kein Wort, weder Terranisch noch Darkovanisch.“

Voller Verwirrung hörte Kerwin dem alten Mann zu, der fortfuhr:

„Kerwin – ich meine Ihren Vater – erledigte alle Formalitäten für Ihre Aufnahme in jener Nacht. Dann ging er, und wir sahen ihn nie wieder. Wir waren ziemlich neugierig, weil Sie ihm überhaupt nicht ähnlich sahen. Und dann hatten Sie rotes Haar, und in der gleichen Woche hatten wir schon einen rothaarigen kleinen Jungen aufgenommen, ungefähr ein Jahr jünger als Sie.“

„War sein Name ... Auster?“ fragte Kerwin schnell.

Harley runzelte die Stirn. „Ich weiß es nicht. Er war in der Abteilung der kleineren Kinder. Doch ich erinnere mich, daß er einen darkovanischen Namen trug. Er war nur rund ein Jahr lang hier, und auch das ist sehr merkwürdig. Er wurde entführt, und zur gleichen Zeit wurden alle Unterlagen über ihn gestohlen ... Nun, ich rede zuviel. Ich bin ein alter Mann, und das hat nichts mit Ihnen zu tun. Warum erkundigen Sie sich nach ihm?“

„Weil“, antwortete Kerwin bedächtig, „ich ihn vielleicht kenne.“

„Es gibt keine Unterlagen über ihn. Wie gesagt, sie wurden gestohlen. Aber wir haben einen Bericht über die Entführung. Soll ich ihn nachschlagen?“ bot Harley an.

„Nein, machen Sie sich keine Mühe." Auster hatte jetzt nichts mehr mit ihm zu tun. Wie die merkwürdige Geschichte auch lauten mochte – und sowohl Kennard als auch Harley hatten sie seltsam genannt –, er würde sie nie erfahren. Es war sowieso unwahrscheinlich, daß der Junge damals als *Auster Ridenow* geführt worden war. Vielleicht war auch Auster der Sohn zweier Comyn-Verräter, die mit der abtrünnigen Cleindori und ihrem terranischen Liebhaber geflohen waren. Spielte das eine Rolle? Auster war unter den Comyn aufgewachsen, er hatte alle ihre Talente geerbt, und zur gegebenen Zeit war er nach Arilinn gegangen. Und er, Kerwin, auf Terra erzogen, war nach Arilinn gekommen und hatte sie verraten...

Doch daran wollte er jetzt nicht denken. Er dankte Harley, lehnte ein weiteres Glas ab und stimmte zu, sich den neuen Spielplatz und die neuen Schlafsäle zeigen zu lassen. Endlich verabschiedete er sich, angefüllt mit neuen Fragen, die die alten ersetzt hatten.

Wo und wie war Cleindori gestorben?

Wie und warum hatte der ältere Jeff Kerwin – mit gebrochener Nase, verletzt und zerrauft nach einem schrecklichen Kampf – seinen und ihren Sohn in das Raumfahrer-Waisenhaus gebracht?

Und wohin war er danach verschwunden, und wo und wie war er gestorben? Denn er mußte gestorben sein, weil er sonst bestimmt, ganz bestimmt seinen Sohn wieder abgeholt hätte.

Und warum konnte Jeff Kerwins Sohn im Alter von fünf Jahren kein Wort in der Sprache seines Vaters oder seiner Mutter sprechen?

Und warum hatte der erwachsene Jeff Kerwin keine Erinnerung an seine Mutter oder seinen Vater, warum hatte er überhaupt keine Erinnerungen außer denen an ein paar undeutliche Träume von Mauern, Bogengängen, Türen, von einem Mann in einem Mantel, der stolz durch eine Burg schritt, von einer Frau, die sich über eine Matrix beugte und sie mit einer Geste hochhob, die übrigblieb, wenn alles übrige verschwamm... der Schrei eines Kindes...

Erschauernd verbannte er dies Bruchstück einer Erinnerung. Einen Teil von dem, was er wissen wollte, hatte er herausgefunden, und Elorie wartete darauf, daß er zurückkehrte und ihr berichtete.

Als er in das Hotelzimmer kam, schlief sie. Sie hatte sich erschöpft auf ihr Bett geworfen. Graue Flecken lagen unter den langen Wimpern ihrer geschlossenen Augen. Aber als er eintrat, setzte sie sich auf und hob ihm ihr Gesicht zum Kuß entgegen.

„Jeff, es tut mir leid, ich habe die Illusion solange aufrechterhalten, wie ich konnte...“

„Es ist alles gutgegangen.“

„Was hast du herausgefunden?“

Er zögerte, unsicher, ob er es ihr erzählen sollte. Würden die ihn quälenden Fragen sie beunruhigen? Was wußte sie über Cleindori, abgesehen davon, daß man sie gelehrt hatte, die „Abtrünnige“ zu verachten?

Ihre Hand schloß sich über seiner. „Was mir wirklich weh tun würde“, sagte sie, „wäre deine Weigerung, diese Dinge mit mir zu teilen. Und was Cleindori betrifft... Wie kann ich auf sie hinabsehen? Sie hat nur getan, was ich auch getan habe, und jetzt weiß ich, warum.“ Bei ihrem Lächeln hatte Kerwin das Gefühl, sein Herz müsse brechen. „Weißt du nicht, daß *Elorie von Arilinn* neben die Namen der abtrünnigen Bewahrerinnen Ysabet von Dalereuth und Dorilys von Arilinn geschrieben werden wird, die flohen, ohne ihren Eid zurückzugeben oder um Urlaub zu bitten?“ Kerwin hatte vergessen, daß Cleindori nur der Kosename seiner Mutter, nicht ihr wirklicher Name gewesen war, der in Arilinn als *Dorilys* geschrieben stand.

Er setzte sich dicht neben sie und erzählte ihr alles, was seit seinem ersten Augenblick auf Darkover geschehen war. Daß er Ragan kennengelernt und von ihm erfahren hatte, was seine Matrix war. Die Enttäuschung bei seinem ersten Besuch im Waisenhaus. Die Matrix-Mechaniker, die sich geweigert hatten, ihm zu helfen, und die alte Frau, die bei dem Versuch, ihm zu helfen, gestorben war. Und dann alles Übrige, einschließlich der Informationen, die Harley ihm gegeben hatte.

„Und die Zeit wird knapp“, schloß er. „Ich sollte den Tatsachen ins Auge sehen. Es ist nicht wahrscheinlich, daß ich jemals mehr herausfinde. Sobald meine Meldung beim HQ registriert ist, wird man Anklage gegen mich erheben, und vielleicht kommt es zu einem Prozeß. Aber jetzt kennst du sie, die Geschichte meines Lebens, was es auch wert sein mag, Elorie. Du hast einen Mann ohne Vaterland geheiratet, Liebling.“

Wie als Antwort darauf summte der Kommunikator in der Ecke des Zimmers, und als Kerwin den Hörer aufnahm, ertönte eine blecherne mechanische Stimme: „Jefferson Andrew Kerwin?“

„Am Apparat.“

„Koordination und Personal", identifizierte sich die Tonbandstimme. „Uns liegt die Information vor, daß Sie sich innerhalb der Terranischen Zone aufhalten, wo gegen Sie Anklage wegen ungesetzlicher Flucht zwecks Umgehung der Deportation erhoben worden ist. Sie werden hiermit unterrichtet, daß der Stadtrat von Thendara im Namen und mit der Vollmacht des Comyn-Rates aufgrund eines von Danvan, Lord Hastur, Regent für Derek von Elhalyn, unterzeichneten Haftbefehls Sie zur *persona non grata* erklärt hat. Es wird Ihnen offiziell verboten, die Terranische Zone zu verlassen, und da nach gültigem Recht Ihre Frau Elorie Ardais Kerwin Bürgerin des Imperiums geworden ist, gilt dies Verbot gleicherweise für Mrs. Kerwin. Dies ist ein dienstlicher Befehl. Es ist Ihnen verboten, sich mehr als zwei Universal-Kilometer von ihrem augenblicklichen Aufenthaltsort zu entfernen und ihn länger als zwei Stunden zu verlassen. Innerhalb von zweiundfünfzig Stunden haben Sie sich bei den zuständigen Behörden zu melden. Es genügt, daß Sie sich vor irgendeinem uniformierten Mitglied der Raumpolizei oder einem Angestellten der Abteilung Koordination und Personal ausweisen. Haben Sie die Übertragung verstanden? Bitte bestätigen Sie."

Jeff knurrte: „Verdammt!"

Die mechanische Stimme wiederholte geduldig: „Bitte, bestätigen Sie", und wartete.

Elorie flüsterte: „Sprechen eure terranischen Beamten alle so?"

„Bitte bestätigen Sie", sagte die mechanische Stimme zum dritten Mal, und Jeff murmelte: „Bestätigt." Er drehte dem Kommunikator den Rücken. „Wollen wir das durchkämpfen, Liebling?"

„Jeff, woher soll ich das wissen? Ich richte mich nach dem, was du entscheidest. Tu, was du für das Beste hältst, Geliebter."

Die mechanische Stimme fuhr ungerührt fort: „Bitte geben Sie bekannt, ob Sie der Vorladung innerhalb der angegebenen Zeit Folge leisten oder ob Sie Berufung einlegen wollen."

Jeffs Gedanken rasten. Es ging ihm gegen den Strich, die Deportation ruhig hinzunehmen. Legte er Berufung ein, brachte ihm das automatisch einen Aufschub von zehn Tagen, und vielleicht entdeckte er während dieser Zeit noch etwas. Er hatte sich damit abgefunden, Darkover zu verlassen, aber wenn er sich benahm, als wolle er Schwierigkeiten machen, gab man ihm vielleicht, wenn er endgültig abgeschoben wurde, einen besseren Posten.

„Ich lege Berufung ein", sagte er schließlich. Das Schweigen des Kommunikators ließ ihn an hastig suchende Computer denken, die unter den verschiedenen Kodes den einen aussortierten, der eine Weiterführung des Gesprächs ermöglichte.

„Bitte geben Sie bekannt, auf welche juristischen Grundlagen sich Ihr Berufungsantrag stützt", sagte die Stimme, und Kerwin dachte schnell nach. Er war in Rechtsfragen nicht bewandert. „Ich erhebe Anspruch auf die darkovanische Staatsangehörigkeit", erklärte er, „und ich bestreite das Recht des Rats, mich zur *persona non grata* zu erklären."

Wahrscheinlich nützte ihm das gar nichts, dachte er, während die Tonbandstimme des Kommunikators seine Worte geduldig wiederholte. Kerwin wußte nicht, ob es sich immer noch um die alte Erklärung zur *persona non grata* handelte, wegen der er aus dem HQ geflohen war, oder um eine neue, vom Rat abgegeben, nachdem er Arilinn verlassen hatte. Er konnte sich nicht recht vorstellen, daß es dem Arilinn-Turm so schnell gelungen sein sollte, Hastur zu erreichen und ihn zu überreden, eine neue Verfügung zu erlassen. Jedenfalls gewann er dadurch Zeit. Aber wenn Arilinn das geschafft hatte, stand keine Menschenseele auf Darkover mehr zwischen ihm und der Deportation.

Vielleicht würde Kennard ihm helfen... wenn er Kennard erreichen könnte. Aber Kennard war in Arilinn, weit weg von hier. Und so sehr er mit Jeff und Elorie sympathisieren mochte, sein Eid band ihn an Arilinn.

Und keine seiner Fragen würde jemals beantwortet werden. Er würde nie erfahren, wer Cleindori gewesen war oder warum sie hatte sterben müssen oder warum sie Arilinn verlassen hatte. Er würde die Geheimnisse seiner eigenen Kindheit niemals aufklären.

Elorie erhob sich und kam zu ihm. „Ich könnte – vielleicht – durch die Barriere in deinem Gedächtnis gelangen, Jeff. Kennard sagte, du habest eine phantastisch starke Abschirmung. Das war ja der Grund, warum er die Blockierung in deinem Gehirn zuerst nicht entdeckte. Nur... Jeff, warum willst du es wissen? Wir sind fertig mit den Comyn und werden Darkover wahrscheinlich für immer verlassen. Was kommt es dann noch darauf an? Die Vergangenheit ist tot."

Einen Augenblick lang war er sich nicht sicher, ob sie nicht recht habe. Dann sagte er: „Elorie, mein ganzes Leben lang bin ich davon beherrscht worden – von diesem unwiderstehlichen Zwang, nach Darkover zurückzukehren. Es war eine Besessenheit, ein Hunger. Ich hätte mir auf anderen Welten ein Leben aufbauen können, aber immer dachte ich nur an Darkover. Darkover rief mich. Jetzt frage ich mich allmählich, ob das wirklich von mir ausging – oder ob ich herumgestoßen wurde und der Anfang dazu in der Zeit verborgen liegt, an die ich mich nicht erinnern kann."

Er sprach nicht weiter, aber er wußte, Elorie folgte seinen Gedanken. Wenn seine Sehnsucht nach Darkover nicht echt war, sondern nur ein ihm von außen eingepflanzter Zwang, was war er dann? Eine leere Form, ein Werkzeug, eine Zeitbombe ohne eigenen Verstand, eine programmierte Maschine, nicht lebendiger als die mechanische Tonbandstimme des Kommunikators? Was war er?

Elorie nickte verstehend. „Dann werde ich es versuchen", versprach sie. „Später. Nicht jetzt. Ich bin immer noch müde von der Illusion. Und ..." – sie lächelte schwach – „... hungrig. Können wir in diesem Hotel oder in der Nähe etwas zu essen bekommen, Jeff?"

Jeff wußte ja, wieviel Kraft die Matrix-Arbeit verschlang. Er führte Elorie in eins der Raumhafen-Cafés, wo sie eine ihrer enormen Mahlzeiten zu sich nahm. Dann gingen sie ein bißchen in der Terranischen Zone spazieren, und Jeff ließ es sich angelegen sein, ihr verschiedene Sehenswürdigkeiten zu zeigen. Aber ihm war klar, daß sie Elorie nicht mehr interessierten als ihn.

Keiner von beiden sprach über Arilinn, doch Jeff wußte, daß ihre Gedanken ebenso wie seine ständig dorthin zurückwanderten. Was bedeutete dieser Fehlschlag für Darkover und für die Comyn?

Sie hatten den Vertrag soweit erfüllt, daß sie die Erzlager lokalisiert und das Metall gereinigt hatten. Aber der eigentliche Abbau war noch nicht erfolgt, diese große Operation, das Metall an die Oberfläche des Planeten zu heben.

Einmal sagte Elorie, als sei es ihr zufällig eingefallen: „Vielleicht machen sie es mit einem Mechanikerkreis. Rannirl kann die meiste Arbeit mit den Energonen übernehmen. Jeder halbwegs gute Techniker kann einen Großteil der Arbeit einer Bewahrerin tun. Sie brauchen mich nicht." Und ein anderes Mal meinte sie völlig zusammenhanglos: „Sie haben immer noch die Molekül-Modelle, die wir hergestellt haben, und das Gitter funktioniert noch. Sie sollten imstande sein, damit zu arbeiten."

Jeff zog sie an sich. „Bereust du deinen Entschluß?"

„Niemals!" Sie sah ihn offen an. „Aber ... oh, wie wünschte ich mir, es hätte auf andere Weise geschehen können."

Er hatte Arilinn zerstört. Er war auf die Welt, die er liebte, zurückgekehrt, und er hatte ihre letzte Chance zerstört, zu bleiben, wie sie war.

Später, als Elorie die Matrix zwischen die Hände nahm, bekam er es plötzlich mit der Angst zu tun. Er dachte an die Matrix-Mechanikerin, die bei dem Versuch, seine Erinnerungen zu lesen, gestorben war. „Elorie, ich möchte es lieber nie erfahren als das Risiko eingehen, daß dir ein Leid geschieht."

Sie schüttelte den Kopf. „Ich bin in Arilinn ausgebildet worden, ich riskiere gar nichts", sagte sie mit unbewußter Arroganz. Die Matrix ruhte in ihren beiden Handflächen, und die sich bewegenden Lichtpunkte wurden heller. Elories rötliches Haar fiel wie ein weicher Vorhang über ihre Wangen.

Kerwin fürchtete sich. Das Durchbrechen einer telepathischen Barriere – das zeigte Kennards Versuch – war kein einfacher Vorgang, und das erste Mal war sehr schmerzhaft gewesen.

Das Licht in dem Kristall strahlte auf und ergoß sich als breiter Streifen über Elories Gesicht. Kerwin beschattete seine Augen, aber er wurde von den glänzenden, reflektierenden Mustern eingefangen. Und plötzlich verdichtete und verdunkelte sich das Licht zu sich bewegenden Schatten, aus denen sich deutliche Farben und Formen bildeten ...

Zwei Männer und zwei Frauen, alle in darkovanischer Kleidung, saßen um einen Tisch. Eine der Frauen, sie war sehr zart, beugte sich über eine Matrix ... *Das hatte er schon einmal gesehen!* Er erstarrte, Panik erfaßte ihn, als die Tür sich öffnete, langsam, langsam ... und das Entsetzen einließ ...

Er hörte seinen eigenen schrillen Schrei, den Schrei eines geängstigten Kindes aus der Kehle eines erwachsenen Mannes, und im nächsten Augenblick verschwamm die Welt und wurde dunkel.

... Er stand schwankend da, beide Hände gegen die Schläfen gepreßt. Elorie, sehr bleich, sah zu ihm hoch. Der Kristall war auf ihren Rock gefallen.

„Jeff, was hast du gesehen?" hauchte sie. „Avarra und Evanda mögen dich schützen, ich hätte mir nie einen solchen Schock vorgestellt!" Sie holte tief Atem. „Ich weiß jetzt, warum die Frau starb! Sie ..." Plötzlich schwankte Elorie und fiel gegen die Wand. Jeff sprang hinzu, um sie zu halten, aber sie merkte nichts davon und fuhr fort: „Was sie auch gesehen haben mag – und ich bin keine Empathin, aber was es auch war, das dich als Kind stumm werden ließ, die arme Frau fing offensichtlich die ganze Rückzündung auf. Wenn sie ein schwaches Herz hatte, blieb es wahrscheinlich stehen. Sie hat sich buchstäblich vor etwas, das du vor einem Vierteljahrhundert sahst, zu Tode gefürchtet!"

Jeff ergriff ihre Hände. „Vergessen wir es, es ist zu gefährlich. Elorie, es hat bereits eine Frau getötet. Ich kann leben, ohne zu wissen, um was es sich handelt."

„Nein", widersprach sie. „Ich bin der Meinung, wir müssen es wissen. Zu vieles ist verheimlicht worden. Niemand weiß, wie Cleindori starb, bis auf Kennard, und er hat geschworen, nicht darüber zu sprechen. Ich glaube nicht, daß er sie tötete." Kerwin starrte sie entgeistert an. Auf die Idee war er nie gekommen.

„Nein. Ich würde mein Leben auf Kennards Ehrenhaftigkeit setzen." Und, dachte Kerwin, seine echte Zuneigung für sie beide.

„Ich bin ausgebildete Bewahrerin, Jeff, es besteht keine Gefahr für mich. Aber warte, gib mir *deine* Matrix", setzte sie hinzu. „Sie hat Cleindori gehört. Und laß uns mit etwas anderem anfangen. Du sagtest, du habest nur ganz wenige Erinnerungen an die Zeit vor dem Waisenhaus. Versuchen wir, zu ihnen zurückzukehren."

Sie blickte in Kerwins Matrix. Wie immer, wenn sie sich in den Händen einer Bewahrerin befand, spürte Jeff nichts weiter, als daß sein Bewußtsein von dem Elories durchdrungen wurde. Er schloß die Augen und erinnerte sich.

Das Licht in der Matrix wurde hell. Farben wallten wie Nebelschwaden. Irgendwo schimmerte ein blauer Strahl. Ein niedriges Gebäude leuchtete weiß am Ufer eines merkwürdigen Sees, der nicht aus Wasser bestand. Der Hauch eines Parfums. Eine leise, wohllautende Stimme, die ein altes Lied sang. Kerwin erkannte voller Aufregung, daß es die Stimme seiner Mutter war. Cleindori, Dorilys von Arilinn, die abtrünnige Bewahrerin, sang ein Wiegenlied für das Kind, das nie hätte geboren werden dürfen.

In einen Pelzmantel gewickelt, wurde er in den Armen eines

Mannes mit flammend rotem Haar durch lange Gänge getragen. Es war nicht das Gesicht von Jefferson Kerwin, das ihm von Bildern her, die er auf Terra gesehen hatte, vertraut war. In einer versteckten Ecke seines Geistes, die sein erwachsenes Selbst beherbergte, wußte Kerwin jedoch, daß er in das Gesicht seines Vaters sah. *Aber wessen Sohn bin ich dann?* Er erhaschte einen kurzen Blick auf das Gesicht eines jüngeren Kennard ohne Falten, ein fröhliches und sorgloses Gesicht. Andere Bilder kamen und gingen. Er sah sich selbst mit zwei kleineren Kindern in einem gepflasterten Hof unter blühenden Pflanzen und Büschen spielen. Die beiden Jungen waren sich ähnlich wie Zwillinge, nur daß der eine das rote Haar ihrer Kaste und der andere dunkles Haar und einen dunklen Teint hatte. Und dann war da ein großer, stämmiger Mann in seltsamer dunkler Kleidung, der mit einem fremdartigen Akzent zu ihnen sprach und sie alle mit rauher Freundlichkeit behandelte. Die Zwillinge nannten ihn Vater, und Jeff redete ihn mit einem diesem Wort sehr ähnlichen Ausdruck an. In der Bergsprache bedeutete es Pflegevater oder Onkel, wie er auch zu Kennard sagte. Der erwachsene Jeff Kerwin spürte, daß sich die Haare auf seinem Kopf zu Berge stellten. Er sah in das Gesicht des Mannes, dessen Namen er trug. Er glich den Bildern im Haushalt seiner Großeltern nicht, aber er war der ältere Jeff Kerwin. Nebelhafter waren die Erinnerungen an die Frau, deren helles Haar eher blond als kupferfarben war, und an eine andere Frau mit dunklem Haar, das in der Sonne rote Glanzlichter zeigte, und an die Berge hinter der Burg, eine scharfzähnige Kette, und einen alten hohen Turm …

Aber das ist ja Burg Ardais, das ist mein Zuhause … Wie bist du dorthin gekommen, Jeff? Kennard und mein Halbbruder Dyan waren Bredin, *sie waren in ihrer Kinderzeit viel zusammen … Dann bist du in den Hellers aufgewachsen? Und das ist die Mauer von Burg Storn …*

Wieso bist du in den Hellers aufgewachsen, jenseits der Sieben Domänen? Hat Cleindori dort Zuflucht gesucht, als sie aus dem Turm geflohen war? Ich möchte wissen, was mein Bruder Dyan darüber weiß! Oder lag es nur daran, daß mein Vater verrückt war und sie nicht alle betrügen konnte?

Die Erinnerungen gingen weiter. Kerwin stockte der Atem in der Kehle. Er merkte, daß er sich dem kritischen Punkt näherte. Er hörte sein eigenes Blut in den Ohren hämmern. Plötzlich flammte blaues Licht auf. Eine Frau stand vor ihm, eine hochgewachsene Frau, schlank und jugendlich, aber nicht mehr jung. Er wußte, er sah seine Mutter. Warum war er bis zu diesem Augenblick nicht fähig gewesen, sich an ihr Gesicht zu erinnern? Sie trug ein merkwürdig geschnittenes, karminrotes Gewand, die Robe, die Elorie für immer beiseite geworfen hatte, die Zeremonienrobe einer Bewahrerin von Arilinn. Während er die Frau betrachtete, fiel das Gewand in Fetzen und verschwand, und nun stand sie vor ihm in den Kleidern, die sie alltags trug, einem karierten Rock und der weißen, mit Schmetterlingen bestickten Bluse. Er erinnerte sich sogar noch an die Beschaffenheit des Stoffes.

Warum sah Elorie sie nicht? „Mutter", flüsterte er, „ich dachte, du seist tot." Und er erkannte seine Stimme als die eines Kindes. Und dann wurde ihm klar, daß sie nicht da war, daß er nur ihr Abbild sah, das Abbild einer viele, viele Jahre toten Frau, und die Tränen würgten ihn in der Kehle, Tränen, die er damals nicht hatte vergießen können.

Meine Mutter. Und sie starb einen entsetzlichen Tod, ermordet von Fanatikern...

Und doch hörte er ihre Stimme, sorgenvoll, verzweifelt, außer sich vor Schmerz.

Wie kann ich meinem Kind das antun? Mein Sohn, mein Kleiner, er ist zu jung, solch eine Bürde zu tragen, zu jung für die Matrix, und doch... Zweimal bin ich knapp dem Tod entronnen, und früher oder später werden sie mich finden und umbringen, diese Fanatiker, die die Jungfräulichkeit einer Bewahrerin für wichtiger halten als ihre Fähigkeiten! Und dabei habe ich ihnen gezeigt, was ich tun kann...

Und eine zweite Stimme, die tiefe, sanfte Stimme eines Mannes, klang in seinen Gedanken auf: *Hast du von Arilinn irgend etwas anderes erwartet, meine Cleindori?* Und durch die Erinnerung und die Wahrnehmung seiner Mutter sah Kerwin – als Kind und als Mann in einer seltsamen doppelten Vision – das Gesicht des Sprechers. Er war ein alter Mann, vom Alter gebeugt, mit einem abgeklärten, gelehrtenhaften Gesicht und silbergrauem Haar. Seine Augen blickten gütig – aber verbittert. *Sie warfen Callista fort, obwohl ich ihnen dasselbe bewies, was du ihnen zu beweisen versuchtest.*

Vater, sind alle Leute von Arilinn solche Toren? Das war ein verzweifelter Aufschrei. *Sieh, hier ist mein Sohn, nach dir genannt, Damon Aillard, und sie werden sich nicht damit zufrieden geben, mich und Lewis und Cassilde zu töten. Sie werden auch Jeff und Andres und*

Kennard und alle übrigen von uns umbringen, bis hinunter zu Cassildes kleinen Jungen und der Tochter, die sie Jeff diesen Sommer gebären wird! Vater, Vater, was kann ich tun? Habe ich den Tod über sie alle gebracht? Ich habe nie etwas Böses im Sinn gehabt, ich wollte ihnen neue Gesetze geben, ich wollte die alten grausamen Gesetze von Arilinn abschaffen, damit die Frauen dort glücklich leben können, damit sich Männer und Frauen in Arilinn nicht länger einem lebenden Tod überantworten müssen. Und sie wollten nicht auf mich hören, obwohl die Bewahrerin von Arilinn sprach! Das Gesetz von Arilinn ist, daß das Wort der Bewahrerin Gesetz ist. Doch als ich ihnen diese neuen Freiheiten schenken wollte, hörten sie nicht auf mich. Sie verfolgten mich und Lewis, bis wir flohen ... Vater, Vater, wie konnte ich mich so irren? Und jetzt haben sie den Vater meines Sohns getötet, und ich weiß, sie werden nicht aufhören, bis ihnen das letzte Kind des Verbotenen Turms zum Opfer gefallen ist! Gibt es denn keinen Weg, daß ich sie retten kann?

Für einen flüchtigen Augenblick teilte Kerwin die Gedanken Damon Ridenows. Sie alle, jeder einzelne, der innerhalb der Wände des Verbotenen Turms, wie sie ihn herausfordernd immer noch nannten, gearbeitet hatte, stand unter einem Todesurteil. Früher oder später würde das Schicksal jeden ereilen.

Kerwin spürte die Verzweiflung, mit der Damon sprach.

Es gibt keinen Weg, mit Fanatikern vernünftig zu reden, Cleindori. Vernunft und Recht sagen dir, daß eine Bewahrerin nur ihrem eigenen Gewissen verantwortlich ist. Aber jene sind immun gegen Vernunft und Recht. Für sie bist du keine Matrix-Arbeiterin. Sie wollen dich nicht in deiner Eigenschaft als Matrix-Arbeiterin zur Bewahrerin haben. Was sie in Arilinn wollen, ist eine sakrosankte Jungfrau, ein Opfer ihrer eigenen Schuldgefühle und Ängste. Das Wort der Vernunft hat kein Gewicht gegenüber Fanatikern und blindem Aberglauben, Cleindori.

Vater, du hast mich im Glauben an die Vernunft erzogen!

Ich habe unrecht daran getan. Oh, mein Liebling, ich habe unrecht daran getan.

Und dann vernahm Kerwin Cleindoris Entschluß.

Ich könnte mich hier für immer verstecken und sicher sein oder bei den Terranern leben. Aber wenn ich sterben muß – und ich weiß jetzt, daß es mich früher oder später treffen wird –, dann will ich nach Thendara gehen und andere in der Kunst unterrichten, von der ich festgestellt habe, daß sie erlernt werden kann. Sollen sie mich töten! Sie können nicht für immer geheimhalten, was ich erfahren und was ich gelehrt habe. Es wird Matrix-Arbeiter außerhalb des Turms geben. Eines Tages wird der Arilinn-Turm, der blind gegen Gerechtigkeit und Recht und Wahrheit ist und die Männer und Frauen, die dort arbeiten, zu einem lebenden Tod zwingt, unter seinem Haß zusammenbrechen. Und dann werden andere Menschen da sein, so daß die alten Matrix-Wissenschaften von Darkover weiterleben werden. Sag mir Lebewohl, Vater, und segne meinen Sohn. Denn ich weiß jetzt, daß wir uns niemals wiedersehen werden.

Sie werden dich töten, Cleindori. Oh, meine Tochter, meine Tochter, meine goldene Glocke, muß ich auch dich verlieren?

Früher oder später müssen alle Menschen sterben. Segne mich, Vater, und segne meinen Sohn.

Mit diesem seltsam aufgespaltenen Doppelbewußtsein spürte Kerwin Damons Hand auf seinem Kopf. *Nimm meinen Segen, Liebling. Und du auch, mein Kleiner, in dem mein Name und meine eigene Kindheit wiedergeboren sind.* Und dann ging das Bewußtsein in der Qual des letzten Lebewohls zwischen Vater und Tochter unter.

Im Nacherleben seiner Erinnerung strömten Kerwin die Tränen über das Gesicht. Die Matrix hielt ihn gefangen. Die Erinnerung hielt ihn gefangen, die Cleindori ihrem Kind eingeprägt hatte – ungern, weil er noch zu jung war, aber in der Erkenntnis, daß das Geschehen irgendwie festgehalten werden mußte, damit das Wissen um ihren Tod nicht für immer unterdrückt werden konnte ...

Die Tage kamen und gingen. Er wußte nicht, wie lange er in dem versteckten Zimmer lebte, wie viele Leute heimlich das Haus in Thendara betraten und wieder verließen. Cleindori und die sanfte Frau, die er Pflegemutter nannte, erteilten dort Unterricht. Ihr Name war Cassilde. Sie war die Mutter von Auster und Ragan, die seine Spielgefährten waren. Vage, nach Kinderart war er sich bewußt, daß sie ihnen allen bald eine kleine Schwester schenken würde. Sie nannten das ungeborene Kind bereits Dorilys. Das war der Name seiner eigenen Mutter, und Cassilde hatte gesagt, es sei ein guter Name für eine Rebellin. „Und möge sie einen Sturm über den Hellers erwecken, wie es ihre Namensschwester in alter Zeit getan hat! Denn eines Tages wird sie unsere Bewahrerin sein“, hatte Cassilde versprochen. Sie mußten beim Spielen leise sein, denn niemand durfte wissen, daß hier Leute wohnten, sagte seine Mutter. Jeff und Andres, die zum Raumhafen gingen und wieder heimkehrten, brachten ihnen Essen und Kleidung und was sie sonst noch brauchten. Einmal hatte er gefragt, warum sein Pflegevater Kennard nicht bei ihnen sei.

„Weil es zu viele gibt, die ihn finden könnten, Damon. Er versucht, für uns im Rat eine Amnestie zu erwirken, aber das ist eine langwierige Aufgabe, und er hat das Ohr Hasturs nicht", erwiderte seine Mutter. Er wußte nicht, was eine Amnestie war, aber ihm war klar, daß es sich um etwas sehr Wichtiges handelte, denn sein Pflegevater Arnad sprach von nichts anderem. Er fragte niemals nach seinem Vater. Ihm war undeutlich bewußt, daß sein Vater in einen Kampf gezogen war und niemals zurückkommen werde. Valdir, Lord Alton, und Damon Ridenow, der alte Regent von Alton, kämpften mit dem Rat, und der kleine Junge dachte in seinem kindlichen Verstand darüber nach, ob sie in der Ratskammer Duelle mit Schwertern und Messern ausfochten und mit wie vielen Männern sie wohl kämpfen mußten, bis er und seine Mutter und die anderen alle wieder nach Hause gehen konnten.

Und dann ...

Jeffs Herz hämmerte, er rang nach Atem, denn jetzt war die Stunde nahe, an die er sich nie hatte erinnern können, das Entsetzen, das Erinnerung und Gedanken ausgelöscht hatte. Und plötzlich, während er die grauenvolle Erinnerung zu unterdrücken versuchte und durch die Matrix Elories erbarmungslosen Willen spürte, war er wieder sein eigenes kindliches Selbst. Er war fünf Jahre alt und spielte auf dem Teppich in dem kleinen, dunklen, vollgestopften Zimmer.

... Der große Mann in terranischer Kleidung stand auf und ließ ein Spielzeug-Raumschiff aus den Händen fallen. Die drei Jungen begannen, sich darum zu streiten, aber Jeff Kerwin brachte sie mit einer Geste zum Schweigen.

„Still, still, Kinder, ihr dürft nicht soviel Lärm machen ... das wißt ihr doch", ermahnte er sie flüsternd.

„Es ist schwer, sie ständig ruhig zu halten", sagte Cassilde leise. Sie war jetzt schon schwer und unbeholfen, und Jeff Kerwin ging zu ihr und brachte sie in einem Sessel unter, bevor er antwortete: „Ich weiß. Sie sollten überhaupt nicht hier sein. Wir sollten sie an einen sicheren Ort schicken."

„Es gibt keine Sicherheit für sie." Cassilde seufzte. Die Zwillinge spielten jetzt mit dem Spielzeugschiff, aber das Kind Damon, das eines

Tages Jeff Kerwin genannt werden sollte, kniete ein Stück von ihnen entfernt, den Blick auf seine Mutter gerichtet, die hinter dem Rahmen mit der Matrix stand.

„Cleindori, ich habe dir gesagt, was du tun solltest", erklärte Kerwin, und Zärtlichkeit lag in seinen Augen. „Ihr alle könnt im Imperium Sicherheit finden. Ihr braucht ihnen nicht mehr zu verraten, als ihr für richtig haltet. Schon für das wenige werden sie euch mehr als dankbar sein und euch und die Kinder auf jede Welt, die ihr wählt, in Sicherheit bringen."

„Soll ich ins Exil gehen, weil Narren und Fanatiker in den Straßen von Thendara Parolen brüllen?"

Cassilde legte die Hände über ihren schwangeren Leib, als wolle sie ihr ungeborenes Kind schützen. „Narren und Fanatiker können gefährlicher sein als weise Männer. Ich fürchte mich weder vor Hastur noch vor dem Rat. Und die Leute von Arilinn selbst – sie mögen uns verabscheuen, aber sie werden uns kein Leid tun, ebenso wenig wie Leonie noch gegen Damon vorging, nachdem er sich in jenem Duell das Recht auf den Verbotenen Turm errungen hatte. Aber ich habe Angst vor den Fanatikern, den Konservativen, nach deren Meinung alles, einschließlich Arilinn und Hali, so bleiben soll, wie es zu Zeiten unserer Großväter war. Ich kann nicht nach Terra gehen, solange mein Kind nicht geboren ist, und die Jungen sind für eine Sternenreise noch zu klein. Doch ich finde, du solltest gehen, Cleindori. Laß dein Kind in der Obhut der Terraner und geh. Ich werde den Rat um Schutz bitten, und ich bin sicher, daß man mich in Neskaya aufnehmen wird."

„Oh, Evanda und Avarra mögen dich schützen." Verzweifelt sah Cleindori ihre Halbschwester an. „Ich bringe dich in Gefahr, indem ich hierbleibe! Du bist keine Bewahrerin, Cassie, und du kannst gehen, wohin du willst, und leben, wie du willst. Ich bin es, die als Abtrünnige zum Tode verurteilt ist, von dem Augenblick an, als ich vor sie hintrat und erklärte, daß ich sie alle zum Narren gehalten hatte, daß Lewis und ich uns seit mehr als einem Jahr liebten, und doch hatte ich weiter in ihrem kostbaren Arilinn als Bewahrerin gearbeitet. Lewis –" ihre Stimme brach. „Ich liebte ihn ... und er mußte meiner Liebe wegen sterben! Kennard sollte mich dafür hassen. Und doch kämpft er für mich im Rat ..."

Jeff meinte zynisch: „Der Tod von Lewis Lanart-Alton hat Kennard zum Erben von Alton gemacht, Cleindori."

„Und trotzdem wünschst du, daß ich von Lord Hastur, der mich mit abscheulichen Schimpfnamen belegt hat, den Schutz des Rates erbitte? Doch ich will es tun, wenn ihr alle es wollt. Jeff? Cassie? Arnad?“

Der große Mann in dem grün-goldenen Mantel trat hinter Cleindori und legte lachend die Arme um sie. „Wenn einer von uns solche Gedanken hätte, würde er sich schämen, sie vor dir zu zeigen, Goldene Glocke! Aber ich finde, wir müssen realistisch sein.“

„Glaubt mir“, sagte der Terraner, „ich würde sie am liebsten alle mit Verachtung strafen, wenigstens so lange, bis der Rat seine Entscheidung gefällt hat. Aber ich glaube doch, Cassilde sollte nach Neskaya gehen oder zumindest in die Comyn-Burg, bis ihr Kind geboren ist. Dort kann kein Meuchelmörder an sie herankommen. Der Rat mag ihr Verhalten mißbilligen, aber er wird ihr Schutz für Leib und Leben gewähren. Über sie ist kein Todesurteil verhängt worden.“

„Es spricht nur gegen mich“, sagte Cassilde, „daß ich den verabscheuten Terranern Kinder geboren habe.“ Ihr Mund zuckte.

Arnad stellte fest: „Du bist nicht die erste, und du wirst auch nicht die letzte sein. Es hat immer wieder Mischehen gegeben. Ich glaube, das kümmert niemanden, ausgenommen die Fanatiker. Und du, Cleindori, mußt gehen. Laß dein Kind bei den Terranern, die es schützen werden. Selbst in der Comyn-Burg mag das Kind einer meineidigen Bewahrerin vor dem Messer eines Mörders nicht sicher sein, wohl aber bei den Terranern.“

Cleindoris Mund verzog sich zu einem traurigen Lächeln. „Und aus welchem Grund sollten die Terraner dem Kind einer abtrünnigen Bewahrerin und dem verstorbenen Erben von Alton Zuflucht gewähren? Was bedeutet es ihnen?“

„Woher sollen sie wissen, daß er nicht *mein* Sohn ist?“ fragte Kerwin. „Die Terraner kennen eure hochentwickelten Überwachungsmethoden nicht. Das Kind nennt mich *Pflegevater,* und es gibt nicht genug Sprachexperten auf Darkover, daß sie den Unterschied zu *Vater* erkennen würden. Mir steht das gesetzliche Recht zu, meinen Sohn im Raumfahrer-Waisenhaus aufziehen zu lassen. Wenn ich die Mutter meines Kindes für ungeeignet hielte, den Jungen als Terraner zu erziehen, genügt das, um ihn dort Aufnahme finden zu lassen.“ Er berührte Cleindoris Schulter, eine Geste von großer Zärtlichkeit. „Ich bitte dich, *Breda,* laß es mich tun und dich für ein oder zwei Jahre nach Terra oder einer anderen Welt schicken, bis sich dieser Fanatismus legt. Dann kannst du zurückkehren und in aller Öffentlichkeit lehren, was du jetzt insgeheim tust. Valdir und Damon ist es bereits gelungen, die Stadtältesten zu überreden, daß sie Matrix-Mechanikern die Lizenz zur Berufsausübung erteilen. Sie arbeiten in Thendara und Neskaya, und eines Tages werden sie auch in Arilinn arbeiten. Dem Rat gefällt das nicht, aber wie lautet das Sprichwort? ... Der Wille Hasturs ist der Wille Hasturs, *aber er ist nicht Gesetz im Land.* Erlaube mir, das für dich zu tun, *Breda.* Geh nach Terra."

Cleindori senkte den Kopf. „Wie du willst, wenn ihr alle es für das beste haltet. Dann wirst du nach Neskaya gehen, Cassie? Und was ist mit dir, Arnad?"

„Ich bin in Versuchung, dich nach Terra zu begleiten", meinte der rothaarige Mann in Grün und Gold herausfordernd. „Aber wenn du unter Jeffs Schutz gehst, wäre das unklug. Ich vermute, er wird dich als seine Frau ausgeben müssen?"

Cleindori zuckte die Schultern. „Mir ist es gleichgültig, als was die Terraner mich eintragen. Sie leben mit ihren Computern und glauben, daß etwas wahr ist, weil es als wahr verzeichnet steht. Was geht mich das an?"

„Dann gehe ich und treffe die notwendigen Vorbereitungen", sagte Jeff. „Aber seid ihr alle hier sicher? Ich weiß nicht recht ..."

Arnad legte mit stolzer Geste die Hand ans Schwert. „Ich habe das hier; ich werde sie beschützen!"

Nachdem Jeff gegangen war, schien die Zeit nicht vergehen zu wollen. Cassilde brachte die Zwillinge in einem Alkoven hinter einem Vorhang zu Bett. Arnad lief ruhelos im Zimmer auf und ab, und seine Hand fuhr immer wieder an das Heft seines Schwerts. Das Kind Damon kniete vergessen auf dem Teppich, bewegungslos, wartend, erfüllt von den bösen Vorahnungen der Erwachsenen um ihn. Endlich sagte Cleindori: „Jeff sollte längst zurück sein ..."

„Still", unterbrach Cassilde sie aufgeregt. „Hast du das gehört? Jetzt ... da ist jemand auf der Straße!"

„Ich habe nichts gehört", antwortete Cleindori ungeduldig. „Aber ich habe Angst, daß Jeff etwas zugestoßen ist! Hilf mir, Arnad."

Sie zog die Matrix aus ihrem Ausschnitt und legte sie auf den Tisch. Das Kind schlich sich auf Zehenspitzen näher und starrte den Stein fasziniert an. Seine Mutter hatte ihn in letzter Zeit so oft hineinsehen lassen. Arnad meinte, er sei noch zu klein, es könne ihm Schaden tun. Aber der Junge wußte, aus irgendeinem Grund wünschte seine Mutter, daß er mit der Matrix, die niemand, nicht einmal sein Vater oder einer seiner Pflegeväter, je hatte berühren können, umzugehen lernte.

Er rückte näher an den leuchtenden Mittelpunkt des Kreises heran. Das Licht fiel auf die Gesichter, die sich über die Matrix beugten. Irgendein leises Geräusch lenkte seine Aufmerksamkeit ab. Er drehte sich um, und in steigendem Entsetzen sah er, daß der Türknauf sich drehte …

Er schrie. Arnad drehte sich einen Augenblick zu spät um. Die Tür flog auf, und das Zimmer füllte sich mit Gestalten in Kapuzen und Masken. Ein Messer flog durch die Luft und traf Arnad in den Rücken. Er stürzte mit einem gurgelnden Laut zu Boden. Das Kind hörte Cassilde laut schreien und sah sie fallen.

Cleindori bückte sich und riß Arnads Messer an sich, kämpfte mit einem der maskierten Männer.

Das Kind warf sich schreiend auf die dunklen Gestalten, schlug mit den kleinen Fäusten auf sie ein, biß, trat, kratzte wie ein kleines, wütendes Tier, wilde Drohungen schluchzend. Er sprang einem der Männer in den Rücken.

„Laß meine Mutter los …! Laß sie los, kämpfe wie ein Mann, du Feigling …"

Cleindori schrie auf und riß sich von dem Mann los, der sie festhielt. Sie drückte Damon fest an ihre Brust, und er nahm ihr Entsetzen wie einen körperlichen Schmerz wahr, der in einem gewaltigen blauen Glühen wie das der Matrix von ihm Besitz ergriff … *Es gab einen Augenblick blendenden, flammenden Rapports, und das Kind nahm unter grauenhafter Pein in sich auf, was sie getan hatten, nahm jeden Augenblick von Cleindoris Leben in sich auf, das vor ihren Augen vorüberraste …*

Rauhe Hände packten ihn. Er wurde durch die Luft geschleudert und schlug mit dem Kopf auf den Steinfußboden. Schmerz explodierte in ihm, und er blieb liegen. Bevor er in Dunkelheit versank, hörte er eine Stimme rufen:

„Sag dem Barbaren, er soll nie wieder auf die Ebenen von Arilinn kommen! Der Verbotene Turm ist zerbrochen, und die letzten seiner

Kinder, selbst das ungeborene, liegen tot. So werden wir mit allen Renegaten verfahren, bis ans Ende aller Tage!“

Unglaublicher, unerträglicher Schmerz stach ein Messer durch sein Herz. Dann brannte der Rapport gnädigerweise aus, und das Zimmer wurde dunkel, und die Welt verschwand in Dunkelheit ...

Es klopfte an der Tür. Das Kind, das bewußtlos auf dem Fußboden lag, rührte sich und wimmerte fragend. Ob das sein Pflegevater war? Aber er fühlte nur Fremdheit, er sah nur Dunkelheit und die fremden Männer, die in das Zimmer stürzten. *Sie kommen wieder, um mich zu töten!* Die Erinnerung flutete zurück und ließ ihn wie ein Kaninchen in der Falle verharren. Er preßte seine kleinen Finger auf den Mund, kroch unter den Tisch und versteckte sich dort. Das Hämmern an der Tür wurde lauter. Die Tür ging auf. Das verängstigte Kind unter dem Tisch hörte schwere Stiefel auf dem Fußboden und spürte den Schreck in den Gedanken der Männer, die eine Lampe hochhielten und das Blutbad im Zimmer betrachteten.

„Avarra sei uns gnädig“, murmelte die Stimme eines Mannes. „Nun sind wir doch zu spät gekommen. Diese mörderischen Fanatiker!“

„Ich habe Euch gesagt, wir hätten uns gleich an Lord Hastur wenden sollen, Kadett Ardais“, antwortete eine zweite Stimme, die dem Kind irgendwie bekannt vorkam. Aber es fürchtete sich, einen Laut von sich zu geben oder hervorzukommen. „Ich habe gefürchtet, daß es dazu kommen würde! Naotalba verrenke meinen Fuß, aber an Mord hatte ich nicht gedacht!“ Eine Faust donnerte in ohnmächtiger Wut auf den Tisch nieder.

„Ich hätte es vorhersehen müssen“, erklang wieder die erste Stimme, die in all ihrer Erbitterung wohllautend war, „als wir hörten, der alte Lord Damon sei tot und Dom Ann'dra und die übrigen. Ein Feuer, hieß es ... Ich frage mich, wessen Hand das Feuer gelegt hat.“ Das Kind in seinem Versteck duckte sich unter dem verhaltenen Zorn in dieser Stimme. Es preßte die Hände noch fester auf den Mund, um einen Schrei zu ersticken.

„Lord Arnad“, zählte die Stimme auf, „und Lady Cassilde, und sie so hochschwanger, daß man glauben sollte, selbst diese mörderischen Fanatiker hätten Mitleid mit ihr gehabt! Und ...“ – seine Stimme wurde leiser – „... meine Verwandte Cleindori. Ja, ich wußte, daß Arilinn sie zum Tode verurteilt hatte, aber ich hatte gehofft, die

Hasturs würden sie schützen.“ Ein langer, tiefer Seufzer. Das Kind hörte ihn umhergehen, hörte, daß der Vorhang von dem Alkoven zurückgezogen wurde. „In Zandrus Namen – Kinder!“

„Aber wo ist der Terraner?“ fragte einer der Männer. „Wahrscheinlich lebend weggebracht, um gefoltert zu werden. Das müssen Cassildes Kinder von Arnad sein. Seht, einer von ihnen hat rotes Haar. Wenigstens haben diese fanatischen Bastarde soviel Anstand gehabt, den armen Würmern nichts zu tun.“

„Wahrscheinlicher ist, daß sie sie nicht gesehen haben“, gab der erste Mann zurück. „Und wenn sie herausfinden, daß sie sie am Leben gelassen haben – nun, Ihr wißt ebenso gut wie ich, Lord Dyan, was dann geschehen wird.“

„Ihr habt recht – und um so größer wäre die Schande für uns alle“, antwortete der Lord Dyan genannte Mann. „Götter! Wenn wir nur Kennard erreichen könnten! Aber er ist nicht einmal in der Stadt, nicht wahr?“

„Nein, er ist nach Hali, um dort um Hilfe zu bitten“, erwiderte der erste Mann, und dann herrschte lange Schweigen. Schließlich sagte Lord Dyan: „Kennard hat ein Stadthaus hier in Thendara. Wenn Lady Caitlin dort ist – würde sie sie wohl aufnehmen, bis Kennard zurückkehrt und sich ihretwegen an Hastur wenden kann? Ihr seid Kennards geschworener Mann; Ihr kennt Lady Caitlin besser als ich, Andres.“

„Ich würde Lady Caitlin nicht um einen Gefallen bitten, Lord Dyan“, erklärte Andres langsam. „Sie wird mit der Zeit immer verbitterter, je geringer ihre Hoffnung auf ein Kind wird. Sie weiß ganz genau, daß Kennard sie eines Tages beiseiteschieben und anderswo einen Sohn zeugen muß, und bei jedem Kind, das wir sie um Kennards willen aufzunehmen bitten – nun, sie würde sicher annehmen, sie seien Kennards Bastarde, und keinen Finger krummachen, um sie zu beschützen. Außerdem, wenn Meuchelmörder in Kennards Stadthaus eindrängen, könnten sie Lady Caitlin ebenfalls töten...“

„Was Kennard keinen großen Kummer machen würde, nehme ich an“, sagte Lord Dyan, woraufhin Andres entsetzt Atem holte.

„Als Kennards geschworener Mann bin ich verpflichtet, auch sie zu schützen, Lord Dyan. Er mag seine Frau nicht lieben, aber er hält sie in Ehren, wie er es nach dem Gesetz muß, und ich wage nicht, sie durch die Anwesenheit dieser Kinder in Gefahr zu bringen. Mit Eurer Erlaubnis, Lord Dyan, werde ich bei den Terranern eine Zuflucht für sie suchen. Wenn sich dieser ganze Aufruhr gelegt hat, kann Kennard sich an Hastur wegen einer Amnestie für sie wenden ..."

„Schnell", unterbrach ihn Lord Dyan, „da kommt jemand. Bringt die Kinder her und haltet sie ruhig. Hier, wickelt den Kleinen in diese Decke – nun, nun, kleiner Kupferkopf, halt still." Damon kroch bis an die Tischkante vor. Im Schatten versteckt sah er, daß die beiden Männer, der eine in terranischer Kleidung, der andere in der grün-schwarzen Uniform der Stadtgarde, seine Spielgefährten in Decken wickelten und davontrugen. Das Zimmer wurde dunkel um ihn ...

Dann wurde ein qualvoller Schrei ausgestoßen, und Jeff Kerwin stand im Zimmer. Er schwankte auf seinen Füßen; seine Kleider waren zerrissen und zerfetzt, sein Gesicht mit Blut bedeckt. Das Kind unter dem Tisch fühlte etwas in sich zerreißen, einen schrecklichen Schmerz. Er wollte schreien und schreien, aber er konnte nur keuchen. Er schob das Tischtuch zur Seite und kroch hinaus, und er hörte Kerwins bestürzten Ausruf, als sein Pflegevater ihn mit seinen starken Armen hochhob.

Er war warm in eine Decke eingewickelt; Schnee fiel auf sein Gesicht. Er hatte sich durch und durch naßgemacht, und er spürte den Schmerz, den die gebrochene Nase seinem Pflegevater verursachte. Er versuchte zu sprechen, aber seine Stimme wollte ihm nicht gehorchen. Nach langer Zeit voller Kälte und Schmerzen war er in einem warmen Zimmer, und freundliche Hände fütterten ihm mit einem Löffel warme Milch. Er öffnete die Augen und wimmerte und sah in das Gesicht seines Pflegevaters.

„Komm, mein Kleiner", sagte die Frau, die ihn fütterte. „Noch ein Löffelchen, nur ein bißchen, so ist es brav. – Ich glaube nicht, daß es ein Schädelbruch ist, Jeff. Er hat keine Blutung innerhalb des Schädels; ich habe ihn überwacht. Aber er ist schwer zusammengeschlagen worden. Diese Wahnsinnigen müssen ihn für tot gehalten haben! Mörderische Teufel, die ein Kind von fünf Jahren umzubringen versuchen!"

„Sie haben meine Kleinen getötet und ihre Leichen mitgenommen, wahrscheinlich in den Fluß geworfen", sagte sein Pflegevater, und seine Augen waren schrecklich. „Sie hätten den hier auch getötet,

Magda, nur müssen sie geglaubt haben, er sei bereits tot. Sie haben Cassilde umgebracht und ihr ungeborenes Kind mit ihr... diese Teufel!“

Die Frau fragte behutsam: „Hast du deine Mutter sterben sehen, Damon?“ Obwohl er wußte, daß sie zu ihm sprach, konnte er nicht antworten. Verzweifelt kämpfte er darum zu sprechen, aber nicht ein einziges Wort konnte seine Angst und Pein durchdringen. Ihm war, als presse ihm eine große Faust die Kehle zusammen.

„Es sollte mich nicht wundern, wenn es ihn um den Verstand gebracht hat, sie alle sterben zu sehen“, sagte Kerwin grimmig. „Gott weiß, ob er je wieder normal wird! Er hat kein Wort gesprochen, und als ich ihn fand, hatte er sich schmutzig gemacht, der große Junge. Meine Kinder tot und Cleindoris Sohn ein Idiot, das ist die Ernte, die wir nach sieben Jahren Arbeit einbringen!“

„Vielleicht ist es nicht ganz so schlimm“, tröstete die Frau namens Magda.

„Was wirst du jetzt tun, Jeff?“

„Gott weiß es. Ich wollte mich den terranischen Behörden fernhalten, bis wir unsere eigenen Bedingungen stellen konnten – Kennard und Andres und der junge Montray und ich. Du weißt, um was es uns ging. Wir wollten fortführen, was Damon und die übrigen begonnen hatten.“

„Ich weiß.“ Die Frau hielt den Jungen auf ihrem Schoß fest. „Der kleine Damon hier ist alles, was davon übrig ist. Cleindoris Mutter und ich waren *Bredini,* geschworene Schwestern, als wir Mädchen waren... und jetzt sind alle fort. Warum soll ich hierbleiben?“ Ihre Augen blickten verbittert. „Ich weiß, du hast es versucht, Jeff. Ich habe ebenfalls versucht, Cleindori zu helfen, aber sie wollte nicht zu mir kommen. Doch dann erklärte sie sich einverstanden, Darkover zu verlassen...“

„Und es war gerade einen Tag zu spät“, stellte Kervin finster fest. „Wenn ich sie nur einen einzigen Tag früher überredet hätte!“

„Es hat keinen Sinn, sich Vorwürfe zu machen“, erwiderte Magda. „Ich würde das Kind selbst behalten, aber ich kann jeden Augenblick von Darkover wegversetzt werden, und er ist zu klein für eine Reise mit den großen Schiffen, selbst wenn man ihn betäubt...“

„Ich bringe ihn in das Raumfahrer-Waisenhaus“, entschied Kerwin. „Das zumindest schulde ich Cleindori. Und wenn es mir gelingt,

Kennard zu finden – ich glaube, Andres ist irgendwo in der Stadt, ich werde ihn suchen und von ihm erfahren, wohin Kennard gegangen ist –, aber er wird bei den Terranern sicher sein."

Die Frau nickte. Sanft strich sie über Damons schmerzenden Kopf und drückte ihn zu einer letzten Liebkosung an sich. Ihre Hand blieb in der Kette hängen, die er um den Hals trug, und sie rief bestürzt aus:

„Die Matrix! Cleindoris Matrix! Warum ist sie nicht mit ihr gestorben, Jeff?"

„Ich weiß es nicht", antwortete Kervin. „Aber der Stein lebte noch. Und obwohl der Junge nicht sprach, war er genug bei Bewußtsein, um danach zu greifen. Ich stelle es mir so vor, daß Cleindori ihn mit der Matrix spielen und sie berühren ließ. Sie hatte sich in großen Zügen auf sein Bewußtsein eingestimmt, und wenn er seine Mutter durch die Matrix sterben spürte ... nun, dann ist der Zustand des Kindes kein Wunder", sagte er erschüttert. „Die Matrix ist sicher, wo sie ist, am Hals eines schwachsinnigen Kindes. Sie werden sie ihm nicht wegnehmen können, ohne ihn zu töten. Aber sie werden freundlich zu ihm sein. Vielleicht können sie ihm später einmal das eine oder andere beibringen."

Und dann war ihm wieder kalt, und er lag in den Armen seines Pflegevaters, und jeder Schritt tat seinen gebrochenen Rippen weh. Er wurde in dichtem Regen und Graupelschauern durch die Straßen Thendaras getragen ...

Und dann war er fort, er war nirgends, er war nichts ...

Bleich und zitternd, Tränen auf dem Gesicht, stand er in seinem Hotelzimmer in Thendara, noch erfüllt von dem Entsetzen eines Kindes. Elorie blickte zu ihm auf. Auch sie weinte. Jeff wollte sprechen, aber seine Stimme gehorchte ihm nicht. Natürlich, er konnte kein Wort sprechen ... *Er würde niemals wieder sprechen ...*

„Jeff!" rief Elorie schnell. „Du bist hier. Jeff ... Jeff, komm zurück in die Gegenwart! *Komm zurück in die Gegenwart!* Das ist fünfundzwanzig Jahre her!"

Jeff führte eine Hand an die Kehle. Seine Stimme klang belegt, aber er konnte sprechen. „Also das war es", flüsterte er. „Ich sah sie alle sterben. Von Mörderhand. Und ... und ich bin nicht Jeff Kerwin. Mein Name ist Damon, und Kerwin war nicht mein Vater; er war meines Vaters Freund. Er sorgte für das Kind seiner Freunde ... aber ich bin nicht Jeff Kerwin. *Ich bin überhaupt kein Terraner!*"

„Nein", hauchte Elorie. „Dein Vater war Kennards älterer Bruder! Von Rechts wegen bist du, nicht Kennard, der Erbe von Alton – *und Kennard weiß es!* Du könntest Kennards halbblütige Söhne verdrängen. Ist das der Grund, daß er in der letzten Minute nicht für dich eintrat? Er liebt dich. Aber er liebt die Söhne seiner zweiten Frau, seiner terranischen Frau, mehr als alles andere auf der Welt..."

Jeff lachte hart und kurz auf. „Ich bin ein Bastard", sagte er, „und der Sohn einer abtrünnigen Bewahrerin. Ich bezweifele, daß sie mich als Erbe von Alton oder sonst etwas haben wollen. Kennard kann aufhören, sich Sorgen zu machen. Wenn er es getan hat."

„Und die endgültige Komplikation ist dies Durcheinander mit den Identitäten", sagte Elorie. „Cassildes Kinder wurden in das Raumfahrer-Waisenhaus gebracht – ich kenne Kennards Mann Andres. Aber Lord Dyan... er ist mein Halbbruder, Jeff. Ich wußte nicht, daß er Auster kannte. Er muß Bescheid gewußt haben, und deshalb bestand er darauf, Auster aus dem Waisenhaus herauszuholen. Sicher hat er ihn für das Kind von Cassilde und Arnad Ridenow gehalten, weil er rotes Haar hat."

„Gott helfe uns allen", stöhnte Jeff. „Kein Wunder, daß Auster meinte, Ragan zu erkennen! Sie sind Zwillingsbrüder! Sie sehen sich nicht sehr ähnlich, aber sie sind Zwillinge –"

„Und die Terraner benutzten Ragan als Spion bei den Comyn", stellte Elorie fest. „Das telepathische Band zwischen Zwillingen ist das stärkste, das uns bekannt ist! Auster, nicht du, wurde von den Terranern als Zeitbombe eingeschmuggelt! Auch sie wissen von der telepathischen Verbindung zwischen Zwillingen. Deshalb ließen sie zu, daß Auster zurückgeholt wurde – und behielten Ragan, damit er, in Gedanken mit Auster verbunden, seinen Bruder ausspioniere! Auch dann noch, als Auster nach Arilinn ging!"

„Und Jeff Kerwin brachte mich in das Raumfahrer-Waisenhaus und ließ mich dort als seinen Sohn eintragen", sagte Jeff. „Und dann... Gott weiß es, auch er muß umgebracht worden sein."

„Merkwürdig und traurig ist es", meinte Elorie, „daß beide Parteien, als die Kinder in Gefahr waren, auf den Gedanken kamen, bei den Terranern würden sie sicher sein. Unsere Gesetze der Blutfehde sind erbarmungslos, und die Fanatiker waren der Überzeugung, sie müßten den Verbotenen Turm bis auf die ungeborenen Kinder und die Babys ausrotten."

„Ich habe auf Terra gelebt“, führte Jeff den Gedanken weiter. „Die meisten Menschen dort sind gut. Und Wahrheit ist, daß sie weniger dazu neigen, Kinder in die Angelegenheiten der Erwachsenen hineinzuziehen oder die Sünden der Väter an den Kindern zu rächen.“

Er versank in Schweigen. Die Überzeugung, Terraner zu sein, war Teil seiner Existenz geworden. Und juristisch gesehen *war* er Terraner, und er war vom Terranischen Imperium zur Deportation verurteilt!

„Aber ich bin kein Terraner!“ rief er. „Ich bin mit Jeff Kerwin nicht verwandt, ich habe keinen Tropfen terranischen Blutes in mir. Mein Name ist nicht einmal Kerwin, er ist – wie würde er lauten?“

„Damon“, sagte Elorie. „Damon Aillard, da das Kind den Namen des ranghöheren Elternteils bekommt, und die Aillards stehen bei den Comyn höher als die Altons. Genauso würden unsere Kinder, wenn wir je welche haben, Ardais statt Aillard heißen ... Nur wenn du eine Ridenow oder eine Bürgerliche heiratest, würden deine Kinder Altons sein. Doch nach terranischer Sitte könntest du dich Damon Lanart-Alton nennen, nicht wahr? Terraner nehmen immer den Namen des Vaters, und du bist mit diesem Brauch aufgewachsen.“

Plötzlich wurde Elories Gesicht blaß. „Jeff! Wir müssen sie in Arilinn warnen!“

„Ich verstehe nicht, Elorie.“

„Sie führen vielleicht den Erzabbau durch – wenn ich auch finde, sie sind wahnsinnig, wenn sie es ohne Bewahrerin versuchen –, und Auster ist immer noch gedanklich mit Ragan, dem Spion, verbunden – und weiß es nicht!“

Jeff wurde es kalt ums Herz. Aber er wandte ein: „Meine Liebste, wie können wir sie warnen? Selbst wenn wir ihnen irgend etwas schuldig wären – und sie haben uns hinausgeworfen und dich mit schmutzigen Namen belegt –, sind sie doch dort, und wir sind *hier*. Selbst wenn wir die Terranische Zone verlassen könnten – und denke daran, daß ich unter Hausarrest stehe –, bezweifle ich, daß wir Arilinn *erreichen* könnten. Außer vielleicht auf telepathische Weise. Das kannst du versuchen, wenn du möchtest.“

Sie schüttelte den Kopf. „Ohne Hilfe von Thendara aus? Das geht nur mit einem der speziellen Relais-Schirme, nicht mit meiner Matrix allein. Nicht ...“ – sie zögerte – „... nicht mehr. Als Bewahrerin von Arilinn hätte ich es tun können. Aber jetzt nicht mehr.“

„Dann mach dir keine Sorgen um sie! Sollen sie doch tun, was sie nicht lassen können!“

Elorie schüttelte den Kopf.

„Arilinn hat mich ausgebildet, Arilinn hat mich zu dem gemacht, was ich bin. Ich kann nicht aufhören, mir Gedanken darüber zu machen, was meinem Kreis zustoßen wird. Und es gibt einen Relais-Schirm in der Comyn-Burg zu Thendara. Durch ihn könnte ich sie erreichen.“

„Großartig!“ Kerwin lächelte ironisch. „Ich sehe es direkt vor mir. Du, die Bewahrerin, die man aus Arilinn hinausgeworfen hat, und ich, der Terraner, der zur Deporation verurteilt ist, spazieren zur Comyn-Burg hinauf und bitten höflich darum, den dortigen Relais-Schirm benutzen zu dürfen.“

Elorie senkte den Kopf. „Sei nicht grausam, Jeff. Ich weiß selbst, daß wir unter dem Bann stehen. Aber der Rat trifft erst wieder im Sommer zusammen. In dieser Jahreszeit hält sich niemand in der Comyn-Burg auf außer dem Regenten Lord Hastur. Lady Cassilda war die Freundin meiner Mutter. Und mein Halbbruder Lord Dyan ist Offizier der Stadt-Garde. Ich glaube ... ich glaube, er wird mir helfen, eine Audienz bei Lord Hastur zu bekommen.“

„Wenn er ein so guter Freund Kennards ist“, bemerkte Jeff, „wird er wahrscheinlich froh sein, mich als Leiche zu sehen.“

„Er liebt Kennard, ja. Aber er billigt seine zweite Heirat nicht, weder seine terranische Frau noch seine halbterranischen Söhne, und du bist reiner Darkovaner“, erklärte Elorie. „Dyan hätte gern in Arilinn gearbeitet; die Comyn bedeuten ihm viel. Er wäre zusammen mit Kennard eingetreten, als sie beide Jungen waren, hörte ich, aber er wurde getestet und als ... ungeeignet eingestuft. Ich glaube ... ich hoffe, ich kann ihn dazu bringen, daß er mir eine Audienz bei Hastur verschafft.“ Mit schmalen Lippen setzte sie hinzu: „Wenn nichts anderes übrigbleibt, werde ich mich an Lord Alton wenden. Valdir Alton liebte seinen älteren Sohn, und schließlich bist du der einzige Sohn des älteren Sohns.“

Jeff konnte es immer noch nicht fassen. Lord Alton, der alte Mann, der ihn als Verwandten umarmt hatte, war tatsächlich sein Großvater.

Aber es ging ihm gegen den Strich, daß Elorie seinetwegen betteln gehen sollte. „Arilinn hat sich gegen uns gewandt. Vergiß sie, Elorie!“

„Oh, Jeff, nein“, flehte sie. „Willst du, daß sich das Pan-

Darkovanische Syndikat an die Terraner wendet und Darkover zu einer zweitklassigen terranischen Kolonie herabsinkt?"

Und das packte ihn. Darkover war seine Heimat gewesen, selbst als er sich noch für einen Sohn Terras und einen Bürger des Imperiums gehalten hatte. Jetzt wußte er, daß er ein echter Darkovaner war. Er hatte nicht den Schatten eines Rechts, sich Terraner zu nennen. Er war Comyn durch und durch, ein wahrer Sohn der Domänen.

„Siehst du das nicht ein? Oh, ich weiß, es ist beinahe sicher, daß sie versagen, besonderes, wenn sie es unter Rannirls Leitung mit einem Mechanikerkreis versuchen oder so wahnsinnig sind, eine halb ausgebildete Bewahrerin nach Arilinn zu holen", klagte Elorie. „Und ich fürchte, das werden sie tun. Sie werden die kleine Callina aus Neskaya holen und sie damit betrauen, den Matrix-Ring zu halten, und sie ist erst zwölf Jahre alt! Ich habe in den Relais mit ihr gesprochen. Sie ist begabt, aber sie ist nicht in Arilinn ausgebildet, und Neskaya hat sowieso nicht die Tradition der großen Bewahrerinnen; die besten sind immer aus Arilinn gekommen. Aber", setzte sie hinzu. „jetzt, wo wir wissen, daß du kein Terraner bist, kannst *du* zurückkehren, und der Kreis würde soviel stärker werden!" Ihr Gesicht war blaß vor Aufregung. „Oh, Jeff, es bedeutet soviel für unsere Welt!"

„Liebling", antwortete er gequält, „ich würde alles tun. Ich würde sogar in den Matrix-Kreis zurückkehren, wenn sie mich ließen, aber in der Benachrichtigung, die ich erhielt, hieß es, daß wir Gefangene sind! Wenn wir versuchen, uns mehr als einen Kilometer vom Hotel zu entfernen, wird man uns festnehmen. Daß wir nicht hinter Gittern sitzen, bedeutet nicht, daß ich nicht unter Arrest stehe.

Ich kann gegen die Deportation Berufung einlegen, und wenn ich beweisen kann, daß ich nicht Kerwins eigener Sohn bin, setze ich es vielleicht durch, daß ich hierbleiben darf. Aber im Augenblick sind wir ebenso Gefangene, als wenn wir im Gefängnis steckten!"

„Welches Recht haben sie..." Jetzt lag die Arroganz der Prinzessin, der behüteten, verwöhnten, angebeteten Lady von Arilinn, in ihrer Stimme. Sie griff nach ihrem Kapuzenumhang – Jeff hatte ihn ihr in Port Chicago gekauft, um ihr rotes Haar, das sie als Comyn kennzeichnete, zu verbergen – und warf ihn sich über die Schultern. „Wenn du nicht mit mir kommen willst, Jeff, dann gehe ich allein!"

„Elorie, das kann doch nicht dein Ernst sein?“ Ihre Augen gaben ihm die Antwort, und er entschloß sich. „Dann komme ich mit dir.“

In den Straßen Thendaras schritt sie so schnell aus, daß er ihr kaum folgen konnte. Es war später Nachmittag. Das Licht lag blutrot in den Straßen, und lange, purpurne Schatten krochen zwischen den Häusern vor. Sie näherten sich dem Rand der Terranischen Zone, und Kerwin sagte sich, daß dies Wahnsinn sei. Bestimmt würde man sie an den Toren anhalten. Aber Elorie ging so schnell, daß er sich darauf konzentrieren mußte, ihr auf den Fersen zu bleiben.

Der große Platz war leer, und die Tore der Terranischen Zone wurden von einem einzigen gelangweilten Raumpolizisten in Uniform bewacht. Jenseits des Platzes sah Jeff die darkovanischen Restaurants und Läden, auch den, in dem er seinen Mantel gekauft hatte. Als sie sich dem Tor näherten, stellte sich ihnen der Raumpolizist in den Weg.

„Tut mir leid. Ich muß Ihre Ausweise sehen.“

Kerwin wollte sprechen, doch Elorie hinderte ihn daran. Schnell zog sie die graue Kapuze von ihrem roten Haar, und das Licht der untergehenden blutigen Sonne verwandelte es in Feuer, als Elorie einen hohen, klaren Ruf über den Platz schickte.

Und überall auf dem Platz drehten sich Darkovaner um, überrascht und erschrocken. Irgendwie wußte Kerwin, daß Elorie den alten Ruf zum Sammeln ausgestoßen hatte. Ein Mann schrie: „Hai! Eine Comyn *vai leronis,* und in den Händen der Terraner!“

Elorie ergriff Jeffs Arm. Der Wachtposten trat drohend vor, aber schon hatte sich wie durch Magie auf dem ganzen Platz eine Menschenmenge versammelt. Ihr bloßes Gewicht überrollte den terranischen Posten – Jeff wußte, daß die Polizisten Befehl hatten, nicht auf unbewaffnete Leute zu schießen –, und Elorie und Jeff wurden mitgerissen. Eine Gasse öffnete sich ihnen durch die Menge, und ehrfürchtiges Gemurmel folgte ihnen. Atemlos, benommen fand sich Jeff am Eingang einer Straße, die auf den Platz mündete. Elorie ergriff seine Hand und zog ihn die Straße hinunter. Hinter ihnen erstarben die Geräusche des Auflaufs.

„Schnell, Jeff! Hier entlang, oder sie werden uns nachkommen und wissen wollen, um was es geht!“

Er war verblüfft und ein bißchen beunruhigt. Das konnte Rückwirkungen haben. Die Terraner würden über einen Auflauf vor ihrer Türschwelle gar nicht glücklich sein. Aber schließlich war niemand verletzt worden. Er wollte Elorie vertrauen, wie sie ihm mit ihrem Leben vertraut hatte.

„Wohin gehen wir?"

Sie wies mit der Hand. Hoch über der Stadt erhob sich die Comyn-Burg, groß, fremdartig und gleichgültig. Noch kein Terraner hatte den Fuß hineingesetzt, ein paar der höchsten Würdenträger ausgenommen, und diese nur auf eine Einldung hin.

Allerdings war er kein Terraner, das mußte er sich ständig vorsagen. *Komisch. Noch vor zehn Tagen hätte mich das sehr glücklich gemacht. Jetzt bin ich mir nicht mehr sicher.*

Er folgte Elorie durch die dunkel werdenden Straßen, den steilen Anstieg zur Comyn-Burg hinauf. Was würde geschehen, wenn sie dort ankamen? Hatte Elorie einen bestimmten Plan? Die Burg sah groß und gut bewacht aus, und Jeff nahm nicht an, daß zwei Fremde einfach hineinspazieren und Lord Hastur zu sprechen verlangen konnten, ohne sich auch nur angemeldet zu haben.

Aber er hatte das ungeheuerliche persönliche Prestige der Comyn nicht in Rechnung gezogen. Es waren Wachtposten da, gekleidet in das Grün und Schwarz der Altons, die, so hatte Kerwin von Kennard gehört, die Garde gegründet und seit altersher kommandiert hatten. Aber beim Anblick Elories, wenn sie auch zu Fuß kam und bescheiden gekleidet war, trat der Wachtposten ehrerbietig zurück.

„Comynara..." Der Mann blickte auf Jeffs rotes Haar, dann auf seine terranische Kleidung und entschloß sich, ihn, um ganz sicher zu gehen, einzubeziehen. Er verbesserte sich: „*Vai comynari,* Ihr erweist uns Gnade. Wie können wir der *vai domna* zu Diensten sein?"

„Ist Kommandant Alton in der Burg?"

„Es tut mir leid, *vai domna,* Lord Valdir ist in diesen zehn Tagen in Armida."

Elorie runzelte die Stirn, doch sie zögerte nur einen Augenblick. „Dann sagt Kapitän Ardais, daß seine Schwester Elorie von Arilinn sofort mit ihm sprechen möchte."

„Sofort, *vai domna.*" Der Wachtposten warf noch einen mißtrauischen Blick auf Jeffs terranische Kleidung, aber er stellte keine Frage. Er ging.

Kapitel 16: Der zerbrochene Turm

Es dauerte nicht länger als ein paar Minuten, bis der Wachtposten zurückkam und mit ihm ein großer, magerer Mann in dunkler Kleidung und einem kühnen, falkenähnlichen Gesicht. Kerwin nahm an, daß er in den Vierzigern war, obwohl er jünger wirkte.

„Elorie, *Chiya.*“ Er hob die Augenbrauen, und Kerwin zuckte zusammen. Er hatte diese ernste, wohlklingende und melancholische Stimme schon gehört. Als ein verängstigtes Kind hatte er sie gehört, das zusammengeschlagen und als tot liegengelassen worden war und sich unter einem Tisch versteckt hatte. Aber schließlich hatte Dyan Ardais nichts Böses gegen ihn im Sinn gehabt. Wäre er darum angegangen worden, hätte er ihn bestimmt ebenso unter seinen Schutz genommen wie die beiden anderen Kinder, die den Mördern entgangen waren. Jeff erkannte in Elories Bruder einen barschen Mann, der jedoch freundlich und sogar weichherzig gegen kleine Kinder war, auch wenn er zu Gleichgestellten grausam sein konnte.

„Ich hörte, du seist aus Arilinn geflohen.“ Mit Abscheu betrachtete er ihre bescheidene Kleidung und den rauhen Mantel. „Und noch dazu mit einem Terraner. Unglück ist es für Arilinn, daß dies zweimal innerhalb von vierzig Jahren geschehen muß. Ist das der Terraner?“

„Er ist kein Terraner, mein Bruder“, antwortete Elorie, „sondern der wahre Sohn von Lewis-Arnad Lanart-Alton, älterer Sohn von Valdir, Lord Alton, und Cleindori.

Sie legte ihr Amt entsprechend den Gesetzen von Arilinn, wenn auch ohne Erlaubnis, nieder, um einen Gemahl ihres eigenen Rangs zu nehmen, und dies ist ihr Sohn. Eine Bewahrerin, Dyan, ist nur ihrem eigenen Gewissen verantwortlich. Cleindori tat nur, was das Gesetz ihr erlaubte. Sie ist nicht verantwortlich für jene, die der Lady von Arilinn das Recht absprachen, ihrem Kreis Gesetze zu geben.“

Stirnrunzelnd betrachtete er sie. Seine Augen, dachte Kerwin, waren farblos wie kaltes Metall, wie grauer Stahl. Er sagte: „So etwas habe ich schon von Kennard gehört, der mir von Cleindoris Unschuld zu sprechen versuchte, doch ich nannte es Torheit. Auch Lewis war ein törichter Idealist. Aber er war Kennards Bruder, und ich schulde seinem Sohn die einem Verwandten zustehende Achtung.“ Seine dünnen Lippen verzogen sich zu einem ironischen Grinsen. „Hier haben wir also ein Rabbithorn im Fell eines Katzenmannes, einen Comyn im terranischen Gewand, was eine Abwechslung nach der Reihe von Spionen und Betrügern ist, mit denen wir uns von Zeit zu Zeit befassen müssen. Nun, wie hat man dich genannt, Cleindoris Sohn? Lewis nach deinem Vater und mit besserem Recht auf diesen Namen als Kennards Bastard?“

Kerwin hatte das unbehagliche Gefühl, daß Dyan sich amüsierte – nein, daß es ihm richtig Vergnügen machte, ihn in solcher Verlegenheit zu sehen. In späteren Jahren, als er Dyan besser kennenlernte, erfuhr er, daß er sich selten eine Gelegenheit entgehen ließ, eine Bosheit anzubringen. Jeff antwortete scharf: „Ich schäme mich nicht, den Namen meines terranischen Pflegevaters zu tragen. Es wäre kaum ehrenhaft, wollte ich ihn in diesem Augenblick meines Lebens ablegen. Aber meine Mutter nannte mich Damon.“

Dyan warf den Kopf zurück und lachte, ein langes, schrilles Lachen wie der Schrei eines Falken. „Der Name des einen Renegaten für den anderen! Ich hätte nie gedacht, daß Cleindori eine so passende Wahl treffen würde“, sagte er, als er mit Lachen fertig war. „Nun, was willst du von mir, Elorie? Ich nehme doch nicht an, daß du deinen Mann ...“ – eigentlich bedeutete das von ihm benutzte Wort *Freipartner;* hätte er ihm die Form gegeben, die sich mit *Geliebter* übersetzen ließ, hätte Jeff ihn niedergeschlagen – „... zu unserm wahnsinnigen Vater nach Ardais bringen willst?“

„Ich muß Lord Hastur sprechen, Dyan. Als Valdirs Stellvertreter kannst du es arrangieren.“

„Im Namen aller neun Höllen Zandrus, Lori! Hat Lord Danvan nicht schon genug Sorgen? Willst du nach einem Vierteljahrhundert wieder den Schatten des Verbotenen Turms über ihn bringen?“

„Ich muß ihn sprechen“, verlangte Elorie entschlossen, und dann verzog sich ihr Gesicht. „Dyan, ich bitte dich! Du warst immer freundlich zu mir, als ich ein Kind war, und meine Mutter liebte dich. Du hast mich vor Vaters betrunkenen Freunden gerettet. Ich schwöre dir ...“

Dyans Mund verzog sich. Grausam erklärte er: „Der übliche Schwur lautet, Elorie: *Ich schwöre es bei der Jungfräulichkeit der Bewahrerin von Arilinn.* Ich bezweifele, daß selbst du die Unverschämtheit haben wirst, jetzt diesen Eid zu leisten.“

Elorie flammte auf: „Das sind genau die Dummheit, der Wahnsinn und der Fanatismus, die aus den Bewahrerinnen von Arilinn rituelle Puppen, Priesterinnen, Zauberinnen gemacht haben! Ich hätte dir nicht zugetraut, daß du mir damit kommst! Willst du, daß alle Leute über den Turm von Arilinn lachen, weil dort die Jungfräulichkeit einer Bewahrerin mehr gilt als ihre Fähigkeiten? Du hast Verstand, Dyan, und du bist weder ein Narr noch ein Fanatiker! Dyan, ich bitte dich sehr –" an die Stelle ihres Zorns trat großer Ernst. „Ich schwöre dir beim Andenken meiner Mutter, die dich liebte, als du ein mutterloser Junge warst, daß ich Lord Hasturs Güte nicht mißbrauchen werde und daß ich dich nicht leichtfertig oder einer Geringfügigkeit wegen bitte. Willst du mich zu ihm bringen?"

Sein Gesicht wurde weicher. „Wie du willst, *Breda*", sagte er mit unerwarteter Sanftheit. „Die Bewahrerin von Arilinn ist nur ihrem eigenen Gewissen verantwortlich. Ich werde dem deinen Achtung zollen, bis ich eines anderen belehrt werde, kleine Schwester. Komm mit mir. Hastur ist in seiner Audienz-Kammer, und er sollte jetzt mit der letzten Delegation für heute fertig sein."

Er führte sie in die Burg, durch breite Flure und in einen langen Säulengang. Jeff zitterte. Durch diesen Gang war er als Kind getragen worden. *Das war einer der seltsamen farbigen Träume, die ihn im Raumfahrer-Waisenhaus verfolgt hatten ...*

Dyan geleitete sie in ein kleines Vorzimmer und winkte ihnen zu warten. Nach kurzer Zeit kehrte er zurück. „Er wird dich empfangen. Aber Avarra schütze dich, Lori, wenn du seine Zeit verschwendest oder seine Geduld erschöpfst, denn ich werde es nicht tun." Er winkte sie in den kleinen Audienzraum, wo Danvan Hastur auf seinem Hochsitz saß, verbeugte sich und ging.

Lord Hastur neigte sich vor Elorie. Das kurze Heben seiner Brauen deutete Mißvergnügen an, als er Kerwin sah, aber sofort verschwand der Ausdruck wieder; er behielt sich sein Urteil vor. Er bedachte Kerwin mit einem ganz knappen Nicken und sagte: „Nun, Elorie?"

„Es ist freundlich von Euch, mich zu empfangen, Verwandter." Ihre Stimme zitterte. „Oder ... wißt Ihr noch nicht ..."

Danvan Hasturs Stimme war höflich und ernst.

„Vor vielen, vielen Jahren weigerte ich mich, eine Verwandte anzuhören, die mich um Verständnis bat. Und die Folge war, daß Damon Ridenow und sein ganzer Haushalt in einem Feuer verbrannten, dessen Ursprung nachzuforschen ich mich weigerte. Ich sagte mir, es sei die Hand der Götter gewesen. Und ich hielt mich zurück und hob keine Hand zur Hilfe, und ich habe mich an Cleindoris Tod immer mitschuldig gefühlt. Zu der Zeit hielt ich es für die Rache der Götter, obwohl es ohne meine Billigung geschehen war, und von den fanatischen Meuchelmördern, die dann Cleindori umbrachten, wußte ich nichts. Ich dachte – mögen die Götter mir verzeihen –, die Vernichtung des Verbotenen Turms würde unser Land und unsere Türme auf den alten, richtigen Weg zurückführen. Oh, ich hatte bei keinem Mord mitgewirkt, und wären mir die Mörder in die Hände gefallen, hätte ich sie der Vergeltung ausgeliefert. Aber ich tat auch nichts, um die Morde zu verhindern oder die Fanatiker zu ächten, die für den Tod so vieler unentbehrlicher Comyn verantwortlich waren. Ich sagte mir, als Cleindori sich an mich wandte, sie habe jedes Recht auf meinen Schutz verwirkt. Diesen Fehler will ich nicht zum zweiten Mal begehen. Soviel in meiner Macht steht, wird es keine weiteren Toten unter den Comyn mehr geben. Auch will ich die Sünden lange toter Menschen nicht in ihren Nachkommen verfolgen. Was wünschst du von mir, Elorie Ardais?“

„Einen Augenblick“, fiel Kerwin ein, ehe Elorie den Mund öffnen konnte. „Eins wollen wir klarstellen. Ich bin nicht hergekommen, um Schutz für irgendwen zu erbitten. Der Arilinn-Turm hat mich hinausgeworfen, und als Elorie zu mir hielt, warf man auch sie hinaus. Aber es war nicht meine Idee herzukommen, und wir sind nicht auf Eure Gunst angewiesen.“

Hastur blinzelte. Dann verzog sich sein strenges, ernstes Gesicht zu etwas, das zweifellos ein Lächeln war. „Du beschämst mich, Sohn. Erzählt es auf eure Weise.“

„Um damit anzufangen“, ergriff Elorie das Wort, „er ist kein Terraner. Er ist nicht Jeff Kerwins Sohn.“ Sie berichtete, was sie herausgefunden hatte.

Hastur wirkte überrascht. Leise sagte er: „Ja. Ja, ich hätte es mir denken können. Du siehst wie ein Alton aus, aber Cleindoris Vater hatte Alton-Blut, und deshalb wunderte es mich nicht.“ Feierlich verbeugte er sich vor Elorie. „Ich habe dir großes Unrecht getan. Jede Bewahrerin darf ihr heiliges Amt, wenn ihr Gewissen sie dazu zwingt, niederlegen und einen Gemahl ihres eigenen Rangs nehmen. Wir haben nicht richtig an Cleindori gehandelt, und jetzt haben wir nicht richtig an dir gehandelt. Der Status deines *Comyn*-Gatten soll offiziell anerkannt werden, Verwandte. Mögen alle eure Söhne und Töchter mit *Laran* begabt sein ..."

„Oh, zum Teufel damit!" platzte Jeff wütend heraus. „Ich habe mich seit dem Zeitpunkt vor vier Tagen kein verdammtes bißchen verändert, als man glaubte, ich sei nicht gut genug, daß Elorie mich anspucke! Wenn ich sie also heirate, solange man mich für Jeff Kerwin junior hält, ist sie eine Hure und eine Verräterin, wenn sich aber herausstellt, daß mein Vater einer eurer hochgestochenen Comyn war, der sich nicht einmal die Mühe machte, seine Familie von meiner Existenz zu unterrichten, dann ist alles plötzlich wieder in Ordnung ..."

„Jeff, Jeff, *bitte* ..." flehte Elorie, und er hörte ihren verängstigten Gedanken: *Niemand wagt es, auf diese Weise zu Lord Hastur zu sprechen ...*

„Ich wage es", erklärte er kurz. „Sag ihm, was du ihm zu sagen hergekommen bist, Elorie, und dann laß uns hier wie der Blitz verschwinden! Du hast mich für einen Terraner gehalten, als du mich heiratetest, hast du das vergessen? Ich schäme mich weder meines Namens noch des Mannes, der ihn mir gab, als mein eigener Vater nicht zugegen war, um mich zu schützen!"

Er brach ab, plötzlich verwirrt durch den ruhigen Blick aus den blauen Augen des alten Mannes. Hastur lächelte ihn an.

„Da spricht der Alton-Stolz – und der Stolz der Terraner, der anders, aber ebenso stark ist. Bewahre dir deinen Stolz auf deine terranische Erziehung ebenso wie auf das Erbe deines Blutes, mein Sohn. Mit meinen Worten wollte ich Elorie das Herz erleichtern, nicht deinen terranischen Pflegevater herabsetzen. Nach allem, was ich von ihm weiß, war er ein guter und tapferer Mann, und ich hätte sein Leben gerettet, wenn es mir möglich gewesen wäre. Doch jetzt erzählt mir, alle beide, warum ihr zu mir gekommen seid."

Sein Gesicht wurde beim Zuhören ernst.

„Ich wußte, daß Auster in den Händen der Terraner gewesen ist. Ich bin jedoch nie auf den Gedanken gekommen, daß sie ihn auf diese Weise benutzen könnten; er war noch so klein. Dagegen wußte ich nicht, daß Cassilde Zwillinge geboren hatte. Wir haben dem anderen Kind schweres Unrecht zugefügt. Und du sagst, Kerwin ..." – er stolperte ein wenig über den Namen und sprach ihn eher wie den darkovanischen Namen *Kieran* aus – „... daß er verbittert und ein terranischer Spion ist. Irgend etwas muß für ihn getan werden. Ich frage mich nur, warum Dyan es mir nicht berichtet hat?"

Elorie schüttelte den Kopf. „Dyan hatte von Kennard einiges über die Bräuche des Verbotenen Turms erfahren. Die Kinder waren sich nicht ähnlich. Vielleicht glaubte er, der eine, der dunkelhaarig und dunkeläugig war, sei der Sohn des Terraners, und so half er nur bei der Entführung des anderen Jungen, den er für Arnad Ridenows Sohn hielt."

„Wahr ist, daß wir Auster als Arnad Ridenows Sohn anerkannten", sagte Hastur. „Er hat die Ridenow-Gabe. Aber die könnte er von Cassilde geerbt haben, die die Tochter Callista Lanart-Carrs von Damon Ridenow war." Seufzend schüttelte er den Kopf.

„Der springende Punkt ist, Lord Hastur", gab Jeff zu bedenken, „daß ich glaubte, *ich* sei die Zeitbombe, die die Terraner eingeschmuggelt hatten, und dabei ist es Auster. *Und er ist immer noch im Matrix-Kreis von Arilinn!*"

„Aber er hat *Laran!* Er ist unter uns aufgewachsen! Er ist Comyn!" rief Hastur fassungslos.

„Nein", entgegnete Kerwin, „er ist Jeff Kerwins Sohn, nicht ich." Auster war also sein Pflegebruder gewesen; sie hatten als Kinder zusammen gespielt. Er mochte Auster nicht, aber er schuldete ihm seine Loyalität. Ja, und Liebe – denn Auster war der Sohn des Mannes, der ihm seinen Namen und die Rechte eines Bürgers des Terranischen Imperiums gegeben hatte. Auster war sein Bruder und mehr. Er war sein Freund innerhalb des Matrix-Kreises. Er wollte nicht, daß Auster dazu benutzt wurde, den Arilinn-Turm zu zerbrechen.

„Aber ... ein Terraner? In Arilinn?"

„Er glaubte, er sei Comyn." Kerwin begann zu begreifen, und die Aufregung kochte in ihm. „Er *glaubte,* Comyn zu sein, er *rechnete* damit, *Laran* zu haben – und deshalb hatte er es und entwickelte niemals eine mentale Blockade gegen den Glauben an seine eigenen Psi-Kräfte!"

„Versteht ihr denn nicht, daß wir Arilinn warnen müssen!" unterbrach Elorie. „Vielleicht versuchen sie es mit dem Erzabbau – und Auster steht in Verbindung mit Ragan –, und die Operation wird fehlschlagen!"

Hastur war bleich. „Ja", bestätigte er. „Sie haben die kleine

Bewahrerin aus Neskaya nach Arilinn geschickt – und sie wollten heute abend anfangen."

„Heute abend!" keuchte Elorie. „Wir müssen sie warnen! Es ist ihre einzige Chance!"

Kerwins Gedanken waren bitter, als sie durch die Nacht flogen. Regen trommelte auf das kleine Luftschiff ein. Ein fremder junger Comyn kniete vorn in der Maschine und kontrollierte sie. Kerwin hatte für ihn weder Augen noch Gedanken.

Sie hatten versucht, Arilinn durch die Relais-Schirme hoch oben in der Comyn-Burg zu warnen, aber Arilinn war bereits aus dem Relais-Netz genommen worden. Vom Neskaya-Turm wurden sie informiert, sie hätten die Verbindung zu Arilinn schon vor drei Tagen unterbrochen, als Callina Lindir angefordert worden war.

Er kehrte also nach Arilinn zurück. Nach allem, was geschehen war, kehrte er zurück, um sie zu warnen, vielleicht zu retten – denn es stand außer Frage, daß diese, die größte Turm-Operation das Hauptziel der Terraner war, in deren Interesse es lag, daß Arilinn versagte. Damit würden die Domänen in die Hände terranischer Berater, Ingenieure und Industrieller fallen.

Der junge Comyn, der das Schiff flog, hatte Elorie ehrfürchtig angeblickt, als der Name Arilinn ausgesprochen wurde. Anscheinend wußten sie alle über das ungeheuerliche Experiment in Arilinn Bescheid, das Darkover und die Domänen vor dem Zugriff des Terranischen Imperiums retten mochte.

Aber es würde mißlingen. Sie rasten durch die Nacht, um den Turmkreis daran zu hindern, mit dem Experiment anzufangen. Wenn es jedoch nicht durchgeführt wurde, war das ebenso, als sei es mißlungen, und das war ja der Grund, warum sie es in ihrer Verzweiflung mit einer halb ausgebildeten Bewahrerin versuchten. So oder so bedeutete es das Ende Darkovers, wie sie es kannten.

Wenn ich nur nie nach Darkover zurückgekehrt wäre!

„Nicht, Jeff", wehrte Elorie ihm sanft. „Du bist ungerecht gegen dich selbst."

Aber er machte es sich zum Vorwurf. Wäre er nicht zurückgekommen, hätten sie vielleicht einen anderen für den leeren Platz in Arilinn gefunden. Und vielleicht hätte Auster die Wahrheit über den terranischen Spion entdeckt, wenn Jeff sich ihm nicht als Zielscheibe seines Argwohns dargeboten hätte. Und jetzt hing alles vom Erfolg oder Mißlingen dieses Experiments ab. Und wenn es mißlang – und es würde mißlingen –, dann waren sie durch das Wort Hasturs verpflichtet, keinen Widerstand mehr gegen terranische Industrialisierung, terranischen Handel, terranisches Leben zu leisten.

Erst Kerwin hatte sie zu dieser trügerischen Zuversicht verleitet. Andernfalls hätten die Terraner durch ihr Spionieren nur unwichtige Informationen erlangt.

Elories Hand in seiner fühlte sich kalt wie Eis an. Ohne erst zu fragen, wickelte Kerwin sie in seinen pelzgefütterten Mantel, und gegen seinen Willen fiel ihm eine von Johnny Ellers Geschichten ein. Er konnte Elorie mit seinem darkovanischen Mantel vor dem Frieren schützen. Aber jetzt, wo er auf seine terranische Staatsangehörigkeit ebenso wenig Recht hatte wie auf seine Zugehörigkeit zu Arilinn, wohin konnte er sie bringen?

Elorie wies durch das Fenster des Flugzeugs. „Arilinn – und da ist der Turm.“ Dann holte sie voller Verzweiflung tief Atem. Rings um den Turm flackerte ein schwaches, bläuliches Licht.

„Wir kommen zu spät“, flüsterte sie. „Sie haben bereits begonnen!“

Kapitel 17: Das Gewissen einer Be wahrerin

Kerwin kam sich wie ein Schlafwandler vor, als sie über das Landefeld eilten, Elorie wie in einem Traum an seiner Seite. Also hatten sie versagt, und es war zu spät. Er faßte nach ihr. „Es ist zu spät! Finde dich damit ab!“ Aber sie lief weiter, und er wollte sie nicht allein gehen lassen. Sie durchschritten den schimmernden Schleier. Kerwin hielt den Atem an, mit solcher Wucht trafen ihn die ungeheuerlichen, zusammengeballten Kräfte, die von hoch oben im Turm, wo der Kreis sich versammelt hatte, ausstrahlten und den ganzen Turm durchdrangen. Unvollständig war der Kreis, ja, und doch erweckte er immer noch unglaubliche Energien. Kerwin empfand sie wie das Schlagen eines zweiten Herzens in seinem Körper. Elorie neben ihm zitterte.

War das jetzt für sie gefährlich?

Mitgerissen von ihrer Willenskraft stieg Kerwin die Treppe hinauf. Er stand vor der Matrix-Kammer und spürte, was drinnen vor sich ging.

Austers Barriere war für ihn nichts weiter als eine Nebelwand. Kerwins Körper blieb außerhalb des Raums, doch gleichzeitig war er drinnen, und mit Sinnen, die jenseits seines physischen Sehvermögens lagen, nahm er sie alle wahr: Taniquel saß auf dem Platz der Überwacherin. Rannirl als Techniker visualisierte die Operation. Kennard beugte sich über die Karten. Corus hatte seinen, Kerwins, Platz eingenommen. Und die Bewahrerin hielt sie zusammen mit schwachen Spinnwebfäden. Es war eine unvertraute Berührung wie ein Schmerz...

Sie war klein und zart, noch nicht dem Kindesalter entwachsen. Aber sie trug die Robe einer Bewahrerin. Zwar war es nicht das Zeremoniengewand, sondern der lose Kapuzenmantel, den sie alle für die Arbeit in der Matrix-Kammer anlegten. Doch er war karminrot, damit niemand sie berührte, auch nicht zufällig, wenn sie die Ladung der Energonen trug. Sie hatte dunkles Haar wie gesponnenes schwarzes Glas, das noch nach Kinderart in Zöpfen hing, und ein dreieckiges, unscheinbares Gesichtchen, blaß und mager und vor Anstrengung zitternd.

Sie spürte seine Berührung und blickte verwirrt auf. Doch irgendwie erfaßte sie, daß das kein Eindringen war, daß er hierher *gehörte.* Schnell machte Kerwin noch einmal die Runde um den ganzen Kreis: Rannirl, Corus, Taniquel, Neyrissa, Kennard – Auster...

Auster. Kerwin erkannte etwas, das von außerhalb des Kreises kam. Wie ein sichtbares, klebriges schwarzes Kabel führte es durch die Barriere und hinderte die Teilnehmer daran, den Energiekreis zu schließen. *Das Band, das psychische Band zwischen Zwillingen, das Auster ohne sein Wissen mit seinem Bruder außerhalb des Kreises verband...*

Spion! Terraner, Spion! Auster hatte seine Anwesenheit bemerkt und wandte sich feindselig in seine Richtung... obwohl sein Körper, festgehalten im Rapport mit den anderen, sich nicht bewegte... aber die Spannung erschütterte den Kreis und zerriß ihn beinahe.

„Spion und Terraner. Aber nicht ich bin es, mein Bruder!“ Kerwin trat mit seinen Gedanken in den Kreis, fiel in vollen Rapport und projizierte in Austers Geist die Erinnerung an jenes Zimmer, wo

Cleindori, Arnad und Cassilde ermordet worden waren und mit Cassilde auch Austers noch ungeborene Schwester ...

Auster schrie lautlos auf vor Qual. Aber als die Barriere um den Kreis fiel, nahm Kerwin sie auf. Seine telepathische Berührung erfaßte jeden im Kreis. Mit einer schnellen, entschlossenen Bewegung schnitt er das schwarze Kabel durch – es zischte und schmorte und fiel ab – und zerriß damit die Verbindung für immer.

(Meilen entfernt brach ein dunkler kleiner Mann, der sich Ragan nannte, mit einem Schmerzensschrei zusammen. Er sollte stundenlang bewußtlos liegen, und als er erwachte, hatte er keine Erinnerung an das, was geschehen war. Tage später fand man ihn und brachte ihn nach Neskaya. In dem dortigen Turm wurde die psychische Wunde geheilt, und dann war Auster bereit, seinen unbekannten Zwillingsbruder zu umarmen. Doch das geschah später.)

In Austers Kopf drehte sich alles. Kerwin stürzte ihn mit starkem telepathischem Zugriff und ließ sich tief in den Rapport fallen.

Bring mich in den Kreis!

Es gab einen kurzen Augenblick schwindelerregender Zeitlosigkeit, und dann war die altvertraute Verbindung hergestellt. Eine Facette des Kristalls, ein körperloses Pünktchen, das in einem Lichtkreis schwebte ... er war einer von ihnen.

Tief unter der Oberfläche des Planeten liegen jene seltsamen Substanzen, deren Atome, Moleküle, Ionen als Minerale bekannt sind. Er hatte sie über die Kristallstruktur des Matrix-Schirms gefunden. Er hatte sie aus Unreinheiten gelöst, so daß sie rein und geschmolzen in ihren Felsenbetten lagen. Jetzt mußte der zusammengeschweißte Energiering sie durch Psychokinese heben, zu einer großen Hand werden, die sie an die vorbereitete Stelle der Oberfläche fließen ließ.

Sie verharrten, sie warteten, als der spinnwebschwache Griff der Kind-Bewahrerin unsicher wurde. Kerwin, tief in Rapport mit Taniquel, nahm die Verzweiflung der Überwacherin wahr.

Nein! Es wird sie umbringen!

Und dann, als der engverbundene Kreis sich gerade auflösen wollte, spürte Kerwin die vertraute, sichere, geliebte Berührung.

Elorie! Nein! Das darfst du nicht!

Ich bin Bewahrerin und nur meinem eigenen Gewissen verantwortlich. Auf was kommt es an? Auf meinen rituellen Status, ein altes Tabu, das seine Bedeutung schon vor Generationen verloren hat? Oder auf meine Fähigkeit, die Energonen zu lenken, auf meine Kraft als Bewahrerin? Zwei Frauen sind gestorben, damit ich frei würde, die Arbeit zu tun, für die ich geboren und ausgebildet bin. Cleindori hat es bewiesen, noch ehe sie Arilinn verließ. Sie hätte die Bewahrerinnen von den Gesetzen befreit, in denen sie fromme Täuschungen, inhaltlose, abergläubische Lügen erkannt hatte! Wollt ihr den Erfolg Arilinns jetzt, wo die Terraner auf unser Versagen lauern, einem alten Tabu opfern? Wenn ihr es wollt, laßt Arilinn zerbrechen und Darkover den Terranern zufallen. Aber die Schuld trifft dann euch, nicht mich, meine Brüder und Schwestern!

Mit unendlicher Zartheit (ein Arm legte sich stützend um kindliche Schultern, ein schwankender Becher, der seinen Inhalt verschütten wollte, wurde festgehalten) glitt Elorie in den Rapport. Sanft nahm sie die Spinnwebfäden der Kind-Bewahrerin in ihre eigenen starken Hände, so behutsam, daß es keine Erschütterung und keinen Schmerz verursachte.

Kleine Schwester, diese Bürde ist zu schwer für dich...

Und der Kreis schloß sich plötzlich innerhalb des Kristallschirms; die Energie flammte auf und floß... Kerwin war keine Einzelperson, überhaupt kein Mensch mehr. Er war eins geworden mit dem Kreis, Teil eines ungeheuerlichen, glühenden, brennenden Flusses geschmolzenen Metalls, das nach oben strömte, getrieben von einer großen pulsierenden Kraft. Der Fluß durchbrach die Rinde des Planeten, brannte, teilte sich, verschlang sie alle...

Langsam, langsam kühlte er sich ab und erhärtete und lag wieder unbeweglich, auf die wartend, die ihn brauchten, auf Hände wartend, die ihn zu Werkzeugen, Energie, Kraft, dem Leben einer Welt umgestalten würden.

Einer nach dem anderen löste sich aus dem Kreis. Kerwin fühlte, wie er aus dem Rapport fiel. Taniquel hob die Augen, um ihn willkommen zu heißen, und sie strahlten vor Liebe und Triumph. Kennard, Rannirl, Corus, Neyrissa, sie waren alle um ihn. In Austers Katzenaugen war noch der schwere Schock zu lesen, doch sie waren reingebrannt vom Haß. Er kam und begrüßte Kerwin mit einer schnellen, harten Umarmung, der Umarmung eines Bruders.

Das kleine Mädchen, die Bewahrerin aus Neskaya, war auf dem Fußboden zusammengebrochen. Ihr Körper war aus dem Sitz der Bewahrerin gefallen, und Taniquel beugte sich über sie, die Hände an ihre Schläfen gelegt. Das Kind sah knochenlos, erschöpft, kaum noch bei Bewußtsein aus. Taniquel bat besorgt: „Rannirl, komm und trage sie weg . . .“

Elorie! Es fuhr Kerwin wie ein Stich durchs Herz. Er sprang über die Sessel und stieß die Tür des Raums auf. Er hatte keine Erinnerung daran, wie er in die Kammer gelangt war, aber Elorie war es irgendwie nicht gelungen, ihm zu folgen. Ihr Geist hatte den Matrix-Ring betreten und ihr Körper lag ungeschützt außerhalb des abgeschirmten Raums.

Sie lag weiß und leblos zu seinen Füßen. Kerwin ließ sich neben ihr auf die Knie fallen. Sein ganzer Triumph, seine ganze Freude wurden zu Haß und zu Flüchen, als er die Hand auf ihre sich nicht mehr hebende Brust legte.

Elorie, Elorie! Von dem Gewissen einer Bewahrerin getrieben, war sie zurückgekehrt, um den Turm zu retten . . . Aber hatte sie das mit ihrem Leben bezahlt? Sie hatte sich unvorbereitet, ohne Schutz in eine fürchterliche Matrix-Operation gestürzt. Kerwin wußte wie diese Arbeit an ihr zehrte, wie sie dabei bis an die Schwelle des Todes geriet, selbst wenn sie sorgfältig bewacht und isoliert wurde! Sie hatte die Anstrengung schon kaum ertragen können, als ihre Nervenkraft noch durch Enthaltsamkeit und sakrosankte Abgeschlossenheit beschützt wurde! Nein, sie hatte ihre Kräfte nicht verloren . . . aber war das der Preis, den sie dafür bezahlen mußte, daß sie gewagt hatte, sie jetzt noch einzusetzen?

Ich habe sie getötet!

Verzweifelt kniete er neben ihr und merkte es kaum, als Neyrissa versuchte, ihn beiseitezuschieben.

Kennard schüttelte ihn grob.

„Jeff! Jeff, sie ist nicht tot, noch nicht, es gibt noch eine Chance! Aber du mußt die Überwacherinnen an sie heranlassen. Wir müssen feststellen, wie schlimm es um sie steht!“

„Verdammt sollt ihr sein, faßt sie nicht an! Habt ihr Teufel ihr noch nicht genug angetan . . .“

„Er ist hysterisch“, stellte Kennard kurz fest. „Bring ihn weg, Rannirl.“ Kerwin fühlte, daß Rannirls starke Arme ihn packten. Er wehrte sich, er wollte bei Elorie bleiben. Rannirl sagte mitleidig: „Es tut mir leid, *Bredu.* Du mußt uns an sie heranlassen – verdammt noch mal, Bruder, halt still, oder ich muß dich bewußtlos schlagen!“

Er spürte, daß Elorie ihm mit Gewalt aus den Armen genommen wurde, er brüllte seine Wut und Verzweiflung heraus ... Dann gab er langsam unter der liebevollen Berührung seiner Gedanken durch die anderen nach. Elorie war nicht tot. Sie versuchten nur zu helfen. Er stand still zwischen Rannirl und Auster und sah aus dem Augenwinkel, daß Rannirls Mund blutete und daß Auster eine Schramme im Gesicht hatte.

„Ich weiß", sagte Auster mit leiser Stimme. „Aber immer mit der Ruhe, Pflegebruder, sie werden alles tun, was getan werden kann. Tani und Neyrissa sind jetzt bei ihr." Er hob die Augen. „Ich habe versagt. Ich habe versagt, *Bredu.* Ich wäre zusammengebrochen, hättest du nicht eingegriffen. Ich hatte überhaupt nie ein Recht, hier zu sein. Ich bin ein Terraner, ein Außenseiter, du hast hier mehr Rechte als ich ..."

Zu Kerwins Entsetzen fiel Auster plötzlich auf die Knie. Seine Stimme war gerade noch hörbar.

„Alles, was ich über Euch sagte, traf auf mich selbst zu, *vai dom.* Ich muß es gewußt haben, ich muß mich gehaßt und so getan haben, als haßte ich Euch. Alles, was ich von den Händen der Comyn verdiene, ist der Tod. Es steht ein Leben zwischen uns, Damon Aillard; nimm es, wenn du willst." Er beugte den Kopf und wartete, gebrochen, auf den Tod gefaßt.

Mit einem Mal wurde Jeff wütend.

„Steh auf, du verdammter Idiot!" Grob riß er Auster hoch. „All das bedeutet doch nur, daß einige von euch Trotteln ..." – und er blickte von einem zum anderen in der Runde – „... ein paar eurer schwachsinnigen Vorstellungen über die Comyn ändern müßt. Auster hat also einen terranischen Vater – na und? Er hat die Ridenow-Gabe – *weil er in dem Glauben erzogen wurde, er habe sie!* Ich bin bei meiner Ausbildung durch die Hölle gegangen ... *weil ihr alle glaubtet, für mich mit meinem terranischen Blut werde es schwer sein, und mich davon überzeugtet!* Ja, *Laran* ist erblich, aber längst nicht in dem Ausmaß, wie ihr denkt. Das bedeutet, daß Cleindori recht hatte. Die Matrix-Mechanik ist eine Wissenschaft, die jeder erlernen kann, und es besteht keine Notwendigkeit, sie mit allen Variationen von Ritualen und Tabus zu umgeben! Eine Bewahrerin braucht keine Jungfrau zu sein ..." Er brach ab.

Elorie hatte es geglaubt. Und ihr Glaube könnte sie töten!

Und doch ... Sie war Teil seiner Verbindung mit Cleindori gewesen. Das war der Grund, warum Cleindori ihm die Matrix gegeben hatte, obwohl sein kindlicher Geist unter der Belastung beinahe zusammengebrochen war. Eines Tages sollte eine andere Bewahrerin erfahren, was Cleindori entdeckt hatte, und Arilinn die Botschaft bringen, die man von ihr nicht hatte annehmen wollen. Eine andere Bewahrerin sollte in Geist und Herz und Gewissen der Ermordeten lesen, die gestorben war, um andere junge Frauen aus dem Gefängnis zu befreien, das der Arilinn-Turm um ihren Geist und ihr Herz baute.

„Aber wir haben gewonnen", stellte Rannirl fest, und Jeff erkannte, daß sie alle seinen Gedanken gefolgt waren.

„Eine Gnadenfrist", meinte Kennard düster. „Noch kein endgültiger Sieg!"

Und Jeff wußte, Kennard hatte recht. Dies Experiment mochte geglückt sein, und das Pan-Darkovanische Syndikat war jetzt an sein Ehrenwort gebunden, sich von dem Willen Hasturs leiten zu lassen und nicht mit den Terranern zu verhandeln. Aber gleichzeitig war es eine Niederlage gewesen.

Kennard faßte den Gedanken in Worte.

„Die Turmkreise können nie mehr zu dem gemacht werden, was sie in den alten Zeiten waren. Das Leben schreitet vorwärts, nicht zurück. Es ist sogar besser, die Terraner um Hilfe zu bitten – auf unsere eigene Art und zu unsern eigenen Bedingungen –, als diese Bürde auf den Schultern einiger weniger begabter Männer und Frauen ruhen zu lassen. Das Volk von Darkover, Comyn und Bürgerliche, muß lernen, die Anstrengung zu teilen – sogar mit den Leuten von Terra." Er seufzte.

„Ich habe sie damals im Stich gelassen. Hätte ich weiter an ihrer Seite gekämpft – dann wäre es vielleicht anders gekommen. Aber dies war es, für das sie arbeiteten, Cleindori und Cassilde, Jeff und Lewis, Arnad, der alte Damon – wir alle. Es sollte ein gerechter Austausch stattfinden. Darkover kann Terra Matrix-Energie für die wenigen Dinge geben, für die sie gefahrlos benutzt werden kann; Terra kann uns geben, was es hat. Aber wir müssen gleichberechtigte Partner sein; die Terraner dürfen sich nicht als die Herren und die Darkovaner sich nicht als Bittsteller betrachten. Ein gerechter Austausch soll es sein zwischen gleichberechtigten Welten, jede Welt mit ihrem eigenen Stolz und ihrer eigenen Kraft. Und ich ließ es zu, daß du nach Terra geschickt wurdest ...“ – er sah Jeff offen an – „... weil ich dich als Bedrohung für meine eigenen Söhne empfand. Kannst du mir verzeihen, Damon Aillard?“

Jeff sagte: „Ich werde mich nie an diesen Namen gewöhnen. Ich will ihn nicht, Kennard. Ich bin nicht mit ihm aufgewachsen. Ich bin nicht einmal mit eurer Art der Regierung einverstanden, ich glaube nicht an ererbte Macht. Wenn deine Söhne es tun, habe ich nichts dagegen. Du hast sie dazu erzogen, diese Art von Verantwortung zu übernehmen. Nur ...“ Er lächelte. „Benutze allen Einfluß, den du hast, damit ich nicht übermorgen deportiert werde.“

Kennard antwortete freundlich: „Es gibt keine Person namens Jeff Kerwin junior. Sie können unmöglich den Enkel Valdir Altons nach Terra deportieren. Wie immer er sich auch selbst nennen mag.“

Eine federleichte Fingerspitze berührte Jeffs Arm. Er sah hinunter auf das blasse, kindliche Gesicht der Kind-Bewahrerin und erinnerte sich an ihren Namen: Callina von Neskaya.

Sie flüsterte: „Elorie – sie ist bei Bewußtsein; sie will dich sprechen.“

Jeff antwortete ernst: „Ich danke Euch, *vai leronis*“ und sah das Kind erröten. Was Elorie getan hatte, befreite auch dieses Mädchen, aber sie wußte es noch nicht.

Sie hatten Elorie im nächsten Zimmer auf eine Couch gelegt. Blaß und kraftlos streckte sie die Hände nach Jeff aus. Er faßte sie, ohne sich darum zu kümmern, daß alle übrigen sich hinter ihm in das Zimmer gedrängt hatten. Als er sie berührte, erkannte er, wie schwer der Schock gewesen war, unvorbereitet und ohne Schutz in den Matrix-Kreis zu gehen. In der Zukunft würden Bewahrerinnen lernen, sich gegen den Energieentzug einer gewaltigen Arbeit wie dieser zu schützen. Sie konnten leben, ohne sich lebenslanger Keuschheit zu weihen, aber trotzdem mußten sie strenge Sicherheitsvorkehrungen treffen. Elorie war tatsächlich verletzt worden; sie war dem Tod nähergekommen, als sie alle sich auszumalen wünschten, und oft noch würde die Sonne über Arilinn aufgehen, bis ihr altes fröhliches Lachen wieder im Turm zu hören war. Aber ihre Augen strahlten vor Liebe und Triumph.

„Wir haben gewonnen“, flüsterte sie, „und wir sind hier!“

Und Kerwin hielt sie in seinen Armen und wußte, daß sie wirklich gewonnen hatten. Die Tage, die jetzt für Darkover und die Comyn kamen, mußten sie alle verändern. Beide Welten würden mit den Veränderungen zu kämpfen haben, die die nächsten Jahre brachten. Aber eine Welt, die immer die gleiche bleibt, kann nur sterben. Sie hatten darum gekämpft, Darkover zu erhalten, wie es war. Gewonnen hatten sie jedoch nur die Freiheit der Wahl, welche Veränderungen eintreten sollten und wie schnell.

Kerwin hatte in der Tat gefunden, was er liebte, und er hatte es zerstört, denn die Welt, die er liebte, würde nie mehr die alte sein, und er war das Werkzeug der Veränderung gewesen. Aber indem er sie zerstörte, hatte er sie vor der vollständigen und endgültigen Vernichtung gerettet.

Seine Brüder und Schwestern waren alle um ihn. Taniquel, so blaß und erschöpft, daß ihm klar wurde, wie rücksichtslos sie sich verausgabt hatte, um Elorie wieder zu sich zu bringen. Auster, dem die Form seines Lebens zerbrochen war, der jedoch eine neue Kraft gewonnen hatte, um sich eine andere zu schmieden. Kennard, sein Verwandter, und alle übrigen...

„Aber, aber", war die gleichmütige Stimme der vernünftigen Mesyr zu hören. „Was hat denn das für einen Sinn, daß ihr hier herumsteht, wenn die Arbeit dieser Nacht doch getan und gut getan ist? Nach unten mit euch zum Frühstück... Ja, du auch, Jeff, laß Elorie sich ausruhen." Bestimmt zog sie die Decke bis an Elories Kinn und machte gegen die anderen scheuchende Handbewegungen.

Jeffs Blick traf wieder auf den Elories, und so schwach sie war, begann sie zu lachen. Und dann stimmten alle ein, so daß die Gänge und Treppen des Turms widerhallten von geteilter Fröhlichkeit. Wenigstens einige Dinge änderten sich nie.

Das Leben im Arilinn war für den Augenblick zum normalen Alltag zurückgekehrt.

Sie waren wieder zu Hause. Und diesmal würden sie bleiben.

Um den Eid zu wahren

(TO KEEP THE OATH)

Das rote Licht verweilte noch auf den Hügeln. Zwei der vier kleinen Monde standen am Himmel, der grüne Idriel kurz vor dem Untergang und die winzige Sichel Mormallors, elfenbeinblaß, nahe dem Zenit. Die Nacht würde dunkel werden. Kindra n'ha Mhari merkte nicht gleich, was an der kleinen Stadt seltsam war. Sie war zu dankbar, sie vor Sonnenuntergang erreicht zu haben – Schutz vor der regenfeuchten Kälte einer darkovanischen Nacht, ein Bett nach einer viertägigen Reise, einen Becher Wein vor dem Einschlafen.

Aber langsam ging ihr auf, daß hier etwas nicht stimmte. Normalerweise würden die Frauen zu dieser Stunde in den Straßen hin- und hergehen, mit den Nachbarinnen plaudern und für das Abendessen einkaufen, während die Kinder draußen spielten und sich stritten. Aber heute abend war keine einzige Frau auf der Straße und auch kein Kind.

Was war nicht in Ordnung? Stirnrunzelnd ritt sie die Hauptstraße entlang bis zum Gasthof. Sie war hungrig und müde.

Vor vielen Tagen hatte sie mit einer Gefährtin Dalereuth verlassen. Ihr Ziel war das Gildenhaus in Neskaya gewesen. Aber ihre Gefährtin war, was beide nicht gewußt hatten, schwanger gewesen. Sie hatte ein Fieber bekommen, und im Gildenhaus von Thendara hatte sie eine Fehlgeburt gehabt und lag immer noch dort, sehr krank. Kindra war allein nach Neskaya weitergeritten, aber sie hatte einen Umweg von drei Tagen gemacht, um der Eidesmutter der kranken Frau Nachricht zu bringen. Sie hatte sie in einem Dorf in den Bergen gefunden, wo sie einer Gruppe von Frauen half, eine kleine Meierei zu errichten.

Kindra fürchtete sich nicht davor, allein zu reisen; sie war in diesen Bergen schon zu jeder Jahreszeit und bei jedem Wetter unterwegs gewesen. Aber allmählich gingen ihr die Vorräte aus. Glücklicherweise war der Gastwirt ein alter Bekannter von ihr; sie hatte nur wenig Geld dabei, weil die Reise sich so unerwartet in die Länge gezogen hatte. Doch der alte Jorik würde ihr ein Bett für die Nacht und ihr und ihrem Pferd zu essen geben und sich darauf verlassen, daß sie ihm die Bezahlung schickte. Er wußte ja, falls sie es nicht tat oder nicht konnte, würde ihr Gildenhaus der Ehre der Gilde wegen die Rechnung begleichen.

Der Mann, der ihr Pferd in den Stall führte, war ihr auch seit vielen Jahren bekannt. Er machte ein finsteres Gesicht, als sie abstieg. „Ich weiß wirklich nicht, wo wir Eure Stute einstellen sollen, *mestra,* mit all den fremden Pferden hier ... was meint Ihr, wird sie sich eine Box mit einem anderen Pferd teilen, ohne zu treten? Oder soll ich sie dahinten lose anbinden?“ Kindra bemerkte, daß der Stall gedrängt voll mit Pferden war, zwei Dutzend oder mehr. Statt nach dem Gasthof eines einsamen Dorfes sah es hier wie in Neskaya am Markttag aus!

„Habt Ihr unterwegs irgendwelche Reiter getroffen, *mestra?*“

„Nein, keinen.“ Kindra zog ein wenig die Stirn kraus. „Alle Pferde in den Kilghardbergen scheinen sich hier in eurem Stall zu befinden. Was ist los, ein königlicher Besuch? Was hast du eigentlich? Du siehst dauernd über die Schulter, als stände da dein Herr mit einem Stock, um dich zu schlagen. Und wo ist der alte Jorik? Warum ist er nicht hier und begrüßt seine Gäste?“

„Nun, *mestra,* der alte Jorik ist tot“, antwortete der Alte, „und Dame Janella versucht, mit ihren kleinen Töchtern Annelys und Marga den Gasthof allein weiterzuführen.“

„Tot? Die Götter schützen uns“, sagte Kindra. „Was ist geschehen?“

„Es waren diese Räuber, *mestra,* Narbengesichts Bande. Sie kamen her und stachen Jorik nieder, mit seiner Schürze an“, berichtete der alte Stallknecht. „Stellten die Wirtschaft auf den Kopf, zerbrachen alle Bierkrüge, und als das Mannsvolk sie mit Mistgabeln hinaustrieb, schworen sie, sie würden zurückkehren und die Stadt in Brand stecken. Deshalb ließen Dame Janella und die Ältesten die Mütze herumgehen und sammelten Kupfer, um Brydar von Fen Hills und alle seine Männer anzuheuern, damit sie uns verteidigen, wenn die Räuber wiederkommen. Und seitdem sind Brydars Männer hier, *mestra,* streiten und trinken und haben ein Auge auf die Frauen. Die Leute in der Stadt sagen schon, das Heilmittel sei schlimmer als die Krankheit! Aber geht hinein, geht nur hinein, *mestra,* Janella wird Euch willkommen heißen.“

Die dicke Janella sah blasser und dünner aus, als Kindra sie je gesehen hatte. Sie begrüßte Kindra mit ungewöhnlicher Freundlichkeit. Unter normalen Umständen war sie kalt gegen Kindra, wie es sich für eine respektable Ehefrau in Anwesenheit eines Mitglieds der Amazonengilde schickte. Jetzt, vermutete Kindra, lernte sie, daß eine Gasthofbesitzerin es sich nicht leisten konnte, eine Besucherin vor den Kopf zu stoßen. Auch Jorik hatte nichts für die Freien Amazonen übrig gehabt, aber er wußte aus Erfahrung, daß sie ruhige Gäste waren, die sich für sich hielten, keinen Ärger machten, sich nicht betranken, weder Barschemel noch Bierkrüge zerbrachen und ihre Rechnung prompt bezahlten. *Der Ruf eines Gastes,* dachte Kindra mit trockenem Humor, verändert die Farbe seines Geldes nicht.

„Habt Ihr schon gehört, gute *mestra?* Diese schlechten Männer, Narbengesichts Kerle, sie haben meinen guten Mann niedergestochen, und das für nichts – nur weil er mit einem Bierkrug nach einem warf, der Hand an mein kleines Mädchen gelegt hatte, und Annelys ist noch keine fünfzehn! Ungeheuer!"

„Und sie töteten ihn? Empörend!" murmelte Kindra, aber ihr Mitleid galt dem Mädchen. Ihr ganzes Leben lang mußte die kleine Annelys sich daran erinnern, daß ihr Vater gestorben war, als er sie verteidigte, weil sie sich nicht selbst verteidigen konnte. Wie alle Frauen der Gilde hatte Kindra geschworen, sich selbst zu verteidigen und niemals einen Mann um Schutz anzugehen. Sie war schon ihr halbes Leben lang Mitglied der Gilde. Ihr kam es entsetzlich vor, daß ein Mann hatte sterben müssen, um ein Mädchen vor einer Belästigung zu bewahren, die sie selbst hätte abwehren können müssen.

„Ach, Ihr wißt nicht, wie das ist, *mestra,* wenn man allein ist, ohne den guten Mann. Bei dem einschichtigen Leben, das Ihr führt, könnt Ihr Euch das nicht vorstellen!"

„Nun, Ihr habt Töchter, die Euch helfen können", antwortete Kindra. Janella schüttelte den Kopf und jammerte: „Aber sie können nicht in die Wirtschaft zu all diesen rauhen Männern kommen, sie sind erst kleine Mädchen!"

„Es wird ihnen guttun, etwas über die Welt und ihre Sitten zu lernen", meinte Kindra, doch die Frau seufzte. „Ich möchte nicht, daß sie zuviel darüber lernen."

„Dann werdet Ihr Euch wohl einen zweiten Mann nehmen müssen." Kindra wußte, daß es zwischen ihr und Janella einfach keine Verständigungsmöglichkeit gab. „Aber Euer Kummer tut mir ehrlich leid. Jorik war ein guter Mann."

„Ihr wißt gar nicht, wie gut, *mestra*", sagte Janella weinerlich. „Ihr Frauen von der Gilde, ihr nennt euch freie Frauen. Mir allerdings kommt es vor, als sei ich immer frei gewesen – bis heute, wo ich Tag und Nacht auf mich selbst aufpassen muß, falls sich einer falsche Ideen über eine alleinstehende Frau in den Kopf setzt. Erst neulich sagte einer von Brydars Männern zu mir –, und das ist noch so eine Sache, diese Männer. Sie fressen uns um Haus und Herd, und seht nur, *mestra,* im Stall ist kein Platz für die Pferde unserer zahlenden Gäste, denn das halbe Dorf hat die Pferde der Räuber wegen hier eingestellt. Und diese angeheuerten Degen trinken Tag für Tag das Bier meines guten alten Mannes –" Plötzlich fielen ihr ihre Pflichten als Wirtin ein. „Doch kommt in die Gaststube, *mestra;* und ich werde Euch ein Abendessen bringen. Oder hättet Ihr gern etwas Leichteres, vielleicht Rabbithorn mit Pilzen geschmort? Wir sind überfüllt, ja, aber da ist das kleine Zimmer oben an der Treppe, das könnt Ihr für Euch allein haben, ein Zimmer, für eine feine Dame geeignet, und tatsächlich hat Lady Hastur vor ein paar Jahren in genau diesem Bett geschlafen. Lilla! Lilla! Wo ist das einfältige Mädchen nur? Als ich sie aufnahm, sagte ihre Mutter mir, sie sei geistig zurückgeblieben, aber sie hat Witz genug, herumzulungern und mit diesem jungen Söldner zu schwatzen, Zandru kratze sie alle! Lilla! Beeil dich, zeig der guten Frau hier ihr Zimmer, hol Waschwasser, kümmere dich um ihre Satteltaschen!"

Später ging Kindra in die Gaststube hinunter. Wie alle Gildenfrauen hatte sie gelernt, sich unauffällig zu benehmen, wenn sie allein war. Eine einzelne Frau forderte zumindest Fragen heraus, deshalb reisten sie für gewöhnlich in Paaren. Das wiederum rief hochgezogene Augenbrauen und gelegentlich dreckige Bemerkungen hervor, verhütete aber die sehr unerfreulichen Annäherungsversuche, denen sich eine allein reisende Frau auf Darkover aussetzte. Natürlich vermochte sich jede Frau der Gilde selbst zu schützen, wenn es über rohe Worte hinausging, aber das konnte Schwierigkeiten für die ganze Gilde mit sich bringen. Besser war es, sich auf eine Weise zu verhalten, die das Problem so klein wie möglich hielt. Deshalb setzte Kindra sich allein in eine winzige Ecke neben der Feuerstelle und behielt die Kapuze auf – sie war weder jung noch besonders hübsch –, trank ihren Wein, wärmte ihre Füße und tat nichts, was die Aufmerksamkeit irgendeines Anwesenden auf sich ziehen konnte. Es schoß ihr durch den Kopf, daß sie, die sich eine Freie Amazone nannte, in diesem Augenblick größeren Beschränkungen unterworfen war als Janellas hin- und herlaufende junge Töchter, die vom Dach ihrer Familie und der Anwesenheit ihrer Mutter beschützt waren.

Sie beendete ihre Mahlzeit und rief nach einem zweiten Glas Wein, zu müde, die Treppe zu ihrem Zimmer hinaufzusteigen und, falls sie es tat, zu erschöpft, um einzuschlafen.

Ein paar von Brydars angeheuerten Degen saßen um einen langen Tisch am anderen Ende des Raums, tranken und würfelten. Sie waren eine gemischte Mannschaft; Kindra kannte keinen von ihnen, aber Brydar selbst war sie schon verschiedentlich begegnet und hatte einmal sogar zusammen mit ihm den Schutz einer Handelskarawane auf dem Weg durch die Wüste zu den Trockenstädten übernommen. Sie nickte ihm höflich zu, und er grüßte sie, zollte ihr jedoch keine weitere Aufmerksamkeit. Er kannte sie gut genug, um zu wissen, daß ihr nicht einmal ein höfliches Gespräch willkommen war, wenn sie sich in einem Raum voller Fremder befand.

Einer der jüngeren Söldner, ein junger Mann, groß, bartlos und gertenschlank, mit kurzgeschnittenem ingwerfarbenem Haar, erhob sich und kam zu ihr. Kindra machte sich auf das Unvermeidliche gefaßt. Wenn sie mit zwei oder drei anderen Gildenfrauen zusammen gewesen wäre, hätte sie sich über harmlose Gesellschaft, einen Umtrunk und ein Gespräch über die Gefahren der Straße gefreut. Aber eine einzelne Amazone trank *nicht* mit Männern in öffentlichen Wirtschaften, und, verdammt nochmal, das wußte Brydar ebenso gut wie sie.

Einer der älteren Söldner mußte sich mit dem grünen Jungen einen Spaß erlaubt und ihn angestachelt haben, seine Männlichkeit durch einen Annäherungsversuch bei der Amazone zu beweisen, damit er und die anderen über die Abfuhr, die ihm bevorstand, lachen konnten.

Einer der Männer blickte auf und machte eine Bemerkung, die Kindra nicht verstand. Der Junge knurrte etwas, eine Hand an seinem Dolch. „Paß auf, du...!" Er benutzte ein gemeines Schimpfwort. Dann trat er an Kindras Tisch und sagte mit leiser, heiserer Stimme: „Einen guten Abend wünsche ich Euch, ehrenwerte Meisterin."

Verblüfft über die höfliche Phrase, aber immer noch auf der Hut, antwortete Kindra: „Euch ebenfalls, junger Herr."

„Darf ich Euch einen Becher Wein anbieten?"

„Ich habe genug zu trinken gehabt", sagte Kindra, „aber ich danke Euch für das freundliche Angebot." Irgend etwas, das nicht ganz stimmte, etwas beinahe Feminines in dem Betragen des Jünglings ließ sie aufhorchen, und dann war auch sein Vorschlag nicht das Übliche. Die meisten Leute wußten, daß Freie Amazonen sich Liebhaber nahmen, wenn sie es wollten, und nur zu oft legten manche Männer das so aus, daß jede Amazone jederzeit zu haben sei. Kindra war erfahren darin, versteckte Annäherungsversuche abzubiegen, ehe es zu einer offenen Frage und Ablehnung kam; bei direkteren Versuchen kam sie ohne viel Höflichkeit aus. Aber das war es nicht, was dieser Junge wollte. Sie merkte es, wenn ein Mann sie mit Begehren ansah, ob er es in Worte kleidete oder nicht. Und obwohl das Gesicht dieses jungen Mannes bestimmt Interesse verriet, war es kein sexuelles Interesse. Was also wollte er von ihr?

„Darf ich ... darf ich mich zu Euch setzen und einen Augenblick mit Euch reden, ehrenwerte Dame?"

Mit Grobheit wäre sie fertig geworden. Diese übermäßige Höflichkeit war ihr ein Rätsel. Hatten die Söldner einen Weiberfeind damit aufgezogen, er werde niemals den Mut aufbringen, mit ihr zu reden? Gleichmütig erklärte sie: „Dies ist ein öffentliches Lokal; die Stühle gehören mir nicht. Setzt Euch, wenn es Euch beliebt."

In großer Verlegenheit nahm der Junge Platz. Er war tatsächlich noch sehr jung. Er hatte noch keinen Bart, aber seine Hände waren hart und schwielig, und auf einer Wange hatte er eine längst verheilte Narbe. Nein, er war doch nicht so jung, wie sie gedacht hatte.

„Seid Ihr eine Freie Amazone, *mestra?*" Er benutzte die übliche und ziemlich beleidigende Bezeichnung, aber das nahm sie ihm nicht übel. Viele Leute kannten kein anderes Wort.

„Das bin ich", sagte sie, „aber wir wollen lieber sagen: Ich bin vom Eidbund ..." – Sie verwendete das Wort *Comhi-Letzis* – „... eine Entsagende der Schwesternschaft Freier Frauen."

„Darf ich fragen – ohne Anstoß zu erregen –, was der Name ‚Entsagende' zu bedeuten hat, *mestra?*"

Im Grunde freute sich Kindra über eine Gelegenheit, das zu erklären. „Weil, Sir, wir im Ausgleich zu unserer Freiheit als Frauen der Gilde einen Eid leisten, in dem wir jenen Privilegien entsagen, die wir haben könnten, wenn wir einem Mann angehörten. Wenn wir die Nachteile nicht auf uns nehmen wollen, Eigentum und Vieh zu sein, müssen wir auch den Vorteilen entsagen, die dieser Stand mit sich bringen mag. So kann kein Mann uns vorwerfen, wir versuchten, uns aus beiden Alternativen das Beste zu nehmen."

Ernst stellte er fest: „Das scheint mir eine ehrenhafte Haltung zu sein. Ich habe noch nie eine – eine Entsagende kennengelernt. Erzählt mir doch, *mestra* ..." – seine Stimme kiekste plötzlich – „... ich nehme an, Ihr kennt die Verleumdungen, die über euch in Umlauf sind –

erzählt mir doch, wie eine Frau den Mut aufbringt, sich der Gilde anzuschließen, wenn sie doch weiß, was über sie gesagt werden wird!"

„Ich glaube", erwiderte Kindra ruhig, „für manche Frauen kommt einmal ein Zeitpunkt, wo sie zu der Überzeugung gelangen, daß es Schlimmeres gibt, als Gegenstand öffentlicher Verleumdungen zu sein. So war es bei mir."

Darüber dachte er einen Augenblick stirnrunzelnd nach. „Ich habe noch nie gesehen, daß eine Freie ... äh ... eine Entsagende allein reist. Seid Ihr nicht für gewöhnlich zu zweit, ehrenwerte Dame?"

„Das stimmt. Aber Not kennt kein Gebot." Kindra erklärte ihm, daß ihre Gefährtin in Thendara krank geworden sei.

„Und Ihr seid so weit gereist, um eine Botschaft zu überbringen? Ist sie Eure *Bredhis?*" Der Junge benutzte das höfliche Wort für die Freipartnerin oder Liebhaberin einer Frau, und da es das höfliche Wort und nicht der Gossenausdruck war, fühlte Kindra sich nicht beleidigt. „Nein, nur eine Kameradin."

„Ich ... ich hätte es nicht gewagt, zu sprechen, wenn hier zwei von euch gewesen wären ..."

Kindra lachte. „Warum nicht? Selbst zu zweit oder zu dritt sind wir keine Hunde, die Fremde beißen."

Der Junge blickte auf seine Stiefel. „Ich habe Grund, Frauen ... zu fürchten", sagte er fast unhörbar. „Aber Ihr kamt mir freundlich vor. Und wie ich annehme, *mestra,* sucht Ihr immer, wenn Ihr in diese Berge kommt, wo das Leben für die Frauen so schwer ist, nach Ehefrauen und Töchtern, die zu Hause unzufrieden sind, um sie für Eure Gilde anzuwerben?"

Ich wollte, das könnten wir! dachte Kindra mit all der alten Bitterkeit. Sie schüttelte den Kopf. „Unser Freibrief verbietet es uns. Eine Bedingung darin lautet, daß eine Frau von sich aus zu uns kommen und einen offiziellen Antrag um Aufnahme bei uns stellen muß. Es ist mir nicht einmal erlaubt, Frauen von den Vorteilen der Gilde zu erzählen, wenn sie mich danach fragen. Ich darf ihnen nur die Dinge nennen, denen sie durch Eid entsagen müssen." Mit schmalen Lippen setzte sie hinzu: „Wenn wir das täten, was Ihr sagt, und unzufriedene Ehefrauen und Töchter ausfindig machten und in die Gilde lockten, würden die Männer kein einziges Gildenhaus in den Domänen stehenlassen, sondern uns überall das Dach über dem Kopf anzünden." Es war die alte Ungerechtigkeit. Die Frauen von

Darkover hatten sich dies Zugeständnis, den Freibrief für die Gilde, errungen, aber er war so mit Einschränkungen gespickt, daß viele Frauen nie eine Gildenschwester zu sehen bekamen oder mit ihr sprechen konnten.

„Sie werden wohl herausgefunden haben, daß wir keine Huren sind", sagte Kindra, „und deshalb bestehen sie darauf, wir alle liebten Frauen und seien darauf aus, ihnen ihre Ehefrauen und Töchter zu stehlen. Anscheinend müssen wir entweder das eine oder das andere Schlechte sein."

„Dann gibt es bei Euch keine Liebhaberinnen von Frauen?"

Kindra zuckte die Schultern. „Doch. Ihr müßt wissen, daß es Frauen gibt, die lieber sterben als heiraten würden, und selbst mit allen Beschränkungen und Entsagungen des Eides scheint es die vorzuziehende Alternative zu sein. Aber ich versichere Euch, wir sind nicht alle so. Wir sind freie Frauen – frei, so oder anders zu sein, wie es unser eigener Wille ist." Nach kurzem Nachdenken setzte sie vorsichtig hinzu: „Und wenn Ihr eine Schwester habt, könnt Ihr ihr das weitersagen."

Der junge Mann fuhr zusammen, und Kindra biß sich auf die Lippe. Schon wieder war sie nicht auf der Hut gewesen. Manchmal konnte sie die Gedanken eines anderen so deutlich lesen, daß ihre Gefährtinnen sie beschuldigten, ein wenig von der telepathischen Begabung der höheren Kasten, dem *Laran,* zu haben. Kindra, die, soviel sie wußte, dem Volk entstammte und weder einen Tropfen edlen Blutes noch telepathische Begabung besaß, schirmte sich für gewöhnlich ab, aber von irgendwoher hatte sie zufällig einen Gedanken aufgefangen, einen bitteren Gedanken: *Meine Schwester würde es nicht glauben...* Der Gedanke wurde so schnell unterdrückt, daß Kindra sich fragte, ob sie sich das Ganze nicht bloß eingebildet habe.

Das junge Gesicht auf der anderen Seite des Tisches verzog sich bitter.

„Es gibt keine mehr, die ich meine Schwester nennen kann."

„Das tut mir leid." Kindra war verwirrt. „Allein zu sein, ist eine traurige Sache. Darf ich nach Eurem Namen fragen?"

Wieder zögerte der Junge, und Kindra erkannte mit dieser seltsamen Intuition, daß den zusammengepreßten Lippen beinahe der richtige Name entschlüpft wäre. Aber er schluckte ihn hinunter.

„Brydars Männer nennen mich Marco. Fragt nicht nach meiner

Abstammung. Es gibt keinen mehr, der sich mit mir verwandt nennt – dank jenen dreckigen Räubern unter Narbengesicht." Er spuckte aus. „Was glaubt Ihr, warum ich mich in dieser Gesellschaft befinde? Für die paar Kupferstücke, die die Dorfbewohner bezahlen können? Nein, *mestra.* Auch ich bin durch einen Eid gebunden. Einen Racheschwur."

Kindra verließ die Gaststube bald, aber sie konnte lange nicht einschlafen. Etwas in der Stimme, den Worten des jungen Mannes hatte eine Saite in ihrer eigenen Erinnerung zum Klingen gebracht. Warum hatte er sie so eindringlich befragt? Hatte er vielleicht eine Schwester oder Verwandte, die davon gesprochen hatte, sie wolle eine Entsagende werden? Oder war er, ein offensichtlich effeminierter Junge, auf sie neidisch, weil sie der ihr von der Gesellschaft zudiktierten Rolle entfliehen konnte, er aber nicht? Phantasierte er vielleicht über einen ähnlichen Fluchtweg aus den Anforderungen, die an Männer gestellt wurden? Bestimmt nicht! Es gab für einen Mann leichtere Lebensmöglichkeiten als die eines Söldners! Und Männer hatten die Wahl, wie sie ihr Leben gestalten wollten – mehr Wahl jedenfalls als die meisten Frauen. Kindra hatte sich entschlossen, eine Entsagende zu werden, und hatte sich dadurch unter den Bewohnern der Domänen zur Ausgestoßenen gemacht. Selbst die Wirtin tolerierte sie nur, weil sie ein regelmäßiger Gast war und gut bezahlte. Aber ebenso hätte sie eine Prostituierte oder einen fahrenden Gaukler toleriert und gegen beide weniger Vorurteile gehabt.

War der Jüngling, fragte sie sich, einer jener Spione, von denen das Gerücht ging, sie würden durch die *cortes,* die regierende Körperschaft in Thendara, ausgesandt, um Entsagende zu fangen, die die Bedingungen ihres Freibriefes brachen, indem sie Proselyten machten und versuchten, Frauen für die Gilde anzuwerben? Wenn das zutraf, hatte sie der Versuchung wenigstens widerstanden. Sie hatte nicht einmal gesagt, obwohl es ihr auf der Zunge gelegen hatte, daß Janella, wenn sie eine Entsagende wäre, sich durchaus imstande fühlen würde, den Gasthof mit Hilfe ihrer Töchter zu führen.

Ein paarmal in der Geschichte der Gilde hatten Männer sogar versucht, sich verkleidet einzuschleichen. Wenn man sie entdeckt hatte, war summarisch mit ihnen verfahren worden, aber geschehen war es und mochte wieder geschehen. Was das betraf, dachte Kindra, mochte er in Frauenkleidern recht überzeugend wirken, doch nicht mit der Narbe im Gesicht und diesen schwieligen Händen. Dann lachte sie im Dunkeln und betastete die Schwielen an ihren eigenen Händen. Nun, wenn er so dumm sein sollte, es zu versuchen, würde es schlimm für ihn ausgehen. Lachend schlief sie ein.

Stunden später erwachte sie von Hufschlägen, dem Klirren von Stahl, Rufen und Schreien draußen. Irgendwo kreischten Frauen. Kindra fuhr in ihre Überkleider und rannte nach unten. Brydar stand im Hof und brüllte Befehle. Über der Hofmauer war der Himmel rot von Flammen. Narbengesicht und seine Räuberbande mußten in der Stadt am Werk sein.

„Du, Renwal, schleichst dich hinter ihre Wachen, bindest die Pferde los und treibst sie davon", ordnete Brydar an, „damit Narbengesichts Leute uns standhalten müssen und nicht zuschlagen und fliehen können! Und da alle guten Pferde hier im Stall stehen, muß einer hierbleiben, damit sie sich nicht an unsere heranmachen... Die übrigen kommen mit mir. Haltet eure Schwerter bereit..."

Janella drückte sich unter das überhängende Dach eines Außengebäudes, und ihre Töchter und Mägde drängten sich wie Hühner auf der Stange um sie. „Wollt ihr uns ohne Schutz zurücklassen, wo wir euch sieben Tage lang beherbergt und keinen Penny Bezahlung dafür bekommen haben? Bestimmt werden Narbengesicht und seine Männer hier nach den Pferden suchen, und wir sind ihnen hilflos auf Gnade und Ungnade ausgeliefert..."

Brydar wies auf den Jungen Marco. „Du da. Bleib hier und bewache Pferde und Frauen..."

Der Junge knurrte: „Nein! Ich habe mich dir auf dein Versprechen hin angeschlossen, daß ich Narbengesicht mit dem Schwert in der Hand gegenüberstehen soll! Es ist eine Ehrensache – glaubst du, ich brauche deine dreckigen Kupfermünzen?"

Hinter der Mauer war nur noch ein tobendes Durcheinander. „Ich habe keine Zeit, viele Worte zu wechseln", sagte Brydar schnell. „Kindra – der Kampf geht dich nichts an, aber du kennst mich als einen Mann, der sein Wort hält. Bleib hier und bewache die Pferde und diese Frauen, und ich werde dafür sorgen, daß sich die Mühe für dich lohnt!"

„Auf eine Frau sollen wir uns verlassen? Eine Frau soll uns beschützen? Warum keine Maus dazu einsetzen, einen Löwen zu bewachen!“ schnitt ihm Janellas Keifen das Wort ab. Der Junge Marco drängte mit flammenden Augen: „Was mir für diesen Kampf zugesagt worden ist, gehört Euch, *mestra,* wenn Ihr es mir ermöglicht, meinem geschworenen Feind gegenüberzutreten!“

„Geht nur; ich werde mich um sie kümmern“, sagte Kindra. Es war unwahrscheinlich, daß Narbengesicht so weit kam, doch es war wirklich nicht ihre Angelegenheit. Normalerweise würde sie neben den Männern kämpfen und wäre ärgerlich gewesen, wenn man ihr eine ungefährliche Aufgabe zugewiesen hätte. Aber Janellas Ausruf war ihr gegen den Strich gegangen. Marco zog sein Schwert und eilte zum Tor; Brydar folgte ihm. Kindra sah ihnen nach, in Gedanken bei eigenen früheren Kämpfen. Eine bestimmte Redewendung hatte sie aufmerksam gemacht. *Der Junge Marco ist von Adel,* dachte sie. *Vielleicht sogar Comyn, der Bastard eines großen Lords, möglicherweise ein Hastur. Ich weiß nicht, was er bei Brydars Männern verloren hat, aber er ist kein gewöhnlicher Söldner!*

Janellas Jammern erinnerte sie an ihre Pflichten. „Oh! Oh! Entsetzlich!“ heulte die Wirtin. „Zurückgelassen mit nichts als einer Frau zu unserm Schutz ...“

Gereizt befahl Kindra: „Kommt!“ Sie wies auf das Tor. „Helft mir, das Tor zu schließen!“

„Ich nehme keine Befehle von euch schamlosen Frauen in Hosen an ...“

„Dann laßt das verdammte Tor offenstehen.“ Kindra verlor die Geduld. „Laßt Narbengesicht ruhig hereinspazieren. Möchtet Ihr, daß ich gehe und ihn einlade, oder sollen wir eine Eurer Töchter schicken?“

„Mutter!“ rief ein Mädchen von fünfzehn vorwurfsvoll und riß sich von Janellas Hand los. „So darfst du nicht sprechen – Lilla, Marga, helft der guten *mestra,* das Tor zu schließen!“ Sie kam zu Kindra und half ihr, die schweren hölzernen Flügel zuzuschieben und den dicken Querbalken vorzulegen. Die Frauen jammerten kopflos. Kindra suchte sich eine von ihnen aus, ein junges Ding, sechs oder sieben Monate lang schwanger, das eine Decke über ihr Nachtgewand geworfen hatte.

„Du“, sagte sie. „Bringe alle kleinen Kinder nach oben in das Zimmer mit der stärksten Tür, riegele dich mit ihnen ein und öffne nicht, solange du nicht meine oder Janellas Stimme hörst.“ Die Frau bewegte sich nicht, sie schluchzte nur, und Kindra befahl scharf: „Beeile dich! Steh nicht da wie ein im Schnee festgefrorenes Rabbithorn! Verdammt nochmal, los, oder ich schlage dich bewußtlos!“ Sie machte eine drohende Geste, und die Frau setzte sich in Bewegung. Dann schickte sie die Kinder die Treppe hinauf, nahm eins der kleinsten auf den Arm und trieb die anderen mit ängstlichen, glucksenden Lauten zur Eile an.

Kindra betrachtete den Rest der verängstigten Frauen. Janella war hoffnungslos. Sie war fett und kurzatmig, und sie starrte Kindra beleidigt an, wütend darüber, daß eine Frau zu ihrem Schutz bestellt worden war. Außerdem konnte sie jeden Augenblick in Panik geraten und alle anderen damit anstecken. Aber wenn sie etwas zu tun bekam, mochte sie sich beruhigen. „Janella, geht in die Küche und macht einen heißen Weinpunsch“, sagte Kindra. „Die Männer werden einen haben wollen, wenn sie zurückkommen, und verdient haben sie ihn dann auch. Danach sucht Leinen für Verbände zusammen, falls einer verwundet ist. Macht Euch keine Sorgen“, setzte sie hinzu, „sie werden nicht zu Euch vordringen, solange wir hier sind. Und nehmt die da mit.“ Sie wies auf die schwachsinnige Lilla, die sich wimmernd und mit entsetzt aufgerissenen Augen an Janellas Rock klammerte. „Sie wird uns nur im Weg sein.“

Als Janella murrend gegangen war, die Idiotin an ihren Fersen, sah sich Kindra unter den kräftigen jungen Frauen um, die übriggeblieben waren.

„Ihr alle kommt mit in den Stall und stapelt schwere Strohballen rings um die Pferde auf, damit sie nicht fortgetrieben werden können. Nein, laßt die Laterne da. Wenn Narbengesicht und seine Männer durchbrechen, werden wir ein paar Strohballen in Brand stecken. Das wird die Pferde ängstigen, und dann kann es gut sein, daß sie einen oder zwei Räuber tottreten. Und während die Räuber mit den Pferden zu tun haben, könnt ihr Frauen entkommen. Im Gegensatz zu dem, was ihr vielleicht gehört habt, suchen die meisten Räuber zuerst nach Pferden und reicher Beute. Frauen sind nicht der erste Posten auf ihrer Liste. Und keine von euch hat Juwelen oder reiche Kleider, nach denen es sie gelüsten könnte.“ Kindra wußte, daß jeder Mann, der sie selbst zu vergewaltigen versuchte, es schnell bereuen würde. Und sollte sie von der Überzahl überwältigt werden, hatte sie gelernt, wie sie die Erfahrung überleben konnte, ohne Schaden zu nehmen. Aber diese Frauen hatten keinen derartigen Unterricht gehabt. Es war ungerecht, ihnen wegen ihrer Angst Vorwürfe zu machen.

Ich könnte sie es lehren. Aber die Vorschriften unseres Freibriefs verbieten es mir, und ich bin durch meinen Eid gebunden, mich danach zu richten. Und dabei sind diese Gesetze nicht von unsern Gildenmüttern gemacht, sondern von Männern, die sich davor fürchten, was wir ihren Frauen erzählen könnten!

Nun, vielleicht finden sie wenigstens Genugtuung in dem Gedanken, daß sie ihr Heim gegen Eindringlinge verteidigen können! Kindra setzte ihre eigene drahtige Kraft ein, beim Aufstapeln der Strohballen um die Pferde zu helfen. Die Frauen vergaßen bei der anstrengenden Arbeit ihre Furcht. Nur eine murrte gerade laut genug, daß Kindra es hören konnte: „Für *sie* ist das alles schön und gut! Sie ist als Kriegerin ausgebildet und an diese Arbeit gewöhnt! Ich bin es nicht!"

Es war nicht der richtige Zeitpunkt, über die Gildenhaus-Moral zu diskutieren. Kindra fragte nur freundlich: „Bist du stolz darauf, daß du nicht gelernt hast, dich selbst zu verteidigen, Kind?" Aber das Mädchen antwortete nicht. Verdrossen schleppte sie ihren schweren Strohballen weiter.

Kindra fiel es nicht schwer, ihren Gedanken zu folgen: Wäre dieser Brydar nicht gekommen, könnte jeder Mann in der Stadt jede einzelne seiner eigenen Frauen beschützen! Diese Art des Denkens war es, dachte Kindra verächtlich, die Jahr für Jahr Dörfer in Flammen aufgehen ließ. Denn kein Mann schuldete einem anderen Loyalität oder würde einen anderen Haushalt als seinen eigenen verteidigen. Es hatte einer Bedrohung wie der durch Narbengesicht bedurft, um diese Dorfleute soweit zu organisieren, daß sie sich die Dienste einer Handvoll Söldner erkauften. Und jetzt beklagten sich die Frauen darüber, daß ihre Männer nicht jeder vor seiner eigenen Haustür stehen und die eigene Frau und den eigenen Herd verteidigen konnten!

Als die Pferde verbarrikadiert waren, drängten sich die Frauen nervös im Hof zusammen. Sogar Janella kam an die Küchentür und hielt Ausschau. Kindra trat an das verrammelte Tor, das Messer locker in seiner Scheide. Die anderen Frauen standen unter dem Dach der Küche. Aber ein junges Mädchen, das gleiche, das Kindra geholfen hatte, das Tor zu schließen, bückte sich, schürzte den Rock resolut bis zu den Knien, ging dann und kam mit einer großen Axt zum

Holzhacken wieder. Diese Waffe in der Hand, bezog sie neben Kindra am Tor Posten.

„Annelys!" rief Janella. „Komm zurück! Komm zu mir!"

Das Mädchen warf einen verächtlichen Blick auf seine Mutter. „Wenn ein Räuber über die Mauer klettert, wird er weder an mich noch an meine kleine Schwester Hand legen, ohne kaltem Stahl zu begegnen. Es ist kein Schwert, aber ich glaube, selbst in den Händen eines Mädchens würde diese Klinge seine Meinung auf der Stelle ändern!" Sie blickte herausfordernd zu Kindra hin. „Ich schäme mich für euch alle, daß ihr einer einzigen Frau unsere Verteidigung überlaßt! Sogar ein Rabbithorn kämpft für seine Jungen!"

Kindra grinste das Mädchen kameradschaftlich an. „Wenn du ebensoviel Geschick mit diesem Ding wie Mut hast, kleine Schwester, möchte ich lieber dich hinter mir haben als einen Mann. Fasse die Axt mit beiden Händen dicht nebeneinander, wenn der Zeitpunkt kommt, sie zu benutzen, und versuche nicht, irgendeinen kunstvollen Streich zu tun. Hau einfach fest auf seine Beine, als wolltest du einen Baum fällen. Damit wird er nämlich nicht rechnen, verstehst du?"

Die Nacht schleppte sich dahin. Die Frauen hockten auf Strohballen und Kisten und lauschten voll Angst und mit gelegentlichem Schluchzen und Weinen auf das Klirren von Schwertern, Schreie und Rufe. Nur Annelys stand entschlossen neben Kindra und hielt ihre Axt umklammert. Nach etwa einer Stunde ließ sich Kindra auf einem Strohballen nieder und sagte: „Du brauchst die Axt nicht so fest zu halten, du wirst dich nur vor einem Angriff ermüden. Lehne sie gegen den Ballen, dann kannst du sie im Notfall sofort ergreifen."

Annelys fragte leise: „Wie kommt es, daß Ihr so genau wißt, was zu tun ist? Wie lernen das die Freien Amazonen – ihr nennt euch anders, nicht wahr? Sind alle Gildenfrauen Kämpferinnen und Söldnerinnen?"

„Nein, nein, nicht einmal viele von uns", antwortete Kindra. „Es ist nur so, daß ich nicht viele andere Talente habe. Ich kann nicht besonders gut weben oder sticken, und meine Geschicklichkeit bei der Gartenarbeit ist nur im Sommer zu etwas nutze. Meine eigene Eidesmutter ist Hebamme; das ist unser am höchsten geachteter Beruf. Selbst Leute, die die Entsagenden verachten, geben zu, daß wir oft das Leben eines Kindes retten, wenn die Dorfhebamme versagt. Sie nun hätte mich ihren Beruf gelehrt, aber auch dafür habe ich kein

Talent, und mir wird übel beim Anblick von Blut –" Sie blickte plötzlich hinab auf ihr langes Messer, erinnerte sich an ihre vielen Schlachten und lachte. Annelys lachte mit ihr, ein seltsamer Laut vor dem verängstigten Wimmern der anderen Frauen.

„*Ihr* fürchtet Euch vor dem Anblick von Blut?"

„Es kommt darauf an", erklärte Kindra. „Ich kann kein Leiden sehen, wenn ich nichts dagegen tun kann, und wenn eine Geburt leicht vonstatten geht, schickt man selten nach der Hebamme. Wir werden nur zu verzweifelten Fällen gerufen. Ich möchte lieber gegen Männer oder wilde Tiere kämpfen als um das Leben einer hilflosen Frau oder das des Kindes ..."

„Ich glaube, so würde es mir auch gehen", meinte Annelys, und Kindra dachte: *Wenn ich jetzt nicht durch die Gesetze der Gilde gebunden wäre, könnte ich ihr erzählen, was wir sind. Und die hier würde ein Gewinn für die Schwesternschaft sein ...*

Aber ihr Eid machte sie stumm. Sie seufzte und sah Annelys nur an.

Schon dachte Kindra, die Vorsichtsmaßnahmen seien umsonst getroffen worden und Narbengesichts Männer würden überhaupt nicht mehr kommen, als eine der Frauen aufkreischte. Kindra sah die Quaste einer grobgestrickten Mütze hinter der Mauer hochkommen. Dann erschienen zwei Männer oben auf der Mauer, das Messer zwischen den Zähnen, um die Hände zum Hochklettern frei zu haben.

„Hier also haben sie alles versteckt, Frauen, Pferde, alles ..." brummte der eine. „Du gehst zu den Pferden, ich kümmere mich um ... Was ist denn das?" brüllte er, als Kindra mit gezogenem Messer auf ihn zulief. Er war größer als sie, beim Kampf konnte sie sich nur verteidigen und sich Schritt für Schritt auf den Stall zurückziehen. Wo waren die Männer? Warum war es den Räubern gelungen, so weit zu kommen? Waren sie hier die letzte Verteidigung der Stadt? Aus dem Augenwinkel sah sie, daß der zweite Räuber hinter ihr das Schwert hob. Sie drehte sich und achtete darauf, daß sie stets beide sehen konnte.

Dann hörte sie Annelys schreien, die Axt blitzte einmal auf, und der zweite Räuber fiel heulend um. Aus seinem Bein sprudelte Blut. Kindras Gegner zögerte bei dem Geräusch. Kindra hob ihr Messer und rannte es ihm durch die Schulter. Sein Messer, das ihm aus der schlaffen Hand fiel, fing sie auf. Er stürzte auf den Rücken, und sie sprang auf ihn.

„Annelys!“ rief sie. „Ihr Frauen! Bringt Riemen, Stricke, irgend etwas, womit wir ihn binden können – es könnten andere da sein...“

Janella kam mit einer Wäscheleine und stand daneben, als Kindra den Mann fesselte. Dann trat die Wirtin zurück und betrachtete den zweiten Räuber, der in einer Lache seines eigenen Blutes dalag. Sein Bein war am Knie abgetrennt. Er atmete noch, aber er war schon so weit hinüber, daß er nicht einmal mehr stöhnte, und während die Frauen standen und ihn ansahen, starb er. Janella starrte Annelys entsetzt an, als sei ihrer Tochter auf einmal ein zweiter Kopf gewachsen.

„Du hast ihn getötet“, stöhnte sie. „Du hast ihm das Bein abgehackt!“

„Wäre es dir lieber, wenn er mir meins abgehackt hätte, Mutter?“ fragte Annelys und beugte sich zu dem anderen Räuber hinab. „Er hat nur einen Stich in die Schulter bekommen, er wird am Leben bleiben, damit er gehängt werden kann!“

Schwer atmend richtete Kindra sich auf und zog die Wäscheleine noch einmal fest an. Sie blickte zu Annelys hin und sagte: „Du hast mir das Leben gerettet, kleine Schwester.“

Das Mädchen lächelte aufgeregt zu ihr hoch. Ihr Haar hatte sich gelöst und fiel ihr in die Augen. Plötzlich schlang Annelys die Arme um Kindra, und die Frau drückte sie an sich, ohne auf das beunruhigte Gesicht der Mutter zu achten.

„Eine von uns hätte es nicht besser machen können. Ich danke dir, Kleines!“ Verdammt, das Mädchen hatte ihren Dank und ihr Lob *verdient,* und wenn Janella sie anstarrte, als sei Kindra eine böse Verführerin junger Mädchen, dann war Janella selbst daran schuld. Kindra ließ ihren Arm um Annelys' Schulter liegen und sagte: „Hör mal, ich glaube, da kommen die Männer zurück.“

Und eine Minute später hörten sie Brydar rufen, und sie mühten sich, den schweren Querbalken vom Tor zu heben. Die Männer trieben mehr als ein Dutzend guter Pferde vor sich her. Brydar lachte: „Narbengesichts Leute werden keine Verwendung mehr für sie haben, und wir sind gut damit bezahlt! Wie ich sehe, habt ihr Frauen die letzten von ihnen erledigt?“ Er blickte auf den Banditen nieder, der tot in seinem Blut lag, dann auf den anderen, der mit Janellas Wäscheleine gefesselt war. „Gute Arbeit, *mestra.* Ich werde dafür sorgen, daß du einen Anteil von der Beute erhältst.“

„Das Mädchen hat mir geholfen“, sagte Kindra. „Ohne sie wäre ich jetzt tot.“

„Einer von diesen Männern hat meinen Vater umgebracht“, erklärte das Mädchen heftig. „Deshalb habe ich nur meine Schuld bezahlt, das ist alles!“ Sie wandte sich zu Janella und befahl: „Mutter, bring unsern Verteidigern den Weinpunsch – sofort!“

Überall in der Gaststube saßen Brydars Männer und tranken dankbar den heißen Wein. Brydar stellte seinen Becher hin und rieb sich mit einem müden: „Puh!“ die Augen. Er sagte: „Einige meiner Männer sind verwundet, Dame Janella. Versteht sich die eine oder andere Eurer Frauen auf die Heilkunst? Wir brauchen Verbandszeug und auch Salbe und Kräuter. Ich ...“ Er brach ab, da ihm einer der Männer von der Tür her aufgeregt winkte, und ging eilends hinaus.

Annelys brachte Kindra einen Becher und drückte ihn ihr schüchtern in die Hand. Kindra nahm einen Schluck. Das war nicht der Weinpunsch, den Janella gebraut hatte, sondern ein klarer, feiner, goldener Wein aus den Bergen. Kindra trank ihn langsam. Sie wußte, das Mädchen hatte ihr damit etwas sagen wollen. Annelys saß ihr gegenüber, nahm hin und wieder einen Schluck von dem heißen Punsch in ihrem eigenen Becher. Beiden widerstrebte es, sich zu trennen.

Verdammt sei das dumme Gesetz, das es mir verbietet, ihr über die Schwesternschaft zu erzählen! Sie ist zu gut für diesen Gasthof und ihre törichte Mutter. Die schwachsinnige Lilla ist eher das, was ihre Mutter zu ihrer Hilfe braucht, und ich vermute, Janella wird Annelys so schnell wie möglich an irgendeinen Bauerntölpel verheiraten, nur um wieder einen Mann im Haus zu haben! Die Ehre verlangte, daß sie schwieg. Und doch, wenn sie Annelys ansah und an das Leben dachte, das das Mädchen hier führen würde, fragte sie sich beunruhigt, was denn das für eine Ehre sei, der zufolge sie ein Mädchen wie Annelys an einem Ort wie diesem zurücklassen solle.

Vermutlich war es ein weises Gesetz, jedenfalls war es von klügeren Köpfen als dem ihren gemacht worden. Andernfalls würden wohl junge Mädchen sich für den Augenblick von dem Gedanken an ein Leben voller Aufregung und Abenteuer blenden lassen und sich der Schwesternschaft anschließen, ohne sich ganz klar darüber zu sein, welche Mühsale und Entsagungen auf sie warteten. Sie hießen nicht umsonst die Entsagenden; ihr Leben war nicht leicht. Und wenn sie bedachte, auf welche Art Annelys sie ansah, mochte es gut sein, daß das Mädchen ihr allein aus Heldenverehrung folgen würde. Das hatte keinen Sinn. Kindra seufzte. „Nun, für heute nacht ist die Aufregung vorbei, denke ich. Ich muß ins Bett; ich habe morgen einen langen Ritt vor mir. Hör dir den Lärm draußen an! Ich wußte nicht, daß es unter Brydars Männern so schwer Verwundete gegeben hat..."

„Das hört sich mehr nach einem Streit an als nach Männern in Schmerzen." Annelys lauschte auf die Rufe und Proteste. „Zanken sie sich um die Beute?"

Plötzlich flog die Tür auf, und Brydar von Fen Hills trat in den Raum. *„Mestra,* verzeih mir, du bist müde..."

„Ziemlich", antwortete sie. „Aber nach all diesem Aufruhr werde ich doch nicht gleich schlafen können. Was kann ich für dich tun?"

„Ich bitte dich, mit mir zu kommen. Es ist Marco, der Junge. Er ist verwundet, schwer verwundet, aber er will es nicht zulassen, daß wir ihn verbinden, bevor er mit dir gesprochen hat. Er sagt, er habe eine dringende Botschaft, eine sehr dringende, die er weitergeben müsse, bevor er stirbt..."

„Avarra sei uns gnädig", sagte Kindra erschrocken. „Dann stirbt er?"

„Das kann ich nicht sagen. Er läßt uns nicht an sich heran. Wenn er vernünftig wäre und uns für ihn sorgen ließe – aber er blutet wie ein abgestochenes *chervine,* und er hat gedroht, jedem Mann die Kehle durchzuschneiden, der ihn berührt. Wir haben versucht, ihn niederzuhalten und gegen seinen Willen zu verbinden, aber seine Wunden fingen so heftig an zu bluten, als er sich wehrte, daß wir es nicht wagten. Wirst du kommen, *mestra?"*

Kindra sah ihn fragend an. Sie hätte nicht gedacht, daß er an irgendeinem Mann seiner Bande solchen Anteil nähme. Brydar verteidigte sich: „Der Bursche steht in gar keiner Beziehung zu mir, er ist weder mein Pflegebruder noch mein Verwandter und nicht einmal ein Freund. Aber er hat an meiner Seite gekämpft, und er ist mutig. Er war es, der Narbengesicht im Einzelkampf tötete. Und an den dabei empfangenen Wunden stirbt er jetzt vielleicht."

„Warum kann er nur mit mir sprechen wollen?"

„Er sagt, *mestra,* es sei eine Sache, die seine Schwester betrifft. Und er bittet dich im Namen Avarras, der Erbarmenden, daß du zu ihm kommst. Und er ist fast jung genug, dein Sohn zu sein."

„So“, sagte Kindra schließlich. Sie hatte ihren eigenen Sohn nicht mehr gesehen, seit er acht Tage alt gewesen war, und er würde, dachte sie, noch zu jung sein, ein Schwert zu tragen. „Ich kann keine Bitte abschlagen, die mir im Namen der Göttin gestellt wird.“ Stirnrunzelnd erhob sie sich. Der junge Marco hat behauptet, er habe keine Schwester. Nein ... er hatte gesagt, es gebe niemanden mehr, den er Schwester nennen könne. Das mochte ein Unterschied sein.

Auf den Stufen hörte sie die Stimme von einem der Männer, der ausrief: „Junge, wir wollen dir doch nichts tun! Aber wenn wir diese Wunde nicht versorgen, kannst du sterben, hörst du?“

„Geh weg von mir! Ich schwöre bei Zandrus Höllen und bei Narbengesichts da draußen verstreuten Gedärmen, ich steche dem ersten, der mich berührt, dies Messer in die Kehle!“

Im Fackellicht drinnen sah Kindra Marco auf einem Strohballen halb sitzen, halb liegen. Er hielt einen Dolch in der Hand und wehrte seine Kameraden damit von sich ab. Aber er war todesblaß, und auf seiner Stirn stand eisiger Schweiß. Der Strohballen rötete sich langsam von einer Blutlache. Kindra wußte, daß der menschliche Körper ohne ernste Gefahr mehr Blut verlieren konnte, als die meisten Leute für möglich hielten. Doch für jeden gewöhnlichen Menschen sah es sehr beunruhigend aus.

Marco erblickte Kindra und keuchte: „*Mestra,* ich bitte Euch ... ich muß mit Euch allein reden ...“

„Das ist keine Art, mit einem Kameraden umzuspringen, Junge“, schalt einer der Söldner, der hinter ihm kniete. Kindra kniete sich neben den Strohballen. Die Wunde saß hoch oben am Bein nahe der Leiste. Die Lederhose hatte den Schlag etwas aufgefangen, sonst hätte den Jungen das gleiche Schicksal ereilt wie den Mann, den Annelys mit der Axt getroffen hatte.

„Du kleiner Dummkopf“, sagte Kindra. „Ich kann nicht halb soviel für dich tun wie dein Freund hier.“

Marcos Augen schlossen sich vor Schmerz oder Schwäche. Kindra dachte, er habe das Bewußtsein verloren, und winkte dem Mann hinter ihm. „Schnell jetzt, solange er bewußtlos ist ...“ Aber Marco zwang unter Qualen die Augen wieder auf.

„Wollt auch Ihr mich betrügen?“ Er hob den Dolch, aber so schwach, daß Kindra erschrak. Ganz bestimmt war hier keine Zeit zu verlieren. Das beste war, auf seine Launen einzugehen.

„Geht“, sagte sie zu den anderen Männern. „Ich werde ein vernünftiges Wort mit ihm reden, und wenn er nicht hören will, nun, dann ist er alt genug, die Folgen seiner Torheit zu tragen.“ Ihr Mund verzog sich, als die Männer gingen. „Ich hoffe, was du mir zu sagen hast, ist es wert, daß du dein Leben dafür riskierst, du Schwachkopf!“

Aber ein schrecklicher Verdacht wuchs in ihr, als sie sich auf das blutige Stroh kniete. „Du Narr, weißt du, daß das wahrscheinlich deine Todeswunde ist? Ich verstehe nur wenig von der Heilkunst. Deine Kameraden hätten besser für dich sorgen können.“

„Ganz bestimmt wird es mein Tod sein, wenn Ihr mir nicht helft“, flüsterte die heisere, schwache Stimme. „Keiner dieser Männer ist mir ein so guter Kamerad, daß ich ihm vertrauen könnte ... *Mestra,* helft mir, ich bitte Euch im Namen der gnädigen Avarra – ich bin eine Frau.“

Kindra holte scharf Atem. Der Verdacht war ihr bereits gekommen – und sie hatte richtig vermutet. „Und keiner von Brydars Männern weiß ...“

„Keiner. Ich habe ein halbes Jahr unter ihnen gelebt, und ich glaube nicht, daß einer von ihnen eine Ahnung hat – und Frauen fürchte ich noch mehr. Aber bei Euch hatte ich das Gefühl, ich könnte Euch vertrauen ...“

„Ich schwöre es“, fiel Kindra hastig ein. „Ich bin durch Eid verpflichtet, niemals einer Frau Hilfe zu verweigern, die mich im Namen der Göttin darum bittet. Aber laß mich dir jetzt helfen, mein armes Mädchen, und bete zu Avarra, daß du es nicht zu lange verzögert hast!“

„Selbst wenn es so wäre ...“ hauchte das seltsame Mädchen, „möchte ich lieber als Frau sterben statt ... entwürdigt und zur Schau gestellt zu werden. Mir ist soviel Entwürdigung widerfahren ...“

„Still! Still, Kind!“ Aber das Mädchen fiel auf das Stroh zurück. Diesmal war sie wirklich ohnmächtig geworden. Kindra schnitt die Lederhose weg und sah sich den ernsthaften Schnitt an, der oben durch den Schenkel und in den Schamberg hineinführte. Die Wunde hatte stark geblutet, war nach Kindras Meinung jedoch nicht tödlich. Sie ergriff eins der sauberen Handtücher, die die Männer zurückgelassen hatten, und drückte es kräftig gegen die Wunde. Als die Blutung schwächer wurde, dachte sie stirnrunzelnd nach. Der Schnitt sollte genäht werden. Nur ungern tat sie es selbst. Sie hatte wenig Geschick in solchen Dingen, und sie war überzeugt, der Mann aus Brydars Truppe konnte es sauberer tun und würde eine ruhigere Hand dabei haben. Sie wußte jedoch, genau das hatte die junge Frau gefürchtet, den Blicken der Männer ausgesetzt und von Männern behandelt zu werden. Kindra dachte: *Wenn es erledigt werden kann, bevor sie das Bewußtsein wiedererlangt, braucht sie es nicht zu wissen*... Aber sie hatte dem Mädchen ein Versprechen gegeben, und sie würde es halten. Als sie in den Flur hinaustrat, rührte das Mädchen sich nicht.

Brydar kam halbwegs die Treppe hinauf. „Wie steht es?"

„Schick mir die junge Annelys", sagte Kindra. „Sag ihr, sie soll Leinengarn und eine Nadel mitbringen – und Verbandszeug und heißes Wasser und Seife." Annelys besaß Mut und Kraft, und was mehr war, Kindra war überzeugt, daß sie ein Geheimnis zu bewahren wußte, wenn sie sie darum bat, und nicht darüber schwatzen würde.

Brydar sagte mit so leiser Stimme, daß sie einen Meter von Kindras Ohr nicht mehr zu hören war: „Es ist eine Frau, nicht wahr?"

„Hast du gelauscht?" fragte Kindra stirnrunzelnd.

„Gelauscht, Teufel! Ich bin mit einem Gehirn geboren worden, und mir fielen ein paar andere kleine Dinge ein. Kannst du dir irgendeinen anderen Grund denken, warum ein Mitglied meiner Truppe es nicht zuläßt, daß wir ihm die Hosen ausziehen? Wer sie auch ist, sie hat Mumm genug für zwei!"

Kindra schüttelte bestürzt den Kopf. Dann waren alle Leiden des Mädchens umsonst gewesen, der Skandal und die Entwürdigung standen ihr auf jeden Fall bevor. „Brydar, du hast mir versprochen, meine Mühe solle sich für mich lohnen. Stehst du in meiner Schuld oder nicht?"

„Ich stehe in deiner Schuld", antwortete Brydar.

„Dann schwöre bei deinem Schwert, daß du über dies nie den Mund öffnen wirst, und ich bin bezahlt. Ist das ein Handel?"

Brydar grinste. „Dafür will ich dich nicht um dein Geld bringen. Meinst du, ich möchte, daß es in den Bergen herumkommt, Brydar von Fen Hills könne die Männer nicht von den Ladys unterscheiden? Der junge Marco ist ein halbes Jahr lang mit meiner Truppe geritten und hat sich als Mann erwiesen. Wenn seine Pflegeschwester oder Verwandte oder Cousine oder was du willst ihn selbst pflegen möchte und ihn danach mit sich nach Hause nimmt, was soll einer meiner Männer daran merkwürdig finden? Verdammt will ich sein, wenn ich sie auf den Gedanken bringen möchte, ein Mädchen habe Narbengesicht direkt vor meiner Nase getötet!“ Er legte die Hand auf das Heft seines Schwerts. „Zandru lähme diese Hand, wenn ich ein Wort darüber spreche. – Ich schicke dir Annelys“, versprach er und ging.

Kindra kehrte zu dem Mädchen zurück. Sie war immer noch bewußtlos. Als Annelys kam, sagte Kindra kurz: „Halt die Lampe, ich will die Wunde nähen, bevor sie wieder zu sich kommt. Und paß auf, daß dir nicht übel wird und du nicht in Ohnmacht fällst, denn es muß schnell getan werden, damit wir sie beim Nähen nicht niederhalten müssen.“

Annelys schluckte beim Anblick des Mädchens und der klaffenden Wunde, die wieder zu bluten begonnen hatte. „Eine Frau! Gesegnete Evanda! Kindra, ist sie eine von Eurer Schwesternschaft? Wußtet Ihr es?“

„Nein – auf beide Fragen. Hier, leuchte mir...“

„Nein“, sagte Annelys. „Ich habe das schon oft getan; ich habe eine sichere Hand dafür. Einmal, als mein Bruder sich beim Holzhacken in den Schenkel schnitt, habe ich ihn genäht, und ich habe auch der Hebamme schon geholfen. Ihr haltet das Licht.“

Erleichtert übergab Kindra ihr die Nadel. Annelys begann ihre Arbeit so geschickt, als sticke sie ein Kissen. Als sie zur Hälfte fertig war, kam das Mädchen wieder zu sich und stieß einen schwachen Angstschrei aus. Aber Kindra sprach mit ihr, und sie beruhigte sich und lag still, die Zähne in die Unterlippe gebohrt, die Hand um Kindras Hand geklammert. Dann befeuchtete sie ihre Lippen und flüsterte: „Ist sie eine von euch, *mestra?*“

„Nein. Ebensowenig wie du selbst, Kind. Aber sie ist eine Freundin. Und sie wird dich nicht verraten, das weiß ich“, erklärte Kindra zuversichtlich.

Als Annelys fertig war, holte sie ein Glas Wein für das fremde Mädchen und hielt ihren Kopf, während sie trank. Etwas Farbe kam in die bleichen Wangen zurück, und der Atem ging leichter. Annelys brachte eins ihrer eigenen Nachthemden herbei. „Darin wird es dir bequemer sein, glaube ich. Ich wünschte, wir könnten dich in mein Bett tragen, aber du solltest jetzt besser nicht bewegt werden. Kindra, hilf mir, sie zu heben.“ Mit einem Kissen und zwei sauberen Leintüchern richtete sie der Frau ein schönes Bett auf dem Strohballen her.

Die Fremde gab einen schwachen Protestlaut von sich, als sie begannen, sie auszuziehen, war aber zu schwach, um sich wirksam dagegen zu wehren. Kindra sah sie entsetzt an, als das Unterhemd entfernt war. Sie hätte nie geglaubt, daß irgendein Mädchen über vierzehn sich unter Männern mit Erfolg als Mann ausgeben könne. Doch diese Frau hatte es getan, und jetzt sah sie auch, wie. Die enthüllte Brust war flach; die Schultern hatten die harte Muskulatur wie bei jedem Schwertkämpfer. Die Haare, die auf den Armen wuchsen, wären von einer anderen Frau mit einem Bleichmittel oder Wachs irgendwie entfernt worden. Annelys starrte verblüfft auf die Fremde. Diese merkte es und verbarg ihr Gesicht in dem Kissen. Kindra sagte scharf: „Das ist kein Grund zum Glotzen. Sie ist *emmasca,* das ist alles. Hast du noch nie eine gesehen?“ Die Operation, durch die eine Frau zum Neutrum gemacht wurde, war auf ganz Darkover gesetzlich verboten und gefährlich, und bei dieser Frau mußte sie vor oder kurz nach der Pubertät durchgeführt worden sein. Kindra steckte voll von Fragen, doch die Höflichkeit verbot ihr, auch nur eine zu stellen.

„Aber ... aber ...“ flüsterte Annelys. „Ist sie so geboren oder so gemacht worden? Es ist ungesetzlich – wer würde es wagen ...“

„So gemacht worden“, sagte das Mädchen, das Gesicht immer noch dem Kissen zugekehrt. „Wäre ich so geboren worden, hätte ich nichts zu fürchten gehabt ... und ich wählte diesen Weg, damit ich nie mehr etwas zu fürchten habe!“

Sie preßte die Lippen zusammen, als die beiden anderen sie hoben und umdrehten. Annelys keuchte auf, als sie die schrecklichen Narben, die wie die Striemen von Peitschenhieben waren, auf dem Rücken der Frau entdeckte. Aber sie sagte nichts, sie zog nur das Nachthemd herunter, das die Narben gnädig verhüllte. Behutsam wusch sie der Frau Gesicht und Hände mit Seifenwasser. Das ingwerfarbene Haar war dunkel vor Schweiß, doch an den Wurzeln entdeckte Kindra etwas anderes: Dort begann es, feuerrot nachzuwachsen.

Comyn. Die Telepathen-Kaste, rothaarig ... Diese Frau war eine Adlige, dazu geboren, in den Domänen von Darkover zu herrschen!

Im Namen aller Götter, fragte sich Kindra, wer kann sie sein, was ist ihr zugestoßen? Wie ist sie in dieser Verkleidung hergeraten? Und sogar ihre Haar hat sie gebleicht, damit niemand ihre Abstammung erraten konnte! Und wer hat sie so mißhandelt? Sie mußte geschlagen worden sein wie ein Tier...

Und dann hörte sie zu ihrem Schrecken Worte, die sich, sie wußte nicht wie, in ihrem Geist bildeten.

Narbengesicht, sagte die Gedankenstimme. *Aber jetzt bin ich gerächt. Selbst wenn es meinen Tod bedeutet...*

Kindra bekam es mit der Angst zu tun. Noch nie hatte sie Gedanken so deutlich empfangen. Bisher war ihre rudimentäre telepathische Begabung immer eine Sache schneller Intuition, einer Ahnung gewesen, als habe sie glücklich geraten. In ihrer Bestürzung flüsterte sie: „Bei der Göttin! Kind, wer bist du?"

Das bleiche Gesicht verzog sich zu einer Grimasse, die Kindra mitleidig als den Versuch eines Lächelns erkannte. „Ich bin... niemand. Ich hatte mich für die Tochter von Alaric Lindir gehalten. Habt ihr die Geschichte gehört?"

Alaric Lindir. Die Lindirs waren eine stolze und reiche Familie, entfernt verwandt mit der Aillard-Familie der Comyn. Tatsächlich waren sie zu hoch geboren, als daß Kindra hätte behaupten können, einen davon zu kennen. Sie waren von dem alten Blut der Hastur-Sippe.

„Ja, sie sind stolze Leute", hauchte die Frau. „Der Name meiner Mutter war Kyria, und sie war eine jüngere Schwester von Dom Lewis Ardais – nicht der Lord von Ardais, sondern sein jüngerer Bruder. Aber trotzdem war sie hoch genug geboren, daß sie in aller Eile mit Alaric Lindir verheiratet wurde, als sich herausstellte, daß sie von einem der Hastur-Lords von Thendara schwanger war. Und mein Vater – der Mann, den ich immer für meinen Vater gehalten hatte – war stolz auf seine rothaarige Tochter. Während meiner ganzen Kinderzeit hörte ich, wie stolz er auf mich sei, denn ich würde in die Comyn einheiraten oder in einen der Türme gehen und eine mächtige Zauberin oder Bewahrerin werden. Und dann – dann kamen Narbengesicht und seine Bande, und sie plünderten die Burg und führten ein paar von den Frauen weg, nur so aus einer plötzlichen Laune heraus. Als Narbengesicht entdeckte, wer sich unter seinen Gefangenen befand – nun, da war der Schaden schon geschehen, aber trotzdem schickte er zu meinem Vater um Lösegeld. Und mein Vater, dieser besagte Dom Alaric, der nicht genug stolze Worte für seine rothaarige Tochter finden konnte, die seinem Ehrgeiz durch eine

Heirat mit einem Comyn-Mann förderlich sein sollte, mein Vater ..." Sie würgte, dann spie sie die Worte aus: „Er schickte die Botschaft, wenn Narbengesicht mich unberührt zurückgeben könne, dann wolle er einen hohen Preis für mich geben, aber wenn nicht, dann werde er nichts zahlen. Denn wenn ich ... verdorben, vergewaltigt sei, dann sei ich ihm nicht länger von Nutzen, und Narbengesicht könne mich hängen oder einem seiner Männer geben, ganz wie er Lust habe."

„Heiliger Lastenträger!" flüsterte Annelys. „Und dieser Mann hatte dich als sein eigenes Kind aufgezogen?"

„Ja – und ich hatte geglaubt, er liebe mich." Kindra schloß schaudernd die Augen. Zu deutlich sah sie den Mann vor sich, der die Bastardtochter seiner Frau mit Freuden großgezogen hatte – aber nur solange, wie sie seinem Ehrgeiz nützlich sein konnte!

In Annelys' Augen standen Tränen. „Wie schrecklich! Oh, wie kann irgendein Mann ..."

„Ich glaube heute, daß jeder Mann so handeln wurde", erklärte das Mädchen. „Denn Narbengesicht war so zornig über die Weigerung meines Vaters, daß er mich einem seiner Männer als Spielzeug gab, und ihr könnt sehen, wie er mich benutzt hat. Diesen einen habe ich des Nachts im Schlaf getötet, als er glaubte, er habe mich endlich durch Schläge unterworfen. So konnte ich fliehen. Ich ging zurück zu meiner Mutter, und sie nahm mich mit Tränen und mit Mitleid auf, aber ich las in ihren Gedanken, daß ihre größte Furcht war, ich könne Narbengesichts Bastard tragen. Sie hatte Angst, mein Vater werde zu ihr sagen: *Wie die Mutter, so die Tochter,* und meine Schande werde die alte Geschichte ihrer eigenen zu neuem Leben erwecken. Und ich konnte meiner Mutter nicht verzeihen – daß sie fortfuhr, jenen Mann zu lieben und bei ihm blieb, der mich von sich gestoßen und mich einem solchen Schicksal überantwortet hatte. Und so suchte ich eine *Leronis* auf, die sich meiner erbarmte – oder vielleicht wollte auch sie nur sicher sein, daß ich meinem Comyn-Blut keine Schande machte, indem ich eine Hure oder eine Räuberbraut wurde –, und sie machte mich *emmasca,* wie ihr seht. Und ich trat bei Brydars Männern in Dienst, und so errang ich mir meine Rache ..."

Annelys weinte, aber das Mädchen lag mit steinernem Gesicht da. Ihre Ruhe war erschreckender als Hysterie. Sie war an einem Ort jenseits der Tränen angelangt, wo Leid und Befriedigung zu einem geworden waren, und dies Eine trug das Gesicht des Todes.

Kindra sagte leise: „Du bist jetzt sicher, niemand wird dir ein Leid tun. Aber du darfst nicht mehr sprechen, du bist müde und vom Blutverlust geschwächt. Komm, trink den Rest Wein aus und schlafe, mein Mädchen.“ Sie stützte ihr den Kopf, während sie trank, und das Entsetzen schüttelte sie. Doch in all dem Entsetzen empfand sie auch Bewunderung. Zerbrochen, geschlagen, vergewaltigt hatte dies Mädchen die Freiheit gewonnen, indem sie einen ihrer Peiniger tötete, und dann hatte sie die Verstoßung durch ihre Familie überlebt, um ihre Rache zu planen und auszuführen, wie es ein Edelmann getan hätte.

Und die stolzen Comyn haben diese Frau von sich gewiesen? Sie hat mehr Mut als zwei von ihrem Mannsvolk! Diese Art von Stolz und Torheit ist es, die eines Tages die Herrschaft der Comyn in Trümmer fallen lassen wird! Und sie erschauerte unter einem seltsamen Blick in die Zukunft. Mit ihrer erwachenden telepathischen Begabung sah sie Flammen über den Hellers, merkwürdige Himmelsschiffe, fremde Männer, die, in schwarzes Leder gekleidet, durch die Straßen von Thendara gingen ...

Das Mädchen hatte die Augen geschlossen. Ihre Hand faßte die Kindras fester. „Nun, ich habe meine Rache gehabt“, flüsterte sie, „und jetzt kann ich sterben. Und mit meinem letzten Atemzug will ich Euch segnen dafür, daß ich als Frau sterbe und nicht in dieser verhaßten Verkleidung unter Männern ...“

„Aber du wirst nicht sterben“, sagte Kindra. „Du wirst leben, Kind.“

„Nein.“ Ihr Gesicht verschloß sich. „Was hält das Leben für eine Frau ohne Freunde und Verwandte bereit? Ich konnte es ertragen, einsam und verkleidet unter Männern zu leben, solange ich die Gedanken an meine Rache hatte, die mir Kraft für die Aufrechterhaltung der Täuschung gaben. Aber ich hasse Männer. Ich verabscheue die Art, wie sie unter sich über Frauen sprechen, ich möchte lieber sterben, als zu Brydars Truppe zurückzukehren oder weiterhin unter Männern zu leben.“

Annelys sagte leise: „Aber jetzt hast du dich gerächt, jetzt kannst du wieder als Frau leben.“

Wieder schüttelte die Namenlose den Kopf. „Als Frau leben, Männern wie meinem Vater unterworfen? Zurückkehren und bei meiner Mutter um einen Unterschlupf betteln? Sie würde mir wohl heimlich Brot zustecken, damit ich ihnen nicht noch mehr Schande mache, indem ich auf ihrer Türschwelle sterbe, und mich verstecken. Soll ich mich placken, nähen oder spinnen, wenn ich frei mit einer Söldnertruppe geritten bin? Oder soll ich als einsame Frau leben und von der Gnade der Männer abhängig sein? Lieber will ich mich der Gnade des Schneesturms und des Banshees überlassen!“ Sie umklammerte Kindras Hand. „Nein, lieber möchte ich sterben.“

Kindra nahm das Mädchen in die Arme und zog sie an ihre Brust. „Still, mein armes Mädchen, still, du bist außer dir, du darfst nicht so reden. Wenn du dich ausgeschlafen hast, wirst du anders denken“, tröstete sie, aber sie spürte die Tiefe der Verzweiflung in dieser Frau, und der Zorn in ihr wuchs.

Die Gesetze ihrer Gilde verboten ihr, über die Schwesternschaft zu sprechen, diesem Mädchen zu erzählen, daß sie frei leben konnte, geschützt von dem Freibrief der Gilde, daß sie nie mehr der Gnade irgendeines Mannes ausgeliefert zu sein brauchte. Diese Gesetze der Gilde durfte sie nicht brechen. Sie mußte ihren Eid halten. Und doch, brach sie in einem tieferen Sinn ihren Eid nicht gerade dadurch, daß sie dieser Frau, die so große Gefahren auf sich genommen und sich im Namen der Göttin an sie gewandt hatte, das Wissen vorenthielt, das ihr den Lebenswillen zurückgeben konnte?

Ob ich so oder so handele, ich werde zur Meineidigen. Entweder breche ich meinen Eid, indem ich diesem Mädchen meine Hilfe versage, oder ich breche ihn, indem ich ausspreche, was das Gesetz mir auszusprechen verbietet.

Das Gesetz! Das von Männern gemachte Gesetz, das sie immer noch von allen Seiten einengte, obwohl sie die gewöhnlichen Gesetze abgeschüttelt hatte, nach denen die Männer die Frauen zu leben zwangen! Und sie war zweifach verdammt, wenn sie vor Annelys von der Gilde sprach, wenn auch Annelys an ihrer Seite gekämpft hatte. Das gerechte Gesetz der Hellers beschützte Annelys vor diesem Wissen. Die Schwesternschaft würde Schwierigkeiten bekommen, wenn Kindra die Tochter einer ehrbaren Gasthofbesitzerin, deren Mutter ihre Hilfe und die ihres zukünftigen Ehemannes brauchte, aus dem Elternhaus weglockte!

Das namenlose Mädchen an ihrer Brust hatte die Augen geschlossen. Kindra nahm einen dünnen Gedankenfaden wahr. Sie wußte, daß Mitglieder der Telepathenkaste sich durch einen bloßen Entschluß das Leben nehmen konnten... so wie dies Mädchen sich durch einen bloßen Entschluß das Leben gegeben hatte, bis die heißersehnte Rache vollzogen war.

Laß mich so einschlafen … und ich stelle mir vor, ich liege wieder in den Armen meiner Mutter, damals, als ich noch ihr Kind war und dies Entsetzen mich noch nicht berührt hatte … Laß mich so einschlafen und niemals mehr erwachen …

Schon trieb sie davon, und einen Augenblick lang war Kindra in ihrer Verzweiflung versucht, sie sterben zu lassen. *Das Gesetz verbietet mir zu sprechen.* Und wenn sie sprach, dann würde Annelys, bereits der Heldenverehrung für Kindra verfallen, bereits gegen das Geschick einer Frau rebellierend, Annelys, die einen Vorgeschmack davon bekommen hatte, wie stolz es machte, sich selbst verteidigen zu können, ihr ebenfalls folgen. Kindra wußte es in einer seltsamen Vorausschau, die sie schaudern ließ.

Sie gab dem Zorn in ihrem Herzen nach und ließ ihn überfließen. Sie schüttelte die namenlose Frau wach, die sich bereits dem Tod anheimgegeben hatte.

„Hör mir zu! Hör zu! Du darfst nicht sterben!" erklärte sie wütend. „Nicht nachdem du soviel erduldet hast! Das ist der Weg eines Feiglings, und du hast wieder und wieder bewiesen, daß du kein Feigling bist!"

„Und trotzdem bin ich ein Feigling", sagte die Frau. „Ich bin zu feige dazu, auf die einzige Weise zu leben, die einer Frau wie mir offensteht – durch die Mildtätigkeit von Frauen wie meine Mutter oder die Gnade von Männern wie mein Vater oder Narbengesicht! Ich träumte davon, wenn ich meine Rache vollzogen hätte, würde ich einen anderen Weg finden. Aber es gibt keinen."

Kindra konnte sich nicht mehr beherrschen. Verzweifelt blickte sie über den Kopf der namenlosen Frau in Annelys' ängstliche Augen. Sie schluckte. Es war ihr wohl bewußt, wie schwerwiegend der Schritt war, den sie tun wollte.

„Es … es mag einen anderen Weg geben", sagte sie zögernd. „Du – ich weiß nicht einmal deinen Namen. Wie heißt du?"

„Ich bin namenlos", antwortete die Frau unbewegten Gesichts. „Ich habe geschworen, niemals mehr den Namen zu nennen, den mir der Vater und die Mutter, die mich verstießen, gaben. Könnte ich am Leben bleiben, würde ich einen anderen Namen annehmen. Nenn mich, wie du willst."

Von einer Woge heiligen Zorns mitgerissen, faßte Kindra ihren Entschluß. Sie zog das Mädchen an sich.

„Ich werde dich Camilla nennen", sagte sie. „Denn von diesem Tag an, das schwöre ich, werde ich dir Mutter und Schwester sein, wie es die gesegnete Cassilda für Camilla war. Und das schwöre ich dir, Camilla, du sollst nicht sterben." Sie zog das Mädchen hoch. Dann holte sie tief und entschlossen Atem, reichte ihr eine Hand Camilla und die andere Annelys und begann:

„Meine kleinen Schwestern, laßt mich euch von der Schwesternschaft der Freien Frauen erzählen, die die Männer die Freien Amazonen nennen. Laßt mich euch berichten vom Leben der Entsagenden, den Eidgebundenen, den *Comhi-Letzii*..."

Nachwort

Zwar hat Marion Zimmer Bradley auch eine Anzahl von thematisch nicht miteinander verbundenen Romanen geschrieben, aber ihr Name ist untrennbar mit jenem Planeten Darkover verbunden, auf dem bislang 13 Romane und einige Kurzgeschichten angesiedelt sind (darunter ein paar Kurzgeschichten, die nicht von ihr sind, sondern aus einem Darkover-Fankreis – „Friends of Darkover" – stammen und jüngst in einem Taschenbuch in Amerika vorgestellt wurden).

Darkover, das darf man wohl sagen, ist das Lebenswerk der 1930 geborenen Autorin, die auch privat so sensibel wirkt, wie es ihre Romane vermuten lassen. Was also ist Besonderes an Darkover, was übt diese Faszination aus, die eine Autorin dazu bringt, immer wieder über dieses eine Thema zu schreiben, und eine über die Jahre stetig angewachsene Leserschaft in den Bann schlägt?

Zunächst einmal, und das ist wohl wichtig, ist der Darkover-Zyklus keine Serie im herkömmlichen Sinne. Die einzelnen Romane schildern Ereignisse und greifen Themen auf, die einem Gesamtkonzept – nämlich der Entwicklung einer menschlichen, von Psi-Kräften bestimmten Zivilisation auf einem anderen Planeten – folgen, aber ansonsten nicht aufeinander aufbauen. Man muß deshalb die anderen Romane nicht gelesen haben, um Gefallen an einem einzigen zu finden oder um den Ereignissen in voller Breite folgen zu können, die diesem bestimmten Roman zugrunde liegen. Und tatsächlich hat Marion Zimmer Bradley die Darkover-Romane auch durchaus nicht chronologisch geschrieben, sondern griff sich nach Gusto jeweils Themen heraus, die zu durchaus verschiedenen Epochen des Planeten gehören.

Eines allerdings haben alle Darkover-Romane miteinander gemein: den großen thematischen Rahmen zum einen, den Konflikt zwischen aufeinanderprallenden Gegensätzen zum anderen.

Der inhaltliche Rahmen ist schnell erzählt: Irgendwann in der Zukunft der Erde geht man daran, andere Planeten zu besiedeln, ein „Imperium" zu errichten. Eines der Kolonistenschiffe geht verloren und macht eine Bruchlandung auf Darkover. Zweitausend Jahre lang sind die Nachkommen dieser Raumfahrer von der terranischen Kultur isoliert, bevor Darkover wiederentdeckt wird, und in dieser Zeit haben sie eine feudalistische Gesellschaft aufgebaut, die von sieben aristokratischen Familien beherrscht wird, deren Angehörige in besonderem Maße über Psi-Kräfte verfügen. Die Ausschmückung der Einzelheiten dieses feudalistischen Systems auf der einen Seite, der teilweise rituellen Handhabung der Psi-Kräfte (Matrizes, Bewahrerinnen, Psi-Türme usw.) geben dem Thema das Fleisch, das sicherlich einen Teil der Faszination ausmacht.*

Daß daraus mehr wird als eine Kette von Abenteuerschmökern, angesiedelt irgendwo auf der Grenze zwischen Science Fiction und Fantasy, dürfte hingegen an der stets wiederkehrenden Struktur der einzelnen Bände liegen. Die Autorin arbeitet hier an einem einzigen Thema, das sie in immer neuen Facetten ausbreitet, ohne es letztendlich abschließend zu behandeln. Gemeint ist eine strukturell durchgreifende Polarisierung, die jeden der Romane prägt. Linda Leith hat in einem interessanten Artikel in der Universitätszeitschrift *Science Fiction Studies* die wichtigsten dieser konträren Elemente aufgeführt: Terra steht gegen Darkover, Ratio gegen Intuition, Technologie gegen Instinkt, Establishment gegen Counter-Establishment, Alter gegen Jugend, Heterosexualität gegen Homosexualität, Mann gegen Frau, Bürgertum gegen Feudalismus.

Der übergreifende Gegensatz ist dabei in den meisten Romanen natürlich der Konflikt zwischen der irdischen Technologie und der natürlichen, auf der Beherrschung des Geistes beruhenden Kultur Darkovers, aber die anderen Gegensatzpaare präzisieren jeweils den Hauptgegensatz. Die Autorin bewahrt dabei eine erstaunliche Ambivalenz, das heißt, sie ergreift nicht abschließend Partei für die eine oder andere Seite, kann sich wohl auch nicht so oder so entscheiden, ist hier vielleicht Gefangene der von ihr selbst erfundenen Struktur. Mehr noch: Darkovers Konflikte sind zu einem guten Teil auch die Konflikte der amerikanischen Gesellschaft, durch eine entfremdende

**Detailliertere Information zum Darkover-Zyklus enthält ein Aufsatz von Ronald M. Hahn, der gemeinsam mit einem früheren Darkover-Kurzroman der Autorin im „Science Fiction Almanach 1981“ (Moewig-SF 3506) enthalten ist.*

Brille betrachtet, und der Grundkonflikt spiegelt die Ratlosigkeit wider, die nicht nur Marion Zimmer Bradley angesichts einer Entwicklung empfindet, die mit dem Fortschritt von Wissenschaft und Technik verknüpfte Heilserwartungen fragwürdig werden ließ.

Marion Zimmer Bradleys größere Romane sind Entwicklungsromane, in denen Menschen heranreifen und zu sich selbst finden. Hier findet die eigentliche Befreiung statt, und hier wurde der Autorin die verdiente Aufmerksamkeit auch der Kritik zuteil. Ganz unsensationell, jahrelang fast unbemerkt, ist Marion Zimmer Bradley im epischen Science-Fantasy-Abenteuerroman einen Weg gegangen, der Bewunderung verdient. Dabei ranken sich viele der besten Darkover-Romane um weibliche Protagonisten, ein vor Jahren in der Science Fiction noch sehr ungewohntes Bild, und der Zyklus insgesamt propagiert die Gleichwertigkeit der Frau gegenüber dem Mann.

Aus dem Darkover-Zyklus erschienen bislang in der Reihe *Moewig Science Fiction* der Kurzroman „Die Expedition der Bittsteller" *(The Planet Savers)* – enthalten im *Science Fiction Almanach 1981*, Moewig-SF 3506 –, *Hasturs Erbe (The Heritage of Hastur)* Moewig-SF 3515, und *Der verbotene Turm (The Forbidden Tower)*, Moewig-SF 3553. In Vorbereitung befindet sich: *Two to Conquer.* Wie populär der Darkover-Zyklus in Amerika ist, läßt sich übrigens auch daran ablesen, daß es inzwischen ein Darkover-Strategiespiel gibt, das von 2–4 Personen gespielt werden kann und durch seine hübsche und phantasievolle grafische Aufmachung beeindruckt. Da dieses Spiel in Deutschland im freien Handel nicht erhältlich ist (von einigen Spezialläden abgesehen), sei hier die Adresse des Importeurs genannt, bei dem Interessenten nähere Informationen oder einen Katalog anfordern können: Fantastic Shop, Postfach 3026, 4000 Düsseldorf 1. (Eine deutsche Übersetzung der Spielregeln wird mitgeliefert).

Hans Joachim Alpers